Joana Marcús

ANTES DE DICIEMBRE

wattpad
by Montena

Antes de diciembre

Primera edición en España: noviembre de 2021
Primera edición en México: noviembre de 2021
Primera reimpresión: noviembre de 2021
Segunda reimpresión: diciembre de 2021
Tercera reimpresión: diciembre de 2021
Cuarta reimpresión: diciembre de 2021
Quinta reimpresión: enero de 2022
Sexta reimpresión: marzo de 2022
Séptima reimpresión: abril de 2022
Octava reimpresión: julio de 2022
Novena reimpresión: agosto de 2022
Décima reimpresión: octubre de 2022

Para cada Jenna que todavía aprende a quererse;
para cada Ross que todavía aprende a aceptarse;
para cada Naya que todavía aprende a cuidarse;
para cada Will que todavía aprende a relajarse;
para cada Sue que todavía aprende a abrirse;
y para cada Mike que todavía aprende a perdonarse.
Este libro es para vosotros.

1

Una relación abierta

—¿Una relación... abierta?

—Sí, exacto.

Mi novio me miraba con una amplia sonrisa. Yo, en cambio, no sonreía. En absoluto.

—¿Y eso qué es?

—Creo que el nombre lo define bastante bien, Jenny.

Tenía que estar bromeando.

O, mejor dicho, *más le valía* estar bromeando.

¡Acababa de dejarme delante de mi residencia! ¡Literalmente! ¡Ni siquiera había tenido tiempo para bajar la maleta del coche y ya estaba pensando en cambiar nuestra relación por completo!

—¿Tenemos que hablar de esto ahora, Monty? —murmuré de mal humor—. ¿No has tenido ningún otro momento?

—Eh..., no.

—¿En serio? Hemos estado juntos dos días enteros.

—Bueno, vale. Pero... Eh... No sabía cómo sacar el tema. No sentía que fuera el momento.

—Y este ha resultado ser el momento ideal, ¿no?

—No seas así, Jenny. Es el último que tengo antes de irme. Y no vas a querer hablar de esto por teléfono, ¿verdad?

—Pues no.

Suspiré y decidí relajarme un poco. Después de todo, estaba más alterada que de costumbre por los nervios que me causaba la universidad. No quería pagarlo con Monty. Y mucho menos justo antes de que se fuera. La perspectiva de separarnos estando enfadados me ponía un poco tensa.

Pero ¿qué se suponía que tenía que decirle? Me limité a mirarlo durante unos instantes en los que su sonrisa se hizo todavía más inocente de lo que ya era.

Entonces caí en el hecho de que no había pensado en qué sucedería entre nosotros cuando yo me quedara aquí y él volviera a casa. Él no iba a seguir estudiando. O, al menos, era algo que todavía no estaba en sus planes. En lugar de eso, continuaría jugando con el equipo de baloncesto de nuestro pueblo. Era lo único que le gustaba hacer. Jugar al baloncesto. Todo el día.

Y yo, por mi parte, había estado tan pendiente de la residencia, las clases y todo lo demás... que ni siquiera había pensado en que no nos veíamos en mucho tiempo. Demasiado. Entre sus entrenamientos y mis clases iba a ser difícil mantener el contacto diario. Y tampoco tenía dinero como para estar yendo a verlo constantemente, y, la verdad, dudaba que a él le apeteciera venir hasta aquí solo para verme. Seguro que me ponía la excusa de que estaba cansado por el baloncesto.

Al menos, en diciembre, cuando llegara Navidad, nos veíamos. Pero había tantos meses antes de diciembre... Era una eternidad.

Intenté centrarme de nuevo en la conversación cuando me di cuenta de que él seguía esperando una respuesta.

—No sé qué decirte —admití finalmente—. Ni siquiera estoy segura de entender qué implica eso de... tener una relación abierta. No sé qué es.

—Es muy sencillo. Mira... tú y yo somos pareja, ¿no?

—Eso creo, sí —bromeé, algo tensa.

—Pues eso. Nos queremos, nos apreciamos, nos respetamos, pero... tenemos nuestras necesidades.

—¿Nuestras necesidades?

—Sí.

—¿Qué necesidades? ¿Comer?

—No, Jenny.

—¿Beber?

—Mmm... no...

—¿Dorm...?

—Sexo.

—¿Eh? —Me puse roja al instante, y me aseguré de que nadie nos escuchaba—. ¿Se-sexo...? ¿Qué...?

—¿Puedes dejar de mirar a tu alrededor como si estuviéramos hablando de asesinar a alguien? Solo he hablado de sexo.

—No me gusta hablar de eso.

—Eso ya lo sé. —Puso los ojos en blanco—. Pero, aun así, tenemos nuestras necesidades sexuales, ¿no? Es decir, sé que tú eres un poco más asexual, pero yo...

—¿Sabes lo que significa ser asexual?

—... sí que tengo mis necesidades sexuales —siguió, ignorándome.

—Espera —mi voz subió tres decibelios—, ¿me estás diciendo que vas a acostarte con otras personas?

—¿Eh? ¡No, estoy...!

—Espero que sea una broma.

—Escucha —me sujetó la cara con las manos—, lo que te estoy proponiendo es que, si en algún momento... no lo sé... tenemos la necesidad de hacerlo..., lo hagamos.

—¿Y se puede saber por qué vas a tener la necesidad de acostarte con alguien que no sea yo? —Me aparté con el ceño fruncido.

—No quiero hacerlo —me dijo, casi ofendido.

—Oh, ¿en serio? —ironicé—. ¿Quieres que recapitulemos un poco?

Él entendió lo que quería decir al instante. Había hecho el ademán de sujetarme la cara de nuevo, pero se detuvo en seco y bajó las manos, ahora un poco tenso. Agaché la cabeza.

—Lo siento —murmuré—. Es que estoy nerviosa.

—Lo sé. —Se relajó y suspiró—. Mira, sé que suena raro, pero ahora está de moda todo esto de tener relaciones abiertas. Y está demostrado científicamente que las parejas duran más así.

—¿Demostrado por quién?

—Además, no es que quiera hacerlo ahora mismo, pero... ¿cuánto tiempo vamos a estar sin vernos? ¿Tres meses?

—Casi cuatro. Y no evites la preg...

—No creo que sea bueno para el cuerpo estar tanto tiempo sin hacerlo, Jenny.

Fruncí el ceño al instante.

—Yo me pasé diecisiete años de mi vida sin hacerlo con nadie y estaba muy bien.

—Pero no es lo mismo si eres virgen. Si no sabes lo que te pierdes, no sufres por no tenerlo. —Él me sujetó la mano y tiró suavemente de mí—. Vamos, cariño, sabes que te quiero, ¿no?

—Sí, Monty, pero...

—Sabes que eso no va a cambiar. Da igual lo que pase. O quien pase, mejor dicho. —Se empezó a reír de su propia broma—. Vamos, yo sé que me entiendes. Por eso estoy contigo y te quiero, porque siempre me has entendido perfectamente. Y sabes que tengo mis necesidades, Jenny. Entonces..., ¿qué más da si le doy un poco de amor a otras mientras no estés?

—Haces que ponerme los cuernos suene fantástico. —Me aparté.

—No son cuernos si es consentido.

—Es decir, que me estás pidiendo carta blanca para acostarte con quien te dé la gana.

—Bueno, no solo yo. Tú también puedes hacerlo.

Eso no era un gran consuelo, la verdad.

—¿Y si no quiero hacerlo con nadie más? ¿Lo has pensado?

—Pues... no lo hagas. Pero, al menos, tienes la posibilidad de hacerlo si algún día cambias de opinión. ¿Me entiendes?

—Es decir, que, si ahora entro en la residencia, conozco a un chico, me gusta y quiero acostarme con él, ¿no te importará que lo haga? ¡No te lo crees ni tú!

—Tampoco es así.

—Entonces, ¿cómo es?

—Jenny, no estoy diciendo que sea crucial que nos acostemos con alguien. Mientras tengamos que mantener una relación a distancia, tenemos el derecho a que... no sé, si nos encontramos en la situación de que alguien nos atraiga mucho, podamos hacer lo que queramos. Sin resentimientos, sin celos, sin reproches...

Volvió a sujetarme la mano y no me aparté, aunque tampoco estaba muy conforme con lo que estaba oyendo.

—No sé, Monty..., suena un poco raro.

—Vamos... —Me dio un beso en los labios, sonriendo—. Será divertido. Y podemos poner normas.

—¿Normas?

—Sí, claro. Así te sentirás más cómoda. Por ejemplo..., eh... cada vez que alguno de nosotros haga algo con alguien, tiene que decírselo al otro. Así será mejor.

—Es que no quiero saber los detalles de lo que haces a otras.

—Vale, pues no nos contaremos los detalles. Solo nos informaremos de que ha pasado.

—Monty...

—Vamos, pon tú otra regla.

—No he dicho que quiera seguir adelante con esto.

—Pues imagínate que aceptas. ¿Qué regla pondrías?

Lo consideré un momento mientras él me miraba, expectante.

—Vale... —suspiré—. Nada de amigos. No quiero que te lo montes con una amiga mía. Yo tampoco lo haré con un amigo tuyo.

—Me parece justo.

—¿De verdad me estás diciendo que no te importa que me acueste con otra gente?

—Si es solo sexo, no me importa. —Me sostuvo la cara con las manos otra vez. Lo hacía mucho cuando intentaba convencerme de algo—. De eso se tratan las relaciones abiertas. Aunque te acuestes con otra persona, sabes que quieres a tu pareja. Así de fuerte es nuestra relación. ¿No es genial?

No estaba muy segura de que «genial» fuera la palabra que yo usaría para definir la situación, pero no iba a dejarme en paz hasta que aceptara, así que terminé encogiéndome de hombros.

—Si es lo que quieres...

Él sonrió y me sujetó de la nuca para besarme. Me dejé besar sin muchas ganas. Después sacó mi maleta de su coche y la dejó en el suelo, a mi lado.

—Vale, pues vamos a...

—A partir de aquí, me las arreglaré —le aseguré—. Deberías irte o llegarás a casa muy tarde.

Se detuvo, sorprendido.

—¿Vas a ir tú sola?

—Sí. Quiero hacerlo.

—¿Estás segura, Jenny? Puedo echarte una mano.

—Segurísima. —Le di un último beso y me sonrió—. Llámame cuando llegues, ¿vale?

—Y tú mándame mensajes actualizándome cómo te van las cosas.

La verdad era que me esperaba una despedida un poco más emotiva, pero se limitó a acariciarme la mejilla con los nudillos y después se metió en el coche y me sonrió. Me despedí con la mano mientras él aceleraba, marchándose.

Por un momento, me arrepentí de haberle dicho que se fuera. Pero era lo mejor. Tenía que empezar a concienciarme de que lo más probable era que a partir de ahora fuera a pasar mucho tiempo sola. Habría que acostumbrarse a ello. Mejor empezar cuanto antes.

Me giré hacia el edificio y empecé a arrastrar mi maleta con los nervios revoloteando en mi estómago. Sinceramente, me sentía como un soldado a punto de afrontar su primera batalla.

Mi residencia era la más cercana a mi facultad, la de Filosofía y Letras. Al ver la fachada de ladrillo rojizo bastante desgastado, pensé que, probablemente, hacía mucho tiempo que nadie lo había reformado. Lo que más me llamó la atención fue un enorme cartel colgado de una de las paredes sobre la libertad de las mujeres. Sonreí de lado mientras subía las escaleras de la entrada, resoplando por tener que cargar con la maleta.

El interior estaba abarrotado y también tenía pinta de ser algo antiguo, pero había tanta gente joven que se me olvidó enseguida. Busqué entre todas aquellas personas y localicé el mostrador de recepción. Un chico rubio con unas gafas enormes, no mucho mayor que yo, parecía bastante estresado mientras le vociferaba algo a uno que estaba apoyado en el mostrador con despreocupación. Me extrañó un poco que hubiera un chico teniendo en cuenta que era una residencia femenina. Quizá era un familiar.

De todos modos, no era mi problema. Me acerqué a ellos y me detuve a un lado, dejando, educadamente, que terminaran.

—No puedo dejarte subir, Ross —le dijo el del mostrador. Sonaba cansado, como si lo hubiera dicho unas cuantas veces más—. El primer día está prohibido que entre nadie que no sea un familiar. En especial, un chico. Y lo sabes.

—Y lo sabes —repitió el otro, imitándolo mientras sonreía.

El rubio se ruborizó al instante.

—¿Puedes tomarme en serio por una vez en tu vida?

—¿Puedes tú no discriminarme por una vez en tu vida?

—Ross, es una residencia femenina...

—Gracias, no me había dado cuenta.

—... y tú no me pareces una chica.

—Tú tampoco lo pareces y veo que trabajas aquí.

El chico, muy ofendido, balbuceó algo incomprensible.

—¡Yo soy un trabajador competente y profesional que...!

—Bueno, sí, muy bien, ¿le vas a decir tú a Naya que tiene que subirse la maleta?

Él se detuvo en seco.

—¿Eh? No, no. Díselo tú.

—¿Yo? Ah, no. De eso nada. Yo quería subirla y ser un caballero, pero tú no me dejas. —Suspiró, negando dramáticamente con la cabeza—. Parece que voy a tener que echarte toda la culpa, Chrissy, qué pena. Me caías bien. No te preocupes, iré a tu funeral a despedirme de ti, ¿vale?

El rubio —¿se llamaba Chrissy?— lo miró un momento, considerando sus posibilidades.

—Que lo haga Will. Es su novio. A él sí que podría ponerlo como familiar.

—¿De verdad crees que estaría aquí si Will hubiera podido venir?

—La verdad es que no.

—Eres muy hábil.

—¿Y por qué no ha podido venir?

—Porque nuestro querido Will está muy ocupado y se cree que tengo cara de chico de los recados.

—¿Y es más importante lo que sea que esté haciendo que su novia?

—¿Y a mí qué me importa? Mira, me he despertado hace veinte minutos. He dormido dos horas. O incluso menos. La cosa es que me muero de sueño. Y esta maleta pesa más que mi vida. Y tengo mucha mucha hambre, Chrissy. Lo único que me interesa es irme de aquí para poder comerme la pizza fría que me sobró anoche y dormir hasta dentro de diez años.

Hizo una pausa y se inclinó más en el mostrador, enarcando una ceja.

—¿Me vas a dejar subir la maleta de Naya para que cada uno siga con su vida o vas a seguir insistiendo en que no lo haga?

Chrissy pareció ponerse nervioso, como si le hubieran cortocircuitado. ¿Tan grave era que entrara alguien que no fuera un familiar? Con la cantidad de gente que había por ahí, era difícil darse cuenta.

—Está bien —murmuró finalmente, derrotado—. ¡Pero márchate enseguida, que si te ven...!

—Si yo soy muy discreto, ya me conoces —le dijo Ross con una sonrisa de oreja a oreja.

El rubio del mostrador por fin pareció darse cuenta de mi existencia, porque volvió a adoptar la expresión seria que le había visto cuando había llegado.

—Tengo mucho trabajo, Ross, así que si me disculpas... —Me señaló con la cabeza.

Ross ni siquiera me miró mientras recogía la maleta.

—El hombre ocupado —ironizó en voz baja.

—¿En qué puedo ayudarte? —me preguntó Chrissy, mirándome e ignorando a Ross, quien puso los ojos en blanco y se metió entre la multitud, en dirección a las escaleras. Me centré en el recepcionista y esbocé una pequeña sonrisa.

—Perdón, no quería interrumpir.

—Ojalá lo hubieras hecho, no hay quien lo aguante —murmuró—. En fin, olvídate de eso. ¿Te alojas aquí?

—Sí. —Di un paso al frente y le mostré mi carnet—. Jennifer Michelle Brown.

Él se quedó mirándolo.

—¿Jennifer Michelle? —repitió, mientras miraba en su lista—. Nunca había oído esa combinación.

—Es que mis padres tienen mucha imaginación —murmuré.

Siempre había odiado ese segundo nombre. Mis hermanos solían llamarme Michelle de pequeña para hacerme rabiar, pero dejaron de hacerlo cuando crecí un poco y aprendí a devolverles las bromas molestas.

Pero, claro, seguía siendo mi segundo nombre. Y seguía odiándolo.

—A ver, a ver... —murmuró Chrissy—. Mmm... Sí, aquí estás. Mira, qué casualidad.

—¿El qué? —pregunté.

—Acaban de subirle la maleta a tu compañera de habitación —dijo él, señalando el lugar por el que había desaparecido Ross—. Buena suerte. La necesitarás.

Me quedé mirándolo, un poco asustada.

—¿Suerte? ¿Por qué?

—Era una broma —se apresuró a decirme con una risita nerviosa, lo que me llevó a pensar que no lo era en absoluto—. Es que te ha tocado compartir habitación con Naya Hayes.

—¿La conoces?

—Sí... Es mi hermana pequeña.

Me confundió un poco el tono que usó. Seguía pareciendo nervioso.

—¿Y eso es... malo? —pregunté.

—¿Qué? —Su voz sonó algo más aguda que antes—. No, no... Bueno... Ejem...

Intentó disimular y me puso una llave delante, sonriendo.

—Habitación treinta y tres. Primer piso. No tiene pérdida.

Justo en ese momento, volvió a aparecer el chico de antes, solo que con las manos vacías.

—Déjame la llave —le dijo a Chrissy—. Tu hermana no está.

—¿Y dónde está? —preguntó él.

—Oye, es tu hermana, no la mía. Deberías saberlo mejor que yo.

—No tengo otra copia de la llave, Ross.

—Muy bien, pues sus cosas se quedarán en el pasillo, a merced de ladrones de bragas y cotillas de maletas.

Él suspiró y yo intenté no esbozar una sonrisa divertida.

—Puedes esperar un momento a que termine de hacerle la presentación oficial a Jennifer y luego ella te abrirá la puerta. —Chrissy me miró—. Si no te importa, claro.

Ross me miró por primera vez y me puse un poco nerviosa por ser el foco de atención.

—Eh..., no hay problema.

—Mira, un poco de simpatía, para variar. —Él sonrió ampliamente al recepcionista.

—Tengo que hacer la presentación, Ross.

—¿Y quién te lo impide?

Chrissy lo ignoró por completo y se concentró en mí.

—Bienvenida a la residencia, Jennifer. Si necesitas algo, me llamo Chris y soy...

—El que se encarga de que no entren chicos sin permiso —me dijo Ross—. O, al menos, lo intenta.

—... el encargado de mantener la paz en esta residencia —siguió Chris—. Me alojo en la habitación uno. Es la primera puerta del primer piso. Si necesitas algo pasadas las doce de la noche, me encontrarás ahí.

—Y si no, lo encontrarás jugando al Candy Crush aquí —concluyó Ross.

—¡Yo no juego a nada en mi horario laboral! —Chris respiró hondo, recuperando la compostura—. En todo caso, Jennifer, ven a buscarme a mi habitación solo si es una emergencia de verdad. Y con eso me refiero a que esté ardiendo el edificio, no a que se te haya caído el móvil en el retrete y te dé asco sacarlo.

—¿Llaman mucho a tu puerta? —le pregunté, divertida.

—Más de lo que me gustaría —me aseguró.

Soltó un suspiro cansado y volvió a centrarse.

—Puedes pedir una copia de la llave si la pierdes, pero vas a tener que pagar una pequeña multa de diez dólares. Y las visitas son libres de día, pero de noche están prohibidas a no ser que me hayas avisado con, al menos, un día de antelación. Y con la condición de que tu compañera esté de acuerdo, claro. Los servicios comunitarios están al final del pasillo de cada piso, pero creo que tú tienes una habitación con cuarto de baño propio, ¿no? En todo caso, puedes ir a cualquier hora. ¿Se me olvida algo? Ah, sí..., aquí está.

Se giró y rebuscó algo en un cajón. Después, me enseñó una cesta llena de cuadraditos de plástico.

—La seguridad es lo primero —me dijo, señalando los preservativos—. Regalo de la facultad. Solo uno.

Me quedé mirándolos, roja de vergüenza.

—Yo te recomiendo los de fresa —me dijo en voz baja—. Es el sabor más solicitado.

—¿A ver? —murmuró Ross, y se asomó para empezar a rebuscar.

—¡Solo uno! —le chilló Chris al ver que agarraba un puñado.

Ross le puso mala cara y soltó todos menos uno.

El mío resultó ser de mora. Me lo metí en el bolsillo con una sonrisa incómoda.

—Eh..., gracias.

—Que tengas un buen día —me dijo Chris alegremente—. No dudes en pedirme ayuda si la necesitas en algún momento. Estoy aquí para eso. Ahora, podéis marcharos. ¡Siguiente!

Di un respingo con el grito. Apenas unos segundos más tarde, una chica ya me había adelantado para hablar con Chris.

—Entonces... —me dijo Ross al ver que me quedaba parada—, ¿tienes la llave?

Me aclaré la garganta y se la enseñé.

—A no ser que me haya engañado, la tengo.

Él la miró y me dedicó media sonrisa.

—Genial, vamos, te ayudaré.

Agarró mi maleta alegremente y lo seguí escaleras arriba, sujetando mi pequeña mochila. Mientras cruzábamos el pasillo del primer piso, me quedé mirando a los familiares llorosos que se despedían con abrazos y besos de las chicas que se quedaban. Pensé en mi madre y en la escena que habría montado si hubiera venido. Menos mal que me había traído Monty. Y que ya se había marchado.

Ross se detuvo junto a la maleta púrpura que había visto antes y se apartó para que pudiera meter la llave en la cerradura. Abrir la puerta resultó ser un poquito más complicado de lo que esperaba, de hecho, tuve que darle un empujón, incluso usando la llave. Qué deprimente.

—Bueno —murmuré, entrando—. No está tan mal.

—Al menos, no es un basurero —bromeó Ross, empujando las dos maletas hacia el interior.

Miré a mi alrededor. La habitación era muy sencilla. Quizá demasiado. Tenía las paredes verdes y blancas y una ventana encima de cada una de las dos camas individuales, que estaban cubiertas con sábanas de lunares amarillos. También había una mesa con una silla y una lámpara y, en la pared de enfrente, dos armarios pequeños. Lo que estaba claro era que yo no había llegado la primera, porque en la cama de la izquierda ya había cosas de mi nueva compañera.

—¿Conoces a la chica que dormirá ahí? —le pregunté a Ross, señalando la cama.

Se detuvo un momento, mirándome.

—¿Yo? No. Es que me gusta transportar maletas de desconocidos. Es la pasión de mi vida.

Me puse roja. Obviamente, la conocía. ¿Por qué decía tantas tonterías cuando me ponía nerviosa?

Bueno, igual era porque me había parecido guapo. No estaba mal que un chico que no era mi novio me pareciera guapo, ¿no? Esperaba que no. Pero sí, me había llamado un poco la atención. No estoy segura de si había sido el pelo castaño alborotado —ese chico no se peinaba, seguro—, los ojos claros o la amplia sonrisa. O quizá había sido la vieja sudadera. No lo sé. Ni siquiera sabía que me gustaran los chicos tan alegres. En general, solían parecerme muy pesados.

Y... quizá no debería darle tantas vueltas al tema.

—Es la novia de mi mejor amigo —aclaró Ross al verme la cara para sacarme del apuro—. Se llama Naya.

—¿Y es...? —intenté no sonar muy asustada—. ¿Es simpática?

—Bueno, lo es cuando le interesa serlo. —Se quedó mirando la habitación un momento, pensativo—. También puede llegar a ser muy persuasiva.

—¿Qué quieres decir?

—Ya lo entenderás cuando te veas a ti misma haciendo cosas que no te apetecían hacer porque ella ha conseguido convencerte. —Se encogió de hombros.

Me miró un momento más antes de suspirar y señalar la puerta con una mano.

—Bueno..., si me disculpas, mi trabajo de transportista ha concluido.

—Sí, claro, gracias por ayudarme con la maleta.

—Un placer —dijo sonriendo, antes de darse la vuelta y marcharse tan feliz.

Intenté sentarme en la cama cuando estuve sola, pero me incorporé de un respingo al escuchar un horrible crujido. Bueno, estaba claro que no era una residencia muy cara.

Ya llevaba una hora colocando mis cosas en el armario cuando la puerta volvió a abrirse. Esta vez no fue Ross el que apareció, sino una chica rubia de ojos claros y nariz puntiaguda. Tenía un aspecto bastante distraído. Clavó los ojos en mí al instante, analizándome de arriba abajo.

—Hola —la saludé.

—¿Tú eres Jennifer? —Para mi sorpresa, pareció entusiasmada—. ¡Menos mal! No pareces una rarita. Bueno, no lo eres, ¿no?

Parpadeé, sorprendida.

—La verdad es que suelo considerarme bastante normal.

Incluso aburrida.

—¡Genial! Es que mis padres me habían asustado con eso de los compañeros de habitación —me explicó—. No quería tener que convivir con una desconocida rarita durante los próximos meses. Aunque..., bueno, yo soy un poco rarita. Pero no importa. Soy Naya, por cierto. Un placer conocerte.

Hablaba tan rápido que me resultaba difícil entenderla. La seguí con la mirada cuando suspiró y se dejó caer en su cama, que también crujió, pero eso no pareció preocuparle demasiado.

—Espero que no te importe que haya escogido este lado —añadió—. Podemos cambiarnos, si quieres.

—No te preocupes. Tu cama no parece mucho más cómoda que la mía.

—La verdad es que he intentado echarme una siesta y no he podido. —Puso mala cara—. Tendremos que acostumbrarnos. No nos queda más remedio.

Entonces vio su maleta púrpura y su expresión se iluminó con una gran sonrisa.

—¿Ha venido mi novio?

—Ha venido un chico, pero creo que no era tu novio. Ha dicho que se llamaba Ross.

—¿Ross? ¿Ha mandado a Ross? —sonaba perpleja e indignada a partes iguales—. Espero que no te haya molestado mucho.

¿Molestarme? ¿A mí? Bueno, no es que hubiéramos pasado mucho rato juntos, pero no me había parecido mal chico. De hecho, había sido bastante simpático conmigo. Incluso me había ayudado a subir mis cosas sin conocerme de nada.

—No..., de hecho, me ha ayudado con la maleta.

—¿Ross te ha ayudado? —repitió, confusa—. Sí que le ha dado el sol este verano. Le ha afectado al cerebro.

Se puso de pie y abrió la maleta, empezando a rebuscar entre sus cosas. No tardó en imitarme y comenzar a guardarlas en el armario.

—¿Y qué estás estudiando? —le pregunté, metiendo mis botas favoritas en el mío.

—Trabajo social. —Sonrió, doblando un jersey—. Me gustaría poder ayudar a familias disfuncionales cuando sea mayor. Entre otras cosas, claro.

—Vaya. —Levanté las cejas—. Eso es... muy solidario.

—Bueno, no tan solidario. Voy a cobrar por ello. ¿Y tú?

—Filología.

—¡Oh, letras! ¿Te gusta la poesía?

—Mmm... no.

—¿El teatro?

—Eh..., tampoco.

—¿La... novela?

—No mucho.

—¿Leer algo? ¿Lo que sea?

—No...

Me miró, confusa.

—Sabes lo que se hace en esa carrera, ¿no?

—Es que... no sabía qué elegir.

—Oh. —Pareció no saber qué decir—. Bueno, igual te termina gustando.

—Eso espero. —Sonreí—. O los próximos cuatro años se me van a hacer muy largos.

En realidad, no serían cuatro años. Había conseguido convencer a mis padres para ir a una universidad que estuviera lejos de casa, pero solo por un semestre. Así que, en diciembre, tendría que ver si seguía ahí o me mudaba más cerca de ellos. Por ahora, tenía claro que quería quedarme.

Estuve un rato hablando con Naya, cosa que me tranquilizó muchísimo. Resultó ser una chica encantadora. No entendí muy bien por qué su hermano me había deseado suerte. De hecho, me cayó tan bien que empezamos a hablar de nuestras familias, de cómo habían llorado cuando nos habíamos ido y de cómo las echábamos ya de menos. Ni siquiera nos dimos cuenta de que se hacía de noche hasta que ella miró la hora en su móvil.

—¡Mierda! —soltó de repente, haciendo que diera un respingo—. Llegaré tarde.

No sabía si era muy pronto para preguntarle al respecto. Después de todo, acababa de conocerla.

Pero no pude resistirme.

—¿Dónde?

—Mi novio vive cerca de aquí con sus dos compañeros de piso —me explicó—. Quería enseñarme la casa y va a venir a buscarme en... ¡¡¡Oh, no, cinco minutos!!!

Lo gritó tan fuerte que, por un momento, pensé que vendría alguna vecina a quejarse. Se puso histérica mientras buscaba algo en su armario y se cambiaba de ropa a toda velocidad.

—¡Mierda, como no me dé tiempo a cambiarme...!

—La ropa que llevas está bien —murmuré, confusa.

Llevaba una blusa rosa y unos pantalones azules. Y le quedaban como un guante.

—¿Es una broma? Mírame, parezco un maldito umpa lumpa.

Contuve una sonrisa.

—No sabes cuánto he esperado a volver a verlo —murmuró, dando saltitos para meterse en sus pantalones inhumanamente estrechos—. Bueno, y él a mí, claro.

—Entonces, es una gran noche —comenté, mirando mi móvil para comprobar que Monty, efectivamente, no me había dicho nada.

El primer día y ya había roto la promesa de llamarme. Qué romántico era siempre.

Naya agarró un jersey azul y se lo puso tan rápido que casi lo rompió. Después se acercó al espejo que había en la puerta de mi armario y se retocó la máscara de pestañas con un dedo.

—¿No sería mejor que usaras rímel? —sugerí.

—¡Lo tengo en el fondo de la maleta y ahora no me da tiempo a sacarlo!

—Pues usa el mío.

Me miró, sorprendida.

—¿En serio? ¿Puedo?

—Solo es rímel. —Me encogí de hombros, lanzándoselo.

Ella lo atrapó en el aire y me observó por un momento más. Puse una mueca, confusa.

—¿Qué?

—Nada. Oye, ¿quieres venir con nosotros?

Vale, eso me pilló desprevenida.

—¿Quién? ¿Yo?

—¿Hay alguien más en la habitación?

—No, pero... ¿estás segura? Es decir, no conozco a tu novio.

—¡Claro que estoy segura, tonta! Me has caído genial. Y les encantarás.

—Pero...

—Además, ya conoces a Ross y te ha caído bien, ¿no? Eso que te ahorras.

No sabía qué decirle. No era muy dada a hacer amigos el primer día que llegaba a un lugar nuevo, pero... no conocía a nadie, y quizá podía intentar integrarme.

Además, mi hermano Spencer me había dado una larga y aburrida charla sobre ser más sociable. Su única norma había sido que dijera menos veces que no a la gente.

Y a la primera ya estaba pensando en hacerlo.

—Vamos, son muy simpáticos —insistió Naya—. Y tienen comida china. Gratis.

No podemos decir que no a la comida china, Jenny.

Sí, gracias, conciencia.

—Tienen rollitos de primavera —siguió Naya—. Y arroz tres delicias, y...

—Vale, vale —accedí al ver que iba a seguir—. Cuenta conmigo.

—¡Genial!

Agarré mi chaqueta verde y me la puse viendo cómo ella se retocaba el pelo. Tenía curiosidad por conocer a su novio. Si era como ella, me caería bien. Naya agarró una llave de la habitación y me hizo un gesto entusiasta.

—Vamos, ya debe de estar esperando.

Bajamos las escaleras de la residencia juntas y Naya saludó a Chris con la cabeza, aunque él estaba tan centrado en dar condones a otra chica nueva que no nos vio.

—Pobre Chris —comentó Naya—. Vive estresado.

—¿No tiene ningún compañero?

—No lo creo. Pero se las apaña bien... algunas veces. —Ella sonrió.

—Oh.

—No nos parecemos en nada. Soy consciente de ello.

—No..., la verdad es que no.

—Al principio, parece un poco pesado, pero le acabas cogiendo cariño. Hizo una pausa al mirar fuera.

—¡Ahí está Will!

Will era un chico alto, de piel oscura y con aspecto de tener mucha paz interior, que esperaba fuera con las manos en los bolsillos. Naya salió chillando como una loca del edificio y escuché que Chris le chistaba, enfadado, pero no le hizo ni caso. Intenté rezagarme un poco mientras ellos se besuqueaban para darles intimidad.

Naya se separó en cuanto me oyó abrir la puerta.

—Mira, cariño, esta es mi compañera de habitación. —Naya le sonrió—. ¿A que no parece que sea rarita?

No supe qué decir. Will me sonrió a modo de disculpa.

—Will —se presentó—. Es un placer.

—Jenna. Igualmente.

—¿Te importa que venga con nosotros? —Naya aumentó su sonrisa.

—Claro que no. —Will señaló su coche—. Vamos, subid antes de que esos dos se lo coman todo.

Subí a la parte trasera de su coche y me puse el cinturón frotándome la punta de la nariz, que estaba helada por culpa del frío. Naya le estaba contando a Will que su hermano se había enfadado con ella esa mañana porque había perdido las llaves de la habitación a los cinco minutos de entrar en ella y había tenido que pedir la copia. Así que por eso no había ninguna copia para Ross... Will negaba con la cabeza con una pequeña sonrisa, por lo que supuse que estaba acostumbrado a escuchar historias similares.

Naya se giró en ese momento y me pilló mirando mi móvil con impaciencia.

—¿Esperas a que tu madre te llame? —preguntó, sonriendo.

—¿Eh? No. Hemos quedado en que solo puede llamarme una vez por semana. Pero las dos sabemos que no me hará ni caso.

—Mi madre ya ni se molesta en llamarme —me dijo Will—. Cuando lleves un año aquí, se acostumbrará.

—Bueno —Naya me dedicó una sonrisa traviesa—, ¿y de quién es la llamada que esperas?

—De mi novio —le expliqué—. Dijo que me llamaría.

—Oh, ¿tienes novio?

—Sí. Uno un poco olvidadizo.

—Se habrá distraído. —Ella le quitó importancia—. Ahora tú también vas a distraerte y no te acordarás de él.

La miré de reojo.

—¿Los del piso tienen nuestra edad? —pregunté. No quería hablar de Monty.

—No. Los tres son de segundo año. —Naya suspiró—. Seremos las enanas de la fiesta.

—En realidad, Sue es de tercero —le recordó Will.

—Ah, sí. Sue. Es verdad. Existe. Se deja ver tan poco que a veces se me olvida.

—No seas cruel. —Will la miró.

—¡Sabes que tengo razón!

—Cariño, Sue no sale mucho de su habitación cuando tú estás porque no tenéis la mejor relación del mundo.

—Porque es insoportable.

—Eso es justo lo que dice Sue de ti.

—¿Lo ves? ¡La insoportable es ella! —Naya se cruzó de brazos.

Pero el enfado repentino se le pasó enseguida. Se volvió a girar hacia mí y cambió de tema abruptamente.

—Este guaperas y yo hemos estado manteniendo una relación a distancia durante casi un año —me explicó—. Hasta hoy. ¡Por fin volveremos a vernos cada día!

Aprovecharon ese momento para besuquearse en un semáforo en rojo.

—Dicen que las relaciones a distancia son difíciles —comenté en medio de la orquesta de besos empalagosos.

—No para nosotros. Llevamos siete años juntos. Tenemos muchísima confianza.

Madre mía. Siete años. Yo solo llevaba con Monty cuatro meses y ya me parecía toda una eternidad.

—Siete años —repetí, sorprendida—. Eso es... casi media vida.

—Lo sé. Es mucho.

—Muchísimo. —Will asintió con la cabeza.

—Pero a mi lado se pasa rápido. —Naya lo miró al instante.

—Claro, claro.

21

—Empezamos a salir siendo unos críos. Ni siquiera nos besamos hasta que pasaron unos meses.

—Y casi me diste una bofetada —le recordó Will.

—¡Porque no sabía que para besar a alguien se usaba la lengua, me pilló desprevenida!

Empecé a reírme mientras seguían discutiendo juguetonamente.

Will giró entonces por una calle poco concurrida de pisos y supermercados cerrados. Al llegar a la mitad, entró en uno de los garajes y aparcó el coche en el único sitio libre. Cuando bajé, me quedé mirando el de al lado, un todoterreno negro con pegatinas en la parte trasera con referencias de música y películas. Pasé el pulgar por una de ellas, curiosa.

—¿Vamos? —me preguntó Naya al ver que me distraía.

—¿Eh? Sí, perdón.

Los seguí por la rampa del garaje y llegamos al interior de un edificio bastante bonito. Will nos condujo al ascensor y pulsó el botón del tercer piso.

—¿No les importará a tus amigos que haya venido? —le pregunté, jugueteando con mis manos.

Podrías ocultar un poquito más tu inseguridad.

—Claro que no —me aseguró él—. Seguro que a Ross le alegra verte otra vez. Le has caído bien.

No pude evitar parecer sorprendida.

—¿Te ha hablado de mí? Pero... si solo hemos estado juntos cinco minutos.

—Me ha dicho que parecías una chica muy simpática. Y que Naya te quitaría las ganas de vivir muy pronto.

Sonreí mientras ella ponía los ojos en blanco.

—Ross es un encanto —ironizó.

Subimos los tres hasta el tercer piso, donde había solo dos puertas y una ventana cerrada. Will sacó las llaves de su bolsillo y abrió la puerta de la derecha.

Al instante, el olor a comida china hizo que me rugieran las tripas. Entramos en un descansillo pequeño que daba a un salón. Después, Will señaló un perchero.

—Podéis dejar las chaquetas ahí.

Naya, que tampoco había estado nunca en ese piso, parecía casi tan nerviosa como yo.

Los seguí a través del marco de madera hacia un sencillo salón con dos sofás, dos sillones, una mesa de café llena de bolsas de comida, una televisión grande con varias consolas, una estantería hecha un desastre junto a un ventanal, un pasillo grande que parecía llevar a las habitaciones y una barra americana que lo separaba de una pequeña cocina.

Ah, y también había dos personas sentadas en el sofá. Detalle importante.

—¡Por fin! —gritó Ross, a quien identifiqué enseguida—. Me estaba muriendo de hambre.

—Yo también me alegro de verte de nuevo —le dijo Naya.

Los dos se giraron hacia nosotros. La chica que no conocía —supuse que sería Sue— hizo una mueca y volvió a lo suyo. Ross, en cambio, sonrió malévolamente hacia Naya.

—Genial, hemos pasado de la tranquilidad absoluta a tener que escuchar gritos en estéreo todo el día.

—Si yo nunca me enfado —protestó ella.

—¿Y quién ha hablado de enfadarse?

Will le lanzó la chaqueta a la cara. Ross se rio y la tiró a uno de los sillones. Sue, que estaba sentada ahí, los miró a los dos con mala cara y se centró en abrir su bolsa de comida.

Era la que más se parecía a mí. Las dos teníamos la piel ligeramente bronceada, el pelo castaño, los ojos del mismo color..., pero ella estaba bastante más delgada que yo y tenía los ojos un poco más rasgados. Era una chica preciosa. Aunque la mueca de asco camuflaba un poco su belleza.

—Veo que aún no has salido corriendo —me dijo Ross al acercarme.

—No la asustes. —Naya lo señaló—. Es mi compañera de habitación. Y quiero que siga siéndolo.

—¿Qué insinúas? —Él frunció el ceño.

—Que eres un pesado —dijo ella, y me agarró de la mano—. Ven, siéntate con nosotros.

Will me había hecho sitio junto a él en el sofá. Naya se sentó a su otro lado.

—Acaba de llegar y ya me está insultando —le dijo Ross a Will.

—No la asustes —le repitió Naya.

—¡Yo no asusto a nadie! Además, si quiere vivir contigo, tendrá que saber que tú y Will sois como un combo. Aguantar a uno implica aguantar al otro.

—¿Qué? —pregunté, confusa.

Ross me miró.

—Cuando no puedas dormir ninguna noche de la maldita semana por el ruido que hacen, ya volveremos a tener esta conversación.

—Déjalo, Jenna. Todos hemos aprendido a ignorarlo —me aseguró Will, sonriendo.

Hubo un momento de silencio incómodo solo interrumpido por el ruido de la chica callada desenvolviendo sus palillos. Cuando vio que la estaba mirando, frunció el ceño y yo aparté la mirada, enrojeciendo.

—Ellos son Ross y Sue —añadió Naya, sonriéndome, aunque yo ya conocía al primero.

—Nunca había oído ese nombre —murmuré, mirándolo—. ¿Ross es el diminutivo de algo?

—Es mi apellido —me dijo, desenvolviendo unos palillos—. Me llamo Jack Ross, pero todo el mundo me llama Ross.

—Su padre también se llama Jack —explicó Will, dejando dos bandejas grandes de comida china en la mesa auxiliar.

—Y yo dije que, como me llamaran Jack Ross Junior, me cortaría las venas —finalizó Ross.

Sonreí y me adelanté para agarrar unos palillos y robar un rollito de primavera.

—¿Y eres de por aquí, Jenna? —me preguntó Will amablemente.

Me apresuré a tragarme lo que tenía en la boca para poder responder.

—No. —Casi me atraganté por hacer el idiota—. Mi familia vive un poco lejos de aquí. A unas... cinco horas, más o menos.

—¿Y has venido en coche? —Naya se quedó mirándome.

—Sí. —Sonreí—. Pero me he pasado casi todo el viaje durmiendo.

—¿Y por qué has venido aquí? —preguntó Ross, mirándome—. ¿Te ha maravillado nuestra increíblemente alta contaminación? ¿O te han convencido todas las fábricas grises y deprimentes de la gran ciudad?

—Tenéis mejores universidades —le dije—. Pero la verdad es que quería alejarme de mi casa un tiempo.

—El pequeño polluelo quería abandonar el nido —murmuró Ross distraídamente.

—No podía ser tan malo vivir allí —me dijo Will.

—No es que fuera malo. Bueno, yo estaba bien en casa. Pero mi pueblo es pequeño; siempre con la misma gente, los mismos sitios... Todo es muy repetitivo. Quería intentar algo nuevo.

Me estuvieron preguntando durante un buen rato cosas de mi casa y otras relacionadas con lo que estaba estudiando. Todo iba bien hasta que Naya me preguntó por mi novio y les conté lo que había pasado cuando se me había dejado esa tarde.

Sí, a veces me costaba controlar que le decía a la gente que conocía desde hacía solo unas horas.

—¿Una relación abierta? —preguntó Naya, confusa—. ¿Eso qué es?

—No sé si se lo ha inventado él, pero dice que es cuando dos personas se quieren, pero pueden acostarse con otras.

—Nunca entenderé la vida en pareja —murmuró Ross, mirando mi plato—. ¿Te vas a comer todo eso?

Me habían movido a su lado para dejar los mandos de la consola junto a Will. Le ofrecí el plato.

—Todo tuyo.

—Me gusta esta chica —dijo él, sonriente.

Will miró a Naya.

—Igual deberíamos intentarlo nosotros, cariño. Ya sabes, eso de acostarnos con otros.

—Como lo hagas, te voy a matar mientras duermes —le advirtió ella—. Yo no podría seguir con mi vida tan tranquila sabiendo que Will podría estar acostándose con alguien.

—Pero sería sin amor —señaló Ross, y luego me miró con el ceño fruncido—. ¿No?

—Sí, supongo. —Me encogí de hombros.

—Aun así. ¿Y si un día te gusta más la otra persona? Es una posibilidad. —Naya negó con la cabeza—. Yo no podría.

La verdad era que no me había detenido a pensarlo durante mucho tiempo, pero Naya tenía razón. ¿Y si le gustaba más otra chica que yo? ¿Qué haría entonces?

Mejor no pensar en ello. Al menos, no en ese momento. No quería agobiarme con algo que todavía no había sucedido.

Mientras pensaba en ello, hice un ademán de apoyarme en uno de los cojines del sofá de una forma bastante distraída. Sin embargo, me detuve en seco cuando escuché lo que parecía un bufido de gato furioso a mi lado. Pero no era un gato, era Sue, que me crucificaba con la mirada.

—Es mío —me dijo secamente.

Me aparté, asustada. Era lo primero que había dicho desde que había llegado.

—Eh..., perdón..., no lo sabía —murmuré, devolviéndoselo.

Ella me miró con los ojos entornados mientras lo abrazaba, como si le hubiera dado una patada a un cachorrito.

—Pedir perdón no soluciona nada —masculló.

No supe qué decirle. Ross, a mi lado, contuvo una risotada.

—No te lo tomes como algo personal —me dijo—. Está así de loca con todo el mundo.

—No estoy loca, idiota.

—Vale, vale. Entonces no estás loca. Solo estás mal de la azotea.

Sue le sacó el dedo corazón y se quedó abrazada a su cojín. Mientras, Will y Naya estaban ocupados dándose besitos e ignorándonos.

Así que eran una de *esas* parejas.

Pero lo peor no era que se besaran, sino que lo hacían de forma muy ruidosa. De hecho, se formaba un silencio bastante incómodo cada vez que se oía a alguno de ellos. Miré de reojo a Ross, que los estaba observando con una mueca casi de asco, y él sonrió al captar mi mirada.

—¿Y si vamos arriba y pasamos de estos dos?

—Yo también existo —le recordó Sue, molesta.

—¿Y quieres venirte arriba?

—Antes prefiero la muerte.

—Pues eso. —Ross volvió a girarse hacia mí—. ¿Te vienes?

Me quedé mirando a Naya, que se estaba besando descaradamente con su novio en el sofá.

—Sí, vamos.

Era mejor alternativa que quedarme ahí a mirarlos.

—Menos mal que hay alguien no-aburrido —dijo, poniéndose de pie.

Lo seguí hacia la entrada y fruncí el ceño cuando abrió la ventana del pasillo.

—¿Qué haces? Hace frío.

—Tenemos que pasar por aquí. Vamos, te ayudaré.

—¿Ayudarme? ¿A qué?

—A saltarla. Mira.

Me hizo un gesto para que me asomara y vi que, al otro lado, había una escalera de incendios que conducía al tejado.

—¿Vamos a subir por ahí? —Miré hacia arriba con la nariz arrugada.

—Es seguro. —Sonrió ampliamente—. O, al menos, nadie se ha matado en lo que llevamos viviendo aquí.

—Con mi suerte, seguro que yo soy la primera.

Me quedé mirando un momento la distancia hasta el suelo y después acepté su mano para saltar el marco de la ventana y agarrarme a la barandilla de la escalera. Mientras empezaba a subir, escuché que me seguía y empujaba la ventana para que no se cerrara.

Dos pisos hacia arriba, la escalera terminaba en una azotea de un tamaño considerable cubierta de grava y con dos tubos grandes que supuse que serían de la ventilación del edificio. Desde ahí se veía la universidad y el parque que había justo al lado. Bueno, y gran parte de la ciudad. Me hubiera gustado más de no haber hecho tanto frío. Me froté las manos y me las metí en los bolsillos.

—No está mal, ¿eh? —me dijo Ross, pasando por mi lado.

Se estaba dirigiendo directamente a las sillas de camping que había al final de la terraza. Eran cuatro, y tenían mantas gruesas y una nevera portátil. Sonreí de medio lado. No estaba mal pensado.

—¿Qué hacéis cuando llueve? —pregunté, sentándome en una de las sillas junto a él.

—Correr a esconderlo todo. —Abrió la nevera.

—¿Y si no llegáis a tiempo?

—Entonces esperamos a que se seque. ¿Tienes sed?

Asentí con la cabeza y me lanzó una cerveza. Hacía mucho que no bebía una. Monty detestaba el sabor a cerveza y decía que no me besaría si la bebía.

Después del primer sorbo, me acordé de lo mucho que me gustaba y me relamí los labios, cubriéndome con la manta gruesa que me pasó Ross.

—¿A vuestros vecinos no les importa que tengáis esto aquí? —pregunté, mirándolo de reojo.

—Nunca sube nadie.

—Lo que significa que no lo saben.

—Lo que significa que no les importa —me corrigió, sonriendo.

—¿Y cuál es el plan si alguna vez suben?

—El plan A es invitarlos a una cerveza y que se unan a nosotros.

—¿Y el plan B?

—Tirarlos abajo. —Levantó la cerveza—. No puede haber testigos del crimen.

—Pues es un sitio precioso —dije, riendo—. Quitando las fábricas abandonadas del fondo.

—Si imaginas que son bosques, parece más bonito.

Vi que buscaba algo en su bolsillo. Un paquete de tabaco. Por algún motivo, me quedé mirándolo como una idiota cuando se encendió un cigarrillo en los labios y me imaginé la cara de asco que tendría Monty si...

Maldita sea, ¿podía dejar ya de pensar en él? Ni siquiera me había llamado.

—¿Hace mucho que conoces a Naya? —le pregunté, escondiendo media cara bajo la mantita.

—La conozco desde el instituto; empezó a salir con Will hace... —Lo pensó un momento—. No sé ni cuánto hace ya. Llevan como... toda la vida juntos. Son muy pesados.

—Siete años, según lo que me ha dicho ella.

—¿Siete años ya? —Levantó las cejas—. Cómo pasa el tiempo. De repente, me siento viejo.

Hizo una pausa para beber cerveza.

—¿Cuándo la has conocido? —me preguntó.

—Hace como... dos o tres horas.

—¿Y ya estás aquí? Sí que se te da bien integrarte.

—Qué más quisiera yo. En mi instituto no tenía muchos amigos.

Enhorabuena, acabas de arruinar la oportunidad que tenías de parecer un poco guay.

—¿No? —Parecía sinceramente sorprendido.

—No... —Vaya, ya no sabía cómo arreglarlo para parecer genial. Tocaba ser sincera—. Era un lugar muy... peculiar. No había mucha gente entre la que elegir.

Él me miró, esta vez divertido.

—¿Por qué?

—A ver, porque estaban los populares, los pringados, los invisibles...

—No, espera, déjame adivinarlo. Se me dan bien estas cosas. —Lo pensó un momento—. Había una chica muy mala, pero muy guapa que se metía con las chicas que consideraba inferiores a ella.

—Bingo. —Sonreí—. Aunque a mí nunca me dijo nada. No existía ni para ella.

—Y un chico malo que se saltaba todas las clases y hablaba mal a los profesores, pero que, sorprendentemente, siempre gustaba a todas las chicas.

—A mí nunca me gustó —puntualicé.

—Y había un club de teatro, una banda de música..., y todos sus integrantes eran considerados unos pringados.

—De hecho, fui miembro de la banda de música por un tiempo.

—No puede ser. —Se rio—. ¿Y qué hacías? ¿Tocar la flauta?

—Mmm..., no exactamente.

—¿La guitarra?

No lo digas.

—¿El piano...?

—Je, je..., no...

Por favor, no lo digas.

—¿Entonces?

—Tocaba el... bueno... el... mmm... triángulo.

Él se quedó callado unos instantes, mirándome fijamente, y me pareció que contenía una risotada.

—El triángulo —repitió.

—¡Es más difícil de lo que parece! ¡Guiaba a toda la banda!

—Sí, claro. El triángulo es un instrumento muy complejo.

—Oh, cállate.

—Bueno, me imagino que no duraste mucho tocando el complejo triángulo.

—No. Lo dejé a las dos semanas. Y empecé con otra cosa.

—Como... ¿cantar?

—Si me oyeras cantar, utilizarías el plan B contra ti mismo.

Sonrió y se quedó mirándome un momento antes de añadir:

—¿Bailar?

—Sí. —Le di un sorbo a mi cerveza.

—No te imagino bailando hip-hop.

—Ni yo, la verdad.

—Por favor..., dime que no bailabas ballet.

Lo miré, enfurruñada.

—¿Y qué tiene eso de malo?

—¿Eso es un sí?

—Durante un tiempo, sí. —Me crucé de brazos—. Y era muy buena, por cierto. Pero tuve que dejarlo.

—¿Por qué?

—Mi profesora me dijo que, si quería seguir, tenía que adelgazar cinco kilos. —Me puse de mal humor solo al recordarlo.

—¿Y qué tiene que ver una cosa con la otra? —Él frunció el ceño.

—No lo sé. Creo que tenía algo que ver con la estética de la clase, no me acuerdo mucho.

—Espero que no los perdieras por ella.

—Lo pensé, aunque al final no lo hice. Pero la historia no termina ahí.

—Tienes toda mi atención —me aseguró.

—Mi madre se enteró y se enfadó tanto que se plantó en la academia, discutió con la profesora y terminó tirándole café a la cara.

Él empezó a reírse a carcajadas. Casi se le cayó la cerveza al suelo y yo también sonreí, divertida.

—Me cae bien tu madre —dijo, asintiendo con la cabeza—. Si hubieras sido mi hija, habría hecho lo mismo.

Pensar en ella hizo que me acordara de que tenía que llamarla al día siguiente para que no le diera un ataque de nervios.

—¿También la habrías atacado con café?

—Bueno, quizá la habría invitado a una cerveza y habría utilizado mi plan B contra ella.

—Vaya, eres malvado.

—Lo sé. No se lo cuentes a nadie. Tengo una reputación que mantener.

Sonreí, negando con la cabeza.

—¿Ya has terminado de adivinar?

—Oh, no. —Dio un trago a su cerveza, pensativo—. A ver, a ver... ¿Eras parte del grupo de los invisibles?

—Se podría decir que sí.

—¿Tu novio iba a tu instituto?

—Sí.

—Y él no era invisible —terminó, mirándome.

—No lo era, no.

—Seguro que era el típico chico popular que jamás habrías pensado que se fijaría en ti, ¿no?

—Eres bueno —le concedí.

—Y cuando lo hizo, el instituto entero estuvo una semana hablando de vuestra relación.

—Casi. Dos semanas.

—He estado cerca.

—Pero no has acertado.

—Qué negatividad.

Lo miré de reojo.

—¿Lo estás adivinando porque tu instituto también era así o qué?

—No. Era un aburrimiento. Nunca pasaba nada interesante. Pero he visto demasiadas películas con el mismo argumento.

—A veces, los clichés están bien —le dije, acomodándome.

—No he dicho que no lo estuvieran. —Tiró la ceniza al suelo—. Tu vida parece una versión moderna de una novela de Jane Austen.

—¿Quién es esa?

Se quedó mirándome.

—¿Estás estudiando literatura y no sabes quién es Jane Austen?

—Es que no me gusta leer —murmuré.

—Espera, ¿estás estudiando literatura y no te gusta leer?

—Es que no sabía qué estudiar, ¿vale? —dije a la defensiva.

—¿Y no te has leído ninguno de sus libros? —Parecía horrorizado—. ¿Ni siquiera has visto alguna adaptación? ¿En serio? ¡Si hay mil!

—¿Cuáles son?

—*Orgullo y prejuicio*, *Sentido y sensibilidad*, *La abadía de Northanger*, *Mansfield Park*...

—¿A ti te gusta? Conoces muchos títulos suyos.

—A mi madre le encanta —me explicó—. Tiene todos sus libros y se ha comprado todas las películas que se han hecho de ellos. Ya me las sé de memoria. Pero... ¿me estás diciendo que no te suena ninguna de esas novelas? ¿Ni siquiera has visto las películas? ¿En serio?

Negué con la cabeza.

—No me gusta mucho el cine.

Por su expresión, deduje que eso había sido como si le hubiera dado una bofetada. Abrió la boca de par en par.

—¿Y qué haces para vivir? —Se había inclinado hacia delante, intrigado—. ¿Escuchar música? ¿Jugar al dominó? ¿Mirar paredes?

—No me gusta el dominó, las paredes no son mi punto fuerte y la música no está mal, pero soy muy selectiva, así que no escucho demasiada.

Eso pareció descolocarlo por completo.

—¿Y se puede saber qué te gusta?

—¡Muchas cosas! —Enrojecí un poco.

—¿Por ejemplo...?

—Pues... me gustaba bailar ballet. Hasta que mi madre bañó en café a mi profesora.

—¿Y ahora?

Pensé en atletismo. Lo solía practicar antes de empezar a salir con Monty, pero él estaba obsesionado con que no estaba bien que una chica saliera sola de casa —y menos con ropa tan ajustada—, así que con el tiempo me había ido olvidando de ello y ahora solo me quedaban las alternativas que podía hacer en casa.

—Me gusta ver los *realities* de la tele —dije finalmente—. Sobre todo, si se pelean mucho.

Él pareció querer matarme, pero no dijo nada. Sonreí, divertida.

—Vale, volvamos al tema de las películas —me dijo, intentando recomponerse—. ¿No has visto ninguna película? Eso es imposible.

—Claro que he visto alguna.

—Menos mal. Ya te daba por perdida. ¿Cuántas?

—He visto *Buscando a Nemo.*

Enarcó una ceja.

—La cumbre del cine de cultura.

—Es que a mi novio no le gusta el cine.

—No te estoy preguntando lo que le gusta a tu novio, te estoy preguntando lo que te gusta a ti.

Hice una mueca.

—¡Es que me aburren las películas! Son tan largas, con todos esos diálogos larguísimos y esos planos interminables...

—Será porque no las ves bien.

—¿Se pueden ver mal?

—Pues claro que sí. A ver, ¿no has visto nada de Disney?

—Sí.

—¿Cuál?

—*Buscando a Nemo.*

Me miró con mala cara.

—Ni siquiera estoy seguro de que eso sea de Disney.

—Entonces, no.

—Madre mía.

—¿Qué?

—Madre mía, pequeño saltamontes...

Sonreí, divertida.

—¡Deja de decir «madre mía» y respóndeme! ¿Qué tiene de malo?

—No has tenido infancia.

—Claro que la he tenido. Solo que... en casa poníamos deportes por mis hermanos, no veía muchas películas.

—¡No veías ninguna!

—¡Vi la de Nemo!

—Es que no entiendo cómo has podido pasar por la vida sin ver películas como... yo qué sé... ¿*El rey León*?

—No me suena.

—¿No te...? ¿Y qué hay de los clásicos? ¿*La vida es Bella*? ¿*Forrest Gump*? ¿*Gladiator*? ¿*El pianista*? ¿*Regreso al futuro*?

—No, no, no y no.

—Y yo que creía que tenía una vida desgraciada...

—Soy muy feliz así —le aseguré.

—No, no lo eres. Lo serás en una hora y media, cuando terminemos de ver *El rey león*.

Ya se estaba poniendo de pie. Dejé la manta en mi silla y lo seguí trotando apresuradamente hacia las escaleras.

—¿Por qué es tan importante ver una estúpida película?

—Para empezar, no la llames estúpida.

—Vaya, perdón, no quería ofender a la película.

—Y para terminar..., ¡porque es un clásico, por Dios! —Sacudió la cabeza con dramatismo mientras pasábamos de nuevo por la ventana—. No me puedo creer que no sepas ni qué película es. Es como si vinieras de otro planeta.

Abrió la puerta de casa y casi choqué con su espalda cuando se detuvo en medio del salón.

—Tenéis una habitación para hacer guarradas —le dijo a Naya y a Will, que seguían besuqueándose en el sofá—. O el callejón de abajo. Eso ya depende de vuestros gustos.

—¿Dónde vais? —preguntó Naya, asomando la cabeza por encima del respaldo.

—No ha visto *El rey león* —le dijo Ross con el mismo tono que habría usado para insinuar que lo había intentado tirar desde la azotea.

—¡¿No has visto *El rey león*?! —exclamó Will.

Suspiré y Ross me sonrió.

—¿Lo ves? Eres un poco rarita.

—Y tú un poco pesadito.

No pareció muy afectado. De hecho, pareció divertido. Se acercó a la última puerta a la izquierda y me dejó pasar a la que era su habitación.

Lo primero que vi fue un enorme y llamativo póster de lo que supuse que sería una película famosa. Seguido de muchos de otras películas que tampoco conocía. Tenía un escritorio sorprendentemente ordenado, con un portátil lleno de pegatinas y una cama bastante grande con un cuaderno encima en el que había estado escribiendo algo. Lo lanzó al otro lado de la habitación de un manotazo —todo delicadeza— y agarró el portátil.

—Prepárate para que cambie tu vida —me dijo, sentándose en la cama.

Miré a mi alrededor. Vi una cristalera que conducía a un balcón. En ese momento, estaba cerrada por el frío. Qué suerte. Yo solo tenía una pequeña ventana. Y ni siquiera podía abrirse porque estaba atascada.

—Puedes quitarte las botas —me dijo distraídamente.

Hice lo que me decía y me paseé por la habitación, curioseando. Me quedé mirando el primer póster que había visto, el de una chica con el pelo rubio y una de esas espadas alargadas en la mano. Él siguió buscando la película, centrado en su labor de instruirme.

—¿Cuál es esta de la espadita china? —pregunté.

Ross levantó la cabeza y me puso mala cara.

—No es una espadita china, lista. Es una katana. Y las katanas son japonesas.

—Oh, perdóneme usted. —Le puse mala cara—. ¿Y qué película es?

—*Kill Bill*. De Tarantino. Un clásico. Y una de mis favoritas.

—Tampoco la he visto.

—Me lo imaginaba.

—¿Y si la vemos? Ahora tengo curiosidad.

—Te recomiendo empezar tu inmersión cinéfila por Disney, que es más suave —me aseguró—. No creo que estés psicológicamente preparada para Tarantino.

Seguí husmeando por su habitación y me topé con su cómoda, en la que tenía un montón de fotos con su familia. Su madre parecía muy joven, y su padre se parecía mucho a él, solo que con el pelo más corto y unas gafas. En una foto, una versión más joven de Ross estaba sujetando un trofeo de baloncesto con una sonrisa de oreja a oreja. De hecho, había algunos trofeos más en la estantería. Pasé el dedo por uno de ellos, curiosa.

—¿Te gusta el baloncesto? —pregunté.

Lo que daría Monty por conseguir un trofeo de estos...

—Me gustaba. Ahora me aburre.

—Parece que eras bueno.

—Sigo siéndolo —recalcó, sonriendo.

—¿Y humilde?

—Eso no lo he sido nunca. Ven. Ya tengo la película.

Una hora y media más tarde, estaba sentada en su cama viendo cómo Simba subía la roca del rey con música emotiva de fondo. Ross me miró al instante en que la película terminó, esperando una reacción. Casi parecía un niño pequeño esperando un dulce.

—¿Y bien? —preguntó, impaciente.

—Mmm..., no ha estado mal.

—¡¿Que no ha estado mal?!

Di un salto del susto e intenté no sonreír cuando vi su cara indignación.

—Acabas de ver mi infancia en una hora y media, ¡¿y tu conclusión es que no ha estado mal?!

—A ver... Sí, vale, me ha gustado. La música está bien. Los personajes son divertidos... Sí, me ha gustado.

Eso pareció mejor.

—Sabía que no podrías resistirte a los encantos de Simba.

—Pues el que más me ha gustado ha sido Pumba.

—¿Pumba? ¿Por qué?

—No lo sé. Me ha parecido muy tierno.

—¿Tierno en el sentido de que te lo comerías o en el sentido de ternura?

—Dios mío, en el sentido de ternura —dije, alarmada—. Comerse a Pumba sería como... pisar una flor en peligro de extinción.

—Qué profunda. Quizá sí tengas espíritu poeta, después de todo.

—Lo dudo mucho.

—Bueno. —Me miró—. Ahora mismo tienes dos magníficas opciones ante ti: puedes ir a ver si Naya y Will han terminado de hacerlo en el sofá o puedes quedarte a ver otra película. Tú eliges.

—¿Qué hora es? —pregunté.

—Sea la hora que sea, seguro que tienes tiempo para ver la película.

Lo consideré un momento y luego sacudí la cabeza, divertida.

—Bueno, vale —dije—. Pon otra del Disney ese.

—Sabes que Disney es una compañía y no una persona, ¿no?

—¿Eh? Sí, sí..., claro que lo sabía...

A las tres de la mañana, apoyada en la pared de la cama, estaba viendo el final de *La Bella y la Bestia*. También habíamos intentado ver *Cenicienta*, aunque la había quitado al ver que no me gustaba.

Cuando terminó la primera, Ross me miró de la misma forma que lo había hecho la otra vez.

—¿Y bien? —repitió—. ¿Puntuación? ¿Pensamientos? ¿Reflexiones?

—Ocho sobre diez —opiné.

—¿Más que *Cenicienta*?

—*Cenicienta* tira por los suelos todos mis principios morales de feminismo, lo siento.

—En el momento en que se hizo, apenas existía el feminismo —me dijo él, divertido—. Hay que mirar las cosas desde su punto de vista cultural.

—Deberías estar estudiando literatura en mi lugar —mascullé—. Hablas como un filólogo hecho y derecho.

—Quizá en otra vida. Me gusta demasiado lo que estoy estudiando.

—¿Y qué es?

Me dedicó una sonrisa misteriosa.

—¿No puedes adivinarlo?

—Te he conocido a la hora de cenar —le recuerdo.

—Vale. Te lo concedo. Dirección audiovisual.

—Ah, claro, claro.

Empezó a reírse.

—No tienes ni idea de lo que es, ¿verdad?

—Claro que no, ¿qué demonios es eso?

—Quiero ser director de cine —me explicó.

—Oh. —Levanté las cejas—. Ahora entiendo tu indignación al saber que solo había visto una película. Y lo de las paredes. Supongo que el coche de las pegatinas es tuyo.

—¿Te has fijado en mi bebé?

—Es difícil no hacerlo.

—¿No te gusta?

—Es original. Lo original siempre me gusta —opiné—. Mi habitación no tiene ni uno de esos cartelitos. Aunque tampoco es que me gusten muchas cosas.

—Ahora puedes poner uno de Pumba.

—Seguro que a Naya no le extraña nada entrar y ver la foto de un cerdo rojo en mi pared.

Justo en ese momento, como si la hubiera invocado, Naya llamó a la puerta y se asomó sin esperar una respuesta.

—¿Estáis haciendo algo que no pueda presenciarse? —preguntó, tapándose los ojos, aunque echó una ojeada y sonrió—. Genial, Ross, veo que te estás portando bien.

—Gracias por el tono de sorpresa —murmuró él.

—¿Te importa que nos vayamos ya, Jenna?

—¿Ya habéis terminado? —le preguntó Ross con una sonrisita malvada.

—Cállate. —Naya le puso mala cara—. Vamos, Jenna, he llamado a un taxi y debe de estar abajo.

Me puse las botas rápidamente mientras Ross bostezaba con ganas.

—Buenas noches, Ross —le dije yendo a la puerta.

—Buenas noches, pequeño saltamontes.

—Gracias por la inmersión en el mundo cinéfilo.

—El próximo día empezaremos con las películas sangrientas y macabras —bromeó.

Sacudí la cabeza y me apresuré a seguir a Naya hacia la puerta de la entrada.

2

La chica sin *hobbies*

—He llegado tarde a mi primera clase —me soltó Naya, malhumorada, dejando la mochila en el suelo para sentarse delante de mí.

Yo, por mi parte, estaba probando las hamburguesas de la cafetería. No estaban mal si las comparabas con el sabor del resto de la comida que preparaban.

—¿Por qué? —pregunté con la boca llena.

—¡Qué asco! No me hables con la boca llena de comida.

—Ups... —Tragué—. Perdón.

—Bueno, no importa. He llegado tarde porque ayer estuvimos en casa de Will hasta las tantas de la noche y esta mañana me he dormido. —Suspiró y me robó una patata—. Bueno, valió la pena. Hacía mucho que no lo veía y eso. Pero el profesor me ha mirado con una cara...

—Tampoco habrá sido para tanto —dije—. En mi clase hay tanta gente que podrías irte sin que nadie se enterara.

—Y en la mía, pero me molesta no llegar puntual. —Suspiró y agarró el cuenco de sopa que había comprado—. Huele raro.

—Huele raro y sabe a gato muerto.

—¿Cómo sabes a qué sabe un gato muerto? ¿Lo has probado?

—Pruébalo y me cuentas.

Ella se tomó un momento para darle un sorbo a la sopa.

—Vale. Sabe a gato muerto y podrido.

—¿Lo ves?

Dejó la sopa a un lado con mala cara y agarró el sándwich de pavo. Eso pareció una mejor opción.

—¿Ya has hablado con tu novio? —me preguntó, curiosa.

—Esta mañana me ha mandado un mensaje preguntándome qué tal todo, pero poco más.

—Podríais hacer algo por Skype —sugirió—. Will y yo lo hacíamos cuando no podíamos vernos muy a menudo.

—¿Hacer algo? —pregunté, confusa.

—Algo sexual, mujer. —Se rio—. No pongas esa cara, no es para tanto.

—¿Por qué siempre terminamos hablando de eso?

—Porque es interesante. Otra opción es comprarte un vibrador en Amazon.

—Será mi plan B.

Eso me recordó a alguien con un plan de lanzar vecinos cotillas y profesoras de ballet por la azotea de su edificio. Esbocé media sonrisa al imaginármelo y seguí comiendo mientras Naya me hablaba de sus clases.

Cuando volví a la residencia, vi a Chris sentado tras el mostrador. Estaba jugando al Candy Crush, pero levantó la cabeza cuando me oyó abrir la puerta.

—Ah, hola, Jennifer. ¿Qué tal tu primer día? —me preguntó, mucho más tranquilo que la última vez que lo había visto.

—Un poco aburrido, la verdad. Solo ha habido presentaciones de profesores.

—Mañana ya empezaréis el temario y no te aburrirás tanto. —Me sonrió.

—O el aburrimiento será peor.

—Esa no es la actitud adecuada, Jennifer. —Me miró, muy serio.

—Puedes llamarme Jenna, ¿sabes? O Jenny. Como prefieras. Ni siquiera mi madre me llama Jennifer. A no ser que esté enfadada.

—Jenna, entonces.

Dejó el móvil a un lado para centrarse en mí.

—Naya me ha dicho que os lleváis bien. Es una gran noticia. Cambiar a la gente de habitación siempre es un lío de papeles.

—¿Cuánta gente pide cambios?

—Más de la que te puedas imaginar —me aseguró—. Ayer vino una chica diciéndome que su compañera de habitación tenía un sacacorchos escondido bajo su almohada y que estaba convencida de que quería apuñalarla con él. Ha pedido el traslado inmediato. Pero esas cosas tardan mucho en procesarse.

—¿Un... sacacorchos?

—Sí. —Dudó un momento—. Ahora que lo pienso, no he vuelto a verla.

—Quizá le haya clavado el sacacorchos en un ojo.

—Quizá. —Se encogió de hombros—. Mientras no hayan roto nada...

—Me encantan tus prioridades, Chris.

Me ignoró, y cuando volvió a coger su móvil, ahogó un grito.

—¡Mierda! Me he quedado sin vidas.

Estaba tan ocupado maldiciendo al creador del juego que no respondió a mi despedida.

En el pasillo de la residencia había dos chicas gritándose por no sé qué de una camiseta, así que tuve que pasar rápidamente por su lado para que no me volara una almohada a la cabeza. Había tenido más suerte de la que creía con Naya.

Cuando por fin llegué a mi habitación —me sentía como si hubiera cruzado una zona de guerra—, suspiré pesadamente. Ya había terminado de colocar todas mis cosas esa mañana, así que el cuarto empezaba a parecer un poco más habitable que el día anterior. Miré la pared lisa que había junto a mi cama y me pregunté qué tal quedaría ahí un póster de un cerdo rojo.

Justo cuando estaba dejando la mochila en la cama, escuché que mi móvil sonaba. La cara de mi madre apareció en la pantalla táctil con una gran sonrisa.

Supe enseguida que su versión real no tendría una gran sonrisa. En absoluto.

—¡Jennifer Michelle Brown! —me chilló en cuanto descolgué.

Me despegué el móvil de la oreja un momento antes de volver con ella. Mi forma de saber si tenía problemas con mi madre era tener en cuenta cómo me llamaba. Usaba Jenny cuando estaba de buen humor. Jennifer estaba reservado para esos momentos en que empezaba a irritarse conmigo. Cuando me llamaba por mi nombre completo... era mejor salir corriendo.

—Hola, mamá. Yo también te echo de menos.

—¿Se puede saber por qué no me has llamado? ¡Ya llevas una semana ahí!

—Pero... pero si llegué ayer por la tarde.

—Para mí ha sido una vida entera —me aseguró con dramatismo—. ¿Cómo estás? ¿Cómo es tu compañera de habitación? ¿Y tus compañeros de clase? ¿Y tus profesores? ¿Hace buen tiempo?

—Estoy bien. Mi compañera de habitación se llama Naya y es muy simpática. Mis compañeros de clase estaban tan dormidos como yo esta mañana, así que no lo sé. Y hace buen tiempo. Bueno..., ahora está nublado, pero, por lo que he visto, aquí suele llover a menudo. ¿Ha nevado en casa?

—Es septiembre. Claro que no ha nevado, ¿ya te estás volviendo loca por la soledad?

—Mamá, no estoy sola. Estoy con Naya, ya te lo he dicho.

—Bueno, la soledad es muy relativa. ¿Cogiste tus botas?

—Sí.

—¿Las negras y las marrones?

—Sí, mamá.

—Ya sabes que siempre te pones las marrones, que son más bonitas, pero no sirven para nada y, en cambio, las negras...

—Tengo las dos.

—Usa las negras cuando llueva. No quieras ir de lista o te resfriarás.

—Mamá...

—¿Y el abrigo?

—También.

—¿Cuál? ¿El verde? Ay, Jenny...

—¡Ma...!

—¿Te estás abrigando? Que siempre vas como quieres y te resfrías.

—¿Por qué te crees que me voy a resfriar haga lo que haga?

—¡Porque es verdad!

—Me abrigo bien.

—No me lo creo.

—¡Mamá!

—¿Y la comida?

—Está bien.

—¿Bien?

—No está tan buena como la de papá, pero tampoco está mal.

—¿Y estás comiendo bien?

—Que sííí...

—Cogiste unos kilitos estos meses por los nervios, espero que no los estés perdiendo. Te sentaban muy bien.

Me quedé mirando al espejo. Era cierto que había engordado un poco esos meses. Me pellizqué la barriga e hice una mueca.

—Me siguen entrando los pantalones y no se me caen, así que me mantengo bien.

—No comas comida basura todos los días, que nos conocemos.

—Mamá, soy una adulta.

—Una adulta —repitió, casi riéndose de mí—. Espero que no hayas comido una hamburguesa el primer día, señorita.

—Claro que no —mentí descaradamente.

—Hija, se te da tan mal mentir como a tu padre.

Como si hubiera sido invocado, escuché la voz de papá al otro lado de la línea. Él y mi madre empezaron a discutir sobre el móvil hasta que él se lo quitó.

—Hola, Jenny.

—Hola, papá. —Sonreí—. ¿Te ha obligado mamá a hablar conmigo?

—¿Tú qué crees?

—Que sí.

—Pues haces bien, aunque eso no lo diré delante del sargento —aseguró él—. Me está mirando fijamente y, cuando cuelgue, me va a estar mareando un buen rato.

Escuché a mi madre gritarle algo y me reí.

—Papá, intenta sobrevivir hasta que vuelva.

—Lo intento, te lo aseguro —me dijo—. ¿Cómo te van las cosas? ¿Ya has hecho algún amigo?

Justo en ese momento, Naya entró y me sonrió a modo de saludo, cerrando la puerta. Señalé el móvil y pronuncié en silencio un «padres».

—Mi compañera de habitación me ha caído genial —dije—. Y sus amigos también.

Naya me guiñó un ojo felizmente.

—Me alegro. Cuando estuve en la universidad, me tocó compartir habitación con un chico que me caía fatal y fue un año horrible. Bueno, fue mi único año, en realidad.

—No creo que me pase eso.

—Seguro que a tus hermanos les pasaría si se molestaran en mover el culo para ir a la universidad y hacer algo de provecho.

—Papá... —intenté reñirle.

—Bueno, tu madre está empezando a echar humo por las orejas, creo que quiere volver a hablar contigo, así que te la voy a...

Por el ruido que hubo al otro lado de la línea, supuse que mamá le había quitado el móvil de un manotazo.

—¿Has colgado? ¿Jennifer? ¿Hola? ¿Hola? ¿Sigues ahí?

—Aquí sigo. —Intenté no reírme con todas mis fuerzas.

—Bien. Pues abrígate, ¿me oyes? Y come bien. Menos hamburguesas y más comida sana. Y nada de chocolate todos los días.

—Mamá, tengo dieciocho años.

—Tendrás treinta y seguiré diciéndotelo porque seguirás haciéndolo. —Noté que iba a emocionarse e hice una mueca.

—No empieces —le advertí.

—Es que eres mi niñita. Tengo el derecho maternal de emocionarme si quiero.

—Llevo literalmente veinte horas fuera de casa y ya estás así. ¿Qué harás en un mes?

—¡Ya me entenderás cuando tengas hijos!

—Uf..., eso no pasará.

—¡Como no me des nietos, te mato!

—¡Mamá!

—Bueno, es decisión tuya, pero... vamos, Jenny. Ya cambiarás de opinión.

—Ya tienes un nieto, ¿o te has olvidado de él?

—Y lo quiero mucho, pero no estaría mal tener más.

—¿Por qué no se lo pides a uno de los chicos?

—Porque son unos tarugos.

—¿Unos... qué?

—Mejor no te digo lo que significa. Steve está delante de mí.

Escuché a mi hermano protestar. Mi madre le dijo que se callara y volvió al teléfono.

—Tengo que colgar. Vamos a ir a ver a tu hermana y al pequeño Owen.

—Dile que la llamaré en unos días.

—Está bien. Te quiero, cielo. Un beso. Te quiero. Te qui...

—Y yo a ti, mamá. Cuídate.

—¡Come sano y abrígate!

Colgué el teléfono y me quedé mirando a Naya, que estaba sonriendo con aire divertido.

—Tengo mucha curiosidad por conocer a tus padres —me dijo.

—Pues no deberías —le aseguré—. Creo que mi madre no va a superar en mucho tiempo eso de haberse quedado sola con los chicos.

—¿Con los chicos?

—Mis tres hermanos mayores y mi padre —le dije, sentándome en la cama.

Ella levantó las cejas.

—¿Tienes tres hermanos mayores?

—Cuatro. Pero la mayor es una chica y vive con su hijo en su propia casa.

—Yo no sé qué habría hecho con cuatro hermanos mayores. Si siendo solo dos, Chris y yo nos pasábamos el día peleando... —murmuró, comiendo golosinas de una bolsita.

—Créeme, había peleas. Muchas.

—Pero debe de ser divertido, ¿no? Es decir, quitando todo lo de las peleas y las discusiones.

—Sí, lo es. —Sonreí un poco.

La verdad es que los echaba de menos. Ellos siempre habían sido más lanzados que yo. Shanon especialmente. Ella se habría plantado en clase esa mañana y habría hecho diez amigos. Yo no había hablado con nadie. Y eso que me había propuesto hacerlo.

Además, era muy raro no tener a nadie que me molestara o se metiera conmigo. Cuando estaba en casa, solía odiarlo, pero solo había pasado un día fuera y ya lo echaba de menos.

—¿Qué harás esta noche? —me preguntó, mirándome.

—Ni idea. Tumbarme a ver la vida pasar, supongo.

—Suena a planazo.

—Lo sé.

—Yo creo que iré a ver a Will.

—Tenéis mucho tiempo que recuperar, ¿eh? —bromeé, sonriendo.

Ella me lanzó una almohada, avergonzada. Se la devolví y me tumbé en la cama, repiqueteando los dedos en mi estómago.

—A Will se le ve muy enamorado. Y a ti también.

—Lo estoy —me aseguró.

Pensé en Monty y en mí mientras escuchaba que ella rebuscaba en su bolsa de golosinas. No pude evitar preguntarme si esa sería la impresión que tenían los demás sobre nosotros cuando nos veían. Era cierto que no era muy cariñosa con él, pero él tampoco lo era conmigo. Eso también era aceptable en una pareja, ¿no? No hacía falta besarse todo el rato para saber que era mi novio y que le tenía aprecio.

—¿Cómo os conocisteis? —le pregunté, mirándola.

Ella sonrió un poco.

—Fue bastante simple. Mi padre y el suyo son muy amigos. Cuando mis padres se divorciaron, nos encontramos en un restaurante y se detuvieron para hablar. Mientras lo hacían, Will y yo también empezamos a charlar. Terminó pidiéndome mi número, yo se lo di, quedamos y..., bueno, lo demás es historia.

—¿Y ya? ¿Así de fácil? —Fruncí el ceño.

—Sí, la verdad es que esa parte no fue muy complicada.

—¿Y qué parte fue complicada?

—Bueno..., cada pareja tiene sus baches.

—No puedo imaginarme a Will discutiendo con nadie. Parece tan... tranquilo.

—La verdad es que mis discusiones no solían ser con él. Al menos, no en su origen.

—¿Y con quién eran?

Lo pensó un momento e hizo una mueca.

—Es una historia muy larga —me aseguró—. Es que, antes de venir aquí, Ross, Will, yo y otra chica íbamos al mismo instituto y éramos un grupo de amigos bastante unido. La otra chica y yo éramos muy amigas, pero cuando discutíamos..., solía pagarlo con Will.

—Sigo sin imaginaros discutiendo.

—Pues deberías vernos cuando nos enfadamos el uno con el otro. —Suspiró—. Por suerte, después de las broncas vienen las reconciliaciones.

—Monty y yo siempre nos reconciliamos al cabo de unos minutos —reflexioné.

—¿Discutís mucho? —preguntó, extrañada.

—Eh..., algunas veces.

Muchas, demasiadas. Casi cada vez que nos veíamos. Pero no quería hablar de eso.

—Pero lleváis muy poco tiempo juntos, ¿no? —Me miró.

—¿Cuatro meses es poco? Pues es mi relación más larga...

—Si estás con la persona adecuada, el tiempo pasa volando. —Hizo una mueca—. Por Dios, qué cursi he sonado. He tomado demasiado azúcar.

Empecé a reírme mientras ella revisaba el móvil sonriendo. Coincidió con el instante en que comenzó a sonar, y respondió.

—¿Sí? Ah, hola, amor. —Sonrió como una niña pequeña—. Estoy en mi habitación, sí. ¿En serio? Eres el mejor. Un momento.

Se separó del móvil y me miró.

—¿Te apetece ir a ver a unos amigos de Ross que tienen una banda?

Abrí la boca para responder, pero ella ya estaba dirigiéndose al móvil de nuevo.

—Jenna viene. ¿Una hora? Genial. Nos vemos, cariño.

Colgó y vio cómo la miraba.

—Vamos, incluso Sue va a venir —protestó—. Y eso que separar a Sue de su cama no es fácil. Solo sucede unas pocas veces al año.

—Es difícil decirte que no, ¿eh? —le dije, poniéndome de pie para ir a darme una ducha.

—Casi imposible —me aseguró ella—. Date prisa o no tendré tiempo para ducharme.

Cuando terminé, ella entró en el cuarto de baño y yo miré mi armario. ¿Qué había dicho que íbamos a hacer? ¿Ver a una banda? Entonces iríamos a algún bar. Nunca había ido a ver una banda en directo. Ni siquiera había ido a un concierto.

Dios, Ross tenía razón. No había hecho nada.

Para mi sorpresa, Naya tardó muy poco en ducharse y, cuando salió, me ayudó a elegir qué ponerme. Al final, ella se puso una falda negra y yo unos pantalones rotos con un jersey.

No fue tan rápida maquillándose. Yo ya estaba lista desde hacía un buen rato mientras ella se retocaba el pintalabios en el espejo de mi armario. De hecho, llamaron a la puerta y todavía no estaba lista. Suspiré y abrí.

Ross me miró con cara de aburrimiento.

—No es por meter prisa —dijo lentamente—, pero Sue se está poniendo nerviosa. Y yo no pienso responsabilizarme de lo que le haga a Will ahora que están solos.

Sonreí y señalé mi espalda.

—Naya se está...

—¡Me estoy maquillando, pesado! —gritó ella desde mi armario.

Él suspiró y apoyó la cabeza en el marco de la puerta, mirando mi jersey rojo por un breve momento.

—¿Por qué me da la sensación de que ya he vivido esto? —me preguntó, levantando la vista—. Ah, sí, porque pasa cada vez que queremos salir.

—Cállate, Ross —masculló Naya.

Sonreí, divertida.

—Puedes intentar convencerla de que no necesita retocarse. —Le abrí la puerta del todo—. Yo ya lo he intentado.

—No, tengo un método más efectivo. —Asomó la cabeza—. ¡Si en cinco minutos no estás lista, nos iremos sin ti y no pienso decirte si Will mira a las chicas del bar!

De pronto, Naya apareció con una sonrisa inocente.

—Lista —anunció.

La vimos dirigirse a las escaleras felizmente y detenerse a mitad de camino para mirarnos.

—¡Venga, o llegaremos tarde!

Desapareció por las escaleras y Ross negó con la cabeza.

—¿Has pensado en ser profesor alguna vez? —le pregunté, cerrando la puerta y metiendo la llave en mi bolso—. Tienes mucha autoridad.

—Y mucha falta de vocación —me aseguró.

Me puse la chaqueta y lo seguí hacia la salida de la residencia. Chris levantó la cabeza y fulminó a Ross con la mirada.

—Han sido más de veinte segundos —protestó, señalando su móvil.

Madre mía, ¿había puesto un cronómetro para esa tontería?

—Vamos, Chrissy, las visitas cortas están permitidas —dijo Ross.

—Que no me llames Chrissy. —Se puso rojo—. Además, ¡en el momento en que oscurece fuera, se considera horario nocturno! Y no debe haber visitas sin planificar por la noche, Jennifer.

Me miraba como si yo tuviera la culpa de todos los problemas de su vida.

—Si solo han sido dos minutos —murmuré, incrédula.

—La ley es la ley y debe respetarse —dijo él, sentándose con el ceño fruncido.

Mientras salíamos, Ross puso los ojos en blanco.

—La ley es la ley y debe respetarse.

No pude evitar reírme a carcajadas. Chris lo había oído y nos miraba con mala cara.

Mientras, Sue sacaba la cabeza por la ventana.

—¿Y si aceleráis el paso? —sugirió de malas maneras.

Cuando subí a la parte trasera y me senté entre ella y Ross, entendí por qué estaba molesta. Naya y Will se estaban besando como si ella no estuviera presente.

—Podemos irnos cuando terminéis, ¿eh? —les dijo Ross—. Sin prisas. Solo llegamos media hora tarde.

—Perdón. —Will sonrió y luego arrancó—. Hola, Jenna.

—Hola, Will —saludé, y luego miré a Naya—. Has estado media hora retocándote el pintalabios para arruinártelo en dos segundos.

—Ha valido la pena —me aseguró con una sonrisa resplandeciente.

El bar estaba cerca del campus, pero como estaba lloviendo agradecí ir en coche. Will encontró aparcamiento rápidamente. Una vez dentro del local, vi que había bastante gente mirando hacia el mismo lugar. Al instante, divisé al cantante de la banda. Un chico con voz chillona y la cara llena de granos. Estaba junto a otro que tocaba la guitarra y otro chico que aporreaba un piano. La música no era muy buena. Por no decir que era bastante mala.

—¿Ese es tu amigo? —le pregunté a Ross.

—Sí. —Sonrió orgulloso—. ¿A que es bueno? Practica continuamente.

—Sí —dije enseguida, acercándome a la mesa que había elegido Naya—. Se... mmm... se nota.

—¿Qué es lo que más te gusta de ellos?

—Eh... —Me apresuré a pensar algo—. La originalidad.

—Lo sé. Nunca habías oído algo así, ¿verdad?

—No. Desde luego que no.

Ross se detuvo junto a la mesa, mirándome, y yo hice lo mismo, confusa. Entonces empezó a reírse a carcajadas.

—No tengo ni idea de quiénes son, pero espero que no quieran dedicarse a esto o pasarán hambre.

Entreabrí los labios, avergonzada.

—¡Eso ha sido... innecesario! ¡Estaba intentando no ofenderte!

—Dudo que pudieras ofenderme, querida Jenna.

—Bueno, déjalo, ¿y dónde está la banda que conoces?

—Tocan después de estos profesionales.

Me senté en una silla libre y él se dejó caer en la que tenía al lado. Noté su mirada burlona clavada en mi perfil.

—Mientes muy mal —añadió.

—No miento mal —protesté, irritada.

Mi madre me había dicho lo mismo. ¿Tan mal lo hacía?

Sí.

Gracias, conciencia.

—¿Cuándo empiezan ellos? —preguntó Naya, leyendo la carta del bar con una ceja enarcada.

—Se supone que tenían que haber empezado hace treinta y cinco minutos —dijo Will—. Habrán llegado tarde.

—Qué novedad —dijo Ross en voz baja.

El camarero vino poco después y todos pedimos una cerveza, menos Naya, que pidió un cóctel, y Sue, que no pidió nada. Sin embargo, vi que sacaba una botella de agua de su mochila.

—¿No te gusta la cerveza? —le pregunté, intentando que no estuviera tan al margen de nuestra conversación y no se sintiera sola.

Ella me dedicó una mirada recelosa, se apegó a su botella de agua y entornó los ojos.

—No te daré de mi agua.

—No... no te lo he pedido —le dije, confusa.

—Si te veo bebiendo de mi agua, te vas a arrepentir.

Me quedé mirándola con los ojos muy abiertos antes de girarme hacia los demás, que contenían sonrisas.

—Parece que ya salen —comentó Naya, señalando el pequeño escenario.

Efectivamente, el grupo actual bajó y apareció otro grupo de tres chicos. No sé cuál de ellos me causó una peor impresión. El primero en subir al escenario lanzó el piano eléctrico al chico del otro grupo que lo había tocado, que lo agarró como pudo, y dos camareros le ayudaron a subir su batería. Otro enchufó una guitarra eléctrica a un altavoz y el último, un chico con un chaleco vaquero abierto y sin camiseta, se colocó detrás del micrófono.

—Van vestidos de forma... peculiar —comenté.

—¿Van vestidos? —me preguntó Ross.

Me dio la impresión de que los miraba con cierta mala cara, aunque no entendí por qué. Después de todo, se suponía que eran amigos suyos, ¿no?

Al instante en que la banda empezó a tocar, tuve la tentación de taparme los oídos. Básicamente, eran berridos del cantante acompañados del guitarrista y del batería. La mayoría de los clientes del bar los miraban con muecas de disgusto. Por suerte, a los veinte minutos, hicieron una pausa.

—¿Te gustan? —me preguntó Will, divertido, al ver mi cara.

—Eh... —No sabía ni qué decir.

—Son horribles —me dijo Ross—. Puedes decirlo. Todos lo pensamos.

—Las chicas de la primera fila no lo piensan —aseguró Naya.

Las miré. Había un grupo de unas cinco chicas que llevaban camisetas con la cara del cantante en ellas. Y el aludido todo el rato las señalaba mientras interpretaba sus canciones. Eran las únicas que aplaudían a la banda. El resto del local los mirábamos con una ceja enarcada.

Cuando la banda bajó del escenario para descansar y los del bar pusieron música de la radio, lo agradecí enormemente. Los demás también parecían un poco cansados de oír a aquel grupo.

Bueno, no todos.

—Me ha gustado —comentó Sue de repente.

Creo que todos nos giramos hacia ella a la vez y con la misma cara de perplejidad.

—¿Que te ha gustado? —repitió Naya, incrédula.

—Me gustan las cosas feas, mal hechas y horribles.

Mientras lo decía, vi que dos de los miembros de la banda se iban con el grupo de chicas, pero el cantante vino directo hacia nosotros. Tenía el pelo un poco largo, por encima de los hombros, y un tatuaje de un corazón en la cadera.

—¿Qué tal? —preguntó, mirando directamente a Ross—. ¿Te ha gustado?

—Fascinante —le dijo él.

—Sí, ¿verdad? —Sonrió, y miró al resto del grupo—. ¿Y a vosotros?

Will y Naya dudaron un momento antes de asentir sin mucho convencimiento. Sue lo miró con desprecio, como hacía con todo el mundo. Finalmente, me tocó a mí, que intenté sonreír.

—Ha estado bi...

—¿Y tú quién eres? —me interrumpió, sonriendo—. Creo que no te tenía fichada.

—Normal, no soy una ficha. —Fruncí el ceño.

Vi que Ross bebía para ocultar una sonrisa.

El cantante hizo caso omiso y arrastró una silla hasta que quedó entre Ross y yo, apoyando un brazo en cada silla. Tras eso, me sonrió ampliamente.

—Me llamo Mike —se presentó—. Soy el hermano de este idiota.

Parpadeé un momento, confusa, antes de mirar a Ross.

¿Su hermano? Venga ya.

Aunque, ahora que lo decía..., sí. Era cierto. Tenían algún parecido. No en altura —Ross era mucho más alto—, ni en carácter —por lo poco que había visto de ambos—, ni tampoco en el pelo —Ross lo tenía algo más corto—, pero sí en los ojos claros y las facciones.

—¿Sois hermanos? —pregunté, incrédula.

—Desgraciadamente, sí —dijo Ross.

—No se parecen en nada —me aseguró Will.

—¿Cómo te llamas? —me preguntó Mike.

—Nada que a ti te importe. —Ross atrajo su atención—. Ya he cumplido, así que dile a mamá que no tengo que venir a ver esta mierda hasta dentro de un año.

—Mamá estará muy contenta al saber que me has traído nuevos fans —aseguró Mike sonriendo—. Deberías apoyar más a tu hermano mayor, Ross.

—Lo haré el día que hagas algo que valga la pena apoyar.

Levanté las cejas, pero Mike se limitó a reír.

—¿Es tuya? —le preguntó, señalándome con la cabeza.

Oh, no, eso sí que no.

—No soy de nadie, gracias —le dije secamente—. Y si fuera de alguien, sería de mi madre, que para eso me parió.

Ross me sonrió mientras su hermano se giraba hacia mí con expresión sorprendida.

—No hace falta ponerse así, solo bromeaba.

—No la molestes —le dijo Naya, poniendo los ojos en blanco—. Eres muy pesado, Mike.

—¿Y vosotros dos seguís juntos? —les preguntó a ella y a Will—. Por Dios, disfrutad un poco de la vida.

—Aplícate esa norma a ti mismo —le dijo Will sin inmutarse.

—Yo disfruto de la vida —aseguró él, sonriendo—. De hecho, esta noche voy a disfrutarla con una de las chicas que llevan mi cara en sus camisetas. Si tengo suerte, quizá lo haga con dos o tres.

—Muy encantador... —Naya bebió.

—Siempre he tenido un don para caer bien —aseguró Mike, mirándome—. ¿Quieres una camiseta firmada?

—Nadie quiere una camiseta tuya firmada —le dijo Naya.

—Te aseguro que esas chicas la quieren. —Sonrió Mike—. Bueno, ha sido un placer hablar con vosotros, pero tengo que atender a mis fans.

Dicho esto, se puso de pie y se acercó al grupo de chicas con una sonrisa de oreja a oreja. Vi que Naya negaba con la cabeza.

—Veo que no te cae muy bien —comenté.

—No lo soporto —dijo ella—. Lo siento, Ross, pero...

—No te preocupes, siento lo mismo.

—¿Y qué hacemos aquí? —pregunté, confusa.

—Mi madre quiere que venga a verlo, al menos una vez al año. —Ross suspiró.

—¿Cómo están tus padres? —preguntó Will, mirándolo.

—Bien, como siempre. —Se encogió de hombros—. Mi madre sigue pintando líneas en un lienzo y llamándolo arte abstracto, y mi padre sigue leyendo para no morirse de aburrimiento.

—¿Tu madre es pintora? —pregunté, sorprendida.

A mí solía gustarme mucho la pintura. Ni siquiera recordaba por qué había dejado las clas... Aah, sí. Mis padres se habían quedado sin dinero para pagármelas porque se lo habían gastado todo en el taller de mis hermanos.

¡Pero seguía siendo emocionante saber de una pintora!

—Eso se llama a sí misma. —Ross me sonrió antes de mirar a su hermano—. Aunque está claro que lo de ser un artista no es hereditario. Mike lo ha demostrado esta noche.

En el viaje de vuelta, Ross decidió conducir porque Will había preferido sentarse detrás con su novia. A Sue no le había hecho mucha gracia ese cambio. Ahora, los miraba con cara de asesina cada vez que Naya la rozaba para achucharse con su novio.

Menos mal que yo había conseguido sentarme delante.

Ross se detuvo delante de su edificio y los demás —Naya entre ellos— bajaron sin decir nada.

—¿Te llevo? —me preguntó él al ver que dudaba.

Dudé un momento, pero lo cierto era que no tenía dinero para un taxi. Además, me fijé en el detalle de que no había ido al aparcamiento, sino que había dado la vuelta al edificio para poder acompañarme.

Eso me gustó más de lo que hubiera querido admitir.

—Si no te importa.

Él no dijo nada, pero aceleró.

Era de esas personas que, cuando conducían, hacían que apreciaras cada segundo que pasabas en tierra firme. Intenté no ponerme nerviosa cuando vi que adelantaba a un coche, giraba sin frenar y pasaba un semáforo en ámbar. Me había acostumbrado demasiado a la lenta forma de conducir de Monty.

—¿Qué pasa? —me preguntó al ver que me agarraba al asiento de una forma que yo creí que era disimulada... hasta ese momento.

—Que conduciendo me recuerdas a mi hermano mayor.

—¿Y eso es bueno?

—Parece que tenéis las mismas ganas de desafiar la suerte y tener un accidente.

Él pareció divertido, pero frenó un poco.

—¿Qué tal tu primer día de clases? —me preguntó, y me solté del asiento cuando vi que por fin usaba los intermitentes y respetaba las señales de tráfico.

—Regular. Presentaciones y profesores aburridos. Mala combinación. ¿El tuyo?

—Yo no he tenido presentaciones. Es mi segundo año.

—¿No has cambiado de profesores?

—Técnicamente, yo no estoy haciendo una carrera. Solo dura dos años. Son los mismos profesores y alumnos que el año pasado.

—Oh.

Él estaba en su último año y yo acababa de empezar. Me sentía como si tuviera diez años.

—¿Y qué harás cuando termines este año? —pregunté, curiosa.

—Supongo que lo sabré cuando termine este año. —Sonrió, divertido.

—¿No tienes nada pensado? —pregunté con los ojos muy abiertos.

Yo no podía imaginarme mi futuro sin, al menos, un poco de planificación.

—Sí. Tengo pensado acabar el año. Después, improvisaré.

Ya me gustaría a mí ser así de positiva.

—¿Y tú qué tienes pensado cuando termines tus magníficos años de filología?

—Pues... espero tenerlo claro para entonces —murmuré—. En el peor de los casos, me veo a mí misma enseñando a niños de catorce años a diferenciar determinantes de adverbios.

—Un futuro esperanzador.

—Espero no terminar así —le aseguré.

—¿Y no hay nada que te guste? De estudios, digo.

—Nada especialmente.

—Pero... eso es imposible. Tiene que haber algo que te llame la atención. Aunque sea un poco.

Lo pensé un momento. La pintura me vino a la mente y también el atletismo, pero no parecían opciones muy realistas.

—No hay nada.

—¿Y qué se supone que has estado haciendo los últimos dieciocho años de tu vida?

—Pues... intentar sobrevivir entre mis hermanos, aprobar cursos y ahorrarme broncas de mi madre.

Visto así, mi vida sonaba aburridísima.

—Tiene que haber algo. Siempre lo hay. Quizá todavía no lo has encontrado.

—Espero que sea eso.

Detuvo el coche delante de mi residencia mientras yo me quitaba el cinturón y me ponía la chaqueta.

—Gracias por traerme. —Le sonreí.

—No hay de qué, chica sin *hobbies*.

Le puse mala cara.

—¿No se te ha ocurrido ningún apodo peor?

—Todavía no, pero solo dame tiempo. —Miró un momento mi jersey—. Por cierto, te sienta bien el rojo.

Me miré a mí misma. El jersey ni siquiera era mío. Era de mi hermana; se lo había robado antes de irme, a escondidas. No solía gustarme ponerme cosas tan llamativas, pero cuando lo dijo, curiosamente, yo también me vi bien en él.

—Buenas noches. —Ladeó la cabeza.

—Buenas noches, Ross.

Bajé del coche y, casi al instante, sin saber muy bien por qué, tuve la imperiosa necesidad de volver atrás. Me di la vuelta y vi que él también seguía mirándome. El silencio que se instaló entre nosotros fue un poco extraño y, algo nerviosa, me obligué a preguntar algo, lo que fuera.

—Y... ¿cuándo será la próxima clase de cinefilia? —Fue lo primero que se me ocurrió.

Él sonrió ampliamente.

—Cuando tú quieras.

—¿Y si quiero que sea a las dos de la madrugada?

—Siempre tengo tiempo para ti —bromeó.

—Entonces, cuando Naya vuelva a arrastrarme a vuestra casa.

—Estaré esperando muy impacientemente.

Sonreí, me di la vuelta de nuevo, y esa vez sí que seguí andando. Al entrar en la residencia, vi que Chris no estaba en su lugar. Bueno, era tarde. Supuestamente, él ya debía de estar en su habitación. Subí las escaleras distraídamente y me detuve en seco en medio del pasillo cuando vi a Mike, el hermano de Ross, saliendo de la habitación que había frente a la mía. Estaba gritando algo a una chica que lo empujaba, tirándole el chaleco a la cara.

—¡Fuera! —le gritó ella con ganas.

—¡Pues vale! ¡Ni siquiera estás buena!

Ella le cerró la puerta en la cara de un golpe. Mike, por su parte, se agachó para subirse los pantalones, que tenía por los tobillos, y levantó la cabeza mientras se ponía el cinturón. Me miró un momento antes de sonreír.

—Tú estabas con mi hermano, ¿no?

Lo peor es que hablaba tan normal como si no lo acabara de encontrar con los pantalones a la altura de los tobillos.

—Sí —dije—. Y tú estabas con la chica que acaba de echarte a patadas, ¿no?

—Hay gente que no sabe aceptar una broma. —Miró la puerta con el ceño fruncido—. Solo he dicho que la chica de la foto estaba más buena que ella. ¿Qué culpa tengo yo de que fuera su hermana pequeña? En fin, hay gente muy amargada por la vida.

Pasé por su lado, negando con la cabeza, y metí las llaves en el picaporte de mi puerta. En menos de un segundo ya estaba apoyado en la pared que tenía al lado, mirándome con una sonrisita maliciosa.

—¿Y qué haces tú tan solita? —me preguntó, levantando y bajando las cejas.

—Ahora mismo, irme a dormir.

—¿Dormir? ¿Ya?

—Mañana tengo clase.

—¿Y necesitas compañía?

—No.

—¿Estás segura?

—Sí.

—No me has dicho cómo te llamas.

—Jenna.

—Eres un poco antipática, Jenna.

—Ah.

—Yo soy...

—Mike, lo sé.

—¿Has preguntado por mí? —Sonrió, encantado.

—Tu hermano te ha llamado así varias veces.

Él puso cara de confusión absoluta, como si intentara recordarlo, pero entonces su móvil sonó y esbozó una amplia sonrisa, olvidándose del tema.

—Bueno, Jenna, lo siento..., pero me ha salido otro plan —me dijo, señalando el mensaje de una chica—. Tú te lo pierdes.

—Lloraré toda la noche —le aseguré.

Mike me guiñó un ojo y se marchó alegremente, como si nada. Yo me limité a mirarlo unos segundos antes de sacudir la cabeza y entrar por fin en mi habitación.

3

Superhéroes

—Superhéroes —repetí, mirando lo que tenía en la mano.

Ross me quitó el cómic y lo miró. Vi que se le fruncía un poco el ceño por la indignación.

—¿A qué ha venido ese tono de aburrimiento, jovencita?

—¿Qué tono de aburrimiento? —No lo cambié en absoluto.

—Que te burles de los superhéroes hace que me gustes un poco menos.

—Vaya, me gustaba gustarte.

—Sigues gustándome. Aunque tus gustos sean horribles.

—Por eso debes gustarme tú, entonces —bromeé.

Él me miró de reojo con media sonrisa y luego me enseñó la portada del cómic que me había quitado.

—No es cualquier superhéroe. —Señaló con un dedo al señor con un martillo que aparecía dibujado en la portada—. Es Thor.

—¿Y qué tiene nuestro pequeño Thor de especial?

—Para empezar, no es pequeño.

—Eso no lo sabes.

—Sí lo sé.

—¿Lo conoces?

—No, pero lo sé. Me lo dice mi corazón oscuro. Además, no necesita ser alto porque es un dios.

—Un dios —repetí, enarcando una ceja.

—Y nórdico.

—Madre mía, creo que me voy a desmayar de la impresión.

Él entornó los ojos.

—Deberías tener un poco más de respeto por los superhéroes. Nunca sabes cuándo puede aparecer un Thanos en tu vida.

No sabía quién era ese, pero supuse que sería un villano, así que lo dejé rumiando solo y seguí paseando por la tienda, mirando los tomos sin entender muy bien qué veía. Naya estaba mirando unas cuantas figuras de acción. Solo reconocí a Spiderman.

Hacía ya dos semanas que estaba ahí con ellos, pero me sentía como si hubieran pasado dos días. Entre las clases, los trabajos y..., bueno..., básicamente, vivir, no había tenido tiempo de casi nada. Apenas había hablado con mi familia o con Monty.

Y, curiosamente, esto me estaba encantando.

Quizá la parte de la familia no tanto, pero me lo estaba pasando realmente bien con ellos. Especialmente con Ross, aunque eso no se lo diría, claro. Era lo último que necesitaba su ego ya de por sí demasiado hinchado. Además, Will también me caía genial. Naya era increíble. Y Sue... Bueno, al menos, ya no me ponía mala cara. Era un avance.

—¿A ti también te gustan estas cosas? —pregunté a Naya, que seguía mirando las figuritas de acción.

—Cuando empecé a salir con Will, fingí que me gustaban para hacerme la interesante y al final terminaron gustándome de verdad —me dijo, mirando una figura de una chica azul—. ¿Qué te parece esta de Mystique?

—Preciosa. Muy azul. Dile que vaya a un dermatólogo.

—No te burles. —Me dio un ligero codazo, divertida.

Seguí mi camino y vi que Will estaba hablando con el dependiente, así que decidí no molestarlo. En su lugar, me centré en Ross, que estaba inclinado sobre una estantería, pasando los dedos por los cómics y haciendo muecas.

La verdad era que, visto desde atrás..., no estaba mal.

Es decir, no era mi problema, pero no estaba mal.

¿Tendría novia?

Bueno, eso tampoco era mi problema.

Pero... ¿la tendría?

Decidí no pensar en eso y me centré en él, que no sonrió cuando me escuchó llegar. De hecho, me miró con rencor.

—¿Has vuelto para seguir burlándote?

—Nunca me burlaría de algo que te gusta, Ross, querido.

—Me gusta eso de «Ross, querido». —Esta vez sí sonrió.

Agarré el cómic que acababa de dejar con los demás.

—¿Y no te gusta el... Linterna Verde este?

—Ese lo tengo en casa.

—¿Cuántos tienes?

—Demasiados. De pequeño los coleccionaba.

—¿Y ahora?

—Ahora los compro por entretenimiento.

—Se me ocurren cosas mejores para entretenerte.

—Y a mí, pero dudo que aceptes hacerlas.

Le puse mala cara.

—Mis dos hermanos mayores, Shanon y Spencer, también solían gastarse todo el dinero que tenían en estas cosas. Pero no eran así... de superhéroes. Eran más infantiles. Creo que se llamaban... eh... ¿*Toc top*?

—*Tip top* —me corrigió él, mirándome con una sonrisa—. Pero buen intento.

—Oh, ¿los leías?

—No eran mi fuerte.

—Lo tuyo son los superhéroes, ¿no?

—Sí. Son mis favoritos.

—¿Y cuál es tu superhéroe favorito?

Él lo pensó un momento, dejando un cómic de la Liga de la Justicia en la mesa. Lo agarré y miré su portada con el ceño fruncido.

—Thor, Batman y Spiderman.

—Thor está bueno —dije, señalando un cómic en el que salía en la portada.

—Acabas de hacer que me guste un poco menos.

—No te pongas celoso, Ross. Tú no estás mal.

—Vaya, muchas gracias.

—Pero, vamos, seamos realistas. No puedes compararte con un dios nórdico.

—Es verdad. El pobre saldría perdiendo.

Le sonreí y me puse a hojear el cómic sin llegar a leer nada.

—¿En la liga esta... solo hay una chica?

—Sí. La Mujer Maravilla.

—¿Cómo demonios puede luchar con eso puesto sin que se le salga una teta?

—Admito que nunca me lo he preguntado.

—Me gusta este cómic. —Lo señalé—. Creo que volveré algún día a comprármelo.

—Dame eso. Ya te lo compro yo. Regalo de bienvenida.

—Ross, llevo dos semanas aquí.

—Pues dile a la gente que te lo regalé el primer día. Nunca sabrán nuestro oscuro secreto.

Iba a negarme, pero huyó con el cómic al otro lado de la tienda antes de que pudiera protestar.

Me acerqué al escaparate del local, pasando por el lado de Will, y me quedé mirando el exterior. Estaba lloviendo otra vez, por eso habíamos entrado en esa tienda. Me gustaba la lluvia, me recordaba a casa, donde llovía incluso en verano. Pero en ese momento estaba siendo un poco molesta.

Media hora más tarde, Will propuso volver a casa —es decir, a su casa— para cenar algo. Hubo un instante de silencio cuando todo el mundo me miró para saber si yo quería ir. Accedí al instante. Sinceramente, la perspectiva de cenar yo sola en la residencia era un poco deprimente. Además, quería ir con ellos.

Cuando llegamos al piso, yo tenía la sudadera empapada porque había sido la única idiota que no había llevado una chaqueta adecuada. Ross había intentado cubrirme un poco con la suya, pero de poco había servido.

—Creo que voy a necesitar una toalla —murmuré, entrando en el piso.

Ross se lo estaba pasando en grande viendo mi desgracia. De hecho, se reía abiertamente de mí.

—Deja de reírte y dale una toalla. —Will le puso mala cara.

Los demás se quedaron en el salón. Sue debía de estar en su habitación, porque no la vi. Lo cierto era que esa chica me causaba mucha curiosidad.

Ross se detuvo en el cuarto de baño y me lanzó una toalla que, claro, me cayó al suelo y tuve que recoger mientras se reía de mí otra vez, el pesado.

—¿Quieres una sudadera seca? —me preguntó, viendo que la mía estaba empapada.

—Te lo agradecería.

Ya en su habitación, me quité mi sudadera empapada y la dejé en el suelo. Mientras él rebuscaba en su cómoda, aproveché para secarme el pelo húmedo con la toalla.

—Seguro que mi madre está convulsionando ahora mismo en casa —murmuré—. Siempre me dice que me ponga ropa adecuada, y yo siempre le contesto que soy una adulta y que no necesito sus consejitos. Acabo de demostrar que sí los necesito.

—Pero eso ya lo sabíamos, ¿no?

—¿A que me seco el pelo en tus sábanas?

Él se rio, sacando una sudadera y dejándola a un lado. Después siguió buscando.

—Siempre hablas de tu familia como si tu madre fuera histriónica —murmuró.

—No lo es. Bueno, al menos, no está confirmado. Pero se preocupa mucho. Muchísimo. Demasiado.

—¿Y eso es malo? —Sacó otras dos sudaderas y las dejó en la cama—. Elige la que quieras. Son las más pequeñas que tengo.

Me acerqué y las examiné concienzudamente.

—No es malo —continué la conversación—. Pero puede llegar a agobiar. ¿Tu madre no te llama continuamente para saber cómo estás?

Unos segundos más tarde, todavía no me había respondido. Levanté la mirada, confusa, y me quedé clavada en mi lugar cuando vi lo que estaba haciendo. Me estaba mirando de arriba abajo.

Sí, me estaba dando un repaso. Ross. A mí.

En ese preciso momento fui consciente de que solo llevaba una camiseta interior de tirantes —demasiado apretada para mi gusto—, que se estaba transparentando con la humedad.

Al menos, llevaba mi sujetador favorito. Menos mal.

Aunque eso no debería importarme.

Él volvió los ojos a mi cara como si no hubiera pasado nada. No parecía muy avergonzado. Creo que no se dio cuenta de que lo había pillado.

—¿Mi madre? —repitió, retomando la conversación—. No, ni de lejos.

—¿Te llama poco?

Levanté la sudadera azul y la devolví a su lugar, poco convencida.

Me resistí a darme la vuelta, pero admito que me estaba preguntando si volvía a mirarme. Y, por algún motivo que no comprendía, la idea no me desagradó del todo.

—No lo hace mucho —murmuró, metiéndose las manos en los bolsillos—. Pero nunca ha sido de las que llaman constantemente para saber cómo estás.

Me dio la sensación de que no era un tema de conversación demasiado fascinante para él, así que volví a centrarme en su ropa. Al final, opté por la sudadera roja y se la enseñé con una amplia sonrisa.

—No sé por qué, pero me imaginaba que cogerías esa —me dijo, negando con la cabeza.

Tenía la silueta negra de Pumba dibujada en el centro.

—Es la elegida —confirmé.

Y, claro, lo miré de forma significativa para que me dejara sola y pudiera cambiarme. Pero él solo me miraba felizmente con las manos en los bolsillos.

—¿A qué esperas? —preguntó, confuso—. ¿A que aplauda?

—No. A que te vayas.

—¿Yo? ¿Por qué? Quiero quedarme.

—¡Me tengo que cambiar!

—Pues precisamente por eso quiero quedarme.

—¡Ross! —me impacienté.

—¡Vale, vale!

Volvió al salón y yo aproveché para quitarme la camiseta interior y deslizarme dentro de la sudadera, que me iba un poco grande. El tejido calentito fue un verdadero alivio. Cuando me incliné hacia delante para ajustarme las mangas y que no me escondieran las manos, me di cuenta de que la prenda estaba impregnada de su olor. Y no me disgustó. De hecho, aunque nunca lo admitiría en voz alta, me gustó bastante.

Cuando me uní a los demás de nuevo, sonreí a Sue, que estaba en un sillón comiendo pizza con mala cara mientras Naya y Will hablaban sobre algo en uno de los sofás. Está claro que no me devolvió la sonrisa.

Ross estaba sentado en el otro sofá, así que me acerqué directamente a él y me senté a su lado.

—... deberías ir —le estaba diciendo Will a Naya en ese momento.

Ella arrugó la nariz y mordió una porción de pizza mientras yo agarraba una de la de barbacoa.

—No me puedo creer que te guste esa pizza —murmuró Ross.

Lo miré con la boca llena y mastiqué sonoramente, haciéndolo sonreír.

—¿Tienes algún problema con ella?

—Sí. Que es la peor pizza del mundo.

—Y tú la peor persona del mundo.

—Qué cariñosa eres siempre conmigo.

—¡Te estás metiendo con mi pizza favorita!

—¿Esa basura es tu favorita? Puaj.

—¿Puaj? ¿Puaj qué?

—Puaj, tienes un gusto pésimo.

—¡Tú sí que tienes un gusto pésimo!

—Hola, chicos —nos saludó Naya—. Me encanta ver que os lleváis tan tan tan bien, pero... ¡tengo un drama y me estáis ignorando!

Los dos la miramos.

—¿Qué pasa? —preguntó Ross.

—Mañana es el cumpleaños de una chica que me hacía la vida imposible en el instituto y, por algún motivo que no entiendo, me ha invitado. Pero no quiero ir.

—Deberías ir —le repitió Will—. Quizá quiere hacer las paces.

—O quizá quiere humillarte delante de todo el mundo para causarte un trauma de por vida, ¿quién sabe? —Sonrió Ross.

Will le dedicó una mirada bastante agria.

—Eso no ayuda.

—A mí nadie me ha pedido ayuda.

—Ni tu opinión —recalqué, sonriendo con dulzura.

—Eso lo doy gratis.

—¿Ves? —Naya sacudió la cabeza—. Incluso Ross lo piensa, cariño. No iré.

—Han pasado tres años desde que esa chica y tú no vais a la misma clase —le dijo Will—. En tus últimos años de instituto ni la veías. Puede haber cambiado mucho desde entonces.

—No lo creo —dijo ella.

—¿Por qué no? —pregunté.

Naya suspiró y me miró.

—¿No conocías a alguien en el instituto que era engreído, pesado y popular?

—Sí.

—¿Alguna vez hablaste con esa persona?

—Unas cuantas.

57

—¿Y qué hiciste?

—Salir con él. —Sonreí.

—Acabas de perder bastante credibilidad —me aseguró Ross.

—No es lo mismo —me dijo Naya—. Esa chica estuvo cuatro años de instituto metiéndose conmigo continuamente. No quiero ir a su fiesta. No quiero verla. Ni siquiera sé por qué me ha invitado. Ya ni me acordaba de su existencia. —Suspiró—. ¿Qué haríais vosotros?

—Dejarle una rata muerta en el buzón —murmuró Sue.

Últimamente, me había dado cuenta de que yo era la única que se sorprendía cuando decía esas cosas. Los demás se limitaban a aceptarlo como si fuera algo normal.

—Yo iría —dijo Will—. Seguro que quiere hacer las paces. Y te ayudaría a superar esa etapa de tu vida. Además, iría contigo si no tuviera planes.

—Lo sé, cariño. —Ella le acarició la mejilla—. ¿Ross?

—Yo no iría. —Ross se zampó lo que le quedaba de pizza y la miró—. La gente idiota no cambia.

—Qué pesimista —comenté, haciendo una mueca.

—Yo prefiero llamarlo realista.

—¿Y tú? —me preguntó Naya.

Lo consideré un momento.

—Yo iría —dije—. Lo peor que puede pasar es que te aburras.

—O que te humillen. —Ross sonrió al ver que Will lo miraba de mala manera.

—Si algo va mal, puedes irte —dije—. Tampoco es tan complicado, ¿no?

—Sí, me llevaré dinero para el taxi —murmuró ella, mirando a Will—. ¿Seguro que no puedes venir?

—Estaré ocupado hasta tarde y después estaré cansado para fiestas —le dijo él—. Pero te compensaré.

—Sé que lo harás.

Y empezaron a besuquearse. Sue y Ross pusieron los ojos en blanco a la vez.

La sudadera de Ross estaba en mi armario cuando lo abrí para buscar un pijama. No lo había visto desde la noche anterior. Tenía que devolvérsela cuanto antes o la tentación de quedármela iba a ser cada vez más fuerte.

Naya, a mi lado, estaba mirándose en el espejo. Parecía nerviosa.

—¿Seguro que no quieres que vaya contigo? —le pregunté.

—No. Es mejor que vaya sola. —Me sonrió—. Además, sé que prefieres quedarte.

—Si prefieres que te acompañe, no me importa ir.

Después de que ella hubiera sido tan amable conmigo esas dos semanas, no podía negarme si me lo pedía.

—No te preocupes. Además, ya debe de estar abajo.

—¿Han venido a buscarte?

Se ajustó el collar y me miró de nuevo.

—No. Es un taxi. No me queda otra.

—Si te aburres, llámame.

Me guiñó un ojo y abandonó la habitación, dejándome sola.

Me quedé mirando mi deprimente armario y, tras sopesar las posibilidades morales que eso pudiera implicar, decidí ponerme la sudadera de Ross. No pasaba nada si la usaba una noche más, ¿no? Me había gustado. Era suave. Total, nadie lo vería.

Con una sonrisa malvada, me la pasé por la cabeza, por encima del pijama de camiseta y pantalones cortos de algodón que llevaba. Menudo cuadro. Por no hablar de los calcetines gruesos de arcoíris. Menos mal que Monty nunca se había quedado a dormir en casa y nunca me había visto así.

Agarré el portátil y estuve un rato pasando apuntes a limpio mientras escuchaba música de fondo, hasta que me cansé y, por algún motivo, aunque dudé un momento, me acomodé en la cama y me puse a ver una película de ese tal Thor. Curiosamente, me gustó. Y no solo porque el protagonista fuera guapo. También por otras cosas. Aunque esa había sido una razón de peso, la verdad.

Puse otra. *El Capitán América*.

Mientras terminaba, ya estaba buscando otra.

No sé cuántas películas de superhéroes vi en una noche, pero cuando me quise dar cuenta, ya eran más de las dos de la madrugada. Al día siguiente no tenía nada importante que hacer, pero no podía seguir viendo películas hasta muy tarde. Me quité las lentillas, pero justo cuando iba a tumbarme para dormir, vi la bolsa de la tienda de cómics y rescaté el que Ross me había comprado.

Sorprendentemente, no estaba nada mal. De hecho, me lo terminé en tiempo récord, y ahí sí que me obligué a mí misma a apagar la luz, quitarme las gafas y tumbarme. Me quedé dormida pensando en superhéroes enmascarados y en mujeres con trajes demasiado incómodos para luchar.

Cuando volví a abrir los ojos, me dio la sensación de que apenas había pasado un segundo, pero eran las cuatro de la mañana. Parpadeé. ¿Qué era ese ruido? Me puse las gafas torpemente e intenté enfocar lo que tenía a mi alrededor. Mi móvil estaba sonando al lado de mi cabeza. Un número desconocido. Me aclaré la garganta, llevándomelo a la oreja.

—¿Sí?

—¿Puedes venir a buscarme?

Me desperté de golpe. Naya. Parecía haber estado llorando.

—¿Qué...? ¿Qué ha pasado? —pregunté mientras me sentaba y me ponía las botas rápidamente. De alguna forma, ya sabía que habría que ir a rescatarla.

—Es... ¿puedes venir, por favor? No tengo dinero.

—¿No te habías llevado dinero para el taxi? —pregunté, incrédula, abriendo mi cartera.

—Sí, pero... —Sorbió la nariz—. Es una larga historia. Estoy junto al puente. Bueno, junto a... un edificio amarillo muy feo.

—¿El puente?

Eso era casi media hora de coche. Iba a ser caro. Me puse de pie y dudé. Tenía el dinero justo para ir a buscarla, pero no para volver.

Pero no podía dejarla tirada.

¿Quizá Will...?

—No le digas nada a Will, por favor —gimoteó, casi como si pudiera leerme la mente—. No quiero que se preocupe.

—Naya, tengo que...

—Por favor, Jenna. Ni a Ross. Ni a nadie.

Cerré los ojos un instante.

Esperaba haber mejorado mintiendo.

—No diré nada.

—Oh, gracias... de verdad, Jenna. Gracias.

—No te muevas. Ahora llamaré a un taxi e iré.

—Vale. No me muevo.

—Llámame si pasa algo más.

—Está bien.

Sin dudarlo un solo momento, busqué a Ross en mi lista de contactos —el idiota se había guardado como «chico de los recados»— y lo llamé. Todavía no había usado su número. Esperaba que me respondiera, porque, si no, mi única alternativa era Will.

—Seas quien seas..., ¿sabes qué hora es? —preguntó al segundo pitido con voz adormilada.

—Necesito tu ayuda —dije con urgencia.

Tardó unos segundos en responder. Llegué a creer que me había colgado, pero entonces volvió a hablar.

—¿Jenna?

—Sí. Soy yo. ¿Puedes hacerme un favor?

—¿Qué pasa? —preguntó, bastante más sereno.

—Naya me ha llamado llorando para que fuera a buscarla, pero... eh... mira, no puedo explicártelo todo, pero ¿crees que podrías acompañarme a recogerla?

—¿Por qué no ha llamado a Will?

—Ha dicho que no quería que le dijéramos nada.

—¿Sabes lo que me hará si se entera de que no le he avisado?

—Lo mismo que me hará Naya a mí si Will se entera de algo.

Él suspiró.

—Deberíamos avisarlo.

—Ella me ha dicho que no.

—Bueno, pero una cosa es lo que diga ella y otra muy distinta es lo mej...

—Ross —lo corté—. Por favor.

Él estuvo un momento en silencio antes de suspirar.

—En cinco minutos delante de tu residencia.

—Gracias, gracias, gracias. Eres el mejor. —Solté todo el aire de mis pulmones.

—Bueno, eso ya lo sabíamos.

Sonreí y colgamos los dos a la vez.

Estuve esperando cinco minutos exactos en la puerta de la residencia hasta que vi que un coche negro se detenía delante de mí. Ross tenía cara de sueño cuando me subí a su lado.

—¿Ha pedido un taxi, señorita?

—Gracias por venir.

—No tenía nada mejor que hacer. —Se encogió de hombros—. Bueno, dormir era una opción, pero ¿quién quiere dormir pudiendo ir a rescatar a Naya?

—Los rescatadores —murmuré, divertida.

Se me había olvidado que conducía como si no le importara morir. Aunque en esa ocasión era lo mejor, porque así llegaríamos antes con Naya.

—¿Qué ha pasado? —me preguntó, curioso, a los pocos minutos.

—No me lo ha dicho. Pero sonaba bastante mal.

—¿Y por qué no quiere que Will se entere?

—La conoces más que yo, deberías decírmelo tú.

Me miró un momento con ironía aprovechando un semáforo en rojo. Vi que sus ojos iban de arriba abajo de mi atuendo. Luego esbozó una sonrisa burlona.

—Interesante elección de ropa.

Me miré a mí misma y noté que me ponía roja al darme cuenta de que todavía iba en pijama... y, por consiguiente, seguía llevando su sudadera.

Empezamos bien.

—Es... es que... no sabía qué ponerme —dije torpemente—. Pero... t-te la lavaré y... y te la devolveré, de verdad.

—Me fío de ti. —Sonrió.

—Es que...

—Puedes quedártela —me interrumpió.

Parpadeé, sorprendida.

—¿Eh?

—A mí me va pequeña. Y a ti te queda bien.

Dudaba mucho que le fuera pequeña. Solo lo decía para que la aceptara.

—Pero... es tuya.

—Ya no. Ahora es tuya. Acabo de dártela. Es tu responsabilidad, así que cuídala bien.

No pareció querer seguir discutiéndolo, así que desistí, un poco confusa. Pasamos un rato en silencio y él bostezó varias veces. Yo no tenía sueño. En absoluto. Miré por la ventanilla, nerviosa, y me puse aún peor cuando vi el puente del que hablaba Naya. Ross aparcó el coche a un lado de la carretera y los dos nos bajamos mientras yo buscaba el edificio amarillo y él me seguía, metiéndose las manos en los bolsillos.

—Creo que es un buen momento para decirme qué buscamos exactamente, querida Jennifer —murmuró, mirando de reojo a un grupo de chicos más jóvenes que nosotros que nos observaban desde el otro lado de la carretera.

De hecho, estaba lleno de grupos de gente bebiendo. Era una calle larga y con casas grandes. Había coches caros mal aparcados y se oía el murmullo de música no muy lejana.

En conclusión, una fiesta de pijos.

—Un edificio amarillo muy feo —le dije, mirando a mi alrededor.

Él también miró a su alrededor, pero nada por ahí parecía amarillo y feo.

Avancé con Ross detrás de mí. Estaba empezando a ponerme muy nerviosa. Y, para añadir tensión a la situación, cuando pasamos al lado de un grupo de chicos, uno se quedó mirándome.

—Bonitos calcetines —me dijo con una ceja enarcada.

Lo ignoré completamente.

Ross no.

—Bonita cara. Cierra la boca si quieres conservarla.

El chico se quedó mirándolo con el ceño fruncido, pero no dijo nada más. Ross se situó a mi lado y yo lo miré, sorprendida.

—No me digas que eres un chico malo.

—¿Yo? Sí, malísimo. Soy un peligro andante. —Me sonrió, burlón.

—Pues has sonado amenazador de verdad. Me has dado miedo incluso a mí.

—Genial, ahora ya conoces mi lado oscuro.

Sacudí la cabeza, divertida. Dudaba mucho que lo tuviera.

Seguimos nuestro camino y tuvimos que andar unos segundos más antes de que, por fin, viera un edificio visiblemente más viejo que los demás de color amarillo azafrán. Aceleré el paso y Ross me puso una mano en el hombro, señalando a Naya.

Estaba sentada en la acera de ese edificio, abrazándose las rodillas, completamente sola. Estaba empapada, como si hubiera estado esperando bajo la lluvia, pese a que no había llovido. En consecuencia, tenía el maquillaje que tanto trabajo le había costado ponerse completamente corrido por las mejillas. Al notar que nos acercábamos, se puso de pie.

—¿Ross? —preguntó ella, mirándome con la palabra «traición» escrita en los ojos—. ¿No habrás...?

—Me ha hecho jurar que no le diré nada a Will —aseguró él.

Naya me miró durante unos segundos antes de lanzarse sobre mí y abrazarme con fuerza. Me daba la sensación de que hacía un buen rato que necesitaba un abrazo, así que se lo devolví enseguida.

—¿Qué te ha...? —intenté preguntar.

—No debí haber venido —dijo, separándose y negando con la cabeza—. Se han burlado de mí, me ha pedido mi collar para mirarlo... No sabía qué decir y se lo he dejado..., pero no me lo ha devuelto... Se... se lo ha quedado.

—¿Y por qué estás empapada? —le preguntó Ross, confuso.

—Cuando intentaba quitárselo, me han tirado a la piscina. Llevaba el bolso encima y... me he quedado sin dinero y ni siquiera sé si mi móvil funciona. No me he detenido a asegurarme. He tenido que pedirle a una chica que me prestara el suyo y... menos mal que me acordaba de tu número, Jenna...

Se quedó callada y vi que estaba a punto de volver a llorar.

—Oh, Naya...

No sabía qué decirle. Yo había sido una de las que la habían convencido para asistir a esa fiesta. Además, debía de estar congelada. Yo tenía las piernas heladas y hacía solo cinco minutos que estaba ahí.

—¿Quieres mi chaqueta? —le ofrecí.

—En mi coche hay una de sobra —me dijo Ross—. Vamos, Naya.

—Sí —murmuró ella—. No quiero seguir aquí ni un segundo más.

Ross le pasó un brazo por encima de los hombros y ella sonrió, agradecida. Hicieron un ademán de irse, pero al ver que no me movía se quedaron mirándome.

—¿Y por qué lo ha hecho? —pregunté.

—Le gusta reírse de los demás —murmuró Naya—. Supongo que hace que se sienta mejor consigo misma.

—¿Y te has quedado sin nada? ¿Sin móvil, sin dinero...?

—Todo ha quedado inservible cuando me han tirado a la piscina.

Negué con la cabeza, mirando la casa que ella señalaba. La que estaba justo delante de nosotros y de donde provenía la música.

Ross me miraba con el ceño fruncido, como si supiera que estaba pensando en algo. Algo poco apropiado, concretamente.

—Eso no es justo —dije, enfadada.

—Lo sé —me aseguró.

—¿Y tu collar? ¿Era especial o...?

Ella agachó la cabeza y respiró hondo.

—Fue el primer regalo que me hizo Will. Por mi cumpleaños.

—¿Te lo ha roto?

—No. Se lo ha puesto.

—¿Y no le has dicho nada? —pregunté, incrédula.

—No es tan fácil —me dijo Ross.

—Sí lo es —protesté.

—No, no lo es, Jenna —me aseguró Naya—. Después de todo lo que pasó en el instituto... Me he acordado de lo insignificante que me sentía en aquella época. Me... me he bloqueado.

La miré, pensativa.

Recordaba perfectamente una vez que uno de mis hermanos, Sonny, había vuelto a casa con un ojo morado. Nos dijo que se lo había hecho jugando al fútbol y nos lo creímos todos, menos mi hermano mayor, Spencer. Él insistió hasta que Sonny se puso a llorar y confesó que había sido un compañero de su clase que no dejaba de meterse con él. Ese día había intentado encararlo y se había llevado un ojo morado de recuerdo.

En ese momento, Spencer no necesitó los detalles. Ni siquiera necesitó saber si Sonny había hecho algo a ese chico para ganarse el puñetazo. Se limitó a salir de casa, subirse a su moto e ir a por él. No sé qué le hizo, pero jamás volvió a molestar a nuestro hermano. Y, aunque Sonny nunca volvió a mencionar el tema, supe que siempre se lo había agradecido inmensamente.

Lo más curioso es que, después de eso, Sonny empezó sus clases de boxeo, y probablemente podría darle una paliza a Spencer si quisiera.

Y ahora, mirando a Naya llorando, sentí lo mismo que Spencer había sentido ese día. No necesitaba saber si esa chica tenía una razón para actuar como lo hacía. No necesitaba saber el contexto. No me gustaban las injusticias y, aunque no fuera una heroína —ni de lejos, especialmente con mi atuendo—, alguien tenía que hacer algo. Naya no se merecía eso. Ni ella ni nadie.

Me giré hacia la casa.

—Esperad aquí un momento —les dije.

—¿Que esperemos? —repitió Naya, confusa.

—Voy a entrar a por tus cosas. Ahora vuelvo.

—Te acompaño —me dijo Ross al instante.

—No. Quédate con Naya. No tardaré.

—De eso nada. —Él negó con la cabeza—. Tú ahí no entras sola.

Los dos miramos a Naya.

Ella dudó un instante antes de asentir con la cabeza y guiarnos. Sus nervios fueron aumentando visiblemente a medida que nos acercábamos a la casa. Abrió la puerta sin llamar al timbre, aunque eso no pareció extrañar a nadie. Naya no se detuvo hasta llegar al jardín trasero, donde vi su bolso mojado en el suelo y a una chica alta, con el pelo rizado, riendo con sus amigos mientras sostenía un cigarrillo y una copa. Llevaba un collar que reconocí al instante.

—Es ella —me dijo Naya—. Pero no...

—Espera aquí —le dije.

Me acerqué a la chica como si fuera Thor meneando su martillo y, cuando estuve junto a su grupo, todos se giraron hacia mí, mirando la forma en que iba vestida. Ross estaba justo a mi lado.

—¿Te he invitado? —me preguntó la chica solo a mí, mirando los calcetines de arcoíris que asomaban por encima de mis botas marrones.

—No —le dije, cruzándome de brazos—. Has invitado a una amiga mía. Se llama Naya. Quizá te suene, teniendo en cuenta que llevas puesto su collar.

La chica miró por encima de mi hombro a Naya, que parecía entre avergonzada y asustada.

—¿Y qué eres? ¿Su guardaespaldas? —Me dedicó una sonrisa burlona—. No intimidas mucho.

—¿Por qué no devuelves el collar y terminamos con esto? —le preguntó Ross.

En ese momento, un amigo suyo intervino. Era más bajo que Ross, pero lo miraba como si fuera a aplastarlo de un soplido.

—Será mejor que os vayáis —le dijo a Ross.

Él no respondió, pero enarcó una ceja sin moverse de su lugar. No parecía muy impresionado.

La chica tampoco se movió, sonriéndome.

—¿Y por qué iba a dártelo?

—Porque no es tuyo. —Fruncí el ceño.

—Ahora lo es. Me lo he ganado.

—No, lo has robado.

—Estoy en mi casa, puedo hacer lo que quiera.

—¡De eso nada!

—Mira, esta conversación se me está haciendo muy pesada, ¿vale? Te recuerdo que estás en mi casa. Y no eres bienvenida, así que te recomiendo que te vayas.

—No sin el collar —le dije.

—No lo repetiré —me advirtió.

—No nos iremos sin el collar —reiteró Ross.

—¿Por qué os la jugáis por ella? —preguntó el chico, acercándose a él—. Decidle a la zorra de vuestra amiga que venga ella misma a por su collar, si tanto lo quiere.

Eso fue suficiente para agotar mi paciencia. Aparté a Ross empujándolo suavemente por el hombro. Él me miró, sorprendido, pero se dejó apartar. Me acerqué al chico, que se quedó mirándome con gesto burlón.

—Qué mied...

No lo pensé. Me acordé de las lecciones de Sonny. Pies bien plantados, puños apretados y giro de cintura. Oh, y sacar el pulgar del puño. Sí, era eso.

Y el puñetazo le dio directamente en la nariz.

Él retrocedió del susto, sujetándose la nariz. Le había dado con fuerza. Tanta que me dolía toda la mano, pero disimulé para hacerme la dura. Él soltó una palabrota.

—¡Me has dado un puñetazo, psicópata! —me gritó.

—¡Un psicópata no te golpearía, convencería a alguien para que lo hiciera por él, inculto! —le grité a mi vez.

Me miró, incrédulo, pero yo ya estaba centrada en su amiga.

—¿Me puedes dar el collar de mi amiga Naya? —le pregunté.

Ella había dejado de sonreír. Dudó un momento antes de quitárselo y lanzármelo. Al darme la vuelta, vi que Ross y Naya me miraban con la boca abierta.

—¿Nos vamos? —pregunté.

Ellos dos me siguieron cuando recorrí el camino de nuevo hacia la salida. En realidad, me daba miedo que sus amigos se animaran a perseguirme, así que lo recorrí a toda velocidad. Menos mal que no lo hicieron.

En el mismo instante en que estuvimos en el exterior, los dos volvieron a girarse hacia mí.

—Le has dado un puñetazo —me dijo Ross, como si no pudiera creérselo, a punto de reírse—. En toda la nariz.

—No ha sido para tanto —le aseguré—. Deberías ver a mi hermano Sonny. Era boxeador. Me enseñó a golpear, pero nunca había tenido que ponerlo en práctica. Tengo que contárselo.

Levanté la mano. Tenía los nudillos y la muñeca rojos.

—¡Ha sido increíble! —Por fin reaccionó Naya—. ¡No me puedo creer que hayas hecho eso... por mí!

Sonreí un poco. Ross se había acercado, menos divertido.

—¿Te has hecho daño? —preguntó.

—Un poco.

—Con el puñetazo que le has metido, no me extraña —murmuró, mirando mi mano—. No parece nada grave.

—Podríamos pedirle hielo a Chris en la residencia para que no se hinche —sugirió Naya—. Es lo mínimo que puedo hacer.

—Vamos, os llevaré —se ofreció Ross, sonriendo.

Ninguno de los tres dijo gran cosa en todo el camino. Mi mano dejó de doler y Naya se puso su collar. Ross se limitó a conducir canturreando en voz baja la canción que sonaba por la radio.

Cuando llegamos, Naya le dio las gracias a Ross y bajó del coche. Solo por su forma decidida de andar, supe que iba a ir a molestar a Chris con el hielo, pese a haberle dicho diez veces que no era necesario.

Yo me quedé con Ross un momento más.

—Gracias por haber venido —le dije.

—No querría meterme contigo, Jen. He visto los puñetazos que das.

Sonreí.

—¿Desde cuándo me llamas Jen?

—Desde hace cinco segundos.

—Creo que nunca me habían llamado así.

—Si prefieres «pequeño saltamontes», puedo adaptarme.

—Jen está bien. —Puse los ojos en blanco y bajé del coche—. Buenas noches, Ross.

Él sonrió.

—Buenas noches, Jen.

4

La monja loca

Después de un año de hacer el vago y no salir a correr por las mañanas, aproveché que era viernes y decidí volver a intentarlo. Cuando salí de la residencia, saludé a Chris con toda mi motivación reunida.

Y... me arrepentí de haber salido a correr a los cinco minutos.

Justo cuando estuve a punto de escupir un pulmón por el esfuerzo.

De pequeña había hecho atletismo, e ir a correr por las mañanas era, prácticamente, una actividad obligatoria, así que lo hacía cada día antes de ir a clase. Ahora me resultaba complicado levantarme de la cama sin sentir pereza.

De todos modos, me forcé a seguir un rato más. El corazón me iba a toda velocidad a la media hora, cuando volví a detenerme, apoyándome en las rodillas. Definitivamente, necesitaba entrenar más. Podía imaginarme la cara de decepción de mi antiguo entrenador. Bueno, o la de Spencer, mi hermano mayor, que era profesor de gimnasia y me había estado ayudando a entrenar durante mucho tiempo. Si él llegara a ver cómo estaba solo por correr durante media hora...

Volví a la residencia hiperventilando y con las mejillas rojas. Chris sonrió nada más verme.

—¿Qué tal el ejercicio?

—Fatal. Estaba mejor en la cama.

Él se rio y yo subí las escaleras, yendo directa a la habitación. Naya seguía durmiendo —y roncando, por cierto— y, como no se despertaba ni con una granada explotando a su lado, pude hacer todo el ruido que quise a la hora de ir a la ducha.

—Buenos días —le dije al salir y ver que se estiraba perezosamente en su cama.

—¿Qué hora es? —preguntó, bostezando.

—Las once.

—¿Tan pronto?

—¿Las once es pronto?

—¿En un día sin clases? Claro que es pronto.

—¿No habías quedado en ir a desayunar a casa de Will? —pregunté, secándome el pelo.

Ella resopló y se incorporó perezosamente.

—Es verdad. —Suspiró, y lo pensó un momento—. Ya me ducharé en su casa. Si tengo la mitad de mi armario allí...

Parecía que hablaba más para sí misma que para mí, así que me centré en buscar algo que ponerme.

—¿Te vienes? —me preguntó, poniéndose las zapatillas.

—A mí no me ha invitado, Naya.

—¿Y qué? —Puso los ojos en blanco—. Vamos, ven. Si Sue se queda sola con nosotros, se pone de mal humor. Bueno, de peor humor. Y seguro que Ross va a preguntar por ti.

Me detuve y la miré con curiosidad.

—¿Tú crees?

Enarcó una ceja y se puso de pie.

—Anda, ponte una camiseta y nos vamos.

Ya en el metro, ella no dejaba de bostezar y de ajustarse las gafas de sol como si viniera de la mejor fiesta de su vida. Seguía teniendo la misma expresión de dormida cuando llamamos a la puerta de casa de Will.

Sue abrió y suspiró al vernos.

—¿Otra vez aquí?

—Yo también me alegro de verte —le dijo Naya, pasando por su lado.

Sue volvió a entrar sin decir nada más, así que me tocó a mí cerrar la puerta. Cuando entré, Will y Naya ya estaban besuqueándose en la cocina mientras Sue los miraba con mala cara.

—Buenos días, Will. —Sonreí.

—Oh, buenos días —me saludó, separándose de Naya.

—¿Y Ross? —pregunté, mirando a mi alrededor. Era extraño no verlo revoloteando por ahí.

—Durmiendo.

—¿Todavía?

—Se nota que no vives con él —murmuró Sue.

—¿Puedo ir a despertarlo? —Naya sonrió malévolamente y se marchó sin esperar respuesta.

Will suspiró mientras ella abría la habitación de Ross de un portazo y empezaba a gritarle que se despertara. Vi una almohada volando y, diez segundos después, apareció Ross frotándose la cara, claramente de mal humor.

—¿Quién la ha dejado suelta por la casa? —protestó, sentándose a mi lado en la barra.

—Oye, que no soy un perro.

—No; eres mucho peor. Un mosquito molesto.

Naya le sacó el dedo corazón y él la ignoró.

—¿No hay nada para desayunar? —pregunté.

—Claro que hay algo. —Ross me sonrió—. Pizza fría, agua tibia y cervezas. Un desayuno rico en proteínas para afrontar el día con energía.

—¿Solo tenéis eso? —pregunté, confusa.

—Bueno, creo que también hay helado, pero es de Sue. No te recomiendo tocarlo a no ser que tengas instintos suicidas.

—Ross, ve a comprar algo —le pidió Will.

—¿Y por qué tengo que ir yo? —Le puso mala cara.

—Porque siempre lo hago yo.

—¿Y por qué no lo hace Sue?

—Yo desayuno mi helado —dijo ella, abriendo el congelador.

—¿Desayunas helado? —Arrugué la nariz.

Ella se quedó mirándome fijamente y me puse roja.

—Ya voy. —Ross suspiró y se puso de pie.

No tardó en vestirse e irse de casa quejándose de que abusaban de él. Will y Naya estaban ocupados dándose amor junto a mí. Sue, mientras, miraba la televisión comiendo helado.

Casi estaba durmiéndome otra vez cuando Naya me miró.

—¿Era tu móvil el que sonaba anoche?

—¿Mi móvil? —pregunté, confusa.

—Sí. Quería avisarte, pero estabas dormida y no quise molestar.

Hurgué en mi bolsillo y saqué el móvil, extrañada. Casi se me paró el corazón cuando vi que Monty me había llamado doce veces.

—Mierda —solté.

—¿Qué pasa? —me preguntó ella, sorprendida.

—Era... mi novio. Se habrá enfadado por no responderle. —Miré a Will—. ¿Puedo llamar en la habitación o...?

—Solo hay cobertura aquí, lo siento.

La cosa mejoraba por momentos.

Ellos me miraron mientras marcaba su número y me llevaba el móvil a la oreja. Admito que estaba un poco nerviosa.

Monty respondió al primer tono.

—Mira quién sigue viva —espetó.

Conocía ese tono demasiado bien. Apreté los labios, intentando no enfadarme también porque sabía que eso solo empeoraría la situación.

—Lo siento. No oí el móvil.

—No sabía que tu habitación fuera tan grande como para no oír un móvil que está al lado de tu cabeza, Jenny.

—¿Y tú cómo sabes que está al lado de mi cabeza? —intenté bromear, nerviosa.

—¿Sueno como si estuviera de buen humor? —me soltó, enfadado—. Porque te aseguro que no lo estoy.

—Cariño —por algún motivo, solo utilizaba esos términos cuando estaba muy enfadada con él—, cuenta hasta diez. Relájate. No es para tanto.

—Estaba preocupado.

—Estoy bien, ¿no?

—Sí, pero sigues comportándote como siempre.

—¿Como siempre? —repetí—. ¿Y eso qué significa?

Esa vez ya no pude evitar sonar irritada. Me molestaba que siempre insinuara que me portaba como una niña pequeña.

Justo en ese momento, Ross abrió la puerta y levantó dos bolsas de comida con una gran sonrisa.

—Queredme —anunció alegremente, dejándolas sobre la barra.

Naya y Will me miraron sin disimular mientras las abrían y empezaban a comer.

—Sabes perfectamente a lo que me refiero —me soltó Monty a través del móvil—. Sabía que me harías esto.

—¿Qué...? ¿Se puede saber qué he hecho? —pregunté, confusa.

Ross me miró con curiosidad, mordisqueando una tostada.

—Pasar de mí. Sabía que lo harías.

—Yo no estoy... —Intentaba parecer tranquila para que los demás no pensaran que estaba loca, pero por dentro ya había matado a Monty tres veces—. ¿Podemos hablar de esto más tarde?

—No.

—Es que ahora no es un buen...

—Ni siquiera me has llamado en una semana.

—¿Y tú a mí? —Ya no lo aguanté—. ¿Por qué siempre tengo que hacerlo yo?

—¡Tú eres la que decidió irse!

—¡A estudiar, no a recorrer el mundo en canoa! ¿Puedes relajarte?

—Me da igual, tú te fuiste. Deberías ser la que llame, no yo.

—Te recuerdo que tú estabas de acuerdo, ¿o te has olvidado de esa pequeña parte?

—¡No pensé que me ignorarías a las tres semanas de irte!

—Tú lo has dicho. Llevo tres semanas aquí. ¿Qué harás cuando lleve un mes? ¿Venir a secuestrarme o qué?

—Pues no sería tan mala idea. —Hizo una pausa, molesto—. ¿Qué hiciste anoche?

—Nada.

Y era cierto. Había mirado películas de superhéroes y había leído un cómic.

Bueno..., y había ido a rescatar a Naya con Ross. Y había dado un puñetazo a un chico. Pero eso no le incumbía.

71

—Mentira. Hiciste algo.

—¡Que no!

—Y no me digas que no oíste el móvil. No es cierto.

—Monty, estaba durmiendo. —Fruncí el ceño.

—Muy bien. Sigue poniendo excusas. Y no te molestes en llamarme.

—Pero...

Me quedé mirando el móvil cuando me colgó sin decir nada más. Le tenía mucho cariño, pero podía ser tan imbécil cuando quería... Ni siquiera sabía a qué venía ese enfado tan repentino. No había hecho nada malo. A no ser que fantasear con Thor fuera algo malo, pero lo dudaba mucho.

Cuando levanté la cabeza, vi que los demás me estaban mirando fijamente. Al instante, disimularon hablando de la comida. Al menos, iban a fingir que no habían oído nada.

Ross me pasó una de las bolsas que había estado protegiendo para que los demás no robaran. Estaba intacta.

—Gracias, pero no desayuno nunca —le dije, devolviéndosela.

—¿Y no comes nada hasta la hora del almuerzo?

—No. —Intenté no sonar antipática.

De todas formas, soné muy antipática. Demasiado. Me sentí mal al instante. Él no tenía la culpa de que mi novio fuera un idiota.

Le sonreí y agarré la bolsa.

—Pero haré una excepción —añadí.

—Bueno. —Will nos miró, rompiendo el silencio—. ¿Y qué hacemos esta noche?

—A mí no me apetece salir, la verdad —dijo Naya.

—Ni a mí —coincidí.

Monty me quitaba las ganas de todo cuando se enfadaba.

—Podríamos ir al cine —propuso Will.

—Nunca diré que no a ir al cine. —Ross asintió con la cabeza.

Hice una mueca, incómoda, y los tres me miraron.

—¿Qué? —me preguntó Naya, curiosa.

—Es que... no quiero que os penséis que soy muy rara.

—Dime que has ido alguna vez al cine. —Ross empezó a reírse de mí antes de que lo confirmara—. Dios, es como si viniera de un universo paralelo.

—¿Puedes dejar de decir lo del universo paralelo, pesado? Lo has dicho más de diez veces desde que nos conocemos.

—Es que es verdad. ¿Se puede saber cómo has pasado por la vida sin llegar a ir al cine?

—No sé... A mis hermanos no les gustaba, y supongo que yo nunca le di una oportunidad.

Dicho así, sonaba como si no tuviera opinión propia. De hecho, lo había pensado unas cuantas veces desde que había llegado allí. No sabía cómo sentirme al respecto.

El silencio se había hecho algo incómodo cuando Naya habló para salvarme de él.

—Pues hoy será tu primera vez. —Me sonrió.

—Qué mal ha sonado eso —murmuró Sue desde el sofá.

Naya la ignoró completamente y siguió hablando.

—Pero será por la noche. Tengo un montón de trabajo acumulado.

—La verdad es que yo también —asentí.

—Y yo tengo que irme. —Ross miró el móvil—. Soy un hombre muy ocupado. Nos vemos esta noche. Ya me diréis la hora.

Se puso de pie sin decir nada más y desapareció por la puerta de la entrada.

Chris estaba en el mostrador cuando llegué a las cinco después de haber estado haciendo un trabajo con unos compañeros. Me saludó sin levantar la mirada de su juego.

—¿Qué tal, Jenna?

—Bien. —Le sonreí—. Me da un poco de miedo que me reconozcas sin levantar la cabeza.

—Me paso horas aquí. Es un don.

—¿Ya tienes vidas? —Señalé el juego.

—Sí. Me las pasó mi madre. —Sonrió orgulloso.

Yo también sonreí y negué con la cabeza. Él pausó el juego y me miró.

—Naya me ha dicho que te llevas bien con sus amigos. Me alegro por ti. Nunca es fácil empezar de cero.

—Sí, la verdad es que son muy simpáticos. He tenido suerte.

—Sí... —Él puso mala cara—. Bueno, Ross no hace mucho caso a mis normas..., pero, por lo demás, no está mal.

—¿Por qué será que no me extraña? —pregunté, divertida.

—Pues imagínate cuando Lana vivía aquí...

Me quedé mirándolo un momento mientras él volvía a coger su móvil tan tranquilo.

—¿Tiene... novia? —pregunté, sorprendida.

No recordaba que lo hubiera mencionado. ¿Lo había dicho en algún momento? No, ¿no? No.

No. Definitivamente no.

—Hasta donde yo sé, ya no la tiene.

Eso no debería haberme aliviado tanto como lo hizo.

—Y..., ejem..., ¿quién es Lana?

—Una chica con la que salía, pero ya ni siquiera vive aquí. Creo que se fue a Francia. O no. Vete tú a saber dónde está ahora. Seguro que en una buena universidad. Era muy lista. De las más listas de su clase.

—Parece una chica interesante —observé, repiqueteando los dedos en el mostrador.

—No estaba mal. —Se encogió de hombros—. Pero no me saludaba al pasar por aquí.

—Qué antipática.

—Si nos pusiéramos así, la mitad de la residencia sería antipática. Eres de las pocas que se molestan en detenerse a hablar conmigo.

Me sonrió ampliamente antes de volver a sus cosas. Yo me quedé mirándolo un momento, considerando la posibilidad de seguir preguntando, pero me dije a mí misma que no sería apropiado y desistí.

Como tenía ganas de hablar con alguien y Nel, mi mejor amiga, seguía sin responderme —como había hecho desde que me había ido, por otro lado—, decidí llamar a mi única hermana y mi mejor consejera, Shanon.

Me respondió enseguida, como de costumbre.

—Hola, desconocida —me saludó—. ¿Qué tal todo?

—Bien. Estaba aburrida y he pensado en llamarte —dije, sentándome en la cama.

—Qué bonito por tu parte que solo pienses en mí cuando te aburres.

—No quería decir eso.

—Lo sé, lo sé. Oye, deberías ver a mamá. Está como loca. Tengo que ir a verla casi cada día porque dice que te echa de menos.

—¿En serio? —No pude evitar sonreír.

—Sí. Y papá también. Y hace muy poco que te fuiste. No sé qué harán en noviembre.

—Espero haber podido ir a veros para entonces.

—Jenny, sabes que no pueden gastarse mucho dinero en eso —me dijo ella tras una pausa—. Creo que lo mejor es que no vengas a no ser que sea una fecha importante.

—Vale, sí..., tienes razón.

Solía tenerla.

—Ahora que hemos hablado de familia y dinero y nos hemos deprimido un poco..., pasemos a temas interesantes. —Casi pude ver su sonrisa—. ¿Ya has encontrado a un chico guapo con el que besuquearte por ahí?

—Shanon...

—O a una chica. Yo no te juzgo.

—No es...

—Aquí cada una es libre de elegir.

—Shanon, ninguno de los dos.

—Venga ya.

—¿Te acuerdas de que sigo teniendo novio?

—Ah, sí. El idiota.

—¡No es idiota!

—Lo es, querida. Demasiado.

Suspiré.

—Esta mañana hemos discutido.

—Qué novedad...

—¡Shanon!

—Vale, perdón. Cuéntame.

—Se ha vuelto loco por una tontería.

—Pues como siempre... —Cuando notó que me quedaba en silencio, casi pude visualizarla poniendo los ojos en blanco—. Ay, lo siento, no puedo evitarlo. Bueno, sigue contando.

—Es que siempre consigue que me sienta mal sin siquiera saber por qué.

—Qué mal me cae ese chico.

—Siempre te ha caído mal, pero nunca te ha hecho nada malo.

—No es que me haya hecho nada malo, es que... lo veo muy poca cosa para ti.

—¿Y qué quieres? ¿Que me case con Brad Pitt?

—Pues no estaría mal. Aunque intentaría robártelo. Lo siento.

—Violarías el código de hermanas.

—En el amor y en la guerra, todo vale.

Me reí y seguí hablando con ella durante casi una hora, hasta que empezó a anochecer y me dijo que tenía que ir a buscar a Owen, su hijo, a natación. Apenas hube colgado, Naya apareció con cara de aburrimiento por haber estado todo el día en la biblioteca estudiando.

—Feliz de estar en la universidad, ¿no? —Sonreí, divertida.

—Oh, sí, chorreo felicidad —ironizó—. Esto es un sueño hecho realidad. He estado toda la tarde estudiando y ya no me acuerdo de nada. Odio mi vida.

—Seguro que sacas una buena nota, Naya.

—Eso espero.

Me giré y miré el reloj en mi móvil.

—¿No tenemos que ir al cine con esos dos?

—Sí, pero todavía tenemos media hora... —hizo una pausa y me miró con una sonrisita— antes de la cita doble.

—Qué graciosa eres.

Ella sonrió, divertida.

—Venga, me pido ducharme la primera.

En cuanto ella salió del cuarto de baño, me duché rápidamente y me cubrí con el albornoz de Dory que mi padre me había regalado hacía unos años. Me miré en el espejo y puse mala cara cuando vi que tenía ojeras. Quizá debería haber echado una siesta esa tarde. Después de todo, ver películas, leer cómics y rescatar a amigas durante una sola noche podía ser muy agotador.

Cuando abrí la puerta, me quedé mirando mi cama, donde Ross estaba tumbado y, con toda la confianza del mundo, miraba mi álbum de fotos. Por un momento, no reaccioné. Después vi que Will y Naya se estaban besando en la cama de ella.

Estuve a punto de poner los ojos en blanco, pero me contuve.

—Hola, ¿eh? —dije.

Ellos no respondieron. Ross me miró por encima del álbum.

—Empezaba a sentir que me estaba fundiendo con el entorno y haciéndome invisible —dijo, suspirando—. Estoy cansado de oír succiones y lametazos.

Will le lanzó un cojín sin separarse de su novia.

—Bonito albornoz. —Ross me sonrió ampliamente—. Se nota que hasta hace poco solo habías visto *Buscando a Nemo*.

—No tengo otro —dije, a la defensiva, acercándome—. ¿Se puede saber qué haces con mi álbum?

—Me aburría.

—¿Y no tienes móvil?

—Sí. Pero me gusta más el drama realista.

Le quité el álbum y miré la foto. Estábamos Monty, un amigo suyo, Nel y yo sonriendo a la cámara.

—¿Quiénes son?

Me senté a su lado y empecé a señalar caras.

—Mi novio, Monty...

—¿Monty? —Puso cara de horror—. Por Dios, ¿qué les hizo a sus padres para que lo odiaran nada más nacer?

—Viene de Montgomery.

—No sé si hace que sea peor.

Sonreí y pasé a la siguiente.

—Ella es Nel, una amiga... Bueno, ahora no tan amiga.

—¿Te dijo que le gustaban los superhéroes y la despreciaste?

—No. Es una larga historia. Y aburrida. Este es un amigo de Monty. Ese día ganaron uno de sus primeros partidos de baloncesto.

—¿Tu novio juega al baloncesto?

Asentí y Ross pareció algo pensativo por unos segundos, hasta que de pronto sonrió de nuevo.

—Pues la verdad es que tienen pinta de ser malísimos.

—Lo eran. Ahora no tanto. Han entrenado bastante.

Dejé el álbum en la cama y cogí ropa del armario.

—Cinco minutos y estoy lista —les dije a todos, aunque solo me estaba prestando atención Ross.

—Si quieres venir así, por mí no hay problema —aclaró.

—Gracias por la sugerencia, pero voy a vestirme.

—Pues yo voy a ponerme unos malditos tapones en las orejas —murmuró, volviendo a tumbarse.

Me encerré en el cuarto de baño, me vestí y salí tan rápido como pude. En esta ocasión, Will estaba de pie, estirándose la ropa arrugada por la acción anterior. Naya hacía lo mismo. Ross los miraba con gesto aburrido.

—¿Lista? —me preguntó Naya.

—¿No quieres peinarte antes de irnos? —le pregunté, divertida, al ver su pelo enmarañado.

Ella se miró en el espejo de mi armario y se retocó el pelo rápidamente.

El coche era el de Ross, así que Will se quedó en la parte de delante con él, y Naya y yo en la de atrás. Tuve que apartar dos chaquetas para sentarme.

—¿Dónde íbamos? —preguntó Ross, girando sin poner el intermitente.

—Centro comercial. Cine —le informó Naya, asomándose entre los dos asientos—. ¿Podemos ir a ver la película esa de guerra?

—¿Guerra? —suspiré—. No me apetece llorar.

—Me uno a Jenna —coincidió Will.

Intenté no entrar en pánico cuando vi que Ross se encendía un cigarrillo con toda la tranquilidad del mundo mientras conducía.

—¿Y cuál es la alternativa? —preguntó Naya, desanimada.

—La de miedo —dijo Ross—. La de la monja esa.

—Sí, esa parece una buena opción —accedió Will.

—No sé... —intenté decir.

—Ni de coña —interrumpió Naya.

—¿De quién es el coche? —preguntó Ross.

—Tuyo, pero...

—Entonces, la de la monja.

—Eso no es justo, Ross —protestó Naya.

—La vida es injusta.

—No tiene por qué serlo.

—El coche es mío, ¿recuerdas?

—Sí, pero el cine no es tuyo —le dije, asomándome.

Will y Naya sonrieron al ver la cara de fastidio de Ross.

—Deberías venir más veces, Jenna —me dijo Will—. No mucha gente sabe hacer que se calle.

—Yo confiaba en ti —me dijo Ross, mirándome como si le hubiera traicionado.

—¡Mira al frente! —protesté, girándole la cara.

—¡Pero si estoy en una carretera recta!

—¡Anda que no ha muerto gente en carreteras rectas!

—Bueno... —Will nos centró de nuevo—. ¿Qué película vamos a ver?

—La de terror —dijo Ross.

—Yo también quiero ir a verla —me dijo Will.

Hubo un momento de silencio en el que tanto él como Naya me miraron fijamente, esperando que eligiera un bando.

—Pues la de terror, supongo.

Ross y Will sonrieron ampliamente, mientras que Naya me puso los ojos en blanco. Después de eso, cada uno se quedó en silencio escuchando la música de la radio.

Decidí centrar la vista en el frente, donde tenía a Ross realizando más imprudencias al volante de las que me gustaría. Iba vestido con una sudadera, así que tenía la nuca casi descubierta. Me quedé mirando un rastro negro de lo que parecía un tatuaje. Yo también llevaba uno pequeñito ahí —del cual seguía arrepintiéndome—. El suyo parecía más grande. Me pregunté qué sería.

—¿Sue no viene? —pregunté, intentando distraerme.

—Sue se fusionó con el sillón de casa hace ya tiempo —murmuró Ross, soltando el humo por la ventanilla.

—No le gusta salir con nosotros —me dijo Will—. Ni con nadie.

—A veces, me da la sensación de que no le caigo bien —confesé.

Para mi sorpresa, los tres se rieron casi simultáneamente.

—Lo raro sería que le cayeras bien —me aseguró Naya.

—¿Por qué?

—No le gusta la gente —dijo Will—. Es un poco rara. Pero te terminas acostumbrando a ella.

—O no —dijo Ross—. Yo llevo casi dos años viviendo con ella y no me he acostumbrado.

En ese momento, entró en el aparcamiento y aparcó con un movimiento donde pudo, que fue considerablemente lejos de la puerta. Cuando bajé del coche, me alegré de haber seguido el consejo de mamá y haberme puesto abrigo. Hacía muchísimo frío.

Will y Naya lideraron el grupo dándose abracitos, como de costumbre. Ross suspiró.

—Son tan empalagosos que tengo subidones de azúcar cada vez que los veo.

—Vamos, tú harías lo mismo si tuvieras novia.

Me miró con una ceja enarcada y sonreí, enganchando su brazo con el mío. Cuando llegamos a la sala de cine, Ross decidió invitarnos y entramos con los demás espectadores.

Nada más hacerlo, me quedé mirando la enorme pantalla con la boca abierta, sorprendida.

—¡Es gigante! —le dije a Ross, señalándola.

Algunos que pasaban por nuestro lado me miraron como si me hubiera crecido otra cabeza. Él se limitó a sonreírme, negando con la cabeza.

La sala estaba prácticamente llena, así que tuvimos que apañarnos en la cuarta fila. Will y Naya no quisieron separarse, por lo que yo me quedé entre Will y Ross, que empezó a comer palomitas como si no hubiera probado nada en años.

—¿Siempre tienes tanta hambre? —le pregunté mientras todavía ponían publicidad.

—Siempre.

—¿Y no engordas?

—Nunca.

—Creo que te odio.

Empezó a reírse.

—No, yo no lo creo.

—Vale, no te odio. Pero me caes peor.

—¿Te caería mejor si te regalara palomitas?

Lo pensé un momento y me miró.

—Quizá —dije finalmente.

Sonrió y me ofreció las que quisiera, por lo que robé un puñado y empecé a comer. Mientras lo hacía, él se inclinó hacia mí.

—Oye.

—¿Qué pasa?

—¿Alguna vez has visto una película de terror?

—Eh..., no. ¿Por qué?

Él pareció divertido, pero no dijo nada. Fruncí el ceño.

—¿Qué?

—Creo que esta noche te arrepentirás de haber venido.

No entendí de qué me hablaba hasta que, media hora más tarde, empezó a hacerse de noche en la dichosa película y, cada cinco minutos, había un salto de la música que hacía que me agarrara con fuerza a lo primero que pillaba. Con suerte, me agarraba al asiento, pero podía ser también al brazo de Ross. Él parecía pasárselo en grande mientras comía y miraba mis sustos. Empecé a pasarlo mal de verdad cuando la estúpida protagonista siguió haciendo cosas estúpidas, como si quisiera que la estúpida monja loca la persiguiera y la matara por estúpida.

—¿Cómo se mete ahí? —susurré, irritada.

—Si no lo hiciera, no habría película —me dijo Ross en voz baja.

—Lo sé, pero es tan estúpida...

Por fin terminó la tortura —también conocida como película— y solté el brazo de Ross, que seguro que estaba rojo por los apretones que le había dado, sin que él hubiera protestado en ningún momento. Admito que, cuando salimos de la sala, tuve que contenerme para no girarme y asegurarme de que no había una monja loca persiguiéndome.

—¿Ya nos vamos? —preguntó Naya.

—Podéis venir a casa —sugirió Will, aunque me pareció más una propuesta dirigida en exclusiva a Naya.

—Yo debería irme a la residencia, la verdad... —dije.

—No seas así. —Ella me puso un puchero—. Vamos, por fa, por fa...

—Luego te puedo llevar a la residencia —me dijo Ross—. Estoy empezando a asumir que soy el chico de los recados.

Así que terminé aceptando sin saber muy bien por qué. O sabiéndolo demasiado bien.

El camino de vuelta se me hizo un poco más largo, especialmente porque esta vez me senté delante y me tocó escuchar los arrumacos de esos dos detrás de mí. Ross parecía estar cansado también, porque puso los ojos en blanco varias veces, cosa que me resultó divertida.

—¿Crees que si freno en seco saldrán volando? —preguntó en voz baja.

—No lo sé, pero intentarlo vale la pena.

Empezó a reírse, y noté que Naya me daba un manotazo en el brazo.

—Lo he oído, idiotas.

Ya en el piso, pedimos pizzas y Will se ofreció a pagar mi parte mientras mirábamos un programa de reformas en la tele. Sue no hizo acto de presencia. Después fui a ver películas con Ross en su habitación.

Sin embargo, no pude prestarle mucha atención a la pantalla porque no dejaba de mirar el rincón oscuro del cuarto.

—¿Qué haces? —preguntó él.

Entonces me di cuenta de que había estado mirándome unos segundos con la película pausada y ni siquiera me había dado cuenta.

—¿Yo? Nada —murmuré, avergonzada.

—¿Estabas mirando el rincón? —preguntó, divertido.

—No.

—Sí lo hacías.

—¡Que no!

—¿Tienes miedo?

—¡No!

—No pasa nada si lo tienes.

—¡He dicho que no tengo miedo!

—Jen, tener miedo de una película de miedo es... casi obligatorio. En serio, no pasa nada.

—Pues a ti no te veo muy asustado.

—Porque ya he visto muchas. —Sonrió—. Y en todos estos años no me ha atacado una monja asesina, así que puedes estar tranquila.

Me quedé mirando el rincón con mala cara.

—¿Qué? —preguntó.

—Es de noche.

—Gracias por avisarme. No me había dado cuenta.

Suspiré.

—Es que está oscuro —insistí.

—Sí, la noche suele implicar oscuridad. —Enarcó una ceja, intrigado.

Me mordisqueé el labio, nerviosa.

—¿Puedes... acompañarme al baño?

Él se quedó mirándome un momento y luego, claro, se echó a reír a carcajadas.

Puse mala cara.

—Sabía que no tendría que habértelo pedido.

Estaba tan ocupado riéndose de mí que no respondió.

—¡Ross! —Le di con una almohada en el estómago, pero siguió ignorándome—. ¡Eres un idiota!

Me puse de pie, enfadada, y fui directa a la puerta.

—No, espera. —Continuaba riéndose, pero me siguió—. Vamos, te acompaño.

—No, ahora ya no quiero.

Sonrió ampliamente y me pasó un brazo por encima de los hombros.

—Pues yo sí quiero. Te cubro las espaldas.

El cuarto de baño era la primera puerta del pasillo a la izquierda, así que había unos cuantos metros hasta la habitación de Ross. De pronto, el recorrido se me hizo largo, oscuro y tenebroso. Él seguía con su sonrisa burlona, así que lo aparté y abrí la puerta, señalándolo.

—Espera aquí.

—¿No quieres que entre contigo?

—¿Ahí? ¿Por qué?

—¿Y si hay un fantasma en la ducha?

—Creo que me las apañaré, Ross.

Se encogió de hombros.

—A tus órdenes.

Cerré la puerta y me apresuré a hacer pis. Mientras me lavaba las manos, escuché que llamaba a la puerta.

—Oye, ¿sigues viva?

—Eso creo. —Puse los ojos en blanco.

—¿Y cómo sé que eres tú y no te está obligando a decir eso una monja loca?

—Porque te lo digo yo.

—Pero ¿cómo sé que eres tú y no...?

Abrí la puerta, interrumpiéndole. Estaba riéndose abiertamente. Yo le puse mala cara.

—No tiene gracia. Estoy asustada.

—Sí que tiene gracia. Admítelo.

—¡No!

—¿Quieres un abracito para que se te pase el mal rato?

—Que te den.

Fui directa a su habitación y él se apresuró a seguirme, cerrando la puerta. Se dejó caer en la cama, haciendo que el portátil rebotara y tuviera que sujetarlo yo para que no se cayera de la cama.

—¿Nunca has tenido miedo de una película de terror? —le pregunté.

—Bueno..., de pequeño vi una escena de *El exorcista*. La de las escaleras. Estuve unas cuantas noches asustado.

—¡Y te ríes de mí!

—¡Yo tenía ocho años, tú tienes diecinueve!

—Dieciocho —me defendí.

Hubo un momento de silencio cuando empecé a escuchar sonidos para mayores de dieciocho años en la habitación de Will. Me puse roja como un tomate, pero él no pareció muy sorprendido.

—Ya empieza la fiesta —murmuró.

Abrí la boca para decir algo cuando Naya emitió un sonidito muy poco apropiado. Me puse todavía más roja.

—¿Siempre son así de...?

—¿... pesados?

—Iba a decir cariñosos.

—Sí, siempre son unos pesados muy cariñosos —me dijo—. Pero no te preocupes, Sue no tardará en cortarles el rollo.

—¿Qué quieres decir?

Él se señaló las orejas y esperó. Fruncí el ceño, confusa.

Y, de pronto, escuché a alguien recorriendo el pasillo y aporreando la puerta de la habitación de al lado.

—¡Tengo que despertarme a las seis! —les gritó Sue—. ¡Si queréis gritar, id a la calle, pesados!

Al instante, los ruidos cesaron y Sue volvió a su habitación. Ross sonrió.

—Siempre me quejo de Sue, pero la verdad es que ayuda bastante en ese sentido. Además...

Se interrumpió a sí mismo cuando un móvil empezó a sonar. Él miró su pantalla y no pude evitar hacer lo mismo. Vi la imagen de una chica con flequillo rubio, muy mona, sonriéndole a la cámara.

—¿Te importa...?

—Estás en tu casa —le dije.

Él se puso de pie y fue al salón, respondiendo por el camino. No alcancé a escuchar nada, así que me quedé mirando la película pausada, repiqueteando los dedos en mi estómago. Por algún motivo, tenía mucha curiosidad por saber de qué estaba hablando, pero me contuve.

Aburrida, fui a la cocina. Él hablaba en voz baja con la chica al otro lado del salón, dándome la espalda. Mientras me servía un vaso de agua, vi que Will aparecía con solo unos pantalones.

—¿Necesitas recuperar fuerzas? —le pregunté, divertida, pasándole un vaso.

—Quizá lo necesitaría más si Sue no hubiera aparecido. —Suspiró—. Naya se ha quedado dormida.

—Pues igual debería irme a la residencia —dije, mirando a Ross.

—Puedes quedarte aquí a dormir siempre que quieras —me aseguró.

—Pero... no tenéis habitación de invitados.

—Pues en el sofá, o con Ross, si es como un osito de peluche. ¿Con quién habla?

—Ni idea —mentí. Mejor fingir que no había mirado la foto de la chica.

Él se terminó el vaso de agua y lo dejó en la encimera, mirándome.

—¿Quieres que te lleve a la residencia en un momento?

—Tienes a Naya en la habitación...

—... durmiendo, sí. Dame cinco minutos y me visto.

En efecto, cinco minutos después apareció completamente vestido y con las llaves del coche.

—¿Vamos?

Ross colgó en ese instante y se quedó mirándonos.

—¿Ya te vas? —me preguntó con cierto tono recriminatorio—. Solo estábamos a mitad de la película.

—Es que tengo sueño. La puedo terminar en mi habitación. —Me encogí de hombros.

—Eso está al nivel de traición de alguien que empieza una serie con otra persona y la termina solo.

—¿Qué pasa? —le preguntó Will—. ¿Quieres venir?

Ross sonrió ampliamente y se adelantó.

—Si insistís, no puedo negarme.

—Nadie ha insistido. —Will frunció el ceño, pero después sonrió y siguió a su amigo hacia el garaje.

El coche de Will era un poco más grande que el de Ross, así que me sentí increíblemente pequeña estando sola en la parte de atrás, asomándome entre los dos asientos.

—¿Y esa radio? —Ross la encendió—. No me dijiste que ibas a cambiarla.

—Naya me la regaló ayer —comentó Will, sacando el coche del aparcamiento con mucha más suavidad que Ross.

—¿Por qué?

—No lo sé. Porque quería, supongo.

Ross y yo intercambiamos una mirada.

—¿Qué? —preguntó Will.

—¿Tiene que darte una mala noticia pronto? —preguntó Ross, burlón.

—No tiene nada que ver con eso.

—Incluso yo sé que tiene algo que ver con eso —dije.

Will frunció el ceño.

—¿No puede regalarme algo simplemente porque me quiere?

—No —dijimos los dos a la vez.

—Los dos sois igual de insufribles —masculló, poniendo los ojos en blanco.

Sinceramente, seguro que se la había regalado para compensarlo por si llegaba a enterarse de que no había querido avisarlo la noche de la fiesta.

El agua repiqueteaba en el parabrisas cuando llegamos a la calle. Will continuaba murmurando que éramos muy molestos mientras yo seguía con los ojos las gotas de lluvia que resbalaban por la ventanilla.

—¿... verdad, Jen? —me preguntó Ross.

Volví a la realidad al instante.

—¿Eh?

—Batman es mejor que Superman —me dijo—. ¿Verdad?

—¿Por qué todas tus conversaciones derivan en superhéroes? —le preguntó Will.

—Porque hablar del medioambiente es bastante aburrido. Bueno, Jen, ¿cuál es mejor?

—Mmm..., supongo que los dos tienen algo bueno y algo malo.

—Eso lo dice porque no quiere ofenderte. —Will empezó a reírse.

Ross le puso mala cara.

—Lo dice porque es más lista que tú.

—Batman no tiene poderes —recalcó Will.

—¡Pero es millonario! —dijo Ross, ofendido.

—Superman podría matar a Batman de un soplido.

—A mí me gusta la Mujer Maravilla —comenté, sonriendo.

Los dos se quedaron en silencio con mala cara.

—La Mujer Maravilla es un aburrimiento —me dijo Will.

—¡Es la mejor! —protesté.

—El otro día le puse la película —explicó Ross—. Quizá la he introducido en el feminismo de superhéroes muy pronto. No estaba preparada para ello.

—También me leí un cómic de la Liga de la Justicia —le recordé.

—Esos cómics son basura —protestó Will.

—¡Tú sí que eres basura! —me ofendí.

—Mírate. —Ross sonrió, orgulloso—. Cuando llegaste, no sabías ni quién era Batman y ahora defiendes a los superhéroes como si fueran tus hijos. Qué rápido crecen, ¿verdad, Will?

—¿Y qué tiene de malo la Mujer Maravilla? —protesté, siguiendo con el tema anterior—. Es la única a la que se le ocurre formar la Liga de la Justicia.

—Pero...

Will interrumpió a Ross dándole un manotazo en el brazo. Los dos lo miramos, confusos.

—¿Ese no es Mike? —preguntó.

Efectivamente, Mike, el hermano de Ross, estaba fuera de un local. Parecía que acababan de echarlo. Le estaba gritando algo a la puerta de cristal mientras la camarera le sacaba el dedo corazón.

—Deberíamos parar —dije—. No parece que tenga forma de volver a casa.

—Quizá por eso no deberíamos parar —sugirió Ross—. A ver si se pierde por el monte.

—¿Qué monte? —Will frunció el ceño—. Esto es una ciudad.

—Pues por un callejón. Mientras se pierda por algún lado...

—No seas así, es tu hermano —le dije.

—Y por eso paso de recogerlo.

—¿Y vas a dormir tranquilo sabiendo que podría estar solo por aquí de noche?

—Muy muy tranquilo.

—Oh, venga... —Le toqué el hombro—. No hace falta ser tan malo.

—Con Mike no es ser malo, solo justo.

Le puse mala cara.

—¿Qué? —protestó de mala gana.

—Ya sabes qué.

Me miró un momento antes de suspirar y asentir con la cabeza a Will, que giró el volante para entrar en el aparcamiento del bar. Cuando el coche se detuvo delante de Mike, él se acercó y miró por la ventanilla, empapado por la lluvia.

—¡Hermanito! —lo saludó con una sonrisa de oreja a oreja.

—Sube y calla —dijo Ross sin tanto entusiasmo.

—¿Habéis venido a rescatarme? —preguntó antes de mirarme—. Hola, Jennifer.

—Hola, Mike. Puedes llamarme Jenna, ¿sabes? Como el otro día.

—Genial. Jenna es más... personal.

Subió al coche, sentándose a mi lado. Me sonrió ampliamente mientras su hermano pequeño lo fulminaba con la mirada desde el asiento delantero.

—¿Dónde ibais? —preguntó Mike.

—Me acompañaban a la residencia —le dije.

—¿Ya? Pero si es viernes. Hoy toca salir.

—No me gusta mucho salir.

—Si salieras una noche conmigo, lo amarías.

—No la molestes, Mike —le dijo Ross secamente.

—No la molestes, Mike —lo imitó, y se echó a reír.

Vi que Will reprimía una sonrisa cuando Ross soltó algo parecido a un bufido de exasperación.

—¿Por qué siempre que te veo hay una chica echándote de alguna parte? —le pregunté a Mike, rompiendo el silencio.

—Se me da bien cabrear a la gente. —Sonrió—. Como habrás podido comprobar con mi querido hermanito.

—Después de casi veinte años contigo, por fin has dicho algo coherente —murmuró Ross.

—Gracias. —Mike sonrió, sin importarle el tono irónico de su hermano—. Bueno, ¿no vais a poner música?

Will lo hizo, y probablemente fue para que los dos hermanos no discutieran. Mike empezó a cantar todas las canciones a todo pulmón mientras Will sonreía y Ross clavaba la mirada al frente con clara incomodidad. Sí, el viaje fue largo.

Finalmente, llegamos a mi residencia y yo me puse la chaqueta, aliviada por salir de ese coche y dejar de escuchar los berridos de Mike.

—Gracias por traerme, Will —dije, apretándole el hombro.

—¿Gracias por traerme, Will? —repitió Ross, mirándome—. ¿Y yo qué soy? ¿Un adorno?

—Gracias por traerme, Ross —corregí.

—Eso está mejor.

—¿Gracias por traerme, Ross? —repitió Mike, mirándome—. ¿Y yo...?

—Tú, cállate —le cortó Ross.

Él hizo como si se cerrara los labios con una cremallera y yo bajé del coche, divertida.

5

Un paso más allá

Estaba terminando un proyecto para clase cuando me apareció en la pantalla del portátil una videollamada entrante. ¿Monty? Mmm..., sinceramente, después de lo que había pasado el día anterior, lo último que me apetecía era hablar con él.

Sin embargo, no quería ser infantil. Lo pensé un momento y, al final, respondí. Su cara apareció en mi pantalla al instante.

—Hola, Jenny —me saludó con una pequeña sonrisa inocente.

—Veo que ya no te apetece gritar.

Él estaba en su habitación. Solo estaba iluminado por una pequeña lámpara que tenía al lado. Parecía algo cansado. Seguramente había tenido entrenamiento.

Monty era bastante guapo, aunque esa sonrisa no le favoreciera. Tenía el pelo rubio muy corto, casi rapado, y llevaba un pequeño pendiente en la oreja que siempre me había parecido muy sexi. Ah, y sus ojos eran pequeños y marrones. Una vez le dije que eran de color caca y se pasó sin hablarme dos días enteros.

—¿Cómo estás? —Ignoró lo que había dicho.

—Bien —murmuré. Tampoco quería estar enfadada con él más tiempo del necesario, así que cambié de tema—. Aunque la carrera sigue sin gustarme.

—¿No?

—No. No me gustan los libros que tengo que leer.

—Si te consuela, últimamente los entrenamientos no me van muy bien —me dijo—. El entrenador está como loco para que ganemos el próximo partido. Nos hace entrenar el doble.

—¿Cuándo es el partido?

—El sábado que viene.

—Me gustaría tanto ir y verte...

—Lo sé. —Me sonrió—. Pero ya te contaré cómo va.

Me miré las uñas, algo incómoda.

—Oye, Monty..., ¿has hablado con Nel?

—¿Con Nel? —Frunció el ceño—. No mucho, la verdad. ¿Por qué?

—Es que no me responde a los mensajes ni a las llamadas. Estoy empezando a pensar que está enfadada conmigo.

—Cuando te marchaste, parecía bastante triste.

—¿Y eso justifica que no me hable? —Hice una mueca—. Menos mal que he encontrado a Naya y a los demás por aquí. Si no, me sentiría muy sola.

—Me tienes a mí. Eso ya lo sabes.

¿Por qué no podía ser así siempre? ¿Por qué se transformaba en un imbécil a la primera de cambio?

—Ojalá pudiera estar ahí contigo —añadió.

—Bueno... —Suspiré—. No tendremos que esperar mucho. Dentro de unos meses nos volveremos a ver.

—Esos meses sin ti se me harán eternos.

Le sonreí, algo desanimada.

—Pero —suspiró— me alegro de que hayas encontrado algún amigo, cariño.

Me dio la sensación de que quería decir algo más y no lo hacía.

—¿Y...? —pregunté, enarcando una ceja.

—¿Y has conocido a alguien...? Ya sabes. A *alguien*.

—No llevo aquí ni un mes, Monty. No me ha dado tiempo.

—Pero podrías haberlo hecho... ¿Nadie?

—Nadie —le aseguré—. ¿Qué hay de ti? ¿Algo que..., ejem..., contar?

Qué raro era preguntarle eso.

—Pues... la verdad es que hay una chica que me llama la atención, pero no ha pasado nada.

—Oh... —No sabía qué decirle—. ¿Y cómo es?

—Creía que habíamos quedado en que no nos contaríamos los detalles —me dijo, algo incómodo.

—¿Sí?

—Sí..., ¿no?

Sí, era mejor de esa forma. Ya era complicado tener la imagen de mi novio acostándose con otra chica. Con detalles sería mucho peor.

Me encogí de hombros.

—Bueno..., hablemos de otra cosa.

—¿De qué quieres hablar?

—Mmm... —Intenté buscar una manera de plantear el tema sin que fuera extremadamente incómodo—. Había pensado que quizá podríamos intentar algo más... interesante... que hablar.

—¿Como qué?

—Ya sabes..., algo interesante...

Mi tono había intentado ser seductor, pero había sonado bastante ridículo.

—¿Como qué? —repitió, todavía más confuso.

—¿Y tú qué crees, Monty?

—No lo sé, ¿y si me lo dices de una maldita vez?

—Mira, déjalo. No importa.

—Si pudiera estar contigo, igual te entendería mejor.

—Ya lo sé, pero a no ser que tengas gasolina para venir a verme, lo veo complicado.

—¿Y tú no tienes dinero ahorrado?

Me quedé mirando el móvil. Mi madre me había mandado un mensaje esta mañana y, aunque podía imaginarme lo que ponía, había preferido no leerlo. Como si eso fuera a solucionar algo.

—Sabes que no puedo estar yendo y viniendo continuamente —le dije.

—O no quieres —murmuró.

—No empieces, Monty.

—Lo siento, Jenny. Es que... estoy muy cansado. No quiero pagar mi mal humor contigo.

—Lo sé. No te preocupes.

Él me sonrió.

—Debería irme a dormir, cariño. Mañana te llamaré, ¿vale?

—Vale.

—Buenas noches. Te quiero.

—Buenas noches, Monty.

Le mandé un beso con la mano y cerré el portátil. Seguía teniendo el móvil al lado. Un mensaje de mi madre iluminó la pequeña pantalla.

Llámame YA, Jennifer Michelle Brown.

Ni siquiera me dio tiempo a suspirar antes de que llegara otro.

O afronta las consecuencias de no hacerlo.

Mi madre, a veces, podía llegar a parecer una mafiosa.

Era mejor no prolongar la espera de lo inevitable. Marqué su número y me puse de pie, mirando por la ventana. Ya eran casi las nueve de la noche.

Y, como seguro que había estado esperando una respuesta, apenas tardó dos segundos en responder.

—¡Jennifer! —chilló—. ¡He estado todo el día esperando que me llamaras!

—Lo siento, mamá. No he encontrado un hueco hasta ahora.

Era mentira, claro, pero eso no iba a decírselo. Simplemente, no había querido oír lo que tenía que decirme.

—No pasa nada —me dijo, aunque era obvio que no se lo había creído, y luego suspiró—. Cielo, tenemos que hablar de...

—Dinero —finalicé por ella.

—Sí..., sabes que..., bueno..., tu padre y yo no estamos atravesando un buen momento.

—Lo sé, mamá.

—Hemos tenido que prestar dinero a Shanon para el material escolar del pequeño Owen, y tus hermanos..., bueno, también han necesitado dinero para su taller. Ahora mismo..., bueno, no sé cómo decirte esto, pero...

—No tenéis dinero para pagarme la residencia.

Intenté con todas mis fuerzas no sonar enfadada. ¿Por qué sí había dinero para dárselo a mis hermanos, aunque no tuvieran ni idea de coches, pero no para mi educación?

Pero nunca se lo diría a mi madre. Sabía que ella intentaba tenernos siempre a todos contentos. No quería que se sintiera mal. Aunque, a veces, podía hacer que yo me sintiera así.

—Lo siento, cielo —me dijo, y sonó sinceramente triste—. He intentado hacer cuentas, pero de verdad que no tenemos dinero suficiente. No para este mes, al menos.

—Lo entiendo, mamá.

—Eres un cielo —me dijo, y casi podía ver que se ponía en modo drama—. Teníamos que ingresar el dinero ayer y...

—Lo sé —repetí—. Buscaré la manera de... no sé... de seguir viviendo aquí.

—Oh, sí, claro...

Esperé a que terminara, pero no lo hizo.

—¿Pero...? —Enarqué una ceja.

—Pero... podrías volver a casa, Jennifer —me sugirió—. Un mes ha estado bien para pasarlo fuera, pero... quizá podrías pensar en volver con nosotros, ¿no? ¿Dónde vas a estar mejor que en casita con tu familia, que te quiere más que nadie en el mundo?

—Mamá, ya hemos hablado de esto antes.

—Y sigues insistiendo en quedarte ahí, sola, sin nosotros.

—No estoy sola, he hecho amigos.

—¡Aquí también tienes amigos!

—Oh, sí, esa gran amiga que no me ha hablado en un mes. Estoy encantada con ella.

—Bueno, yo soy tu amiga, ¿no?

—Mamá... —Suspiré.

—Vale, ¡pero quiero que vuelvas igual!

—Quiero quedarme —insistí—. Además, me habéis pagado las asignaturas del semestre. No quiero tirar ese dinero a la basura.

—Tu bienestar es más importante que ese dinero, Jennifer, ya lo sabes. Además, hicimos un trato.

—Ese trato era hasta diciembre —le recordé—. Y me dijiste que sería entonces cuando tendría que decidir si quería seguir aquí o volver a casa. Estamos en octubre. A principios de octubre.

—Pero si quieres volver antes, nadie te juzgará por ello.

—Mamá, quiero quedarme —repetí.

Ella suspiró.

—Mira, no tienes por qué buscar trabajo. Bastante tendrás con estudiar.

—No es para tanto —le aseguré—. No hacemos gran cosa.

Al menos, yo no hacía gran cosa. Quizá mis compañeros sí.

—De todas formas, no quiero obligarte a trabajar. Intenta encontrar alguna forma de pasar este mes o... No sé, Jennifer... El mes que viene no tendremos que pagarles nada a tus hermanos y tendremos suficiente para darte el dinero. Ya te lo devolveremos. Solo... búscate la vida por este mes, ¿vale?

—Está bien —suspiré.

—Aunque, si para entonces ya has cambiado de opinión...

—Mamá —la corté, entornando los ojos—, esto no será una estrategia para que quiera volver a casa, ¿no?

—¿Cómo puedes pensar eso de mí? —preguntó ella con voz chillona.

—Porque te conozco. Y se te pone la voz aguda cuando mientes.

—No es verdad —me dijo, otra vez con voz chillona.

—¡Mamá, podría dormir en la calle!

—O podrías volver a casa.

—Vale —le dije, respirando hondo—. Mira, mejor lo dejamos aquí. Ya me las apañaré yo sola por un mes. Buenas noches.

—No te enfades, cariño...

—No me enfado.

—No mientas a tu madre.

—¡Acabas de mentirme tú a mí!

—¡Y no me respondas mal!

Suspiré.

—Buenas noches, mamá.

—Buenas noches, Jennifer, cariño, te quiero, abrígate y come bien, ¿me oyes?

—Sí, mamá.

—¡Y no estés enfadada conmigo!

Colgué el teléfono y me quedé mirando mi pequeña ventana atascada con expresión triste. Sabía que esto iba a pasar, pero una parte de mí esperaba que fuera más tarde, no tan pronto.

Sabía que la razón principal de esa falta de dinero podía ser que mamá quisiera que volviera a casa, pero también era cierto que no estábamos bien de ingresos. Nunca lo habíamos estado. Y no quería abusar de mis padres. Quizá sí que debería conseguir trabajo. Algo provisional para pagarme yo sola la residencia y que pudieran olvidarse de mí por un tiempo.

Oh, y debía pensar rápidamente en un lugar en el que pasar las siguientes cuatro semanas. Fundamental si no quería quedarme en la calle en caso de no encontrar trabajo.

Como no sabía qué hacer, miré mi móvil un momento y me encontré a mí misma buscando el número de Ross.

Me llevé el móvil a la oreja, un poco más nerviosa de lo que debería solo por una llamada. Él respondió casi al instante.

—Si es mi pequeño saltamontes.

—Hola, Ross. —Sonreí.

—¿A qué debo el placer de esta llamada?

—Pues... a nada en concreto, la verdad.

Casi pude visualizar su sonrisa.

—¿Has llamado solo porque querías oír mi voz, Jen? Te estás volviendo muy romántica.

—No es eso, idiota. —Me puse roja—. ¿Estás...? ¿Estás haciendo algo interesante?

—Depende. ¿Ver a Will y Naya succionarse el uno al otro mientras Sue come helado se considera interesante?

—Más o menos. —Me reí.

—Pues más o menos. ¿Por qué? ¿Quieres venir?

—Bueno, tampoco quiero obli...

—Voy a buscarte.

—Oye, Ross, no...

Pero ya había colgado. Sacudí la cabeza y me escondí el móvil en el bolsillo, un poco más animada. Al menos, Ross me alegraba la basura de noche.

Me quité el pijama y me puse ropa cómoda, mirándome en el espejo. Estuve pendiente unos instantes de esconder el mechón de pelo que siempre se me escapaba de detrás de la oreja y me detuve en seco. ¿Por qué me estaba preocupando tanto de cómo me veía? Solo iba a casa de Will.

Chris estaba jugando con el móvil cuando bajé las escaleras.

—Hola, Chris —lo saludé al pasar.

Él levantó la cabeza tan rápido que pensé que se habría hecho daño.

—¡Jenna! —me llamó, dejando el móvil a un lado—. Tengo que hablar contigo, ha habido un problema con...

—El pago mensual, lo sé... —Asentí con la cabeza—. Estoy pensando en cómo solucionarlo. Te prometo que, si no consigo el dinero en dos días, me iré a otra parte a dormir y no te molestaré.

—Jenna..., si tienes problemas financieros...

—Voy a conseguir el dinero —repetí.

—¿Y dónde vas a dormir hasta entonces?

—No..., no lo sé.

No pareció gustarle demasiado. Hizo una mueca.

—Mira, si estás mal de dinero, puedo intentar atrasarlo una semana más para que encuentres la forma de pagarlo —me dijo—. Pero ese es el máximo antes de que mi jefe se entere de que no has pagado.

—Chris, muchas gracias. —Suspiré.

—No quiero tener cargo de conciencia porque duermas en la calle.

—¿No... no puedo pagarte el mes que viene? Te pagaría los dos meses juntos. Es que ahora mismo no...

—Si fuera por mí, te prometo que te dejaría. Pero no puedo.

Chris podía ser rarito y pesado con las normas de la residencia, pero lo cierto es que era muy buena persona. Casi me entraron ganas de llorar. Hacía mucho tiempo que nadie se ofrecía a hacer algo bueno por mí.

—No te imaginas lo que necesito un abrazo ahora mismo —le dije en voz baja.

Chris hizo un ademán de inclinarse por encima del mostrador, pero en ese momento alguien me abrazó por la espalda y me apretujó. Levanté la cabeza y me encontré con la sonrisa de Ross.

—¿Y por qué no me lo pides a mí? No te diré que no. —Levantó la mirada—. Hola, Chrissy.

—Quedamos en que no volverías a llamarme así, ¿recuerdas? —Él puso mala cara—. Haces que pierda autoridad.

—Vale, Chrissy. —Ross sonrió y me miró—. Bueno, ¿de qué hablabais? ¿De los condones de sabor a mora?

—¡Eso son secretos de la residencia! —Chris frunció el ceño.

—No puedes pretender dar condones de sabores por el campus sin que se entere todo el mundo.

—Eres un chismoso —le dijo a Ross, indignado—. Hablábamos de los problemas financieros de Jennifer.

Lo miré con los ojos muy abiertos.

—Gracias por la discreción, Chris.

—Ups... —Él sonrió, incómodo—. Hablábamos de... sí, de condones con sabor a mora.

Suspiré.

—Muy hábil.

—¿Estás mal de dinero? —me preguntó Ross, soltándome.

No supe por qué, pero me resultaba muy vergonzoso hablar de eso con Ross, que me miraba con curiosidad, como si tener problemas de dinero fuera lo más anormal del mundo.

—No —dije torpemente—. Bueno... sí, pero no pasa...

—¿No puedes pagar este mes? ¿Es eso?

—Eso es privado. —Miré a Chris con rencor.

Él fingió jugar al Candy Crush, pero en realidad estaba escuchando cada palabra que decíamos.

—Vamos, puedes decírmelo. —Ross atrajo mi atención.

—Sí —dije finalmente—. No tendré el dinero hasta el mes que viene. Si sabes de alguien que ofrezca trabajo de... algo..., lo que sea, sería útil.

Él lo pensó un momento.

—No, no conozco a nadie.

—Vaya. —Suspiré.

—Pero tengo algo mejor. —Me sonrió, entusiasmado—. ¡Podrías venirte a vivir con nosotros!

Me quedé mirándolo, pasmada.

—¿Eh?

—¡Ya me has oído!

—Sí, pero creo que no lo he entendido bien. Es decir..., ¿qué?

—Vamos, ya eres parte de nuestro selecto grupo de amigos.

—No hace ni un mes que me conoces, Ross. Podría ser una asesina.

—Estoy dispuesto a arriesgarme.

—¡Y tendrías que aguantarme todo el día!

—Oye, yo ya estoy convencido, no necesitas seguir intentándolo.

Puse los ojos en blanco cuando me sonrió.

—No creo que pueda aceptar.

—Pero si ya prácticamente vives con nosotros. Solo es cuestión de transportar tus cosas.

—Ross, no tengo dinero —recalqué.

—Pero es temporal, ¿no? Has dicho que el mes que viene tendrás dinero de nuevo, así que podrás volver aquí.

—Sí, pero tendré que pagar algo si voy a vivir con vosotros.

—¿Qué? —casi pareció ofendido—. Déjate de tonterías. Si no tienes dinero, no vamos a obligarte a pagar.

—Y, mientras, ¿cómo me gano mi lugar en el piso? ¿Con amor?

—Es una opción a la que no me negaré.

—¡Ross, lo digo en serio! No tengo cómo pagarte.

—Mira que eres pesada, ¿cuándo he dicho yo que tuvieras que pagarme nada?

Me quedé mirándolo, confusa.

—No puedo meterme en vuestra casa, así... porque sí.

—Claro que puedes, te estoy invitando a hacerlo.

—Will y Sue podrían enfadarse.

—Will no se enfadaría nunca contigo. Además, probablemente Naya venga más por casa para verte, y estará más contento. No será muy agradable para los demás por los gritos, pero estoy dispuesto a sacrificarme a cambio de tu compañía.

—¿Y Sue?

—Vamos, Jen, Sue nos detesta a todos, ¿qué más da lo que piense? Si lo raro es que todavía no nos haya matado mientras dormíamos.

—No sé qué decirte, Ross...

—Entonces, di que sí.

Chris ya no disimulaba, nos miraba con curiosidad.

—No puedo marcar tu habitación como ocupada si no la pagas. En caso de que alguien la quisiera, tendría que dársela.

—Pero si nadie la quiere..., Jen podrá volver dentro de dos meses, como si no hubiera pasado nada. —Ross sonrió.

—¿No era un mes? —Fruncí el ceño.

Ambos me ignoraron.

—Muy bien, pero si en dos meses nadie la quiere, será un milagro. Puedes dejar algunas cosas ahí, pero en caso de que alguien la alquile...

—Ya vendremos a recogerlas —añadió Ross.

Mientras, yo estaba entrando en cortocircuito, intentando seguir su conversación.

—E-espera, ¿dos meses? Yo hablaba de solo un...

—Tres meses me parece bien —interrumpió Ross.

—¡¿Tres?! ¿Qué...?

—Bien, entonces, solo tienes que firmar aquí como si abandonaras la residencia. —Chris me pasó una hoja—. Intentaré ofrecer cualquier otra habitación si viene alguna chica nueva. Eso servirá para distraer a mi jefe.

Miré a Chris y luego a Ross. Uno parecía pensativo, el otro entusiasmado.

—Pero... —Finalmente mis ojos se detuvieron en Ross—. ¿Estás seguro de esto? ¿Tienes sitio para mí?

—Yo siempre tengo sitio para ti.

—Ross, estoy hablando en serio.

—Queee síí, que lo tengo.

—¿De verdad? ¿Y dónde se supone que voy a dormir? ¿En el sofá?

—Claro que no.

—¿Entonces?

—Conmigo, obviamente.

Chris empezó a atragantarse con el agua que estaba bebiendo, y tuvo que llevarse una mano al corazón. Yo abrí la boca y volví a cerrarla, notando que se me calentaban las mejillas.

Ross debió de vernos las caras, porque al instante levantó las manos en señal de rendición.

—Oye, que soy inofensivo —me aseguró—. No te haré nada.

—Me lo imaginaba. —Solté una risita nerviosa.

—A no ser que me lo pidas, claro.

Idiota. Ya estaba enrojeciendo por segunda vez en menos de diez segundos.

—No te lo pediré —mascullé.

Él sonrió ampliamente y me puso una mano en la nuca.

—Eso está por ver.

Le sostuve la mirada y vi que la suya brillaba. Sacudí la cabeza, divertida, haciendo que su sonrisa se ensanchara. Me quité su mano de encima.

Y, mientras tanto, Chris nos miraba, claramente incómodo.

—Ejem..., todavía tienes que firmar, Jennifer.

Leí la hoja, pensativa, antes de mirar a Ross.

—¿Y a ti no te importa tener que compartir la cama?

—¿Contigo? No.

—¿Puedes hablar en serio por un momento?

—¿Qué te hace pensar que no lo digo en serio?

—¡Ross!

—Vamos, mi cama es enorme. Yo no uso ni la mitad. Y es mejor que nada.

—No sé...

—¿Cuál es tu otra opción? ¿Dormir en un banco del parque?

—Los bancos son interesantes, ¿vale? Y tienen vistas bonitas...

—... y son considerablemente incómodos, sí.

Lo pensé un momento.

—Ross..., no quiero deberte...

—Olvídate ya de deberme nada. —Me cogió de la mano y me llevó hacia las escaleras con una sonrisa de oreja a oreja—. Venga, vamos a buscar tus cosas.

—¿Ya? —pregunté—. P-pero... tengo... tengo que avisar a mi... a mi madre y...

—¡Y tienes que firmar! —me chilló Chris, agitando el papel.

Ross lo ignoró y siguió guiándome hacia las escaleras.

—¿No deberías avisar a Will? —pregunté.

—¿A Will?

—Bueno, es su piso. Creo que lo agradecerá.

—Pero si es mío.

Me detuve y lo miré, sorprendida.

—¿Es tuyo?

Él enarcó una ceja.

—Intentaré ignorar el tono de sorpresa, jovencita.

—Es que... siempre he creído que era de Will. No sé por qué.

—Pues es mío. Te estoy abriendo las puertas de mi humilde morada. Puedes sentirte afortunada.

—Sí, y las de tu cama —bromeé.

—Esas han estado abiertas para ti desde hace ya un tiempo.

—Venga, ven a ayudarme y déjate de tonterías.

Durante la siguiente media hora, él estuvo sentado en mi cama viendo cómo yo iba de un lado a otro lanzando cosas a una maleta y colocándolas más o menos bien. Me pareció más pequeña que la última vez que la había usado.

De vez en cuando, se agachaba y miraba con curiosidad alguna prenda para volver a dejarla en su lugar.

—¿Por qué tienes tantas cosas? —preguntó, confuso—. Si siempre vas con lo mismo.

—Eso no es cierto —le dije, ofendida, mirándome a mí misma.

—No me malinterpretes, me encanta lo que llevas siempre. Ojalá ni siquiera lo llevaras.

Le lancé unos pantalones a la cara y él los dejó en la maleta, riendo.

—Hoy te has levantado inspirado, ¿no?

—Yo siempre estoy inspirado. Pero lo disimulo para no asustarte.

—¿Te crees que soy tan fácil de asustar?

—¿Te recuerdo lo de la monja loca?

—¡Eso es diferente!

—Sí, sí. Muy diferente.

Hizo una pausa para colocar mejor unos pantalones que yo había tirado de mala manera.

—¿Y cómo es que no tienes dinero para pagar este mes? —me preguntó con curiosidad—. ¿En qué te lo has gastado?

—En nada. Mis padres se lo han dejado todo a mis hermanos mayores. —Lancé unos calcetines a la maleta con más fuerza de la necesaria—. Creen que es mejor invertir en un taller de coches que en mis estudios.

—¿Cuántos hermanos tienes?

—Cuatro.

Él levantó las cejas.

—Todos mayores que yo.

—¿Todos chicos?

—Todos, menos la mayor, Shanon. Pero ella vive con su hijo Owen y su novio intermitente.

—¿Intermitente? —Sonrió.

—No es el padre de Owen. Es un chico que conoció hace unos meses. Se pasan el día discutiendo y volviendo. Seguro que el pobre niño está cansado de ellos. —Me quedé mirándolo—. ¿A qué vienen las preguntas?

—Es que nunca me hablas de tu familia.

Me quedé pensándolo un momento. Después seguí doblando ropa.

—Tampoco hay mucho que contar, la verdad.

—A mí me parece interesante.

—Sí, es fascinante... —ironicé.

—Lo es. —Él alcanzó unas bragas grandes y viejas que solía usar cuando me venía la regla y levantó las cejas—. Preciosas.

Se las quité de la mano y las hundí en la maleta, avergonzada.

—No toques mi ropa interior —le advertí.

—Sí, señora.

Cuando por fin pude cerrar la maleta, él se ofreció a cargarla hasta abajo, donde encontramos a Chris plantado delante de la puerta como si fuera un policía.

—De aquí no sale nadie hasta que firmes esto —me dijo.

—Quita, Chrissy —le dijo Ross, pasando por su lado con mi maleta.

—¡He dicho que de aquí no sale nadie! —chilló él—. ¡Y no me llames así!

—Vive un poco —le dijo Ross, suspirando.

—¡Yo tengo una vida muy plena! —le gritó Chris antes de mirarme—. La firma, Jenna.

Firmé su hoja de papel y se la devolví. Él me sonrió, satisfecho.

—Pórtate bien —me dijo—. Aunque, si le das un puñetazo de mi parte, mejor.

—Lo tendré en cuenta —le sonreí—. Nos vemos, Chris.

Salí del edificio y vi a Ross cargando mi maleta en el coche. En cuanto estuvimos sentados, me puse el cinturón enseguida —la precaución era importante—, aunque lo cierto es que me estaba acostumbrando a su manera de conducir. De hecho, me estaba acostumbrando tanto que los demás me parecían muy lentos en comparación con él.

—Will estará muy contento cuando te vea —me dijo—. Y Naya también.

—Naya va a estar sola en su habitación —le dije, confusa—. No creo que esto la haga muy feliz.

—Ya te lo he dicho antes, prácticamente vive con nosotros. Os veréis más así.

Lo miré con los ojos entornados.

—¿Por qué estás tan contento con la situación, Ross?

Él se encogió de hombros, sonriente.

—No lo sé.

Le pinché la mejilla con un dedo y él sonrió todavía más.

—Sí lo sab...

—¿Escuchamos música? —me interrumpió, subiendo el volumen.

El trayecto transcurrió muy tranquilo, con la música de fondo, y llegamos a su aparcamiento rápidamente. Bajó mi maleta, resoplando.

—Parece que llevas piedras aquí dentro.

—Pues pesa lo mismo que el primer día.

—No lo creo. Seguro que has metido más cosas para que me resulte difícil cargar con ella. Tienes una mente perversa.

—O eso —le sonreí malévolamente— o es que eres un debilucho.

Él estaba ocupado peleándose con el mango de la maleta para sacarlo, pero se detuvo para entornar los ojos en mi dirección.

—¿Eso es un reto?

Dejé de sonreír, confusa.

—¿Eh?

—¿Lo es, pequeño saltamontes?

—N-no... no es...

—Ya lo creo que lo es —me interrumpió.

Y, antes de poder reaccionar, noté que me agarraba por las rodillas y me levantaba del suelo. Me quedé mirando el aparcamiento al revés un momento antes de darme cuenta de que me tenía colgada de su hombro.

—¡Ross, bájame!

—No haberme provocado.

—¡¡¡Ross!!!

Me ignoró completamente y levantó la maleta con la otra mano, llevándonos a ambas al ascensor, como si nada. Yo intenté retorcerme un poco, pero no sirvió de mucho, así que me crucé de brazos boca abajo, enfurruñada.

—Me está subiendo la sangre al cerebro —protesté.

—¿Qué cerebro?

Abrí los labios, ofendida, y le di un golpe con la mano en la espalda que hizo que diera un respingo.

—¡Oye! —protestó—. Ten cuidado o nos mataremos los dos.

—¡Si me bajaras, no correrías peligro!

—Es que me gusta estar así —dijo, entrando en el ascensor.

—¿Y eso por qué?

—Mi mano está más cerca de tu culo de lo que me dejarías ponerla si estuvieras en el suelo. Es un gran incentivo.

Mi cara se puso del color de la sangre cuando de pronto noté todos y cada uno de sus dedos justo debajo de mi culo. No estaba tan cerca como él insinuaba, pero ahora todo mi cuerpo era demasiado consciente de ese contacto.

—Se acabó, pervertido, ¡bájame!

—¿Puedo tocarte el culo antes de hacerlo?

—¡Ross!

—¡Es solo para llevarme un buen recuerdo!

—¡No!

—Como quieras, aburrida.

Me dejó en el suelo y yo me coloqué el pelo y la ropa, malhumorada y roja. Él me observaba con una sonrisita.

—¿Qué? —pregunté.

—Nada. Ha sido un placer tocarte el culo.

—No me lo has tocado, idiota.

—Pues *casi* tocarte el culo. He estado a punto de saborear la gloria.

—Nunca saborearás la gloria.

—¿Estás volviendo a retarme? Porque yo siempre gano un reto, pequeño salt...

—¡No te estoy retando! —le dije enseguida.

Su sonrisa se volvió todavía más divertida y yo fruncí el ceño, desconfiada.

—¿Y ahora qué te hace tanta gracia?

—Si alguien abriera las puertas y nos viera..., contigo tan roja, despeinada y con la ropa arrugada..., ¿qué crees que pensaría?

—Que eres un idiota. —Le clavé un dedo en el pecho—. Eso pensaría.

Él se rio a carcajadas, poco afectado.

Abrió la puerta del piso y me dejó pasar. Sin embargo, fue él quien llegó primero al salón con una sonrisa de oreja a oreja. Casi parecía que iba a anunciar la noticia de nuestras vidas.

—¡Me he ido con las manos vacías y vuelvo con una nueva inquilina!

Entré en el salón con la maleta.

—Hola —los saludé con una pequeña sonrisa avergonzada.

—¿Qué está pasando aquí? —preguntó Will, mirándonos con confusión.

—Vengo a vivir con vosotros. —Soné un poco más entusiasmada de lo que me hubiera gustado.

—Así es. —Ross sonrió ampliamente.

—¿Qué? —chilló Naya.

—Bueno, de forma temporal —aclaré.

—De eso nada —dijo él—. Hemos decidido llevar nuestra relación un paso más allá. —Ross me pasó un brazo por encima de los hombros—. Os pedimos un poco de privacidad y respeto en estos momentos de felicidad extrema y apoteósica.

—¡¿Qué?! —Naya abrió los ojos como platos.

—Que no es verdad, Naya. —Me separé de él, que se estaba riendo—. Voy a pasar una temporada aquí. Si no os importa.

—Por mí, perfecto —me dijo Will con una sonrisa amable—. Seguro que eres mucho mejor compañía que estos dos.

Sue me analizó un momento y, cuando parecía que iba a hablar, Will la interrumpió:

—¿Sabes cocinar?

—Un poco, sí. —Me encogí de hombros.

—¡Por fin alguien que sabe cocinar!

Ross lo miró con el ceño fruncido.

—¿Y mi chili qué?

—Eso es asqueroso.

—¡Mi chili es perfecto!

—¿Sabes hacer chili? —Lo miré, sonriente—. ¿Puedo probarlo algún día?

Al instante, los demás empezaron a protestar. Parpadeé, sorprendida.

—Bueno, o no...

—Olvídate de ellos —me dijo Ross—. Lo cocinaré solo para ti. Y te enamorarás aún más de mí.

—O lo odiarás mucho más —murmuró Sue.

—Perdona, pero soy un cocinero excelente.

—Que solo conoce una receta —aclaró Naya.

Ross se cruzó de brazos.

—Fingiré que no he oído nada de eso porque sé que en el fondo os encanta mi chili y porque estoy de buen humor —dijo antes de mirarme, entusiasmado—. ¡Vamos, ven!

—Ya voy, ya voy...

Arrastré la maleta por el salón, siguiéndolo.

Ross me esperaba en su cama como un niño pequeño al que acaban de dar un dulce. Sonrió ampliamente cuando me detuve delante de él.

—Puedes usar ese armario de ahí. Nunca lo he necesitado.

Estaba señalando un enorme armario empotrado con un espejo de cuerpo entero.

—¿No lo has usado? ¿Y se puede saber dónde tienes tu ropa?

—Ahí. —Señaló una cómoda—. Siempre ha sido suficiente.

—¿Solo eso?

—¿Qué puedo decir? Soy un hombre sencillo. En fin, voy a ir a por algo de cenar, así te dejo sola por si quieres cambiarte o algo así. ¿Qué te apetece que traiga?

—¿Eh? ¿Puedo elegir yo?

—Voy a comprar lo que me pidas.

Me había quedado en blanco por un momento. No estaba acostumbrada a poder elegir... nada. En casa, todo lo elegían mis hermanos. En mi círculo de amigos, todo lo elegía Nel. Y en mi relación, todo lo elegía Monty.

Me puso un poco triste pensar en lo raro que era para mí poder elegir algo.

—Eh..., no lo sé. ¿Pizza?

—Sue está harta de pizza.

—Oh, entonces...

—Pero acabo de acordarme de que me da igual. —Sonrió—. Si quieres pizza, traigo pizza. Soy el chico de los recados.

No esperó a que respondiera. Se marchó felizmente y yo me quedé en su habitación, deshaciendo la maleta de nuevo. Iba por la mitad cuando escuché que la puerta se abría. Era Naya. Puso cara triste.

—Te voy a echar de menos —gimoteó.

—Ross tiene razón, nos veremos más aquí que viviendo juntas —le dije—. Además, solo serán, como muchísimo, dos o tres meses.

—Lo sé, pero se me hará tan raro dormir en la residencia sin ver tus cosas...

—Mis cosas siguen ahí, solo me he llevado la ropa.

—¡Déjame montar mi drama en paz!

Se sentó en la alfombra, a mi lado, y me ayudó a meter los calcetines en un cajón abierto. Cuando volvió a mirarme, ya no había rastro de tristeza. Solo curiosidad maliciosa.

—Así que... ¿vas a dormir con Ross?

—Sí, ¿por qué?

—Por nada, por nada...

—Dilo —exigí, chocando mi hombro con el suyo.

—Nada. —Ella sonrió malévolamente—. Es que... creo que pegáis bastante.

La miré sin saber qué decir.

—¿Que pegamos? —me salió un tono un poco más agudo que de costumbre.

—Sí, como pareja. Sois muy afines. Os complementáis muy bien.

Volví a quedarme sin saber qué decir.

—Lástima que tenga novio, entonces —bromeé, centrándome en mi ropa rápidamente.

—Lástima, sí —dijo ella—. Si salierais juntos, podríamos tener citas dobles.

—Ahora me alegro de tener novio.

Naya rio irónicamente y continuó ayudándome. Después me dejó sola para que pudiera ponerme mi pijama ridículo con pantuflas en forma de cabezas de perro. Finalmente, me quité las lentillas y me puse las gafas, pese a lo poco que me gustaba llevarlas.

Cuando abrí la puerta, me encontré a Ross a punto de llamar con los nudillos.

—La pizza se está enfri...

Se cortó a sí mismo para empezar a reírse al ver cómo iba vestida. Apreté los labios.

—Es mi pijama —le dije con los brazos en jarras.

—Es precioso —me aseguró—. Especialmente las zapatillas. Necesito unas iguales en mi vida.

Negué con la cabeza mientras seguía riéndose de mí.

—¿Has terminado?

—Más o menos. —Sonrió—. ¿No tendrás frío en manga corta?

—Me he dejado muchas cosas en la habitación. Mañana iré a buscar el resto.

—No hace falta, ponte una sudadera mía.

—Ya tengo tu sudadera de Pumba, pero...

—... pero podrías innovar un poco, ¿no?

Pasó por mi lado y abrió un cajón. Mientras rebuscaba, se detuvo un momento para mirarme.

—¿Llevas gafas? —preguntó, confuso.

—Sí, pero no me gustan.

—¿Por qué no?

—Básicamente, porque son horribles —murmuré, ajustándomelas—. Tengo las lentillas ahí.

—No son horribles. Te dan un aire intelectual.

Lo miré con una ceja enarcada.

—¿Y sin ellas no te parezco lista?

—Eso suena a pregunta trampa, así que voy a fingir que no la he oído —dijo—. Elige rápido y ven a comer antes de que robe tu parte.

Revisé el cajón de arriba abajo buscando algo que me gustara y, al final, me quedé con la sudadera negra con estampado. Me la pasé por la cabeza y al instante noté el olor de Ross impregnado en ella. Me pregunté si alguien se habría fijado alguna vez en el olor de mi ropa. Esperaba oler así de bien.

Cuando llegué al salón, Sue ya había desaparecido, así que solo estaban los tres restantes mirando la televisión. Ross sonrió al verme.

—Has elegido la de *Pulp Fiction* —me dijo—. Era mi sudadera favorita.

—¿Era?

—Hasta que me compré la de *Kill Bill*.

Me iba un poco más grande que la de Pumba, pero era muy cómoda.

Me senté a su lado y apoyé los pies con él en la mesita mientras agarraba mi trozo de pizza ya fría.

—¿Qué miráis? —pregunté.

—El programa de cambios radicales —me dijo Naya, que estaba atenta a la pantalla—. A esta le acaban de operar la nariz y se la han dejado horrible. Ahora está eligiendo un vestido para la fiesta.

Un rato más tarde, ellos empezaron a darse besitos bajo las mantas. Ross y yo seguimos mirando el programa y haciendo chistes malos que hacían que ellos nos miraran con mala cara de vez en cuando.

Pero, entonces, llegó el momento decisivo.

—Nosotros nos vamos a dormir —dijo Will poniéndose de pie y ofreciéndole una mano a su novia.

Naya la aceptó y me miró de reojo al pasar.

—Duerme bien, Jenna.

Le puse mala cara disimuladamente. Cuando desaparecieron, Ross también se levantó, totalmente tranquilo.

—Creo que yo haré lo mismo —dijo, bostezando.

—¿No hay que limpiar todo esto? —pregunté al ver que dejaba el plato sobre la mesa.

—Sue se encargará. Mañana por la mañana, nada de esto estará aquí. Es como un duende limpiador.

—¿Y nosotros no tenemos que hacer nada?

—Si hicieras algo que trastocara su ecosistema perfecto, probablemente se enfadaría contigo —me dijo—. Y no querría que te matara, la verdad.

Lo seguí hacia el pasillo y le dije que iba al cuarto de baño, donde me limité a mirarme en el espejo un momento. Estaba nerviosa. Muy muy nerviosa. Y no estaba demasiado segura del porqué. Menuda tontería. Solo era Ross. Will ya me lo había dicho una vez..., era como un osito de peluche.

Al cabo de unos minutos, por fin me atreví a salir del cuarto de baño y entré en su habitación, cerrando la puerta detrás de mí. Ross estaba terminando de ponerse una camiseta de manga corta. Ya se había cambiado los pantalones y se había puesto unos largos de algodón. Le sentaban bien. Muy bien.

Aunque... eso no era de mi incumbencia.

—¿Qué lado prefieres? —preguntó distraídamente.

Parpadeé, confusa.

—¿Eh?

—En la cama, Jen. ¿Derecha? ¿Izquierda? ¿Debajo?

—Me da igual —dije, acercándome.

—Pues me pido el de la derecha.

Se dejó caer en la cama como si nada mientras que yo era un manojo de nervios estúpidos. Me acerqué por el otro lado, me desaté el pelo y me quité las gafas, frotándome los ojos.

—Si quieres hacer algo ilegal, este es tu momento —murmuré, metiéndome a su lado—. No veo nada.

—Lo tendré en cuenta para el futuro —bromeó.

Estiró el brazo para apagar la luz y me quedé mirando el techo en la oscuridad, pudiendo escuchar el ruido de mi propio corazón latiendo con fuerza en mi pecho. Lo miré de reojo y vi que él volvía a bostezar, tan tranquilo como de costumbre.

—Buenas noches, Jen —me dijo, mirándome.

Yo le sostuve la mirada por un momento. Me había quedado en blanco. Me pasaba mucho cuando estaba muy nerviosa. Y, en esos momentos, te aseguro que lo estaba.

Al final, al ver que él parecía confundido por el silencio, me obligué a responder.

—Buenas noches, Ross —murmuré.

Me di la vuelta rápidamente y me tumbé de espaldas a él, intentando relajarme para poder quedarme dormida.

6

Sueños prohibidos

Cuando me desperté, me quedé mirando fijamente el techo un momento. Estaba sudando y tenía el corazón acelerado.

No acababa de soñar lo que acababa de soñar, ¿verdad?

Era imposible.

Me llevé las manos a la cara y solté una palabrota en voz baja. No acababa de soñar eso. No lo había hecho.

No acababa de soñar que lo hacía con Ross.

Lo miré de reojo con las mejillas rojas como tomates. Él estaba durmiendo tan plácidamente que parecía un angelito. En ese momento, suspiró y se acomodó en la almohada, apoyando una mano al lado de su cabeza.

No podía haber soñado que me acostaba con él. Era imposible. Si a mí Ross no me gustaba. ¿Por qué había soñado eso? ¿Se me estaba yendo la cabeza por haber dormido con él una noche? ¿Por la culpa? Bueno, no había hecho nada malo. Y, aunque lo hubiera hecho, Monty y yo teníamos un acuerdo. Entonces, ¿qué demonios me pasaba? ¿Por qué estaba tan histérica?

Me moví un poco hacia el lado contrario y me pasé las manos por la cara, intentando calmarme. El corazón seguía latiéndome a toda velocidad. ¿Qué se suponía que tenía que hacer ahora? ¿Quedarme ahí?

No. Lo único que estaba claro era que tenía que irme de esa cama. Cuanto antes. Y aclararme. Me puse mi ropa de deporte, me hice una cola y salí de la habitación. Todo el mundo dormía plácidamente, así que me ahorré muchas explicaciones sobre mi cara roja y mi expresión tensa.

Pero... lo peor no era que hubiera soñado eso, sino que en el sueño él... era muy bueno. Demasiado. Mucho mejor que Monty.

Aunque tampoco había tenido tanta acción con Monty como para saber cómo era él del todo, claro.

De todas formas, me entraron ganas de golpearme a mí misma.

Ese día estuve mucho más tiempo corriendo e intentando despejarme la mente. Una hora y media. Quería agotarme para dormir sin soñar. Cuando terminé, estaba tan cansada que me dolían las rodillas y los gemelos. Me detuve un momento en la puerta del edificio de Ross, sujetándome las costillas y jadeando.

Fue en ese momento cuando mi hermana me llamó.

—Hola, Shanon —la saludé, intentando recuperar la respiración.

—Eh, alguien está jadeando. ¿Has salido a correr o has hecho cosas más interesantes?

—Correr.

Al menos, estando despierta.

—Spencer estaría orgulloso —me dijo, divertida—. Desde que da clases de gimnasia, está obsesionado con que la gente haga deporte. Como si eso fuera sano.

—Técnicamente, lo es.

—No para mí. Si salgo a correr, me canso. Eso no puede ser sano.

—Tu vida es un drama, Shanon. —Sonreí.

—Bueno, ¿qué tal todo? Mamá me dijo que volvías a casa.

Negué con la cabeza. Ay, mamá...

—En realidad, eso es lo que quiere ella, pero no lo voy a hacer.

—Creo que no le gusta que en casa solo estén los chicos.

—Oh, ¿tú crees? —Me reí—. Yo creo que incluso ellos son conscientes de eso.

—¡Owen! —gritó mi hermana a su hijo, apartándose del móvil—. ¡Deja de correr por ahí! ¿No ves que te vas a matar? Bien. —Volvió a acercarse—. ¿De qué estábamos hablando?

—De mis problemas financieros.

—Ah, sí. ¿Has encontrado trabajo?

—No he tenido tiempo. Pero un amigo me ha ofrecido quedarme a vivir con él una temporada.

—¿Un amigo? Mmm...

Me tensé al instante.

—Shanon, no —le advertí.

—¿Amigo hasta qué punto?

—Hasta el punto de amistad.

—Sí, claro.

—Sigo teniendo novio, ¿recuerdas?

—Oh, ¿en serio? ¿Puedo preguntar por qué?

Mi hermana no soportaba a Monty. Eso lo había dejado claro el primer día que lo había visto. Había arrugado la nariz disimuladamente y había negado con la cabeza. Y seguía sin cambiar de opinión sobre él.

Bueno, dudaba que llegara a hacerlo alguna vez.

—Porque estoy bien con él, pesada —le dije, negando con la cabeza—. ¿Por qué te cae tan mal?

—Para empezar, se llama Monty.

Otra que se metía con su nombre.

—Pues... es... ¡es original!

—¿Original? Madre mía, Jenny.

—A mí me gusta, ¿vale?

—¿Ya te has metido drogas universitarias de esas?

—Qué graciosa eres.

—Bueno, su nombre debería ser razón suficiente para cuestionarte por qué estás con él.

—La pregunta es: ¿alguna vez te gustará alguien que te presente?

—No lo sé. ¿Cómo se llama tu amigo?

—¿El de la casa?

—Sí.

—Ross.

—¿Ross?

—Bueno..., Jack Ross. Pero todos le llaman Ross.

—¿Ves? Jack es un nombre normal. Seguro que es más aceptable que el idiota de Monty.

Negué con la cabeza.

—Tengo que ir a ducharme, Shanon.

—¿Y vas a venir por Navidad? —me preguntó—. Porque es dentro de dos meses y medio. Y mamá ya me ha dicho que hará comida para todos.

—Claro que iré —le aseguré antes de acordarme de un pequeño detalle—. Si encuentro la forma de pagarme el billete del avión, claro.

—El cumpleaños de mamá es en un mes y también deberías venir.

—Shanon, no tengo dinero...

—Si no vienes —me dijo lentamente—, pienso ir a agarrarte de la oreja y a humillarte delante de tus nuevos amigos, ¿me has oído?

—¿Ya te ha salido el espíritu de madre malvada?

—Ya me has oído —se relajó—. Ahora ve a buscar una manera de pagarte el billete.

Me quedé mirando la puerta con una mueca.

—Gracias por tu apoyo —mascullé.

Escondí el móvil y entré en el edificio justo en el momento en que una anciana también lo hacía. Le sujeté la puerta y ella me sonrió. Esperamos las dos juntas al ascensor. Pensé en decirle algo, pero no se me ocurría nada interesante, así que me mantuve callada.

—¿Vives aquí? —me preguntó ella al final.

—Eh..., sí. Bueno, es temporal.

—Ya veo —comentó, y parecía divertida.

No entendí nada, así que sonreí, algo incómoda, y seguí esperando el ascensor.

—¿Con los chicos del tercero? —preguntó, y supuse que era para cortar el silencio incómodo.

—¿Los conoce?

—Sí, llevo viviendo aquí muchos años. Son buenos chicos, ¿eh?

—Mucho —aseguré—. El dueño, Ross, me ha dejado quedarme gratis. Ni mi mejor amiga me hubiera dejado.

—Debe de ser un buen chico.

—Lo es —aseguré, con una sonrisa tonta.

La borré enseguida cuando el maldito sueño vino a mi mente.

Las dos entramos en el ascensor y me giré para preguntarle a qué piso iba, pero ella se adelantó y pulsó el botón del tercero.

—¿Es usted la vecina que tenemos enfrente? —pregunté, sorprendida.

Ella asintió con la cabeza y me giré hacia delante. Sin embargo, noté que me hacía una inspección de arriba abajo. Pensé que quizá quería quejarse por el ruido que hacíamos o algo así, pero no llegaba a hacerlo y me estaba poniendo muy nerviosa. Además, no parecía querer quejarse de nada. Al contrario, tuve la sensación de que estaba contenta.

—Ay, cuando yo tenía tu edad... —comentó, nostálgica—. Si me hubieran dejado vivir con dos chicos en ese entonces, el piso habría salido ardiendo. Ya me entiendes.

Balbuceé, confusa

—Bueno, nosotros no...

—No te hagas la inocente conmigo. —Me dio un codazo con una sonrisa traviesa—. Yo viví los ochenta, niña. Me metí más basura en el cuerpo de la que tú verás en tu vida.

—¿En serio? —No pude evitar reírme.

—Fue una época interesante —me aseguró con una sonrisa malvada—. Además, tienes cara de pasillo de la vergüenza.

—¿Qué es eso? —Fruncí el ceño.

—Básicamente, es la mañana después de haber hecho cosas de las que te arrepientes.

—¿Tanto se me nota? —Oh, no, se me había escapado. Enrojecí hasta la raíz del pelo—. Es decir que... n-no..., yo no...

—Puedes contármelo —me dijo sonriendo.

Por algún motivo, me dio confianza. Y no me atrevía a contárselo a nadie que me conociera lo suficiente como para juzgarme.

—Es que... —La miré, avergonzada—. Es que he soñado que... usted ya sabe... con el dueño del piso.

—¿Con el que siempre va despeinado?

—Sí, con ese.

Ella me miró, sorprendida.

—¿Y qué? —preguntó. Parecía que no le veía el lado malo.

—Que se supone que es solo mi amigo.

Lo pensó un momento.

—¿Y qué tal el sueño?

—¿Cómo?

—¿Estaba bien o mal?

Tartamudeé un momento, dudando.

—No estaba mal..., pero...

—Es decir, que estaba muy bien.

Puse mala cara. No tenía sentido negarlo.

—Mejor que mi novio —murmuré—. Me siento como si lo hubiera traicionado.

Ella se rio abiertamente, divertida.

—Bueno, igual deberías tomártelo como una señal.

—¿Usted cree?

—Eres joven, ya encontrarás novios de sobra. Y ya tendrás tiempo de que esos sueños dejen de serlo.

Sonreí, avergonzada, mientras las puertas del ascensor se abrían.

—Y tranquila —me guiñó un ojo—, no le diré nada a nadie.

Iba a replicar, pero en ese momento Ross abrió la puerta del piso y se quedó mirándome.

—¿Has ido a correr? —me preguntó como si fuera lo más anormal del mundo.

—Sí, Ross —me acerqué a él—, hay gente en el mundo que hace ejercicio porque si no engorda cien kilos. Y más con la dieta que llevamos.

—Yo te querría igual —me aseguró con una amplia sonrisa.

Iba a entrar, pero vi que miraba a la anciana, que estaba abriendo la puerta de su casa.

—Hola, Jackie —le dijo ella.

Me quedé mirándolos. ¿Se conocían?

Bueno..., era lógico si habían sido vecinos durante mucho tiemp...

—Hola, abuela —le dijo Ross, sonriendo.

Oh, no.

Abrí los ojos como platos.

Oh, no, por favor.

No acababa de decirle a una anciana que había tenido sueños eróticos con su nieto, ¿verdad?

Por suerte, ya estaba roja por el ejercicio y pude disimular mi expresión avergonzada.

Hora de querer morirse por segunda vez en una sola mañana.

Para mi mayor bochorno, Ross me pasó un brazo alrededor de la cintura y me apretujó contra su cuerpo, sonriendo ampliamente. Su abuela me miró con una mueca divertida.

—Ah, Jen, esta es mi abuela, Agnes. Abuela, esta es mi nueva compañera de piso.

—Ya nos hemos conocido —aseguró ella con una sonrisita malévola.

—Qué bien. —Ross siguió sin entender nada.

No pude hablar. Estaba demasiado avergonzada.

—Bueno, me voy a desayunar. —La abuela de Ross sonrió—. Portaos bien, niños.

Agnes se metió en su casa y yo me aparté de Ross y entré en la suya. ¿Cómo podía ser tan torpe? Mientras intentaba convencerme de que lo que había pasado no acababa de pasar, noté que él chocaba su cadera con la mía.

—Qué bien te queda lo de estar sudadita —dijo.

—Eres un pervertido. —Negué con la cabeza.

—Lo dices como si te sorprendiera —murmuró comiendo un trozo de pizza fría.

—¿Vas a desayunar eso? —pregunté con una mueca.

—Ese era el plan, sí. No hay nada más.

Me quedé mirándolo.

—¿Esa es toda la comida que hay? ¿Pizza fría?

—Sí. —Se encogió de hombros—. Aquí cada uno se pide la comida que quiere. O, si está muy desesperado, la va a buscar.

Abrí la nevera. Había una botella de agua, unas veinte cervezas y un yogur caducado.

—No podéis tener una nevera tan deprimente.

—No es deprimente. Hay cervezas. Las cervezas hacen las cosas no deprimentes.

Lo miré con mala cara.

—¿No tenéis un bote?

—¿Un qué?

—Un bote, Ross. Un tarro. Algo.

—Igual sí. No lo sé. ¿Para qué sirve eso?

—Para poner dinero entre todos e ir a comprar comida.

Él me miró, confuso, y le dio otro mordisco a la pizza.

—No.

—Pues deberíais hacerlo. Y esta tarde iremos a comprar comida que no sea pizza o sushi.

—A mí me gusta la pizza —protestó—. Y el sushi.

—¿Y no te gustaría tener algo más para desayunar?

Se encogió de hombros.

—No soy muy exigente con la vida, querida Jen.

—Deberíamos ir a comprar.

—¿Tú y yo?

—Si quieres, sí.

—Estás haciendo difícil que me niegue.

—¿Eso quiere decir que vamos a ir?

—¿Y dónde vamos a ir exactamente?

—A un supermercado. Abajo hay uno.

Pareció sinceramente sorprendido.

—¿En serio?

—¿Cuánto hace que vives aquí? —pregunté, perpleja.

—Un año y medio. Más o menos.

—¿Y no has ido nunca a comprar nada?

—Will suele encargarse de eso —dijo, confuso—. O no. No lo sé. Alguien lo hace, eso seguro.

Pasé por su lado, negando con la cabeza.

—Para algunas cosas eres un genio y para otras eres un completo desastre.

—Si me lo pidieras, podría demostrarte en cuántas cosas interesantes soy un genio.

—No, gracias.

—¿Dónde vas? —me preguntó con la boca llena de pizza.

—A ducharme —le grité por el pasillo.

—¿Puedo ir?

—¡No!

—¡Aburrida!

—¡Pervertido!

—¡Aburrida!

—¡Pesado!

—¡Aburrida!

—¡Al menos, podrías cambiar el insulto!

—No es un insulto, es un apelativo cariñoso, aburrida.

—Oh, cállate, pesado.

Cerré la puerta escuchando su risa.

—Pollo ecológico —leyó Ross, volviendo a dejarlo en el carrito antes de seguir empujándolo para seguirme por los pasillos del supermercado—. ¿Por qué ecológico?

—Porque ese pollo ha vivido bien. —Señalé el otro—. Ese de la estantería, no.

—¿Y eso le cambia el sabor?

Lo miré con mala cara y sonrió ampliamente.

—A ver —repasé—, tenemos pollo, pimienta, aceite, leche, cereales...

—... ternera para mi chili...

—Sí, para tu chili. —Lo miré de reojo, con una ceja enarcada.

—No lo dirás en ese tono cuando lo pruebes —me aseguró, ofendido.

—Bueno, también tenemos huevos y fruta.

—Fruta. Qué asco.

—Y verdura.

—Verdura. Qué asco.

—¿Falta algo?

—¿Cerveza?

—Cerveza. Qué asco.

Él me hizo una mueca.

—Tómatelo a broma si quieres, pero lo que falta es cerveza.

—No. Es salsa de tomate —dije, girando en seco.

Escuché que él hacía lo mismo y se apresuraba a seguirme.

—Creo que prefiero comprar cerveza.

—Tenéis cervezas de sobra.

—Nunca se tienen cervezas de sobra, Jen.

—Estás enganchado, ¿eh?

—No, estoy enganchado al... ¡mierda! Me estoy quedando sin tabaco.

—Mejor —murmuré—. Es muy tóxico.

—La verdura sí que es tóxica.

—La verdura no te mata, Ross.

—De algo hay que morirse.

Me giré, mirándolo.

—¿Has besado alguna vez a alguien que fuma? Es como besar un cenicero.

—¿Eso es una indirecta, Jen?

Seguí mi camino, ignorándolo.

—No me puedo creer que ni siquiera tuvierais sal.

—Tampoco la hemos necesitado nunca —me dijo—. ¿Podemos comprar chocolate o algo así?

—¿Chocolate? ¿Para qué?

—¿Para disfrutar un poco de la vida? —preguntó, como si fuera evidente.

—No.

—¿Por qué no?

—Porque tenemos el dinero justo para esto.

—Yo traigo más dinero.

—¿Has oído alguna vez el término «derrochar»?

Giré por un pasillo y él me siguió.

—Eres una aburrida.

—Y tú un pesado.

—Me lo tomaré como un cumplido.

—No lo es.

—Sí lo es.

—No lo es.

—Sí lo es.

Me detuve y metí la salsa de tomate en el carrito.

—No lo es.

—Que sí lo es.

—Que no, pesado.

—Que sí, pesada.

Me detuve. Estaba repasando la lista mental que había hecho. Ross me miraba, aburrido.

—¿Estás intentando desintegrar la comida con la mirada? —preguntó, bostezando.

—Estoy pensando en si nos dejamos algo.

—Nos falta...

—Como digas cerveza, te juro que me voy de tu casa.

Sonrió como un angelito.

—Muy bien. Me callo.

Lo miré con curiosidad.

—¿Cómo es que nunca habías ido a hacer la compra?

—Teníamos a alguien que se encargaba de ello cuando era pequeño.

—¿En serio? ¿Eres rico o algo así?

—Mis padres tienen dinero. —Se encogió de hombros.

Suspiré.

—Qué triste es ser pobre.

—Si nos casáramos, mi fortuna sería tuya. —Sonrió, siguiéndome de nuevo.

—Pero tendría que aguantarte todo el día. No sé si valdría la pena.

—Y me dices eso después de que te he abierto las puertas de mi casa.

Me detuve en una de las cajas y empecé a poner las cosas en la cinta. Me quedé un poco confusa al darme cuenta de que Ross había desaparecido. Sin embargo, volvió enseguida con dos tabletas de chocolate, un paquete de golosinas y otro de palomitas. Lo dejó todo en la cinta y me sonrió ampliamente cuando vio que lo fulminaba con la mirada.

Al final, pagó los extras él con su tarjeta, y entre los dos lo llevamos todo a su coche. Estaba lloviendo otra vez, así que me quité la chaqueta mojada cuando entramos en el vehículo. Él se frotó las manos y puso la calefacción.

—Lo último que habría pensado que haría hoy era la compra —me aseguró—. Aunque no ha estado mal.

—A mí me encantaba ir de compras con mi padre —suspiré.

Él me miró de reojo mientras esperaba a que se calentara el coche con la calefacción.

—¿Te encantaba?

—Sí, bueno, ahora ya no lo veo mucho, es que ya no vivimos en la misma ciudad —bromeé, aunque tenía un deje triste en la voz.

—¿Lo echas de menos?

—Pues claro. A él y a los demás.

—¿Y por qué no vas a verlos?

—Si no tengo dinero para pagarme la residencia, ¿cómo voy a tenerlo para ir a verlos? —Suspiré—. Encima, mi madre se va a cabrear porque dentro de un mes es su cumpleaños y no podré ir. Y en Navidad igual. Creo que mi hermana mayor me va a dar una paliza cuando me vea.

Se quedó un momento en silencio. No estaba acostumbrada a que alguien me dejara hablar tanto tiempo sin aburrirse. Monty solía ser el primero que bostezaba y me hablaba de su entrenamiento. Y en casa ni siquiera me dejaban hablar porque éramos demasiados. Me mordisqueé el labio inferior, preocupada.

—¿Te... estoy aburriendo? —pregunté.

—No me aburrirías ni aunque quisieras —aseguró, sonriendo.

Entreabrí los labios, sorprendida, pero él se me adelantó.

—¿Dónde dijiste que viven tus padres?

—A unas cinco horas al sur.

No dijo nada, pero vi que se quedaba pensativo.

—¿Qué? —pregunté, curiosa.

—Nada. —Encendió el motor.

—No me digas eso. —Le pinché la mejilla con un dedo—. Vamos, ¿qué?

—Estás cogiendo una curiosa costumbre con mi mejilla, ¿eh? Y no es nada —repitió—. Cállate, no me dejas disfrutar de The Smiths.

Cuando intenté protestar, subió el volumen y le saqué el dedo corazón, haciendo que sonriera.

Los demás estaban en el piso cuando llegamos. Sue estaba encerrada en su habitación, Naya estaba sentada en el sofá y Will andaba por la cocina bebiendo una cerveza. Se quedó completamente descolocado cuando nos vio entrar con bolsas.

—¿Qué está pasando? —preguntó—. ¿Se acerca el apocalipsis? ¿Ross ha ido de compras?

—Ha sido difícil, pero sí. —Dejé una bolsa en la encimera—. Por fin hay comida decente en esta casa.

—¿Qué habéis traído? —preguntó Naya, acercándose—. ¡Golosinas!

—¡¡¡Son mías!!!

Mientras Ross y Naya se peleaban por las golosinas, miré a Will.

—Quiere hacer chili para cenar.

—¿Otra vez chili? —Suspiró.

—¿Qué tiene de malo? —pregunté, confusa.

—Todo. Espero que te guste el picante.

Dos horas más tarde, Ross iba de un lado a otro por la cocina mientras yo estaba sentada en el sofá intentando corregir unos apuntes de filosofía. Naya dormía en el otro sofá y Will, a mi lado, cambiaba de canal, bostezando.

—¡Ay! —escuché que Ross protestaba, y vi que se metía un dedo en la boca por haberse quemado. Intenté no reírme con todas mis fuerzas.

—¿Cómo es que no ha ido nunca a comprar comida? —le pregunté a Will en voz baja.

—¿Ross? —Se encogió de hombros—. Sus padres tienen dinero y contratan a gente para que hagan ese tipo de cosas por ellos.

—Mi objetivo en la vida debería haber sido tener dinero —murmuré.

Él me sonrió. Lo miré, intentando no pasarme de curiosa.

—¿A qué se dedican?

Will frunció el ceño.

—¿Ross no te ha hablado nunca de ellos?

—No demasiado.

—Bueno..., su padre es Jack Ross. ¿No te suena?

Lo pensé un momento, viendo cómo él tarareaba algo en la cocina y rebuscaba en un cajón con el ceño fruncido.

—La verdad es que no. Solo sé que su madre es pintora. Y que su padre lee mucho.

—Su padre lee mucho porque es un pianista retirado.

—¿Y era muy importante?

—Bastante. Y su madre no solo es pintora, también es fotógrafa. Tiene cinco galerías de arte.

—Oh...

—Y su padre fue..., bueno, es bastante famoso. Ha viajado por todo el mundo. Creo que incluso tocó para el presidente o algo así.

—Joder —me salió.

Y yo extrañándome de que no hubiera ido nunca de compras. Segunda vez ese día en que me sentía estúpida.

En realidad, ya es la tercera.

Gracias, conciencia.

—Pero... Ross no parece así.

—¿Así?

—Así de... ¿rico?

—Ah, pero Ross es... —Intentó buscar la palabra adecuada durante unos segundos—. Es muy Ross.

Will debió de verme la cara de espanto, porque se rio y me apretó el hombro.

—No sé en qué estarás pensando, pero relájate.

—Estoy relajada —mentí.

—Sí, claro, y yo soy blanco.

Un rato más tarde, Ross empezó a gritar que alguien pusiera la mesa y lo hicimos entre todos. Aunque tuvimos que apañarnos con la mesa de café, claro. Sue no apareció hasta que el olor a chili invadió toda la casa, y se sentó sin decir una palabra. Mi estómago ya rugía cuando me senté junto a Ross en el sofá.

—No es por presumir —dijo él—. Pero me ha salido buenísimo.

—Sí es por presumir —le dijo Will.

—Un poco sí —coincidí.

—Sea por lo que sea, ¿podemos comer ya? —preguntó Naya.

Empezamos a comer y la verdad es que sí que estaba muy bueno, pero también picaba muchísimo. Ross se lo comía como si nada, pero Naya hacía paradas para beber agua, cosa que hacía que la cosa aún fuera peor. Estaba roja como un tomate.

Ross ya se había terminado su plato cuando pillé a Will mirando a Sue. Estaba muy seria. Como nadie le preguntó nada, me atreví a hacerlo yo misma.

—¿Estás bien? —le dije.

Ella clavó los ojos en mí y me arrepentí al instante de haber hablado.

—¿Ahora importa si estoy bien o no?

Parpadeé, sorprendida.

—Bueno..., no lo sé..., yo...

—Ni siquiera entiendo qué haces aquí.

Me quedé mirándola, entre confusa por el repentino enfado y avergonzada por la situación en sí.

—No seas así —le dijo Ross con el ceño fruncido—. Solo intentaba ser amable contigo.

—Pues puede ahorrarse su amabilidad —murmuró Sue.

Tragué saliva, incómoda.

—Ignórala —me recomendó Will—. Solo quiere un poco de atención.

—Sí, claro, ignoradme, como cuando decidisteis meter a esa chica en nuestra casa.

—No necesitamos... —empezó Ross.

—No. —Lo detuve poniendo una mano en su brazo y mirando a Sue—. ¿Te pasa algo conmigo?

—¿Has tardado mucho en llegar a esa conclusión? —me preguntó, molesta.

—Aunque te parezca increíble, a veces mi cerebro consigue deducir cosas —ironicé, algo molesta también.

117

—Pues sí, tengo un problema contigo. Que te has metido a vivir aquí sin que te conozcamos de nada.

—Si hay un problema con que viva aquí... —empecé.

—No hay ningún problema con eso —me interrumpió Ross, y parecía sinceramente enfadado cuando miró a Sue—. Se lo pedí yo, así que, si tienes un problema, no lo pagues con ella, págalo conmigo.

—Oh, tranquilo, que también voy a pagarlo contigo. Tú no tienes ningún problema con que ella viva ahora aquí, pero a mí nadie me ha pedido mi opinión. Y también vivo en esta casa.

—Si tuviéramos que esperar a que aceptaras algo, no haríamos nada nunca —le dijo Will, intentando calmar la situación—. ¿Podemos seguir comiendo en paz?

—¿Alguien me ha preguntado qué me parece tener a una completa desconocida paseándose por mi casa? —preguntó Sue, señalándome.

Estaba tan sorprendida porque estuviera tan enfadada conmigo y Ross estuviera tan serio que no supe qué decir.

Y era cierto, Ross estaba muy serio. Nunca lo había visto enfadado. Estaba acostumbrada a verlo contento o, como mucho, molesto. Pero nunca enfadado.

—¿Tienes que hacer esto ahora? —le preguntó a Sue—. No es el momento.

—¿Y cuándo será el momento, Ross?

—Ahora, no.

—Oh, cállate. Incluso ella sabe que sobra aquí.

Vi que él iba a replicar algo poco amable.

—Ross... —empecé. Tampoco quería que discutieran por mi culpa.

—No, es una bocazas, y alguien tenía que decírselo —me dijo, antes de mirarla—. Estoy harto de que te estés quejando siempre por absolutamente todo. ¿Tanto te molesta que haya alguien más aquí? Si te pasas el día ignorándonos.

—¡Claro que me molesta que metas una desconocida en mi casa!

—De verdad, si hay un problema con que me quede aquí... —intenté decir.

—No hay ningún problema —me interrumpió Ross—. Ignórala.

—¿No hay un problema, Ross? —Sue lo miró.

—No, no lo hay.

—Claro que no. —Sonrió irónicamente—. Como quieres follártela, no hay ningún problema con que se quede.

La frase se quedó suspendida en el aire durante unos instantes.

Unos instantes eternos.

Sentí que mi cara se volvía completamente roja y agaché la cabeza.

No la levanté para ver las caras de los demás, pero había un silencio tan tenso que podía cortarse con un cuchillo. Tragué saliva con fuerza y me atreví a mirar a mi lado. Ross tenía los ojos clavados en Sue, que dejó sus cubiertos en la mesa de un golpe, se puso de pie y se encerró en su habitación.

Will miró a Ross con una expresión extraña, y Naya sonrió, algo nerviosa.

—Bueno —dijo—, ¿no deberíamos limpiar todo esto? No creo que ella lo haga esta noche, ¿eh? Je, je...

Nadie le respondió durante un momento, y después vi que le daba una patada por debajo de la mesa a Will, que reaccionó enseguida.

—Oh, sí —dijo—. ¿Por qué no te vas a duchar, Jenna? Nosotros nos encargamos.

Sabía que Ross me estaba mirando, pero no me atreví a devolverle la mirada. Me limité a ponerme de pie e ir rápidamente al cuarto de baño. No sin antes echar una ojeada resentida a la puerta de Sue.

7

Estúpida perfección

Me mordí la lengua inconscientemente mientras buscaba como una posesa las respuestas de una práctica de Lingüística por internet. No entendía cómo hablar de una lengua podía ser tan malditamente complicado. Y estaba sola en casa, así que no podía llamar a Ross o Will para que me ayudaran. O, mejor dicho, para que yo pudiera hacerme la tonta y ellos terminaran completando la tarea por mí.

Bueno, técnicamente, Will y Naya sí estaban en casa, pero estaban encerrados en la habitación y podía oír la música demasiado alta proveniente de ella. Todos sabíamos qué significaba eso. Así que, sí, estaba sola.

Ya me había rendido y estaba de brazos cruzados, de mal humor, cuando escuché que llamaban al timbre. ¡Por fin tenía una excusa para no hacer los deberes! Fui a abrir la puerta bastante más feliz de lo estrictamente necesario.

Sin embargo, mi sonrisita malvada desapareció nada más ver quién era. Me quedé mirando a una chica un poco más baja que yo, delgadita y con un flequillo rubio brillante, acorde con su ropa cara y bonita.

De hecho, toda ella era muy guapa. Tenía los rasgos finos y una sonrisa encantadora que vaciló un poco cuando me vio. Igual no se esperaba que fuera yo quien abriera.

—Hola —murmuré, intentando reaccionar.

—Hola. —Sonrió educadamente—. ¿Está Ross en casa?

Y, entonces, me acordé. Era Lana. La chica de la que Naya me había hablado unas cuantas veces al recordar el instituto. La que Chris había mencionado. Y la que había visto en la pantalla del móvil de Ross cuando le llamó. Era su exnovia. Pero... ¿no vivía en Francia?

Pensar en Ross se me hacía un poco incómodo. Después de lo que había dicho Sue unos días antes durante la cena, la relación se había..., bueno, enrarecido. Más que nada porque seguíamos interactuando como siempre, pero cada vez que nos rozábamos, uno se acercaba al otro o nos mirábamos durante un momento más del necesario, cada uno se quedaba inmerso en su propio silencio tenso antes de que fingiéramos que no había sucedido.

Era curioso, porque no me había dado cuenta de que en nuestra... eh... ¿relación...? nos tocáramos tanto como para echarlo de menos. Porque sí, lo echaba de menos. Era raro no poder lanzarme sobre él en el sofá solo para que los demás se rieran. O no poder acurrucarme a su lado cuando mirábamos una película. O, simplemente, no poder poner la cabeza en su hombro.

Quizá el hecho de que nos hubiéramos separado un poco era lo mejor. No estaba segura de que a Monty fuera a gustarle que hiciera todo eso con un chico, a pesar de nuestro trato.

Por no hablar de lo poco que le gustaría conocer los sueños que tenía cada noche con Ross. No había manera de que me dejaran en paz. Al menos, él no se había dado cuenta. Y eso que yo solía hablar en sueños. Menos mal.

Decidí volver a la realidad cuando vi que Lana seguía sonriendo educadamente.

—No está. —Me aclaré la garganta, señalando el salón—. Pero... eh... puedes esperarlo aquí.

—Gracias.

—No creo que tarde mucho. Termina las clases a las...

—Cinco. —Me sonrió mientras entraba—. Lo sé.

Me quedé mirando su espalda y me ajusté las gafas. ¿Y qué hacía aquí si ya sabía que Ross no estaba?

Lana miró a su alrededor y se quitó la chaqueta. Llevaba puesto un jersey ajustado que yo jamás me habría atrevido ni a tocar para que no me marcara demasiado la curvita de la barriga. Ella, sin embargo, lo lucía de forma bastante segura. Y le quedaba maravillosamente.

Me cayó mal. No voy a negarlo.

Y sé que fue sin motivo, ¿vale? ¡Lo sé! Pero me cayó muy muy muy mal.

Puso los brazos en jarras y me miró sonriente.

—Esto está tal y como lo recordaba.

—¿Has venido aquí antes? —intenté sacar conversación.

—Oh, muchas veces —me aseguró—. Seguro que más que tú. Yo elegí la mayoría de los muebles que hay por aquí.

El tono ya no me gustó. Lo decía con una sonrisa muy dulce, pero sus ojos no me estaban transmitiendo lo mismo. Eso me dejó un poco descolocada. Sin embargo, ella volvió a hablar, así que no pude considerarlo demasiado.

—Oh, ¿estabas haciendo los deberes? —Señaló mis apuntes—. ¿Te he molestado?

—No, no. —Los quité del sofá y los metí en mi carpeta patosamente—. No te preocupes.

¿Por qué demonios estaba tan torpe?

—¿Estás segura? Puedo volver más tarde.

—En serio, puedes quedarte. Yo ya había terminado.

Ella miró mi atuendo, que era mi pijama improvisado hecho con ropa de Ross, y sonrió mientras yo me ponía roja. Ni siquiera parecía hacerlo con malicia, pero yo me sentí como si pareciera un saco de patatas. ¿Por qué usaba tanta ropa de Ross últimamente? Si me quedaba ridícula.

Porque te gusta su olor.

Cállate, conciencia. No es el momento.

—Tú debes de ser Jennifer —concluyó, sentándose en el sofá con toda la confianza del mundo.

—Sí. —Sonreí, o lo intenté—. Aunque prefiero Jenna. ¿Cómo lo sabes?

—Ross me dijo que una chica estaba viviendo con él.

—Oh.

Se me formó una sonrisa estúpida que borré al instante en que me di cuenta de que ella me estaba mirando fijamente, analizando mi reacción.

—Me ha hablado mucho de ti —añadió.

—Ah..., ¿sí?

—Sí, Jennifer.

—Eh..., te he dicho que pref...

—Pero eso es como un secreto de confesión. No puedo contártelo.

Se rio, y su estúpidamente perfecta risa hizo que tuviera que morderme la lengua para no ponerle mala cara.

Justo en ese incómodo instante, Naya apareció por el pasillo hablando con Will. Los dos acababan de vestirse. Ella se quedó paralizada por un momento cuando vio a Lana sentada conmigo. Después soltó un grito que la otra siguió antes de que las dos se abrazaran con fuerza, casi tirándose al suelo.

Me quedé mirándolas, un poco incómoda.

—¡No me lo creo! ¡¡¡No me lo creo!!! —chilló Naya sin despegarse de ella.

—¡Pues créetelo! —Lana se separó y abrazó a Will, que le dedicó una pequeña sonrisa educada—. Ay, cómo os echaba de menos. Si esta es como mi segunda casa.

¿Era cosa mía o, cada vez que decía algo así, me miraba fijamente?

Yo seguía en el sofá intentando pensar una excusa para huir de ahí. Creo que no me había sentido tan fuera de lugar en mucho tiempo y no sabía explicar por qué. Al final, fingí que ordenaba unos papeles para hacer algo más, aparte de mirarlos en silencio como una estúpida.

Y, por si eso no fuera suficiente, en ese momento se abrió la puerta de la entrada y Ross apareció. El olor a pizza barbacoa hizo que me sintiera todavía más incómoda.

—¡Oye, Jen! Adivina quién ha comprado la basura esta porque sabe que es tu fav... —Se detuvo y, en lugar de mirarme, clavó los ojos en Lana e hizo una mueca—. ¿Qué...?

—¡Sorpresa, cariño! —gritó ella, lanzándose literalmente sobre él para abrazarlo.

¿Cariño?

Qué ridículo.

Aunque no era mi problema si llamaba a Ross cariño o no.

En absoluto.

No me importaba.

Pero qué ridículo.

Intenté con todas mis fuerzas no apretar los labios mientras miraba a Ross de reojo. Él seguía pareciendo bastante sorprendido. Me miró por encima del hombro de Lana y yo me puse a limpiar los cristales de las gafas con su sudadera solo para fingir que no me había dado cuenta.

—¿Me habéis echado de menos? —preguntó ella, separándose y mirándolos. Oh, y dándome la espalda—. Yo a vosotros sí. Un montón.

—¿Cuándo has vuelto? —le preguntó Ross—. No recuerdo que dijeras nada.

—Esta mañana. ¡Quería daros una sorpresa!

—¿Y te quedas? —Naya parecía entusiasmada—. ¿Para siempre?

—No, no para siempre. Pero tampoco tengo billete de vuelta.

Sue había aparecido por el pasillo y parecía que había visto un fantasma. Miraba a Lana con una mueca de horror absoluto.

—Supongo que no vas a quedarte aquí, ¿no?

—Hola, Sue —la saludó Lana con una sonrisa.

—Responde y déjate de sonrisitas falsas —la cortó ella.

La miraba incluso peor que a mí. Eso me gustó. Sue me caería mejor a partir de ese momento. Al menos, no era la única a la que no le gustaba Lana. Estaba un poco menos sola en el mundo.

—Oh, vamos, yo sé que en el fondo te caigo bien, Sue.

—En absoluto.

—Bueno..., aunque quisiera, no puedo quedarme. —Lana me miró con la misma sonrisa de antes—. Alguien duerme en mi lugar.

Hubo un momento de silencio incómodo y yo entreabrí los labios, abochornada. Naya empezó a reírse, nerviosa, y dio un codazo a Will para que también empezara a hacerlo. Ross me echó una ojeada antes de girarse hacia doña perfecta.

—Lana... —le dijo en voz baja.

—¡Solo es una broma, cariño!

¿Por qué seguía llamándolo «cariño»? ¿Por qué me molestaba tanto que lo hiciera? ¡Si era una tontería!

—¿A que no te ha importado? —me preguntó Lana, colocando una mano estratégicamente en el brazo de Ross.

Vi que él la miraba con una sonrisa y negaba con la cabeza y, por algún motivo, eso me ofendió más de lo que me había ofendido nada en mucho tiempo.

—No —dije más secamente de lo que pretendía.

—¿Te quedas a cenar? —la invitó Ross—. He traído pizzas, y podemos pedir algo más. El sushi te encanta.

De repente, el sushi se me antojaba asqueroso.

—Sabes que no puedo decir que no a eso —dijo ella sonriéndole.

Se acercaron todos a sentarse y, por algún motivo, cuando Ross vino a mi lado, lo primero que me salió hacer fue ponerme de pie y sentarme en el sillón, junto al de Sue. Ella seguía mirando a Lana con mala cara, así que me centré en eso y no en que Ross había clavado los ojos en mí. No quise saber con qué expresión.

La cena empezó y yo no despegué los ojos de la pizza. Me sentía como si volviera a tener catorce años y no pudiera controlar mis celos de adolescente. Cada vez que Lana hablaba —y lo hacía continuamente—, me entraban ganas de lanzarle la salsa barbacoa a la cabeza. Al menos, Sue parecía compartir ese sentimiento. La pillé varias veces poniendo caras de asco cada vez que Lana se echaba a reír. O, simplemente, cuando hablaba.

—Francia es increíble —estaba contando en ese momento con la atención de todos puesta en ella—. Deberíais ir. La gente es encantadora. Y las calles son..., uf, preciosas. ¡Es mágica! ¡Si hasta sé decir cosas en francés!

Menos mal que sabes decir cosas en francés después de haber vivido en Francia, chica.

Mi conciencia podía llegar a ser maligna.

Aunque... en ese momento no me desagradaba del todo.

—Ojalá yo pudiera ir también al extranjero. —Naya miró a Will—. Aunque no me gustaría estar separada de mi osito mucho tiempo.

—Mi osito —repitió Sue, como si tuviera arcadas.

—Y las fiestas eran increíbles —siguió Lana—. En serio, los franceses están mal de la cabeza. Y me encanta.

Se empezaron a reír todos, menos Sue y yo. Me quedé un momento en blanco al darme cuenta.

Dios mío, me estaba convirtiendo en Sue.

También fue entonces cuando me di cuenta de que Ross tampoco estaba sonriendo. De hecho, no parecía escucharla mucho. Solo jugaba con su comida y la miraba de reojo de vez en cuando, fingiendo que prestaba atención a la conversación.

—He decidido venir a pasar un tiempo aquí. Echaba de menos a mis padres. —Se apartó un mechón de pelo de la cara y vi que tenía la manicura perfecta, igual que el resto de su estúpido ser—. Probablemente, el año que viene lo pase en Francia. No lo sé. Pero, hasta entonces..., espero poder pasar algo de tiempo con vosotros.

Se giró hacia Ross y lo miró significativamente. Él parpadeó y miró a Will en busca de ayuda. Como siempre, se comunicaron sin palabras como si fueran extraterrestres y entonces supo qué decir al instante.

Vale, ¿por qué necesitaba ayuda para hablar con Lana?

—Puedes venir a cenar con nosotros siempre que quieras —le dijo Will finalmente.

Mordí la pizza con algo más de fuerza de la necesaria mientras Ross sonreía de manera un poco extraña.

—Bueno... —Lana sonrió y le puso una mano perfecta en la rodilla—. ¿Y vosotros no tenéis nada que contarme? Todo el rato he hablado yo.

Lo sabemos.

—No hay mucha novedad —dijo Will al ver que nadie intentaba romper el silencio.

—Me alegra ver que seguís juntos. —Miró a Ross—. ¿Y tú qué? ¿Nada nuevo en tu vida?

Vi que ella me miraba de reojo mientras lo preguntaba, así que me centré en mi plato ya vacío.

—No mucho —le dijo Ross.

—Es una pena —la escuché canturrear, para nada triste—. Bueno, ¿vais a venir a mi fiesta de bienvenida la semana que viene?

—Yo nunca me pierdo una fiesta —aseguró Naya.

—Ni yo —dijo Ross.

Will asintió con la cabeza.

Lana me miró a mí directamente, ignorando a Sue, a quien no pareció importarle demasiado.

—Yo no puedo, lo siento —dije sin pensarlo.

Ross levantó la cabeza y me miró, extrañado.

—¿Por qué no?

Le dediqué una mirada un poco más agria de lo que me hubiera gustado. No pude evitarlo.

—Porque no.

Igual soné un poco más seca de lo que pretendía.

La tensión fue obvia, pero todo el mundo hizo como si no la notara. Ross frunció un poco el ceño, pero evité su mirada dejando claro que no quería seguir hablando del tema. Lana, por otro lado, suspiró y me dedicó una sonrisa deslumbrante.

—Si cambias de opinión, la oferta sigue en pie. Será en mi fraternidad. Las chicas son geniales. Lo han organizado todo por mí. Habrá barra libre, así que no hará falta traer nada.

—Pienso emborracharme —aseguró Naya, mirándome—. Y tú también.

Le sonreí un poco, pero no dije nada. No iba a ir.

Lana estuvo un buen rato hablando de sus viajes por Europa, de su estancia en Francia, de sus buenas notas y de su estúpida perfección. Y los demás la escuchaban embobados mientras Sue ponía cara de asco, dejando clara su opinión sobre el tema.

Pero, de todo, lo que más me irritó fue que, de vez en cuando, la rubia perfecta se giraba hacia mí, me sonreía y me hacía una pregunta. Sin embargo, cada vez que iba a responderle, se apresuraba a añadir algo y a seguir hablando.

Eso me estaba molestando mucho. Muchísimo.

Al final, no pude aguantarlo más y me puse de pie. Ross se giró hacia mí al instante.

—¿Dónde vas?

—A dormir. Estoy cansada —murmuré—. Buenas noches, chicos.

—¿Ya? —Naya puso un puchero—. Pero si solo son las once.

—Es que mañana tengo que madrugar. Y... de verdad que estoy cansada.

—Bueno..., si necesitas descansar...

—Ha sido un placer conocerte —le dije a Lana con la sonrisa más dulce que pude mostrar.

—Igualmente —contestó ella, devolviéndome la sonrisa.

Sorteé los sofás y crucé el pasillo para meterme en la habitación de Ross, notando una mirada clavada en la nuca mientras avanzaba. En cuanto estuve sola, solté una palabrota que hubiera hecho que mi madre ahogara un grito. No me gustaba decir palabrotas, pero algunas ocasiones lo merecían. Esa era una de ellas.

Estaba a punto de sentarme en la cama cuando la puerta se abrió. Por un momento, me quedé un poco paralizada al ver que era Ross. Y tenía el ceño fruncido. Cerró a su espalda, mirándome.

No parecía enfadado. Ni confuso. Solo... ¿preocupado?

—¿No te encuentras bien? —preguntó.

Parpadeé varias veces, perdida.

—¿Qué?

—¿No te encuentras bien? —repitió—. Has estado un poco rara durante la cena.

Suspiré y me encogí de hombros. Era tan listo para unas cosas y tan ciego para otras..., aunque lo cierto era que no tenía por qué adivinar lo que me pasaba. Solo era mi amigo. Y yo sabía perfectamente lo que me estaba sucediendo, por irracional que fuera. Estaba celosa de que tuviera otra amiga.

Estaba siendo tan injusta que me avergoncé yo sola.

—Yo... —improvisé, nerviosa—. Solo... eh... voy a tumbarme un rato, si no te importa.

Por su expresión, supe que sabía que algo no encajaba. Que había algo más. Tragué saliva cuando estiró el brazo y me separó las manos. No me había dado cuenta de que había estado retorciéndome los dedos por los nervios durante toda la conversación.

—No tienes por qué decírmelo si no quieres, solo dime si estás bien.

Asentí con la cabeza sin mirarlo. ¿Por qué volvía a tener la cara encendida?

—¿Estás...?

—Ross —lo miré—, tienes una invitada en el salón. Deberías ir a verla. Yo ahora mismo soy un aburrimiento.

—Tú no eres ningún aburrimiento. —Me puso mala cara.

Pareció que iba a decir algo más, pero suspiró al ver mi expresión y asintió una última vez con la cabeza.

—Muy bien. Te dejo sola. Llámame si necesitas algo.

—Vale.

Me miró de soslayo y yo le sostuve la mirada. De nuevo, me dio la sensación de que iba a decir algo más, pero se limitó a darse la vuelta y a marcharse. Cuando cerró la puerta, sentí que podía respirar de nuevo y me giré para alcanzar lo que había ido a buscar desde el principio: mi móvil.

Y, por consiguiente, a mi hermana. Porque necesitaba a la consejera que tenía dentro.

Empecé a buscar cobertura como una loca por toda la habitación. No encontré ni una barrita hasta que me quedé muy quieta en un extremo pequeñito del balcón, congelándome. Me aseguré de que la puerta estaba cerrada —no quería que nadie me pillara teniendo esa conversación— y marqué su número.

—Jenny —me saludó Shanon casi al instante.

—Tengo un problema —le dije—. Y no me he molestado en llamar a Nel porque sé que no me responderá, como ha hecho desde que me fui.

—Así que soy tu plan B. Empezamos bien.

—Shanon, esto es importante.

—Vale, doña exagerada, te escucho.

—Tengo un problema.

—No será para tanto —me dijo—. ¿Qué pasa?

—Estoy... muy celosa. Creo.

Hubo un momento de silencio. Ella suspiró al otro lado de la línea.

—Los celos no son malos, siempre y cuando no crucen ciertas líneas, Jenny.

—No... no es eso. Es decir..., el problema no es ese.

—¿Y cuál es?

—Que... eh... creo que estoy celosa de algo de lo que no debería estarlo.

Ella lo consideró un momento. Casi pude ver una sonrisita formándose en sus labios.

—¿Es sobre el dueño de la casa en la que vives ahora?

Suspiré, y tardé unos segundos en responder, pese a que ambas sabíamos perfectamente lo que iba a decir.

—Sí.

—Esto se está poniendo interesante.

—¡Shanon!

—Perdón, perdón. Bueno, ¿y qué ha hecho para provocarte esos celos, hermanita?

—Una chica..., creo que es su ex..., ha venido a casa y ha empezado a hablar de lo perfecta que es en todo. Y lo es, Shanon. Deberías verla. Casi me he sentido un ogro a su lado.

—¿Y para qué te comparas con ella?

—¡No quiero hacerlo!

—Pero no puedes evitarlo —añadió.

Hice una mueca.

—Y los demás estaban tan embobados mientras hablaba... —mascullé.

—No creo que el problema sean los demás —dijo, riendo—. Creo que es solo tu querido Ross.

—No es «mi querido Ross». Solo somos amigos.

—Yo no me pongo celosa cuando un amigo mío babea por alguien. En cambio, si lo hace alguien que me gusta...

—No he dicho que me gustara —aclaré enseguida, nerviosa—. Y no... no estoy celosa por él. Es por... eh... por todos.

—Ay, si pudiéramos elegir de lo que nos ponemos celosos... —Se rio—. Vamos, Jenny, sé sincera.

—¡Lo estoy siendo!

—No es verdad. ¿Te gusta ese chico?

—¿Eh?

—Di sí o no. No es tan difícil.

Hubo un momento de silencio. Yo no me había dado cuenta de que estaba jugando nerviosamente con los cordones de la sudadera de Ross.

—Tengo novio, Shanon —dije finalmente.

Ella, para mi sorpresa, empezó a reírse.

—Eso no responde a mi pregunta. No directamente, al menos. Pero aclara muchas cosas.

—¡No aclara nada!

—Pues di sí o no, venga.

Apreté los labios.

—No —dije en voz baja, como si me hubiera costado la vida hacerlo.

—Y una mierda —soltó Shanon de malas maneras.

—¡He dicho que no! —me irrité.

—Bueno, si quieres convencerte a ti misma de que no te gusta, te seguiré el rollo. Pero vas a tener que explicarme el problema un poco mejor, porque no entiendo cómo puedes ponerte celosa de que alguien que no te gusta en absoluto esté con su exnovia.

Suspiré y me encogí vagamente de hombros, pese a que ella no podía verme.

—Ya te conté lo de Monty, lo de la relación abierta —murmuré.

—Lo sé. Menudo idiota.

—Shanon...

—Perdón. Sigue.

—Bueno..., hablamos de tener una relación abierta, pero esto parece un poco excesivo.

—¿Por qué? ¿Te sientes como si lo estuvieras traicionando solo por tener celos de una amiga de Ross?

—Un poquito...

Hubo unos segundos de silencio al otro lado de la línea.

—Pues... no sé qué decirte, Jenny. Igual deberías alejarte un poco de ese chico.

—Eso va a ser difícil. Duermo con él.

—¿Y solo dormís?

—Sí, solo dormimos, Shanon.

—Entonces, ¿qué más da?

Hubo un momento de silencio.

—¿Qué más da, Jenny? —insistió.

—Es que... —respiré hondo y lo solté todo de un tirón, hablando a toda velocidad— he soñado que lo hacía con él cuatro noches seguidas.

Durante unos instantes, el silencio que se formó a mi alrededor se sintió como uno de los más incómodos de mi vida. Me pasé una mano por la cara y noté que estaba ardiendo. No me podía creer que hubiera confesado eso a alguien. Aunque ese alguien fuera Shanon.

—¿Hola? —pregunté al ver que no decía nada.

—¿Y qué tal lo hacía? —preguntó, curiosa.

—¿Crees que eso es importante, Shanon? —pregunté, molesta.

—¿Lo hacía mejor que tu novio? —Casi podía ver su sonrisa malvada.

—¡Céntrate!

—¡Lo hacía mejor que tu novio! —Empezó a reírse—. Me encanta este drama.

—¡Shanon! —protesté.

—Vale, vale, me centro. —Lo consideró un momento—. Igual deberías enfriar un poco la relación. No por él, sino por ti. Si te estás confundiendo...

—No me estoy confundiendo.

—Te estás confundiendo. No te engañes. Igual deberías intentar mantener una relación más... eh... ¿amistosa, quizá?

—Es lo que tenemos ahora.

—¿Y sueñas durante cuatro noches seguidas que te acuestas con todos tus amigos o solo con él?

Me callé. Tenía razón, como de costumbre. Y yo estaba ruborizada, también como de costumbre.

—Aunque eso es lo menos importante —me aseguró—. Si ves que empiezas a comerte la cabeza, llama al idiota de tu novio y que te distraiga. Después de todo, solo sirve para eso. Quizá el problema sea que lo echas de menos.

—¿Tú crees?

—Claro que sí. —Suspiró—. Y también creo que esto te afecta porque te recuerda a ya sabes qué.

Me dio un vuelco el estómago al pensar en ello.

—No quiero hablar de eso —murmuré.

—Han pasado meses, Jenny, quizá, si lo hablaras con alguien, en lugar de guardártelo todo para ti misma...

—No quiero hablar de eso —repetí, esta vez más cortante.

—Está bien —aceptó—. Ya sé cómo te pones cuando te acuerdas de... eso. Solo intenta no relacionarlo con lo que te pasa ahora, ¿vale? No quiero tener que ir a buscarte.

—No tendrás que venir a buscarme. —Fruncí el ceño.

—¿No tendré que ir a buscarte si te da otro...?

—¡Shanon!

—Vale... —Finalmente, dejó el tema—. Tengo que colgarte, pero prométeme que estarás bien. Y también que me llamarás si no lo estás.

—Estaré bien. Te llamaré. Y... gracias por el consejo.

—No hay de qué. Mantenme actualizada, que me aburro mucho.

—Vale. —Sonreí sin ganas—. Adiós, Shanon.

Ella colgó y yo me metí de nuevo en la habitación de Ross. Escuché las risas provenientes del salón y apreté los labios, metiéndome en la cama y quitándome las gafas.

No llegué a dormirme. De hecho, escuché la despedida de Naya y Lana. Mientras se decían adiós, la puerta de la habitación se abrió y Ross se acercó para ponerse el pijama. Como yo le daba la espalda, cerré los ojos. No me apetecía hablar con él.

Unos momentos más tarde, escuché que se metía en la cama y los abrí de nuevo, mirándome las manos.

—¿Estás despierta? —me preguntó en voz baja.

No respondí. Él suspiró, pero no dijo nada más. Escuché que se acomodaba en la cama y, por algún motivo, me entraron ganas de llorar.

Pasado un rato, me di la vuelta lentamente y vi que seguía despierto, pasándose una mano por los ojos. Fue como si se diera cuenta de que lo estaba mirando y se la quitó enseguida, clavando su mirada en mí.

—Hola —murmuré.

—Hola... —Parecía un poco confuso—. Pensé que estabas dormida.

—Acabo de despertarme. —Evité su mirada y fingí que me colocaba mejor solo para hacer algo—. ¿Qué tal ha ido la cena?

—Bien —murmuró, y me dio la sensación de que no entendía por qué insistía tanto en el tema—. ¿Ya estás mejor?

Asentí con la cabeza sin saber qué decirle.

—¿La echabas de menos?

—¿A Lana?

—Sí.

—¿Te soy sincero?

Volví a asentir con la cabeza, mirando su expresión con detenimiento. Me sorprendió ver que no sonreía.

—No lo sé. Paso mucho tiempo sin verla cuando se marcha. Me he acostumbrado a estar sin ella, la verdad.

Parpadeé, sorprendida.

—Pues sí que has sido sincero.

—Ya te lo he dicho. —Me sonrió de medio lado—. ¿Estás segura de que estás bien?

Como cada vez que me preguntaba eso, me puse nerviosa y asentí rápidamente con la cabeza. Puso los ojos en blanco.

—Qué mala eres mintiendo —murmuró.

—No estoy mintiendo.

—Sigues siendo igual de mala que hace cinco segundos.

Sonreí y negué con la cabeza, pensando en cualquier excusa que me librara de decirle la verdad.

—En realidad..., echo un poquito de menos a mi familia —admití en voz baja.

Y no era mentira. De hecho, era muy cierto. Y no me di cuenta de ello hasta que lo dije en voz alta. Me quedé en silencio un momento y pensé en mamá y el drama que había montado cuando me había marchado. Quizá no había sido tan exagerada. Unos meses significaban mucho más tiempo del que parecía.

Me quedé muy quieta cuando él alargó la mano y apartó el mechón de pelo que siempre se me escapaba.

—Siento oír eso —murmuró, y su sinceridad me dejó un poco descolocada.

—Pero no es tan grave —añadí en voz baja—. Es decir..., en diciembre volveré a verlos.

—¿Por Navidad?

—Llegamos a un acuerdo. Mi madre y yo. Le dije que haría el primer semestre y luego decidiría si quería volver a casa. Ella quiere que vuelva, claro...

—¿Y tú?

Me di cuenta entonces de que no había dejado de acariciarme la mejilla. De hecho, contuve la respiración cuando noté que bajaba el pulgar hasta mi mandíbula.

Y lo que me hizo contener la respiración no fue el gesto en sí, sino la familiaridad con la que lo hizo. Él ni siquiera pareció darse cuenta de que seguía acariciándome. Y yo me sentía como si lo hubiera hecho mil veces más. Nunca me había sentido así. Ni siquiera con Monty.

—No lo sé —murmuré en voz baja—. No lo he pensado.

—Deberías darle más crédito a tu opinión y menos a la de los otros, Jen.

Sonrió de medio lado.

—Además, te quedan unos cuantos meses para decidirte.

Lo miré un momento.

—Si... si me quedara... —empecé.

Él me observó en silencio, pero parecía interesado.

—¿Sí? —preguntó al ver que no continuaba.

—Si me quedara en casa..., bueno..., no perderíamos el contacto. Es decir..., ni contigo, ni con Will, ni con Naya...

—Aunque te fueras, no perderíamos el contacto —me aseguró.

Pensé en Nel e hice una mueca.

—Si tú lo dices...

Él sonrió, esta vez completamente.

—Y no tienes por qué echar de menos a tu familia. Aquí tienes otra familia. Más pequeña, un poco rarita y disfuncional..., pero, oye, algo es algo. Y, a nuestra manera, nos cuidamos los unos a los otros.

Siguió sonriendo, esperando que yo también lo hiciera, pero no fui capaz de devolverle la sonrisa. Sentí algo en la punta de los dedos. Un cosquilleo molesto que hizo que quisiera tocarle también la mandíbula.

Pero, en su lugar, me arrastré un poco hacia él y noté que se quedaba muy quieto cuando le pasé un brazo por encima de la cintura y apoyé la mejilla en su pecho. Casi pude sentir que contenía la respiración.

—¿Jen? ¿Qué...?

—¿Te importa que durmamos así?

No supe de dónde había sacado el valor de preguntarlo, pero ya lo había hecho. Y el silencio que acompañó ese momento fue horrible. Cerré los ojos con fuerza, esperando lo peor.

Pero, entonces, noté que me ponía un brazo cálido alrededor, acomodándome un poco más.

—No, claro que no me importa —murmuró.

Volví a respirar, aliviada, cuando él se colocó mejor y dejó una de mis piernas entre las suyas. Podía sentir su aliento en mi pelo y su corazón en mi mejilla. Por no hablar de su calor corporal. Especialmente en las piernas, ya que yo llevaba pantalones cortos. Pese a que él seguía llevando sus pantalones largos de algodón, podía sentir su piel atravesándolos y entrando en contacto con la mía.

Era una sensación extraña y agradable a partes iguales. Se me erizó la piel cuando colocó la mano del brazo que tenía a mi alrededor en mis costillas. Mi pulso se aceleró cuando las acarició distraídamente con el pulgar. Me pregunté si lo habría notado, avergonzada.

—Buenas noches, Ross —murmuré, deseando no tener que volver a hablar hasta la mañana siguiente. Dudaba de poder encontrar mis pobres cuerdas vocales en un buen rato.

—Buenas noches, Jen —murmuró él a su vez, y pude sentir sus labios moviéndose muy cerca de mi pelo.

Cerré los ojos e intenté concentrarme en el latido regular de su corazón para que el mío lo tomara de ejemplo y dejara de aporrearme las costillas.

Finalmente, no sé cómo, conseguí quedarme dormida.

Esa mañana corrí un poco más de lo habitual mientras sonaba rock a todo volumen por los auriculares. Estaba intentando borrar de mi mente la imagen de despertarme todavía con la mano de Ross en mis costillas y mi pierna entre las suyas. Le había dicho a Shanon que intentaría ser solo su amiga y lo había incumplido en menos de una hora. Era un desastre. No podía seguir haciendo eso.

Cuando subí las escaleras del edificio todavía corriendo —ejercicio extra—, tuve que hacer una pausa para recuperar la respiración, cerrando los ojos.

Finalmente, cuando me vi capaz de fingir que anoche no había pasado nada —lo que, técnicamente, era verdad—, abrí la puerta del piso y me asomé en busca de enemigos.

Sue era la única ya despierta. Estaba bebiendo una cerveza mientras se comía mantequilla de cacahuete a cucharadas. Intenté con todas mis fuerzas no poner cara de asco.

—¿Se te ha terminado el helado? —pregunté, sirviéndome un vaso de agua.

—Sí —murmuró de mal humor.

Hubo un momento de silencio mientras bebía. No tardé en darme cuenta de que me estaba mirando.

—No te gustó, ¿eh? —me dijo.

—¿Qué?

—La tontita de anoche. Lana —me dijo—. A mí no me cae bien.

La miré, pero no dije nada. Ella sonrió malévolamente.

—La verdad es que no mucho —admití tras asegurarme de que no había nadie más.

—Nunca me han gustado las que van de perfectas —me aseguró Sue antes de entornar los ojos—. Me da la sensación de que son las peores.

—Suelen serlo.

—No sabes la tortura que es cuando viene. La adoran como si fuera su diosa.

—Ya me di cuenta anoche, qué aburrimiento de cena. —Sonreí de medio lado.

Sue me observó, analizándome.

—Quizá no estés tan mal, después de todo.

No supe cómo tomármelo, pero ella puso fin a la conversación levantándose y yendo al sofá con su particular desayuno. Por mi parte, decidí ir a darme una ducha.

Cuando salí del cuarto de baño con la toalla, me encontré de frente con Ross, que iba a desayunar. Estaba bostezando, pero se cortó en seco al verme.

Seguro que yo ya estaba del color de las cerezas.

—Buenos días —me saludó alegremente—. Casi he pensado que te habías ido corriendo cuando no te he visto al despertarme. Luego me he acordado de que corres todas las mañanas.

Empezó a reírse, pero se detuvo al verme más tensa que nunca.

—¿Tan malo era el chiste?

Me ajusté el escote de la toalla, todavía roja como un tomate, y me empezaron a sudar las manos cuando él bajó la mirada a mi mano instintivamente.

—Oye, la toalla no te sienta mal, pero si te la quitas..., no me quejaré.

Relación de amistad.

A-mis-tad.

Lo miré sin devolverle la sonrisa, cosa que hizo que se sorprendiera un poco.

—Buenos días —dije, pasando rápidamente por su lado.

Vi que se daba la vuelta para mirarme, confuso, pero cerré la puerta antes de que pudiera decir nada.

Me vestí y fui a clase, procurando evitar a todos los habitantes del piso, menos a Sue. En realidad, ese día se me hizo más pesado que de costumbre. Estuve dos horas en la biblioteca terminando un trabajo grupal. La mitad de los integrantes del grupo no se presentó, y el resto de ellos estaban desesperados porque querían que todo quedara perfecto.

En resumen, fue un día bastante malo. Por no hablar de que, cada vez que me miraba la mano, me acordaba de que los ojos de Ross se habían clavado en ella cuando solo llevaba una toalla. Y me ponía nerviosa sin poder evitarlo.

Estaba bastante cansada cuando salí de mi edificio y me encontré de frente con Mike, que estaba fumando y mirando a unas chicas que pasaron por su lado. Les sonrió antes de girarse hacia mí y reconocerme.

—¡Mira quién es! —me saludó alegremente—. Siempre nos terminamos encontrando, ¿eh? Es como si estuviéramos destinados.

—Sí, eso parece —le dije sin muchas ganas.

Él puso cara de pena fingida.

—¿Qué te pasa? ¿Estás triste, Jenna?

—Estoy cansada —le corregí.

—¿Mi hermano no te cuida bien?

—Tu hermano es muy simpático conmigo.

—Simpático —repitió él, divertido.

—Sí, simpático. De hecho, ahora iba a su casa.

—Así que ya vives con ellos, ¿eh?

Lo había dicho con un tono un poco burlón. Estuve a punto de pasarlo por alto, pero me detuve y lo miré.

—¿Qué quieres decir?

—Bueno, Ross tuvo una novia hace un tiempo que...

—¿Cómo se llamaba? —pregunté, aunque ya sabía la respuesta.

—Lana —dijo, tras pensarlo un momento—. Sí. No estaba mal. Nada mal.

—Lo sé, la conocí anoche —musité, dirigiéndome a la parada de metro.

Él me siguió, tirando la colilla al suelo y metiéndose las manos en los bolsillos.

—Algo en tu tono de voz me hace pensar que no te cayó de maravilla.

—Fue...

—¿Encantadoramente irritante contigo? —sugirió con una sonrisita divertida.

Le dediqué una mirada agria.

—¿Ella también vivió en el piso? —pregunté, volviendo al tema.

—Sí. Durante algún tiempo. Luego cortaron y se fue a esa fraternidad de pijos que hay al otro lado del campus.

Ahora me sentía aún peor. Como si la estuviera sustituyendo. Y encima era una copia mala. Muy mala. Tragué saliva cuando recordé su mano en la rodilla de Ross. Y luego la mano de él en mis costillas. Me pregunté lo diferente que se habría sentido en ambos casos. Seguro que con ella estaba más cómodo. Después de todo, se conocían muy bien. Mucho más de lo que nos conocíamos los dos.

¿Por qué me sentaba tan mal ese detalle?

—No te pongas triste, Jenna. —Me dio una palmadita en el hombro—. Si te consuela, a mí no me cae demasiado bien. Me gustas más tú.

—Gracias, Mike.

—Y creo que a mi hermano también le gustas más tú.

Me quedé mirándolo un momento.

—¿Más? —Me había quedado clavada en esa palabra.

—A ver, ha sonado un poco...

—¿Más que quién? —pregunté, aunque era una obviedad.

—Bueno, no hace tanto que cortó con Lana —me dijo, encogiéndose de hombros.

Sentí que mi corazón se detenía un momento.

—¿Me estás diciendo que cuando me invitó a su piso solo quería sustituirla?

—Oye, yo no he dicho eso —dijo, levantando las manos en señal de rendición—. Pero no sé qué decirte. Tampoco hablo mucho de esas cosas con mi hermano, ¿sabes? Por si no te has dado cuenta, no tenemos la mejor relación del mundo.

Se giró hacia una chica que le había sonreído mientras yo apretaba los puños involuntariamente.

—Ahora, si me disculpas... —murmuró, y empezó a seguir a la chica con la mirada—. Tengo trabajo que hacer.

Vi que se marchaba y continué ensimismada en mis propios pensamientos. De pronto, me sentía como si lo de anoche pasara de significar demasiadas cosas... a ninguna.

¿De verdad yo era solo una sustituta? ¿Solo eso?

¿Por qué volvía a tener ganas de llorar?

Cuando llegué al piso de Ross, fue suficiente con abrir la puerta para saber que Lana volvía a estar allí. Estaba de pie, con un vestido beige ajustado que se ceñía perfectamente a su cuerpo, imitando algo que hizo que todos los demás se rieran. Y estaban cenando. Sin mí. Me quedé ahí plantada un momento, como una completa idiota.

Era la sustitución barata de esa chica. Por eso me habían aceptado tan rápido. Ross, Naya..., los dos la adoraban. Y la echaban de menos. Quizá no lo habían hecho a propósito, pero definitivamente yo era su sustituta.

Y Will quizá no la adorara tanto como ellos, pero era obvio que se alegraba de ver a Naya tan contenta.

Quizá no debí haber aceptado ir a vivir allí. Ahora me sentía bastante mal por haberlo hecho.

—Hola, Jenna —me saludó Sue, devolviéndome a la realidad.

Todos se quedaron en silencio un momento, sorprendidos. Yo la miré, intentando encontrar mi voz.

—Hola —murmuré, confusa.

—Te hemos guardado un poco de... —empezó Naya.

Oh, no. No iba a quedarme ahí. Ni en broma.

—En realidad, ya he quedado. —Necesitaba airearme—. Solo venía a dejar esto.

Dejé el bolso en el suelo con un ruido sordo que fue seguido de un silencio un poco incómodo.

—¿No cenas con nosotros? —Will levantó las cejas, y dirigió una ojeada a Ross, a quien yo, precisamente, estaba evitando mirar a toda costa.

—No. Hasta luego, chicos.

No les dejé tiempo para responder. Volví a salir de la casa y cerré los ojos por un momento. Era una idiota. Igual no debería haberme precipitado tanto. No tenía ningún sitio al que ir. Probablemente, ni siquiera cenaría. Pero... la perspectiva de cenar con Lana era peor que estar un rato sentada en un banco del parque.

Justo cuando pensaba en ello, la abuela de Ross abrió la puerta y me sonrió como si me hubiera estado esperando.

—¿Tienes hambre? —me preguntó.

Dudé un momento, mirándola. Me había quedado tan sorprendida que no sabía qué decir.

—Di algo, querida.

—Eh..., sí, pero...

—Pasa, venga, que hace frío.

No sabía cómo sentirme al respecto, pero entré en su casa.

Era igual que la de Ross, solo que con muebles más antiguos. Y estaba mucho más ordenada. Tenía un cuenco con ensalada en la barra y un programa de cotilleos puesto en la televisión.

—¿Te gusta la ensalada con pollo a la plancha?

—Mucho —le aseguré.

Cuando tenía hambre, todo me gustaba.

—Perfecto, siéntate.

Hice lo que me decía y me puso un plato delante. Estaba delicioso. Ella sonrió mientras también comía.

Estuvimos un rato mirando la televisión sin decir nada, hasta que ella me miró de nuevo, dejando su plato vacío a un lado.

—¿Por qué no has querido cenar con ellos? Por el ruido de risas, diría que se lo pasan bien.

—Oh, sí, se lo pasan genial —murmuré sin poder evitar el tono amargo.

—¿Y tú no?

Suspiré.

—No quiero molestarla con mis problemas, señora... eh...

—Señora Ross. —Sonrió—. Pero prefiero Agnes. Y he sido yo quien te he preguntado por tus problemas. No me molestas en absoluto.

Lo consideré un momento, mirando mi, también, vacío plato.

—Es que... sé que es una estupidez de niña, pero me molesta que se lo pasen tan bien con ella.

—¿Con ella?

—Con... Lana. Es una amiga de...

—¿Por qué? —me interrumpió, por lo que supuse que sabía quién era.

—No lo sé.

Me miró en silencio. Yo me puse un poco nerviosa.

—No... no entiendo la mitad de lo que dicen. La mayoría de las cosas son chistes de cuando eran más pequeños, del instituto, de cuando Ross salía con ella... Además, es la amiga íntima de Naya..., y yo no entiendo nada mientras todos se ríen. Bueno, todos, menos Sue; pero Sue no se ríe nunca. No es un gran ejemplo.

—Así que estás celosa.

Me irritó un poco que llegara tan rápido a la misma conclusión que Shanon.

—No estoy celosa —murmuré.

—Claro que lo estás. No digas que no como si fuera algo malo; es muy natural.

Fruncí el ceño. No estaba celosa.

¿No?

Sí, lo estás. No te engañes.

Maldita conciencia.

—No son celos —insistí.

Ella me puso una mano en el hombro.

—Sé cómo te sientes.

—Ah..., ¿sí?

Si ni siquiera yo estaba segura de cómo me sentía, ¿cómo podía estarlo ella?

—No eres la sustitución de nadie —me aseguró.

Me sorprendió que esas palabras me afectaran tanto. Y que estuviera tan acertada. Carraspeé, encogiéndome de hombros.

—Ya —murmuré, poco convencida.

—Mira, no sé si servirá de algo, pero a mí esa chica nunca me gustó. Y mucho menos para mí Jackie.

La miré. Quizá me había ilusionado demasiado que dijera eso.

—¿En serio?

Por fin alguien que no odiaba a todo el mundo —como Sue— y a quien no le caía bien Lana.

—Sí. Es decir, no me parece mala chica, pero... creo que no es la persona adecuada para él. Además, después de lo que le hizo...

—¿Qué le hizo?

Ella me miró un momento.

—¿No te lo han contado?

—No.

—Verás, le...

Se cortó a sí misma.

—No, querida, es mejor que te lo cuente Jackie.

—No se lo preguntaré —le aseguré.

—Claro que lo harás. —Sonrió—. Cuando se os pase esta tontería y dejéis de comportaros como si tuvierais algo de que avergonzaros.

—Pero...

—¿Quieres postre? —me interrumpió—. Tengo tarta de manzana.

No hablamos más del tema, pero me quedé un buen rato con ella hablando del programa, que era el que mi madre también veía. Agnes era de esas personas que, aunque te estuvieran hablando de la mayor estupidez del mundo, hacían que sonara como algo muy interesante.

De hecho, el tiempo pasó volando, y eran casi las doce cuando bostezó, mirándome.

—Si no te importa, querida, estos huesos viejos necesitan un descanso.

—Gracias por haberme dejado cenar aquí —le dije con toda mi honestidad, poniéndome de pie.

—Ha sido un placer. —Me sonrió—. Cierra la puerta al salir, por favor.

Me levanté y llevé los platos a la encimera. Cuando ya iba hacia la puerta, escuché su voz.

—Ah, ¿querida?

—¿Sí?

Esbozó una sonrisita que no entendí mucho.

—Si mi nieto te pregunta, dile que has ido a cenar con un amigo.

—¿Con un amigo? —repetí, confusa.

—Tú solo hazlo.

Ya en el pasillo, dudé un momento antes de abrir la puerta. Más que nada porque todavía se oía la voz de Lana. La estúpida y dulce voz de Lana.

Finalmente, me metí en el piso, cerré la puerta a mi espalda y entré en el salón. Sue no estaba, pero los demás se giraron en mi dirección al instante.

—Hola —les saludé con una pequeña sonrisa.

—¿Qué tal la cena? —me preguntó Naya, interesada.

—Genial. —Sonreí, pensando en las ocurrencias de Agnes.

—Uy, qué sonrisa tan sospechosa —canturreó Naya, contenta.

La borré enseguida para que no la malinterpretara y me senté en el sillón. Inconscientemente, levanté la mirada y me encontré con la de Ross. No estaba sonriendo. De hecho, repiqueteaba un dedo en su rodilla.

—Entonces, ¿te lo has pasado bien? —preguntó.

Asentí con la cabeza.

—Y... ¿con quién has ido?

Vi que Will ocultaba una sonrisa, sacudiendo la cabeza. Yo lo pensé un momento, con su mirada clavada en mí.

—Con... —recordé las palabras de Agnes— con un amigo. Curtis. Un chico de mi clase.

A ver, la parte de que Curtis era un chico de mi clase no era mentira. De hecho, realmente iba a clase conmigo y me caía fenomenal, habíamos coincidido en unos cuantos proyectos y me encantaba trabajar con él. Aunque..., bueno, nunca habíamos ido a cenar juntos.

Ross siguió mirándome fijamente durante unos segundos, pero aparté la mirada y la clavé en una cerveza sin abrir que había en la mesa.

—¿Puedo...?

—Toda tuya —me aseguró Will.

Me incliné hacia delante y me abrí la lata, tomando un sorbito. Me di cuenta del silencio que se había formado a mi alrededor. Y de que todos me estaban mirando.

—¿Qué? —pregunté, un poco descolocada.

—¿No vas a dar más detalles? —Naya pareció enfurruñada.

—No seas cotilla —la reprendió Will.

—¡No es cotilleo, es curiosidad!

Volvió a mirarme y yo, al darme cuenta de que era el centro de atención, enrojecí completamente. Creo que eso se malinterpretó todavía más, porque Naya soltó una risita.

—¡Cuéntamelo todo! —exigió—. ¿Has dicho que va a clase contigo? ¿Es guapo?

—Es solo un amigo —aclaré, incómoda, hundiéndome en mi sillón.

—Es decir, que es guapo —concluyó Lana, mirándome también.

—¡Qué fuerte! —exclamó Naya, entusiasmada—. ¿Y el trato? ¿Ya se lo has dicho a tu novio?

Eché una ojeada instintiva a Ross y vi que él también me estaba mirando, solo que seguía repiqueteando un dedo en su rodilla.

—No hay nada que contar —mascullé.

—¿Tienes novio? —me preguntó Lana, sorprendida.

—Sí. —Hablar de Monty me relajó. Odiaba mentir—. Pero no nos veremos hasta diciembre. Se quedó en mi pueblo.

—Debe de ser duro no verlo durante tanto tiempo.

—Hablamos a menudo —le dije, encogiéndome de hombros—. Es como si siguiera conmigo.

—Pero no está —recalcó Ross.

Lo miré un momento y él me sostuvo la mirada. Parecía realmente molesto. Era la primera vez que lo veía así. Ni siquiera se había mostrado de esa forma cuando Sue había soltado todos aquellos comentarios la noche del chili. Incómoda, bajé la mirada a mis pies.

Will se aclaró la garganta, rompiendo el silencio incómodo.

—Tienen una relación abierta —aclaró Naya.

—¿Y eso cómo va? —preguntó Lana, curiosa.

—Que..., eh..., bueno..., podemos hacer lo que queramos con quien queramos. Pero sabiendo en todo momento que nuestra relación está por encima de eso.

—Suena divertido.

—Es... interesante, sí —murmuré, incómoda.

—¿Y ya has probado ese acuerdo con alguien? —me preguntó.

—No.

—¿No tienes pensado hacerlo?

Me encogí de hombros. Seguía sintiendo dos ojos clavados en mí.

—¿Ni con tu *amigo*? —Naya parecía entusiasmada.

Me volví a encoger de hombros. ¿Por qué tenían que preguntarlo así? Noté el calor de mis mejillas y tragué saliva. Por la risita de Naya, supe que había vuelto a malinterpretar completamente mi reacción. Levanté la mirada y vi que Ross había clavado la mandíbula en un puño, evitando mirarme.

Agnes estaría orgullosa de ti.

Vi que Will lo miraba e intenté ignorarlo.

—¿Y qué tal tu día? —me preguntó Lana, intentando sacar conversación.

La miré un momento. No quería hablar con ella ni por todo el oro del mundo, pero no tenía muchas más opciones.

—Aburrido —confesé—. He visto a Mike cuando salía de la facultad.

Vi que se quedaban todos durante un momento en silencio y fruncí el ceño, confusa.

—Hace mucho que no lo veo. —Lana sonrió y luego miró a Ross, como si esperara alguna reacción que no llegó porque estaba ocupado observando su lata de cerveza como si intentara que explotara—. Acabo de darme cuenta de lo poco que hemos hablado desde que llegué, Jennifer.

Lo sé, querida, lo sé.

—Llegaste ayer. —Volví a forzar una sonrisa—. No nos ha dado tiempo a conocernos.

Ella me sonrió de vuelta. No estaba segura de si no entendía la maldad ajena o si solo se limitaba a ignorarla.

—A lo mejor es porque has estado con ese chico de la cena —añadió, sonriéndome—. Te ha tenido muy distraída toda la noche.

—Bueno..., no lo sé... A lo mejor... —murmuré torpemente.

—Debe gustarte mucho —comentó Naya, mirando a Ross de reojo con una sonrisita—. Nunca te había visto tan nerviosa por un chico.

Justo en ese momento, él se puso de pie, prácticamente moviendo el sofá con el impulso.

—Me voy a dormir —dijo secamente.

No esperó que nadie respondiera, se limitó a marcharse. Lo observé en silencio, y admito que las ganas de seguirlo y decirle que todo era mentira fueron grandes, pero luego recordé lo que me había dicho Mike y se me pasaron al instante.

En su lugar, miré a la rubia perfecta que tenía sentada en el sofá.

—¿Y tú no tienes novio, Lana?

—¿Yo? —Se rio—. No, no. No tengo.

—Qué raro. Con lo guapa que eres...

—Ay, muchas gracias. Es difícil encontrar pareja hoy en día. —Se encogió de hombros—. Además, siempre estoy yendo de un lado a otro. Me resulta difícil echar raíces.

—Ya veo.

Sabía que estaba siendo una idiota y ella se estaba portando de manera encantadora conmigo, pero no podía evitarlo.

Finalmente, se marchó y le deseé buenas noches a Naya y Will, que ya estaban besuqueándose en su sofá. Cuando entré en la habitación, Ross estaba sentado en la cama con su portátil en el regazo. No levantó la cabeza al oírme.

—Tengo que ponerme el pijama —le dije.

Teníamos un acuerdo no escrito: cada vez que uno tenía que cambiarse de ropa, el otro se iba al cuarto de baño o algo así. Siempre lo hacíamos. No obstante, esta vez él no parecía estar de humor para hacerlo.

—Genial —murmuré.

Estaba tan irritada que no me importó cambiarme en el cuarto. Ni siquiera me giré para ver si me estaba mirando. Me limité a darle la espalda y ponerme el pijama. Después me acerqué a la cama y me quité las lentillas. Vi de reojo que él estaba editando un vídeo o algo así. No pregunté. Él tampoco dijo nada.

Estuvimos en completo silencio durante un buen rato. Me quedé dormida antes de que él terminara de utilizar su portátil.

8

El equipo de la droga

Cuando salí del examen..., tenía muy mala cara, la verdad. Me había salido más o menos bien, pero durante la mayor parte del tiempo había tenido la cabeza pendiente de una cosa que no era, precisamente, Chomsky y sus malditas teorías lingüísticas. Hubiera ido mejor de no ser por eso. Al salir del edificio, me quedé mirando el aparcamiento un momento, un poco decepcionada conmigo misma, antes de suspirar y seguir mi camino.

Estaba llegando a la parada de metro cuando capté a alguien acercándose a mí. Mike. Me sonrió ampliamente.

—Otra vez tú —murmuré.

—¿Por qué nunca te alegras de verme? —protestó.

—Sueles deprimirme más de lo que ya lo estoy.

Él ignoró completamente mi comentario y sonrió. Había visto que solía ignorar los comentarios maliciosos. Especialmente los de Ross.

De todas formas, me sentí mal.

—Lo siento. —Negué con la cabeza—. Es que últimamente no he estado de...

—Ya, ya. —Me dio una palmadita en la espalda con sorprendente comprensión—. Todos tenemos días malos.

—Y semanas —murmuré.

Ya hacía casi una semana que Lana había aparecido por la puerta del piso. La cosa no había cambiado demasiado. Y Ross y yo casi no nos hablábamos. Es decir, hablábamos de tonterías, como quién hacía la cama ese día o sobre el horario..., pero de nada más. Era como si fuéramos vecinos intentando hablar sin sentirse incómodos al encontrarse en el ascensor.

—¿Vas a casa de Ross? —preguntó.

—Ese era el plan.

—Mira qué bien. —Sonrió ampliamente—. Yo también.

Durante todo el trayecto en metro estuvo ocupado intentando quitar una pegatina de la barra donde se agarraba, así que no hablamos mucho. Al menos, hasta que estuvimos subiendo en el ascensor del edificio.

—¿Puedo preguntarte algo? —Lo miré.

—Sorpréndeme.

—¿Dónde vives exactamente?

—Soy un alma libre. —Sonrió—. Duermo donde puedo.

—¿Y no tienes... casa?

—No. ¿Para qué?

—Para sentirte seguro —murmuré, perpleja—. Por si te quedas en la calle.

Él esperó a que abriera la puerta. Sue estaba en el sillón mirando una revista. Me saludó solo a mí mientras nos sentábamos en el sofá.

—Ya he dormido en la calle muchas veces —murmuró, sacando papel y haciéndose un cigarrillo distraídamente—. Tampoco es para tanto. Y, si no puedo dormir en casa de alguna chica, siempre tengo a Ross o a mis padres.

Ojalá yo pudiera estar así de relajada ante la vida.

—¿Qué haces? —le preguntó Sue de pronto.

Mike sonrió, pero yo no entendí nada.

—¿Qué pasa? —dije.

—Mira lo que está haciendo —me dijo ella, señalando el cigarrillo que seguía en proceso de formación.

—Bueno, aquí casi todo el mundo fuma y no...

—No es tabaco, idiota. —Sue puso los ojos en blanco.

Parpadeé y miré a Mike, que había terminado y me ofrecía su obra maestra en la palma de la mano.

—¿No me has dicho que tenías una semana mala? —preguntó—. Esto la arreglará.

—¿Esto es... un estupefaciente? —pregunté con voz estridente, sin atreverme a tocarlo.

—¿Un qué?

—Droga —aclaró Sue.

—¡Ah! Pues sí.

—¡Aleja eso de mí! —exigí.

—No es una droga tan fuerte. Es solo marihuana.

—¡¿Solo marihuana?! —repetí, incrédula—. No, no... Yo no... eh... mejor, guárdatelo. ¿No es ilegal? ¿Podríamos ir a la cárcel por esto?

—No es para tanto —protestó Sue, adelantándose y agarrándolo ella misma—. Nos lo fumaremos entre los tres.

—¿Os habéis vuelto locos? —pregunté con voz chillona.

—Relájate un poco —me dijo Mike—. ¿Nunca haces nada que esté un poco mal?

Me quedé mirándolo un momento.

Durante toda mi adolescencia, esa frase había sido la que más había usado mi hermana conmigo. Preguntarme si nunca haría nada que estuviera medianamente mal, o que, al menos, me hiciera salir de mi zona de confort. Cuando ella dejó de preguntármelo, empezó a hacerlo Monty.

Y no tenían razón. Yo... podía ser muy loca cuando quería.

Era... eh... muy temeraria.

Claro que sí, querida.

¡Lo eres!

—Dame eso —musité, enfadada, agarrando el porro.

Mike y Sue empezaron a aplaudir cuando le quité el encendedor y, tras dudar un segundo, encendí el porro, dándole una calada larga. El sabor era extraño y me ardió un poco la garganta con el humo. Fue un poco raro. Estuve a punto de toser como una loca, pero intenté contenerme para hacerme la dura.

Iba a dárselo a Sue, pero me hicieron darle dos caladas más, divertidos.

Diez minutos más tarde ellos se reían a carcajadas, mirándome.

—Nunca creí que haría esto en casa de mi hermano —murmuró Mike con una risita.

—Ross se va a cabrear. —Sue también se reía como una niña pequeña.

Ellos dos estaban en el sofá mientras que yo me había mudado a un sillón. Estaba mirando el techo con los pies colgando del reposabrazos. No me sentía ni bien ni mal. Solo... seguía ahí, existiendo. Sin más.

—¿Qué tal, principiante? —me preguntó Mike.

—Bie... Uy...

Mi voz sonó rara. No sé por qué, pero me hizo gracia. Intenté evitar reírme y parpadeé. De pronto, me sentí muy relajada, casi mareada. Traté de centrarme en mirar un punto fijo del techo y lo hice tan bien que por un momento me olvidé del resto del mundo, dejando la mente completamente en blanco.

—¿Holaaaaaa...? —escuché una risita de Mike que parecía tener su propio eco en la habitación.

Solté una risita parecida al volver a la realidad y dejé colgar la cabeza fuera del sillón para mirarlos.

—Estáis... sentados en el techo —murmuré, confusa.

Ellos dos empezaron a reírse a carcajadas de mí mientras seguían fumando. Me lo pasaron de nuevo y, tras otra calada, se lo devolví.

—¿Y por qué estamos... eh...? —Se me olvidó por un momento de lo que estaba hablando—. ¿Fumando?

—Porque sí —me dijo Mike, dejándose caer en el respaldo—. Se han hecho más pactos así que estando serenos.

—No sé yo si eso... —Me reí cuando vi a Sue tosiendo porque Mike le había echado el humo en la cara.

—¿Y qué te pasaba? —me preguntó Mike.

—¿Eh?

—Estabas un poco depre, ¿no? —dijo con voz arrastrada.

—Estaba... depre... ¿deprimida? —pregunté, confusa.

—Es que está celosa de la ex de Ross —dijo Sue, asintiendo con la cabeza.

—¡Oye! —Empecé a reírme, señalándola—. ¡Yo no estoy...!

No pude terminar porque ellos se estaban riendo de mí, y a mí me hizo gracia.

—Es que... —Suspiré, qué mareo y qué relajamiento a la vez—. Uf... Mi hermana cree que me estoy acordando de algo un poco jodido que me pasó hace... eh... mmm... ¿De qué hablábamos?

—De tu hermana y de tu pasado oscuro —me dijo Sue con una risita.

—Ay, sí —correspondí a su risita—. Es que hace unos meses me dio un... eh... ¿Cómo se dice eso? Cuando te alteras mucho y te quedas así.

Hice como que me quedaba muerta y ellos empezaron a reírse a carcajadas. Yo también me reí, y tuve que sujetarme al sillón para no caerme.

—Un ataque de algo —dijo Sue.

—¡Sí! —Sonreí—. ¡De ansiedad!

—¿Por qué?

Parpadeé un momento y luego empecé a reírme.

—Es que os vais a reír.

—Si ya nos estamos riendo. —Mike estaba llorando de la risa.

—Es que... parece una tontería —dije, riendo.

—Dilo ya, pesada. —Sue puso los ojos en blanco.

—Incluso fumada estás amargada —le dije, negando con la cabeza.

Nos miramos un momento antes de echarnos a reír a carcajadas. Yo me puse una mano en el estómago, que me dolía de tanto reír.

—Es que me enteré de que mi novio, Monty, y mi mejor amiga de la infancia, Nel, se habían estado acostando a mis espaldas durante los primeros dos meses de mi relación con él.

Cuando lo dije, vi que ellos vacilaban un momento al sonreír, pero yo no. De hecho, me seguí riendo a carcajadas. No me podía creer que eso me pareciera tan tontería cuando, unos meses antes, me había dado la sensación de que iba a morirme por ello.

Porque sí, realmente había tenido un ataque de ansiedad. El primero y único de mi vida. Recordaba la sensación de no ver nada, de no poder respirar, de que el mundo se detenía, de que me fallaban las piernas... Había sido horrible. Pero, por algún motivo, en ese momento no me afectó en absoluto pensar en ello.

Vale, definitivamente, era efecto de la droga.

—Vaya amiga —me dijo Sue, acomodándose mejor en el sofá.

—Y vaya... —Mike soltó un eructo y los tres nos reímos—. Y vaya novio.

—Sí. Vaya dos.

—Que les den —dije, sonriendo.

—¡Que les den! —Sue se puso de pie y se tambaleó—. Voy a por... eh... cerveza.

—¡Y que le den a tu hermano! —le dije a Mike.

—¡Que le den! —dijo—. Espera, ¿por qué?

—Porque sí. ¡Que le den!

—¡Que le den, entonces!

Él aceptó la cerveza de Sue. Agarré la mía e intenté abrirla al revés.

—¡Que la vas a derramar! —me dijo Sue, llorando de la risa.

—Uy... eh...

Justo en ese momento, escuché un ruido muy lejano que pareció el de la puerta. Conseguí abrir la cerveza mientras miraba hacia la entrada.

Ross entró con el ceño fruncido y se quedó mirándonos un momento, especialmente a mí. Y, no sé por qué, lo único que pude pensar era que estaba mucho más guapo de lo que normalmente solía estar.

Los tres intentamos disimular lo fumados que estábamos poniéndonos serios a la vez.

—¿Qué está pasando aquí? —preguntó, y clavó la mirada en su hermano.

—No sé... de... eh... qué... estás hablando —dijo Mike, intentando abrir la cerveza.

—¿Quién te crees que eres para entrar droga en mi casa? —le preguntó Ross secamente, quitándole la cerveza de la mano y dejándola en la mesita.

—¿Droga? —Mike se llevó la mano al corazón—. ¿Qué droga?

Sue y yo soltamos risitas divertidas.

—¿Te crees que no sé a qué huele la marihuana? —le soltó Ross.

—También es mi casa —protestó Sue—. Y la de Jenna.

—Eso, eso —murmuré.

Ross volvió a mirarme a mí. Por un momento, cerró los ojos. Después se giró hacia su hermano y bajó la voz.

—¿Has drogado a Jen?

Él dudó y Ross aprovechó para acercarse a mí. Le dediqué una sonrisita que no me devolvió. Parecía enfadado.

—Lo hemos hecho juntos —protestó Sue—. Somos el equipo de la droga.

Yo intenté beber la cerveza, pero no caí en que, si le daba la vuelta, me la derramaría encima. Efectivamente, conseguí que me cayera una buena cantidad por el cuello y en el jersey justo antes de caerme del sillón del susto y quedar estirada en el suelo.

Nosotros tres empezamos a reírnos a carcajadas mientras Ross agarraba mi cerveza y la dejaba junto a la otra. Yo me sujetaba el estómago y Sue se limpiaba las lágrimas de la risa de los ojos. Por no hablar de las carcajadas de Mike.

—Mierda, mira cómo te has puesto —me dijo Ross, tirando de mi brazo para dejarme sentada. Tuve que sujetarme de su hombro por el mareo, todavía riendo.

Me miré a mí misma y se me hizo todavía más gracioso ver mi jersey mostaza completamente manchado de cerveza.

—Y tú ya puedes dejar de reírte —le dijo secamente Ross a su hermano—. Cuando se te pase esta mierda, ya hablaremos.

—Vamos, no seas tan amargado —protesté, notando que intentaba ponerme de pie.

Al ver que no iba a ser tan fácil, me sujetó un brazo y se lo puso encima de los hombros antes de rodearme por la cintura. Sentí que me elevaba del suelo y me quedaba de pie, todavía riendo.

—Vamos, Ross —le dijo Sue—, tenemos algo guardado para ti. No seas tan aguafiestas.

Él le clavó una mirada que habría helado el infierno.

Mientras, yo solo podía sentir que volvía a tener su mano en mis costillas, como aquella vez. Me sujeté con más fuerza de sus hombros, aunque fue por un motivo muy distinto al mareo.

—Pues para mí. —Mike se lo quitó a Sue con una risita.

Ross decidió ignorarlos y no me soltó cuando se giró hacia mí, observando el desastre de mi jersey. Estaba tan cerca que no me había quedado otra que meter una pierna entre las suyas. Tampoco me suponía un problema. Y menos en ese estado.

—Oye, oye —le dije, chasqueando los dedos delante de su cara, divertida—. Que soy una chica con pareja, descarado. Tengo los ojos aquí arriba.

Los otros dos empezaron a reírse mientras Ross me miraba fijamente con la mandíbula apretada.

—Esto no es divertido, Jen —me dijo en voz baja.

—Un poquito, sí —dije, riendo y dándole un golpecito en la nariz con un dedo.

Sue y Mike lloraban de la risa. Ross parecía querer matarnos a los tres.

—Vamos, tienes que quitarte eso —me dijo, intentando tirar de mí hacia el pasillo.

—No quiero —protesté—. Estoy aquí con mis amigos.

—Yo también soy tu amigo, y te digo que tienes que cambiarte de ropa.

—Mi amigo —repetí, riendo.

Él me dedicó una mirada un poco agria.

—Vamos, Jen.

—No quiero, *amigo*.

—Jen... —advirtió.

—No quiero —repetí.

—¿Y lo harías si te lo pidiera tu *amigo* de la otra noche?

Parecía enfadado. Más que antes. Eso, por algún motivo, me hizo sonreír y ponerle ambas manos en los hombros. Noté que se tensaba un poco, pero no se movió.

—¿Estás celoso, Ross? —canturreé, divertida.

—No —me dijo demasiado rápido—. Lo que quiero es que te quites ese jersey manchado.

—Tú quieres verle las tetas —dijo Mike con una risita.

—Ross quiere verle las tetas a Jenna —empezó a canturrear Sue con voz aguda por la risa—. Ross quiere verle las tetas a Jenna.

—¡Ross quiere verle las tetas a Jenna! —empezó Mike también, cantando a la vez.

—Yo no... —empezó él enseguida.

—¡Ross quiere verle las tetas a Jenna! ¡Ross quiere verle las tetas a Jenna!

—¡Que no...!

—¡¡¡Ross quiere verle las tetas a Jenna!!!

—Se acabó. —Me miró, irritado—. Ven aquí.

Se agachó y parpadeé un poco confusa cuando me quedé mirando el suelo. Después lo entendí al darme cuenta de que me había colgado del hombro. Mike y Sue se estaban riendo de mí mientras Ross me llevaba por el pasillo hacia su habitación.

—Bájame de aquí, que tengo vértigo —protesté, golpeándole sin muchas ganas la espalda.

—Has perdido el derecho a quejarte cuando te has fumado esa basura.

—Mis derechos a quejarme siguen vigentes —dije, muy seria, mirando al suelo como si este me escuchara—. Este es un país libre, Ross, no intentes coartar mi libertad, porque...

Me dejó en el suelo, interrumpiéndome, y vi que ya estábamos en la habitación. Me sujeté a su brazo, medio mareada, así que no me soltó para que no me matara.

—He perdido el hilo de lo que decía —protesté.

—Qué pena —ironizó, enarcando una ceja.

—¿Sabes? Si hubieras venido antes, ahora estarías igual de contento que nosotros. —Lo señalé—. Y no tan... amargado. Pareces Sue.

—Intentaré ignorar eso.

—Oye, Ross —le dije—, deberías disfrutar un poco más de la vida, que tienes un montón de años por delante.

—¿Llevas algo debajo?

—A no ser que te atropelle un camión, en cuyo caso...

—¿Sí o no?

—Este jersey es barato, Ross. Si no me pongo algo debajo, pica.

Sonrió de medio lado y se separó un poco para agarrarme el borde del jersey.

—Levanta los brazos —me dijo.

—Sí, capitán. —Reí.

—Ríete si quieres, pero levántalos.

Levanté los brazos, divertida, y él me sacó el jersey por la cabeza. Fue una sensación extraña y agradable. Como casi todas las que me provocaba. Especialmente cuando me colocó el pelo después. Me quedé con mi camiseta interior de tirantes y me froté los brazos.

—Hace frío —me quejé.

—Me había dado cuenta, pero gracias por avisar.

—¿Por qué siempre eres taaaaan sarcástico? —protesté.

Me entró la risa tonta cuando miró mi jersey manchado.

—Mañana esto no te hará tanta gracia —murmuró.

Suspiró y dejó la prenda en el cesto de la ropa sucia antes de observarme. Yo estaba sonriendo, divertida. Intenté fingir que no me daba cuenta de que me repasaba con la mirada. Él carraspeó.

—Deberíamos...

—Yo me he quitado el jersey —le dije, clavándole un dedo en el pecho. Pareció confuso.

—¿Y?

—Y lo justo es que tú te quites algo también, ¿no?

Por un momento, me miró fijamente. Vi que algo brillaba en sus ojos, pero no dijo nada. Apretó los labios cuando me apoyé completamente en sus hombros con las manos.

—Igualdad de condiciones —dije con una sonrisita.

Por un momento, me dio la sensación de que el aire de la habitación se volvía más denso. Especialmente cuando me sujetó de la cintura. La camiseta fina que llevaba no me cubría toda la espalda; dejaba dos centímetros de piel expuesta. Y cuando noté que me rozaba directamente con los dedos, mi temperatura corporal de disparó hacia arriba.

Sin embargo, en ese instante él cerró los ojos.

—¿Cuánto has fumado, Jen? —me preguntó lentamente.

—Un poco demasiado —admití, acercándome algo más.

O, al menos, lo intenté, porque me detuvo con las manos todavía en mi cintura. Sacudió la cabeza.

—No hagas nada de lo que puedas arrepentirte mañana —me recomendó, separándome un poco.

—No estoy haciendo nada.

—Hace cinco minutos, estabas fumando marihuana con mi hermano.

Agaché un poco la cabeza, avergonzada. Lo escuché suspirar.

—¿Era tu primera vez?

Lo miré, extrañada.

—No, no soy virgen.

—N-no... ¿Qué?

—Bueno, técnicamente, no lo soy.

—¿Técnicamente? —preguntó, extrañado.

—Es una larga historia. ¿Cómo me puedes preguntar por mi primera vez en una situación así, Ross?

—¡Me refería a tu primera vez fumando!

—Ah, sí. Eso sí. —Sonreí ampliamente—. Por un momento, pensaba que te habías vuelto un pervertido.

Sonrió, sacudiendo la cabeza.

—Aunque a veces haces comentarios de pervertido, ¿eh? —Le puse un dedo en el pecho, acusándolo—. Como el de la toalla del otro día.

—Son de pervertido entrañable —protestó.

—No lo niego, pero son de pervertido.

Decidió cortar esa conversación, porque en menos de un segundo me había soltado y se había alejado dos pasos de mí, dejando una distancia prudente entre nosotros. Noté que el frío me envolvía y me abracé a mí misma.

—¿Qué quieres ponerte? —preguntó, señalando el armario—. Es tarde. Puedo sacarte el pijama.

—Mi pijama es horrible. —Puse los ojos en blanco.

—Podrías usar mi ropa, como siempre —me dijo, algo pensativo—. Aunque estos días no lo has hecho.

—Es que... es muy cómoda. —Ignoré la última parte.

Pero él no lo pasó por alto, claro.

—¿Y por qué has dejado de usarla? —preguntó.

Me acerqué a la cama y me senté en ella torpemente, ganando tiempo.

—Porque... —Sacudí la cabeza—. No importa.

—A mí sí me importa.

Lo miré de reojo.

—Bueno..., como estamos... enfadados..., pensé que no te gustaría que me pusiera tu ropa.

Vi que su ceño se iba frunciendo a medida que yo iba pronunciando cada palabra. Finalmente, negó con la cabeza.

—Yo no estoy enfadado contigo. No podría —me dijo—. Eres tú la que se porta de una forma extraña desde hace unos días.

—Porque yo sí estoy enfadada, Ross.

—¿Y se puede saber por qué?

Suspiré y me dejé caer completamente en la cama. No me apetecía hablar de eso. Quería tumbarme y relajarme. Con él, preferiblemente. Como el otro día a la hora de dormir. Me había gustado más de lo que jamás admitiría. Mucho más.

—¿Por qué he tardado tanto en descubrir la marihuana? —pregunté, cerrando los ojos.

—Porque es una droga y ni siquiera deberías haberla probado —me dijo secamente—. Ya hablaré con Mike.

—Mike es un buen chico —le dije, mirándolo—. No como tú.

Le había dicho muchas cosas para molestarlo juguetonamente, pero eso pareció hacerlo de verdad. Su mirada se transformó al instante; ahora era gélida. Me incorporé lentamente mientras él apretaba la mandíbula.

—¿Mike te parece un buen chico? —repitió.

—Vamos. —Él estaba de pie delante de mí. Le cogí de la mano—. No seas tan tremendista. Era broma.

No dijo nada, pero pareció calmarse. Apreté su mano. Yo la tenía fría y él caliente. Como casi siempre.

Ross miró nuestras manos un momento antes de centrarse en mí de nuevo.

—¿Por qué te cae tan mal? —le pregunté, curiosa—. Es decir..., no es que sea la mejor persona del mundo, pero... nunca te ha hablado mal del todo, ¿no?

Él no cambió de expresión, pero supe al instante que no quería hablar de eso. O quizá no quería contármelo, concretamente, a mí. Suspiré.

—Es complicado —dijo al final.

—Da igual. —Le solté la mano—. No es mi problema. Lo entiendo.

—No es eso —murmuró, frunciendo el ceño—. Pero... ya te lo contaré en otro momento. Cuando no estés fumada, por ejemplo.

No dijo nada mientras yo me pasaba una mano por la cara.

—Oye, Ross —dije, con la mano en los ojos, algo mareada.

—¿No estás bien? —Noté que se agachaba al instante delante de mí.

—¿Eh? —Parpadeé, quitándome la mano de la cara—. Sí. Estoy bien. Más relajada que nunca.

—¿Y qué pasa? —preguntó.

Estaba agachado delante de mí con las manos a ambos lados de mis piernas. Por un momento, tuve el impulso de hacer algo que no debía hacer. Opté por limitarme a mirarlo, jugando con mis dedos para mantenerlos ocupados.

Tenía los ojos clavados en mí y fue una de las primeras veces en que me atreví a hacer lo mismo. No había podido fijarme hasta ese momento, pero vi que tenía los ojos castaños salteados con pequeñas motas verdes, especialmente cerca del iris. Esbocé media sonrisa.

—¿Y bien...? —preguntó, enarcando una ceja.

—Tienes unos ojos muy bonitos.

Él se quedó muy quieto cuando alargué la mano y le tracé la línea de la mandíbula con un dedo. Me pinché un poquito los dedos con la barba de pocos días. Vi que tragaba saliva.

—Aunque me gusta más que te afeites —añadí, bromeando.

Vi que esbozaba una pequeña sonrisa divertida mientras yo arrugaba el gesto.

—Gracias por el consejo, supongo —dijo, divertido.

—Pero no quería decirte eso —murmuré.

Todavía estaba tocando su mandíbula. Le pasé el mismo dedo por la barbilla y tuve la grandiosa tentación de subir hacia sus labios, pero me contuve y recorrí su cuello hasta la clavícula. No supe interpretar muy bien la tensión que noté en sus hombros o el hecho de que estuviera conteniendo la respiración; la cabeza seguía dándome vueltas.

—¿Y qué querías decirme, entonces? —preguntó tras aclararse la garganta.

—¿Sabes qué...? —Dudé un momento, tratando de formular la pregunta—. ¿Alguna vez has soñado algo... que no deberías estar soñando?

Él dudó un momento.

—¿Has soñado que matabas a alguien?

—No exactamente —dije, pensativa.

—¿Entonces?

Estuve a punto de decírselo. A punto. Pero algo me paró.

El instinto de supervivencia.

—Tengo sueño —le dije, fingiendo que bostezaba.

Él no se lo creyó, pero sonrió de todas formas al ver mi intento de mentira.

—Vamos. —Me apretó ligeramente una rodilla—. Te dejo sola para que puedas cambiarte.

Noté el calor de su mano en mi rodilla mucho después de que se marchara.

Me quedé mirando el techo un momento antes de empezar a ponerme la sudadera torpemente. Tardé tanto que se me había pasado gran parte del efecto del porro cuando terminé. Me miré a mí misma y tuve que sacarme la sudadera, me la había puesto al revés. Estaba intentando pasármela por la cabeza cuando la puerta se abrió de golpe.

Me tapé las tetas al instante, justo antes de recordar que todavía llevaba puesta una camiseta debajo.

Pero tampoco pasaba nada. Era Naya. Parecía preocupada.

—¿Mike te ha drogado? —Me sujetó la cara, mirándome fijamente—. No me lo creo. ¡Mírate los ojos, completamente rojos! ¡Voy a matarlo!

—No ha sido contra mi voluntad. —Fruncí el ceño.

Seguía teniendo la sudadera enroscada en el cuello. Conseguí acabar de ponérmela y miré a Naya.

—Tú y yo tenemos que hablar —me dijo seriamente. Muy seriamente para ser ella.

—¿Ahora? Tengo hambre.

—Y yo tengo ganas de hablar.

Se sentó en la cama y dio unos golpecitos a su lado, mirándome fijamente. Solté un largo suspiro y me senté con ella.

—¿Vas a tardar mucho? —El estómago me rugía, o eso me pareció—. Es que tengo...

—Hambre, sí, lo sé —finalizó por mí—. ¿Sabes qué? Vamos a por algo de comer o no me escucharás.

Sonreí ampliamente mientras me guiaba por el pasillo. Los chicos, Mike y Sue estaban en el salón. Se quedaron mirándome cuando abrí el armario de la cocina y me hice con la tableta de chocolate de Ross con toda confianza. A él no pareció importarle demasiado.

—Yo también tengo hambre —murmuró Mike, callándose al instante, al ver que todo el mundo lo miraba con mala cara—. Pero me aguanto. Mejor. Debería ponerme a dieta. Así empiezo hoy.

Naya se sentó con Will mientras yo me dejaba caer junto al dueño de la ropa que llevaba puesta, que pareció divertido cuando me tumbé con la cabeza en su regazo.

—Te recuerdo que no querías que comprara ese chocolate —dijo, señalando la tableta con la cabeza.

—Y yo te recuerdo a ti que, si no te hubiera obligado a acompañarme, ahora no tendrías este chocolate —murmuré con la boca llena—. Estamos en paz.

Mike se puso de pie en ese momento, mirando su móvil y tambaleándose.

—Tengo que irme —dijo, sonriendo y mirándonos a Sue y a mí—. Llamadme cuando queráis. Siempre estoy disponible para una buena sesión de risas, ¿eh?

Las dos nos despedimos de él con un asentimiento de cabeza muy solemne. En cuanto desapareció, noté que todas las miradas se clavaban lentamente en mí, menos la de Sue, que me había quitado parte del chocolate.

—¿Qué? —pregunté con la boca llena.

—¿Nos vas a explicar ya a qué ha venido lo de esta semana? —preguntó Naya, cruzándose de brazos.

—¿El qué? —Me hice la tonta, partiendo otro trocito de chocolate.

—Sabes el qué —dijo ella.

—No la mareéis —me defendió Sue.

—Eso, no me mareéis.

—¿Puedo preguntar en qué momento habéis pasado de odiaros a haceros amigas? —preguntó Ross, confuso.

Ella y yo nos miramos.

—Cuando coincidimos en que nos caías mal —le dijo Sue, antes de que las dos soltáramos una risita bastante infantil.

—Habíais tardado mucho en atacarme. —Ross puso los ojos en blanco.

—Toma, el chocolate de la paz —le ofrecí.

—Es *mi* chocolate —recalcó.

—¿Y qué?

—Que me estás ofreciendo *mi* chocolate para hacer las paces.

Sonreí como un angelito.

—¿Y lo aceptas?

Tras mirarme por unos momentos, suspiró y puso una mano encima de la mía para sujetar la tableta mientras la partía por la mitad con la otra. Me quedé mirando cómo se comía su parte, medio idiotizada.

—Lo preguntaba en serio. —Naya interrumpió mi espectáculo privado.

La miré perezosamente.

—No sé de qué me hablas.

—Yo creo que lo sabes, Jenna.

Miré a Will en busca de ayuda. Sorprendentemente, él lo entendió a la primera. Se quitó las piernas de su novia de encima y se puso de pie.

—Voy a fumar —me dijo—. No te vendría mal un poco de aire frío para despejarte, ¿quieres venir?

Me puse de pie rápidamente, dejándole el chocolate a Sue. Me alegró ver que Ross estaba tan ocupado intentando quitárselo que no se ofreció a venir. Naya me miró como si quisiera golpearme, pero tampoco nos siguió.

En cuanto estuve en la azotea con Will, él se encendió un cigarrillo y me miró.

—Bueno —me dijo, metiéndose la otra mano en el bolsillo de la chaqueta—, ¿has venido conmigo por las vistas o para contármelo?

—No sé —murmuré.

Curiosamente, había tenido razón. El aire frío estaba haciendo que se me pasara el mareo.

—¿Vas a ir a la fiesta el sábado? —preguntó cuando vio que me quedaba un rato en silencio.

—¿Qué fiesta?

—La de bienvenida de Lana. Te invitó ella misma.

—Ah, esa fiesta. —Me encogí de hombros—. No lo creo.

Él me miró un momento y esbozó una pequeña sonrisa. Le puse mala cara.

—¿Qué? —pregunté, a la defensiva.

—Es que me parece curioso que su presencia te resulte tan incómoda —dijo él.

—Su presencia no me resulta incómoda.

—¿Entonces?

—Es que me cae como el culo.

Igual seguía estando un poquito demasiado sincera.

Sin embargo, Will no pareció alarmarse demasiado. De hecho, se puso a reír a carcajadas, negando con la cabeza.

—¿Por eso has estado así estos días?

—¿Qué? —Solté una risita nerviosa—. ¿Yo? Pero si me he comportado como siempre.

Él hizo como si no se hubiera dado cuenta de la mentira gigantesca que le acababa de soltar.

—Pues todo el mundo la adora —dijo, mirándome detenidamente—. Ross entre ellos.

—Sí, lo sé. Es la típica señorita perfecta. Notas perfectas, pelo perfecto, sonrisa perfecta, igual que... —me corté a mí misma y lo miré—. Lo siento. Es tu amiga.

—No es mi amiga —me aseguró enseguida.

Lo miré, sorprendida.

—¿No lo es?

—¿Lana? No. Nunca me ha gustado demasiado. Pero Ross y Naya le tienen aprecio, así que intento ser amable con ella.

¿Sería también eso lo que pensaba de mí? Esperaba que no.

—¿Por qué no te cae bien? —le pregunté, al final.

—Para empezar, nuestras personalidades no son muy compatibles —comentó—. Necesita demasiada atención, y a mí eso no me gusta.

—Sí que la necesita —masculle con mala cara.

—Además, después de lo que le hizo a Ross, prefiero no acercarme a ella.

Dudé un momento antes de preguntar. Seguro que no me lo diría.

—¿Qué... le hizo? —pregunté con voz inocente.

Me analizó durante unos segundos antes de suspirar.

—¿No te lo ha contado él?

—No le he preguntado —recalqué—. Más que nada, porque apenas hemos hablado.

—Supongo que, si yo no te lo digo, se lo preguntarás a Naya.

—Correcto. —Sonreí.

—Y Naya te lo dirá a la primera.

—Más correcto todavía.

—Bueno... —Lo pensó un momento—. En realidad, es algo que sabe todo el campus. Lo raro es que tú no te hayas enterado todavía.

—¿Qué pasó? —repetí, muerta de curiosidad.

Quizá una parte de mí se había emocionado por tener una buena razón que justificara odiarla. Algo que la hiciera menos perfecta.

—Ella y Ross fueron amigos bastante tiempo, pero solo salieron durante unos cuantos meses. Se conocieron en el instituto porque siempre íbamos los cuatro juntos. Al final, supongo que empezaron a salir para no sentirse desplazados cuando nos veían a Naya y a mí.

Hizo una pausa, pensativo.

—La cosa es que, aunque no se los veía muy enamorados a ninguno..., especialmente a Ross..., siguieron juntos. El principal problema era que Lana siempre ha sido muy de... mmm... viajar mucho. No le gusta estar en un mismo sitio durante mucho tiempo. Sus padres tienen dinero y ganas de presumir de que su hija va al extranjero, así que se pasaba semanas sin ver a Ross y sin llamarlo.

—¿Y él no la llamaba? —pregunté, sorprendida.

—Oh, sí. Algunas veces. Al principio. Por compromiso, no porque se quisieran con locura. Te lo aseguro. Luego dejó de hacerlo. Más que nada porque él también tenía sus cosas, como los cortos, sus estudios..., bueno, todo eso. Así que llegaron al punto de estar un mes entero sin verse ni llamarse. Y lo curioso era que Ross no parecía echarla de menos. En absoluto.

No pude evitar hacer una mueca. Incluso yo me había quejado de Monty por no hablarme en una semana, pero... ¿un mes? ¿Y sin echarse de menos?

—Fue entonces cuando Lana se dio cuenta de que lo estaba perdiendo. O eso creo. Lana es de esas personas que quieren que las persigas, y en el momento en que dejas de hacerlo..., bueno, se obsesionan contigo, así que decidió volver y pedir perdón a Ross. Él aceptó sus disculpas, claro. Es Ross. No diría que no a nadie.

—Déjame adivinar. —Lo miré—. No terminó bien.

—Claro que no. —Sacudió la cabeza—. Todos sabíamos cómo es Lana. Durante sus años de instituto ya se había ido muchas veces al extranjero. Ahí, encontraba un novio, pasaba unas semanas con él y luego volvía. Pero esa vez ya tenía un novio esperándola en casa.

—¿Y no hizo nada? —pregunté.

—No lo sé a ciencia cierta. Quizá no. ¿Quién sabe? Nunca se lo he preguntado. —Suspiró—. Pero sí que hablaba con varios chicos con los que sé que nunca llegó a nada serio.

—¿Y Ross no le dijo nada al respecto? —No pude evitar poner cara de horror.

—No. Él no es así. —Will suspiró—. Nunca ha sido de esas personas que te amenazan con dejarte. Simplemente, le dijo que, si quería estar con uno de ellos, se lo contara. Y, si quería seguir saliendo con él, dejara de hablar con ellos.

—No me puedo creer que no le dijera nada más —murmuré.

Cuando yo me había enterado de lo de Nel y Monty, me había dado un ataque de ansiedad. No era lo mismo, pero...

Pero tú eres más sensible.

—La cosa es que Ross no se lo dijo directamente..., pero ya se había acostumbrado a vivir sin ella. Incluso se compró este piso sin decirle nada. Y, durante el mes en que Lana lo había ignorado, se centró en sus estudios y en ganar algo de dinero. Por supuesto, cuando ella se enteró de la existencia de este piso, intentó venir a vivir con nosotros. Ross le dijo que no. Ni siquiera dormía aquí. Era el principio del fin. Si ya había sido poco cariñoso con ella hasta ese momento..., la cosa se enfrió todavía más.

Eso era un poco distinto a lo que me había contado Mike, pero decidí pasarlo por alto.

—Y a Lana no le gustó, ¿no?

—Para nada. Empezó a actuar como una niña. No dejaba de llamar a Ross, de enviarle mensajes, de sospechar que estaba con otras..., y todo porque él no le hacía caso. Ross comenzó a cansarse de ella..., y eso que tiene paciencia. Muchísima. Pero ya no sentía nada por Lana. Si es que alguna vez lo había sentido, que lo dudo mucho. Fue entonces cuando le dijo que solo quería ser su amigo. Nada más.

Hizo una pausa y yo fruncí el ceño.

—Tuvo que coincidir con el momento en que Lana entró en la fraternidad del campus. Donde sigue estando hoy en día. Siguió intentando volver con Ross por todos los medios posibles y, al final, él tuvo que ser bastante desagradable para que se diera cuenta de que eso no iba a pasar. Así que Lana decidió hacer algo que le doliera para vengarse. Que le doliera de verdad.

—¿Qué hizo? —pregunté cuando vi que se quedaba en silencio.

Él me miró.

—Se acostó con Mike.

Hubo un momento de silencio en el que me quedé mirándolo, estupefacta.

—¿Q-qué? ¿Con su... hermano?

—Sí. Fue un golpe bajo, y con los antecedentes...

—¿Qué antecedentes?

—Ross solo ha tenido dos novias en toda su vida. De hecho, Lana le llamó la atención porque se llamaba casi igual que la primera. Esa..., la primera..., le dejó por Mike. Se quedó muy tocado. No por la chica, sino por su hermano. A partir de ahí, la relación entre ellos se enfrió. Así que imagínate cómo le sentó ver que Lana le hacía exactamente lo mismo.

—P-pero... Ross... es su hermano, ¿cómo...?

—Mike no es como Ross —me aseguró—. Vive para molestar a los demás. Y siempre se ha sentido inferior a él ante sus padres. Toda su vida lo han tratado como el «sin talento» de la familia. Para él, quitarle la novia a su hermano es como un logro personal. ¿No has notado que es muy cariñoso contigo cuando Ross anda cerca?

Al instante entendí perfectamente la actitud de Mike y por qué Ross le hablaba siempre tan mal y le decía que me dejara en paz. Aunque no fuéramos pareja, era un tema personal. Si me veía cerca de Ross, asumía que era una competencia. Apreté los labios.

—Pobre Ross —murmuré, agachando la cabeza.

—Lo sé —dijo él.

—¿Y cómo puede seguir hablando con Lana y con Mike? —Seguía sin entenderlo—. Después de lo que pasó...

—No es rencoroso.

—Aunque no lo sea —dije, incrédula—. ¿Cómo puede actuar como si no hubiera pasado nada y dejar que vengan a su casa?

Cuando lo dije en voz alta, me di cuenta del pequeño detalle de que era exactamente lo que había hecho yo con Nel y Monty.

Will se encogió de hombros.

—Ya te lo he dicho, es demasiado bueno para su propio bien.

—Pero... —Seguía sin poder entenderlo. No me cabía en la cabeza—. ¿Cómo pudieron dejar a Ross por Mike?

—No lo sé.

—Si Ross es perfecto.

Will me miró, entre sorprendido y divertido. Me puse roja al instante.

—Para otra —aclaré enseguida.

—Claro. —Asintió con la cabeza, burlón—. Creo que él también te ve perfecta... para otro.

Hubo un momento de silencio en el que yo intenté que el calor desapareciera de mis mejillas. Will seguía sonriendo, pero se detuvo para mirarme de reojo.

—¿A quién te recuerda Lana? —preguntó, curioso.

—¿Eh? —Volví a la realidad.

—Antes, cuando la definías, has insinuado que era como alguien. Pero no has dicho quién.

Bueno, él me había contado todo eso. Ahora no podía negarme a contarle lo mío.

—Me recuerda... a una amiga mía. A Nel.

—¿Te recuerda a una amiga tuya y la odias? —Pareció confuso.

—Es complicado —le aseguré—. Nel es mi mejor amiga desde hace mucho tiempo. Somos como hermanas..., pero ella siempre ha sido la mejor en todo. La más alta, guapa, lista, atlética, buena con los chicos... Yo siempre la he querido mucho, pero a su lado me siento tan inferior...

Will me miraba atentamente, escuchando. Me aclaré la garganta.

—Cuando empecé a salir con Monty, ella fue de las personas que más apoyaron la relación —le expliqué—. Monty era el chico de mis sueños desde hacía muchos años. Salir con él era como un..., bueno, como un sueño hecho realidad. Durante los dos primeros meses me sentía la chica más afortunada del mundo. Hasta que...

Respiré hondo. Era difícil decirlo en voz alta estando serena. Seguía recordando la presión en el pecho, las manos temblorosas, el sudor frío... Intenté centrarme.

—Hasta que me enteré de que él y Nel habían estado acostándose a mis espaldas durante esos dos meses —murmuré.

Will dudó un momento antes de ponerme una mano en el hombro.

—Cuando me enteré, fue como una bofetada de realidad. Confiaba tanto en ellos... Hubiera apostado mi vida por cualquiera de los dos. Cuando descubrí su traición, sufrí un ataque de ansiedad.

—¿En serio? —preguntó, sorprendido.

—Sí, sé que suena exagerado, pero... —Torcí el gesto.

—Cada persona reacciona de forma distinta, Jenna. Eso no te convierte en una exagerada.

—Pero... —Suspiré—. No fue por el hecho de que hubieran estado acostándose, ¿sabes? Sino por... No lo sé, confiaba en ellos. Confiaba tanto... y, por primera vez en mi vida, me había sentido especial. ¿Sabes lo que es criarte con cuatro hermanos mayores? Siempre eres la última en todo. Monty fue la primera persona que me eligió porque sí. Porque era yo. No por mis hermanos. No por Nel. Por mí. Y Nel... hubiera podido tener a cualquier otro chico. A cualquiera. Pero eligió a Monty.

Will no dijo nada mientras yo hacía una pausa para tragar saliva y quitarme el nudo en la garganta.

—¿Y los perdonaste? —me preguntó al final.

—Sentí que, si no lo hacía, me quedaría sola —murmuré—. Era mi única amiga y el único chico que se había interesado por mí. El único.

—Hubiera habido otros —me aseguró, frunciendo el ceño—. ¿Cuántos años tenías? ¿Diecisiete?

—Sí, pero... yo no lo vi así en ese momento. —Me encogí de hombros—. Así que... sí, los perdoné..., y ellos dos apenas han hablado desde entonces. No hemos vuelto a quedar los tres. Por mí. Creo que..., bueno, que Monty vio las consecuencias de lo que hizo, y quizá eso haga que no vuelva a caer en el mismo error.

Will me miró como si pensara lo contrario.

—Y ahora lo vuelvo a notar raro —dije—. Desde que me fui. Apenas me llama, solo nos mandamos mensajes. Y, si nos llamamos, solemos terminar gritándonos. Por no hablar de Nel. El día en que me fui lloraba y parecía triste. Pero... cada vez que la llamo, me ignora.

Hice una pausa. Había empezado a hablar muy rápido.

—No quiero pensar que ha vuelto a pasar, pero... —Tragué saliva y sacudí la cabeza, quitándome esa idea de la cabeza—. Y, encima, ha aparecido Lana, que me recuerda tanto a Nel... No puedo evitarlo. Me siento horrible. Sé que he pagado todas mis frustraciones con Ross, con Naya y contigo. Lo siento mucho. No os lo merecíais.

Will me miraba en silencio, como si estuviera analizando todo lo que le había dicho. Era bueno escuchando.

—La verdad es que yo nunca he tenido que lidiar con una infidelidad, y menos relacionada con mi mejor amigo —dijo—. Pero no puedo imaginarme cómo me sentiría si me enterara de que Naya y Ross...

Hizo una pausa y arrugó la nariz al mismo tiempo que yo también lo hacía.

—Naya y Ross —repetí—. Son casi como hermanos. Sería como... incesto. Uf.

—Sí, yo tampoco me lo imagino.

Los dos teníamos la misma cara de asco. No. Definitivamente, eso no pasaría.

—Volviendo a lo de antes —me dijo—, quizá deberías intentar disculparte con ellos. Con Naya y con Ross. Están bastante confusos. No saben qué te pasa.

—No lo sé ni yo —murmuré.

—Podrías hacerlo el sábado en la fiesta de Lana.

Lo miré un momento, pensativa.

—Quizá tengas razón.

—Como siempre —bromeó.

—Está bien —sonreí—. Iré a esa fiesta con vosotros.

9

La fiesta de Lana

—¿Te falta mucho? —preguntó Sue, aporreando la puerta del cuarto de baño.

—¡Un momento! —grité como pude mientras me repasaba el pintalabios rojo.

Me miré un instante cuando terminé. Llevaba un vestido negro corto que había sido, en su momento, un regalo de Monty. Era bastante sorprendente que me hubiera regalado algo así teniendo en cuenta su forma de ser. De hecho, me había mandado un mensaje preguntándome qué iba a hacer esa noche y yo le había dicho que me quedaría en la cama. No quería tener que mandarle una foto arreglada para la fiesta y que me obligara a quitarme el vestido.

Lo recorrí con las manos y le quité unas arruguitas pequeñas de la parte de abajo. También llevaba puestas mis medias favoritas, las negras oscuras, y mis botas con un poco de tacón. Yo con tacones era un peligro. Ese era el límite de lo que podía llevar sin matarme.

Y el maquillaje... Bueno, me había cambiado el pintalabios tres veces, cada vez más insegura. El que llevaba ahora no terminaba de convencerme, pero dudaba que pudiera cambiármelo sin que Sue viniera a matarme por tardar demasiado. Me solté el pelo y respiré hondo.

Ya estaba lista.

Hice una mueca, insegura.

¿Por qué me sentía tan horrible? Si tampoco me quedaba tan mal...

Me miré a mí misma y tragué saliva antes de lanzar el pintalabios al bolso. Teníamos que irnos. No podía seguir así.

—¿Te falta...?

Abrí la puerta de golpe y me quedé mirándola. Sue no se había arreglado mucho. Iba como siempre, solo que con el pelo recogido. Había dicho que era por si vomitaba. Era bastante previsora.

—Lista. —Sonreí, señalándome.

—¿Tanto tiempo para esto? —protestó.

—Oye, ¿no voy bien?

—Pues no. —Puso los ojos en blanco.

Menos mal que tenía a Sue para subirme el ánimo cuando me sentía mal conmigo misma.

La seguí hacia el salón, colgándome el bolso del hombro. Will y Ross estaban en el sofá, cada uno más aburrido que el otro.

—¿Para qué meterle prisa? —preguntó Ross sin mirarnos—. Si Naya va a hacer que lleguemos tarde igual.

—Porque cuando Naya ve que la esperamos, se da más prisa. —Sonrió Will, poniéndose de pie—. Joder, Jenna, estás genial.

—Igualmente. —Le di una palmadita en el brazo—. A Naya se le caerá la baba.

Will me sonrió como si supiera algo que yo no, pero no dijo nada. Especialmente porque Sue carraspeó de forma exagerada, cruzándose de brazos.

—Gracias por decírmelo a mí también.

—Pensé que no te gustaría que te hablara —dijo Will, confuso—. Por lo general, no suele gustarte que la gente te dirija la palabra.

—Es cierto —le concedió ella, antes de girarse hacia Ross—. ¿Se puede saber a qué esperas?

Él se había quedado sentado. Y me estaba mirando fijamente el vestido. Cuando Sue le habló, parpadeó, carraspeó, y se puso de pie a toda velocidad. Me fijé en que evitaba mi mirada y fruncí un poco el ceño, confusa.

—¿Estás bien? —le preguntó Will en tono burlón.

Por la mirada que le dedicó Ross, me dio la sensación de que estaba molesto con él, pero no le dijo nada. Simplemente, pasó por mi lado y agarró las llaves, dando por zanjada la conversación.

Fue el primero en meterse en el ascensor y yo me quedé a su lado. De forma instintiva, miré en su dirección y contuve la respiración cuando vi que me estaba echando una ojeada. Una bien grande. De arriba abajo.

—Vamos a emborracharnos —dijo Will, distrayéndonos.

Menos mal, no se había dado cuenta de que lo había pillado.

—Vamos a que todo el mundo se emborrache, menos yo, que tengo que conducir —corrigió Ross, levantando las llaves.

—La fiesta se te hará larga —le dije.

Él me miró un momento y volvió a carraspear.

—Lo dudo mucho.

Pasó por mi lado otra vez sin mirarme y subió a su coche. Me senté a su lado mientras Will llamaba a Naya, diciéndole que ya íbamos a buscarla. Aun así, cuando llegamos a la residencia, tuvo que subir a su habitación de todos modos. Nos quedamos los tres escuchando la música en silencio hasta que, al cabo de un rato, Sue suspiró.

—Se acabó —masculló—. Ya han pasado más de cinco minutos. Como los pille follando, pienso matarlos.

Salió del coche hecha una furia y escuché un gritito de Chris diciéndole que no podía pasar antes de que la puerta volviera a cerrarse.

Y ahí empezó el silencio tenso. Pero de otra clase de tensión.

De esa que prefería no asumir que tenía con Ross.

Últimamente, habíamos tenido muchos de esos silencios. Eran raros. Como si alguien quisiera decir algo, pero no llegara a hacerlo. Yo misma sentía que tenía algo que decir, pero no sabía muy bien el qué, así que normalmente me limitaba a mirarme los zapatos. Y él a mirarme a mí.

Justo como estábamos haciendo en ese momento.

Repiqueteé los dedos en mis rodillas cuando noté que Ross las estaba mirando. Ni siquiera estaba segura de cómo lo sabía, pero era verdad. Cuando me giré para comprobarlo, lo confirmé al instante. Le dediqué una pequeña sonrisa, él me miró los labios y yo volví a girarme al instante, con las mejillas ardiendo en llamas. Él carraspeó, yo me acaricié el cuello, nerviosa, y noté sus ojos clavados en mi mano. Por un momento, me imaginé que esa mano era la suya. Como la que había puesto en mis costillas. Me pregunté si esa noche volveríamos a dormir así, y el rubor de mi cara descendió por mi cuello.

¿Era cosa mía o hacía mucho calor ahí dentro?

—¿Tienes la... la calefacción puesta? —pregunté con un hilo de voz.

Por un momento, pareció confuso.

—No. ¿Tienes frío? ¿Quieres que la ponga?

—No —le dije demasiado rotundamente.

Así que el problema era yo. Cerré los ojos e intenté calmarme. ¿Qué me pasaba?

—¿Quieres mi chaqueta? —se ofreció.

¿Ponerme en ese momento algo que oliera a él? ¿Que rozara mi piel algo que acababa de rozar la suya? El calor fue todavía peor y tuve que sumarle que se me acelerara el pulso. Negué con la cabeza sin mirarlo, pero podía sentir sus ojos clavados en mi perfil.

Al final, no pude contenerme y también le eché una ojeada. Lo cierto era que él también estaba muy guapo. Llevaba una chaqueta de cuero que nunca le había visto puesta y que le sentaba genial. Y su pelo estaba todavía más alborotado que de costumbre, pero de alguna forma se veía mejor así. Más él.

Mi mirada se encontró con la suya cuando le repasaba la cara y me sorprendió la calidez que encontré en ella. De hecho, me dejó en silencio unos segundos antes de ser capaz de decir algo.

—Parece que tardan —dije al final.

Él esbozó media sonrisa y asintió con la cabeza.

—Eso parece.

Tragué saliva y volví a mirar la puerta de la residencia, que seguía sin abrirse. Intenté pensar en cualquier cosa que decir. Pero todas estaban relacionadas con temas que harían la situación todavía más incómoda, si es que eso era posible.

Justo entonces Ross decidió romper el silencio por mí.

—Nunca te había visto con un vestido.

Por fin. Un tema neutral. Me giré, visiblemente más relajada.

—Bueno…, el invierno no es la mejor época del año para llevar vestidos. —Sonreí, nerviosa sin saber muy bien por qué—. A no ser que tengas una fiesta, claro.

—Ya podrían invitarnos a más fiestas —bromeó.

Me quedé mirándolo un momento y, por primera vez, me pregunté hasta qué punto esas bromas eran…, bueno, bromas. Porque yo estaba nerviosa. Muy nerviosa. Y sabía por qué. Pero él no parecía nervioso. Sin embargo, no había despegado los ojos de mí desde que habíamos salido de casa.

Ese pensamiento hizo que se me retorciera el estómago por los nervios.

—Nunca lo había usado —murmuré, intentando distraerme a mí misma—. Es un regalo de Mo… mamá. Yo nunca te había visto con una chaqueta de cuero.

—La usaba mucho cuando iba al instituto. —Me sonrió ampliamente—. Intentaba parecer un chico malo.

—El clásico chico malo, ¿eh? —Sonreí.

—Sí. Muy clásico. Pero nunca pasa de moda.

—¿Y lo eras?

—¿El qué? —preguntó, confuso.

—Un chico malo.

Lo pensó un momento, esbozando una sonrisa traviesa.

—No quiero que te lleves una mala impresión de mí —dijo al final.

—Me has dejado entrar en tu casa y en tu cama siendo prácticamente una desconocida. —Enarqué una ceja—. No tengo una gran impresión de ti.

—Cuánta ingratitud.

—Vamos, cuéntame lo del instituto. —Apoyé la cabeza en el asiento, mirándolo—. ¿Hablabas mal a los profesores? ¿Salías con muchas chicas? ¿Te metías en problemas? ¿En peleas?

—No hablaba mal a los profesores. —Sonrió como un angelito.

—Así que eras un chico malo que salía con muchas chicas, se metía en problemas y también en peleas —enumeré, divertida—. No te pega nada.

Eso sí que pareció sorprenderlo de verdad.

—¿Por qué no?

—No lo sé. Pareces tan…

Me corté a mí misma cuando me di cuenta de la palabra que había estado a punto de usar. Ese «perfecto» había estado a un segundo de escaparse de mis labios, pero me había detenido justo a tiempo. Menos mal.

—¿Tan qué? —preguntó, curioso.

—Tan... tranquilo.

—¿Tranquilo? —Empezó a reírse.

—¿No lo eras?

—Si les preguntaras a mis padres cómo era en el instituto, dudo que «tranquilo» fuera su respuesta, la verdad.

—¿Cuál fue tu peor castigo? —pregunté, acercándome un poco más.

—¿El peor? —Tuvo que pensarlo un momento—. No tuvo nada que ver con el instituto, pero mi padre se cabreó bastante cuando le estrellé el coche contra un muro de piedra y lo destrocé.

—¿Qué? —Abrí los ojos de par en par—. ¿Te hiciste daño?

—No estaba dentro —me aclaró enseguida—. Acababa de cumplir los dieciséis y quería impresionar a mis amigos, así que le robé a mi padre el coche nuevo, que era carísimo, los fui a buscar y subimos a una pequeña colina. Estábamos fuera del coche cuando de repente vimos que empezaba a bajar a toda velocidad por la pendiente; no pude hacer mucho para evitar el desastre.

—¿Se te había olvidado poner el freno de mano? —pregunté, riendo.

—Sí. Y mi padre..., bueno, se volvió loco. Me mandó a un campamento militar durante todo el verano.

—¿Un campamento militar? ¿Aún existe eso?

—Te aseguro que existe. —Puso los ojos en blanco—. Un grupo de pequeños delincuentes con profesores sociópatas que los obligan a correr como idiotas a pleno sol. Eso sí, al final del verano tenía abdominales.

—Y yo que pensé que mis padres se habían pasado de la raya cuando me quitaron el móvil durante un mes...

—¿Qué hiciste? —me preguntó, estirando el brazo para subir el tirante de mi vestido que se había descolocado.

Eso me dejó completamente pasmada por un momento, justo antes de poder recuperarme y darme cuenta de que había vuelto a hablar más de la cuenta.

—No..., no fue nada muy importante... eh...

—Oh, vamos, ¿qué hiciste?

—¿No tardan mucho en venir...?

—¿Qué hiciste? —insistió, divertido—. Yo te he contado lo mío. Igualdad de condiciones, ¿recuerdas?

—Es que, al lado de lo que tú hiciste, lo mío parece una tontería...

—¿Y por qué te has puesto roja, pequeño saltamontes?

Al mencionarlo, me puse aún más roja y, por consiguiente, su sonrisa fue aún más ancha.

—Necesito saber qué hiciste —dijo. Le brillaban los ojos por la curiosidad.

—Solo te lo diré si me prometes que nunca, nunca, nunca, jamás se lo contarás a nadie. —Lo señalé con un dedo acusador.

—Lo juro. —Se llevó una mano al corazón.

—Y que no gastarás bromas con el tema.

—Eso no puedes quitármelo. Sin bromas no sería yo.

—Bueno —se lo concedí—. Pero no te rías.

No dijo nada. Y ya supe que iba a reírse.

—Yo... —Respiré hondo—. No me puedo creer que esté diciendo esto en voz alta.

—Esto pinta muy bien. —Sonrió, divertido.

—Tenía unos... quince años. —Intenté no mirarlo. Era demasiado vergonzoso—. Había un chico que me gustaba. Era mayor. Creo que él tenía diecisiete. Y era guapísimo.

—Me siento celoso.

—La cosa es —lo miré— que quería hacerme la mayor con él para resultarle... interesante de alguna forma. Y a Nel, mi mejor amiga... eh..., se le ocurrió que... mmm... como yo no lo había hecho nunca con nadie y me daba miedo perder la virginidad... mmm..., podía intentar un método alternativo.

Él dejó de sonreír un momento, levantando las cejas.

—¿Un método alternativo? —preguntó, confuso—. Dime que no le hiciste una guarrada rara.

—¡No!

—Vaya... —Casi pareció decepcionado—. Entonces, ¿qué le hiciste a ese guapísimo chico de diecisiete años?

—Yo... eh... —Respiré hondo—. Él me mandó una foto de su...

Si el rubor de mi cara ya era grande, ahora era peor todavía, porque le señalé... ejem... eso..., y él esbozó una sonrisa divertida.

—¿Qué? —preguntó, riendo—. ¿De su pajarito?

—Sí... —murmuré.

Su sonrisa desapareció poco a poco hasta transformarse en un ceño fruncido.

—Un momento..., dime que no le enviaste una foto tuya y él la mandó a alguien más.

—¡No! —le aseguré enseguida, y luego bajé la voz—. Spencer me pilló antes de que pudiera enviarle nada.

Él no supo qué decir. Yo casi esperaba una risotada, pero se limitó a entreabrir los labios, sorprendido.

—¿Spencer? ¿Tu hermano mayor?

—Sí. Ese Spencer. El único que conozco.

—¿Y te pilló...? —Su expresión volvió a la diversión pura, pero seguía perplejo—. ¿Sin ropa?

—Más o menos. Sin sujetador —recalqué, abochornada—. Me quitó el móvil y empezamos a gritar mientras yo me ponía una camiseta a toda velocidad. Mi madre nos oyó, y Spencer se lo contó todo, el muy traidor. Me quitaron el móvil durante un mes. Y cuando mis hermanos, los gemelos, se enteraron..., bueno, iban a la misma clase que el pobre chico. Creo que le dejaron bastante claro que no volviera a acercarse a mí. Y no lo hizo, claro.

Tras unos instantes de silencio, empezó a reírse.

—No me lo puedo creer.

—Mi primer fracaso sentimental —murmuré.

—Ahora mi anécdota del campamento es una mierda.

—¿Me estás comparando un mensaje con un verano entero en un campamento?

—Tu historia te tiene a ti sin sujetador. Eso suma puntos.

—¡No suma...!

—Es una victoria aplastante.

Le puse mala cara cuando vi su sonrisa.

—Has prometido que no se lo contarás a nadie, Ross —le recordé.

—Lo sé. —Seguía sonriendo.

Le puse un dedo en el pecho, muy seria.

—Como Naya me haga una sola broma con esto, sabré que has sido tú, porque eres el único de aquí que lo sabe y voy a...

—¡Que no lo contaré! —Me agarró de la muñeca, divertido—. Pero eso no quita que no vaya a meterme contigo usando esta historia durante lo que me quede de vida.

—¡No es divertido! ¡Mis tetas estuvieron a punto de convertirse en un objeto público! ¡Las habría visto todo mi instituto!

—Lástima no haber ido a tu instituto.

—¡Ross!

—Seguro que te hubieran salido muchos más pretendientes.

—¡No quería más pretendientes! —protesté—. Ya tuve uno después de eso. Y fue el peor.

Intenté liberar mi mano, pero él no la soltó, sonriendo cuando vio que me enfadaba un poco.

—¿Mason? —preguntó, divertido.

—Se llama Monty. Y no es el peor —protesté, intentando recuperar mi mano otra vez sin éxito.

—Vale, Marty no es el peor. ¿Quién fue, entonces?

—¡Monty! —repetí—. Fue un chico que conocí después de lo que te acabo de contar. A los dieciséis. Me di mi primer beso con él y fue... bastante asqueroso. Parecía un caracol, con tantas babas... ¡No te rías! Pero lo peor no eran los besos, sino que un día intentó meterme mano y empecé a reírme como una histérica.

—¿Por qué? —preguntó, confuso, reteniendo mi mano otra vez cuando traté de soltarme de nuevo.

—Porque tengo cosquillas por... casi todo el cuerpo —murmuré—. Cuando intentó desabrocharme el sujetador, me rozó las costillas y..., bueno, me puse a reír y no se lo tomó muy bien.

—Pobre chico. Seguro que se traumatizó.

—¡Yo no tengo la culpa de tener cosquillas!

—Esa pobre alma no habrá sido capaz de quitar un sujetador jamás después de lo que le hiciste, Jen.

—¡Aunque no hubiera tenido cosquillas, no le habría dejado que me lo quitara!

—Entonces, ¿todavía las tienes?

—¿Eh?

—Cosquillas —me dijo lentamente.

Empecé a entrar en pánico.

—Sí, p-pero no... —Cuando vi que se acercaba, intenté desesperadamente que me soltara la mano para huir. Me retorcí cuando me clavó un dedo en las costillas—. ¡Para, Ross! ¡¡¡Para!!!

Empezamos a forcejear. Yo estaba entre la risa y el horror de intentar escapar de él en el reducido espacio del coche mientras que Ross parecía estar pasándoselo, simplemente, en grande.

—¡Para o te doy un puñetazo! —le grité.

No me hizo mucho caso.

Conseguí retenerle una muñeca con las dos manos, pero seguía teniendo la otra mano desocupada. Cuando intentó pasarla entre mis defensas, no se me ocurrió otra cosa que subir las piernas al asiento, pegando la espalda a la puerta mientras me reía e intentaba quitármelo de encima como podía. Él me agarró las piernas y se las puso encima mientras conseguía soltarse la otra mano y seguir torturándome.

—¡Para, por favor! —dije, ya jadeando.

Se detuvo por fin, todavía sonriendo divertido.

—Pues es verdad que tienes cosquillas.

—¡No me digas, idiota!

—No hace falta insultarme, querida Jen. Solo lo estaba comprobando.

Seguía teniendo una mano en mi estómago y otra en mis rodillas. Cuando noté que empezaba a mover un poco la primera con una sonrisita, se la sujeté al instante con ambas manos.

—Ross —le supliqué con los ojos.

—Vale, vale.

—Pensé que podía confiar en ti. Me has dicho que no te reirías de mí.

—Técnicamente, no lo he hecho. Eras tú quien se reía.

Mientras hablaba, yo desconecté completamente porque me di cuenta de que la mano que tenía en mis rodillas estaba acariciándome el borde del vestido, justo en la mitad de mi muslo. Se me erizó la piel al instante y él captó mi atención, porque se detuvo. Parecía no haberse dado cuenta de lo que estaba haciendo.

Aun así, sentí que el silencio volvía a envolvernos, pero esta vez de una forma distinta. Más que nada, porque yo seguía prácticamente tumbada sobre él. Se giró hacia mí y hubo un momento de silencio cuando nos sostuvimos las miradas. Casi me había olvidado ya de que el resto del mundo existía cuando se apartó de mí de un respingo.

No entendí muy bien qué había pasado —ni por qué estaba tan decepcionada—, hasta que me giré y vi que los demás acababan de sentarse atrás y estaban mirándonos fijamente.

Quité mis piernas de encima de él enseguida y me senté correctamente en mi asiento. Me aclaré la garganta y reajusté mi falda, roja de vergüenza.

—¿Interrumpimos algo? —preguntó Naya con una sonrisita traviesa.

—No —dije enseguida.

Vi que Ross me sonreía mientras empezaba a arrancar el coche, y le di un manotazo en el brazo que no le hizo ni parpadear.

—¿Por qué habéis tardado tanto? —pregunté, intentando cambiar de tema.

—No sabía qué ponerse —me dijo Sue, señalando a Naya con la cabeza.

—Me gusta ir mona —replicó ella, levantando la barbilla—. No me gustaba el vestido de antes.

—¿Y este sí? —preguntó Ross.

Naya se asomó entre los dos asientos de delante y lo miró.

—¿Quieres que le cuente a Jenna lo que pasó con Terry en nuestro tercer año de instituto, Ross?

Él puso mala cara.

—Eso es jugar sucio.

—¿Qué pasó? —pregunté, mirándolos.

—Nada —dijo Ross enseguida.

—Que... —Naya se detuvo—. No. Mejor me reservo esa carta para más adelante. Y mi vestido es precioso, ¿vale?

—Tú eres preciosa —le dijo Will, sonriendo.

Naya le agarró el mentón con una mano y se empezaron a besuquear. Sue hizo como si fuera a vomitar.

Llegamos a la fraternidad de Lana poco después sin que ninguno dijera nada más, y yo me asomé por la ventanilla con una mueca.

—¿Eso es una fraternidad? —pregunté, incrédula.

—Sí. —Ross asintió con la cabeza.

—¡Yo pensaba que era un museo!

Era enorme. Casi tan grande como el mininstituto de mi pueblo. Tenía, incluso, aparcamiento privado. Me quedé con la boca abierta cuando Ross dejó el coche y nos guio hacia la entrada. No había gente fuera. Solo coches vacíos. No era como las otras fiestas a las que había asistido, en las que los invitados se emborrachaban fuera con la música del coche a todo volumen.

Entramos en el edificio y subimos unas escaleras de mármol después de pasar por un vestíbulo totalmente vacío. Fue entonces cuando empecé a escuchar el ruido de la música. Ross cruzó un pasillo con gente bebiendo y riendo, y se metió directamente por una puerta que conducía a lo que parecía una maldita sala de actos enorme. Y llena de gente. Dado que el ruido no se oía fuera, supuse que estaría insonorizada.

Miré a mi alrededor y vi que había una barra con camarero. Todo muy profesional. Quizá me hubiera molestado menos el hecho de estar tan impresionada si la fiesta no fuera en honor a Lana.

Mientras íbamos a la barra, Will y Ross saludaron a unas cuantas personas. Después de todo, ellos ya habían ido un año a la universidad. Sue había ido dos, pero no era el tipo de persona con muchos conocidos a los que saludar.

Ya con la cerveza en la mano, volví a mirar a mi alrededor, respirando hondo. Me sentía como si todo el mundo fuera a saber que yo no pertenecía a ese mundo, que mi ropa era barata y que no conocía a nadie. Pero no me miraron demasiado.

¿Por qué me sentía tan insegura?

—¿Estás buscando a alguien para mandarle fotos de tus tetas? —preguntó Ross, divertido.

—¿Estás buscando a Terry? —Lo miré con mala cara.

—No sabes qué pasó, así que no tienes derecho a usarlo en mi contra.

—¿Qué pasó?

—Nunca lo sabrás. —Sonrió.

—¡Venga ya, Ross!

—¡Cariño! —El grito de Lana nos interrumpió.

¿Cariño? ¿Ya empezábamos? ¿Tan pronto?

Él sonrió un poco al verla. Tuve que apartarme cuando ella se lanzó —literalmente— sobre Ross y lo abrazó con fuerza. Los demás habían desaparecido, así que miré mi cerveza con incomodidad mientras ellos se apretujaban.

Fue Ross quien se apartó primero, algo incómodo.

—Me alegra ver que has venido —le dijo Lana, sonriendo—. ¡Te has puesto mi chaqueta favorita! ¡La que te regalé!

—Sí. —Él se miró a sí mismo—. Ha sido casualidad, pero...

—¡Ya sabes cómo me encantaba en el instituto!

De pronto, empecé a odiar las chaquetas de cuero.

—¡Jenna! —Ahora dirigió su atención hacia mí con una amplia sonrisa, y me dio un abrazo más corto—. ¡Por un momento, pensé que no vendrías!

—Soy imprevisible —mascullé.

Me había propuesto a mí misma ser simpática con ella. Si quería vivir con Ross, la vería muy a menudo. Y nunca me había dado una sola muestra de malicia. No se merecía que la odiara tanto.

Aun así, era difícil no hacerlo.

—Ya lo veo —me dijo, divertida—. Si queréis beber algo más, recordad que hay barra libre. Pedid lo que queráis. ¡Yo invito!

—Vives en una fraternidad enorme —comenté, intentando ser amable.

—Cuando llevas un tiempo viviendo aquí, se te hace pequeño —me dijo, riendo—. Arriba hay más cosas. Tenemos biblioteca, una sala común, una cocina extra, una sala de juegos..., y en el último piso están las habitaciones y todo lo demás.

Y lo decía como si fuera lo más normal del mundo.

Maldita pobreza.

—Lástima que hoy no pueda subir nadie —dijo ella, encogiéndose de hombros—. Están casi todas las puertas cerradas con llave. Creo que las terrazas no, pero bueno..., ya sabes. Normas de la casa para que la gente no suba borracha a romper las cosas.

—La gente borracha hace muchas tonterías. —Sonreí.

Ella me devolvió la sonrisa antes de mirar a Ross.

—¡Hay un montón de gente del instituto por aquí! —dijo, entusiasmada—. ¡Les he dicho que vendrías y se mueren de ganas de vernos juntos!

«¿Vernos juntos?»

No. Tenía que parar. Amabilidad.

Amabilidad.

Amab... ¿Por qué tenía que abrazarse a él de esa forma?

—Pero... —Ross se giró hacia mí, dubitativo.

—Yo he visto a unos de mi clase, creo que iré a saludarlos —dije enseguida—. Ya nos veremos después.

No era cierto, claro, pero no quería que se sintiera mal. Lana sonrió, entusiasmada, y lo arrastró con ella entre la gente.

Y... ¡sorpresa! Me había quedado sola.

Di una vuelta por la sala en la que estábamos. Ya llevaba media cerveza cuando conseguí llegar al otro lado y asomarme a la ventana. Había una escalera que conducía a un jardín gigante con una piscina. A pesar del frío, había gente nadando. Supuse que sería climatizada, aunque en el exterior no tenía mucho sentido.

Cosas de gente con dinero. Tú no lo entiendes.

Estaba a punto de ir en busca de alguien que conociera cuando noté una mano en el hombro. Eran Naya y Will.

—Voy a por algo de beber —nos dijo él, mirándome significativamente.

Me acordaba. Me había comprometido a disculparme con Naya. Ella me miraba con una sonrisa.

—¿A que la fraternidad es genial? —me tuvo que gritar por encima de la música.

—¡Es más grande que mi antiguo instituto!

Las dos nos echamos a reír.

—Oye, Naya. —Hice una mueca—. Tengo que decirte algo.

—¿Qué pasa?

—Quería disculparme por... Bueno..., esta semana he estado un poco rara contigo y con los demás.

—Oh, eso. —Negó con la cabeza—. Está olvidado, Jenna.

—No. A veces, pago mis enfados con la gente, y no es justo. No te lo merecías.

—Tenías razones para enfadarte —me aseguró—. Yo también me habría sentido apartada si hubiera aparecido alguien como Lana. Debimos intentar involucrarte más en lo que hacíamos.

—Y yo debí intentar integrarme más.

—¿En paz? —preguntó, ofreciéndome su mano.

Sonreí.

—En paz.

—Y te sigo debiendo una por la noche del puñetazo —me recordó.

—No me debes nada por eso, Naya.

—Un poco sí... Si no hubierais venido tú y Ross, seguiría sin tener el collar.

La observé un momento, dudando entre si preguntar o no.

—Esa chica que te lo quitó..., ¿por qué te había invitado?

—Oh, es... una larga historia.

—Tengo tiempo. —Me encogí de hombros.

Naya sonrió un poco, mirando su cerveza, antes de volver a centrarse en mí.

—Cuando iba al instituto, yo..., bueno, ya te lo dije, éramos Will, Ross, Lana y yo. Siempre íbamos juntos. Y..., bueno..., tengo que admitir que ser amiga de Lana era algo complicado. No es fácil tener siempre a tu lado a alguien tan perfecto, ¿sabes? E-es decir..., no es que no me guste estar con ella, pero...

—Te entiendo —le aseguré, a lo que ella me sonrió.

—Sí, lo sé. Pues eso, que a veces era difícil ser su amiga. Era como estar en su sombra. Y un día quise hacerme la lista e ir con otro grupo de chicas que..., bueno, digamos que eran más populares que nosotras. Entre ellas, estaba la que me invitó a la fiesta. De hecho, ella fue la que se aprovechó de la situación. Me dijeron que, si quería ser su amiga, tenía que hacerles los recados, sujetarles los libros, hacerles los deberes..., cosas así.

—Eso es horrible —murmuré, sorprendida.

—Sí, pero yo lo permitía. Hasta que, un día, esa chica lanzó comida a la basura y me dijo que tenía que cogerla y comérmela si quería seguir formando parte de su grupo. Obviamente, le dije que no. A partir de ahí, la relación cambió por completo. Empezaron a meterse conmigo. El tema principal de las burlas solía ser el divorcio de mis padres.

—¿Volviste con Will, Ross y Lana? —pregunté al ver que no seguía.

—Algo así. Will siempre me defendía. Tanto a mí como a Chris, que era mayor, pero también se burlaban de él, la verdad. Ross solía defendernos a ambos. Lana, en cambio..., bueno, ella siempre ha sido más de pensar tanto en sí misma que se olvida de que los demás existimos.

Las dos nos giramos hacia la aludida, que estaba colgada del brazo de Ross mientras ambos hablaban con un grupo de gente. Naya suspiró.

—A la chica del cumpleaños la cambiaron de instituto antes de acabarlo, así que no volví a saber de ella hasta que me llegó la invitación. Cuando fui a su fiesta..., admito que pensé que querría disculparse, pero no. Simplemente, volvió a ser todo como en el instituto. Y te juro que me sentí como si volviera a tener quince años y me obligaran a hacer cosas estúpidas solo para burlarse.

Hizo una pausa, y yo le di un ligero apretón en el brazo. Naya me dedicó una pequeña sonrisa de agradecimiento.

—Lo único bueno que saqué de todo eso fue que cambié algunas asignaturas para no cruzarme con ella ni sus amigas y empecé una sobre psicología. Recuerdo que el primer tema fue sobre niños con familias disfuncionales. Sé que suena a tontería, pero yo, al tener a mis padres recién divorciados, me interesé bastante por el tema. De hecho, me interesé tanto que empecé una carrera relacionada con ello. Si todo va como lo planeo, en el futuro me dedicaré a ayudar a esas familias todo lo que pueda.

Esbocé una pequeña sonrisa orgullosa al mirarla, y ella parpadeó varias veces.

—No me mires así cuando he bebido o me harás llorar —me advirtió.

—Es que me siento orgullosa de ti.

—Oh, cállate y dame un abrazo.

Sonreí ampliamente y se lo di con ganas. Ella lo mantuvo unos segundos antes de separarse y darme una palmada en el culo.

—Ahora que ya te he contado una historia trágica de mi triste vida, ¡vamos a emborracharnos hasta que salga el sol! ¡Uuuuuuuh!

Efectivamente, bebí con ella, pero no tanto como para emborracharme. No me gustaba hacerlo. Con dos cervezas ya estaba lo bastante contenta como para ir con ella a la pista de baile improvisada y darlo todo como si fuera idiota. La suerte fue que había tanta gente haciendo lo mismo que nadie me prestó atención. Al final, me lo pasé genial con Naya, que parecía haberse olvidado por completo de la triste historia que me había contado. Además, me presentó a algunas amigas de su clase que me cayeron genial.

En resumen, fue una noche perfecta. Al menos, hasta que me empecé a acalorar.

Había tanta gente ahí junta que el calor era insoportable. Dejé a Naya bailando con Will, y me aparté del grupo de gente en dirección a las ventanas abiertas. Tomé dos respiraciones profundas, dejando que el aire me diera en la cara y en el escote del vestido.

—¿Tienes calor? —me preguntó Lana, que se había acercado a mí sin que me diera cuenta.

—Llevo casi dos horas ahí metida. —Sonreí, señalando la multitud—. Eso hace que cualquiera se maree.

—Yo intento no meterme nunca. Soy tan baja que siempre me llevo algún codazo o pisotón porque no me ven.

Dudaba mucho que alguien pudiera no verla. Llamaba demasiado la atención.

—¿Te está gustando la fiesta? —me preguntó.

—Oh, sí, es genial.

—Sí, la verdad es que lo es.

—Debes sentirte genial pensando que todo esto es por ti.

—Bueno, técnicamente, no es por mí. Solo buscan una excusa para beber. No conozco ni a la mitad de los que me han saludado.

Las dos sonreímos. Quizá, después de todo, podíamos ser amigas.

—¿Has perdido a Ross? —pregunté, mirándola.

—Oh, estará fumando con Will, supongo. —Puso los ojos en blanco—. Siempre va a su aire, ¿verdad?

—Bueno... —No supe muy bien qué decirle—. A mí siempre me ha parecido muy atento.

—Oh, lo es. —Asintió con la cabeza, suspirando.

Hubo un momento de silencio. Me miré las botas, incómoda. Ella no lo parecía. De hecho, me sonrió de nuevo.

—Cuando volví, me daba un poco miedo conocerte —confesó finalmente.

Parpadeé, sorprendida.

—¿Miedo? ¿De mí?

—Naya me dijo que Ross había metido a una chica en su casa y que se llevaba genial con todos. Especialmente con él. Me daba un poco de miedo no caerte bien.

—A mí me cae bien todo el mundo —mentí.

Me sentía la peor persona del mundo por haberla juzgado tan mal.

—Sí, bueno..., siendo completamente honesta..., también me daba miedo todo lo relacionado con Ross.

—¿Con Ross? —pregunté, un poco más nerviosa.

—Me daba un poco de miedo encontrar a una chica guapísima durmiendo con él. —Sonrió amablemente—. Pero... tranquila. El miedo ha desaparecido.

Dudé un momento. No estaba muy segura de lo que había dicho. O de si era un insulto o no. Más que nada porque su tono de voz no había cambiado en absoluto.

—¿Eh? —pregunté al final, como una idiota.

—La verdad es que no sé qué haces aquí —replicó—. Te invité por educación. Pero no esperaba que fueras a presentarte así, como si fueras mi amiga o algo parecido.

Estaba tan sorprendida que no supe qué decirle.

Incluso su tono de voz había cambiado a uno más grave. Era tenebroso porque su cara seguía siendo de simpatía absoluta.

—Bueno, supongo que no importa. —Se encogió de hombros—. Ahora ya estás aquí, ¿no? No hay nada que hacer.

Tomó un sorbo de su copa con una sonrisa angelical.

—¿A qué viene esto? —pregunté—. Hasta ahora, has sido muy simpática conmigo, ¿por qué...?

—Oh, claro que lo he sido. —Puso los ojos en blanco, perdiendo la fachada de simpatía por un breve momento—. No sé qué le has hecho a Ross, pero está que babea contigo. Si te hubiera tratado mal, ni siquiera me habría dejado entrar en su casa. Pero como ha visto que sigo siendo su angelito de siempre...

Continuaba sin entender nada. O, si lo entendía, estaba demasiado sorprendida como para procesarlo.

—Pero —me miró de arriba abajo—, como ya te he dicho, cuando te conocí perdí todo mi miedo.

Hubo un momento de silencio.

—Y pensar que hace un instante me arrepentía de haber pensado mal de ti —murmuré, negando con la cabeza.

—Piensa lo que quieras de mí, pero en cuanto a mi novio...

—No es tu novio —recalqué, airada—. Lo dejaste bastante claro al acostarte con su hermano.

Se quedó mirándome un momento con los labios apretados antes de volver a sonreír.

—Mira, no quería ser cruel —se acercó a mí, sonriendo como un angelito—, pero... vamos, sé coherente. Mírame y mírate. Yo que tú me iría antes de seguir humillándote a ti misma. No sabes nada de Ross. Te lo aseguro. Absolutamente nada.

Me quedé mirándola un momento. Eso había dolido. Me recordó a Nel. Noté un nudo en la garganta e intenté dar un paso atrás, pero choqué con alguien que me abrazó por los hombros. Lo reconocí solo por el olor, sin tener que girarme.

—Mira a quién he encontrado —me dijo Ross, asomándose por encima de mi hombro—. ¿De qué habláis?

Ni siquiera sus labios rozándome la oreja hicieron que me centrara otra vez.

Lana me miró un momento antes de sonreírle.

—Le decía a Jenna lo bien que le queda el vestido.

—Nunca me cansaré de mirarlo —aseguró él, sonriéndome.

Pero yo estaba ocupada mirando fijamente a Lana. No me lo podía creer, ¿cómo podía ser tan falsa? Apreté los labios mientras ella me sonreía.

No la soportaba. No podía estar con ella.

Me quité los brazos de Ross de alrededor. Él me miró, sorprendido.

—Tengo que irme —le dije—. Pero no te preocupes, llamaré a un taxi.

Vi que se giraba hacia Lana un momento antes de apresurarse a seguirme. Hice lo posible por ignorarlo mientras abría una puerta cualquiera y llegaba al pasillo principal. Como el edificio era enorme, no sabía ni por dónde ir. Me giré hacia la izquierda y recorrí el pasillo hasta que Ross me alcanzó.

—¿Qué haces? —me preguntó, caminando de espaldas para mirarme.

—Irme —murmuré, enfadada y con ganas de llorar—. No sé ni qué hago aquí.

—Pero... ¿no te lo estabas pasando bien con Naya? Jen, para.

—No.

—Detente solo un momento. —Me detuvo por los hombros—. Te he visto antes y parecía... parecía que te lo pasabas bien.

—Me lo estaba pasando bien —mascullé—. Con Naya.

Él frunció el ceño.

—¿Qué te ha dicho? —me preguntó, al final, con los labios apretados.

—¿Naya?

—No. Lana.

—No sé a qué te...

—Sabes perfectamente a lo que me refiero. ¿Qué te ha dicho? ¿O qué te ha hecho?

Me aparté de él y seguí caminando por el pasillo. No quería hablar con Ross. Me frustraba mucho que estuviera tan ciego.

—¿Por dónde demonios se sale de aquí?

—Dudo que encuentres la salida sin mi ayuda. —Se cruzó de brazos.

—¿Cómo se sale, Ross?

—Dime qué te ha hecho para que te enfades así y te ayudaré.

Puse los ojos en blanco y seguí caminando. Él me siguió sin decir nada. Abrí una puerta cualquiera y me ilusioné al ver el exterior, pero mi ilusión se evaporó al comprobar que era una terraza tan grande como vacía, con tumbonas blancas.

Me acerqué a una, cansada, y dejé el bolso en ella antes de sentarme. Ross se quedó de pie delante de mí después de cerrar la puerta.

—No quiero sabotear lo vuestro —le dije, negando con la cabeza.

—No hay nada *nuestro*.

—¿Y se lo has dicho a ella?

Ross suspiró.

—¿Qué te ha dicho? —repitió, mirándome.

—¿Por qué me habéis ofrecido venir si sabéis cómo es? —pregunté en voz baja—. ¿Es que os divierte o algo así?

—¿Qué? —Se agachó y me puso las manos en las rodillas, negando con la cabeza—. No, claro que no. No digas eso.

—¿No sabes cómo es una chica que conoces desde el instituto y con la que saliste? —ironicé.

Genial. Estaba llorando. Qué patética. Me limpié una lágrima con rabia. Siempre me había dado muchísima vergüenza llorar en público. Llorar delante de Ross era todavía más humillante. Y lo peor era que sabía que, en el fondo, no era por Ross o por Lana —o lo era, pero en menor parte—, sino por Nel. Me recordaba a ella. Y a Monty. Y a todo lo relacionado con ellos. ¿Por qué siempre tenía que ser la segunda opción de todo el mundo?

—Pensé que..., no lo sé. —Me devolvió a la realidad—. Que podíais llevaros bien. Que había cambiado. Lo parecía.

—¿Crees que quiere llevarse bien conmigo? —le pregunté, incrédula—. Ross, siente que le he quitado su vida. Y yo también estoy empezando a sentirme así.

—Jen...

—Soy su sustituta barata.

—No eres la sustituta de nadie.

—Claro que lo soy. —Fruncí el ceño, limpiándome otra lágrima. Tenía que parar de llorar—. La echabais de menos, por eso me aceptasteis tan rápido.

—¿Eso te ha dicho? —Frunció el ceño al instante.

—No necesito que nadie me lo diga para verlo. No soy idiota.

—Sé perfectamente que no lo eres.

—Entonces, ¿es eso? —Si decía que sí, iba a llorar de verdad—. ¿La echabas de menos? ¿Por eso me invitaste a tu casa?

Él hizo una pausa y me miró casi con decepción.

—No.

Deseé poder creérmelo, pero era incapaz de hacerlo.

—No es cierto.

—No te estoy mintiendo.

—Ross...

—No te estoy mintiendo —insistió, frunciendo el ceño—. Nunca te he mentido, Jen.

Aparté la mirada y él volvió a girar mi cara en su dirección con una mano en mi barbilla.

—¿De verdad crees que podría echar de menos a alguien que se acostó con mi hermano para llamar mi atención?

Me quedé en blanco. Una parte de mí no esperaba que Ross me sacara jamás ese tema. Y menos de esa forma tan directa.

—No hace falta que disimules, me imaginaba que ya lo sabrías. Todo el mundo que nos conoce lo sabe. —Negó con la cabeza—. No me gusta Lana. Nunca me ha gustado. En el instituto era una buena chica y podía llegar a pasarlo bien con ella, pero... salir con ella ha sido uno de mis mayores errores. Lo hice porque sí. Ni siquiera me importó cuando me enteré de lo de Mike.

—¿Cómo no te va a importar? Es tu hermano... y tu ex.

—Me refiero a que no me puse celoso. Claro que me importó porque... sí, es mi hermano, aunque no era la primera vez que hacía algo así. Pero con Lana... fue distinto. No sufrí por ella, ni tampoco deseé haber hecho las cosas de otra forma. No sentí que hubiera perdido nada que quisiera recuperar.

Agaché un momento la cabeza, pensativa, y miré sus manos, de nuevo en mis rodillas.

—Si le dijeras eso, quizá su ego bajaría un poco —intenté bromear.

Él hizo una pausa.

—No escuches a Lana.

—Es difícil no hacerlo si me habla como lo ha hecho.

—No lo es.

—Sí lo es, Ross.

—Entonces escúchame a mí.

Me mordí el labio inferior, pensativa. Ni siquiera tenía derecho a reclamarle nada. Solo era mi amigo. Y, sin embargo, me lo estaba contando todo como si fuera una novia celosa. No me gustó que eso me hiciera sentir, de alguna extraña forma, mejor.

Cerré los ojos antes de mirarlo de soslayo.

—Ella sigue sintiendo algo por ti. Es evidente.

—Lana nunca ha sentido nada por mí. —Negó con la cabeza—. Solo está acostumbrada a que todo el mundo haga lo que ella quiere.

Esbocé una pequeña sonrisa que hizo desaparecer los últimos rastros de lágrimas.

—A ti no te gusta mucho eso de obedecer órdenes.

—Pues no. —Me dedicó una media sonrisa—. Aunque las tuyas las obedecería.

—¿En serio? —pregunté, divertida.

—Totalmente —bromeó.

—¿Y si te digo que me regales tu coche?

—Dependiendo de lo que me ofrezcas a cambio, no podré negarme.

Le di un ligero empujón en el hombro y él sonrió, aunque yo dejé de hacerlo cuando me acordé del tema de conversación que nos había traído a esa terraza y torcí el gesto.

—¿De verdad Lana puede llegar a ser tan mezquina solo por eso? ¿Por salirse con la suya?

En realidad, sabía muy bien la respuesta. Me recordaba tanto a Nel..., a su peor versión.

Ross vaciló un momento, frunciendo un poco el ceño.

—Ella..., bueno..., ella es así.

—¿Y cómo pudiste salir con alguien... así?

—No lo sé. Fue casi... obligatorio. Por Naya. Me insistió tanto en que Lana sentía algo por mí que terminé intentando convencerme a mí mismo de que yo también sentía algo por ella. Pero no era así. No llegó a haber amor entre nosotros. Solo una amistad... un poco rara. Por eso no me gusta mucho lo de tener pareja.

—¿No... no te gusta?

—No demasiado. Aunque igual podrías hacer que cambiara de opinión, pequeño saltamontes.

—¿Para que vuelvas a salir con chicas? —Enarqué una ceja, bromeando—. No quiero que la atención que me dedicas se la des a otra.

—Tranquila, siempre serás la primera.

—Eso dímelo cuando conozcas a alguien que te guste.

Después de echarme una ojeada extraña, sonrió y negó con la cabeza.

—No he vuelto a salir con nadie desde que lo dejé con Lana.

—¿En serio? —No pude evitar el tono de estupefacción.

—¿Por qué te sorprende tanto?

—No lo sé..., mírate.

Enarcó una ceja con la diversión bailándole en los ojos.

—¿Qué insinúas? ¿Que soy guapo?

—¿Eh? —Noté que se me enrojecían las mejillas—. Y-yo... ¡no! ¡En absoluto!

—Ya lo creo. ¿Soy un buen partido? ¿Es eso?

—Eres simpático —lo corregí.

—Simpático —repitió, riendo.

—¡No te burles!

—Acabas de destrozarme.

—¡Ser simpático es algo bueno!

—Definitivamente, no lo es.

—Sí lo es. Yo te veo... simpático.

—No quiero ser solo simpático para ti, Jen.

Me quedé callada un momento, mirándolo, y volví a sentir lo mismo que había sentido en el coche. Tragué saliva e, impulsivamente, le aparté un mechón de pelo que se le había colado en la frente con el viento. Cuando volví a mirarlo a los ojos, vi que tenía la misma expresión cálida que me había dedicado siempre..., hasta que nos discutimos. No me había dado cuenta de lo mucho que la había echado de menos hasta ese momento.

Cuando aparté la mano de su frente, me dio la sensación de que su cabeza se inclinaba para mantener el contacto por unos instantes más.

—No lo ves, ¿verdad? —murmuró.

En realidad, sí que lo veía, pero me negaba a admitirlo.

—¿El qué?

—El porqué está tan enfadada contigo, Jen. El hecho de que yo la ignore no es la única razón. Ni siquiera es la principal.

—¿Y cuál es la principal? —pregunté—. ¿Le he roto un jarrón y no me he enterado? No sería la primera vez...

—No que yo sepa. —Sonrió, divertido.

—¿Entonces? —dije, mirándolo.

Dudó un momento.

—Cuando estábamos juntos, siempre me recriminaba que no la quería lo suficiente. Siempre. Y... cada vez que me decía que no la miraba como si quisiera estar con ella, que no hablaba con ella como si quisiera ser su pareja..., cada vez que se acuerda de eso, ve cómo te miro a ti. Cómo te hablo a ti. Justo como no lo hacía con ella.

No pude decir nada, pero noté que se me aceleraba el corazón. Él bajó la mirada a mis labios antes de subirla a mis ojos otra vez.

—No le gusta que alguien se le haya adelantado.

Hubo un momento de silencio absoluto en el que nos limitamos a mirarnos. No sabía qué decir. No sabía qué hacer. Se me había secado la garganta.

—Esto no es una carrera, Ross.

Él sonrió de medio lado.

—Si lo fuera, tú ya la habrías ganado.

Esas pocas palabras hicieron que todas las murallas que había construido entre nosotros sin siquiera saberlo se desplomaran al instante. Bajé la mirada a sus labios y noté que él miraba los míos. Se me aceleró el corazón cuando sentí que me apretaba las rodillas con los dedos, mandándome una descarga eléctrica que me llegó a cada fibra del cuerpo.

Y, entonces, no sé cuál de los dos se movió primero. Lo siguiente que supe fue que mi cuerpo se tensaba al notar sus labios sobre los míos. Como si me hubiera dejado sin respiración. Estaban fríos por el aire que nos rodeaba, pero podía notar su piel ardiendo a través de la ropa.

Cuando se separó un momento para mirarme —algo asustado al ver que no me había movido—, sentí que la cabeza me daba vueltas.

Nunca había sentido eso. Nunca. Ni siquiera con mi primer beso. O con Monty. Nunca.

Y eso me asustó un poco.

Pero Ross estaba tan cerca que no podía pensar en ello. Solo podía ser consciente de que me estaba mirando entre el temor de haberla fastidiado y las ganas que tenía de lanzarse otra vez hacia delante.

Al imaginarlo haciéndolo, se me aceleró tanto el corazón que volví a marearme. Ya no podía más.

—Jen —empezó—, yo no...

Se detuvo cuando me adelanté y puse mis manos heladas en su cuello. Efectivamente, su piel ardía. Vi que se le entreabrían los labios cuando moví los dedos hacia atrás y los hundí en su pelo. Sin saber qué más hacer para alargar el momento, me adelanté y lo besé con suavidad.

En ese mismo instante, fue como si él perdiera todo su autocontrol. Noté que su pecho se apretaba contra el mío cuando apoyó una mano en la tumbona para inclinarse sobre mí. Abrió la boca sobre la mía y yo me olvidé por completo de que el resto del mundo existía cuando noté que clavaba una mano en mi muslo para sujetarme justo por el inicio de la falda de mi vestido.

Lo estaba besando como si fuera indispensable para respirar. Mi corazón bombeaba sangre a toda velocidad. Mis costillas vibraban cada vez que él se inclinaba más hacia delante, metiendo una pierna entre las mías y haciendo que yo tirara de él hacia mí, instándolo a que siguiera.

Nunca había necesitado tanto a alguien como lo necesitaba a él en ese momento. De pronto, fui consciente de que llevaba esperando que esto sucediera desde hacía mucho tiempo. Demasiado.

Sin saber lo que hacía, me separé un poco para quitarle la chaqueta y él se la arrancó de un tirón, como si le molestara llevarla puesta, antes de mandarla al suelo y acercarse a mí otra vez, solo que sin detenerse en el borde del vestido, que subió hasta prácticamente el final de mis piernas sin que me diera cuenta. Su mano también subió. De eso sí me di cuenta. Todo mi cuerpo estaba pendiente de esos cinco dedos en mi piel.

En ese momento, solo necesitaba tocarlo, besarlo... Necesitaba tenerlo cerca de mí. Tan cerca como fuera posible.

La poca ropa que llevaba me dejaba la espalda descubierta y, cuando puso una mano en la parte baja de esta, se me erizó todo el vello del cuerpo. Solté un ruido parecido a un jadeo que no había emitido en toda mi vida y que hizo que me avergonzara, pero que a él solo lo incitó a ir a más.

Ross dejó de besarme los labios y abrí los ojos al notar que me besaba con urgencia la mandíbula, el cuello y la clavícula. Lo abracé con fuerza, mirando la ciudad a su espalda. No era muy consciente de dónde estábamos ni de que podían pillarnos en cualquier momento. Solo sabía que él estaba delante de mí y que lo necesitaba mucho más de lo que admitiría nunca.

Noté que sus dedos me acariciaban la parte interior del muslo, como si me estuviera probando. Mi estómago dio un vuelco y abrí más las piernas, haciendo que él se pegara a mí sin dejar ningún tipo de distancia entre nuestros cuerpos. Él subió la mano. Le clavé los dedos en la espalda. Cada vez que movía su mano un milímetro, todo mi sistema nervioso reaccionaba y mi corazón se aceleraba más y más.

Y, entonces, la puerta se abrió con un estruendo, rompiendo la magia. Ross se separó de mí por el susto y yo cerré las piernas de golpe. Cuando vi que la pareja me miraba las bragas, me puse roja como un tomate y volví a bajarme la falda del vestido torpemente.

Era una pareja de nuestra edad que no había visto en mi vida. Estaban riendo, borrachos. Al vernos, se disculparon y volvieron a dejarnos solos. Escuché sus risitas por el pasillo mientras el corazón me retumbaba en los tímpanos.

Miré a Ross, que estaba sentado en el suelo, pasándose una mano por el pelo y respirando con dificultad.

Fue entonces cuando fui consciente de lo que acababa de pasar.

Había besado a Ross.

Sí.

Había... besado... a... Ross.

Ajá.

A Ross.

Y te ha encantado.

Y no me había gustado en absoluto.

Mentirosa.

¡No me había gustado!

Si me ha gustado incluso a mí.

Me arreglé un poco el pelo en silencio, roja de la vergüenza, mientras él miraba a cualquier cosa que no fuera yo. Por lo visto, los dos estábamos igual de incómodos. No me podía creer que acabara de pasar lo que acababa de pasar.

Y eso que todavía no lo había analizado en profundidad. ¿Por qué demonios no me había apartado? O, mejor dicho, ¿por qué lamentaba que nos hubieran interrumpido?

Porque Ross te gusta, idiota.

Ross se puso de pie y se pasó las manos por los pantalones, intentando hacer tiempo antes de mirarme. Cuando lo hizo, no supe muy bien cómo interpretar su expresión.

—¿P-podemos irnos? —pregunté, agarrando mi bolso con cierta desesperación.

—Sí... eh... yo... —Recogió su chaqueta, carraspeando—. Vámonos.

Me levanté y lo seguí hacia la puerta. Por el camino, no pude evitarlo, y me quedé mirando su espalda con el corazón en un puño. ¿Por qué habíamos hecho lo que habíamos hecho? Lo último que quería era que las cosas se volvieran incómodas entre nosotros.

Entonces, justo cuando estábamos en mitad del pasillo, se detuvo y me miró. Abrí la boca para decir algo, pero fui incapaz. Cuando bajó la mirada a mis labios, fue como si pudiera volver a sentir los suyos.

Y realmente deseé volver a sentirlos.

—¿Q-qué? —pregunté con un hilillo de voz.

Casi me dio un infarto al ver que se acercaba a mí. Me quedé completamente quieta cuando me sujetó el mentón para pasarme un dedo bajo el labio inferior. En concreto, por debajo de él. Yo volvía a tener la respiración acelerada. Entonces me di cuenta de que solo estaba limpiándome el pintalabios que se había dispersado por la cara. Menos mal que él no tenía el mismo problema. Yo no habría sido capaz de quitárselo sin babear.

Estaba tan sumergida en mis pensamientos que no advertí que no había quitado el pulgar de mi boca y que la estaba mirando fijamente. Tragó saliva y yo le sujeté la muñeca inconscientemente. Podía oír mi propio corazón latiendo con fuerza.

—Ross, yo...

Él no necesitó más para inclinarse sobre mí. Pero sus labios no llegaron a tocar los míos.

—¿Ya nos vamos?

Esta vez fui yo quien me aparté al ver por encima del hombro de Ross a Naya y Will, que se estaban poniendo las chaquetas. Ross no se dio la vuelta hasta que hubo cerrado los ojos por un momento, frustrado.

—Sí, vamos —les dijo, bastante más tenso de lo habitual.

Sí, podía entender por qué.

Will y Naya intercambiaron una mirada cuando lo seguí, todavía acalorada y ahora también cabizbaja, pero no dijeron nada.

Sue se unió a nosotros por el camino. Tampoco dijo absolutamente nada. Estaba ocupada bebiéndose los últimos tragos de su cerveza.

Me senté al lado de Ross en el coche y me puse el cinturón mientras los demás se tomaban su tiempo para acomodarse. Ross los esperó y vi que repiqueteaba los dedos en el volante. Parecía tenso. Se giró al notar que lo estaba mirando fijamente y me sostuvo la mirada un momento.

De nuevo, no supe cómo interpretar su expresión.

Solo pude pensar en cómo me hacía sentir. Por un momento, se me olvidó por completo que los otros seguían en el coche. De hecho, se me olvidó incluso que estaba en un coche. Se me olvidó todo. Solo podía pensar en él. Tragué saliva y él bajó la mirada a mi garganta.

Pero, entonces, cerró los ojos y sacudió la cabeza, volviéndose al frente de nuevo. Antes de que alguien pudiera decir nada, encendió la radio y aceleró.

No sé si los demás iban demasiado borrachos como para notarlo, pero los dos estábamos sumergidos en un silencio sepulcral. Evité mirarlo de nuevo en todo el camino mientras escuchaba a Naya y Sue metiéndose la una con la otra y a Will intentando sembrar la semilla de la paz bastante inútilmente.

La cosa no mejoró demasiado en el ascensor. Estaba decidida a no mirar a Ross. No sabía por qué, pero cuando lo hacía me sentía como si...

No, no me sentía como si nada. Tenía que relajarme.

Solo había sido un beso.

Pero qué beso, ¿eh?

No había sido para tanto.

¿Vale?

Mantuve la mirada fija en el suelo todo el tiempo que pude mientras sentía sus ojos clavados en mi perfil. Y su presencia justo a mi lado. No podía creerme que mantener la vista en el suelo pudiera ser tan difícil, pero lo estaba siendo.

Me temblaba el cuerpo y, de repente, rocé su mano sin querer. Se me cortó la respiración al instante y noté que él se tensaba.

Ya no pude soportarlo más y levanté la cabeza muy despacio, pasando la mirada por su cuello, sus labios y su nariz antes de encontrarme con sus ojos. Él volvió a rozar mi mano, esta vez con más seguridad, y entreabrí los labios involuntariamente cuando él se centró en ellos. Al notar que pasaba el pulgar por mi muñeca, no pude más y me aparté, roja y acalorada.

¿Qué me pasaba? ¿Por qué estaba sintiendo pulsaciones en sitios de mi cuerpo que ni siquiera sabía que existían? Cerré los ojos un momento, tratando de calmarme, y al abrirlos vi que Will me miraba de reojo con media sonrisa. El color de mi cara roja se intensificó.

Cuando el ascensor se abrió, me precipité hacia delante para abrir la puerta y alejarme de todos ellos. Mientras me quitaba la chaqueta, Will pasó por mi lado besuqueándose con Naya y se encerraron en su habitación entre risitas. Ross lanzó sus llaves a la barra mientras Sue dejaba la botella vacía al lado.

—Bueno —dijo, medio borracha—. Me voy a dormir y, a lo mejor, a vomitar. Buenas noches, angelitos. Portaos bien y tened sueños bonitos.

Se metió en su cuarto, dejándonos sumergidos en el silencio más tenso y caluroso que había experimentado en toda mi vida. Después él se encaminó hacia la habitación. Lo seguí inconscientemente. Ya ahí, cada uno se sentó en su lado de la cama, dándole la espalda al otro. Me quité las botas y las dejé en el suelo. Quizá en otra ocasión habría comentado que me dolían los pies, pero no me atreví a hablar. Dudaba que pudiera encontrar mi propia voz.

Lo dejé solo un momento al ir a quitarme el maquillaje en el cuarto de baño. Bueno, también fui a mirarme en el espejo e intentar relajarme. Nunca había visto esa faceta de mí. Estaba ruborizada, despeinada y me brillaban los ojos con algo que no sabía identificar. Pero era obvio que estaba alterada. No podía dejar de temblar.

Deseé poder quedarme ahí más tiempo, pero habría sido muy obvio, así que me obligué a volver a la habitación.

Él ya llevaba el pijama puesto, pero no se había metido en la cama. Estaba de pie con el ceño fruncido. Me detuve en la puerta, mirándolo.

—¿E-estás bien? —pregunté con voz demasiado aguda.

—Sí, yo... —Suspiró y me miró—. Mira, si quieres que vaya a dormir al sofá...

—¿Qué? ¡No!

Me di cuenta al instante de lo precipitadamente que lo había dicho y de lo sorprendido que él parecía por ello.

—Es... es tu cama —añadí, avergonzada.

—No quiero que te sientas incómoda.

—Nunca me he sentido incómoda contigo, Ross.

El problema era que *debería* sentirme incómoda, pero no. Me sentía de una forma muy muy pero que muy distinta. E inadecuada.

Nos miramos un momento antes de que yo dejara el vestido junto al armario. Me acerqué a la cama y me quité las lentillas. Dudé un momento y noté que me miraba.

—Si... si quieres, puedo ser yo la que vaya...

—¿De verdad crees que yo me siento incómodo? —Casi se echó a reír.

Negué con la cabeza sin saber qué hacer y, finalmente, me metí en la cama al mismo tiempo que él.

Ya llevábamos unos minutos tumbados con la luz apagada cuando... empezamos a escuchar los gritos de Naya al otro lado del pasillo.

¿Podían ponerse las cosas más incómodas?

Los dos teníamos la mirada clavada en el techo mientras se oía la cama de Will rebotar contra la pared.

Genial.

Cerré los ojos un momento.

No dejaba de recordar el beso. No podía evitarlo. ¿Por qué me había gustado tanto? ¿Era porque hacía semanas que no me besaba con nadie? Quizá era eso, después de todo.

Naya seguía gritando. Escuché a Ross suspirar.

¿Podía estar pasándole lo mismo que a mí? ¿O se estaba arrepintiendo? Quizá no quería dormir conmigo y por eso se había ofrecido a ir al sofá. O quizá se arrepentía a secas.

O quizá lo estaba sobreanalizando todo.

Tenerlo tan cerca después de eso era tan... raro. Sentía que podía tocarlo, pero a la vez no podía. Y eso que cada fibra de mi cuerpo lo deseaba. No entendía a qué venía ese deseo tan repentino. Sentía la necesidad de estirar el brazo y agarrarle la mano. De acercarme a él. De tenerlo cerca. De que volviera a pasarme el pulgar por el labio inferior, de que volviera a besarme y a sujetarme el muslo con una mano y la espalda con la otra mientras me...

No.

No podía hacerle eso a Monty.

Aunque fuera lo único en lo que podía pensar ahora mismo..., aunque fuera lo único que deseaba hacer en el mundo..., no podía.

Pero... Monty y tú tenéis un trato, ¿recuerdas?

Lo consideré un momento.

Bueno..., eso era cierto.

Habíamos hecho un trato.

Un trato, precisamente, pensado para una situación así. Él mismo lo había dicho. No pasaba nada. Y ni siquiera habíamos tenido sexo. Solo había sido un beso. Uno que me había encantado, pero solo un beso.

Respiré hondo.

Me giré lentamente y lo miré. Estaba tenso, mirando el techo.

—¿Ross? —lo llamé en voz baja.

Él me miró al instante.

—¿Sí?

—Lo que ha pasado antes...

—¿Sí...?

Respiré hondo.

—¿Te acuerdas de lo que te conté sobre mi relación?

—Sí.

Hice una pausa. No me podía creer que estuviera a punto de decir en voz alta lo que iba a decir... Mi corazón estaba acelerándose solo por la anticipación. Mis labios vibraban como si quisieran informarme de que también querían que siguiera adelante. Bueno, todo mi cuerpo estaba comunicándose conmigo.

—Yo... t-te... te dije que no pasa nada si tenemos a alguien con quien..., bueno..., con quien ha-hacer... cosas...

—Sí...

—Bueno..., respecto a lo de antes..., yo...

—Sí —me interrumpió.

Mi corazón se detuvo cuando él se giró y me agarró suavemente de la nuca, tumbándome de lado para mirarlo. Noté su pierna rozando la mía y entreabrí la boca. Eso fue suficiente para que él estirara el brazo y me recorriera el labio inferior con el pulgar. Y también fue suficiente para que mi corazón volviera a latir con la misma intensidad que antes.

Entonces se inclinó hacia mí y me besó, esta vez de forma distinta. Más lanzada. Como si se hubiera estado conteniendo hasta ahora. Inconscientemente, subí las dos manos por su espalda hasta llegar a sus hombros, abrazándolo y atrayéndolo todavía más cerca de mí. Como si cualquier tipo de distancia entre nosotros fuera intolerable. Sentí su pecho y sus caderas pegados a mí, una pierna suya entre las mías... y sus labios sobre mis labios. Me puso una mano en la cadera y noté que me apretaba contra él.

Nunca me había sentido así. Nunca. La cabeza me daba vueltas; pensé que me desmayaría en cualquier momento. Pero no podía dejar de besarlo. Arqueé la espalda hacia él y el sonido de besos fue interrumpido por su respiración acelerada cuando me empujó con su cuerpo hasta que estuve de espaldas en la cama debajo de él.

Cuando volvió a acercarse a mí, noté que me agarraba el pelo en un puño, besándome la comisura de los labios, la mandíbula y la garganta. Mi pulso iba tan rápido que era imposible que él no lo notara. Bajé las manos por su espalda y, sin saber muy bien lo que hacía, agarré el borde de su fina camiseta y tiré hacia arriba. Él lo entendió al instante y se la quitó de un tirón con una sola mano.

Le acaricié los hombros, el pecho, el estómago, las costillas, los omóplatos... Le ardía la piel. Y me daba la sensación de que cada parte que mis dedos rozaban ardía todavía más. Me centré en la zona en la que tenía el tatuaje y me sorprendió notar que su piel era un poco más áspera ahí. Lo miré, pero él, al darse cuenta de mi interés por el tatuaje, me besó haciendo que me olvidara de cualquier pregunta relacionada con él.

Ahogué un suspiro en sus labios cuando empezó a acariciarme con una mano por encima de la ropa, lentamente, sin prisa. Pero, a la vez, podía sentir las ganas que me estaba transmitiendo con sus caricias.

Cuando se separó para mirarme, sus ojos hacían que me abrasara en la oscuridad y sus caricias me habían convertido en una masa de temblores y jadeos. Ya no podía más. Vi la pregunta implícita en su mirada cuando sujetó suavemente el borde de mi sudadera.

Me estaba preguntando si estaba segura de querer hacer eso, pese a que él se estaba muriendo de ganas.

Y solo me confirmó que no había otra cosa que pudiera querer más que a él.

Asentí con la cabeza y él me subió la sudadera hasta sacármela por la cabeza junto con la camiseta interior, dejándome totalmente expuesta. Noté el aire frío en la piel ahora desprotegida, y el contraste con su mano ardiendo acariciándome muy despacio la cadera y subiendo hizo que me recorriera un escalofrío por toda la columna vertebral. Me sujeté a él con una mano en su nuca cuando los besos bajaron por mi cuello lentamente. Con la otra, sujeté con fuerza el cabecero de la cama, soltando todo el aire de mis pulmones y cerrando los ojos para dejarme llevar.

Mis recuerdos de esa noche se convirtieron prácticamente en un tesoro que quería guardar bajo llave. Recordaba su cabeza entre mis piernas, su forma de soltar el aire entre los dientes cuando yo bajé una mano entre las suyas, la forma en que había roto el condón con los dedos antes de colocarme de un tirón, su aliento en mi cuello cuando yo hundí las manos en su pelo, su manera de sujetarme de la cadera y darme la vuelta bruscamente para que tuviera que apoyarme con las manos en el cabecero de la cama, los suspiros y las caricias cuando me puse encima de él, su sonrisita cuando apoyé la frente en la suya y mi cuerpo entero se tensó, la forma en que me había acariciado desde las costillas hasta la cadera al terminar, mirándome con una expresión que hizo que volviera a lanzarme hacia él... todo fue perfecto. Tan perfecto que cuando él se quedó dormido yo intenté no hacerlo para que la noche no terminara.

Pero, claro, al final no pude resistirme más y me quedé dormida entre sus brazos.

10

Bastante bien

Cuando abrí los ojos, tardé un momento en saber qué estaba pasando. Parpadeé al notar que tenía un brazo alrededor y que mi mejilla estaba apoyada sobre alguien. Entonces todos los recuerdos de la noche anterior vinieron a mi mente y mi pulso se aceleró sin que pudiera evitarlo.

Miré a Ross, que seguía durmiendo plácidamente. Tenía un brazo por encima de la parte baja de mi espalda y una mano hundida en mi pelo. Podía notar sus labios rozándome la frente.

Nunca había dormido así con alguien. Ni siquiera con Monty. Y, de alguna forma extraña…, estaba más cómoda que nunca.

Quise quedarme ahí más tiempo para poder disfrutarlo un poco más, pero, a la vez, quería alejarme para aclarar mis ideas. Estaba muy confusa. Y sabía que no podría quitarme esa confusión de encima si seguía teniéndolo tan cerca. Aunque fuera dormido.

Me aparté con cuidado y él murmuró algo en sueños. Luego, sin hacer un solo ruido, me levanté de la cama. Cuando dormía, parecía un verdadero angelito. Fui de puntillas hacia mi armario y me puse unas bragas, un sujetador y mi ropa de deporte. Tenía que salir a correr.

Y eso que estaba agotada. Pero era por culpa de *otro* tipo de ejercicio.

Eché una última ojeada a Ross antes de salir de la habitación, y no pude evitar sonreír. Sin embargo, dejé de hacerlo para reprenderme a mí misma. Tenía que parar.

Solo había sido un… eh… momento interesante… con… eh… con un amigo.

Sí, había sido exactamente eso.

Permíteme que me ría.

Definitivamente, tenía que relajarme un poco.

No estuve corriendo tanto tiempo como de costumbre, así que hice tiempo comprando un café para todos y un bote de mantequilla de cacahuete para Sue. Mientras entraba en el edificio, me detuve al notar que me vibraba el móvil. Dudé un momento al ver que era Monty.

Entonces, sin saber muy bien por qué, decidí no responder.

Al entrar en el piso, me encontré a Sue rebuscando en la nevera. Ross estaba bostezando en la barra —solo se había molestado en ponerse unos pantalones de algodón— y yo miré el águila que tenía tatuada en la espalda sin poder evitarlo. Esa noche la había acariciado y besado más veces de las que querría admitir. Me puse roja al recordarlo.

Will y Naya llegaron entonces a la cocina con cara de sueño y decidí volver a centrarme.

—Mirad lo que traigo. —Sonreí ampliamente, dejándolo todo en la encimera.

—Will, lo siento, ya no eres la persona que más quiero. —Naya se acercó con una sonrisita golosa.

—Lo superaré.

Sue, por su parte, solo me puso mala cara.

—¿Café?

—Y un bote de mantequilla de cacahuete para la señorita —dije, sacándolo de la bolsa.

Su mirada se iluminó mientras lo agarraba e iba rápidamente a por una cuchara. Miré a Ross y le pasé su café. Él me dedicó una sonrisa demasiado privada como para usarla en público y yo aparté la mano, avergonzada, cuando la rozó a propósito. Escuché que se reía mientras me centraba en mi café, todavía abochornada.

—Siento el ruido de anoche —dijo Will, sentándose junto a Ross—. Es que mi cama está rota y hace ruido porque sí...

—¿Porque sí? —repitió Ross, mirándolo con una ceja enarcada.

—Porque sí —le dijo Naya—. Espero que no os haya molestado.

—Siempre molestáis —murmuró Sue, que ya se había instalado en el sillón.

—A mí no me habéis molestado —les aseguré.

—Ni a mí. —Ross sonrió—. De hecho, he dormido genial. Hacía mucho tiempo que no dormía tan bien. Si es que alguna vez lo había hecho. ¿Y tú, Jen?

Me estaba sonriendo abiertamente. Me ruboricé por tercera vez en dos minutos. Él sabía muy bien qué implicaba esa pregunta. Como no sabía qué decirle, tomé un sorbo del café y gané un poco de tiempo.

—Yo... eh... bien, supongo —dije al final, aclarándome la garganta.

—¿Cómo? —Dio un respingo, mirándome—. ¿Solo bien?

No pude evitar sonreír al ver su expresión de ofensa absoluta.

—Bastante bien —corregí.

—¿Bastante? ¿Eso qué quiere decir?

—Un aprobado —dije, levantando la barbilla—. Y muy raspado. Un cinco.

—¡Un cinco!

—Un cinco y medio, como mucho.

—Venga ya. Eso era un sobresaliente. Y lo sabes.

—No, no lo sé porque no lo era.

—Un diez.

—Un cinco.

—Un nueve noventa y nueve.

—Un siete.

—Un nueve noventa y ocho. Como mínimo.

Los demás intercambiaron una mirada un poco perdida. Ni siquiera Will parecía estar siguiéndonos.

—¿Ponéis nota a vuestro sueño? —preguntó Naya, confusa.

—Es una afición que tenemos —contestó Ross, sonriendo inocentemente.

—Mierda —escuché decir a Sue.

Nos giramos los cuatro hacia ella, que se había acercado otra vez a la cocina.

—Está atascado —dijo, mirando el agua acumulada en el fregadero—. Y es un buen momento para dejar claro que yo no voy a arreglarlo.

—Yo tengo cosas que hacer —dijo Will enseguida al notar el codazo de Naya.

—¿Qué cosas? —le preguntó Ross, algo molesto.

—Estar conmigo —aclaró Naya.

Los dos se quedaron mirando a Ross, que, tras unos segundos, resopló ruidosamente.

—Estoy empezando a hartarme de ser el chico de los recados.

Media hora después de intentarlo con el desatascador, estaba tumbado en el suelo con la cabeza metida debajo del fregadero mientras yo no me perdía ni un solo detalle, sentada en la encimera. Comí un trozo de tostada y miré las herramientas que tenía al lado.

—¿Qué tal ahí abajo? —pregunté, divertida.

—Te lo estás pasando bien con esto, ¿no?

—Mejor de lo que esperaba —dije, intentando no mirarle el torso desnudo. Aunque era la oportunidad perfecta. No podía verme.

Vale, igual sí iba a hacerlo. Solo un poquito.

—Llave inglesa —me pidió, estirando la mano hacia mí.

—¿Cuáles son las palabritas mágicas, Ross?

—Dámela o te hago aquí mismo lo que te hice anoche.

Me puse roja como un tomate y se la pasé enseguida. Vi que su pecho se sacudía cuando empezó a reírse.

—Esas no eran las palabritas mágicas —mascullé.

—Ya lo creo que lo eran. Han servido. Y seguro que te has ruborizado.

—Claro que no.

Los músculos de su estómago se tensaban cuando hacía fuerza. Di otro mordisco a la tostada, saboreando el momento.

—¿Te puedo preguntar algo, Ross?

—Cómo no —murmuró distraídamente.

—¿Puedes explicarme por qué sabes desatascar una tubería, pero no sabes ir de compras?

—Oye, cada uno tiene sus habilidades.

—Mira que eres raro...

—Yo utilizo más el adjetivo genial —murmuró como si estuviera haciendo fuerza para desenroscar algo—. Joder, ¿por qué no podemos llamar a un fontanero? Se suelen encargar de estas cosas, ¿sabes? Básicamente, es su trabajo. Yo mismo pagaré. No puede ser tan caro.

—Bueno..., podríamos hacerlo...

Dejé la frase en el aire, divertida, y vi que dejaba de hacer lo que estuviera haciendo.

—¿Pero...? —preguntó.

—Pero... me sentiría bastante decepcionada, Ross, la verdad.

Él suspiró y vi que volvía a tensarse al hacer fuerza de nuevo.

—Lo que hace uno por una chica —murmuró en voz baja.

—¿Qué tal vas? —pregunté sonriendo.

—Tengo la cabeza metida debajo de un fregadero, ¿cómo crees que voy?

—Esa no es la actitud adecuada, Ross.

—Tengo la actitud adecuada para otras cosas por las que me das solo un aprobado raspado.

No dije nada, abochornada. ¿Por qué me daba vergüenza que hablara de lo de anoche tan abiertamente?

—¿Estás disfrutando de las vistas? —preguntó.

Dejé de mirarlo al instante. Y eso que él no podía verme.

—¿Cómo sabes...?

—Créeme, puedo sentir tus ojitos castaños brillantes cuando se clavan en mí.

¿Yo tenía los ojos brillantes? ¿Desde cuándo?

—Vale, ya está. —Sacó la cabeza de ahí debajo y resopló—. Qué asco.

Hice la prueba, estirándome y abriendo el agua, que pasó limpiamente.

—El fontanero de la casa —canturreé.

Él se limpió las manos mirándome con mala cara.

—Y el chico del aprobado raspado.

—Oh, vamos, no te lo tomes tan en serio.

—¿Por qué? ¿No lo decías en serio?

—¿Eh? No... yo... eh...

—Ya decía yo... —dijo, sonriendo perversamente.

Al notar que volvía a ganar terreno, decidí recuperar el tema de conversación anterior para burlarme un poquito más.

—¿No te ha gustado ser el manitas de la casa? —bromeé—. Lo has hecho *bastante* bien.

—Estoy empezando a odiar la palabra «bastante».

—Todavía no te has ganado la palabra «muy».

—¿Algún consejo para mejorar, entonces? Puedo tomar notas para esta noche.

Aprovechó mi momento de perplejidad para sujetarme la muñeca y darle la vuelta a mi pobre tostada. Entonces le dio tal mordisco por la parte que yo ya había mordido que me dejó con menos de la mitad.

—¿Qué...? ¡Ross! ¡Mi desayuno!

—Me lo he ganado —me dijo con la boca llena, mirando de reojo a Sue, que seguía centrada en su libro, dándonos la espalda.

Yo, por mi parte, era la indignación hecha carne.

—¡Pues hazte tu propio desayuno, no me quites el m...!

Me interrumpió al sujetarme el mentón y plantarme un beso en los labios que hubiera hecho que me cayera de culo al suelo de no ser porque se clavó entre mis piernas, sujetándome precisamente por el culo sin ninguna vergüenza.

Cuando se separó, tenía una sonrisita malvada en los labios. Yo seguía intentando respirar.

—¿Eso ha estado *bastante* bien, Jen?

Mientras desaparecía por el pasillo y yo me recuperaba con una mano en el corazón, vi que Sue se asomaba por encima del sofá y me miraba fijamente.

—¿Y bien? —preguntó, entornando los ojos.

—¿Qué? —La miré, empezando a entrar en pánico.

Oh, no.

—¿Qué tal anoche?

Oh, no, no... ¿Nos había oído...?

—¿Tiraste del pelo a Lana o no?

Oh, eso. Bueno, ojalá.

—Estuve a punto —le aseguré, acercándome.

—No es tan simpática como parece, ¿eh?

—No, no mucho. Me lo dejó muy claro. —Fruncí el ceño—. ¿Por qué te cae tan mal, Sue?

—Me cae mal todo el mundo.

—¿Yo también? —Hice una mueca.

Me analizó un momento con mala cara.

—En menor medida.

Eso era como si me dijera que me amaba. Esbocé una gran sonrisa.

—Si alguna vez me tiro de los pelos con ella, te avisaré antes.

—Genial. —Asintió con la cabeza—. Estoy pensando en abrirme un canal de YouTube. Podría ser mi primer vídeo.

Sonreí y me dirigí al cuarto de baño para darme una buena y larga ducha. Cuando salí envuelta en una toalla, no había rastro de Ross.

De hecho, estuve el resto de la mañana y toda la tarde estudiando para mi siguiente examen, el de francés —que me recordaba a Lana y me ponía de mal humor—, y no tuve mucho tiempo de pensar en él. O eso intentaba decirme a mí misma, porque no dejaba de echarle ojeadas a la puerta preguntándome por qué no había llegado todavía.

No fue hasta la hora de cenar cuando empecé a preocuparme.

—¿Dónde se ha metido Ross? —le pregunté a Will, que estaba mirando su portátil con gesto aburrido.

—Ni idea —me dijo, poco preocupado.

—¿Es normal que se vaya así, de repente?

—Volverá cuando tenga sueño —me aseguró—. No soporta dormir en nada que no sea su cama. Y ahora tiene un aliciente para volver, ¿no?

Mi cara tardó dos segundos exactos en convertirse en una obra magistral sobre la vergüenza. Will se empezó a reír.

—Era tan evidente esta mañana... —me dijo.

—¿Naya...?

—Solo yo lo sé —me aseguró, tranquilizándome.

Aun así, no pude evitar pensar en Ross y en que seguía sin aparecer. Él debió de notarlo, porque atrajo mi atención de nuevo.

—¿Qué te apetece cenar?

—Lo que sea.

—¿Quieres que cocinemos algo rápido?

—Suena bien. —Sonreí—. ¿No va a venir Naya?

—Hoy no. Estaba cansada. Tiene exámenes esta semana.

—¿Y Sue?

—Hoy me ha dicho que no le pidiéramos nada.

Nos metimos los dos en la cocina, hicimos algo sencillo —pero que tenía muy buena pinta— y miramos el programa de reformas de casas juntos mientras nos quejábamos de la poca calidad que tenía la casa reformada.

Eran las once y Ross todavía no había aparecido. Will se puso de pie, bostezando.

—Me voy a dormir, Jenna.

—Buenas noches.

Se detuvo un momento y me sonrió.

—No intentes esperarlo despierta. Al menos, no hasta muy tarde, ¿eh?

—No lo haré —mentí.

Me dejó sola y me quedé mirando la casa reformada un rato antes de apagar la televisión e irme a la habitación de Ross.

La idea no había aparecido hasta ese momento, pero... ¿y si se había ido por lo que había pasado? Quizá no debí pedirle que hiciéramos nada. Quizá me precipité completamente. Mierda. Debía de ser eso. Me entraron ganas de golpearme a mí misma mientras me miraba en su espejo el estúpido pijama.

Me metí en la cama y me propuse no dormirme, pero no lo conseguí. Cerré los ojos un momento y, cuando los volví a abrir, vi que la habitación seguía a oscuras, pero Ross estaba sentado en la cama, cambiándose de pantalones. Me froté los ojos.

—¿Ross? —pregunté con voz ronca, medio dormida.

—¿Te he despertado? —Me miró—. Lo siento, he intentado no hacer ruido.

—¿Dónde estabas?

—Mira a quién le ha nacido la curiosidad. —Sonrió—. Asuntos familiares aburridos.

Me quedé mirándolo un momento.

—¿Está todo bien?

Él asintió distraídamente con la cabeza.

—Sí. No te preocupes. Duérmete, es tarde.

Quise preguntar más, pero estaba muy cansada. Me acomodé un poco más mientras él se cambiaba la camiseta y observé el tatuaje de nuevo. Él se dio cuenta y sonrió.

—¿Qué miras tanto, pervertida?

—¿Qué quieres que mire si siempre te cambias delante de mí? —me enfurruñé.

—Oh, has descubierto mi secreto. Lo hago a propósito.

Sonreí cuando se metió en la cama. Me sorprendió un poco que tirara directamente de mí, colocándome tal y como habíamos amanecido esa mañana. Solo que esta vez estábamos vestidos. No pude hacer otra cosa que cerrar los ojos cuando noté que me pasaba los dedos por el pelo.

Suspiré y apoyé la mano en su pecho. Me dormí sintiendo su corazón latiendo acompasadamente bajo mis dedos.

—¿Qué tal está mi princesa?

Casi le puse los ojos en blanco a la pared cuando Monty acabó de decirlo. Sabía perfectamente que no terminaba de gustarme que me llamara princesa. O que utilizara cualquier apelativo cariñoso que hiciera que me diera un subidón de azúcar.

—No lo sé, ¿quién es esa?

—¿Te has despertado de mal humor? —Monty parecía sorprendentemente animado—. ¿Qué tal todo?

Ya era miércoles. Parecía que había pasado una vida entera desde la fiesta.
Las cosas con Ross habían vuelto a la normalidad. No se lo habíamos dicho a
absolutamente nadie. No nos habíamos dado una sola muestra de afecto más
allá de las normales y de dormir abrazados. Sue y Naya ni siquiera lo sospe-
chaban.

En cuanto al tema de Lana..., no me la había vuelto a cruzar. Y esperaba
que la cosa siguiera así.

—El otro día fui a una fiesta, pero solo bebí dos cervezas —murmuré.

Había salido a comprarme un jersey dado el destrozo que había sufrido el
otro cuando había intentado beber cerveza boca abajo. Ahora, ya había ano-
checido y estaba subiendo las escaleras del edificio.

—Pero no estás acostumbrada a beber.

—Son dos cervezas, Monty.

—Sabes que no me gusta que bebas si yo no estoy contigo.

—Estaba con mis amigos.

—¿Amigos? ¿Amigos... chicos?

—Y chicas.

—Es decir, que había chicos.

—Pues sí, igual que había...

—¿Quiénes son?

—El novio de mi compañera de habitación.

—¿Y los otros?

—Solo hay otro más.

—¿Y el otro quién es? —insistió.

Decidí volver al tema anterior antes de que la cosa fuera a peor.

—¿Y qué hago? ¿No beber nada hasta que te vea? ¿Ni siquiera en las fiestas?

—Es una opción.

Puse los ojos en blanco, aunque estaba un poco aliviada porque no se
había dado cuenta de que había obviado su pregunta.

—¿No puedes preguntarme simplemente si estoy bien?

—Eh..., ¿estás bien?

—No, ahora ya no vale.

—De acuerdo. —Casi pude ver que ponía mala cara—. Estaba de buen
humor, pero estás consiguiendo que deje de estarlo, como siempre.

No supe qué decirle, así que dejé que él continuara la conversación.

—Cuéntame algo que hayas hecho estos días, entonces.

Vale, ese era el momento.

Sabía que teníamos un pacto, pero aun así era extraño tener que hablar
con él de eso.

—Esto..., tengo que hablar contigo sobre algo, Monty. —Me detuve en las escaleras del segundo piso.

—¿Qué pasa? —Él se tensó al instante—. ¿Qué has hecho?

—No es nada malo —le aseguré enseguida.

—¿Y qué es? —No parecía mucho más tranquilo.

Me miré los zapatos, pensando a toda velocidad mientras daba vueltas a la bolsa con el jersey en la otra mano. ¿Por qué era tan incómodo decírselo?

Porque te gustó. Y mucho.

Oh, cállate, conciencia. No es el momento.

—¿Qué es, Jenny? —insistió él, impaciente.

—Me he acostado con otro chico.

Lo dije en voz baja, pero me oyó perfectamente.

Se quedó en silencio unos segundos, aunque a mí me parecieron una eternidad.

—Dos veces —aclaré, hablando más deprisa de lo normal—. Bueno..., tres. Pero... eh... fue durante una misma noche. Así que cuenta como solo una vez, ¿no?

Como él seguía sin decir nada, y yo, cuando me ponía nerviosa, empezaba a divagar sin parar, continué hablando:

—Yo... quería decírtelo antes de que..., no sé, te enteraras..., te enteraras de cualquier otra forma. Además...

—¿Con quién? —me interrumpió.

—¿No habíamos quedado en que no nos contaríamos los deta...?

—¿Con quién, Jennifer? —repitió, esta vez más enfadado.

Me mordisqueé los labios, nerviosa.

—¿Te acuerdas de ese chico del que te hablé...?

—¿El amigo sin novia que estuvo contigo en esa puta fiesta y del que no querías hablarme hace un momento? —dijo, enfadado.

Oh, no. Ya estaba empezando a decir palabrotas. Cerré los ojos un instante. No quería que la cosa fuera a peor, pero ya no podía echarme atrás.

—No te he hablado mucho de él. Se llama Ross. Bueno, Jack Ross, pero lo llamo Ross, y...

—Oh, le llamas Ross —me dijo, airado—. ¿Y cómo te llama él? ¿Qué te grita mientras lo hacéis?

—Monty, todos lo llamamos Ross.

—¿Y todos se lo follan o eso solo lo haces tú?

—Te estás pasando —le advertí—. Sé que...

—¿Te gustó? —me interrumpió.

—¿Qué? —me salió voz chillona—. Monty, no creo...

—Di sí o no, joder. ¿Te gustó acostarte con otro? ¿Sí o no?

—N-no, no..., es decir..., claro que no...

—¿Y por qué coño lo hiciste tres veces con él?

Me quedé en blanco. Oh, no...

—Yo... Monty...

—¿Cuánto tiempo llevas fuera? ¡Desde luego has tardado poco en abrirte de piernas!

—¡No tienes ningún derecho a hablarme así! ¡Te recuerdo que esto fue idea tuya!

—Y ya veo que te ha gustado mucho, ¿verdad? ¿Estabas deseando que te lo propusiera o qué?

—No es justo que hagas esto ahora —le dije, negando con la cabeza—. ¿O quieres hacerme creer que tú no has hecho nada?

Dudó un momento.

—Sí, he hecho algo.

Apreté los labios.

—¿Con quién?

—La chica de la que te hablé —me dijo.

—¿Más de tres veces?

Él volvió a dudar.

—Sí.

—¡Y te quejas de mí!

—No estamos hablando de mí.

—¡Estamos hablando de los dos!

—Sé sincera conmigo, Jenny —me interrumpió bruscamente—. ¿Te gustó?

—¿Y a ti?

—Respóndeme.

—¡Respóndeme tú a mí!

Él respiró hondo y casi pude ver su expresión. Estaba jugando con su paciencia, y eso no solía terminar bien.

—No me gustó —dije en voz baja.

Monty lo pensó un momento.

—Bien —dijo, más calmado—. Entonces... bien.

Con lo mal que mentía, me sorprendió que no me pillara al instante.

Ross te conoce mejor.

Que te calles.

—¿Y él te...?

—La verdad es que preferiría que respetáramos la norma de «no detalles» —le interrumpí.

—Lo que tú digas —contestó, aunque no parecía muy convencido.

—En fin, tengo que colgarte —le dije—. Voy a ir a cenar.

—Sí, yo también. ¿Qué vas a cenar?

—Creo que Will habrá comprado...

—¿Will? ¿Y ese quién coño es?

—¿Quieres relajarte? Es el novio de Naya. De vez en cuando, viene a cenar con nosotras a la habitación —mentí.

—¿Solo él?

—Sí. Solo él.

—¿Estás segura?

—¡Que sí, Monty!

—Bien, bien... ¿Y qué vas a cenar?

—Creo que hamburguesas.

—¿Otra vez hamburguesas? No estarás engordando, ¿no?

Enarqué una ceja al instante.

—Salgo a correr todas las mañanas. Y te recuerdo que, si engordo, me crecen las tetas.

—Sí, seguro que a Jack Ross le gustan más así.

Estaba subiendo las escaleras otra vez, pero me detuve al instante.

—Monty... —advertí.

—¿Qué? —me soltó.

—No hagas eso.

—No hago nada malo.

—Quedamos en que nada de celos, ¿te acuerdas?

Él dudó un momento.

—Sí.

—Porque tú sigues siendo mi novio, no me he olvidado de eso.

—Bien, pues quiero pedirte un favor. Como novio.

Oh, no.

—¿Qué favor?

—No quiero que vuelvas a follarte a ese tío.

Hubo unos instantes de silencio en los que yo fruncí el ceño.

—¿Se te ha olvidado el...?

—A la mierda el trato. No quiero que vuelvas a hablar con él.

—No eres nadie para darme órdenes.

—Soy tu novio.

—Exacto, eres mi novio, no mi dueño.

—¿A qué coño viene eso ahora? ¿Es que te lo han dicho tus nuevos amigos? Porque tú sola no me hablarías así.

—No necesito que nadie me diga nada para hacer lo que quiera.

—¿Y si lo que quieres hace daño a tu pareja? ¿Has pensado en eso? Egoísta de mierda.

—No estoy siendo egoísta, estoy...

—Cállate de una vez. Siempre piensas en ti misma, ¿verdad?

—¡Eso es mentira!

—¿En serio? ¿Me has agradecido que te llevara a tu maldita residencia, aunque no la uses ni para dormir?

—Te... ¡te di las gracias!

—Pues me la sudan tus gracias. Quiero que dejes de hablar con ese chico. Y lo digo muy en serio, Jenny. No me obligues a ir a buscarte o te juro que te arrepentirás.

Me quedé un momento en silencio, sopesando sus palabras. Un escalofrío de alarma me recorrió el cuerpo al recordar las pocas veces que una conversación nuestra había terminado así.

—No te enfades conmigo —supliqué.

—Pues deja de ser una zorra egoísta.

—Monty...

—Si me entero de que has vuelto a hablar con él, lo nuestro se acabó. ¿Me entiendes? Te quedarás sola, así que piensa bien lo que vas a hacer. No me obligues a ir a por ti o ya sabes lo que pasará.

Me colgó antes de que yo pudiera decir nada. Levanté la mirada inconscientemente. Agnes acababa de salir de su piso con la bolsa de basura. Me miró un momento y su expresión se volvió de alarma enseguida.

—¿Estás bien, querida?

—Sí. —Me recompuse a toda velocidad—. Sí, es que... acabo de suspender un examen.

Ella me observó con cuidado.

—Claro —murmuró.

Le dediqué una pequeña sonrisa y me apresuré a pasar por su lado para entrar en casa. Sin embargo, apenas había sacado las llaves cuando ella se aclaró la garganta.

—Oye, Jennifer..., ¿puedo decirte algo?

—Claro.

Volví a forzar una sonrisa, mirándola.

—Estuve casada con mi marido durante cuarenta años —empezó, dando un paso hacia mí. Me miraba como si pudiera saber exactamente lo que pensaba—. No fue por amor. Fue porque nuestros padres arreglaron nuestro matrimonio. Y nunca me quejé. Es más, me gustó. Al principio, era muy atento conmigo. Y me cuidaba mucho. ¿Qué más podía pedir?

Hizo una pausa. Yo asentí con la cabeza. Todavía me temblaban las manos.

—Suena encantador —murmuré.

—Oh, lo era —me aseguró—. Hasta que yo hacía algo que no le gustaba. O creía que yo había hecho algo que no le gustaba. Entonces ya no era tan simpático. De hecho, no lo era en absoluto. Aprendí a callarme, a no salir de casa, a no hacer absolutamente nada... para que no se enfadara conmigo. Lo hice durante tanto tiempo que terminé olvidándome incluso de las cosas que me gustaban hacer, de los lugares a los que me gustaba ir y de la gente con la que me gustaba salir. Se me olvidó quién era porque estaba demasiado ocupada complaciéndolo a él. Sabes de lo que te estoy hablando, Jennifer, ¿no es así?

Lo sabía perfectamente, pero negué con la cabeza, haciéndome la inocente. Ella no se tragó la mentira. De hecho, dio otro paso hacia mí.

—Cuando murió mi marido, hace dos años, no me sentí triste, me sentí perdida —murmuró, poniéndome una mano en el brazo—. Me había perdido tanto a mí misma por él que ya no sabía ni quién era. Me sentía abandonada, desprotegida... y, entonces, me acordé de que me gustaba ir a la playa, así que fui con mis dos nietos y mi nuera. Y luego me acordé de que me gustaba tomarme una copita de vez en cuando, así que empecé a hacerlo. Y me reencontré con una amiga mía. Resulta que seguía perteneciendo al mismo grupo, ¿te lo puedes creer? Ahora nos vemos todos los miércoles. Son mis momentos favoritos de la semana.

Hizo una pausa, apretándome un poco el brazo con una mirada significativa.

—Yo dejé que alguien me quitara mi identidad y tardé cuarenta años en recuperarla, Jennifer. No hagas lo mismo. Nunca te olvides de ti misma. Por nadie.

Dicho esto, me dedicó una última sonrisa y se dirigió al ascensor. Cuando las puertas se cerraron, sentí que se me formaba un nudo en la garganta. De hecho, tardé unos segundos en recomponerme y asegurarme de que no iba a llorar. Por suerte, en ese momento mi hermana me mandó un mensaje.

Mira qué pirata más temible. Será el rey de Halloween.

La foto adjunta era de mi sobrino, Owen, un niño de siete años que había heredado los ojos y el pelo castaño de nuestra familia. Llevaba puesto un disfraz de pirata y tenía un ojo cerrado pintado de negro para simular el parche. No pude evitar empezar a reírme.

Dile que le llevaré un paquete gigante de golosinas cuando vuelva.

Mejor no se lo digo o tendrá más ganas aún de que vuelvas.

Oh, Owen..., a él lo echaba especialmente de menos. No había sabido que me gustaba cuidar a niños pequeños hasta que él había nacido. Y lo adoraba.

Totalmente recuperada del bajón puntual, abrí por fin la puerta del piso. Al instante, me llegó el ruido de la risa de alguien que no me gustaba demasiado. Lana.

Bueno, como diría mi hermano Steve..., nunca es tarde para que el día empeore.

Los cinco se giraron a la vez cuando dejé el bolso en el suelo y me acerqué a ellos.

—La alegría de la casa —dijo Ross con una sonrisa, viendo mi cara ya no tan alegre y abriendo los brazos para que me tirara sobre él. Los cerró con un puchero cuando no lo hice.

—Crítica Literaria —me limité a decir a modo de explicación—. Le quita la energía a cualquiera.

Pero mi expresión agria no era por la asignatura de Crítica Literaria, no. Era por la rubia criticona que estaba sentada en el sillón mirándome con una sonrisa inocente y por mi novio, que estaba celoso a causa del trato que él mismo había propuesto.

Por un momento, me pregunté si estaba cometiendo un error al no hacerle caso y seguir en ese piso. Quizá sería mejor que volviera a casa para que Monty no se enfadara conmigo. No quería que se sintiera mal por mi culpa. Pero algo dentro de mí me impedía hacerlo. Creo que fueron, precisamente, las palabras de Agnes. Tenía razón. Siempre hacía todo en función de los demás. Ya era hora de hacer algo que me gustara a mí. Y lo que me gustaba era estar con Ross.

Me senté junto a él y me pasó una caja con mi hamburguesa intacta. La abrí enseguida y empecé a comérmela. Después de todo el pequeño drama, estaba hambrienta.

—¿De qué hablabais? —pregunté, limpiándome la salsa de la comisura de los labios con la lengua.

Vi que a Ross se le desviaban un momento los ojos hacia mi boca, pero los volvió a subir enseguida, como si nada hubiera pasado. Y solo ese gesto hizo que, por un momento, se me olvidara que no estábamos solos y sonriera un poco.

Pero, claro, la pesada tuvo que hablar para que dejara de hacerlo.

—El otro día te fuiste de la fiesta muy rápido. —Lana sonrió, encantadora—. Les estaba preguntando a los chicos por qué. Te eché de menos.

Sue puso los ojos en blanco.

—Quería irme. —Me encogí de hombros, dispuesta a no enfadarme por sus tonterías de niña pequeña.

—Oh, ¿no te gustó la fiesta?

—Las fiestas no son lo mío.

—Ni lo mío —me dijo Ross.

Lana le frunció un poco el ceño antes de mirarme.

—Es una lástima. Es muy difícil conseguir un taxi barato a esa hora.

Dudé un segundo. Quizá debía lanzarle la hamburguesa a la cara y seguir con mi vida. Pero no. Eso era lo que ella quería para tener la excusa perfecta y seguir hablando.

Y lo que yo quería era que se callara de una vez.

—Tranquila, Ross se ofreció a llevarme. —Sonreí con la misma expresión inocente que ella.

Lana apretó los labios.

Toma esa, doña perfecta.

—¿Y Ross se perdió la fiesta solo por eso? —preguntó ella.

—No me perdí nada —aseguró él, y me miró con una expresión que hizo que le empujara el hombro con el mío, divertida, olvidándome por un momento de Lana, que nos fulminaba con la mirada.

El resto de la cena transcurrió sin muchos más incidentes. Al cabo de un rato, Will y Ross subieron a la azotea a fumar y Sue se metió en su habitación, por lo que me quedé a solas con Naya y Lana. La segunda ni siquiera me había mirado desde que Ross la había hecho callar.

Hasta ese momento.

—Oye, Naya —dijo Lana, interrumpiéndome justo cuando estaba contándole a Naya una cosa de clase—. ¿Te acuerdas de lo que te conté el otro día?

Naya me miró, confusa, y luego se giró hacia Lana.

—Eh..., sí, supongo.

—Pues hay novedades.

Lo dejó en el aire, mirándome significativamente, como si quisiera que me fuera.

—Es que... Jenna me estaba contando algo... —dijo Naya.

—Ya, pero es que es muy importante. Y muy *privado* —dijo, haciendo énfasis en la última palabra.

—No pasa nada —le dije a Naya, sonriéndole—. Me voy a mi habitación.

—A la de Ross —aclaró Lana.

Le dediqué una sonrisa.

—Sí. A *nuestra* habitación.

No me giré para ver su cara, me dirigí directamente al pasillo suspirando e intentando ignorar que Lana existía.

Un rato más tarde, cuando Ross abrió la puerta, tenía los ojos clavados en la pantalla de mi portátil. Olí el humo del tabaco impregnado en su ropa antes incluso de que llegara a la cama.

—¿Qué miras? —preguntó, asomándose.

—*Los vengadores.*

—¿Y por dónde vas?

—Le quedan dos minutos.

—Lástima. La veré otro día.

Mientras se ponía el pijama, yo vi el final de la película y pasé a la escena poscréditos, como bien me había enseñado. Después cerré el portátil y lo miré.

—Oye, no quiero ser molesta con el tema, pero...

—No sabía que vendría —me interrumpió, mirándome mientras se cambiaba de ropa.

—¿Eh?

—Lana —aclaró, adivinando lo que iba a decir—. Lo siento. No quería que fuera una encerrona. Si te has sentido incómoda...

—No me he sentido incómoda —le aseguré enseguida, arrepintiéndome de sacar el tema.

—¿Entonces? —preguntó, mirándome.

Dudé un momento.

—¿Puedo... ver lo que tienes tatuado en la espalda? —cambié de tema rápidamente.

Ross tuvo la consideración suficiente como para fingir que no se había dado cuenta.

Se dio la vuelta y se bajó un poco el cuello de la camiseta para que pudiera ver el tatuaje del águila en medio de su espalda con las alas extendidas hasta sus hombros. No pude evitar pasar el dedo por encima. Volví a notar esa aspereza que sabía que era por alguna marca cubierta con la tinta.

—¿Qué significa?

—Que un día estaba borracho y tenía noventa dólares —dijo, riendo.

—Es muy bonito.

—La primera vez no quedó tan bonito. Era un pájaro feo y amorfo. Tuve que ir a un tatuador profesional para que lo arreglara un poco.

—El feo y amorfo pegaba más contigo.

—Te perdonaré eso porque sé que, en el fondo, me adoras. —Me sonrió—. ¿Y tú qué? ¿No tienes algún tatuaje en un lugar secreto y oculto?

—Me sorprende que no lo vieras el otro día.

Su sonrisa se amplió al instante.

—Tengo uno, pero no es gran cosa —añadí.

—¿Es muy feo?

—No es que sea feo, es que es muy pequeño.

Me di la vuelta y me aparté el pelo para enseñarle la nuca, donde tenía una luna pequeñita tatuada.

—No está tan mal —me aseguró, pasando el pulgar por encima y haciendo que tuviera que aclararme la garganta antes de hablar.

—Me lo regaló Shanon cuando cumplí los dieciocho.

—¿Cuándo es tu cumpleaños?

—En febrero. El dieciséis. Siempre lo celebramos en el patio trasero de casa. Mi padre saca la barbacoa y mis hermanos ponen música. Y, a veces, vienen mis abuelos y mi tío.

—¿Y tus amigos?

—Con ellos lo celebro por la noche. —Hice un gesto, restándoles importancia.

Me miró un momento.

—¿Los echas de menos?

—¿A mis amigos? No mucho.

—A tu familia —aclaró, sonriendo.

—Ah, bueno..., sí. Es decir..., los echo de menos, pero... a la vez me gusta estar aquí, ¿sabes? No los echo de menos en plan «oh, Dios mío, los necesito en mi vida o me moriré de pena», es más como «os echo de menos, pero estáis bien donde estáis y me lo estoy pasando bien».

Hice una pausa y arrugué la nariz.

—¿Ha sonado tan horrible como creo?

—Solo un poco —bromeó, volviendo a colocarme el pelo y apartando el mechón rebelde de siempre—. Si te consuela, el primer mes que pasé fuera de casa me sentí como tú.

—¿Y nunca ves a tus padres?

—Bastante más de lo que me gustaría. —Suspiró—. Aunque evito a mi padre todo lo que puedo.

—¿No te llevas bien con él? —Levanté las cejas, sorprendida.

Se me hacía imposible imaginarme a Ross llevándose mal con alguien.

—No tenemos mucho en común. —Se encogió de hombros.

Me di cuenta de que su sonrisa había desaparecido al hablar de él, así que decidí desviar un poco el tema.

—¿Y con tu madre?

—Mi madre es totalmente distinta. —Sonrió de nuevo y supe que había hecho bien—. Hace poco, me pasé todo el día ayudándola a organizar una exposición de pintura que tiene mañana por la tarde en una de sus galerías.

Misterio resuelto, Watson.

—¿Y no irás a verla? —pregunté, girándome para mirarlo.

—En realidad... —Hizo una pausa, metiéndose en la cama—. Iba a preguntarte si querías venir conmigo.

Vio que me quedaba un momento en silencio y carraspeó.

—Es decir, Naya y Will también irán. Puede que incluso vaya mi hermano, si no está ocupado recibiendo una paliza de una chica con la que haya discutido, claro... Pero no te sientas obligada, solo era...

—¿Bromeas? ¡Claro que quiero ir!

Él levantó las cejas, sorprendido por mi entusiasmo.

—Ah..., ¿sí?

—¡Claro que sí! Nunca he estado en una exposición de arte. Me encantan estas cosas. Y más si son de tu madre. Yo solía pintar, ¿sabes? Podría buscarles el significado a los cuadros para sentirme intelectualmente superior.

—En realidad, la mayor parte de la exposición es de arte abstracto. No entenderás nada. No lo entiende ni ella.

—Pues mejor. Si no entiendo lo que veo, no puedo hacer el ridículo criticándolo.

Él empezó a reírse, mirándome.

—Le vas a encantar —dijo, sacudiendo la cabeza.

Yo también estaba sonriendo, pero la sonrisa se fue esfumando cuando me acordé de un problemilla rubio.

—¿También irá Lana? —pregunté.

Él tenía la mirada clavada en mis labios. Vi que se tensaba un momento y volvía sus ojos a los míos.

—No lo sé. No se lo he preguntado —dijo—. ¿Por qué?

—Por nada —aseguré.

Él enarcó una ceja.

—¿Por qué tengo que recordarte lo mal que mientes cada vez que lo haces?

Esto con Monty no pasaba.

—Es que no quiero hablar mal de tu amiga —aclaré.

—Es amiga de Naya, no mía. Y soy bastante consciente de que no te cae bien, Jen —me aseguró, sonriendo.

—Yo tampoco le caigo bien a ella.

—¿Y qué más da su opinión?

Dudé un momento.

—El otro día, en la fiesta..., creo que te equivocabas.

—¿Yo? ¿Por qué?

—Le gustas, Ross —le dije—. No creo que sea cuestión de conseguir lo que quiere. Creo que le gustas de verdad.

No pareció ilusionado. Tampoco decepcionado. Simplemente parpadeó.

—Ah —dijo, poco interesado en la conversación.

—¿No te importa?

—No es su opinión la que me interesa —me aseguró.

Como vi que se quedaba pensativo, decidí cambiar de tema.

—¿Cómo tengo que ir vestida mañana?

—¿Eh?

—A la exposición de tu madre.

—Pues... normal —dijo, confuso—. Yo voy a ir normal.

—Pero ¿la gente no se arregla para esas cosas?

—No me he fijado nunca, la verdad.

—No ayudas mucho.

—Irás bien con lo que te pongas.

—Gracias por tu objetividad.

—Vale. —Me miró—. Ponte ropa, ¿eso ayuda?

—Qué lástima. Yo quería ir desnuda.

—Acabo de cambiar de opinión. Prefiero que no lleves ropa.

Lo empujé por el hombro, haciendo que se riera.

Cogí mi portátil y me puse a buscar otra película, y entonces él se asomó con una sonrisita. Me estremecí un poco cuando me rodeó con un brazo y me acarició las costillas.

—Mmm..., ¿puedo elegir? —preguntó.

—No. Es mi portátil.

—Es mi cama.

—¿Y si me pongo de pie?

—Es mi habitación. Y mi casa. —Sonrió como un angelito, apretándome un poco más contra él.

Intenté no centrarme en la mano que tenía en mis costillas, en sus labios en mi cuello o en su pierna pegada a la mía mientras tragaba saliva y seguía buscando una película.

—Creía que me habías dicho que me sintiera como en mi casa —mascullé.

—Solo cuando me interesa.

Me quitó el portátil de encima y se puso a rebuscar películas. Noté el frío en los lugares de mi cuerpo que había abandonado y me pregunté por qué tenía la necesidad de que volviera a acariciarme las costillas.

Creo que, en ese preciso momento, me di cuenta de que nunca sentiría algo así con Monty. Pero no me atreví a indagar mucho en ello. Me daba miedo la conclusión a la que pudiera llegar. Y las represalias que tendría.

Mientras Ross me leía los títulos y se respondía a sí mismo con lo que quería ver, bostecé y me quité las lentillas. Me quedé mirando la pantalla del portátil sin ver demasiado porque sabía que en cualquier momento me quedaría dormida.

—¿Una de miedo? No, mejor no. Ya estuviste traumatizada una semana —murmuró él—. ¿Una de risa? No. Esa no da risa, da vergüenza ajena. Mmm..., ¿una de guerra? No, son deprimentes..., te prefiero contenta y risueña que deprimida por el soldado Ryan.

Apoyé la cabeza en su hombro, frotándome los ojos.

—¿Por qué no podemos ver una romántica? —pregunté.

—Porque son una mierda —me dijo, como si fuera evidente.

—No todas lo son.

—Ya lo creo que lo son.

—Que no.

—Que sí.

—Es matemáticamente imposible que todas sean malas.

—Vale, pues solo son malas el noventa y nueve por ciento de ellas.

—No me lo creo.

—Dime una que no sea una mierda, entonces.

Dudé un momento.

—Es que no he visto ninguna.

—A veces, se me olvida que vienes de un universo paralelo —murmuró.

Pese a eso, vi que se ponía a buscar películas románticas. Sonreí ampliamente y le rodeé el cuello con los brazos, dándole un beso en la mejilla. Me sorprendió la naturalidad del gesto. De hecho, estuve tan cómoda que mantuve los brazos así y apoyé la cabeza en la curva de su cuello, acurrucándome un poco más y rozándole la piel con la nariz. Olía bien. Como siempre.

—Si sigues haciendo eso, vamos a hacer de todo menos ver películas —me advirtió.

—Es que estoy cómoda.

—Y yo también. Ese es el problema.

Sonreí y señalé la pantalla.

—¿Podemos ver esa?

—*Pretty Woman* —suspiró Ross—. ¿No has encontrado una más famosa?

—Vamos, me apetece mucho verla.

—La he visto mil veces. De hecho, todo el mundo menos tú la ha visto mil veces.

—Vamos, Ross...

—No.

—Venga, porfi...

—Que no.

—Me hace ilusión.

Dudó un momento, mirándome, y luego sacudió la cabeza.

—Cada vez que creo que tengo derecho a elegir, me recuerdas que no lo tengo.

Volví a besarle la mejilla cuando puso la película a regañadientes. Los dos nos acomodamos mejor en la cama y yo me acurruqué contra él. No sé cómo, pero terminé jugando con el cuello de su camiseta, todavía con la cabeza apoyada en su cuello, mientras él me pasaba un brazo por la espalda y miraba la película con el ceño fruncido. No dejaba de quejarse de absolutamente todo lo que hacían los personajes mientras yo me limitaba a sonreír e intentar entender lo que decían.

Llevábamos la mitad de la película cuando lo miré de reojo.

—No está tan mal —dije—. Pensé que sería mucho peor.

—Pues a mí no me gusta.

—Qué poco romántico eres. —Suspiré.

—No es realista.

—¿Y tú qué sabes? Podría haber una Julia Roberts por el mundo ahora mismo cruzándose con un señor millonario que le arreglará la vida.

—Julia Roberts no debería necesitar a un millonario para arreglar su vida —murmuró Ross.

Me quedé mirándolo un momento.

—¿Cuántas novias has tenido?

—Bueno, no te negaré que eso ha sido muy repentino.

Pausé la película y lo miré, curiosa. Él volvió a suspirar.

—Dos —me dijo.

—¿Solo dos? —Levanté las cejas—. Dijiste que en el instituto... Oh, vale. Déjalo.

Claro. No habían sido sus novias, sino algo mucho más rápido.

—¿Puedo preguntar por qué quieres saberlo? —Enarcó una ceja.

—Curiosidad. —Me encogí de hombros.

—Curiosidad —repitió, sonriente—. Sí, claro.

—¡Es verdad!

—Claro que sí.

Lo empujé, divertida, y él me atrapó la muñeca con una mano. Entonces me moví un poco para besarlo. No sabía ni por qué lo había hecho, pero me sentí mucho mejor al instante. Especialmente cuando me puso una mano en la parte baja de la espalda, por debajo de la sudadera, y la otra en la nuca, enredando su mano en mi pelo.

No fue como la primera vez, ni como el beso que me había dado en la cocina esa mañana. Fue... tierno. Nadie me había besado con ternura en mi vida. Y descubrí al instante que me encantaba.

O, al menos, me encantaba que él lo hiciera.

Le sujeté la mejilla con una mano y le besé el labio superior, el inferior y las comisuras, antes de abrir la boca bajo la suya. Y me sorprendió un poco su manera pausada y placentera de acariciarme la espalda de arriba abajo con los dedos. Me separé un momento y esbozó una pequeña sonrisa cuando le recorrí el labio inferior con el pulgar.

Justo cuando volvía a inclinarme hacia él, alguien llamó a la puerta y vi que Lana se asomaba sin esperar respuesta. Instintivamente, me separé de Ross y miré el portátil, que había quedado abandonado y solo por nuestra pequeña sesión de besos.

—¿Pasa algo? —le preguntó Ross, claramente molesto.

—No tengo cómo volver a casa —dijo ella, sonriendo como un angelito.

Intenté no poner los ojos en blanco mientras él suspiraba y se ponía de pie. Por supuesto, era incapaz de decir que no a nadie. Ni siquiera a Lana. Me miró después de ponerse los zapatos. Debió de verme la expresión de amor profundo hacia la rubia de la puerta, porque se quedó pensativo un momento.

—Volveré en un rato —me aseguró.

—Pues me voy a dormir —dije, acomodándome, de mal humor.

Miré a Lana de reojo y no entendí muy bien su expresión de horror. Mejor dicho, no la entendí hasta que noté que Ross me sujetaba del mentón y me giraba la cara. Sentí sus labios sobre los míos, presionándolos, y el mundo se detuvo de nuevo. Él se separó por unos centímetros, mirándome.

—¿Dormir? —preguntó en voz baja—. No lo creo. Espérame despierta.

Me quedé con la misma expresión de perplejidad que Lana cuando él se incorporó y salió de la habitación.

11

Química innegable

—¿Cómo es la madre de Ross? —le pregunté a Will en voz baja mientras nos alejábamos de su coche.

Naya, Sue y Ross iban unos metros por delante, quejándose de no sé qué. Bueno, en realidad, solo se quejaban Naya y Ross. Sue se limitaba a suspirar, como si no quisiera formar parte de esa conversación.

Y yo, claro, estaba estúpidamente nerviosa.

—Es muy simpática. —Will, a mi lado, se encogió de hombros—. Nunca la he visto siendo antipática con nadie.

Seguro que tú eres la primera.

Gracias por los ánimos, conciencia.

—Vale —murmuré con un hilo de voz.

Sonrió, divertido.

—Relájate —me dijo con una mano en mi hombro—. Le caerás bien.

—¿Tú crees? —Ojalá no hubiera sonado tan esperanzada.

—Pues claro que sí. Estoy seguro.

De pronto, me di cuenta de la sonrisita divertida que tenía en los labios. Y de lo poco que estaba disimulando yo. Me aclaré la garganta, todavía más nerviosa que antes.

—¿Y por qué querría yo caerle bien? —pregunté atropelladamente.

Él no borró su sonrisita en absoluto.

—Porque es la madre de tu *amigo*, ¿no?

Intenté pasar por alto su forma de hacer énfasis en la palabra «amigo».

—Oh, sí, claro —dije, y asentí rápidamente con la cabeza. Él entonces sonrió más ampliamente—. Mi amigo Ross, claro.

—¿Venís o qué? —protestó Naya, desde la entrada de la galería.

Los dos nos apresuramos a llegar a su altura. Ella abrió la puerta y aproveché para ver qué se había puesto. Yo había estado más tiempo delante del armario del que admitiría jamás —y seguía sintiéndome demasiado desaliñada—, mientras que ella, para sorpresa de todos, se había arreglado en cinco minutos. E iba mucho mejor que yo, claro.

Naya tenía un don con la ropa. Se pusiera lo que se pusiese, siempre parecía que iba formal. Yo era todo lo contrario.

—¿Cuánto tiempo duran estas cosas? —preguntó Sue.

—Normalmente, hasta que se termina la comida. —Ross sonrió y nos adelantó a todos, entrando en el edificio.

Lo seguí, y lo primero que vi fue a dos hombres vestidos con traje saludando a la gente que entraba. Supuse que serían ayudantes o algo así, porque Ross no se detuvo mucho tiempo a prestarles atención. Se conformó con un asentimiento de cabeza.

La sala principal era grande, blanca, y tenía cuatro columnas en las que había varios cuadros colgados. Las paredes también estaban repletas de ellos. De colores, en blanco y negro, con formas difusas, retratos...; de mil formas. Había otras dos salas. La gente se paseaba y miraba los cuadros con copas de vino en las manos. Había camareros con bandejas ofreciéndolas a todos los invitados. Enseguida localicé la mesa de comida y tuve la tentación de relamerme los labios. Lo habría hecho de no habérmelos pintado.

—¿Tienes hambre? —me preguntó Ross, divertido, siguiendo mi mirada.

—Me ha costado mucho pintarme los labios. No lo arruinaré tan rápido —dije.

—Yo podría... —se interrumpió a sí mismo cuando un hombre se le acercó y empezó a hablarle de su madre y de no sé qué más.

Los otros tres se habían dispersado por la sala, por lo que hice un ademán de seguirlos. Sin embargo, me detuve cuando Ross me echó una ojeada significativa. Pobrecito. No iba a dejarlo solo.

Me mantuve a un lado y dediqué unas cuantas sonrisas educadas al hombre cuando me miró. Ross hablaba con él con soltura y, como siempre, siendo estúpidamente encantador.

Cuando el hombre se marchó, volvió a girarse hacia mí, suspirando.

—¿Lo conocías? —pregunté, curiosa.

—No tengo ni idea de quién era.

Negué con la cabeza, divertida, mirando a mi alrededor.

—Oh, no... —Ross me agarró de la muñeca y empezó a arrastrarme con él a la sala contigua—. Vamos, corre.

—¿Qué...?

—Amigos de mi madre muy pesados que todavía no me han visto —me dijo rápidamente.

Sin embargo, en el momento en que pusimos un pie en la otra parte de la galería, una pareja se interpuso en nuestro camino. Sonreí ampliamente a Ross cuando vi que la conversación iba a ser larga. Esta vez lo dejé solo ante el peligro mientras me dirigía a la mesa de aperitivos. Necesitaba quitarme los nervios de encima y, sinceramente, la comida parecía una buena distracción.

Con una copa en la mano, decidí pasearme por la sala principal. Los cuadros me parecieron más bonitos de lo que me esperaba con la descripción de Ross. Algunos me llamaron más la atención que otros, pero también los había que no me gustaban demasiado. Me quedé mirando cuatro cuadros juntos de un coche azul. En cada uno avanzaba por el lienzo hasta perderse en el último.

Reconozco que estaba un poco aburrida cuando busqué a Ross de nuevo con la mirada. Lo vi en la entrada de la sala. También pareció estar buscándome e hizo un ademán de acercarse cuando nuestras miradas se cruzaron, pero se detuvo abruptamente porque tres hombres se interpusieron en su camino.

Así que, otra vez sola, me metí en la sala que me quedaba por recorrer. Ahí, los cuadros parecían ser un poco más... nostálgicos. Más tristes. Incluso los colores eran más apagados. El que más me llamó la atención fue uno de una niña, de espaldas, asomándose a un balcón. Estaba en blanco y negro; la única nota de color era el vestido amarillo de la niña. Me quedé mirándolo un momento.

Entonces me di la vuelta y vi que Ross estaba intentando no perder su genuina simpatía mientras ahora hablaba con un nuevo matrimonio. Nuestras miradas se cruzaron y casi pude ver que me suplicaba que lo ayudara. Divertida, tomé un sorbo de mi copa y me acerqué a ellos.

Por el camino, fui maquinando mi estrategia. Tuve que hacer grandes esfuerzos para no reírme cuando me detuve a su lado y me miró con esa sonrisa simpática que le estaba dedicando a todo el mundo.

Sin embargo, él se me adelantó cuando vio que iba a decir algo y mandó todo mi plan al cubo de basura de lujo que había a unos metros de nosotros.

—¡Cariño! —exclamó alegremente, acercándose.

Dios, ya parecía Lana.

La pareja se giró hacia mí con la misma expresión de sorpresa que tenía yo en la cara. Y que se intensificó cuando Ross se detuvo a mi lado y entrelazó los dedos con los míos.

Con beso corto en la boca incluido.

Creo que mi cara ya era del mismo color que el coche rojo del cuadro que teníamos al lado.

—¿Por qué no me has avisado de que habías llegado? —me preguntó—. Hubiera ido a buscarte a la puerta.

—Eh..., y-yo...

—Si me disculpan —dijo amablemente a la pareja, señalándome con la cabeza—, hace mucho que no veo a mi prometida. ¿Les importa...?

—Oh, en absoluto.

La mujer y el hombre se despidieron de mí con sonrisas amables. En cuanto hubieron salido de la sala, Ross suspiró, aliviado.

—Por fin. Creí que no se irían nunca.

—¿Prometida? —repetí, todavía roja de vergüenza, soltando su mano—. ¿Ha sido lo primero que se te ha ocurrido?

—Pues la verdad es que sí. Y ha sido creíble. —Me dedicó una sonrisa deslumbrante—. Nuestra química es innegable.

—No hay ninguna química.

—Sigue diciendo eso hasta que te lo creas.

Abrí la boca para replicar, pero se acercó una nueva mujer. Ross la saludó con un gesto de la cabeza y me enganchó con el brazo, guiándome rápidamente a la sala principal.

—¿Hay algo peor que encontrarte con amigos de tus padres que no has visto en años? —preguntó, suspirando.

—Pero ¿cuánto hace que no vienes a una exposición de tu madre?

—Yo vine hace dos meses. Ellos vinieron hace tres años.

—Oh.

Sonrió.

—Soy un buen hijo —dijo, orgulloso—. A veces. Cuando no tengo nada mejor que hacer.

—El hijo del año —dije, negando con la cabeza.

—También podría ser un buen prometido. Pero como no tenemos química...

—Oh, cállate.

Alcancé un canapé al pasar al lado de la mesa de comida y me lo metí en la boca. Sí, los nervios me daban mucha hambre.

—¿Y por qué no ha venido Mike? —pregunté—. También es su madre.

—¿Has intentado ponerte en contacto con él alguna vez? —Ross puso los ojos en blanco—. Es más fácil escapar de Guantánamo.

—Pero... si siempre está por tu casa.

—Sí, tiene un don para aparecer solo cuando no lo necesito.

Negué con la cabeza, mirando uno de los cuadros distraídamente. Cuando me volví a girar hacia Ross, vi que me estaba observando con la cabeza ladeada y mis nervios volvieron al instante.

—¿Qué? —pregunté enseguida.

—¿Qué te pasa hoy? Estás como... alterada.

—Estoy bien.

—¿Estás nerviosa por conocer a mi madre? —La idea pareció divertirle.

—¿Qué? —Solté una risita nerviosa—. ¿Qué dices? Claro que no. Eso sería de niña pequeña.

—Entonces, ¿no estás nerviosa?

—Claro que no.

Di un trago a mi bebida.

—¿Estás segura?

—Sí.

—No me mientas, Jen.

—¡Te estoy diciendo que sí!

—¿Seguro?

—¡Que sí, pesado!

—Genial, pues sígueme y te la presento.

Me atraganté con la bebida y me tomé un momento para no morir ahogada mientras él esbozaba una sonrisita malvada.

—¿Qué? —Parpadeé, intentando mantener la compostura—. ¿A-ahora...?

—Podemos ir a las doce de la noche, pero no creo que le guste mucho. Ahora será más simpática.

—N-no, pero... no... yo... no querría molestarla. Igual está hablando con invitados y...

—No te preocupes por eso.

Vacilé un momento, dejando la copa en la mesa. Él debió de ver que dudaba, porque me puso una mano en la nuca, obligándome a mirarle.

—Le he hablado bien de ti —aclaró.

—¿En... en serio?

—Sí.

—¿Y qué le has dicho?

—Eso no lo vas a saber nunca —me aseguró, divertido—. Lo que quiero decir es que ya le caes bien.

Bueno, eso era un alivio.

—Vale. —Asentí con la cabeza, como si fuera a embarcarme en un buque de guerra—. Vamos.

—Te advierto que es un poco rara —me dijo haciendo una mueca, y luego me guio con una mano todavía en mi nuca—. Un poco... hippy y distraída.

—¿Hippy y distraída?

—Ya me entenderás cuando la veas.

Estaba a punto de responder cuando vi que una mano de uñas pintadas de azul detenía a Ross por el hombro. Una mujer de mediana edad, con el pelo oscuro y largo, y los ojos claros —clavados en mí, por cierto—, se asomó y me pareció que me hacía un escáner de pies a cabeza. Me puse firme inconscientemente.

—Ah, hola, mamá —le dijo Ross, sonriente.

Su madre me causó una buena primera impresión. Iba vestida con unos pantalones grises anchos y una camisa. Tenía un tatuaje en la muñeca de una enredadera que le llegaba hasta el dedo meñique. No era la mujer formal que me esperaba. Tampoco era la mujer hippy que imaginaba por culpa de la vaga descripción de Ross. Era... una curiosa mezcla de ambas.

—Hola, Jackie, cariño —dijo con voz arrastrada, casi melodiosa.

Me hizo gracia cómo me miró. Era como si estuviera distraída, pero a la vez me daba la sensación de que era una persona muy observadora.

Ya empezaba a entender lo que decía Ross.

—Esta es Jennifer. Te hablé de ella.

—Sí, os he visto entrar juntos. —Su madre se apartó y me miró con una sonrisa amable—. ¿Cómo estás, querida?

No esperó a que respondiera. Me dio un pequeño abrazo que me pilló tan desprevenida que estuve a punto de no devolvérselo. Por suerte, reaccioné a tiempo y se lo devolví.

Así me gusta.

Gracias, conciencia.

—En un placer, señora Ross —le dije.

—Mary —me corrigió—. La señora Ross es mi suegra. Y a ella tampoco le gusta que la llamen así.

—Mary —me corregí yo a mi vez, sin ser capaz de deshacerme todavía de mis nervios.

—Hablando de tu abuela... —Miró a Ross—. Hace tiempo que no la veo. Deberíamos cenar con ella alguna vez.

Pareció que él iba a decir algo, pero su madre lo ignoró por completo y me pasó un brazo por encima de los hombros, alejándome de él. Yo lo miré como pude y vi que ponía los ojos en blanco antes de seguirnos.

—¿Qué te parece la exposición, Jennifer? —me preguntó Mary, atrayendo mi atención de nuevo.

—Si lo que quieres es que te hagan la pelota, tienes a muchos otros candidatos por aquí —le dijo Ross por detrás de nosotras.

—Jackie, cariño. —Su madre no lo miró—. Es una conversación de chicas. No molestes.

Sonreí divertida a Ross, que me hizo una mueca.

No pude evitar pasar por alto que su madre lo decía todo con voz calmada, como si estuviera en las nubes.

—¿Y bien? ¿Te ha gustado?

—Sí, sí, claro —dije enseguida.

—No me enfadaré si me dices que no. A mi hijo no le gusta y todavía no lo he desheredado.

—No es que no me guste —recalcó Ross—. Es que no tiene sentido.

—El arte es para los que saben entenderlo, hijo.

Ross le puso mala cara otra vez y yo intenté no reírme con todas mis fuerzas.

—Yo... —me aclaré la garganta— yo solía pintar en el instituto. Un poco.

—Oh, ¿en serio? —Ella sonrió antes de mirar a Ross—. No me habías dicho nada.

—No sabía que tenía que pasarte la biografía completa de todos mis compañeros de piso antes de venir.

—No de todos, solo de los que besas en medio de mi exposición.

De nuevo, me atraganté muy poco elegantemente con mi bebida. Vi que Ross se quedaba muy quieto por un momento. Su madre, sin embargo, esbozó una sonrisa. Se lo estaba pasando en grande.

—Eso ha sido... —intentó explicar él.

—Prefiero no meterme en esa parte de tu vida —lo cortó su madre—. Mejor no me des detalles.

Yo seguía tratando de no morir ahogada cuando se volvió a girar hacia mí.

—¿Qué cuadro te ha gustado más, querida?

Dudé un momento, recuperando la respiración. Cuando Ross vio que me resultaba complicado hablar, se apresuró a hacerlo en mi lugar.

—Todo el mundo elige siempre el de la bicicleta. Es el comodín.

—Eso es cierto —le concedió su madre.

Había visto el cuadro. Estaba en la sala principal. Era una bicicleta roja en un fondo de colores. Era cierto que todo el mundo se detenía a mirarlo.

—Bueno..., ese está bien —dije torpemente.

—¿Pero...? —A la madre de Ross le brilló la mirada.

—A mí me ha gustado más el de la niña en el balcón.

Ella me miró un momento y me pareció que estaba superando una prueba. La presión de mis hombros —la de mis nervios, no la de su brazo— disminuyó un poco. Entonces sonrió y se separó de mí.

—El de la niña en el balcón —repitió—. Curiosamente, también es mi favorito.

Primera prueba de nuestra nueva suegra: superada.

—¿No está mal que tú digas eso? —le preguntó Ross—. ¿No es poco ético o algo así?

—Es poco ético si se lo dices a alguien que quiera comprártelo.

Su madre se giró y le pellizcó la mejilla con una sonrisa. Él se apartó, malhumorado.

—No hagas eso —dijo, pasándose la mano por la mejilla—. Y menos en público.

—Todavía se avergüenza de mí —me dijo Mary—. ¿Crees que eso está bien, Jennifer?

—No deberías avergonzarte de tu madre, Ross.

Él me miró con mala cara mientras su madre sonreía.

—Bueno, tengo un montón de invitados que atender —añadió ella, suspirando—. Espero que la próxima vez que nos veamos podamos hablar más tiempo, querida.

¿La próxima vez? ¿Cómo estaba tan segura de que habría una próxima vez?

Incluso yo estoy segura de que la habrá.

Se giró hacia su hijo y entornó los ojos.

—Y tú, a ver si te dejas ver más por casa. Hace mucho que no vienes.

—Estoy bien en la mía —replicó Ross, un poco más seco que de costumbre.

—Eso no quita que tengas que visitar a tus padres de vez en cuando, Jackie. Podrías venir a cenar un día de estos.

—Estoy bien —repitió.

Su madre pareció dudar, pero entonces se giró hacia mí como si se le hubiera ocurrido algo.

—¿Y por qué no vienes tú también, Jennifer? —sugirió—. Sería un buen incentivo para que el señorito se dignara a venir.

—Mamá, no pongas a Jen en un compromiso.

—No pasa nada —aseguré—. Yo... eh... estaré encantada de ir. Gracias por invitarme.

—Eres un cielo. Ah, Jackie, recuerda avisar también a tu hermano. Hace mucho que no lo veo. ¿Cómo está?

—Como siempre. —Ross puso los ojos en blanco.

—Ya veo. —Su madre sonrió un poco menos animada y nos miró—. Bueno, como os he dicho, me quedan muchos saludos aburridos por delante. Espero que os guste la exposición, niños. Gracias por venir. Un placer conocerte, Jennifer.

—Igualmente —dije tímidamente.

Cuando se marchó, vi que Ross todavía me miraba con mala cara.

—¿Qué? —pregunté.

—No deberías avergonzarte de tu madre, Ross —imitó mi voz.

Riendo, enganché su brazo con el mío.

—Oh, vamos, ha sido divertido.

—Al menos, supongo que te ha caído bien.

—Se ha reído de ti. Me ha caído genial.

—Qué decepción. Pensé que me defenderías cuando se metiera conmigo.

—¿Te recuerdo que tú te pasas el día metiéndote conmigo?

—Pero lo hago con cariño. Tú lo haces con maldad.

Negué con la cabeza y él miró su móvil.

—En fin, se está haciendo tarde... ¿Has visto a los demás?

—La verdad es que no.

Me giré tratando de localizarlos y vi que los tres estaban junto a la salida, buscándonos a nosotros. Naya fue la primera en vernos y me hizo un gesto alegre, como de costumbre. Ellos salieron del local y yo tiré del brazo de Ross hacia la puerta.

Estábamos llegando a ella cuando su madre volvió a aparecer.

—Cariño, casi se me había olvidado.

Le dio un beso en la mejilla y él pareció bastante abochornado, lo que me hizo sonreír.

—Felicidades —añadió ella, quitándole el pintalabios de la mejilla con el pulgar—. Pásatelo bien hoy, ¿vale?

Me apretó el hombro amistosamente al pasar por nuestro lado e ir a saludar a un grupo del fondo. Miré a Ross, curiosa.

—¿Te ha felicitado?

—Eso parece.

—¿Por qué?

—Porque es mi cumpleaños.

Ya habíamos salido de la galería, pero me detuve abruptamente para mirarlo fijamente, perpleja.

—¿Qué...? —Parpadeé, reaccionando—. ¿Es tu cumpleaños?

—Sí. —Se encogió de hombros.

—¿Hoy?

—Sí, ¿te pasa algo?

Lo empujé por el pecho y él me miró, sorprendido.

—¿A qué ha venido eso? —protestó.

—¡Te lo mereces por no haberme dicho nada! —Fruncí el ceño—. ¿Tenías pensado informarme al menos?

—Pues claro.

—¿Cuándo?

—A las doce. Para que no pudieras molestarme.

Me giré en busca de ayuda y vi que Naya y Sue esperaban junto a Will, que se había encendido un cigarrillo. Fui directa a él y escuché que Ross me seguía.

—¿Sabías que hoy es su cumpleaños? —le pregunté a Will en tono acusatorio.

—Claro. —Will pareció confuso—. ¿Tú no?

—¿Es tu cumpleaños? —Naya levantó las cejas.

—Qué asco dan los cumpleaños —murmuró Sue.

—¿Por qué le das tanta importancia? —preguntó Ross, confuso, encendiéndose también un cigarrillo. No parecía muy preocupado.

—¡Es tu día! —le dije, intentando que reaccionara—. Deberías celebrarlo. Cumples diecinueve.

—Veinte —me corrigió.

Parpadeé, haciendo el cálculo rápidamente.

—¿Tienes dos años más que yo? —pregunté, confusa.

—Sí. —Sonrió—. Soy un abuelo, ¿eh?

—Pero... solo vas un año por delante de mí.

—Eh..., sí. —Él y Will intercambiaron una mirada rápida—. Tuve un... problemilla en el instituto. Con un curso.

—¿Tuviste que repetir?

—No exactamente —dijo Will, divertido.

—¿Y qué pasó?

Pese a su sonrisa aparentemente despreocupada, vi que parecía un poco incómodo.

—No quiero que te lleves una mala impresión de mí.

Miré a Sue y Naya. La primera seguía comiendo lo que había conseguido robar de la exposición. La segunda fingió que no me veía.

—Bueno —como vi que nadie iba a decirme nada, miré a Ross—, entonces, ¿no quieres celebrarlo?

—¿Qué puedo decir? Soy un hombre sencillo.

—Nunca lo celebra —me aclaró Naya—. Como mucho, vamos a tomar cervezas.

—Pues hagamos eso. —Sacudí la cabeza—. No me puedo creer que no quieras celebrar tu cumpleaños.

—En realidad, yo creo que me iré a casa —me dijo.

—¡Ross!

—No me apetece ir a...

—Vamos, no seas aburrido.

Los demás se quedaron mirándolo también. Parecían tener ganas de ir a tomar unas cervezas. Ross suspiró.

—Déjame terminarlo —me advirtió, señalando el cigarrillo.

Sonreí ampliamente. Por fin me salía con la mía en algo.

Mientras esperábamos a los chicos en el coche de Will, mi móvil vibró. Monty me había llamado dos veces. Y me acababa de mandar un mensaje.

¿Por qué no me estás respondiendo?

Estaba a punto de escribir algo cuando me llegó otro.

¿Con quién estás? Mándame una foto.

Puse los ojos en blanco y me guardé el móvil otra vez. No iba a pasar por eso en el cumpleaños de Ross.

De hecho, ya había pensado bastante en ello y cada vez estaba más segura de que no quería pasar por eso *nunca*. En absoluto. Aunque tampoco era algo que pudiera decidir sin hablar antes con Monty, claro.

Los chicos aparecieron poco después y Will condujo hasta el bar en el que habíamos visto tocar a Mike aquella vez. Nos sentamos en una de las mesas junto a las ventanas y nos pedimos una cerveza todos, menos Sue, que tenía su preciada botella de agua.

—Sigo sin querer darte agua —me dijo al ver que la miraba.

—¿Por qué no esperas a que te la pida para decírselo? —me defendió Ross.

—Tú, cállate.

—Sue —le dije—. Es su cumpleaños.

Ella dudó un momento.

—Pues... tú, cállate..., y felicidades.

Si giró, muy digna.

No sé cuánto tiempo estuvimos ahí. Yo me tomé dos cervezas y media. Y ya era suficiente como para ir un poco contenta. No estaba acostumbrada a beber. Will era el único, aparte de Sue, que seguía con su agua, que solo había pedido una. Después de todo, tenía que conducir.

Ross había bebido cinco y seguía como una rosa.

—¿No te emborrachas nunca? —pregunté, confusa, viendo cómo dejaba la botella ahora vacía en la mesa.

—Tengo mucho aguante. —Sonrió—. ¿Qué pasa? ¿Tú ya vas borracha?

—No —murmuré—. Pero... eh... mejor termínatela tú.

Divertido, cogió la media cerveza que me quedaba. Lo miré de reojo mientras los demás hablaban de algo que no me interesaba y fruncí el ceño.

—¿Qué quieres? —preguntó directamente.

—¿Cómo sabes que quiero algo?

—El instinto. ¿Qué pasa?

Lo pensé un momento.

—¿Qué te pasó en el instituto? —le pregunté.

—Y yo que creía que ya se te había pasado la curiosidad...

Apoyó el brazo libre en el respaldo de mi silla. Parecía un poco incómodo con el tema de conversación, pero aun así siguió hablando.

—Tuve un... mmm... problema con un compañero.

—¿Y repetiste por eso?

—Tuve un problema con él y..., bueno, me expulsaron.

Me quedé mirándolo fijamente.

—¿Qué?

—Ya te dije que en el instituto no era como soy ahora.

—P-pero... ¿qué le hiciste?

—Eso no te lo voy a decir.

—Oh, vamos.

—Solo te diré que tuve que repetir curso. Y eso que tenía unas notas bastante buenas. Era un poco imbécil, pero estudiaba.

Quería saber más, pero decidí esperar a ver si se emborrachaba para preguntarle de nuevo. Y, pese a que estuvo un rato más bebiendo, no hizo nada más que mirar a los demás con poco interés.

Definitivamente, no iba a emborracharse.

Por otro lado, no estaba segura de por qué, pero..., cada vez que me quedaba mirándolo, lo veía más atractivo. Probablemente era culpa de las cervezas. Decidí intentar alejarme de esos pensamientos y centrarme en otros que no hicieran que me ruborizara.

—No me puedo creer que no me dijeras que es tu cumpleaños —murmuré—. No tengo ningún regalo.

—No quiero ningún regalo.

—Eso dicen todos los que quieren regalos.

Apreté los labios al notar que el móvil me vibraba por otro mensaje. Seguro que era de Monty. No lo miré.

—No quiero regalos, de verdad —me aseguró—. Me conformo con que no me vuelvas a preguntar lo del instituto.

—No iba a hacerlo —mentí descaradamente.

—Lo que tú digas.

—¿Y lo de Terry? —Sonreí—. Naya te amenazó con contármelo. ¿Por qué?

Él se terminó la cerveza y se puso de pie.

—Me voy a fumar —me dijo, sonriendo—. Puedes venir, pero no te lo contaré.

Los demás no nos prestaron mucha atención mientras los dos íbamos fuera. Me puse el abrigo, medio congelada. Él se encendió un cigarrillo mientras se sentaba en uno de los bancos de piedra que rodeaban el aparcamiento del local.

—No deberías fumar tanto —le dije.

Suspiró.

—Ya empezamos...

—A largo plazo, puede provocar problemas cardiovasculares, enfermedades pulmonares, cáncer de boca, laringe y mil otras cosas... e impotencia sexual.

—Dijo la doctora.

—¡Lo busqué en internet para informarte!

—Bueno, con lo último todavía no he notado ningún problema. —Sonrió de medio lado—. ¿Tú sí?

—¿Eh? —Enrojecí al instante—. ¿Yo? No, yo no... Oh, vamos, estábamos hablando de esa arma mortal que tienes en la boca.

—Esa arma mortal —repitió, riendo—. Qué exagerada eres.

Lo miré con mala cara y dejó de reír al cabo de pocos segundos.

—Sé que es malo —replicó—. No necesito que me lo recuerdes cada vez que me enciendo uno, Jen.

—Vale, pues te lo recordaré sin necesidad de que te enciendas ninguno.

—Si lo apago, prométeme que tú dejarás de mirar esos *realities* de la televisión. Eso sí que son armas mortales.

—¡Me gustan mis *realities*!

—A mí me gustan mis cigarrillos, Jen.

Hice una mueca, pero terminé asintiendo. Él sonrió y apagó el cigarrillo en el suelo.

—Ya está —dijo, señalándolo—. ¿Contenta?

—Depende. ¿Cuántos te quedan?

—Oye, acabo de sacrificar medio cigarrillo por ti —protestó—. Sé que esto es amor verdadero, pero ve poco a poco.

—Bueno..., vale.

Extendió el brazo y me cogió la mano para tirar de mí hacia su cuerpo. Me quedé de pie entre sus piernas y noté sus manos en mis caderas. A pesar de llevar unas cuantas capas de ropa encima, podía sentir perfectamente todos y cada uno de sus dedos.

—No me puedo creer que no me hayas dicho que era tu cumpleaños —repetí por enésima vez.

—No es que mi vida vaya a cambiar mucho por tener veinte años —replicó—. No veo que sea tan importante.

Justo en ese momento, noté que el móvil me vibraba. Otro mensaje de Monty. Como lo tenía en el bolsillo y él lo estaba rozando con la mano, lo notó enseguida.

—¿No vas a mirarlo? —preguntó.

—Si fuera importante, me llamarían. —Me encogí de hombros.

Aun así, no pude evitar pensar en lo enfadado que estaría Monty, y lo mucho más que se enfadaría si no le respondía pronto. Intenté quitármelo de la cabeza. Me había dicho que si hablaba otra vez con Ross lo nuestro se había terminado. Y estaba hablando con Ross. Aunque respondiera, se volvería loco. Iba a perder, hiciera lo que hiciese.

En conclusión, prefería seguir disfrutando un poco más de la compañía de Ross y olvidarme de Monty.

—Ahora que lo pienso... —Entorné los ojos—. ¿Cumples años el día antes de Halloween?

—Sí. Es fácil de recordar. Por cierto, ¿ya te has comprado un disfraz?

Lo miré, confusa.

—¿Yo?

—No, Jen. El camarero. ¿Tú qué crees?

—No he comprado ningún disfraz... ¿Por qué?

—¿Naya no te ha dicho nada? Mañana tenemos una fiesta de Halloween. La excusa perfecta para emborracharnos vestidos de criaturas malvadas.

—Oh, ¿dónde es?

Vi que su expresión cambiaba un poco al aclararse la garganta.

—Es en la fraternidad donde hicieron la otra fiesta.

—Es decir..., en la fraternidad de Lana.

Cuando hice un ademán de apartarme, mantuvo sus manos en mis caderas y se puso de pie, reteniéndome.

—No tenemos por qué ir —aclaró.

—No voy a obligaros a todos a no ir por mi culpa, Ross. Pero a mí no me apetece.

—Y a mí no me apetece ir a ninguna fiesta sin ti. Podemos quedarnos los dos en casa. O ir a otra fiesta.

Aparté la mirada y lo escuché suspirar.

—Mira, aunque fuéramos..., dudo que nos crucemos con Lana. Y, si lo hacemos, puedo decirle que te deje en paz.

—No quiero ponerte en una situación incómoda con tu amiga, Ross.

—¿Con mi amiga? —repitió, incrédulo—. ¿No te dejé claro el otro día cuál era su lugar en mi vida?

—Bueno..., sí.

—Si no quieres que vayamos, no vamos. Pero no digas que es por eso.

Lo pensé un momento y levanté la mirada cuando noté que me apartaba el mechón de pelo que siempre se me escapaba.

—No tengo disfraz —murmuré.

—Podemos ir a comprarte uno.

No tenía dinero, y no iba a pedirle que él me comprara uno. Eso estaba descartado.

—¿El día de Halloween? Ya no encontraremos ninguno.

—Bueno, pues Naya te dejará uno. O vamos sin disfrazarnos, ¿qué más da?

Ya tenía una sonrisita de victoria en los labios porque sabía que estaba ganando. Finalmente, suspiré y asentí con la cabeza. Su sonrisa se ensanchó.

—Está bien —accedí, señalándolo—. Pero si Lana...

—No va a acercarse a ti —me aseguró.

—¿Por qué estás tan seguro?

—Porque estarás ocupada conmigo toda la noche.

Entonces me acercó un poco más a él con una sonrisa bastante diferente que hizo que se me secara la boca.

—Bueno —murmuró—, he intentado mantener la compostura, pero la verdad es que hace rato que quiero arruinar el magnífico trabajo que has hecho con el pintalabios que te has puesto.

Por algún motivo, lo único que me salió fue una sonrisa de idiota.

—¿Y a qué esperas?

Noté que se me erizaba el vello de la nuca cuando se inclinó hacia delante y me besó en los labios. Cerré los ojos, dejándome llevar. Justo cuando hice un ademán de abrazarlo, el móvil volvió a vibrar.

Colgué sin mirar.

—¿No te estaban...? —empezó a preguntar Ross.

Hice que se callara besándolo de nuevo. No protestó en absoluto.

Estuvimos unos segundos más besándonos sin ninguna prisa, pero me separé rápidamente al oír la puerta del bar. Will y Sue estaban llevando a Naya a rastras. Ella sí se había emborrachado intentando seguirle el ritmo a Ross.

—Igual deberíamos volver a casa —sugirió Will, mirándola de reojo.

Los ayudamos a entrar en el coche y vi que Will sentaba a Naya en la parte de delante. Sue, Ross y yo nos quedamos atrás. Yo en medio.

Por algún motivo, durante todo el viaje tuve la tentación de girarme hacia Ross. Nuestras piernas se tocaban. Y nuestros brazos también. Pero no parecía suficiente. Sentía cosquilleos en las puntas de los dedos cada vez que Will tomaba una curva y él tenía que pegarse un poco más a mí. Respiré hondo.

Entonces noté que él se acercaba. Mi corazón se detuvo un momento cuando me besó justo debajo de la oreja y luego apoyó la cabeza en mi hombro con la misma familiaridad que usaría alguien que ya ha hecho eso mismo mil veces, pese a que, para nosotros, esa era la primera.

Por un momento, me quedé sin respiración. Sin saber qué hacer. ¿Por qué estaba tan alterada? Solo se había apoyado en mi hombro. Pero estaba nerviosa. O más bien tensa. En el buen sentido. O en el malo. Dependía un poco de cómo lo mirara.

Se separó de mí cuando llegamos al edificio. Noté mi cuello frío cuando salió del coche y se quedó esperándome. Will cargó con Naya, que se tambaleaba, por el ascensor y el pasillo. Fueron los primeros en encerrarse en su habitación. Sue también desapareció pronto. Decidí imitarlos.

Me estaba quitando las botas cuando Ross llegó al cuarto, bostezando con ganas.

—Felicidades —le dije—. Después de todo..., todavía no te lo había dicho.

Se quedó mirándome un momento con su mente perversa funcionando a toda velocidad.

—Gracias. —Sonrió—. Aunque se me ocurren mil formas mejores de ser felicitado, la verdad.

Reboté en la cama cuando él se dejó caer a mi lado. Me terminé de quitar las botas y me giré para mirarlo. Tenía los brazos cruzados por detrás de la nuca.

—Estoy cansado y no he hecho nada —reflexionó—. Es sorprendente.

—Bienvenido a mi vida.

—Tú sales a correr cada día —murmuró, jugueteando con uno de los cordones de mi sudadera distraídamente—. O a dar brincos por el parque.

—Yo no doy brincos. Corro como una profesional. Y durante una hora y media.

—¿Tanto te gusta sufrir?

—Solía hacer atletismo —me defendí—. Se me da bien.

—¿Recuerdas cuando te pregunté qué te gustaba hacer y tú dijiste nada? Pues ya he descubierto que te gusta pintar y correr. Mentirosa.

—¡No te mentí! Es que..., bueno, tampoco es que sean cosas muy importantes.

Él soltó el cordón y me miró.

—Igual debería ir alguna mañana contigo para comprobar que no nos mientes al decir que vas a correr.

—No podrías seguirme el ritmo, listillo.

—Jen, hiperventilas subiendo las escaleras.

—¡Eso no es cierto! —Sí lo era.

—Yo creo que te limitas a correr durante cinco minutos y luego paras a tomarte un café.

Se rio cuando intenté darle con una almohada en la cara. Acabamos forcejeando para apoderarnos del cojín, y de alguna forma me encontré a mí misma tumbada en la cama besándome con él de nuevo. Cerré los ojos y le agarré las solapas de la chaqueta, tirando un poco más de su cuerpo hacia mí. Él me quitó la sudadera lentamente, dejándome con la camiseta interior.

Y, entonces, mi móvil volvió a sonar.

Ross paró un momento cuando me lo saqué del bolsillo para dejarlo sobre la mesita de noche, pero me detuve al ver que él leía el nombre de Monty en la pantalla.

—Es muy pesado —le dije—. No le des mucha importancia.

Dejé el teléfono a un lado, pero Ross se quedó mirándolo.

—¿Era él quien te llamaba antes?

—Eh..., puede ser. No lo he mirado.

Me sostuvo la mirada por un momento y, honestamente, no supe muy bien cómo interpretar su expresión.

—¿Os habéis peleado?

—¿En serio quieres hablar de Monty ahora? —pregunté, frustrada.

Suspiró y se separó de mí, quedándose sentado en la cama. Se quitó la chaqueta y vi que hacía un ademán de ir a por su pijama a la cómoda. Lo detuve por el brazo. Ya había apagado el móvil y lo había dejado a un lado.

—¿Qué haces?

—Irme a dormir —me dijo, como si fuera evidente.

—P-pero... ¿no...?

—Jen, no te ofendas, pero me cuesta un poco concentrarme si otro tío te está llamando compulsivamente.

Soltó su brazo y se puso de pie. Después se quitó la camiseta con una mano y vi que rebuscaba en los cajones. El águila de su espalda parecía más tensa que de costumbre. Maldije a Monty en voz baja y me puse de pie, acercándome cautelosamente.

—¿Te has enfadado conmigo?

—No —me dijo. Y de verdad no sonaba enfadado.

—Ross, es tu cumpleaños, no... no quiero...

—Dentro de un rato dejará de serlo.

Miré la hora y vi que eran las once y cuarto.

Suspiré y me pasé una mano por la cara. No quería acostarme así, enfadada con él. Pensé en todas las veces que me había ido a dormir después de haber discutido con Monty sin que ello me supusiera ningún problema. Pero con Ross... no era lo mismo. Ross no era de esas personas con las que querías estar enfadada. Era de esas personas que querías abrazar.

Así que eso hice.

Noté que se tensaba un poco cuando le rodeé la cintura con los brazos y le di un beso en el centro del tatuaje. Después apoyé la mejilla en él. Tenía la piel cálida.

—No te enfades conmigo —murmuré.

Noté que la tensión de su cuerpo desaparecía cuando suspiró y dejó de rebuscar en los cajones.

—No estoy enfadado, ya te lo he dicho.

—Tampoco estás contento.

No dijo nada y yo cerré los ojos un momento.

—Ross..., hace unos días que las cosas con Monty no funcionan muy bien. Él y yo... mmm... discutimos cuando le dije que tú y yo... eh...

Me corté a mí y misma y carraspeé, incómoda. Había dejado de buscar en la cómoda y estaba muy quieto, escuchando.

—Yo... sé que llevo muy poco tiempo con Monty —añadí en voz baja—. Solo cuatro meses, ya lo sé. Pero... ahora que me he alejado un poco de él..., no lo sé. Siento que estoy mejor, ¿sabes? No es que me trate mal, pero creo que no me hace bien. Ni yo a él. Ross..., cuando empezamos todo esto de la relación abierta, mi mayor miedo era que a Monty le gustara otra persona más que yo. Y ahora... ahora me da miedo que me pase a mí.

Como siguió sin decir nada, me arriesgué y terminé de decirle la verdad.

—Tengo que hablar con él sobre ello. Y me da... miedo. No sé ni si seguimos juntos, la verdad. Y... estoy intentando aplazar el máximo tiempo posible esa conversación, por eso no le respondo. Y por eso no deja de llamarme. Esa es... la estúpida verdad.

Se quedó quieto por unos momentos y luego se dio la vuelta dejando que siguiera rodeándolo con los brazos. Me miró detenidamente antes de esbozar media sonrisa.

—¿Quieres que veamos una película?

Dudé un momento, sorprendida.

—¿Ahora?

—¿Tienes algo más que añadir?

—No, pero...

—Entonces, ¿es un sí?

Vale, no estaba acostumbrada a eso. En mi pequeño mundo, las discusiones siempre terminaban en gritos y cosas peores, no viendo películas. Asentí con la cabeza, confusa.

—Sí..., sí, claro.

—Genial. Elijo yo.

—¿Eh? —Cuando se separó y fue a por su portátil, fruncí el ceño, reaccionando por fin—. ¿Y eso por qué?

—Porque es mi cumpleaños.

—Pero...

—Es mi cumpleaños —repitió, muy digno.

Sonreí y me acosté en la cama a su lado. Ross ya estaba rebuscando entre todo el amplio catálogo de películas que tenía delante.

—Siento no haberte dicho antes lo de Monty —añadí en voz baja.

Él se detuvo un momento para mirarme y sacudió la cabeza.

—Tenéis que resolverlo entre vosotros dos, no conmigo. Además..., yo ya sabía que tenías novio.

—Técnicamente, creo que ya no es mi novio.

—¿Por qué no?

—Porque me dijo que, si volvía a hablar contigo, dejaría de serlo.

Ross frunció el ceño durante un segundo antes de sonreírme.

—Pues me alegro de que no hayas dejado de hablarme. —Se giró y siguió buscando una película—. La verdad es que creo que mis días sin nuestras conversaciones sin sentido serían muy vacíos.

12

Ángeles y demonios

Al salir de clase, hice una mueca al ver que estaba lloviendo. Me detuve delante de una de las ventanas de la entrada y recordé que no tenía paraguas y tampoco dinero para el metro. Pensé en esperar que dejara de llover o que, al menos, amainara, pero en ese momento recibí un mensaje de Naya:

He dejado el disfraz sobre vuestra cama. <3

Negué con la cabeza, divertida, y le contesté:

¿Crees que Will puede venir a buscarme a la facultad?

Está en clase. Pero seguro que Ross estará encantado de hacerlo.

Marqué su número tras dudarlo unos segundos y me llevé el móvil a la oreja. Al segundo tono ya me estaba respondiendo.

—¡Si es mi chica favorita!

—Llamando a su chico favorito —bromeé.

—Por fin lo admites.

Puse los ojos en blanco, divertida.

—¿En qué puedo ayudarte en esta agradable velada? —preguntó.

—¿Estás... haciendo algo importante?

—¿Más importante que tú? No lo creo.

—Ross, hablo en serio.

—¿Qué pasa? ¿Necesitas un chófer?

Me miré las manos, algo avergonzada.

—Bueno..., no me vendría mal. Es decir..., si puedes. Es que me he dejado la cartera y no puedo coger el metro, y esperar no es...

—Jen, no tienes que darme explicaciones. Solo tienes que pedírmelo.

No pude evitar esbozar una sonrisa un poco estúpida.

—¿Puedes venir a buscarme?

—Ya estoy en el coche —dijo, divertido.

Negué con la cabeza.

—Nos vemos en un momento, entonces.

—Espero ganarme un beso de agradecimiento por esto.

—Ya lo veremos.

—Entonces hay una posibilidad.

—¿Quieres colgar? ¿No estás conduciendo?

—Puedo hacer dos cosas a la vez.

—¡Ross, con esas imprudencias al volante, vas a terminar...!

—Que sí, mamá —murmuró y colgó.

Me metí el móvil en el bolsillo y miré a mi alrededor, esperando. Ross no tardaría nada. Incluso con el mal tiempo, conducía como un loco. Y Will me había dicho que conducía mucho más despacio cuando yo estaba en el coche, no quería ni imaginarme cómo conduciría estando solo.

Decidí centrarme en el tablón de anuncios que tenía al lado. Al principio, lo leí distraídamente, pero me centré mucho más cuando me di cuenta de lo que contenía: ofertas de empleo. Las leí todas y me quedé con una en concreto en la que buscaban una camarera. Con o sin experiencia. El sueldo era horrible y las horas todavía peores, pero estaba cerca de casa de Ross y seguía necesitando el dinero de la residencia antes de que pasaran los meses acordados. Me mordí el labio inferior, pensativa, releyéndolo de nuevo.

Justo en ese momento, noté que alguien me rodeaba la cintura con un brazo desde atrás, pegándose a mi espalda. No necesité girarme para saber quién era.

—¿Qué miras, pequeño saltamontes? —preguntó Ross, curioso.

—¿Cómo puedes haber venido tan rápido? —Lo miré por encima del hombro.

—Porque soy un imprudente al volante. ¿Qué es eso?

—Una oferta de trabajo. —Se la enseñé.

Agarró el papel y vi que su ceño se fruncía al leerlo.

—¿Y puedo preguntar por qué te interesa?

—Ross, necesito trabajar.

—No necesitas trabajar. —Frunció el ceño aún más—. En absoluto.

—De hecho, sí lo necesito.

—Lo que necesitas es el dinero.

—Pues... sí. Para eso están pensados los trabajos.

—Olvídate de trabajos explotadores. ¿Cuánto dinero necesitas?

Parpadeé, sorprendida, al darme cuenta de la seriedad de sus palabras.

—N-no..., bueno..., no es que lo necesite ahora mismo. Es para pagar la residencia cuando vuelva. O no tendré habitación.

—Pues quédate con nosotros.

—Sí, claro... —Sonreí, divertida—. Sue me matará mientras duerma.

—A Sue le caes bien... sorprendentemente. A Will también. Y creo que no hace falta que te diga lo que siento yo cuando te veo revoloteando por el piso, ¿no?

—Me quedaré con el anuncio igualmente. —Hice un ademán de agarrarlo y él se apartó—. ¡Ross!

—No, no con este. Esto parece esclavitud.

—Solo son unas cuantas horas más.

—Ni siquiera es legal. No debería devolverlo al tablón.

—Ross, necesito un trabajo —le dije, esta vez seria.

—¿Y por qué no puedes, simplemente, aceptar mi dinero?

—Porque no quiero abusar de ti y me gustaría tener mi propio dinero.

Me miró, mordiéndose el labio como si estuviera pensando a toda velocidad. Yo me crucé de brazos, enfurruñada.

—Vale, pero este trabajo no —concluyó—. Al menos, búscate uno en el que no vayan a explotarte.

—No voy a encontrar nada mejor.

—Claro que lo harás. No digas bobadas.

Dejó el anuncio en el alféizar de la ventana y yo suspiré.

—Está bien. Pero solo lo acepto porque tengo hambre y ganas de llegar a casa.

Algo se iluminó en su mirada cuando me referí a su piso como «casa». Nunca lo había hecho. Al menos, no en voz alta. Me aclaré la garganta, un poco abochornada, e hice un gesto hacia la salida.

—¿Tienes... eh... paraguas?

—Tengo algo mejor.

—¿El qué...?

Me agarró de la mano y me arrastró hacia la puerta. Vi que se ponía la capucha de la chaqueta y se levantaba uno de los lados para cubrirme con él. No me quedó otra que pegarme a su cuerpo para avanzar hacia el coche. Casi me maté por el camino y empezó a reírse de mí, por lo que lo empujé y me mojé las zapatillas deportivas y los calcetines. Por supuesto, siguió riéndose de mí con más ganas. Y continuaba haciéndolo cuando se subió a su asiento tras dejarme en el mío y rodear el coche.

—No tiene gracia, ¡podría coger una gripe por tu culpa!

—Eres una dramática. Quítate las zapatillas y ya está.

—También tengo los calcetines mojados —dije, enfurruñada, cruzándome de brazos.

—Pues quítate las dos cosas.

—¿Y voy descalza desde el coche hasta tu edificio?

—Si lo que insinúas es que quieres que te lleve en brazos, no vas a tener que pedirlo dos veces.

Sonreí, divertida, mientras me descalzaba. Él puso la calefacción al instante y noté el aire caliente en mis pies desnudos.

—¿Ya tienes disfraz para esta noche? —preguntó, mirándome de reojo.

—Sí. —Sonreí, ilusionada, sin saber muy bien por qué—. Naya me deja uno.

—¿Es de pequeño saltamontes?

—Lo siento, pero no.

—¿Es de enfermera sexi?

—Pues no.

—¿Es una fantasía o algo así?

—Puede. ¿Qué es?

—Vas a tener que esperarte a esta noche para verlo.

Sonrió y negó con la cabeza.

—¿Y tú? —pregunté.

—Te lo diré para que veas que soy mejor persona que tú. Iré del asesino de la película *Halloween*. Michael Myers.

—¿De su versión sexi? —pregunté, riendo.

—Obviamente. No podría dejar de serlo. Como bien sabes.

—Quizá debería disfrazarme de la protagonista de esa película.

—Quizá debería perseguirte toda la noche para meterme en mi personaje.

Le di una palmada en la rodilla y él sonrió, inclinándose para subir el volumen de la radio.

No hablamos de nada más por el camino y comprobé que, efectivamente, conducía más despacio cuando estaba conmigo. Había tardado casi el doble en volver a casa que en ir a buscarme. No sé por qué, pero eso hizo que le sonriera un poco cuando aparcó. Se dio cuenta enseguida y levantó una ceja, curioso.

—¿Qué me he perdido?

—Nada. Solo tu beso de agradecimiento.

Sin saber por qué lo hacía, me quité el cinturón y me incliné hacia él para darle un beso en los labios. Al instante, solté un gritito de sorpresa cuando me rodeó con un brazo y me sentó en su regazo.

—¡Oye!

—Solo quería facilitarte el trabajo. —Sonrió como un angelito.

Negué con la cabeza y me incliné hacia delante. Noté sus manos dentro de mi jersey, en mis caderas, directamente en mi piel. Yo, por mi parte, le puse ambas en las mejillas para besarle el labio inferior, el superior y las comisuras antes de perderme dentro de su boca.

—¿Sabes? Seguimos teniendo la oportunidad de quedarnos aquí en lugar de ir a la fiesta —sugirió—. Es decir, si hacemos esto..., por mí no hay problema.

—¿No fuiste tú quien me convenció para que fuera?

—¡No sabía que estarías así de cariñosa!

—¡Yo siempre soy cariñosa!

—Y una mierda. Siempre tengo que ser yo quien da el primer paso. Estoy harto de tanta presión.

Sonreí y volví a inclinarme hacia él. Esta vez, le besé de verdad, moviendo las manos a su nuca y entrelazando los dedos ahí. Me desvié un momento hacia su mandíbula y su sombra de barba me pinchó los labios.

—¿No te gusta? —preguntó al darse cuenta.

—La verdad es que sí.

—¿Quieres que te diga las cosas que me gustan a mí?

Abrí mucho los ojos cuando bajó las manos y me agarró el culo con ambas manos, descaradamente. Él sonrió al ver mi expresión de alarma.

—Te juro que tienes el mejor culo que he visto en mi vida.

—¿Q-qué...?

—Lo digo totalmente en serio. Siempre te hago caminar delante de mí para verlo mejor.

—¡Ross, no...!

Me cortó apretándolo con ambas manos e inclinándose hacia delante para darme un beso que me dejó mareada.

Después, sin previo aviso, abrió la puerta del coche y bajó sin quitarme una mano de debajo del culo. Cuando vi que, ya dentro del edificio, iba al ascensor como si fuera tan normal estar llevándome así en brazos, intenté bajarme.

—Quieta, fiera —me dijo, sonriendo.

—¡Alguien podría vernos así!

Me ignoró y se metió en el ascensor, pulsando el botón del tercer piso.

—¿Y qué tendría de malo? Solo te estoy sujetando.

—Sí, por el culo.

—Sí, por tu culito perfecto.

—Ross... —empecé, avergonzada.

—Aunque la verdad es que tus piernas y tus labios tampoco están nada mal. No sé qué me gusta más.

—¿En serio? ¿Solo dirás cosas del físico?

—Podría ponerme cursi, pero prefiero ponerme pervertido. Es más divertido.

Abrí la boca para replicar, y él me interrumpió dándome un beso ligero bajo la oreja. Yo había estado sujetándome a sus hombros todo el rato, pero mi primer impulso fue rodearle el cuello con los brazos. Se lo tomó como una invitación y, al instante siguiente, tenía la espalda pegada a una de las paredes del ascensor mientras me besaba con ganas. Demasiadas ganas.

—¿Necesitáis a alguien más?

Casi me dieron diez infartos distintos cuando escuché la voz de Mike en la entrada del ascensor. Ross levantó la cabeza, pero no se apartó hasta que lo empujé, completamente roja por la vergüenza.

—¿Se puede saber qué haces tú aquí? —le preguntó bruscamente a su hermano.

—Oye, no te enfades. No quería cortarte el rollo. Solo me ofrecía para mejorar la cosa.

—Sí, la estás mejorando mucho —murmuré.

Ross puso los ojos en blanco y me echó una ojeada mientras yo me ponía bien la ropa. Se acercó para colocarme unos cuantos mechones de pelo y volví a ruborizarme cuando me puso una mano en la espalda para guiarme a la puerta, ignorando a su hermano.

—¡Espera! —chilló Mike, siguiéndonos—. ¿Tienes comida? Me muero de hambre.

—No hay nada —le dijo Ross sin siquiera mirarlo.

—Oh, vamos, hermanito. Estoy hambriento y triste.

Suspiré y miré a Ross antes de abrir la puerta.

—Hay comida de sobra, no pasa nada —le dije en voz baja.

—No quiero que venga a cenar.

—Lástima, porque ya estoy aquí y mi cuñadita me ha invitado —dijo Mike alegremente.

La forma en que se refirió a mí hizo que abriera la puerta para dejar de ponerme roja. Si seguía así, mi cara correría serio riesgo de explotar.

Los demás estaban en el salón. Will incluido. Miré a Naya, extrañada —porque me había dicho que no estaba—, y ella me dedicó una sonrisa de angelito. Así que solo había mentido respecto a Will para que Ross me fuera a buscar.

Negué con la cabeza y fui al sofá con él siguiéndome de cerca. Mike hizo un ademán de ir a uno de los sillones, pero se detuvo al ver la cara de odio de Sue y optó por quedarse a mi lado.

—¿Qué tal, Mike? —preguntó Will—. No sabía que vendrías.

—Ellos tampoco. —Nos señaló con la cabeza—. Los he pillado en el ascensor metiéndose mano como mandriles en celo.

Yo, que estaba comiendo mi primer trozo de pizza, estuve a punto de morir atragantada. Ross se giró hacia su hermano con cara de asesino y los demás se detuvieron, sorprendidos.

—Es broma. —Mike puso los ojos en blanco—. Qué poco sentido del humor tenéis.

Cuando los demás parecieron convencidos, él me dio un codazo y me guiñó un ojo.

—¿Puedo preguntar por qué no llevas zapatos? —murmuró Sue al cabo de un rato, mirándome.

Bajé la mirada a mis pies desnudos y, al no decir nada, Ross habló por mí.

—Es una larga historia —se limitó a decir.

—Pues no me la contéis. Qué pereza.

Un rato más tarde, Naya me arrastró a la habitación de Ross y vi que me había dejado el disfraz sobre la cama. Hice una mueca de horror al verlo.

—No me dijiste nada de que fuera tan...

—¿Tan...? —preguntó, confusa.

—... provocativo.

—¡Esto no es nada! Ya verás cómo van las chicas en la fiesta —contestó y empezó a reírse—. Además, Ross se volverá loco cuando vea esa faldita.

—No voy a volver a nadie loco.

—Es verdad, ya está loco por ti.

Le di un codazo y ella empezó a reírse, divertida, mientras cada una se ponía su disfraz.

—A ver, parecéis una pareja —me dijo.

—Pues no lo somos.

—¿Y no te gustaría?

Me detuve, sorprendida.

—¿Qué?

—Es una pregunta inocente —añadió rápidamente.

—Ni me lo he planteado —mascullé, dando saltitos para que me entrara la falda del disfraz—. Estoy muy gorda para esto.

—No estás gorda. Ya me gustaría a mí tener ese culo.

¿Qué le había dado a todo el mundo con mi culo ese día? Tampoco era para tanto. Lo miré en el espejo de mi armario con una mueca y seguí poniéndome la falda. Naya me ayudó a atarme la parte de atrás por la espalda y, por algún motivo, me encontré a mí misma preguntándome si sería fácil de quitar más tarde, con Ross.

Maldita sea, realmente necesitaba hablar con Monty cuanto antes.

—Will se ha enterado de lo de la fiesta del puñetazo —me dijo Naya de repente, colocándose mejor el pelo con la ayuda del espejo—. Se enfadó conmigo.

—¿Qué? ¿Cómo se ha enterado?

—Un chico de su clase estaba en la fiesta y me vio. —Naya hizo una mueca—. Nos vimos en el bar, después de la exposición de la madre de Ross, y se lo contó a Will, el muy sapo. Menos mal que iba borracha, si no, se habría enfadado conmigo. Mucho.

—Sigo sin poder imaginarme a Will enfadado.

—La verdad es que yo suelo ser la que se enfada —confesó, encogiéndose de hombros—. Tengo suerte de estar con Will. Casi nadie puede soportarme, y él no solo me soporta, ¡sino que además le gusto! ¿Quién lo diría?

Dejé de ponerme el disfraz un momento y me quedé mirándola. Naya, al darse cuenta, también se detuvo.

—¿Qué? —preguntó, confusa.

—No digas eso.

—¿El qué?

—Eso de que nadie te soporta. No es verdad. Yo te soporto. Y también me gustas. No como le gustas a Will —añadí rápidamente, a lo que sonrió—. Pero ya me entiendes. Si no fuera por ti, estaría sola.

—No creo que estuvieras sola.

—Yo creo que sí. Por si no lo has notado, mis habilidades sociales son una mierda. Ya me gustaría tener un poco de tu forma de ser.

Naya esbozó una pequeña sonrisa tímida. Era la primera vez que actuaba con timidez desde que la conocía.

—¿En serio piensas eso?

—Claro que sí. —Le lancé la parte de arriba del disfraz—. Venga, ponte eso antes de que la conversación se vuelva más cursi.

—A mí me gusta que te pongas cursi conmigo. —Me guiñó un ojo—. ¿Y si nos liamos y pasamos de esos dos?

—Deja que me tome una cerveza y te respondo. Oye, qué bien te queda el corsé.

—¿A que sí? —Dio una vuelta, feliz—. A ti solo te falta la corona blanca.

—Oh, no. ¿En serio?

—¡Es el toque perfecto del disfraz!

Cogí el círculo de plástico blanco y me lo puse en la cabeza, sujetándolo con algunos mechones de pelo. Naya aplaudió, entusiasmada.

—Ah, no. —La señalé y le lancé sus cuernecitos rojos—. Si yo me pongo la corona, tú te pones esto.

—Es que no me quedan bien con...

—¡Si yo me pongo la corona, tú te pones los cuernos!

—¡Vale, vale!

Me miré en el espejo y me mordí el labio mientras giraba sobre mí misma. Llevaba un vestido de dos piezas blanco que parecía un corpiño con una falda. Era sorprendentemente cómodo. Y no enseñaba nada que no quisiera enseñar, cosa que era un alivio. También llevaba unos guantes blancos que parecían de seda y que me llegaban hasta los codos. Y los botines blancos. Y la corona. Y las alas, claro.

—¡Eres un angelito perfecto! —exclamó Naya.

—¿Tú crees? —No estaba muy convencida—. Espero no mancharte el disfraz. Es muy... blanco.

—No lo uso desde hace tres años. Por mí como si te lo quedas. En fin..., ¿me ayudas con mi disfraz? Se me ha atascado la cremallera.

Asentí con la cabeza y le eché una mano mientras se ponía su disfraz de diablilla. Íbamos perfectas la una con la otra, aunque a ella le quedaba obviamente mejor que a mí, claro. El suyo era un mono rojo y negro con las alas rojas y unas botas de tacón negras. Parecía una modelo de pasarela.

No entendía cómo alguien como Naya, que era un encanto en todos los aspectos posibles, podía tener algún complejo.

Fuimos al cuarto de baño para maquillarnos. Primero, yo a ella, y luego ella a mí. La verdad es que me lo pasaba muy bien con Naya. Me sentí un poco culpable al pensar que me lo pasaba mucho mejor con ella que con Nel. Con Naya me sentía como si pudiera ser yo misma y hablarle de cualquier cosa. Y como si ella pudiera ser ella misma y hablarme de cualquier cosa.

—Perfecto —dijo tras repasarme el rímel—. No me he pasado mucho. Se supone que eres un ser inocente.

Sonreí y me miré al espejo. Llevaba sombra rosa, las pestañas un poco oscuras y los labios también rosas. Y solo con eso parecía perfecto. Naya era realmente buena. Su maquillaje era mucho más oscuro y seductor, cosa que a ella le había encantado.

Por supuesto, durante el tiempo que estuvimos ocupadas en el cuarto de baño, los demás estuvieron esperándonos, ya listos. Todos, menos Mike, que ya había desaparecido de nuevo.

Naya entró en el salón con una vuelta genial y Will sonrió ampliamente al verla. Iba vestido de Drácula.

—¿Diablilla? —preguntó, mirándola de arriba abajo varias veces—. No me lo habías dicho.

—Era una sorpresa, vampiro sexi. ¿Te gusta?

—¿Que si me gusta? Ven aquí.

Y empezaron a besarse, como de costumbre.

Ross seguía en los sofás, esperando. Me acerqué a él y esbozó una sonrisita al ver mi disfraz.

—¿Un ángel? —Enarcó una ceja.

—¿Qué pasa? ¿No te gusta?

—Creo que me gusta tanto que ya quiero quitártelo.

Se puso de pie y el color rosa de mis mejillas contrastó perfectamente con el blanco de mi ropa. Estiró la mano y pasó los dedos por las pequeñas alas suaves que tenía en la espalda, curioso.

Él iba vestido como me había dicho: con un mono de cuerpo entero azulado y manchado de sangre falsa, unas botas negras donde había escondido el final de los pantalones y un cuchillo de plástico en el bolsillo delantero. Lo saqué con una sonrisa y fingí que lo amenazaba.

—Soy un ángel vengador.

—Y yo soy un asesino enamorado.

Le devolví el cuchillo, divertida, y negué con la cabeza.

—¿Michael Myers iba con la cara descubierta?

—En realidad, llevaba una máscara. Pero no quería negarte el placer de verme la cara.

Se la puso y asentí con la cabeza.

—Seguro que eres la versión mejorada de Michael Myers.

—No has visto al original —me dijo, quitándosela.

—No hace falta.

Esbozó una sonrisa maliciosa y se inclinó hacia delante para besarme, pero se detuvo cuando le puse una mano en el pecho. Sue acababa de entrar en el salón y podía vernos. Will y Naya no me preocupaban tanto. Estaban tan ocupados con sus besos y sus risitas que era como si pertenecieran a un universo paralelo.

Tuve que contener una risotada cuando vi que iba vestida de Miércoles, de la familia Addams. Y le quedaba ridículamente bien. En todos los sentidos.

—Oye, Sue, se trataba de disfrazarse —aclaró Ross.

—Qué gracioso eres. —Puso los ojos en blanco—. ¿Podemos irnos ya? Quiero emborracharme.

Llegamos a la fiesta poco después con Ross conduciendo a lo que él consideraba una velocidad más que razonable. Me dio la sensación de que ese día había más gente de lo normal. O quizá solo lo parecía porque todos iban disfrazados. Cuando vi los disfraces de las chicas de mi alrededor, dejé de considerar al instante que el mío fuera provocativo.

Estaba tirando de la mano a Ross entre la gente para llegar a la cocina cuando vi que una chica, vestida de gatita con un traje diminuto, se cruzaba con nosotros y le sonreía sin fijarse en nuestras manos unidas. Le dediqué una mirada furibunda que se volvió en una perpleja cuando me giré y vi que Ross solo me estaba mirando a mí. O, más concretamente, a la falda de mi disfraz.

—Por el amor de Dios, Jen, disfrázate de ángel cada día del resto de mi vida.

Empecé a reírme, olvidándome de la chica-gata, y llegamos a la cocina. Los demás ya se habían perdido por la fiesta, así que saqué dos cervezas del gigante cubo de hielo y él las abrió con la mano. Nunca entendería cómo lo hacía sin hacerse daño. Le di un trago a la mía y volví a cogerlo de la mano, esta vez para guiarlo a la fiesta.

Pocas veces me había apetecido bailar, pero esa era una de ellas.

Además, encontramos a nuestros amigos nada más entrar en la pista de baile improvisada. Pasamos casi dos horas enteras bailando con ellos —bueno, Sue solo suspiraba y movía la cabeza—, riendo y bebiendo. Yo ya llevaba tres cervezas y media cuando salí de la pista y fui a la puerta de la terraza, acalorada. Escuché que Ross me seguía y me apoyé en la barandilla de piedra. Él se detuvo a mi lado.

—¿Quieres que yo me termine eso? —preguntó, señalando la cerveza a medio beber que tenía en la mano.

—Estoy bien. —Puse los ojos en blanco—. Descubrí hace tiempo que mi límite antes de emborracharme demasiado es cuatro. Y estoy a mitad de camino de la cuarta.

Hice una pausa y lo miré de reojo.

—Aunque..., pensándolo mejor..., bébetela tú. Por si acaso.

Empezó a reírse y la aceptó, recostándose en la barandilla de piedra a mi lado. Su mano estaba apoyada junto a la mía, pero no hizo un solo ademán de tocarme mientras daba un sorbo a mi botella. Me mordí el labio inferior, pensativa.

—¿Puedo preguntarte algo?

—Ya me estás preguntando algo —remarcó, divertido, mirándome.

—No..., algo diferente.

—Ya tienes toda mi curiosidad.

—Eh..., ¿por qué nunca te traes chicas a casa?

Se quedó en silencio un momento, sorprendido.

—¿A qué viene eso? —preguntó finalmente.

—He visto cómo te miran las chicas, Ross.

—¿Qué chicas?

—Todas las que se han cruzado contigo y te han dedicado sonrisitas, intentando acercarse.

—Honestamente, ni me había dado cuenta.

—¡Venga ya! —Le puse mala cara.

—Lo digo de verdad —insistió.

—¿Y nunca has llevado a una chica a tu casa?

—Te llevé a ti.

—No de esa forma, Ross.

Suspiró y miró la botella antes de volverse hacia mí de nuevo.

—Sí, he llevado a chicas —dijo finalmente.

Al instante, me sentí como si me hubieran dado una patada en el estómago. Apreté los labios en una dura línea al imaginármelo haciendo lo que hacía conmigo en esa cama con otra persona. Y, cada vez que me imaginaba algo nuevo, me hundía en mi propio pozo de autocompasión. Y no era justo. Estaba hablando de antes de conocerme. O de antes de empezar nuestra..., bueno, lo que sea que hubiera entre nosotros.

—Jen, no pongas esa cara, por favor.

—No pongo ninguna cara —contesté, intentando sacar el tono más neutral que pude.

No tenía derecho a enfadarme. No lo hubiera tenido ni aunque hubiera sido su novia. Y no lo era.

Levanté la cabeza cuando noté que me ponía una mano en la nuca para tirar suavemente de mi pelo y colocarme la diadema. Ross se había quedado justo delante de mí, con sus pies al lado de los míos y una mano apoyada en la barandilla junto a mi cintura. La botella de cerveza ahora estaba abandonada en una tumbona.

—No lo he hecho en mucho tiempo —me dijo en voz baja, acariciándome la mandíbula con los nudillos.

—No debería haber preguntado, no tienes por qué darme explicaciones.

Su caricia se detuvo un momento cuando frunció el ceño.

—Quiero hacerlo.

—Ross, es tu vida, no...

—Te estoy diciendo que no lo he hecho en mucho tiempo. Y no quiero volver a hacerlo.

Me mordí el labio y él tiró suavemente de él con el pulgar para que lo liberara. Y no sé si fue por el alcohol o por el momento en sí, pero no pude evitar hacerle la pregunta:

—¿Cuánto... cuánto hace que no...?

—Desde que te conocí.

Mi cara debió de ser de perplejidad absoluta, porque empezó a reírse.

—¿No te lo crees?

—Venga ya, Ross.

—Es verdad.

—No puedes mentirle a un ángel, ¿sabes? Irás al infierno de cabeza.

Volvió a reírse, claro.

—Ya te dije que nunca te he mentido. No tengo ninguna intención de empezar a hacerlo ahora.

Bajé la mirada a sus labios. Estaban algo húmedos por la cerveza. Me encontré a mí misma tragando saliva, pero todavía tenía algunas preguntas.

—¿Y... no tienes ganas de... volver a hacerlo?

—En absoluto —dijo, sonriendo.

—¿Por qué no?

—¿Por qué iba a hacerlo?

—No sé...

—¿Tú quieres hacerlo?

—Claro que no.

—Pues yo tampoco. ¿Hace falta que te explique por qué?

Me ponía nerviosa a mí misma cuando le hacía esas preguntas. Era como si intentara sabotearme a mí misma. ¿Por qué no podía, simplemente, disfrutar de lo que fuera esto que había entre nosotros? Ojalá pudiera ser como Naya era con Will.

Necesitaba hablar con Monty cuanto antes. Quizá era eso, ¿no? Quizá era el sentimiento de culpa. Dudaba que consiguiera quitármelo de encima, aunque rompiera con él, pero... al menos sería sincera conmigo misma.

—¿Estás bien? —me preguntó Ross al notar que me quedaba en silencio.

Le rodeé el pecho con los brazos para inclinarme hacia delante y ocultar la cara en la curva de su cuello. Me sorprendió la familiaridad con que lo hice. Como si realmente fuera mi pareja. Eso era tan confuso y culpable que hizo que, por un momento, me entraran ganas de llorar. Pero solo por un momento, porque su abrazo era demasiado cálido como para estar triste. Cerré los ojos cuando me atrapó el mechón de pelo de siempre y lo colocó tras mi oreja.

—¿Estás bien? —repitió.

Asentí con la cabeza sin separarme.

—¿Podemos volver a casa? —pregunté.

Noté que dudaba un momento.

—Voy a avisar a los dem...

—Solo tú y yo —aclaré.

De nuevo, se detuvo por unos instantes. No me atreví a mirarlo. Pero noté que se movía y sacaba el móvil de su bolsillo. Intercambió unas pocas palabras con Will y se separó para mirarme con el ceño fruncido, sujetándome la cara.

—¿Estás segura de que estás bien?

Asentí de nuevo, pero no parecía muy convencido.

De todos modos, me sujetó la mano y se abrió paso entre la gente para que pudiéramos salir de allí. En cuanto estuvimos en el coche, volvió a mirarme con preocupación en los ojos.

—Jen, ¿estás...?

—Necesito que me prometas algo.

Mi tono grave hizo que abriera mucho los ojos, precavido.

—Eh..., vale.

—Todavía no sabes lo que es, Ross.

—¿Y qué es?

—No quiero que te sientas mal por lo de Monty.

Casi empezó a reírse.

—No te ofendas, Jen, pero tu novio me importa una mierd...

—No es mi novio. Al menos..., no oficialmente. Y no me refiero a eso. Yo... quería convencerme a mí misma de que lo de la primera noche que tú y yo... ejem... ya sabes... fue por el trato que tenía con Monty, por eso te lo dije. Pero no es verdad. Me..., bueno..., ya me gustabas. No pienses que todo esto... es por eso.

—No lo pienso, Jen —me aseguró en voz baja.

—Vale, pero... prométeme que, si alguna vez lo piensas, me lo dirás.

—Te he dicho que no lo...

—Ross, solo... promételo.

—Vale —asintió finalmente—. Te lo prometo. Pero no entiendo...

Lo corté dándole un beso en el cuello y apoyando la cabeza en su hombro. Él estuvo quieto unos segundos antes de arrancar el coche y conducir hacia casa. Noté que se tensaba un poco cuando alargué la mano y le acaricié la rodilla distraídamente con un dedo, pero su cuerpo se relajó casi al instante. Y, de hecho, me dio la sensación de que conducía más despacio que de costumbre.

Cuando llegamos al aparcamiento, mi humor había mejorado un poco. O mi confusión, mejor dicho. Él me miró de reojo cuando me separé y le sonreí.

—Creo que es la primera vez que estoy sola contigo en el piso.

—Tus cambios de humor son un poco difíciles de seguir, ¿sabes?

—Mis hermanos piensan lo mismo que tú. Solían llamarme histérica muy cariñosamente.

Empezó a reírse mientras me seguía hacia el ascensor. En cuanto las puertas se cerraron, lo miré de reojo y vi que tenía los ojos clavados en la pared de mi lado, en la que había pasado... eso... esa misma tarde.

Con una sonrisita perversa, agarré la parte delantera de su mono y di un paso atrás, pegándome con la espalda en esa pared para atraerlo hacia mí. Su mirada se oscureció cuando se dio cuenta de lo que estaba insinuando.

En menos de un segundo, se inclinó hacia delante y me besó, deshaciéndose de toda la ternura que habíamos mantenido durante todo el camino. Hundí ambas manos en su pelo cuando me subió las manos por la espalda.

Tuvimos que separarnos para salir del ascensor antes de que volviera a cerrarse y no pude evitar sonreír cuando vi que abría la puerta del piso bastante más apresuradamente de lo normal.

—¿Tienes prisa? —lo provoqué un poco.

—¿Tú no?

—No tanta.

—Mentirosa.

Sonreí cuando me alcanzó la muñeca y me metió con él en el piso, yendo directos a su habitación. En cuanto cerró la puerta, tiró de mí y terminó besándome de nuevo.

Suspiré en su boca, acalorada, cuando deshice los primeros botones de su mono y se lo bajé por los hombros, acariciándole la piel y dejándola expuesta hasta sus caderas. Él se separó para quitarse las botas y el mono, quedando en ropa interior, mientras yo lanzaba la corona a un lado y me bajaba la falda. Todo iba bien hasta que intenté quitarme las estúpidas alas y fui incapaz. Se giró hacia mí mientras daba saltitos y vueltas intentando hacerlo y empezó a reírse.

—¡No te rías y ayúdame! —protesté.

Seguía sonriendo cuando se acercó a mí y me besó. Sus brazos me rodearon y sus dedos desataron las alas con una velocidad ridícula. Cayeron al suelo como un peso muerto y yo las aparté de una patada, poniéndome de puntillas y acariciándole la espalda mientras él me recorría el corpiño con los dedos.

Al cabo de unos segundos, me di cuenta de que no podía deshacer los lazos, y empecé a reírme en mitad del beso. Él sonrió y dejó que le guiara la mano hasta el primer lazo. Lo deshizo. Igual que el segundo. Pero quedaban doce más.

—A la mierda. Ya le compraremos otro a Naya.

Empecé a reírme cuando lo agarró con ambas manos y lo rompió directamente, haciendo que cayera al suelo.

Y, justo en ese momento, sonó mi móvil.

Levantó la cabeza y yo estiré la mano sin tan siquiera mirarlo para colgar. Sonrió maliciosamente y me pasó una mano por la espalda para desabrocharme el sujetador y lanzarlo lejos de mí. Justo cuando iba a inclinarse para besar la piel ahora expuesta, mi móvil volvió a sonar.

—Joder —solté de malas maneras, y corté de nuevo la llamada sin mirar.

—Nunca te había escuchado decir una palabrota —me dijo, divertido.

—La ocasión lo merece.

Sonrió y se inclinó hacia delante para empujarme juguetonamente a la cama...

... cuando volvió a sonar el maldito móvil.

—¿No sería más fácil contestar? —preguntó, ladeando la cabeza.

—O ponerlo en silencio.

—Es otra opción a la que no me opondré.

Me di la vuelta y me tumbé boca abajo para coger el móvil. Sonreí cuando él me recorrió los hombros con la boca, apoyándose en mi cuerpo por atrás. Miré la pantalla de mi móvil y, al instante, mi sonrisa desapareció.

Tenía doce mensajes de Monty y más de veinte llamadas perdidas.

Por un momento, no pude moverme. Leí rápidamente algunos mensajes y vi que estaba paranoico, como siempre. Justo en ese momento, volvió a llamarme y yo estuve a punto de colgar. A punto.

—Yo... —no sabía cómo decirlo—. Voy a responderle, ¿vale? Solo para que se calle.

—Aquí te espero.

Le dediqué una pequeña sonrisa de agradecimiento y recogí la camiseta de mi pijama por el camino, poniéndomela. Llegué al salón justo a tiempo para responder antes de que colgara.

—Monty —le dije directamente, algo enfadada—, la última vez que hablamos ya...

—Jenny, lo siento mucho.

Dejé de hablar de golpe.

—¿Estás... llorando?

—Jenny, lo siento. Siento todo lo que te dije. Yo... no quería hablarte así.

Mis ganas de decirle que me dejara en paz se evaporaron de golpe y me quedé en silencio, pasmada. Pocas veces lo había visto —u oído, en este caso— llorando.

—Monty... —empecé, dudando.

—Sé que soy un imbécil —siguió él—. Pero..., Jenny, te quiero. Estos días sin responderme han sido un martirio. No debí decirte lo que te dije. Lo siento mucho. Estaba... celoso. Pensé que me dejarías por ese chico. Lo siento. Fui un gilipollas. No te merezco.

Me pasé una mano por la cara, tragando saliva. De repente, me avergonzaba admitir que esa idea sí había pasado por mi cabeza. De hecho, incluso se la había insinuado a Ross.

—Eso no es verdad —murmuré—. No eres malo, Monty, pero...

—Sí, se lo que me vas a decir. Lo del trato. Tenías razón. Sigue viendo a ese chico tantas veces como quieras. Yo... te quiero, Jenny. Confío en ti. Plenamente. Sé que nunca me traicionarías.

—Me dijiste que, si volvía a hablar con él, cortaríamos —le recordé—. He vuelto a hablar con él, Monty. Y... otras cosas. Se supone que hemos cortado.

—Retiro lo que dije —me contestó enseguida—. Lo que siento por ti es más fuerte que esa mierda. Ya te lo he dicho, Jenny. Confío en ti. Sé que nunca me harías esto. Perdóname. Volvamos, ¿vale? Yo... encontraré alguna forma de compensártelo. Te lo juro.

Cerré los ojos con fuerza. Me partía el corazón escucharlo tan destrozado por mi culpa. Me dejé caer en el sofá y apoyé la frente en una mano.

—Siempre dices lo mismo —murmuré.

—Pero esta vez es verdad. Vamos, Jenny, ¿quién te va a querer más que yo? Te estoy pidiendo perdón porque lo nuestro me importa. Porque tú me importas. Estoy harto de pasarlo mal. Solo... quiero seguir con lo nuestro. Con tus condiciones. Sean las que sean. En serio, no volveré a reaccionar mal. Te lo juro.

Estuve una eternidad en silencio con ganas de llorar por la frustración que me causaba saber que, desde que había empezado esa conversación, los dos habíamos sabido perfectamente cómo terminaría.

—Solo una oportunidad más —suplicó—. Una última oportunidad. Es lo único que te pido. Te necesito.

Levanté la cabeza inconscientemente y las ganas de llorar aumentaron cuando vi que Ross me estaba mirando, apoyado con un hombro en la pared del pasillo. Por su cara, deduje que sabía lo que estaba pasando al otro lado de la línea.

Durante un corto segundo, tuve la tentación de decirle que no a Monty y hacer lo que de verdad quería hacer, pero... solo por ese corto segundo. La perspectiva de decirle que no a Monty y romperle el corazón hacía que me sintiera tan miserable... que no pude hacerlo.

—Está bien —susurré, bajando la mirada—. Una última oportunidad.

Sabía que Ross me estaba mirando, pero no fui capaz de devolverle la mirada. Sabía que no me gustaría lo que vería. Y también sabía que me lo merecía.

—Gracias, Jenny. —El alivio de Monty fue obvio—. Te quiero. No sabes cuánto. Dios, por un momento he pensado que... No importa. Te quiero.

—Yo... tengo que irme, Monty.

—Te quiero —repitió por enésima vez.

—Buenas noches.

Colgué el móvil lentamente, sin atreverme a levantar la mirada. De hecho, no me atreví a hacerlo hasta unos segundos más tarde, cuando sentí que el silencio a mi alrededor se hacía tan tenso que amenazaba con ahogarme.

En efecto, Ross seguía mirándome fijamente. Y lo que más me dolió fue que no parecía enfadado. En absoluto. Solo decepcionado.

—Lo siento —murmuré.

—No lo sientas —me dijo con voz monótona—. Es tu novio, ¿no?

—Ross..., no es tan fácil... Él...

—No tienes por qué darme explicaciones —me cortó.

Hubo otro instante de silencio cuando nos miramos el uno al otro. Él se pasó una mano por el pelo, suspiró y me forzó una sonrisa.

—Creo que iré un rato más a la fiesta.

—Ross, no tienes por qué irte. Yo dormiré en el sofá.

—¿Por qué ibas a hacerlo?

—Por... por no sentirnos incómodos..., ¿no?

Él me miró un momento con los labios apretados antes de encogerse de hombros.

—¿Por qué iba a sentirme incómodo durmiendo con una amiga?

No supe qué decirle. La verdad es que me lo merecía. Él apartó la mirada, sacudió la cabeza y se marchó. Y yo me tumbé en el sofá y me pregunté si había hecho lo correcto.

13

La lasaña de la discordia

Ross y yo no habíamos hablado demasiado al día siguiente. La cosa estaba tensa. Y tampoco había hablado con Monty. A pesar de todo, no había vuelto a mandarme un mensaje o a llamarme. Yo tampoco lo había hecho. La verdad es que no quería ver a ninguno de los dos, al menos, en un día. Sonaba egoísta, pero necesitaba aclararme un poco.

Sin embargo, cuando me llamó casi por la noche, mientras estaba en el campus, decidí responder para no empeorar las cosas.

—Hola —murmuré.

Silencio. Oh, no.

—¿Se puede saber por qué no me has hablado en todo el día, Jenny?

Me detuve un momento al notar el tono tenso que había usado para decírmelo. Conocía demasiado bien ese tono. Sabía lo que auguraba.

—Relájate —le advertí.

—¿Que me relaje? ¿Se puede saber qué coño ha estado haciendo mi novia para no hablarme en todo el día?

—Te he dicho que te relajes.

—Oh, sí, qué fácil es para ti. Yo siempre te llamo. ¿Tan difícil es que tú me llames de vez en cuando?

—He estado ocupada, ¿vale?

—¿Ocupada con qué? ¿Con la polla de Jack Ross en la boca?

Sentí que se me encendían las mejillas por la indignación.

—¡Ni se te ocurra hablarme así! —le espeté—. ¡Estás enfadado, pero eso no te da derecho a...!

—¿Qué hacías? —me cortó bruscamente.

—¡No hacía nada!

—Entonces no tienes ninguna excusa para haber sido una novia de mierda durante todo el día.

Intenté no ponerme de mal humor —o de peor humor, más bien— y decirle de todo menos cumplidos. Respiré hondo y me apreté el puente de la nariz con los dedos. Casi podía ver su expresión furiosa y el único alivio que tuve fue que, al menos, no estaba delante de mí y pagaría sus frustraciones con su almohada.

—Mira, Monty —dije lentamente—, tú estás enfadado, yo estoy a punto de enfadarme..., no creo que este sea el mejor momento para hablar de esto.

—¿Hablar de qué? ¿Qué has hecho?

—¡No he hecho nada!

—¿Y por qué estás así? ¿Por qué te sientes culpable? —sonaba agitado—. ¿Qué has hecho, Jennifer?

—¿Cuándo he dicho yo que me sintiera culpable?

—¡Es evidente! ¿Qué coño has hecho?

—Dios mío... —Me froté los ojos—. De verdad, ¿qué te pasa? ¿Has hecho algo tú y tienes miedo de que haga lo mismo o qué?

—No he hecho nada, pero me da miedo que tú sí lo hayas hecho.

—¡Pues no lo he hecho, así que enhorabuena, me estás gritando por nada!

—¿Seguro que no has hecho nada?

—Tengo que irme —le dije, cansada—. Ya hablaremos.

—A partir de ahora, quiero que me respondas a todos los mensajes, ¿vale?

—No tengo que hacer lo que me digas.

—¿No puedes hacer lo que te digo por una puta vez en tu vida, Jennifer?

—Siempre hago lo que me dices porque eres un psicótico.

—¿Quieres que te diga lo que eres tú?

—Monty...

—¿Quieres que vaya ahí a decirte lo que eres a la cara?

Noté que se me formaba un nudo en la garganta y sacudí la cabeza.

—No —murmuré.

—Exacto.

Mi tono sumiso pareció gustarle más.

—Ahora sé una buena chica y prométeme que vas a responder a mis mensajes.

—Monty...

—¿Estás sorda? Venga, prométemelo.

Respiré hondo, intentando calmarme un poco.

—Te lo prometo —le dije en voz baja.

—Así me gusta. Ahora, dime lo que llevas puesto.

—Un jersey, unos pant...

—¿Qué jersey?

—El verde, Monty.

—¿Qué estás haciendo? —preguntó—. O, mejor dicho, ¿qué harás esta noche?

—Te estás pasando —le advertí.

—¿Vas a ir a ver a ese Jack Ross?

—Yo... no lo sé...

—Es decir, que hay una posibilidad de que lo hagas.

—Monty, no lo sé, te lo estoy diciendo.

—Eres una mierda de novia.

—¡Tú me dijiste que podía hacer lo que quisiera!

—Y eso te gustó, ¿eh? Te di la excusa perfecta para seguir tirándote a...

—No voy a seguir con esta conversación, Monty. Voy a colgar.

—Como me cuelgues, te juro que voy a romper el puto móvil contra la pared.

—Adiós, Monty.

—Ni se te ocu...

Colgué y respiré hondo, intentando calmarme.

Estas discusiones me agotaban. Y siempre eran las mismas. Estaba harta de ellas. ¿Por qué no podía ser el chico encantador del que yo me había enamorado en su momento? ¿Por qué tenía que convertirse en ese loco celoso que no dejaba de soltar improperios? Apenas había pasado un día y ya había roto el trato de no volver a enfadarse conmigo por tonterías.

Estuve a punto de soltar una palabrota cuando noté que mi móvil vibraba.

Mi mano ya estaba preparada para lanzarlo dentro de mi bolso, pero me detuve en seco cuando vi que era Ross. Dudé un momento. Esa mañana apenas habíamos hablado y... ¿ahora me llamaba?

—¿Ross? —murmuré, descolgando.

—¿Tienes algo que hacer esta noche? —preguntó alegremente.

Parpadeé, sorprendida.

—Yo... eh... no. ¿Por qué?

—Mi madre nos ha invitado a cenar. Will y Naya vienen. ¿Puedo confirmar tu presencia en la mesa presidencial?

No nos hablábamos y ahora me invitaba a casa de sus padres. Genial. Y luego yo era la difícil de entender.

—¿Esta noche? —repetí, saliendo del edificio.

—Sí —me dijo—. Si quieres, puedo pasarte a buscar a la facultad.

No dije nada por un momento. No sabía qué pensar.

—¿Jen? —preguntó, confuso.

—Sí, estoy aquí. —Volví a la realidad.

—¿Qué pasa?

—Yo... —dudé un momento—. Nada. Estoy un poco... confusa.

—¿Por qué?

—Por nada, solo... Nada.

Hubo un momento de silencio.

—Sabes que puedes contarme lo que quieras, ¿no? —me dijo suavemente.

Por algún motivo, eso hizo que me entraran ganas de llorar. Sacudí la cabeza, aunque no pudiera verme.

—Solo... solo es que he discutido con Monty —dije con un hilo de voz que había intentado evitar con todas mis fuerzas—. Pero no quiero hablar de ello. De verdad.

Volvió a tomarse un momento de pausa.

—Jen..., yo...

Se aclaró la garganta.

—Si alguna vez..., si alguna vez sientes que no puedes seguir lidiando con él..., dímelo. Solo dímelo.

—A ti no te afecta, Ross —murmuré, ahora con más ganas de llorar.

—Claro que me afecta. En el momento en que dejas de sonreír por un imbécil, me afecta.

Esta vez fui yo la que no supo qué decir. Tragué saliva y me deshice del nudo de mi garganta. Ross era demasiado dulce cuando quería. Y creo que ni siquiera se daba cuenta de ello. Eso solo hacía que me gustara todavía más.

—Deberías estar enfadado conmigo —dije al final.

Él dudó por unos segundos.

—Me resulta difícil estar enfadado contigo, Jen.

Esbocé una pequeña sonrisa y sacudí la cabeza, algo más animada.

—No sé si debería ir a esa cena —murmuré.

—¿Y eso por qué? —preguntó, confuso.

Porque Monty se enfadaría conmigo. Porque seguiría jugando con los sentimientos de Ross. Pero no me atrevía a decírselo, así que le dije solo el tercer motivo:

—Deberías verme. Voy hecha un desastre.

—Lo dudo mucho.

—Pues no lo dudarás cuando me veas.

—Vamos a casa de mis padres, no a un banquete real.

—Bueno, pues... no lo sé...

—Debería advertirte que mi madre es más pesada incluso que Naya cuando quiere algo —me dijo—. Yo, si fuera tú, iría.

—Vale —accedí finalmente, un poco más animada—. Entonces iré. ¿A qué hora...?

—Genial. Voy a buscarte.

Me colgó antes de que pudiera responder. Miré la pantalla con los ojos entornados.

Efectivamente, su coche apareció delante de mi edificio cinco minutos más tarde. Subí a la parte delantera y él me recorrió de arriba abajo antes de poner los ojos en blanco.

—¿Qué? —Me miré a mí misma, asustada, en busca de cualquier fallo que no hubiera advertido antes.

—Y dices que vas hecha un desastre —murmuró, negando con la cabeza.

Puso música y condujo rápidamente hacia su casa. Naya y Will nos esperaban en la puerta del edificio. Estaban hablando de no sé qué de la clase de Naya, así que desconecté rápidamente. Ross también pareció hacer lo mismo.

—¿Dónde viven? —pregunté, mirando por la ventanilla.

Nos estábamos alejando del centro de la ciudad.

—A unos diez minutos —dijo—. Conduciendo rápido.

No estaba segura de si gastar una broma. Al final, no pude contenerme.

—Es decir, que viven a veinte minutos, pero como conduces tú, serán solo diez.

Él esbozó media sonrisa.

Qué fácil era hacer las paces con Ross, con lo difícil que era todo con Monty...

Es que Ross es mejor.

Gracias por tu imparcialidad, querida conciencia.

—Intentaré no tomarme eso como un insulto a mis habilidades como conductor —me dijo él, devolviéndome a la conversación.

—Conduces bastante bien para lo rápido que vas —admití.

—Tengo buenos reflejos.

—¿La policía de tráfico también piensa así?

—Si alguna vez me pillan, me acordaré de preguntárselo de tu parte.

Efectivamente, unos diez minutos después vi que entrábamos en un barrio residencial con casas grandes, jardines amplios y coches caros. Es decir, la versión rica de mi antiguo barrio.

Era de noche, así que no pude ver muchos más detalles antes de que Ross girara el volante en una casa considerablemente grande, de color marfil, con las ventanas y las puertas hechas de madera oscura. Una casa muy moderna. Detuvo el coche frente a un garaje que se abrió unos segundos después. Era bastante grande. Su coche cupo sin problemas, junto con los que supuse que serían los de sus padres.

Pensé en el pobre garaje de los míos, convertido tristemente en el taller de Steve y Sonny, mis dos hermanos.

Ross puso el freno de mano. Vi que Will y Naya empezaban a bajar del coche y los imité apresuradamente. Estaba nerviosa y no sabía por qué. No tanto como en la galería, pero seguía estándolo.

Me sorprendió un poco que Ross me esperara antes de avanzar hacia la casa.

—¿Nerviosa? —preguntó.

Nuestros amigos estaban a una distancia prudente. No podían oírnos. Era un alivio. Asentí con la cabeza.

—Un poco —admití—. ¿Quiénes seremos? ¿Tu madre y nosotros?

—Y Mike, seguramente.

—¿Tu padre...?

—No, él no. —Su semblante se tensó un poco, así que no insistí.

Naya y Will se acercaron a nosotros en ese momento.

—Tengo hambre —protestó ella.

—Huele a comida —murmuró él.

—Huele a lasaña —lo corrigió Naya, que había entornado los ojos, como si estuviera centrada en olisquear su alrededor.

Ross abrió la puerta de la casa para nosotros y yo pasé la primera. Por dentro era como por fuera: sencilla, formal y regia, pero bonita. Y ordenada. Y muy limpia. Olía a perfección y a dinero. Si es que eso último era posible.

Estábamos en el pasillo de la entrada. Ross lo recorrió sin parpadear y llegamos a una sala de estar gigante, con una chimenea encendida y una televisión mayor que la nuestra. También pasamos de largo por ahí hasta llegar al comedor, donde había una mesa de cristal algo alargada con platos y cubiertos puestos. Había una enorme lámpara colgada del techo que me quedé mirando un momento.

—¿Hola? ¿Mamá? —preguntó Ross, asomando la cabeza a la cocina que había al lado.

La madre de Ross levantó la cabeza cuando nos oyó llegar. Había estado mirando el horno. Sonrió distraídamente, justo como lo había hecho en la galería.

—Hola, queridos —dijo alegremente—. Hace frío, id a sentaros al salón junto a la chimenea. Esto ya está hecho.

—¿Es lasaña? —preguntó Naya, asomándose.

—Tienes buen olfato. —La madre de Ross sonrió—. Venga, marchaos. Mi marido y mi hijo más desastroso no tardarán en venir.

Naya y Will ya se habían alejado, pero yo me detuve en seco cuando noté que Ross también lo hacía. Estaba mirando fijamente a su madre.

—¿Papá está aquí? —Frunció el ceño.

Su madre lo miró con una mueca que parecía de disculpa.

—Ha llegado hace una hora, cariño. No sabía que volvería tan pronto. Te habría avisado.

Él no dijo nada, pero noté que no le había gustado mucho la sorpresa. Se quedó mirándola un momento más antes de darse cuenta de que yo seguía ahí. No pareció saber qué hacer.

—¿Por qué no le enseñas el salón a Jennifer, cariño? —sugirió su madre.

Él no dijo nada, pero alcanzó mi mano y tiró de mí hacia el salón. Naya y Will ya estaban sentados en uno de los sofás. Yo, por mi parte, me tomé un momento para mirar a mi alrededor. Había varias estanterías llenas de libros, así como cuadros y fotografías que supuse que habría tomado y pintado Mary. También había un enorme piano negro de cola junto a un ventanal.

Su casa apestaba a lujo. Qué envidia.

—¿Puedo preguntar algo muy obvio? —Miré a Ross.

Él enarcó una ceja, curioso.

—Sorpréndeme.

—¿Por qué demonios vives en ese piso teniendo esta casa?

Sonrió, encogiéndose de hombros.

—Me gusta ese piso.

—Pero... ¡aquí tienes todo esto!

—Y allí te tengo a ti.

Me quedé muy quieta por un momento. Naya y Will intercambiaron una mirada casi al instante, y vi que ella no se molestaba en disimular su sonrisita.

Pero no. Eso no estaba bien. Había tomado una decisión, y no quería jugar con los sentimientos de Ross. Me solté de su mano sin pensar en lo que hacía.

Entonces, antes de que hubiera podido digerir lo que acababa de pasar, se abrió la puerta principal y escuché un silbido acercándose. Aproveché el momento para no mirar a Ross, sino a su hermano, que apareció con una enorme sonrisa. De todos modos, me senté a su lado.

—Hola a todos —nos saludó Mike, feliz, dando una vuelta a lo Michael Jackson—. Ya ha llegado la fiesta.

—Era todo demasiado bonito —murmuró Naya.

Mike saltó el sofá pisándolo sin cuidado y se sentó entre Ross y yo descaradamente, sonriendo. Su hermano lo miró como si quisiera matarlo.

—¿El otro sofá no era suficiente para ti solo? —le preguntó.

—¿Qué tal, Jenna? —me preguntó, ignorándolo.

—Bien —dije, apartándome para dejar espacio para los tres—. Creía que no ibas a venir.

—Siempre me apunto a comer gratis —dijo sonriendo—. Especialmente si la compañía está bien.

—La compañía no está interesada en ti —murmuró Ross sin mirarlo.

Mike fingió no haberlo oído.

—Tengo nuevo material —me dijo Mike con una sonrisa malvada—. En cuanto te aburras, llámame. Y llama a la amargada, también. No olvidemos que somos un equipo.

—¿Nuevo material? —preguntó Naya, confusa.

Justo en el momento en que Ross y Mike se peleaban por hacerse sitio en el sofá, vi que, por las escaleras de caracol que había a unos metros, bajaba un hombre de mediana edad. Tenía el pelo perfectamente peinado hacia atrás, una barba entrecana muy corta y unas gafas de montura negra. El parecido con sus dos hijos me sorprendió al instante.

Mike y Ross se parecían mucho de cara —aunque no era algo que les gustara demasiado a ninguno de los dos—. Al igual que su padre, los dos tenían la mandíbula marcada, pómulos altos y ojos castaño claro. Sin embargo, Ross era más alto y delgado, como su madre, mientras que Mike era más bajo y musculoso, como su padre.

—Chicos —saludó el padre de Ross sin la sonrisa que caracterizaba a su mujer. Su tono de voz era bastante más formal.

—Papá —lo saludó Mike con una sonrisa.

Él lo ignoró, y se metió en la cocina sin decir nada más. A nadie más que a mí pareció sorprenderle. Además, no pude evitar notar que Ross no lo había saludado.

Cuando estuvimos en la mesa, a mí me tocó sentarme entre Ross y Mike, así que la situación no era precisamente idónea. Eso sí, no iba a aburrirme. Al otro lado de la mesa estaban Will y Naya. Ella miraba la lasaña como si fuera a lanzarse a cogerla e irse corriendo con ella. Los padres de Ross se sentaron uno en cada punta de la mesa sin mirarse el uno a otro.

Cinco minutos más tarde, cada uno estaba centrado en su plato. La madre de Ross intentaba sonreírme cuando la miraba. Su padre tenía una expresión bastante seria. Ross parecía algo enfadado con que él se hubiera presentado. Mike se llenaba la copa de vino una y otra vez. Los demás comíamos en silencio, esperando a que alguien dijera algo.

Muy incómodo, sí.

La situación ideal para que se apaguen las luces y, cuando se vuelvan a encender, alguien esté muerto.

—Bueno... —El padre de Ross rompió el silencio por fin, y me hice pequeñita en mi lugar cuando vi que su atención se centraba en mí—. Tú debes de ser Jennifer. Eres la única que no me resulta familiar.

—Sí, soy yo. —Sonreí, incómoda—. Es un placer conocerle.

¿Por qué me sentía tan presionada a dar una buena impresión?

—No sé si tú has sido el motivo, supongo que sí, pero quería agradecerte que hayas convencido a Jack para que viniera. Hacía meses que no cenaba con él.

Lo había dicho mirando fijamente a Ross, que le devolvió mirada con la misma expresión. No era muy amigable.

—Seguro que me has echado de menos —replicó secamente.

Al ver que la cosa se ponía tensa, Mary me sonrió.

—Le he dicho a mi marido que tienes buen ojo con los cuadros.

—¿Yo? —La miré, sorprendida.

—Lo tienes. —Su tono se volvió más jovial—. Te gusta lo mismo que a mí. Eso es tener buen gust...

—¿Qué estás estudiando? —la cortó su marido, mirándome.

Me daba la sensación de que, mirara lo que mirase, estaba calculando su valor. Justo lo que estaba haciendo conmigo. Por su expresión, deduje que el mío no era muy elevado.

—Filología —murmuré.

—¿Filología? —El señor Ross negó con la cabeza—. No. Deberías dejarlo. Eso no te llevará a ninguna parte. Si tienes ojo para el arte, deberías...

—Cariño —dijo Mary, sonriendo dulcemente—, no empieces. Estamos cenando.

—Solo es una sugerencia —replicó él sin mirarla—. Y seguro que a Jennifer le gustan las sugerencias. ¿Verdad?

—¿Eh? —Ya estaba volviendo a parecer idiota—. Oh, sí, claro...

Pareció que iba a decir algo más, pero Mike lo interrumpió.

—¿Sabéis que hoy tenía un concierto? —dijo con la boca llena de lasaña—. He dicho que no por venir a esta estupenda velada. Espero que estéis contentos.

—Es un detalle por tu parte —le dijo su madre con su sonrisa.

—Tus fans estarán llorando —murmuró Ross.

—Hay un grupo de chicas que seguro que sí. —Mike solía ignorar sus ironías—. Esas que vinieron el otro día. Las que llevaban las camisetas ajustaditas y los pantalones apretados, marcando...

—Creo que nos hacemos una idea, Michael —lo interrumpió su padre secamente.

—Tu concierto estuvo muy bien —le dije, intentando ser simpática—. Fue... muy entretenido.

—Gracias, cuñada.

Me puse roja, pero por suerte Naya lo disimuló interviniendo.

—¿Que estuvo muy bien? —Torció el gesto—. ¿Tienes exceso de cera en los oídos o...?

—Naya, hay más lasaña —le dijo Will enseguida, antes de girarse hacia Mary—. La exposición también estuvo muy bien.

—Muchas gracias, cielo. —Le sonrió y luego volvió a mirar a Mike—. Lástima que te la perdieras.

—Había quedado —dijo él, sin inmutarse.

—Así que sigues con esa... banda —masculló su padre, mirándolo.

Su expresión dejaba bastante claro lo que pensaba de la banda de Mike. Y la expresión de su hijo mayor dejaba claro lo poco que le importaba su opinión.

—No es una banda cualquiera —le dijo alegremente—. Es *mi* banda. Y somos realmente buenos, deberías ir a vernos y...

—¿Y todavía no has pensado en conseguir un trabajo normal? —le interrumpió su padre—. Uno que te genere ingresos mensuales y que te dé cierta estabilidad, a ser posible.

—No, eso no es para mí. —Mike se encogió de hombros y siguió engullendo lasaña.

Su padre le dedicó una mirada que me recordó a cómo había mirado mi padre a mi hermana cuando le había dicho que estaba embarazada. Ross, por su parte, seguía sin levantar la cabeza. Parecía tenso.

Inconscientemente, estiré la mano y encontré la suya bajo la mesa. Me miró, sorprendido, y le dediqué una pequeña sonrisa. Para mi sorpresa, se relajó bastante, así que atraje su mano a mi regazo y la acaricié distraídamente antes de girarme hacia Mary para romper el silencio.

—La lasaña está muy buena. —Eché una mirada significativa a Will.

—Oh, sí, muy buena —coincidió él, asintiendo con solemnidad con la cabeza.

—Oh, gracias, cielos. El truco está en...

—¿A qué se dedican tus padres, Jennifer? —me preguntó el padre de Ross, cortando en seco mi intento de conversación amena.

Dudé un momento. Por algún motivo, decírselo a él parecía que desmerecía sus trabajos. Recorrí los dedos de Ross con las yemas de los míos, todavía en mi regazo.

—Mi madre es enfermera y mi padre era conductor de camión.

—¿Era?

—Tuvo un problema con la espalda y ya no puede trabajar como camionero.

—¿Y tienes hermanos?

—Cuatro.

—¿Mayores o menores?

—Mayores. Todos.

—Debéis de ser una familia muy unida, se te ha iluminado la mirada. —Mary me sonrió, y vi que justo después miraba a su marido como si quisiera que se callara.

—¿Un sueldo de enfermera da para mantener a una familia tan numerosa? —El señor Ross bebió un sorbo de su copa, mirándome fijamente.

Yo fruncí un poco el ceño antes de intentar buscar las palabras adecuadas. No entendía por qué, pero me sentía avergonzada.

Noté que la mano de Ross se tensaba en mi regazo y mantuve mis caricias. Aunque ya no estaba segura de si era para relajarme a mí misma o a él.

—Mi padre cobra una pensión por su lesión —le dije—. Y mi hermana mayor ya no vive en casa, así que técnicamente solo tienen que mantener a...

—¿Por qué no vive con vosotros? ¿Está estudiando en otro país?

—No..., ella... tuvo un hijo bastante joven y ahora vive con él.

—¿A qué edad?

—A los diecisiete.

—Un accidente, supongo.

Y con un profesor de su instituto, pero eso no era problema suyo.

—Sí, un accidente. —Empezaba a sonar un poco a la defensiva.

—¿Por qué no abortó?

—Porque decidió no hacerlo.

—Podría haber dado el niño en adopción.

—Queremos mucho a Owen —le dije, y esa vez no pude evitar sonar irritada—. De hecho, mi hermana maduró muchísimo desde el momento en que nació. Y sé que nunca cambiaría esa decisión.

Él me observó durante unos instantes antes de dedicarme una frívola sonrisa de labios apretados y murmurar un:

—Ya veo.

Seguía mirándome con una expresión que yo sabía interpretar muy bien. La última vez que la había visto había sido al acompañar a Nel a una perfumería cara con mi ropa obviamente barata. La dependienta me había mirado igual.

Y yo me había sentido igual de mal que ahora.

Cuando Ross intentó quitar la mano de mi regazo, enfadado, entrelacé mis dedos con los suyos. Su padre siguió hablando como si nada.

—¿Y tus hermanos? ¿En qué trabajan?

—Es una cena —le dijo Ross secamente—. ¿Por qué siempre tienes que convertirlo todo en un interrogatorio?

—Si no te importa, estoy preguntando algo a *mi* invitada —lo dijo con cortesía, pero seguía mirándome con la misma expresión—. ¿Trabajas, Jennifer?

Esta vez, dejé de acariciar la mano de Ross. Noté que se cerraba en un puño cuando mis mejillas se tiñeron de rojo.

—Bueno, no..., pero... estoy buscando trabajo, y...

—¿Y vives con mi hijo en su piso?

Dudé un momento, sin saber qué decir.

—Eh..., sí, pero... pero es temp...

—¿Pagas un alquiler?

—Jack —le dijo secamente Mary.

—Es solo curiosidad —se excusó él sin dejar de mirarme—. ¿Pagas un alquiler, Jennifer?

Agaché la cabeza. Noté que todo el mundo me miraba fijamente.

—Yo... no —murmuré en voz baja.

El padre de Ross se giró hacia Will.

—William, tú vives con mi hijo, ¿no?

Él asintió con la cabeza tras dedicarme una sonrisa de disculpa. La tensión se podía cortar con un cuchillo. Ross tenía la mandíbula apretada. Quitó bruscamente la mano de mi regazo. Parecía furioso.

—¿Y pagas el alquiler de la habitación? —le preguntó el señor Ross.

Will me miró un momento y no dijo nada. Solo asintió con la cabeza una vez, casi avergonzado.

—Ya veo.

—Te recuerdo que es mi piso —masculló Ross bruscamente—. Lo que haga o no con él es mi problema. No el tuyo.

—Creo que tengo derecho a saber lo que pasa en la vida de mi hijo para poder aconsejarle adecuadamente. —Me miró de nuevo—. ¿Y por qué no pagas alquiler, Jennifer?

—Yo... eh... —No sabía qué decirle—. Es temporal, solo son...

—Los alquileres suelen ser temporales. Por eso se llaman así.

—Jack, ya basta —le dijo la madre de Ross, visiblemente enfadada.

—Solo quiero saber por qué esta chica puede vivir gratis en casa de mi hijo mientras que los demás tienen que pagar su alquiler.

—No es tu problema —le repitió Ross.

—¿Eres su novia? ¿Es eso?

—Jenna tiene novio —replicó Naya, tratando de defenderme.

—Oh, así que tiene novio y vive con mi hijo. Teniendo en cuenta que seguramente duermes con Jack, seguro que tu novio está muy contento.

—Es... es complic...

—Dime, Jennifer, ¿qué le haces exactamente a mi hijo para poder vivir gratis a su costa?

Me quedé mirándolo con la boca abierta antes de escuchar un ruido seco a mi lado. Ross se había puesto de pie, moviendo la silla de un golpe.

—Se acabó —murmuró—. Vámonos, Jen.

Miré a Will. Todavía estaba confusa por lo que acababa de pasar. Él también se puso de pie.

—No seas infantil —le dijo su padre, negando con la cabeza.

Vi que Ross se giraba hacia él con una expresión que no me hizo ninguna gracia. Nunca lo había visto tan enfadado. Mike tampoco sonreía, y eso no era muy habitual en él. Mary hundió la cara en sus manos.

Entonces noté que Naya tiraba de mi brazo. Dejé que me guiara por el salón de nuevo mientras escuchaba las voces cada vez más altas de Ross y su padre. Además de la de su madre, intentando calmarlos. Preferí no escuchar lo que decían. Llegamos al coche de Ross y todos nos sentamos en nuestros sitios. Yo me quedé mirándome las manos, sola en la parte delantera.

No sabía ni qué pensar. Me sentía humillada. Y horrible por haber sido la causa principal por la que Ross discutiera con su padre.

—No es culpa tuya —me dijo Will, como si pudiera leerme la mente.

Lo miré de reojo.

—En teoría, hoy no iba a estar —añadió Naya—. Normalmente, solo venimos cuando está de viaje. Se lleva muy mal con sus hijos.

—Y con todo el mundo —añadió Will.

Esperamos unos minutos más. Estaba empezando a pensar en ir a ver si Ross estaba bien cuando la puerta del garaje de abrió y apareció. No tenía muy buena cara. Se sentó en el coche y cerró de un portazo. Permanecimos todos en absoluto silencio. Estaba tan serio que daba miedo.

Ya había encendido el motor cuando apareció Mike. Como Ross no dio señales de bajar el cristal, lo hice yo y dio la vuelta al coche para asomarse por mi ventanilla.

—Hermanito —sonrió—, ¿puedo dormir en tu casa esta noche? Como comprenderás, no quiero quedarme aquí.

Ross se quedó mirando el volante con la mandíbula apretada unos momentos. Después miró a Will, que de inmediato le abrió la puerta.

Y, con un giro de volante, salió del garaje y dio un acelerón.

Esta vez sí me agarré disimuladamente al asiento. Sabía que Ross no nos pondría en peligro a ninguno por estar enfadado, pero cuando conducía deprisa daba verdadero terror. Tenía los labios apretados y la mano en la palanca de cambios. Sus nudillos estaban blancos. Iba a demasiada velocidad.

Por instinto, extendí la mano y se la puse encima. El coche redujo la velocidad bruscamente cuando miró mi mano y luego me miró a mí. Pareció reaccionar por fin y calmarse. Volvió a una velocidad normal, tragando saliva, y yo le acaricié el dorso de la mano antes de volver a entrelazar mis dedos en mi regazo.

Cuando llegamos al piso, Ross lanzó las llaves a la barra. Habíamos dejado a Naya en la residencia, así que yo me quedé con los tres chicos. Mike se quitó la chaqueta y la lanzó con menos habilidad que su hermano en el sillón, haciendo que cayera al suelo con un ruido sordo.

—Supongo que me toca el sofá —dijo, sonriendo y dejándose caer en él.

Ross lo ignoró completamente y se dirigió a su habitación sin decir una palabra. Will suspiró.

—Sigue sin aguantar a papá, ¿eh? —Mike nos sonrió—. Hay cosas que nunca cambian.

—¿Esto pasa siempre que se ven? —pregunté, mirándolos.

—Casi siempre. —Will negó con la cabeza—. Discuten por cualquier cosa. Al menos, hoy tenía motivos para enfadarse con él.

No dije nada. En realidad..., quizá no tenía tantos motivos. Después de todo, no había dicho nada que no fuera verdad.

Suspiré. Quería irme a dormir de una vez.

—Buenas noches, chicos —les dije.

Will me sonrió y se metió en su habitación mientras Mike encendía el televisor.

Al llegar a la habitación de Ross, cerré la puerta a mi espalda. Estaba cambiándose de camiseta y seguía teniendo expresión de enfado. Dudé un momento. No sabía si querría que hablara con él o si preferiría que me limitara a respetar su silencio. No conocía esa faceta de él.

Me decanté por ponerme el pijama en silencio y meterme en la cama. Él se tomó su tiempo y, cuando se suponía que iba a meterse también en la cama, vi que se quedaba sentado, dándome la espalda.

Justo cuando iba a decir algo, me interrumpió.

—No sé si debería dejar que se quedara.

Estuve unos segundos procesándolo antes de deducir que hablaba de Mike.

Intenté seguir la conversación para cortar la tensión.

—¿No tiene casa?

—Sí. Pero le han echado.

—¿Por qué?

—No lo sé. Siempre son cosas distintas. Prefiero no preguntar. Antes se quedaba en casa de mis padres, pero ahora... quiere pasar ahí el menor tiempo posible. Y puedo entenderlo.

Pensé un momento en qué decir, entrelazando los dedos en mi estómago.

—Si no hubieras dejado que se quedara, quizá ahora estaría en la calle. Yo creo que has hecho lo correcto, Ross.

Él no dijo nada.

—Igual debería dormir en la calle —murmuró, metiéndose por fin en la cama—. Eso haría que viera la realidad de una maldita vez.

Me tomé un momento para quitarme las gafas y dejarlas en la mesita. Después me miré las manos. Me di cuenta de que lo hacía muchísimo cuando me ponía nerviosa. Y creo que me di cuenta por la expresión de tensión de Ross al notarlo.

—No sé en qué estás pensando —me dijo lentamente—. Pero ya puedes olvidarlo.

—No estaba pensando en nada —mentí.

—No tiene derecho a opinar sobre este piso —me dijo—. Es mío. No suyo. Ni siquiera lo ha pisado en su vida.

—No es eso, Ross...

—¿Y qué es?

Dudé un momento.

—Dentro de dos días hará un mes que estoy aquí.

No me atreví a mirarlo, pero sí noté sus ojos clavados en mi perfil.

—¿Y qué quieres decir con eso? —sonó irritado, pero no me extrañó.

Menuda noche estaba teniendo el pobre. Y yo no se la estaba mejorando.

—Quizá... —busqué las palabras adecuadas, mirándolo—, quizá tu padre no está tan equivocado.

—Jen...

—No puedo seguir viviendo gratis aquí —le dije—. Me siento como si me aprovechara de ti. No contribuyo en nada. No aporto nada. Solo molesto.

—¿Qué...? Me aportas mucho, Jen. Muchísimo. No digas que no.

—Yo... debería llamar a mis padres y preguntarles si tienen ya el dinero. Si no lo tienen, me pondré a trabajar, esta vez en serio y...

—¿Por qué quieres irte? —Me preguntó con el ceño fruncido.

—No es que quiera irme, Ross, es que...

—Pues a mí me parece que sí —me dijo, secamente—. Cada vez que menciono el tema de la casa, dices que quieres irte.

Dudé un momento.

—Estás enfadado por la discusión con tu padre y lo estás pa...

—Sí, estoy enfadado por la discusión con mi padre. —Se levantó de la cama de repente y me quedé mirándolo—. Joder, que se acabe ya este maldito día.

Cuando vi que se dirigía a la puerta, fruncí el ceño.

—¿Dónde vas? —pregunté, incorporándome.

No me respondió. Agarró su chaqueta sin mirarme.

—¡Ross! —insistí, sin dejar de fruncir el ceño.

—¡Voy a tomar el maldito aire al balcón! —me dijo bruscamente—. Y a fumar. Y a estar solo. Y si tan mal estás aquí, conmigo, entonces..., haz lo que quieras. Estoy harto de decirte que quiero que te quedes. Y me da igual tu dinero, joder. Ya no sé cómo decírtelo. ¿De verdad te crees que quiero que te quedes por eso? ¿Cómo puedes seguir creyéndolo?

—No, yo no...

—No quiero tu dinero. Te quiero a ti viviendo aquí conmigo. Y con Will. Y con Sue. Y sé que tú también quieres vivir aquí, pero intentas convencerte a ti misma de lo contrario. Y no puedo entender por qué.

—Yo no intento convencerme a mí misma de nada —dije a la defensiva.

—Deja de tratar de mentir, Jen. No sabes hacerlo.

—¡No estoy mintiendo!

—Entonces, ¿qué demonios quieres? —Soltó su chaqueta, que cayó al suelo con un ruido sordo—. ¿Quieres quedarte? ¿Quieres irte? ¿Qué quieres? Porque intento entenderte, pero me lo pones muy difícil.

Me quedé en silencio. Me intimidaba cuando me miraba fijamente. Agaché la cabeza.

—No lo sé —admití.

—¿Por qué sigues escuchando a gente como mi padre, en lugar de escucharme a mí? —preguntó, negando con la cabeza—. No me importa lo que mi padre diga. Y a ti tampoco debería importarte.

—Pero... me importa.

—Pues no debería. Todo lo que dice y todo lo que hace…, siempre es para joder a los demás. Por eso quería que fueras a mi casa un día en que él no estuviera. Sabía que trataría de estropearlo todo. Como siempre.

—No hables así de tu padre.

—Tú no lo conoces, Jen.

—Quizá no, pero sigue siendo tu padre.

Él esbozó una sonrisa amarga.

—No ha sido mi padre durante mucho tiempo.

No supe qué decirle. Cuando vi que se daba la vuelta para irse, me senté en la cama.

—Ross, no puedes irte cada vez que tengamos un problema.

—Claro que puedo. Mírame.

—Ross, basta ya.

Me sentía frustrada. Me puse de pie. Él se dio la vuelta y me miró, sorprendido por mi tono.

—¿No has pensado que igual yo me siento como una inútil estando aquí sin pagarte nada? ¿Que quizá no te digo todo esto para hacerte sentir mal?

—¿Tantas ganas tienes de trabajar? —Frunció el ceño.

—¡No, no tengo ganas de trabajar, tengo ganas de hacer algo bien! ¿Es que no lo entiendes? Estoy cansada de que todo el mundo pase de mí o de que me miren con lástima o como si fuera una inútil.

—Yo nunca haría eso.

—No, ahora no lo haces, pero terminarás haciéndolo si sigo siendo una mantenida que vive aquí gratis.

Hubo un instante de silencio en el que él se giró por completo hacia mí con expresión seria.

—Espera, ¿es por eso? —preguntó en voz baja, acercándose con el ceño fruncido—. ¿Te da miedo que me canse de ti?

Me sentí tan expuesta en ese momento que tuve la tentación de retroceder. Pero ya no sabía cómo hacerlo.

—No —mentí.

—Deja de mentir —me soltó, frustrado—. Es eso. Eso es lo que te da tanto miedo, ¿no? Que te trate como te trata tu novio.

—Tú no sabes nada de mi relación.

—Sé algunas cosas. Veo cómo te comportas cuando estás con nosotros y cómo te comportas cuando hablas con él. Le tienes miedo, Jen.

—¡No le tengo miedo!

—Sí, sí que le tienes miedo. Asúmelo de una vez. Te da miedo estar con él, pero también te da miedo dejarlo. Es obvio. Por eso volviste con él el otro día, ¿no? Porque prefieres estar con él, aunque te sientas como una mierda, que intentar estar conmigo. Te da miedo estar conmigo porque yo sí podría hacerte daño si me comportara como él.

—Deja de hablar de mí como si...

—Porque es mucho más fácil aceptar que alguien que te es indiferente te trata mal que aceptar que lo haga alguien que te gusta de verdad. ¿Verdad, Jen?

—¡Cállate de una vez!

—¡No! Estoy harto de callarme. ¿En serio vas a dejar que un imbécil siga haciendo que te sientas así? Quiérete un poco, joder.

Esas últimas cuatro palabras activaron algo dentro de mí. Un nivel de frustración que había ido acumulando durante mucho tiempo sin siquiera saberlo y que, de repente, iba a estallar contra él.

Le di un empujón tan repentino que Ross retrocedió, sorprendido.

—¿Tú me vas a decir a mí que me quiera un poco? —espeté, dándome igual que los demás pudieran oírnos—. ¿Y qué hay de ti, Ross?

—¿Qué pasa conmigo?

—Te dije que tenía novio y, aun así, ligaste conmigo. Te dije que te usaría para tener un poco de sexo en ausencia de mi novio... ¡y aceptaste!

—Porque sabía que no era verdad.

—¡El otro día te dejé por mi novio... y ni siquiera te enfadaste conmigo! ¡En casa de tu madre te he apartado la mano y ni siquiera has reaccionado! ¡Reacciona de una maldita vez! ¡Enfádate conmigo! ¡Échame de tu cama y de tu casa, maldita sea!

Cuando hice un ademán de volver a empujarlo, se apartó frunciendo el ceño.

—¿Estás enfadada porque yo no estoy enfadado? ¿Es una broma?

—¡No, no es broma! ¡Reacciona de una... maldita vez! —le grité, furiosa—. ¡Estoy siendo horrible contigo, Ross! ¡¿Por qué demonios no te enfadas conmigo?!

—Debería estar enfadado contigo, sí.

—¡¿Y por qué demonios no lo estás?! ¡¿Por qué no me mandas a la mierda de una vez?!

—¡No lo sé! —se frustró—. ¡No lo sé, Jen!

—¡Entonces no me digas a mí que me quiera un poco! ¡Tú tampoco te quieres a ti mismo!

—Oh, no. No nos compares. No en ese aspecto.

—¿Y cuál es la maldita diferencia?

—Que yo estoy confundido por ti y solo por ti —remarcó, acercándose a mí—. ¡Tú estás confundida con el mundo! ¡Te has pasado tanto tiempo pendiente de lo que querían los demás que te has olvidado de lo que quieres tú!

—¡Eso no es verdad!

—Oh, ¿en serio? De la ropa que tienes, ¿cuánta te has comprado porque a ti te gustaba y cuánta porque te lo ha dicho tu familia o tu maldito novio? ¿Cuántas cosas que te gustaban has dejado de hacer porque ellos dejaron de apoyarte o porque directamente te dijeron que dejaras de hacerlas? ¿Cuántas veces has pensado en lo que tú querías en lugar de pensar en lo que querían los demás? Pocas, ¿verdad?

Iba a decirle algo. Más bien, quería decirle algo. Pero no me salía nada. Solo podía mirarlo fijamente. Tenía los ojos llenos de lágrimas de rabia.

—Te has acostumbrado tanto a que te digan lo que tienes que hacer que cuando tienes un poco de libertad te quedas en blanco —siguió en voz baja.

De nuevo, quería decirle algo, pero no me salió. Solo podía aguantarme las ganas de llorar. Y ya no estaba muy segura de si era por él, por mí o por lo que estaba diciendo.

—Y sí, quizá yo estoy confundido —añadió, mirándome—. Pero yo sé lo que quiero. Quiero estar contigo. Lo sabes muy bien. Y puedo respetar que tú no quieras, pero sabes que no es así. Si no quisieras estar conmigo, no seguirías aquí. No me mirarías continuamente. No actuarías como actúas cuando estás cerca de mí. Engáñate todo lo que quieras, pero a mí no me engañarás.

Hizo una pausa, sacudiendo la cabeza.

—Y entiendo que necesites tiempo, te daré todo el que quieras, pero no en estas condiciones, Jen. No vuelvas con él solo porque es tu zona segura o porque te da miedo estar conmigo. Al menos, sé sincera contigo misma y sal ya de tu maldita zona de confort.

—Monty no es mi zona de confort.

—Sí lo es. Y tu familia. Y hacer todo lo que te dicen. Es tu zona de confort. No tener que opinar nunca. Has estado tanto tiempo en tu zona de confort que ya no sabes ni cómo salir de ella.

Agaché la cabeza y ya no pude aguantarme las ganas de llorar. Agradecí que no se acercara a consolarme, habría hecho que me sintiera todavía peor. Me cubrí las manos con la cara y traté de calmarme a mí misma. Por suerte, no llegué a llorar con demasiada intensidad. Solo se me escaparon unas cuantas lágrimas. Pero, incluso cuando aparté las manos, no me atreví a mirarlo a la cara.

—No quiero ser así —confesé por fin—. No... no me gusto así.

No me di cuenta de lo cierto que era hasta que lo dije en voz alta. Ross por fin se acercó a mí y me puso las manos en los hombros.

—Tú no eres así.

—Sí lo soy.

—No, así es como han intentado convertirte personas que no valían la pena, pero tú no eres así. Tu personalidad, tus gustos..., todo eso no depende de nadie más que de ti, Jen.

—Ni siquiera sé... ni siquiera sé cómo...

—Sí que lo sabes —me aseguró en voz baja.

Lo dijo con tanta seguridad que casi consiguió que yo me lo creyera. Sacudí la cabeza.

—No quiero jugar con tus sentimientos —le dije de todo corazón.

—Lo sé.

—Pero... no quiero hacerle daño a Monty.

—Jen..., ¿qué quieres hacer tú?

—No quiero hacerle daño —repetí.

—Maldita sea, Jen, olvídate de ese idiota por un momento. ¿Qué quieres hacer tú? ¿Qué es lo que te hará sentirte bien?

Lo pensé unos instantes. Me sentía un poco insegura, como si estuviera delante de un mar de incertidumbre. Pero, en el fondo, sabía lo que haría que me sintiera bien.

—No quiero estar con él —murmuré.

No lo estaba mirando, pero de alguna forma supe que Ross estaba asintiendo.

—Entonces ya va siendo hora de que hagas lo que tú quieres hacer, ¿no?

—Supongo. —Esbocé media sonrisa un poco triste y levanté la cabeza para mirarlo—. Aunque sigo pensando que deberías estar enfadado conmigo.

—Oh, y lo estoy. De hecho, lo que más me cabrea es que no puedo estar tan enfadado contigo como debería estarlo. No te imaginas lo frustrante que es.

—Sí que me lo imagino, Jack.

Ambos nos quedamos muy quietos por un momento. Su expresión pasó de ser frustrada a, simplemente, pasmada. Nunca lo había llamado por su nombre, solo por el apodo que usaban los demás. No sabía muy bien por qué lo había hecho ahora.

Había sido sin pensar. De hecho, había sido tan natural que ni siquiera me habría dado cuenta de haberlo dicho de no haber sido porque él se había sorprendido.

Carraspeé, incómoda, y me acerqué un poco a él.

—No quiero irme —le aseguré en voz baja—. Me lo paso bien aquí contigo y con los demás..., pero sigo sintiendo que te debo algo.

—No me debes nada —murmuró, recuperando la compostura.

—¿Por qué haces esto por mí? —No pude evitar preguntarlo.

—¿Qué?

—¿Por qué lo haces? —pregunté—. No lo entiendo.

—Porque... quiero hacerlo —dijo, confuso.

No podía entenderlo. Nunca nadie había hecho algo por mí desinteresadamente. Ni siquiera mis hermanos.

—¿De verdad quieres seguir discutiendo esto? —preguntó.

—No —admití.

—Bien. Porque yo ya he tenido bastantes discusiones por un día.

—Entonces vuelve a la cama conmigo.

Eso también sonó muy extrañamente natural.

Él suspiró y noté que me relajaba por completo cuando recogió la chaqueta del suelo y la dejó otra vez en la silla. Lo esperé ya en la cama y, en cuanto estuvo tumbado a mi lado, apagó la luz y escuché que suspiraba.

—Buenas noches, Jen.

Tuve la tentación de acercarme a él, pero me contuve. No. Esa vez no. Primero, tenía que hablar con Monty. Tenía que solucionarlo todo. Después me acercaría a él.

Solo me quedaba una cosa por decir:

—Buenas noches, Jack.

Puse los ojos en blanco cuando, al salir de clase, vi que Monty me estaba volviendo a bombardear con mensajes preguntando dónde estaba. Esa mañana le había mandado un mensaje diciendo que no quería seguir con lo nuestro.

Había sido una cobardía, lo sé. Pero era una cobarde. Además, Ross tenía razón en algo: Monty me daba miedo. Mucho miedo.

Volviendo al presente, decidí llamar a mi hermana mientras cruzaba los pasillos de mi edificio hacia la salida. Hablé con mi sobrino un rato y después colgué de mejor humor. Está mal decirlo, pero eran mis favoritos de la familia. Y los que me hacían sentir mejor.

Me despedí de unos compañeros cuando pasaron por mi lado y salí de mi edificio. Estaba agotada. Solo quería volver a casa y darme una ducha.

—¡Jenna!

Me di la vuelta cuando escuché a Mike llamándome alegremente. Ese día llevaba puesto un gorrito de lana rosa. Me sacó una sonrisa.

—¿Vas a casa de Ross? —preguntó alegremente.

—Sí, como siempre.

—Genial, ya tienes acompañante. —Sonrió.

—Bonito gorrito.

—Gracias. Es robado.

—¡Mike!

—¿Qué? Estaba en objetos perdidos. No creo que lo echen de menos.

Negué con la cabeza.

—¿No tenías ninguna chica a la que molestar y por eso has decidido ir a robar gorritos rosas?

—Puede. Oye, ¿has molestado a algún grandullón últimamente?

Me detuve y lo miré, confusa.

—¿Eh?

—Se está acercando uno por ahí y parece muuuuy cabreado. ¿Debería ponerme en modo defensivo? ¿U ofensivo?

Me di la vuelta, divertida, buscando con la mirada.

Sin embargo, la sonrisa se me congeló cuando vi a un chico alto, rubio y furioso que venía directo hacia nosotros.

—Hola, Jennifer —me dijo secamente, deteniéndose delante de mí.

Abrí los ojos de par en par, mirándolo de arriba abajo para cerciorarme de que era real y no estaba teniendo una pesadilla.

—¿Monty?

14

Un pequeño favor

Sentí que la sangre abandonaba mi cara, dejándome lívida. Si hubiera aparecido un fantasma delante de mí en lugar de mi exnovio, seguramente habría tenido la misma expresión de espanto.

Él estaba tenso, con los labios apretados y las manos hechas puños. Su mirada se desvió hacia Mike, que no parecía entender nada.

—¿Quién es este? —preguntó bruscamente, y su tono dejaba claro quién no quería que fuera.

—Mike —dijo él, sonriendo—. Un placer. Seas quien seas.

Eso pareció calmarlo, pero no mucho, porque se volvió a girar hacia mí con la misma expresión tensa.

—Por fin sé algo de ti —me espetó.

—¿Qué...? —reaccioné por fin—. ¿Qué haces aquí?

—Creo que lo sabes muy bien.

Monty clavó la mirada en Mike.

—¿Y tú no tienes nada mejor que hacer que molestar aquí? ¿Por qué no te vas a tomar por culo?

Mike frunció ligeramente el ceño y yo me aclaré la garganta al ver que iba a decir algo.

—Mike, yo... Es mejor que te vayas, ¿vale? Solo vete. Por favor.

Él seguía mirando fijamente a Monty, no muy seguro. Y creo que entendí lo que le impedía marcharse.

—Estoy bien —aclaré.

Asintió una vez con la cabeza, todavía un poco extrañado.

—¿Quieres que me quede un rato? —preguntó, para mi sorpresa, mirando a Monty con desconfianza.

—¿Y a ti qué coño te hace pensar que quiere que te quedes? —le espetó Monty bruscamente.

Le puse una mano en el brazo a mi exnovio al ver que se alteraba y le supliqué a Mike con la mirada que se fuera.

—Ya hablaremos en otro momento, ¿vale?

Seguía sin parecer muy convencido, pero se encogió de hombros.

—Como quieras. Nos vemos en casa de Ross.

Se me detuvo el corazón.

Oh, no.

Oh, no, no, no...

Noté que Monty se tensaba completamente bajo mi mano mientras Mike se marchaba y yo cerraba los ojos con fuerza. Tan pronto como se alejó un poco, apartó el brazo de mí de un tirón y se quedó mirándome fijamente. Estaba furioso.

—¿En casa de Ross? Ross es ese, ¿no? El que te estás tirando.

—Monty, cálmate —le pedí, al ver que estaba levantando la voz y que la gente nos miraba de reojo.

—¿Que me calme? —Me agarró del brazo—. ¿Qué ha sido ese mensaje, Jennifer?

Miré a mi alrededor, avergonzada y asustada a partes iguales, pero volví a girarme hacia él cuando me agarró del brazo con fuerza, atrayéndome hacia él. Me plantó el móvil delante de la clara y, por un momento, pensé que iba a golpearme con él. En la pantalla estaba el mensaje que le había mandado esa mañana.

—¿Qué coño es esto? —masculló, apretándome el brazo hasta el punto de que empezó a doler—. ¿Quién te crees que eres para dejarme? ¿Eh? Desagradecida de mierda.

—Suéltame —le dije en voz baja, sin mirarlo.

—¿Soltarte? No debería soltarte, debería...

—¿Estás bien?

Los dos nos giramos hacia dos chicas desconocidas que se habían acercado. Tenían cara de preocupación. Una de ellas, la que había hablado, me miraba a mí. La otra tenía los ojos clavados en Monty y el móvil en la mano, listo para llamar.

—¿Estás bien? —repitió la que me miraba—. ¿Quieres que llamemos a la policía?

—¿A la policía? —repitió Monty, cada vez más furioso.

—Estoy bien —les aseguré enseguida.

—¿Estás segura? —me preguntó la otra, señalando su móvil—. Si te está molestando...

—¿Es que estás sorda? —le espetó Monty. Ellas retrocedieron—. No os metáis donde no os llaman. Y tú ven conmigo de una vez.

Me empezó a arrastrar por el campus hacia el aparcamiento mientras yo intentaba librarme de su agarre sin muy buenos resultados. En cuanto vi su coche, él se detuvo y me soltó, respirando hondo. Me aparté unos pasos enseguida, cautelosa.

—¿Has conducido hasta aquí solo por un mensaje?

—¡Claro que lo he hecho, Jennifer! ¿O es que querías que no reaccionara?

—Monty..., te he dejado.

—No, no lo has hecho.

—Lo he hecho, vuelve a leer el mensaje y...

—Me importa una mierda tu mensaje, ¿me entiendes? No eres nadie. Nadie. No puedes dejarme, así que quítatelo de la cabeza de una vez.

Retrocedí, un poco asustada. Eso pareció irritarlo todavía más.

—¿No tienes nada que decir? —me preguntó, mirándome fijamente—. Porque espero que tengas una buena excusa.

—Yo... n-no... no la tengo...

—Entonces, ¿solo eres una novia de mierda? ¿Y ya está?

—No quiero estar contigo, Monty.

Pareció que iba a decir algo muy ofensivo, pero se contuvo.

—¿Y se puede saber por qué?

—Porque... mira lo que estás haciendo —me atreví a acercarme un poco y a ponerle una mano en el brazo de la forma más conciliadora que pude en un momento de tanta tensión—. No... no puedes alterarte de esa forma.

—¿Que no puedo alterarme...? ¡Has intentado dejarme! ¡A mí! ¡A tu novio!

Se detuvo y me dedicó una mirada de advertencia. Una de esas que me dedicaba antes de que las cosas se descontrolaran demasiado.

—Eres una maldita egoísta, ¿lo sabes?

—¿Yo? —pregunté, incrédula.

—Sí, tú. ¿No te das cuenta de que estaba preocupado? Esto no es como antes, Jenny. No estás en casa, no puedo ir a buscarte para ver si estás bien. Estás... a cinco malditas horas. Y con...

Otra vez se contuvo antes de soltar una palabrota.

Di un paso hacia él, suspirando. Vale, sí, igual debería haber respondido a sus llamadas. Ahora me sentía mal por haberlo obligado a venir hasta aquí.

Un poco cautelosa, estiré la mano y se la puse en el hombro. No se apartó. De hecho, lejos de hacerlo, se adelantó y me clavó una mano en la nuca para acercarme e intentar besarme en los labios. Fue tan brusco que me asustó, y mi primer impulso fue alejarme. Eso pareció ser la gota que colmó el vaso, porque su cara se volvió roja de rabia.

—¿Acabas de apartarte?

—Monty —ya no sabía cómo decirlo—, te... te he dejado.

—Ven aquí.

—No quiero que me beses. ¿No lo entiend...?

—¿Sabes la cantidad de cosas que tenía que hacer hoy y he dejado a medias por tu culpa? ¿Por tu puta culpa? ¿Por tu puto mensaje?

—¿Seguro que ha sido por eso, Monty? —pregunté, frunciendo el ceño—. ¿No ha sido para ver cómo es Ross?

—Ah, sí, *Ross* —repitió, haciendo énfasis en su nombre de una forma muy despectiva—. Tu nuevo novio.

—No es mi novio.

—Pero te has abierto de piernas para él en menos de un mes.

—Me merezco un poco de respeto, Monty.

—Te daré respeto cuando te lo ganes.

—¡Deja de comportarte así conmigo!

—¡Tú misma me obligas a ser así contigo! ¡Me conoces y sabes cómo puedo reaccionar, y aun así me provocas continuamente! ¡Es culpa tuya!

—¡No... puedes intentar echarme la culpa de todo!

—¿Qué ibas a hacer esta noche en casa de *Ross*?

Dudé un momento con el cambio de rumbo. Él no sabía que estaba viviendo con Ross, Will y Sue. Quizá creía que lo veía una vez a la semana o algo así. Al verme dudar, volvió a acercarse a mí con el ceño fruncido y me obligué a improvisar a toda velocidad.

—Solo... iba a cenar con ellos —dije en voz baja—. ¿Qué hay de malo en eso?

Me miró fijamente unos segundos antes de recorrerme de arriba abajo con los ojos.

—¿Así vestida?

Me miré a mí misma y vi que me pasaba un dedo por el cuello en uve del jersey.

—¿Qué tiene de malo?

—Oh, lo sabes muy bien. —Se acercó y me subió la cremallera de la chaqueta, ocultando el pequeño e insignificante escote.

—Dios mío, Monty, solo se me ve el cuello.

—Sí, ya.

—No puedes ser tan...

—Dame tu móvil. —Extendió la mano hacia mí.

—Ya hemos pasado por esto —le dije—. No te lo daré.

—¿Por qué no? ¿Qué hay en él que no pueda ver?

—¡N-nada..., es solo...!

—Si no tienes nada que ocultar, dámelo.

—¡No tengo por qué hacerlo!

—¡Dámelo ahora mismo, Jenny!

—¡Es *mi* móvil!

—¡Y tú eres *mi* novia!

—¡No lo soy!

Apretó los labios y me sujetó de la cintura para robarme el móvil sin mi permiso. No me molesté en intentar impedírselo. Ya tenía experiencia suficiente como para saber que era inútil hacerlo. Que solo empeoraría las cosas.

Monty lo revisó en silencio y con los labios apretados, pasando el dedo a toda velocidad por la pantalla.

—¿Contento? —Me crucé de brazos.

—No. En absoluto.

—Pues devu...

—¿Dónde está? —preguntó bruscamente.

—¿Quién?

—Jack Ross. ¿Dónde está?

Entonces, me acordé de que se había guardado a sí mismo como «Chico de los recados». Nunca creí que eso fuera a alegrarme tanto.

Ross salvándome el día de nuevo.

—Ni siquiera tengo su número —mentí—. Cuando quiero verlos, llamo a Naya o a su novio.

Le quité el móvil, pero él continuó mirándome con los ojos entornados.

—No te lo crees ni tú.

—¿Lo has encontrado en mis contactos? —pregunté, enarcando una ceja—. No, ¿verdad?

—No te creo, Jennifer —me dijo—. Ya no me creo nada.

Vi que daba la vuelta al coche y, por un momento, pensé que se estaba marchando. Sin embargo, se detuvo cuando abrió su puerta.

—Sube —me ordenó.

—¿Qué?

—Que subas. Ahora.

—Esto es ridículo —murmuré.

—¿Vas a hacer que lo repita, Jennifer?

—Voy a hacer que te subas solo, porque ahora mismo no me interesa ir contigo a ninguna parte.

Apoyó una mano sobre el coche con fuerza, mirándome.

—Sube o te subiré yo —me advirtió.

Me crucé de brazos, intentando mantenerme en mi posición sin mostrar miedo o dudas.

—No.

—Jennifer...

—He dicho que no.

—¿Y qué vas a hacer? ¿Llamar a tu novio para que venga a salvarte? ¿O es verdad que no tienes su número?

—A lo mejor lo llamo para otra cosa.

Por un momento, solo me miró, furioso, y supe que había jugado demasiado con su temperamento. Se apartó bruscamente del coche y se acercó a mí en dos zancadas. Intenté apartarlo cuando me agarró del brazo y me sentó en el asiento del copiloto sin ningún miramiento. Cuando traté de salir, me empujó del hombro para volver a colocarme y cerró de un portazo que hizo temblar la ventanilla.

Parecía furioso cuando subió a mi lado.

—Estás siendo ridículo —murmuré sin poder contenerme.

—Cierra la puta boca —me advirtió, mirándome—. Te lo digo muy en serio, Jennifer. Ciérrala de una vez.

Agaché la cabeza automáticamente. Él soltó una maldición en voz baja y dio un acelerón. Condujo hasta mi residencia sin decir una sola palabra.

Yo, por mi parte, estaba intentando pensar excusas para que Chris no se extrañara al verme llegar, cuando Monty aparcó delante del edificio.

—Ve a por tus cosas —me ordenó.

Me giré hacia él al instante, olvidándome por completo de Chris.

—¿Qué?

—Ya me has oído.

—Sí, pero creo que no lo entiendo.

—Pues entiéndelo ya, Jenny. Nos vamos a casa.

Entreabrí los labios e intenté abrir la puerta, pero seguía cerrada. Un escalofrío de alarma me recorrió la espina dorsal.

—Abre la puerta, Monty.

—Abriré cuando me digas que vas a por tus cosas.

—¡No pienso irme de aquí!

Él cerró los ojos un momento antes de clavar una dura mirada en mí.

—¿Te crees que era una puta sugerencia?

—No pienso irme, Monty. Abre la puerta.

—Ya lo creo que te vas a ir.

—¡No quiero hacerlo!

—Pues qué lástima. Ve a por tus cosas.

—¡No!

—¡Volverás a casa!

—¡Ya estoy en casa!

—¡No, no lo estás, pero lo estarás en unas pocas horas!

No me moví, me quedé mirando al frente. Él soltó una palabrota y apagó el motor.

—No me puedo creer que me estés haciendo esto —murmuró, pasándose las manos por la cara.

—¿Y qué te estoy haciendo? —pregunté—. Yo me quiero quedar. ¡Me lo estoy pasando bien aquí!

—Sí, exacto. Sin mí.

—Pues sí, sin ti —mascullé, mirándolo—. Te he dejado, Monty. Porque siempre te comportas así.

—No me comportaría así si no me obligaras a hacerlo.

—¡Porque te crees que toda mi vida gira en torno a nuestra relación! Yo... ¡tengo más preocupaciones!

—Como, por ejemplo, Jack Ross.

—¡Y para ya con Ross! ¡Él no te ha hecho nada!

—¡Se ha acostado con mi novia!

—¡Te recuerdo que ya no soy tu novia, y que lo de ser una pareja abierta fue idea tuya!

—¡Pues lo retiro!

Me quedé mirándolo un momento.

—¿Eh?

—Que no quiero seguir con esto.

—¿Eh? —repetí como una idiota.

—No quiero seguir con esta idea de tener una relación abierta. —Negó con la cabeza—. Joder, Jennifer, no te imaginas lo que he pasado estos meses pensando que tú..., que...

No supe qué hacer. Estaba tan acostumbrada a su faceta de capullo que verlo vulnerable me descolocaba por completo, como la otra noche.

Una vocecilla dentro de mí me gritaba que estaba intentando manipularme, pero no sabía cómo sentirme al respecto.

—¿Y si nos olvidamos de eso? —Me miró—. Podríamos fingir que nunca ha pasado. Volver a nuestra relación. Una normal y corriente. Cerrada. Solo nosotros dos. ¿No te gustaría?

—Monty...

—Funcionaba bien. —Me cogió la mano y se la llevó a los labios antes de seguir hablando—. Sabes que nos iba bien. Hemos tenido nuestros momentos malos, pero... lo bonito es poder superarlos juntos, ¿verdad?

Abrí la boca para responder, pero no sabía qué decirle.

—Yo te quiero, Jenny —me dijo—. Tú lo sabes. Sabes cuánto te quiero. No... no puedes culparme por reaccionar así. ¿Tú no harías lo mismo? ¿No te has sentido también mal por todo lo que está pasando?

—Bueno, sí..., pero...

—Pues ya está. Terminemos con eso. Volvamos a ser tú y yo. Vuelve a casa conmigo. Olvídate de ese... Ross o como se llame. ¿No nos lo pasábamos bien juntos?

—No puedo volver, Monty.

—Puedes hacerlo, pero no quieres.

—No, no quiero —dije, poniéndole la otra mano en la rodilla—. Me lo estoy pasando bien aquí. He hecho amigos y... no quiero irme.

Agachó la cabeza.

—Pensé que me querías.

—Yo...

—Pensé que lo nuestro te importaba más.

—No me digas eso.

—Entonces no me hagas decirlo.

—Monty...

—Ni siquiera me quieres, ¿no?

No dije nada.

—Yo siempre te lo digo, Jenny. Siempre te digo que te quiero. Tú no me lo has dicho nunca. Ni una sola vez. ¿O vas a negar eso también?

—Bueno, no lo he hecho, pero...

—Pues dímelo —insistió—. Dime que me quieres.

—No puedo.

—Son dos palabras, Jenny. Es bastante más fácil de lo que parece.

—Eso no es justo.

—Sí es justo. Dilo.

—No... me presiones —dije, agobiada—. Siempre lo haces. No me gusta, Monty.

—Pues dilo y dejaré de hacerlo.

—¡Te lo diré cuando...! —me corté a mí misma.

—... cuando lo sientas —murmuró él por mí.

Hubo un momento de silencio absoluto. Me vi en la obligación de hablar.

—Monty, no es tan fácil —repetí—. No puedo decírtelo si no lo siento de verdad.

—Entonces no me quieres.

—¡No es...! —Me separé de él, llevándome las manos a la cara—. No es que no me importes. Me importas, pero no puedes obligarme a decir eso. Y... te he dejado, no puedes...

—¡Son dos palabras!

—¡Pues para mí tienen un significado! ¡Uno muy gordo! ¡No se las he dicho nunca a nadie que no fuera de mi familia, así que quiero hacerlo cuando sienta de verdad que quiero a alguien! Odio que te sientas mal, pero no puedes obligarme a sentir algo que no siento.

Respiré hondo mientras él me miraba fijamente.

—Muy bien —murmuró—. No hay nada más que discutir.

—Gracias —masculló.

Él se quedó mirando el volante, pensativo. Conocía esa cara. Sabía que no planeaba nada bueno, pero aun así no dije nada.

—¿Y no vas a enseñarme tu habitación por lo menos? —preguntó, intentando calmar la situación, aunque la tensión era evidente.

—¿Ahora?

—Joder, Jenny, he venido hasta aquí. Es lo mínimo que puedes hacer.

—Yo... —dudé—. Está bien.

Salimos los dos del coche y entramos en el edificio. Chris levantó la cabeza y me miró, confuso.

—¿Jenna? ¿Qué...?

—Este es mi exnovio —dije rápidamente con una mirada significativa—. Le he dicho que le enseñaría *mi* habitación, si no te importa.

Chris me miró unos segundos en completo silencio. Vi que la expresión de Monty se volvía un poco desconfiada. Estaba a punto de decir algo cuando Chris reaccionó por fin.

—Es tu habitación, no la mía. —Sonrió, incómodo.

Noté que el aire volvía a mis pulmones, y luego lo guie hasta el cuarto. Hacía tanto tiempo que no pisaba la residencia que me resultaba extraño hacerlo ahora, acompañada de Monty... y sin Naya. Ella estaría en casa de los chicos.

En tu casa.

En casa de Ross.

Ya en la diminuta habitación, Monty miró a su alrededor y se centró en mi mitad de habitación.

—Mira. —Le señalé la foto que tenía con él, Nel y su amigo—. Qué guapos estamos, ¿eh?

Asintió sin decir nada. La tensión era obvia. Repiqueteé los dedos en la cómoda, nerviosa.

—¿Y tu portátil? —preguntó sin mirarme.

—Eh... —Tenía que improvisar—. He tenido que dejárselo a Naya. Creo que sigue en la biblioteca con él.

—Mmm.

No dijo nada más. Me empecé a poner nerviosa de verdad cuando cogió mis gafas de repuesto.

—¿Y tus gafas? —preguntó, sujetándolas.

—Las tienes en la mano. —Me senté en la cama con una sonrisa nerviosa—. Ven a sentarte conmigo.

—Digo las que usas siempre. ¿Y lo de las lentillas? ¿Y tus zapatos?

—Eh..., en el armario. —Me quedé pálida cuando vi que iba a abrirlo—. ¡Oye, eso es privado!

Pareció que se detenía por un momento, pero no tardó en cambiar de opinión y abrirlo de par en par. Se me detuvo el corazón cuando los dos nos quedamos mirando la poca ropa que había dejado en ese armario. Casi todo eran camisetas de manga corta y vestidos. Y estábamos en otoño.

—Hace un poco de frío para llevar esto —replicó, enarcado una ceja.

—Es que... —Estaba intentando pensar, pero con tanta presión era difícil—. Lo tengo en...

—¿También le has dejado tu ropa a Naya? —Cogió una de mis camisetas—. Parece que esta es la única excusa que se te ha ocurrido, ¿no?

—Cálmate, Monty.

—No estás viviendo aquí —dijo mirándome fijamente.

—¿Qué dices? —Fingí una sonrisa de incredulidad.

—¿Te crees que soy idiota? —Pareció que iba a decir algo más, pero entornó los ojos—. No me digas que...

Se interrumpió a sí mismo y se dio la vuelta, mirando el armario medio vacío. Me llevé una mano a la cabeza. El corazón me iba a toda velocidad.

—No quiero que pienses que...

Me detuve en seco cuando se giró y me lanzó la camiseta a la cara. La conseguí agarrar con la mano, sorprendida.

—¿Qué...? —Me quedé mirándolo con la boca abierta—: ¿Qué haces...?

—Te has dejado ropa aquí —me dijo, lanzándome otra camiseta—. Querrás llevártela a tu nueva casa. Con tu novio.

—¡Monty! ¡Para!

Me puse de pie cuando vi que empezaba a tirar mi ropa al suelo de mala manera. Cuando intenté acercarme, me apartó de un empujón que no lo hizo ni parpadear.

—Estás viviendo con él, ¿no? —masculló, sacando un cajón de su sitio y lanzándolo al otro lado de la habitación—. Solo quiero ayudarte a hacer las putas maletas.

—¡Para de una vez! —le grité, cogiendo el cajón que intentaba abrir.

—Esto te lo regalé yo —dijo, sujetando el vestido negro que había usado en la fiesta de Lana—. Pero ya no creo que lo necesites.

—¿Qué...? ¡No!

Me quedé muda cuando lo rompió de un tirón. Tenía los brazos cargados de ropa que iba a llevar de vuelta al armario, pero la solté toda cuando vi que empezaba a romper todo lo que quedaba dentro.

—¡Suelta eso! —le dije, furiosa, acercándome—. ¡Es mío! ¡No tienes ningún derecho a...!

Me apartó de un empujón otra vez. Pero yo ya estaba furiosa. Le devolví el empujón e hice que se chocara con el armario, que se tambaleó peligrosamente.

Durante un momento, nos quedamos mirando el uno al otro. Me había empujado alguna vez, pero yo nunca me había enfrentado a él. Di un paso atrás, aterrada, cuando vi que se le crispaba la expresión.

Cogió mis gafas de repuesto y, por un breve y aterrador segundo, pensé que iba a lanzármelas a la cara, pero se limitó a aplastarlas contra el suelo. Escuché el crujido del cristal y se me cayó el mundo a los pies. Los dos sabíamos cuánto costaban unas gafas nuevas. Y que mis padres no podían pagarlas. Con lo que habían tenido que ahorrar para esas...

—Esto... —aprovechando que yo miraba mis gafas, petrificada, agarró una camiseta que me había comprado con él y la rompió— es basura, como todo lo que hay en esta habitación. Como tú.

No sabía qué decir. O qué hacer. Nunca me había encontrado a mí misma en una situación así. Ni siquiera fui capaz de impedir que siguiera rompiendo toda la ropa. Estaba paralizada.

—Que te compre todo esto tu nuevo novio —espetó, hecho una furia.

No dije nada. Entonces lanzó todos los marcos de fotos al suelo. Los fragmentos de cristal roto repiquetearon hasta llegar a mis pies. Yo seguía sin ser capaz de reaccionar.

Quizá al ver que no decía nada, se enfadó aún más, porque cogió uno de los pocos marcos enteros que quedaba y, sin titubear, me lo lanzó a la cara. No sé cómo, lo conseguí esquivar. Fue como si mi cerebro por fin me hiciera volver a la realidad.

—¡¿A ti qué te pasa?! —le grité, furiosa—. ¡¿Sabes el daño que me hubieras hecho si llegas a...?!

—¡¿Y el que me has hecho tú a mí?!

—¡Son mis cosas! ¿Te crees que tienes algún derecho a tocarlas?

—¡La mayoría de ellas te las compré yo porque no tienes dinero!

—¡No sabía que te habías hecho millonario en mi ausencia! —ironicé.

Él apretó los labios, mirándome.

—Pídele a tu novio que te las pague a partir de ahora —me dijo—. Porque yo no pienso gastar un segundo más de mi vida en alguien como tú.

—¿Alguien como yo? —Me reí, aunque tenía ganas de llorar—. ¿Y qué he hecho yo? Desde que empezó esta relación, solo he estado pendiente de ti y de tus idas de cabeza. De tus celos posesivos. De que hagamos siempre lo que quieras. ¡Y de que, durante el inicio de nuestra relación, te tiraras a mi mejor amiga!

—Ten cuidado, Jennifer.

—¡Tengo el mismo cuidado que has tenido tú!

—¡Sabes perfectamente que no me gusta que saques ese tema!

—¡Pues yo quiero sacarlo, así que cállate y escucha por una vez en tu vida!

Pareció sorprendido de que le hablara así, y aproveché para seguir hablando.

—Tuve que aguantar todo eso por... ¿un maldito vestido? ¿Solo eso?

—Un maldito vestido ya es mucho más de lo que te mereces.

—Ah, ¿sí? ¿Quieres que te diga lo que hice con ese vestido puesto?

Hubo un momento de silencio absoluto cuando me di cuenta de lo que acababa de decir.

Mi cerebro me estaba comunicando que, quizá, decirle todo eso en un momento así no era lo más inteligente del mundo, pero no pude evitarlo. Solo quería hacerle daño. Igual que él me lo había hecho a mí.

Y, justo en el momento en que Monty daba un paso hacia mí con el puño apretado, la puerta se abrió y Chris se asomó con una sonrisa incómoda.

—Chicos, ha habido quejas por el ruido que estáis haciendo y... —Se detuvo en seco cuando vio el estado de la habitación—. ¿Qué...?

Monty dejó de mirarme para agarrar su chaqueta de la cama y se acercó a Chris. Lo empujó bruscamente contra la puerta al pasar. Yo me quedé mirando el desastre y noté que se me llenaban los ojos de lágrimas.

—¿Estás bien? —escuché que me preguntaba Chris al darse cuenta.

—Sí. —Mi voz sonó sorprendentemente segura, porque estaba de todo menos bien.

—¿Quieres que llame a alguien?

—No —le dije enseguida, mirándolo—. Solo... dame un rato para limpiar esto y volveré a casa.

—Está bien... ¿Necesitas ayuda?

—No, no te preocupes. Pero gracias —dudé—. Yo... siento las molestias, pídeles perdón de mi parte a las chicas que se hayan quejado, por favor.

Para mi sorpresa, no dijo nada más y me dejó sola.

Mi ropa estaba rota, amontonada, arrugada... Cogí mi camiseta favorita y me entraron ganas de llorar cuando vi que tenía un desgarro en la parte de delante. Hacía tantos años que la tenía... y ahora... Sin embargo, no fue hasta que encontré mis gafas rotas que tuve ganas de llorar de verdad. Y lo hice. Empecé a notar las lágrimas calientes por las mejillas. A mis padres les habían costado mucho dinero. Y siempre había tenido muchísimo cuidado con ellas. Y ahora... estaban rotas. Todo por los celos obsesivos de Monty.

Me pasé una mano por la cara y me quedé sentada en el suelo, mirando aquel desastre. Fue entonces cuando la puerta se volvió a abrir. Pero no era Chris.

Era Ross.

Me miró, vio la ropa y vi que su cara pasaba de la confusión a la preocupación.

—Cuando vea a Chris, le daré las gracias por no haber llamado a nadie —mascullé, limpiándome las lágrimas.

Ross dio un paso hacia mí y cerró la puerta. Seguía sin decir nada. Se quedó mirando las gafas rotas que sujetaba.

—¿Qué ha pasado? —preguntó, finalmente, agachándose a mi lado.

—Monty —mascullé—. Eso ha pasado.

Miró mi camiseta favorita destrozada y apretó los labios.

—¿Te ha hecho algo? —me preguntó en voz baja.

—Sí, por si no lo habías notado, ha dado la vuelta a la maldita habitación.

—No me refiero a eso —me dijo, mirándome—. ¿Te ha hecho algo a ti?

—No —dije, negando con la cabeza.

Ross no dijo nada mientras me giraba y empezaba a amontonar toda la ropa inservible. Después vi de reojo que me ayudaba, lanzando las camisetas rotas a un montón y las pocas que quedaban enteras a otro. No dijo absolutamente nada en los quince minutos que tardamos en recogerlo todo.

Mis fotos estaban por el suelo. Las recogí y las dejé en la cómoda, junto con las gafas rotas, que apreté entre mis dedos. Ross me miraba en silencio. Todo en silencio. Odiaba cuando se quedaba en silencio porque me entraban ganas de hablarle y, en ese momento, sabía que si hablaba me pondría a llorar.

Cuando me giré, vi que todavía estaba mirándome sin decir nada, pero por su expresión sabía perfectamente qué pensaba.

—Soy una idiota —dije, negando con la cabeza.

—Esto no ha sido culpa tuya, el único responsable es él.

—Sí, sí es culpa mía. —Me acerqué al montón de ropa rota y agarré una maleta pequeña que había guardado debajo de la cama, y empecé a meterlo todo dentro con rabia—. Si hubiera terminado con él hace tiempo, ahora esto no habría pasado. Soy una maldita idiota.

Ross se acercó y lo escuché suspirar.

—No podías saber que esto pasaría.

—Sí podía. —Lo miré, y ya supe que iba a ponerme a llorar—. Siempre pasa lo mismo. Le digo a todo el mundo que no nos peleamos, pero no es verdad. Somos muy felices, él me da regalos y, de pronto, se cabrea por algo que no necesariamente tiene que ver conmigo y empieza a... a destrozarlo todo. Pero nunca había hecho esto. Normalmente, me rompe una camiseta y me pide perdón. Pero hoy...

Cerré la maleta y la tiré sobre la cama, metiéndome el maldito mechón de pelo que siempre se me salía tras la oreja.

—Gracias por ayudarme —le dije en voz baja.

Ross apretó los labios y miró la maleta.

—¿Qué vas a hacer con eso?

—Tirarlo a la basura. —Me encogí de hombros, apretando los labios para no llorar—. Ya no puedo usarlo. Ni siquiera puedo donarlo.

Noté que él me miraba y me dio tanta vergüenza que estuviera viendo todo eso que empecé a lloriquear. Me puso una mano en el hombro y me atrajo hacia él, abrazándome. Me dejé abrazar, agradecida por recibir algo que no fuera un empujón o una camiseta en la cara.

—Solo es ropa —me dijo—. Puedo acompañarte a comprar más.

—No debería tener que comprar más. —Me separé, pasándome las manos por debajo de los ojos. No quería llorar más. Y menos por Monty—. Solo... quiero deshacerme de todo esto.

—¿De la maleta también? —preguntó, sorprendido.

—Me la dio él. No quiero ni verla. —Lo miré—. ¿Puedes ayudarme?

Ross cogió la maleta sin decir nada y yo metí el resto de las cosas en el armario de cualquier forma. Cuando bajamos las escaleras, vi que algunas chicas se me quedaban mirando —seguro que habían oído toda la discusión—. Chris también me observó, cauteloso, como si esperara que me enfadara por haber llamado a Ross, pero no dije nada. Solo quería salir de ahí.

Además, en el fondo, me alegraba que lo hubiera hecho.

En el coche, noté que mi móvil vibraba en mi bolsillo y estuve a punto de apagarlo pensando que sería Monty, pero me detuve cuando vi que era Shanon.

—¿Es él? —A Ross se le endureció la expresión.

—No, es mi hermana —murmuré—. ¿Te importa...?

Sacudió la cabeza y descolgué el móvil.

—Hola, hola —me saludó Shanon alegremente—. ¿A que no adivinas quién ha encontrado un billete de veinte por la calle?

—Shanon...

—Sé que es moralmente reprobable y toda esa basura, pero..., oye, solo se vive una vez. Iba a comprar comida y me he dado un caprichito. Deberías ver los zapatos que...

—Monty ha venido a verme.

Ella se detuvo en seco.

—¿Qué? —preguntó—. ¿Monty? ¿El idiota?

—Sí, ese.

—¿A casa de tu amigo?

—No. Se ha presentado delante de mi facultad —mascullé—. Ha montado el... maldito número de novio celoso delante de todo el mundo.

Ross no decía nada, pero sabía que podía oírlo todo. Tuvo la consideración de fingir que no me prestaba atención.

—¿Te ha vuelto a romper algo? —preguntó Shanon enseguida.

—¿Algo? —Solté una risa amarga—. Todo el maldito armario. Me he quedado prácticamente sin camisetas.

—No me lo puedo creer.

—Y me ha roto las fotos, y las gafas... —Intenté contenerme para no lloriquear—. ¿Te acuerdas? A papá le costaron un dineral.

—Dime que, al menos, le has dado una patada donde tú sabes.

—No he tenido mucho tiempo de reacción —admití.

—Pero ¿estás bien? ¿Solo ha tocado tus cosas?

—Sí, estoy bien. Estoy con Ross —le dije, mirándolo de reojo.

—¿Eso significa que no voy a tener que preocuparme de ese chico nunca más? —preguntó—. Menos cuando vuelva, claro, porque pienso presentarme en su casa con una escopeta.

—¡Shanon!

—Alguien tiene que defender el honor de esta familia, Jenny. Estás muy parada.

—No pienso llamarlo, si te refieres a eso.

—Es que, como me entere de que has vuelto a llamar a alguien que te ha destrozado la habitación, pienso presentarme ahí para darte una charla.

—Muchas gracias por tu comprensión, Shanon.

—Déjame hablar con Ross.

Me detuve un momento, confusa.

—¿Eh?

—Ya me has oído.

—Pero... ¿para qué...?

—Tú solo pásamelo y cállate.

Me quité el móvil de la oreja, confusa. Ross me miró de reojo cuando se lo pasé.

—Quiere hablar contigo —murmuré.

Él cogió el móvil y se lo llevó a la oreja sin tan siquiera titubear. Saludó a Shanon y vi que se quedaba escuchándola durante unos cuantos segundos en los que intenté no acercarme para ver qué le decía. Ross no cambió la expresión hasta el final, que esbozó una pequeña sonrisa divertida.

—Muy bien —dijo—. No... o no que yo sepa... Claro que sí.

—¿De qué habláis? —pregunté, curiosa.

—No. —Él me ignoró—. Sí, tranquila.

Dijo algunas tonterías más que no entendí y me devolvió el móvil. Mi hermana había colgado. Me quedé mirándolo con una ceja enarcada.

—¿De qué hablabais?

—¿No te lo ha dicho?

—No.

—Pues te vas a quedar con la duda. No soy un soplón.

Volví a meterme el móvil en el bolsillo con una mueca.

Poco más tarde, paramos a tirar la maleta a la basura. No iba a volver a verla. No pensé que fuera a sentirme tan bien haciendo esa tontería. Cuando volví a subir al coche, cerré los ojos un momento, suspirando pesadamente.

—¿Qué pasa? —preguntó Ross, que se detuvo y no arrancó el motor.

—¿Tenemos que volver? —pregunté.

—¿A la residencia? Claro que no.

—A tu piso —aclaré.

Ross lo consideró un momento.

—Si no quieres, no.

—Podríamos... —lo pensé un momento—. ¿Ir al cine?

Él sonrió.

—Tú sí que sabes cómo conquistarme.

Arrancó y giró en redondo para ir al centro comercial.

—Pero elijo yo la película —dije enseguida.

—Ah, no. De eso nada.

—Yo soy la deprimida.

—Y el coche es mío.

—Pero el cine no es tuyo, ¿recuerdas?

Él apretó los labios.

—Si me hago rico algún día, te juro que lo primero que haré será comprar ese cine.

Sonreí, negando con la cabeza.

—Para poner películas de terror o de superhéroes.

—¿Y qué tiene eso de malo? —preguntó, ofendido.

—Nada, nada.

—No, dilo.

—Nada —aseguré, divertida—. Pero creo que tendrás poco público.

—¿Y qué? Seré rico. Que le den al público.

—Tendríamos toda la sala para nosotros —bromeé.

—Y barra libre de palomitas y refrescos.

Sonreí, mirando por la ventana, y me di cuenta de que me había olvidado de Monty durante un momento. Ross tenía ese poder.

Puso música durante el resto del camino. Como era un día laboral y había oscurecido, pudo aparcar fácilmente junto a la entrada. Estuvimos un buen rato discutiendo qué película ver —él quería ver una que tenía sangre en la portada, yo quería ver una comedia— y, al final, ninguno de los dos ganó y nos metimos a ver una de misterio que estaba a punto de empezar, así que ni siquiera tuvimos tiempo de comprar palomitas.

La película no estuvo mal. Éramos prácticamente los únicos en la sala. Había momentos de tensión en los que le apretujaba el brazo, pero, aparte de eso, no pasó nada...

... hasta que llegó la escena de sexo.

En cuanto vi que los dos protagonistas se empezaban a besar con ganas, tuve el instinto de girarme hacia Ross, que no dio señales de darse cuenta. La cosa empezó a calentarse. Los de la pantalla estaban subiendo el nivel y yo empecé a ponerme nerviosa sin saber muy bien por qué. Tragué saliva y me giré hacia Ross sin poder evitarlo.

Miraba la pantalla, pero se volvió hacia mí al notar que mis ojos estaban sobre él. Volví a clavar la mirada al frente al instante, avergonzada. Pero seguía notando sus ojos en mí. No girarme fue una de las cosas más difíciles que he hecho en mi vida. Repiqueteé los dedos en mis rodillas y él se aclaró la garganta. ¿Por qué estaba tan nerviosa?

No hablamos en lo que quedaba de película. Yo me limité a intentar no mirarlo. Era difícil. Y también intenté disimular lo nerviosa que estaba. Eso era aún más difícil.

Cuando salimos del cine, me propuso ir a cenar fuera de casa, y acepté. Por un momento, me dio cierta pereza pensar que iba a llevarme a un sitio caro, pero no pude evitar sonreír disimuladamente cuando vi que se detenía en un restaurante viejo, de carretera, que había junto a la salida de la ciudad, y que parecía más una cafetería que un restaurante.

Como estaba lloviendo, tuvimos que correr los dos hacia la entrada. El interior olía a café, a muebles viejos y a comida recién hecha. Era una mezcla extraña. Las mesas, las sillas..., incluso todo lo que colgaba de la pared, parecían muy viejos. Había unas cuantas personas solas o grupos de amigos sentados en las mesas. Solo había otr..., es decir, *una* pareja... al otro lado del local.

Ross se detuvo ante una de las mesas que estaban junto al ventanal de la entrada y me senté delante de él.

—No sé por qué —murmuré, quitándome la chaqueta—, pero me da la sensación de que tus padres no te traían aquí de pequeño.

—¿Cómo te has dado cuenta? —bromeó—. Me traía mi abuela Agnes. Decía que aquí hacían las mejores hamburguesas de la ciudad. Creo que el cocinero se llama Johnny. Algunas veces escucha a las Spice Girls o a Britney Spears mientras cocina. Supongo que deben inspirarlo, porque sus hamburguesas son geniales.

—Pues me alegro, porque tengo hambre.

La camarera, una mujer de unos treinta años con cara de cansada, se acercó y cada uno pidió su plato. Incluso en eso no podía dejar de comparar a Ross con Monty. Él siempre elegía por los dos. Sin preguntarme qué quería. Ross no.

Vale, tenía que dejar de pensar en Monty. No se lo merecía. Ya ni siquiera era mi pareja. Por fin me había librado de él.

Tardaron, literalmente, dos minutos en traer las hamburguesas. La camarera las dejó delante de nosotros sin muchas ganas junto con nuestras bebidas. En cuanto le di un mordisco, supe que habíamos hecho bien al ir ahí.

Llevaba media hamburguesa cuando miré a Ross, que casi se la había terminado.

—¿Sabes? —Dejé la hamburguesa y me comí una patata frita—. A veces, me da la sensación de que no me hablas nunca de ti.

—Vives conmigo —dijo, confuso—. Creo que me conoces bastante bien.

—Sí, es decir..., te conozco a ti, pero no tu contexto. —Fruncí el ceño—. ¿Me explico tan mal como creo?

—No. —Parecía divertido—. ¿Qué quieres saber?

Lo pensé un momento. Sabía lo que quería saber: por qué se llevaba tan mal con su padre. Pero no quería sacar ese tema ahora.

—Háblame de tu infancia. —Entorné los ojos—. ¿Feliz? ¿Triste? ¿Eras un niño solitario y rarito o uno risueño y extrovertido?

—Era más bien lo primero. —Sonrió.

Vale, esa no era la respuesta que esperaba.

—¿Tú? ¿Solitario y rarito?

—Mi hermano era muy risueño y yo tenía que compensarlo. —Se encogió de hombros—. No tenía muchos amigos, pero me lo pasaba bien solo.

—Qué triste.

—De verdad que me lo pasaba bien —protestó—. Después, con la pubertad y todo eso..., a la gente le pareció guay ese rollo, así que empecé a hacer amigos. Y amigas.

—¿Conociste a tu primera novia?

—Sí. —Asintió con la cabeza.

—¿Cómo se llamaba?

Me miró, extrañado pero divertido.

—¿Por qué siento que me estás haciendo un interrogatorio?

—¡Vamos! Tú sabes hasta qué bragas uso cuando me viene la regla —protesté, antes de ponerme roja—. Es decir...

—Se llamaba Alanna —me dijo, salvándome de la vergüenza.

—Alanna —repetí—. Se parece mucho a Lana.

—Me fijé en Lana porque sus nombres se parecían.

Ah, sí, Will me lo dijo. No pude evitar compararlos con el mío y darme cuenta de que no se parecían en nada.

—¿Y qué tal con Alanna?

—¿Qué parte? —Sonrió de medio lado.

—No quiero saber detalles —protesté, avergonzada—. Pervertido.

—Eres tú la que pregunta.

—¿Cuánto tiempo saliste con ella?

—Mmm... —Lo pensó un momento—. No llegamos ni a los tres meses.

—¿Por qué?

—Porque... —Apartó la mirada un momento—. Me enteré de que se había acostado con Mike.

Me detuve al instante.

—Oh... —No sabía qué decirle. En realidad, ya me lo habían contado, pero no pensé que fuera a soltarlo así.

—Pero tampoco estaba muy enamorado —replicó, encogiéndose de hombros—. Así que no fue una ruptura muy dolorosa.

Lo mismo que le había pasado con Lana. Mike podía parecer un buen chico, pero en ese sentido...

—¿Y qué hay de ti? —Me miró—. Aparte del pervertido de las fotos y el de las cosquillas..., ¿ha habido algún otro galán en tu vida?

—Una vez me tuve que dar un beso con un chico en una fiesta, pero fue bastante asqueroso. No sé qué había bebido, pero sabía horrible. —Lo miré—. Te toca. ¿A qué edad te diste tu primer beso?

—¿Beso corto o beso completo?

—¿Qué es un beso completo?

—El que incluye... —Hizo un gesto bastante claro.

—Beso corto —dije, intentando no ponerme roja.

—A los catorce —me dijo—. Delante de mi casa. Ni siquiera sabía lo que hacía. No volví a hablar con la chica jamás. Te toca.

—Dieciséis. —Lo pensé un momento antes de entrar en detalles—. Fue bastante... sangriento.

Había hecho un ademán de dar un sorbo a su cerveza, pero se detuvo con una mueca.

—¿A qué te refieres?

—Tenía un año más que yo, así que llevó la iniciativa. Pero él llevaba aparatos, así que cada vez que intentaba darle un beso yo, como lo hacía fatal, me cortaba el labio. Me hice tres cortes en un mes y decidimos no volver a vernos.

Ross negó con la cabeza, divertido.

—¿A qué edad perdiste la virginidad? —le pregunté, muerta de curiosidad.

Él me sonrió, enigmático. Parecía algo sorprendido por mi repentino descaro.

—¿Y tú, Jen?

Me removí, incómoda.

—Tú primero.

—¿Crees que me reiré de ti?

—Oh, estoy segura de ello. Pero tú primero.

—A los quince.

Levanté las cejas.

—La perdiste muy pequeño.

—Te toca —me recordó.

—Eh... —Lo pensé un momento.

—¿No te acuerdas? —preguntó, burlón—. ¿Hace tanto de eso?

—Mmm..., no. —Solté una risita nerviosa—. ¿Qué día abrieron mi residencia?

La pregunta le pilló por sorpresa.

—¿Tu residencia?

—Sí. ¿Cuánto hace de eso?

—La abrieron hace casi dos meses.

—Pues... hace casi dos meses y una semana.

Él había estado repiqueteando distraídamente los dedos sobre la mesa, pero se detuvo de golpe, mirándome fijamente.

—¿Qué...? —Pareció no entenderlo del todo—. ¿Cuánto llevabas con tu novio?

—Cuatro meses..., más o menos..., pero estaba muy nerviosa por eso de tener que acostarnos. —Negué con la cabeza—. Además, él era tan brusco que..., bueno, no me inspiraba mucha confianza.

Bueno, si hasta ahora no había tenido toda su atención..., acababa de ganármela. Me miraba fijamente con la boca entreabierta. Y no parecía querer decir nada, así que seguí hablando.

—Pero, una semana antes de venir aquí, me convenció de que me arrepentiría si me iba sin hacerlo.

Hice una pausa.

—Así que lo hicimos y... la verdad es que me pareció que el sexo estaba sobrevalorado. Es decir, no estaba mal ni nada, tampoco me dolió, pero no era la gran cosa que me imaginaba. Y después..., eh..., bueno, te conocí y...

—Te hice cambiar de opinión. —Sonrió ampliamente, encantado con la idea.

—Yo no he dicho eso, creído.

—No necesito que lo digas. —Dio un trago a su bebida y luego negó con la cabeza—. Pero debo decir que no lo parecía. Para nada.

—Cállate.

—Es verdad. Parecía que llevabas mucho tiempo practicando.

—¡Para! —protesté, avergonzada, mientras se reía de mí.

Después de eso, decidí dejar de preguntar y volvimos a su coche. Durante el trayecto, lo miré de reojo un buen rato. Él ni siquiera se dio cuenta. Me estaba contando cosas curiosas del grupo que sonaba por la radio. Se llamaba Brainstorm o algo así. Se emocionaba mucho cuando hablaba de esas cosas. Le brillaban los ojos.

Yo tenía la imagen de Monty en la cabeza. Pensé en todo lo que había pasado en pocas horas y en que, de alguna forma, me había conducido hacia Ross.

Cuando se dio cuenta de que no le respondía, me miró un momento.

—¿Qué pasa? —preguntó.

—Nada. —Sonreí, volviendo a girarme hacia delante.

Quizá, después de todo, dejar a Monty había sido un pasito en la dirección correcta.

15

Uno más

Estaba sola en el salón, tomándome una cerveza y repasando mis apuntes de Lingüística, tan concentrada que no oí que Ross se acercaba tranquilamente por el pasillo.

—Cuando te concentras mucho, te sale una arruga en la frente.

Me llevé una mano a la frente al instante y él empezó a reírse.

—Es broma. —Sonrió inocentemente—. Pero ha valido la pena por tu cara.

—Qué gracioso eres.

Se sentó a mi lado y me robó la cerveza sin siquiera titubear.

—¿Qué haces?

—Estudiar Lingüística —murmuré, suspirando—. Tengo un examen dentro de dos días y no me sé casi nada.

—A lo mejor, si te pusieras a estudiar antes... —empezó a insinuar, divertido, sabiendo perfectamente que me molestaría con el tema.

—Gracias por el consejo, papá.

—Te están llamando.

Suspiré y giré el móvil para no ver el nombre de Monty, que durante la semana siguiente a la discusión había estado llamándome como un loco. No había respondido a absolutamente nada, claro.

Ross no había sacado el tema de lo que había pasado en ningún momento, cosa que le agradecía mucho, aunque me daba la impresión de que en ese instante iba a ser inevitable.

—No puedes dejar que siga así —me dijo, confirmando mis sospechas.

—¿Y qué quieres que haga?

—¿Quieres que haga algo yo?

—No hace falta, Ross...

—¿Has pensado en bloquearlo? —sugirió.

—Si no puede entretenerse llamando, podría darle otro ataque de imbecilidad y presentarse aquí —murmuré, cerrando la tapa del portátil y dejándolo a un lado.

—Yo defendería tu honor. —Sonrió él ampliamente.

—Intentaremos que eso no sea necesario.

Vi que se quedaba en silencio, pensativo, y lo miré de reojo.

—¿Qué pasa?

—Nada, solo... —Parecía tenso cuando pasó un brazo por el respaldo del sofá, detrás de mí—. ¿Estás segura de que no te hizo nada?

Abrí los labios y volví a cerrarlos. Luego sacudí la cabeza. Una sensación de incomodidad se había instalado en mi cuerpo.

—No, claro que no —murmuré.

—Jen...

—Te he dicho que no —le dije, algo más bruscamente.

Me arrepentí al instante de hablarle así, pero él no pareció muy ofendido. De hecho, solo se encogió de hombros.

—Muy bien.

El silencio que siguió a esas dos palabras hizo que me aclarara la garganta e intentara cambiar de tema rápidamente.

—Estoy harta de filología, de lingüística... y del mundo —murmuré.

Pareció divertido cuando me crucé de brazos.

—Lo que no entiendo es por qué sigues insistiendo en estudiar esa carrera si no te gusta.

—Porque ya la tengo pagada —mascullé—. Así que, al menos, hago un semestre. Aunque tenga que sufrir con las estúpidas letras.

—Las letras no son estúpidas.

—Muy bien, pues solo son complicadas.

—¿Necesitas una distracción? —preguntó, levantando y bajando las cejas.

Apreté los labios cuando noté que intentaban curvarse hacia arriba.

—¿Por qué haces siempre que todo suene tan... sexual?

—Yo prefiero calificarlo como *interesante*.

Empecé a reírme sin poder evitarlo, mirándolo.

—Pues te aseguro que eres muy *interesante*.

Pareció algo sorprendido por un momento.

—¿Yo?

—Sí, tú.

—¿Me estás llamando sexi de alguna forma extraña? —Arrugó la nariz.

—No. Te estoy llamando pervertido. Y directamente.

Esta vez fue su turno para reírse. Y yo iba a hacerlo también, pero di un respingo cuando se inclinó hacia delante y me pasó los dedos por el estómago. ¡Oh, no! ¡Cosquillas!

—¡Oye, no te he dicho nada malo! —protesté, retrocediendo como pude por el sofá.

—¡Me has llamado pervertido!

—¡Porque lo er...!

Me detuve para empezar a reírme. Me había atrapado el tobillo y me había vuelto a acercar a él sin mucho esfuerzo. Ahora ya estaba tumbada debajo de su cuerpo, retorciéndome para intentar escapar.

O..., bueno, quizá no quería escapar tanto.

Especialmente, al notar sus labios en mi garganta. Dejé de reír al instante para empezar a respirar con cierta dificultad cuando se pegó a mí completamente.

—¿Ves como eres un perv...?

Me interrumpió besándome en los labios con una intensidad que me pilló desprevenida. Yo estaba levantada sobre los codos, pero me dejé caer hasta quedar tumbada y él me siguió, bajando una mano por mi espalda para agarrarme el culo sin ninguna vergüenza y levantarme la cadera hasta que mi estómago estuvo pegado al suyo.

—Madre mía, realmente no sabéis disimular, ¿eh?

Di un respingo y miré a Will al instante, alarmada. Nos miraba desde la cocina con aire divertido. Ross lo miró con cara de pocos amigos.

—¿Qué? —le preguntó, muy poco simpático.

—No quería interrumpir el intercambio salival. Solo creí que era un buen momento para avisaros de que Naya está subiendo.

—¿Y? —Ross frunció el ceño, confuso.

—Oh, mierda, aparta —musité.

Suspiró pesadamente cuando lo empujé por los hombros y volvimos a quedar cada uno sentado en su lugar. Me coloqué el pelo torpemente y supliqué por no tener las mejillas muy rojas. Él me miró de reojo mientras Will iba tranquilamente a la puerta. Naya entró con él poco después, sonriendo.

—¿Ross no está gritando por la casa? —preguntó—. ¿Quién se ha muerto?

—Tu sentido del humor. —Sonreí, divertida.

Ross empezó a reírse a carcajadas, y Naya me enseñó el dedo corazón. Él y yo chocamos las manos mientras Ross seguía riéndose abiertamente.

—Bueno... —Will sacó su móvil, sentándose en el sofá—. ¿Cenamos? Tengo hambre.

—Podemos pedir algo —sugirió Ross, calmándose por fin—. ¿Qué queréis?

—Vosotros, no sé, pero Jenna y yo estamos a dieta —dijo Naya.

Me quedé mirándola, confusa.

La palabra «dieta» no formaba parte de mi vocabulario.

—¿Estoy a dieta? ¿Yo?

—Sí. Es que he decidido que quiero adelgazar y el trabajo en equipo hace estas cosas más fáciles, ¿no crees?

Me miré a mí misma. Era cierto que había engordado un poquito esas semanas. Era difícil seguir el ritmo de Ross sin engordar. No todo el mundo podía tener la suerte de comer lo que quisiera sin que afectara a su peso. Me mantenía en la talla cuarenta, pero empezaba a notarme un poco más flácida que de costumbre.

—Sí, vale —le dije—. Estamos a dieta. Oficialmente.

Naya aplaudió, entusiasmada.

Los chicos se quedaron un momento en silencio, mirándome con la misma expresión que hubieran usado si les acabara de decir que era una espía rusa.

—¿A dieta? —repitió Will—. ¿Por qué?

—Para adelgazar, obviamente —le dije.

Sue había salido de su habitación y se sentó en el sillón, enarcando una ceja.

—¿He oído dieta? —preguntó, extrañada.

—Naya y yo estamos a dieta —le informé.

Empezó a reírse irónicamente, y Naya le puso mala cara.

—Si te interesa mi humilde opinión —me dijo Ross—, a mí me gustas tal y como estás ahora.

—Pero tu opinión no cuenta —le dijo Naya, poniendo los ojos en blanco.

—¿Y por qué no? —Él frunció el ceño.

—Es como la opinión de una madre. No es objetiva.

—¿Y por qué no? —repitió.

Naya esbozó una sonrisita malvada.

—¿Vas a hacer que lo diga?

Al ver mi cara, Will se apresuró a interrumpir.

—Bueno —se aclaró ruidosamente la garganta—, ¿y qué vais a cenar?

—Ensalada con pollo a la plancha —dijo Naya.

—¿En serio? —Suspiré.

La que me había preparado Agnes una noche había estado bien, pero... siendo sinceros, a nosotras no nos saldría ni la mitad de buena. No me hacía mucha ilusión, la verdad.

Sue y Ross, por cierto, se reían disimuladamente de mí.

—Todavía puedes echarte atrás —me recordó Will.

—No. —Me crucé de brazos—. Estoy a dieta. Al menos, quiero durar una semana.

—Pues yo me pediré una pizza —aseguró Ross alegremente—. Mi organismo no puede mantenerse vital a base de ensaladas y pollo a la plancha.

Media hora más tarde, miraba las pizzas de la mesa babeando mientras me preparaba mi plato saludable en la cocina. Era una escena muy triste.

Como Will se había tumbado y Sue usaba uno de los sillones, mi única opción era sentarme en el suelo, porque Naya y Ross usaban el otro sofá. Él debió de ver mi dilema, porque se le formó una sonrisa traviesa al instante en que se dio unas palmaditas en el regazo. Me senté encima de él y me acomodé. Ross soltó un resoplido y yo lo miré confusa.

—¿Qué?

—Menos mal que estás a dieta, casi me aplastas.

Le di un codazo con ganas y empezó a reírse.

—Es broma, pequeño saltamontes. De todas formas, mis sentimientos no cambiarían ni aunque engordaras quinientos kilos.

—Qué romántico eres, Ross —murmuró Sue, negando con la cabeza.

Miré el programa de reforma de casas mientras me comía la ensalada con poco entusiasmo. Cada vez que él agarraba un trozo de pizza y lo pasaba al lado de mi cara para comérselo, me entraban ganas de tirarme por la ventana.

Y no llevaba ni una hora de dieta.

No duraría una semana. Era imposible.

—¿Seguro que no quieres? —me preguntó, pasando la porción por delante de mi nariz.

—No. —Miré fijamente mi pollo, intentando ignorar el deseable olor que me inundó la nariz.

—Está muy buena, te lo aseguro —canturreó, dándole un mordisco.

—Te odio.

Él se rio y siguió comiendo. Mientras, Sue ponía los ojos en blanco de nuevo.

Ya habíamos cenado todos y Sue ya se había encerrado en su habitación cuando noté que mi móvil vibraba encima de la mesita. No tenía ganas de volver a ver el nombre de Monty otra vez. Sin embargo, cuando lo levanté, vi que no era él.

Era alguien mucho, mucho, mucho peor.

Mi madre.

Oh, oh.

—Si es mi suegra —me dijo Ross.

—Oh, no —solté, poniéndome de pie bruscamente—. Oh, no.

—¿Qué pasa? —Will se giró, sorprendido.

Los tres me miraban fijamente, confusos. Yo me detuve, llevándome una mano a la cara.

—Nada... yo... nada.

—Te has quedado blanca, Jen. —Ross había dejado de sonreír.

—No es... —me interrumpí a mí misma, mirando el teléfono—. Se va a enfadar conmigo. Muchísimo.

—¿Por qué? —me preguntó Naya.

—Porque... —Estaba a punto de cortarse la llamada, tenía que responder—. Oh, no. Yo... Oh, no.

Me llevé el móvil lentamente a la oreja con cara de terror.

—Hola, mam...

—¡¡¡Jennifer Michelle Brown!!!

Casi se me escapó el aparato de las manos por el susto. Vi que Naya abría los ojos como platos, mientras que Will sonreía y Ross empezaba a reírse sin descaro.

—¿Michelle? —preguntó, riéndose con tanta fuerza que estuvo a punto de caerse del sofá.

—Cállate —le musité, pellizcándole el hombro.

—¡Oye! —protestó, dolorido.

—¡¿Me estás escuchando?! —me gritó mamá.

Volví a centrarme al instante.

—Claro que sí, mamá, es que...

—¡¿Has estado viviendo con un chico durante más de un mes y no me has dicho nada?!

Obviamente, ellos lo estaban oyendo todo. Con esos gritos...

—¿Ese soy yo? —preguntó Ross, mirándome.

—No creo que sea yo —le dijo Will, divertido.

Hice un ademán de ir hacia las habitaciones, pero Naya me detuvo.

—Solo hay cobertura en el salón —me recordó con una sonrisita maligna.

Genial. Iban a oírlo todo. Lo que me faltaba.

—Iba a decírtelo, mamá —le aseguré rápidamente—. Es que con todo el lío de clase se me olvidó y...

—¡¡¡Se te olvidó!!! —me chilló, enfadada—. ¡Ya no te acuerdas de contarme nada! ¡A tu pobre madre, que has dejado abandonada a su suerte con los mandriles de tus hermanos!

Escuché protestas de fondo.

—¡Que os calléis! —les espetó ella antes de centrarse en mí de nuevo—. Ya no me cuentas nada. Me siento como si fueras una completa desconocida.

—Mamá, vamos...

Will, Ross y Naya seguían mirándome descaradamente. Les puse mala cara y se rieron de mí cuando empecé a dar vueltas por detrás de los sofás, nerviosa.

—Si me dejas explicártelo... —intenté decir.

—¡No hay nada que explicar! ¡Que sepas que tu padre también está muy enfadado!

—Si papá nunca se enfada conmigo... —Fruncí el ceño.

—¡Pues ahora se ha enfadado contigo!

—¡Eso no es verdad!

—¡Vale! ¡No es verdad! ¡Pero debería serlo!

—Esta misma noche iba a llamarte y a contártelo —mentí apresuradamente.

—Jennifer Michelle, te he parido, ¿crees que no sé cuándo me mientes?

Solté una palabrota entre dientes que, por suerte, ella no escuchó. Ross sí, porque seguía riéndose.

—¿Y se puede saber quién es ese chico?

—Es un amigo.

—Un amigo —repitió Ross, negando con la cabeza.

—Mmm... —Mi madre ya había adoptado su tono de voz de investigadora privada—. ¿Y es un buen chico?

Me quedé mirándolo un momento, pensando. Él sonrió angelicalmente.

—Háblale bien de mí, ¿eh?

—Es un poco pesado, pero no está mal.

—Cuanta gratitud a quien te ha abierto las puertas de su casa, Michelle —me dijo él, sonriendo.

Tapé el móvil con una mano y me lo quedé mirando.

—Vuelve a llamarme Michelle y te quemo todos los paquetes de tabaco que te queden.

—¡No juegues con mi tabaco!

—¡Y tú no juegues con mi nombre, pesado!

—¡Jennifer! —chilló mi madre.

—Perdón —dije, volviendo con ella al instante.

—Entonces, ¿es amigo tuyo?

—No —dije, riendo, pero me detuve en seco—. Es... e-es decir..., sí, claro que... sí..., supongo.

—¿Lo es o no?

—Sí..., bueno..., más o menos.

Escuché que ahogaba un grito y me puse roja como un tomate porque sabía lo que se avecinaba. Intenté no mirar a Ross, que había aumentado su sonrisa.

—¿No será tu novio? —preguntó, y su voz se agudizó por la emoción—. ¡¿Has dejado a Monty?!

—¿Qué? Mamá, no es...

—¡Por fin! —Suspiró ella—. Cariño, sé que te gustaba mucho, pero a mí no me gustaba nada para ti. Siempre ha sido muy poca cosa.

—Mamá, no...

—Con tanto entrenamiento y tantas tonterías... ¡No podía centrarse en vuestra relación! No, no me gustaba nada para ti. Espero que el nuevo no esté todo el día entrenando, o tendremos el mismo problema otra vez.

—Mamá...

—Por no hablar de esos ataques de ira que tenía. Estaba un poco loco, ¿no? Tuvo la suerte de dar contigo, que tienes tanta paciencia. Si lo hubiera pillado yo...

—¡Mamá!

—¿Y cómo es ese chico? ¿Por qué no me has hablado de él hasta ahora? ¿Cuánto hace que estáis juntos?

—¡¿Puedes escucharme y dejar de divagar?!

Estaba roja como un tomate mientras ellos seguían riéndose.

—Si quieres, pásame el móvil y me presento —se ofreció Ross.

Agarré un cojín y se lo tiré a la cabeza.

—Sí, Monty y yo lo hemos dejado —le dije a mi madre—. El otro día le mandé un mensaje. Por la mañana. Le dije que ya no quería seguir con él. Y se presentó... bastante enfadado... para pedirme explicaciones.

—¿Le dejaste las cosas claras a ese orangután?

—Mamá...

—¿Monty es historia? ¿No vas a volver con él?

—No. Te lo aseguro.

Hubo un momento de silencio y enarqué una ceja.

—Espero que no estés sonriendo, mamá.

—No —dijo, y supe que sí estaba sonriendo maliciosamente.

—¡Mamá!

—Lo siento, cariño, pero siempre has tenido tan mal gusto con tus parejas...

—¡Eso no es cierto!

—Por lo que sé, sí lo es —me dijo Naya.

Le puse mala cara. Mi madre suspiró al otro lado de la línea.

—Bueno, ya hablaremos cuando vengas a verme por mi cumpleaños.

Me quedé paralizada un momento, sin saber qué decirle. Ella notó mi pausa, porque enseguida soltó un sonido dramático parecido a un suspiro.

—No vas a venir, ¿verdad?

—Yo...

—¡Lo sabía! Te vas de casa y te olvidas de tu pobre madre. ¡Siempre la misma historia! Ahora que ya has crecido y no me necesitas, me dejas apartada y sola. Como un juguete roto. Como unos zapatos viejos. Como un globo pinchado. Siempre la misma historia. Ya me pasó con Shanon y...

—Mamá, sabes que me gustaría ir, pero... —bajé el tono de voz y les di la espalda a esos tres, alejándome tanto como pude— ahora mismo no sé cómo podría pagarme el viaje.

Sinceramente, sí había estado buscando trabajo. Alguno que me permitiera estudiar y trabajar, a ser posible. Pero en todos me exigían experiencia previa —cosa que no tenía— o un horario incompatible con ir a clase. Al final, terminé llamando incluso para trabajar en esos últimos, pero ni así me querían. Así que no, no tenía dinero.

—Pues nosotros te lo pagamos —insistió ella.

—Sé cómo están vuestras cuentas. No podéis hacerlo.

—Podríamos pedir dinero a...

—Mamá, no.

Suspiró.

—¿Y en coche?

—Son cinco horas para ir y otras cinco para volver —mascullé—. Ni siquiera tengo carnet.

—Quizá, si Spencer fuera a buscarte... —empezó, pero las dos sabíamos que eso no iba a funcionar para nada.

Ella respiró hondo y supe que estaba a punto de llorar para darme pena y que fuera a casa.

—Mamá, vamos, no te pongas así —le dije en voz baja.

Si ella se ponía a llorar, yo me pondría a llorar.

—No, si lo entiendo —murmuró—. Es mi sesenta cumpleaños, pero no hay dinero para venir a celebrarlo conmigo. Lo entiendo.

—Te prometo que encontraré trabajo pronto y te compraré algo para compensarlo, ¿vale?

—No quiero un regalo, Jennifer. Quería verte a ti.

—Ya lo sé, mamá, pero...

Me quedé helada cuando noté que alguien me quitaba el teléfono de las manos. Levanté la cabeza y miré horrorizada a Ross, que se lo puso tranquilamente en la oreja.

Ahora empieza lo interesante.

—¿Señora Brown? —preguntó con su voz de chico encantador.

—¡¿Qué haces?! —Mi voz subió diez decibelios.

Me tiré sobre él, intentando quitarle el móvil con desesperación. Él me apartó estirando el brazo sin tan siquiera parpadear mientras yo forcejeaba como una loca para que me lo devolviera.

—¡Ross, no es una broma, devuélvemelo!

—No, soy el dueño del piso —se presentó él tranquilamente, sin que se notara que me estaba empujando para impedirme recuperar mi móvil—. Jack Ross. Sí, ese amigo. Sí..., bueno, no está muy claro si solo somos amigos. Su hija no termina de decidirse.

—¡Ross!

—No se preocupe —dijo con una sonrisa encantadora—. En realidad, no. Mire, si mi madre cumpliera sesenta años y no fuera a su fiesta, se pondría muy muy triste..., y no puedo dejar que eso le pase a usted.

—Qué pelota es —murmuró Will, riendo.

—¿Qué dices? —le pregunté, horrorizada—. ¡Cuelga ya!

—No, claro. —Sonrió, ignorándome—. Sí, no se preocupe. Sí, de verdad. Pues claro. Ya me lo devolverá cuando pueda. No hay prisa.

Escuché a mi madre balbuceando agradecimientos de forma atropellada, y me callé para escuchar mejor la conversación. Ross dejó de forcejear conmigo y volvió a sonreír de manera encantadora, empujándome con un dedo en la frente. Pronunció «cotilla» en silencio. Le puse mala cara.

—El placer es mío —le aseguró a mi madre—. Sí..., oh, sería un placer. Sí, claro. ¿Quiere hablar con su hija?

Me ofreció el móvil, sonriendo.

—Es tu madre.

Yo seguía sin saber qué hacer. Me llevé el móvil a la oreja a toda velocidad mientras él me observaba, divertido

—¿Qué...? —empecé a preguntarle.

—¡Gracias a Dios que has dejado a Monty! —me gritó ella, entusiasmada.

—¡Mamá! —protesté cuando Ross empezó a reírse.

—Es que parece mentira que siguieras con ese chico teniendo a este otro —me dijo, indignada—. ¡Me encanta, Jenny! ¡Engánchalo ya!

—¿Engancharlo? Mamá, por Dios, vuelve al siglo veintiuno...

—¡Ahora mismo me da igual que te metas conmigo! ¡Estoy demasiado contenta! ¡Tu nuevo novio se ha ofrecido a pagarte el viaje!

—No es mi... —parpadeé, y clavé la mirada en Ross—. Espera, ¿qué?

—¡Es un encanto!

—Pero... no..., pero...

Él se había vuelto a sentar en el sofá tranquilamente mientras yo entraba en colapso.

—Ni se te ocurra decir que no —me advirtió mi madre—. Yo misma le devolveré el dinero.

—Mamá, no...

—¡Qué contenta estoy! —chilló—. ¡Estaremos todos reunidos! ¡Por fin!

—¡Mamá!

—Me voy, cielo, que tu hermano me llama desde hace un rato.

—¡No, espera...!

—¡Un besito para tu novio!

Colgó antes de que pudiera decir nada. Me quedé mirando el móvil un momento, y luego me giré lentamente hacia Ross.

—Bueno —Naya se puso de pie—, creo que es nuestro momento de ir a tu habitación, amor.

—Estoy muy de acuerdo —coincidió Will.

Desaparecieron enseguida, dejándome sola con Ross, que se giró para mirarme con una sonrisa.

—¿Qué pasa? —preguntó inocentemente.

—¿Se puede saber qué te pasa por la cabeza? —le pregunté, señalando el móvil.

—Muchas cosas —me aseguró—. Y casi todas te incluyen a ti.

—¡Ross! ¡Estoy hablando en serio! Ya estoy viviendo aquí gratis, ¡no puedo dejar que me lo pagues todo!

—No te lo pago todo.

—¡Dime algo que no me estés pagando!

Lo pensó un momento.

—Pagaste la universidad antes de conocerme. —Se encogió de hombros.

Le dediqué una mirada furibunda y levantó las manos en señal de rendición, divertido.

—Tómatelo como un regalo de Navidad adelantado.

—¡Un regalo de Navidad es un perfume, no un viaje!

—Oye, lo de los perfumes es muy privado. No quiero meterme en esa parte de tu vida.

—¿Puedes tomarme en serio de una vez?

Dejó de sonreír, algo confuso.

—Siempre te tomo en serio, Jen.

—¡No, no lo haces! ¡No estoy bromeando con esto, así que deja de hacerlo tú!

Parpadeó, sorprendido por mi repentina rabieta. Más que arrepentido, parecía no saber qué la había originado.

—¿No quieres ir a ver a tu familia?

Lo miré fijamente. ¿Cómo podía no entenderlo?

—No es eso —murmuré, más calmada.

—¿Entonces? ¿Quieres ir?

—Sí, claro que quiero ir, pero...

—Pues irás. —Señaló el sofá—. Ahora, olvidémonos de todo eso y...

—No, no me olvido de todo eso. ¿No ves que te debo un montón de dinero, Ross?

—Ya empezamos otra vez... —resopló, pasándose las manos por la cara—. Eres muy materialista, querida Michelle.

—¡No soy materialista, soy pobre! ¿Crees de verdad que voy a poder devolverte ese dinero?

—¿Crees de verdad que voy a pedírtelo? —preguntó, totalmente ofendido.

—Madre mía... —Negué con la cabeza—. Qué bonito debe de ser tener tanto dinero que ni siquiera te preocupe dárselo a cualquiera.

—Tú no eres cualquiera.

—Lo que tú digas...

—¿Por qué te preocupas siempre tanto por el dinero? —Frunció el ceño.

—¿Por qué te preocupas tú siempre tan poco?

—Hay cosas más importantes en la vida.

—¿Como qué? ¿La felicidad?

—Por ejemplo.

—Pues yo preferiría llorar en un yate que ser feliz en un banco del parque, la verdad.

Sonrió, divertido, pero dejó de hacerlo al instante en que clavé en él mi mirada acusadora.

—Sigo sin sentirme bien con esto, Ross.

Pareció pensarlo un momento. Después suspiró.

—Mira, cada mes me ingresan más de tres mil dólares que no uso nunca para nada más que para pagar este piso. Se van acumulando porque muy pocas veces tengo caprichos.

—¿Tres mil...? —Abrí la boca de par en par.

—Nunca me los gasto en nadie. Lo último que me compré fue una sudadera de veinte dólares. Y creo que ya ha pasado un año. Ahora que tengo un buen motivo para gastar ese dinero, quiero hacerlo, y lo hago... ¿Cuál es el problema?

Dicho de esa forma, hacía que incluso yo me planteara cuál era el problema. Pero la verdad era que mi cerebro seguía sin procesar la primera parte.

—¿Tus padres te ingresan tres mil dólares cada mes? —pregunté, atónita.

—¿Mis padres? —Empezó a reírse—. No, claro que no. Es el dinero que gano por algunos cortos que hice el año pasado. Hace años que no le pido dinero a mis padres.

Y lo decía tan tranquilo.

Parpadeé, volviendo a la realidad.

—No..., no puedo aceptarlo, Ross.

—Claro que puedes.

—Te lo digo en serio. Me siento como si me estuviera aprovechando de ti.

—Puedes aprovecharte de mí todo lo que quieras —me aseguró, sonriente—. Nada me haría más feliz.

—Jack...

—Además, piensa en tu madre. En lo contenta que estará cuando te vea aparecer.

—Sí, pero...

—Vamos, olvídate de lo del dinero, y ven aquí.

Seguía sin terminar de entender qué acababa de pasar cuando me senté a su lado y él cambió de canal hasta encontrar una película que le gustó.

—¿Unos cortos? —pregunté—. ¿Cuándo has hecho tú cortos?

—El año pasado colaboré en la edición de algunos. Y los dirigí.

—¿Y ganas todo ese dinero?

—No es tanto —me aseguró—. Se hicieron bastante famosos. Saqué un diez en la asignatura.

—¿Y cómo no me lo habías dicho antes?

Se estaba comiendo un trozo de tomate de mi ensalada. Lo pensó un momento antes de encogerse de hombros.

—No lo sé. No me habías preguntado.

—Perdón por no pensar que podías estar ganando dinero por unos cortos que hiciste el año pasado, ¿cómo no se me habrá ocurrido?

Él sonrió, divertido, mirando la película.

En ese momento fui consciente de que en dos semanas pasaría un fin de semana con mi familia. Empecé a sonreír un poco. Vería a Shanon y a su hijo, y a mis hermanos mayores, y a mis padres. Quizá, incluso, a mis abuelos.

Y a Monty, y a Nel..., y a los demás. Aunque eso no me entusiasmaba tanto, así que los aparté de mi mente.

—Voy a ir a casa —murmuré.

—¿Ahora te enteras? —me preguntó—. Llevamos un buen rato hablando de ello.

—¡Voy a ir a ver a mi familia! —le dije, entusiasmada.

—Me alegro de que te ponga tan contenta —me aseguró, riendo.

Lo abracé con fuerza por el cuello y empecé a besuquearle la mejilla. Él se rio, intentando que no se le cayera mi plato de ensalada.

—¡Eres el mejor! —le aseguré, besuqueándolo.

—Eso ya me gusta más —bromeó, divertido.

—Pero —me separé y lo miré, muy seria— prométeme que no me pagarás nada más.

—No pienso prometerte eso.

—Lo digo en serio. Al menos, espera a que te devuelva el dinero del viaje.

—Como me devuelvas algo de dinero, te juro que te compro una mansión en Las Vegas.

Negué con la cabeza. Aun así, estaba contenta, así que me abracé a él como un koala. Normalmente, era muy poco cariñosa, pero en esos momentos no podía evitar serlo. Y él parecía encantado con la situación.

—Y no es por presumir, pero creo que ya le caigo mejor a tu madre que tú —dijo.

«Mejor que Monty, seguro», pensé.

Él se giró hacia mí cuando notó que lo miraba fijamente.

—¿Qué? —preguntó, dejando el plato de ensalada en la mesa.

Yo tampoco me había dado cuenta hasta entonces de que había estado mirándolo fijamente. Aparté la mirada, incómoda.

—Nada.

Pero sabía muy bien qué me había venido a la cabeza.

—¿Tienes... sueño? —pregunté.

Él dudó un momento antes de reírse.

—¿Qué tienes en esa cabecita maligna?

—Nada —aseguré.

Un momento de silencio.

—¿Estás muy cansado?

—Para ti, no.

Levanté la cabeza y tiré de él hacia mí. Realmente, no hubiera hecho falta hacerlo, porque ya se había inclinado solito. Cerré los ojos para esperar el beso, pero los abrí al darme cuenta de que no iba a llegar.

Y es que Ross estaba mirando el pasillo, conteniendo una sonrisa. Sue estaba ahí de pie mirándonos con lo que pareció una expresión de horror.

—Oh, no. —Suspiró dramáticamente—. Más parejas no, por favor.

—¿Podemos ayudarte en algo? —pregunté tras aclararme la garganta.

—Iba a limpiar esto. Pero no puedo centrarme si estáis ahí besuqueándoos. Me entran ganas de vomitar.

Se cruzó de brazos, esperando pacientemente. Sonreí cuando pasé por su lado en dirección a la habitación de Ross. Él se apresuró a seguirme alegremente y escuché a Sue resoplando.

Todavía no me había dormido, pero era muy tarde. Seguía tumbada con la cabeza de Ross en mi pecho. Él tenía los ojos cerrados y la respiración regular. Se había dormido hacía ya un rato. Seguí pasándole los dedos por la cara y por el pelo distraídamente.

No pude evitar fijarme en que últimamente había querido dormir así muchas veces. Y para mí no era un problema, claro.

Le recorrí la mandíbula con el índice, me detuve en la barbilla y luego subí hasta sus labios. Los tenía muy bonitos. Muy... «besables». Si es que esa palabra existe. El superior tenía forma de medio corazón y el inferior era un poco más grueso.

Subí hasta su nariz recta y la recorrí con el mismo dedo, para luego pasar entre sus cejas oscuras y sus ojos cerrados. Ross tenía unos ojos preciosos. Castaños, con la zona más cercana al iris algo verde con algunos tonos amarillos. Me encontré a mí misma preguntándome si alguna vez se lo habría dicho alguien. Aparte de mí, estando fumada, claro.

Finalmente, hundí la mano en su pelo y él suspiró. Sonreí un poco y seguí acariciándolo por la nuca y los hombros, cerrando los ojos para dormirme.

Sin embargo, algo hizo que volviera a abrirlos. ¿Eso había sido un ruido? ¿En la puerta de la casa?

Quizá eran imaginaciones mías.

Volví a cerrarlos, pero el ruido se repitió. Y esa vez estaba segura de que había sido real. Intenté incorporarme y Ross me abrazó con más fuerza, murmurando palabras ininteligibles en sueños.

—Ross —le susurré, moviéndole el hombro—. Ross, despierta...

—¿Mmm...? —preguntó, medio dormido.

—Despierta, vamos —insistí.

—Voy a necesitar dormir un poco más antes de ir a por la tercera ronda —murmuró.

—¡No es eso, idiota! Creo que hay alguien en la puerta de casa.

Suspiró y se acurrucó un poco más, apoyando su mejilla justo encima de mi corazón.

—¿No puedes volver a acariciarme?

—¿Me estás escuchando? —protesté.

Cuando vi que había vuelto a quedarse dormido, le di un golpe en el hombro, obligándolo a reaccionar.

—Lo digo en serio, Ross, despierta.

—¿Ahora vuelvo a ser Ross?

Puse mala cara.

—¿Me harás más caso si te llamo por tu nombre?

—Quizá.

—Pues despierta de una maldita vez, Jack.

Él sonrió y me miró.

—Solo es un ruido. Será Will. O Sue. ¿Qué más da?

—No. Era ruido de cerradura. Y ellos ya están en el piso.

—Pues será el vecino, que siempre se queja del ruido que hac...

—¡Que no es el vecino!

Me miró, burlón.

—¿Qué pasa? ¿Tienes miedo?

—Pues sí. Igual han entrado a robar.

—Pues que se lleven tus bolsas de ensalada.

—¡Jack!

—Vale, vale...

Hizo un ademán de estirarse. Se levantó lentamente y se puso unos pantalones de algodón. No estaba demasiado preocupado. De hecho, volvió a estirarse, bostezando.

—¡Jack! —me impacienté—. ¡Podrían estar robando!

—Y yo estoy aterrado —me aseguró.

Suspiré.

—Dame las bragas.

—¿Para qué?

—Para poder ir contigo.

—Yo prefiero que vayas tal y como estás ahora. —Sonrió ampliamente.

Lo miré con mala cara y pasé por su lado. Mis mejillas se encendieron cuando me miró de arriba abajo al agacharme para recoger las bragas. Mientras me las estaba poniendo, contuve la respiración cuando pegó su pecho a mi espalda y sus manos en mi cintura.

—Creo que se me ha ocurrido algo mejor que ir a cazar ladrones.

—Jack, pásame la camiseta.

—Lo que quiero es quitarte esto, no ponerte más ropa.

—¡No estoy bromeando! ¡Tengo miedo!

—¿Y qué harás si vienes? —preguntó, divertido—. ¿Matar al ladrón de un puñetazo? ¿Fulminarlo con la mirada?

—Te lanzaré como escudo humano y saldré corriendo.

—¿Y si dejamos que lo robe todo y nosotros...?

Justo en ese momento el ruido volvió a sonar; esta vez más fuerte. Ross dejó de sonreír enseguida, levantando la cabeza.

—¿Lo ves? —musité.

—Quédate aquí —me dijo, completamente serio.

—¡Pero...!

—Jen, quédate aquí.

Me crucé de brazos, enfurruñada, cuando salió de la habitación. Alcancé su camiseta y me apresuré a seguirlo. No había llegado a la puerta cuando notó que me escondía tras su espalda.

—Ni puñetero caso —murmuró.

—Yo no me quedo ahí esperando —le dije.

—¿También quieres ir delante, o eso puedo hacerlo yo?

—No, eso mejor lo haces tú.

Sonrió, sacudiendo la cabeza.

Los dos llegamos a la puerta principal. Efectivamente, alguien estaba intentando abrirla. Me quedé en el umbral del salón, viendo cómo Ross la abría de un tirón con el ceño fruncido. Me tensé por completo.

Pero, para mi sorpresa, solo puso los ojos en blanco y soltó una palabrota.

—¿Se puede saber qué haces aquí? —preguntó.

—Hola a ti también —murmuró Mike, abriendo la puerta por fin.

Entró tambaleándose y se quedó mirándome. Creo que solo en ese momento me di cuenta de mi aspecto. Iba despeinada, con unas bragas y una camiseta de su hermano.

—¿Interrumpo algo?

—¿Qué hacías con las llaves? —le preguntó Ross, irritado.

—No sé cuál es la de tu piso. Estaba intentando abrir con todas. —Se asomó para poder mirarme otra vez—. Siempre es un placer verte, Jenna.

—Claro, Mike. —Negué con la cabeza.

Miré a Ross, que parecía molesto por el hecho de que su hermano me hablara. Como siempre.

—¿Qué haces aquí? —le preguntó a bocajarro.

Mike me sonrió un momento más antes de entrar en el salón y dejar su abrigo en el sillón. Miró a su alrededor y luego, por fin, se giró hacia su hermano.

—He discutido con mi ahora exnovia y he pensado que no te importaría que me quedara unos días aquí.

—Pues resulta que sí me importa.

—Vamos, Ross, soy tu hermano mayor.

No me extrañaba que no quisiera que se quedara, no dejaba de sonreírme y, cada vez que lo hacía, parecía que a Ross se le hinchaba más una vena del cuello. Como no se detuviera pronto, iba a explotar.

—Así que... ¿ya es oficial, chicos? —preguntó, mirándonos.

—Eh...

No sabía qué decirle.

—¿Eso quiere decir que lo nuestro no va a poder ser, Jenna? Yo también puedo dejarte camisetas, si quieres.

Mi cara se tiñó de rojo y la vena del cuello de Ross empezó a palpitar peligrosamente.

—Tienes que irte —le espetó a su hermano.

—¿Vas a dejarme en la calle?

—No puedes quedarte aquí. No hay sitio.

—Bueno, ya me imaginaba que no me querrías durmiendo con vosotros.

—Pues no, Mike.

—Algún sitio habrá para tu hermano, ¿no?

—Sigue estando el sofá —comenté.

Al instante en que Ross me miró, me arrepentí de haber abierto la boca.

—Ella quiere que me quede —dijo Mike alegremente, señalándome.

—Yo no quiero nada —aseguré enseguida.

Ross cerró los ojos un momento y luego miró a su hermano.

—Solo esta noche —le dijo—. Y mañana por la mañana te vas. Me da igual dónde.

—Claro, claro. —Se quitó los zapatos y se dejó caer en el sofá, sonriendo—. ¿No vas a quedarte un rato para hacerme compañía?

—No —le dijo secamente, yendo hacia el pasillo.

—Se lo decía a ella.

Ross se detuvo en el pasillo y rehízo sus pasos para agarrarme de la muñeca.

—Deja de molestarla —le advirtió bruscamente.

—¡No la estoy molestando! ¿A que no, Jenna?

—Yo... no...

No sabía qué decir.

—Otro comentario de ese tipo, y te vas a la calle, ¿lo has entendido?

Mike levantó las manos en señal de rendición, pero seguía pareciendo divertido.

Ross tiró de mí hacia el pasillo y yo me dejé arrastrar viendo cómo su hermano me seguía con la mirada. En cuanto estuvimos solos, me miré las manos, incómoda.

—Yo..., eh..., igual no debería haber dicho nada, ¿no?

—No importa —me aseguró.

—Es que...

—No pasa nada —dijo, y pareció relajarse—. Es que... me pone de mal humor tenerlo cerca. Siempre me busca problemas de una forma u otra.

Se sentó en la cama y se pasó una mano por el pelo. No pude evitar sentirme mal por él, y me acerqué, sentándome en su regazo y rodeándole el cuello con los brazos.

—¿Qué más da? Es solo un día —le dije, mirándolo—. Ni siquiera eso. Solo una noche. Mañana se irá.

Sonrió amargamente.

—Cómo se nota que no lo conoces. No se irá tan fácilmente.

—¿Y si hace las paces con su novia?

—Tiene más novias que tiempo, Jen, no volverá con ella.

Me mordí el labio, pensando. Sentía la necesidad de que se sintiera mejor. Me acoplé mejor encima de él y lo besé en la punta de la nariz.

—Vamos —le susurré—. Puedo hacer que te olvides de todos los que hay en este piso.

Eso pareció gustarle, porque esbozó una pequeña sonrisa.

—Ah, ¿sí?

—Ajá.

Me froté contra él y sonreí cuando recibí una respuesta.

—Es un método muy persuasivo.

—Me muero de ganas de verlo —me aseguró, abrazándome.

Sonreí y lo besé en la boca, tumbándolo lentamente hacia atrás hasta que nos quedamos los dos abrazados, besándonos y acariciándonos. A pesar de todo, él no quiso hacer nada más, ni siquiera nos quitamos la poca ropa que llevábamos. Hacía eso a menudo y, a veces, me daba la sensación de que solo necesitaba que alguien lo acariciara y le dijera cosas bonitas en voz baja, entre susurros y besos, por cursi que sonara. Y yo no tenía ningún problema en ocupar ese lugar.

Cuando abrí los ojos por la mañana, vi que Ross todavía dormía, así que me puse la ropa de deporte y salí de la habitación de puntillas. Su hermano también dormía en el sofá casi con la misma postura. No pude evitar sonreír. Podían llevarse mal, pero eran increíblemente parecidos.

Estuve corriendo un buen rato. También hablé con Spencer, mi hermano, mientras volvía a casa con un café que me había comprado por el camino. Subí en el ascensor y saludé a un vecino que había visto varios días seguidos volviendo también de hacer ejercicio. Cuando entré en casa, lo primero que oí fue un silbido de aprobación procedente de la cocina. Me giré con una sonrisa esperando ver a Ross, pero mi sonrisa se borró al instante al comprobar que se trataba de Mike.

—Qué activa por la mañana, cuñadita —comentó, mirándome de arriba abajo.

—¿Siempre has sido tan pesado, Mike? —pregunté—. Porque te recordaba mejor.

—Es que siempre que te veo tengo novia o un intento de novia. Es la primera vez que me pillas soltero y entero. Todo para ti.

Will salió de su habitación en ese momento. Estaba bostezando, pero se quedó parado cuando vio a Mike.

—Hola, Will —lo saludó él, sin dejar de mirarme, cosa que ya estaba empezando a molestarme.

—¿Mike? —preguntó Will, mirándome en busca de una explicación.

—Apareció anoche. Pregúntale a Jack.

Ups. Jack. Me había salido solo.

—Jack —repitió Mike, burlón—. ¿No lo llamas Ross? Esto es claramente una relación seria y consolidada

—Veo que no has cambiado nada —comentó Will, abriendo la nevera y sacando la leche—. ¿Cuándo te vas?

—No lo sé, cuando me aburra.

—Le dijiste a tu hermano que te irías hoy por la mañana. —Fruncí el ceño.

—¿Y no te dijo mi hermano que suelo cambiar de opinión con facilidad, cuñada?

Hice una mueca.

—Voy a ducharme —les dije, cortando la conversación.

Cerré la puerta del cuarto de baño, me desnudé y me metí en la ducha, cerrando la mampara. Estaba enjabonándome el pelo cuando escuché que alguien abría la puerta bruscamente. Del susto, solté un grito y me tapé la boca, avergonzada.

Cuando me asomé con cuidado para que solo se me viera la cabeza, vi que Mike estaba haciendo pis como si nada.

—¡¿Se puede saber qué haces?! —me alarmé—. ¡Me estoy duchando!

—Tranquila, solo es un momento. Y tampoco se ve nada.

Eso era verdad, la mampara era translúcida, ¡pero aun así quería que se fuera!

—¡Vete! —le grité.

—Ya me voy, ya me voy. Qué pesada.

Se subió la cremallera lentamente y yo noté que me ponía roja por una extraña mezcla de rabia y vergüenza.

—Oye —me dijo, lavándose las manos—, puedes seguir si quieres; no me molesta.

—¡Que te vayas ya de aquí!

Ross debió de oírme gritar, porque se asomó al cuarto de baño con el ceño fruncido y se quedó mirando con expresión de potencial asesino a su hermano.

—¿Se puede saber qué te crees que haces? —le espetó de malas maneras.

—Tranquilízate, hermanito, solo...

Ross no lo dejó terminar, lo agarró del cuello de la camiseta y lo sacó del cuarto de baño de un tirón, cerrando la puerta en su cara. Vi que se pasaba una mano por el pelo.

—Lo siento —me dijo, mirándome—. Es un imbécil.

—No pasa nada. Pero como vuelva a hacerlo, pienso lanzarle el bote de champú a la cara.

—Pagaría por ver eso. —Sonrió, negando con la cabeza.

Durante un momento, vi que no se movía y enarqué una ceja.

—¿Qué? —pregunté.

Sonrió un poco.

—¿Hay sitio para uno más ahí dentro?

—Solo si ese uno más es Mike.

Cuando vi su expresión amarga, empecé a reírme y le hice un gesto para que se acercara. La amargura se le esfumó al instante en que se acercó a mí, quitándose la ropa por el camino con una sonrisita en los labios.

¿Ventajas de ducharse con Ross? Las risitas, que me enjabonara él dándome un masaje, que abriera el grifo del agua para que no se escuchara el ruido de lo que estábamos haciendo, que me sonriera ampliamente cuando le daba con el chorro del agua, fingiendo que no quería que se me acercara...

¿Desventajas de ducharse con Ross? La bronca que me llevé por llegar media hora tarde a clase.

16

La legendaria Daisy

Naya y Will se habían ido a casa de los padres de ella durante dos días y Sue estaba en casa de no sé quién, así que se las habían apañado para desaparecer justo el día antes de que me fuera a pasar el fin de semana a casa. Al menos, esperaba poder verlos al día siguiente, antes de irme.

Lo bueno de todo eso era que podría estar sola con Ross toda la noche. Por primera vez.

Solo había un pequeño problema: Mike.

En esos momentos se paseaba por el salón, frenético. Me quedé mirándolo desde el pasillo, algo confusa, cuando dio la vuelta a los bolsillos de su chaqueta y la lanzó al suelo con frustración.

—¿Qué haces?

Cuando se giró, me di cuenta de que estaba más pálido de lo normal. Ni siquiera sonreía. Ese no era el Mike al que estaba acostumbrada.

—Yo... mmm... —Me miró un momento—. No encuentro mi cartera.

—Oh.

Me quedé callada un momento.

—Te ayudaría, pero...

—¿Tienes dinero?

«A buena puerta has ido a llamar...», pensé.

—¿Lo necesitas ahora mismo? —pregunté, confusa.

—Sí. Es urgente. ¿Tienes dinero o no?

Mi instinto me gritó que no le diera dinero, pero tenía cara de necesitarlo de verdad. Estuve a punto de llevarme una mano a la cartera, pero me obligué a mí misma a detenerme.

—No llevo nada encima —mentí—. Si quieres, puedo llamar a Ross y...

—¡No! —me detuvo enseguida—. Da igual. Déjalo.

Lo observé mientras cerraba el cajón de un golpe y se sentaba en el sillón, pasándose las manos por la cara.

—Te ayudaría a buscar la cartera, pero tengo que ir a clase... Ayer ya llegué tarde, no puedo volver a hacerlo. Espero que la encuentres pronto. Si no, seguro que Ross te prestará lo que necesites. O yo lo haré.

No respondió. Supuse que querría estar solo, así que cogí mis cosas y me marché. Sin embargo, mientras bajaba en el ascensor, me encontré a mí misma enviándole un mensaje a Ross.

Mike estaba muy raro. Creo que necesita dinero. Igual deberías llamarlo.

No esperé a que me respondiera porque, como he dicho, llegaba tarde a clase, así que lancé el móvil al interior del bolso y empecé a correr hacia la parada de metro.

Cuando salí de clase, tenía cara de cansancio; entre otras cosas, porque esa noche no había dormido tanto como me hubiera gustado. Además, las clases habían terminado muy tarde y tenía hambre. Estaba bajando los escalones de la entrada de la facultad sin muchas ganas cuando me pareció escuchar mi nombre. Parpadeé, mirando a mi alrededor, y mi vista se detuvo en seco en una mujer que se acercaba a mí.

La madre de Ross.

—¿Mary? —pregunté, sorprendida.

—Hola, querida —me saludó con su sonrisa de siempre, aunque parecía un poco preocupada.

Terminé de bajar los escalones y me detuve delante de ella.

—¿Ocurre... algo? —pregunté.

Se demoró un momento en responderme, y yo empecé a notar que se me aceleraba el corazón.

—Oh, no —aseguró, aunque la sonrisa no llegó a sus ojos—. Es que hemos decidido cenar en mi casa y Jackie no podía venir a buscarte.

—¿Y eso? —pregunté, confusa, siguiéndola hacia el aparcamiento. No era muy normal que Ross no pudiera venir a buscarme.

—Ha ido a buscar a Mike. —Esa fue toda su explicación.

Su coche era un Audi azul brillante. Seguro que era más caro que mi habitación entera. El interior olía muy bien y estaba muy limpio, casi me dio lástima tener que ensuciar la inmaculada alfombrilla con mis botas viejas y húmedas.

Mary me dedicó una pequeña sonrisa antes de arrancar el coche.

—Jackie me dijo que vas a ver a tu madre dentro de poco.

Jackie había omitido el detalle de que él me había pagado el viaje.

—Sí. Es su cumpleaños.

—Felicítala de mi parte. —Me sonrió.

¿Sabría el tipo de relación que había realmente entre Ross y yo? Bueno, ni siquiera yo estaba segura de cómo clasificarla. Pero le aseguré que lo haría.

—¿Está bien Ross? —pregunté tras unos momentos de silencio.

—Sí, claro —me dijo—. ¿Por qué lo preguntas?

—Porque es la primera vez desde que lo conozco que no ha podido ir a buscar a alguien.

—Bueno..., estos días ha estado un poco ocupado —me dijo—. Por todo lo de ese corto...

Había mencionado algo sobre un corto, pero no mucho. Solo sabía que estaba trabajando en uno nuevo y que por eso pasaba muy poco tiempo en casa. A Ross no le gustaba hablar de su trabajo, así que yo no le preguntaba mucho sobre él.

—Sí —murmuré—, se le echa de menos en casa...

No me di cuenta de que lo había dicho hasta que lo hice. Ella pasó por alto lo roja que me había puesto y sonrió.

—Además, debería estar pendiente de que lo acepten en esa escuela... —terminó.

Espera. Eso no me lo había dicho.

—¿Qué escuela? —pregunté, confusa.

—Oh, les mandó una solicitud hace un año —me dijo para calmarme con un gesto de la mano—. Es normal que no te haya dicho nada. Seguro que ya ni se acuerda. Es tan desastre...

Me moría de curiosidad, pero quería disimular.

—¿Es una escuela de... audiovisuales o algo así?

—Oh, sí. Una de las mejores de Europa. Es francesa. Siempre ha querido estudiar en ella, pero... vete a saber. Jackie... no es que sea muy previsible. Puede que lo acepten y ya ni siquiera le apetezca ir.

Sonreí. Eso era cierto.

No sé cómo, pero terminó contándome anécdotas graciosas sobre la infancia de Ross y Mike. Estaba acabando de contarme una cuando metió el coche en el garaje de su casa. Mike y Ross todavía no habían llegado, y me tranquilizó ver que no había señales de su padre.

Mary debió de leer mi expresión, porque me dedicó una pequeña sonrisa mientras iba hacia la cocina y yo la seguía.

—Intento que mi marido y mis hijos no coincidan nunca —dijo, abriendo la nevera y revisando un gazpacho que me hizo babear de hambre—. No se llevan muy bien, como ya pudiste comprobar.

—Algo he notado —murmuré, y enseguida levanté la cabeza para asegurarme de que no se había enfadado. Lejos de eso, me sonreía, divertida.

—Bueno, solo queda esperar a que esos dos desastres que tengo por hijos lleguen —dijo, y vi que había sacado una botella de vino—. ¿Quieres?

—No me gusta el vino.

Ella sonrió y sacó una botella de cerveza.

—Has tenido suerte. Cuando Mike viene, tienden a desaparecer mágicamente.

Cuando vi que iba al salón, me apresuré a abrir la botella y a seguirla. Me sentía como una niña pequeña. No sabía qué hacer o qué decir. De alguna forma, quería impresionarla, pero... tampoco es que tuviera muchas armas secretas para impresionar a nadie. De hecho, se me daba mejor dejarme a mí misma en ridículo.

—Siéntate si quieres —me ofreció, dando una palmadita a su lado.

«Oh, no. La inspección fatal», pensé.

Era consciente de que no estaba saliendo con Ross, pero me sentía igual que cuando había conocido a la madre de Monty, a quien no le hizo mucha gracia conocer a una chica que pudiera robarle el amor de su mimado hijo único.

—¿Qué tal con tu novio? —me preguntó Mary de pronto.

Genial.

Muy buen inicio.

Había olvidado que se dijo que tenía novio en la cena con el padre de Ross...

—Agnes me lo cuenta casi todo —me dijo, leyendo la pregunta implícita en mis ojos.

—Oh, bueno..., ya no estoy con él.

—Vaya, lo siento.

—Yo no —dije. Me salió del alma, pero rectifiqué enseguida—. Es decir..., eh... Lo dejé hace unas semanas, pero ya hacía tiempo que me sentía como si ya no estuviéramos juntos. Especialmente, después de conocer a Ro... Cuando llegué a... a aquí.

Ya estaba roja. Perfecto.

Mary dio un sorbo a su copa, mirándome fijamente. Me sentía como si estuviera en un interrogatorio, pese a que realmente estaba siendo muy amable conmigo. Me estaba hundiendo yo sola, sin su ayuda.

—Bueno..., háblame de ti —me dijo, sin dejar de mirarme—. Dijiste que estabas estudiando filología, ¿no?

—Sí...

—¿Y qué tal?

—Mmm...

—Ya veo.

Sonrió, divertida, como si me hubiera entendido perfectamente.

—¿No has pensado en cambiarte de carrera?

—Es que... tampoco hay mucho más que se me dé bien...

—Algo habrá. ¿Qué haces en tu tiempo libre?

—Ahora, no gran cosa. Antes, hacía atletismo. Más que nada porque mi hermano mayor me obligaba. Pero terminó gustándome. Luego estuve un tiempo entrenando al equipo de béisbol de mi sobrino. Fue... interesante. Ganamos una liga infantil. Pero no mucho más.

—Algo más habrá.

—Bueno...

Al ver que me avergonzaba decirlo, le brillaron los ojos con curiosidad.

—Me gustaba... pintar —murmuré, intentando no ponerme roja—. Creo que lo mencioné en la galería. Pero, obviamente, no era buena...

—¿Qué pintabas?

—Chorradas —le resté importancia—. A mis amigos les gustaba que les hiciera retratos.

—¿Retratos?

—Sí, pero eran muy malos.

—No debían de ser tan malos si tus amigos te los pedían.

—Vale, quizá no fueran horribles, pero... —Me encogí de hombros—. Tampoco eran gran cosa.

—Yo también empecé pintando retratos —me dijo, sonriendo—. Así que, créeme, no me contarás nada que no sepa.

Sonreí un poco, perdiendo parte de los nervios.

Y, justo en ese momento, la puerta de la entrada se abrió. No hizo falta que anunciaran quiénes eran. Sus voces llegaron mucho antes de que pudiéramos verlos.

—¡... siempre igual! —gritó Ross.

—Tampoco ha pasado nada, relájate.

Mary puso los ojos en blanco.

—Niños...

Suspiró, como si estuviera demasiado acostumbrada a ese tipo de discusiones.

Ross entró el primero en el salón, y estaba tan enfadado que ni siquiera nos vio. Se quitó la chaqueta de un tirón y la lanzó al sofá de al lado. Mike iba andando detrás de él con una sonrisa despreocupada, como siempre. Me vio enseguida.

—Hola, Jenna —dijo, saludándome con el tonito de siempre.

Ross se giró entonces. Pareció relajarse al vernos ahí sentadas. O, al menos, fingió hacerlo.

—¿Qué pasa? —pregunté, sorprendida.

—Nada —aseguró Mike con una sonrisa.

—Que este idiota estaba en comisaría —me dijo Ross, mirándolo como si fuera a asesinarlo—. Por lo de siempre.

—¿Lo... lo de siempre?

—A ver, yo he intentado apartarme —empezó Mike, sentándose en uno de los sillones—. Pero ese chico estaba en medio de mi camino y, bueno, ha pasado lo que tenía que pasar.

—¿Qué le has hecho? —preguntó Mary con expresión seria.

—Le he dado un empujoncito.

—Le ha roto la maldita nariz. —Ross negó con la cabeza, sentándose a mi lado—. Y ha sido lo suficientemente idiota como para no salir corriendo después.

—Soy un buen ciudadano. Me enfrento a las consecuencias de mis actos.

—Ay, Michael... —Mary suspiró.

Ross seguía mirándolo fijamente.

—¿Qué? —preguntó Mike, confuso.

—¿Te crees que ir a buscarte a una comisaría en la otra punta de la ciudad es la ilusión de mi vida? —le preguntó, frunciendo el ceño—. Tenía planes esta noche.

—Oh... —Mike nos sonrió, burlón—. ¿Teníais una cita?

—Eso no es problema tuyo —le cortó Ross—. Al menos, podrías disculparte.

—Lo siento, hermanito.

—No conmigo.

Mike suspiró largamente y me miró. No pude evitar sentirme un poco incómoda.

—Lo siento, cuñada.

Esa última palabrita... Mary esbozó una sonrisa divertida. Ross puso los ojos en blanco.

—¿Habéis cenado? —me preguntó.

—No, todavía no.

—El gazpacho está en la nevera —informó Mary.

—¡Gazpacho! —Mike se puso de pie de un salto y se perdió en la cocina. Ross suspiró y lo siguió, dejándome sola de nuevo con su madre.

—¿Dónde está el servicio? —le pregunté.

—Sube las escaleras. Todas las habitaciones tienen su propio cuarto de baño. La de Jackie es la última a la derecha.

—¿Y no le importará...? —Al ver cómo me miraba, me callé y asentí con la cabeza—. Vale.

Subí las escaleras de metal y cristal y sentí que mis botas resonaban en el enorme pasillo del piso superior. La alfombra que cubría el suelo parecía demasiado limpia para ser pisada por mí, por ridículo que sonara eso. Miré las puertas. Todas eran de madera perfectamente pulida. Y todo olía a limpio, no como en mi casa. Cada vez que limpiabas algo en casa, aparecía alguien para ensuciarlo de nuevo.

Me detuve en la puerta que me había indicado Mary y esbocé media sonrisa cuando vi un símbolo de radiactividad en la puerta. Sí, esa era la habitación de Ross. Definitivamente.

La abrí y busqué el interruptor de la luz hasta que la habitación se iluminó. Era bastante más grande que nuest..., que su habitación actual. Era perfectamente cuadrada, con una enorme alfombra mullida, una cama gigante con sábanas azules, muchos cojines y varios muebles a juego. El armario era empotrado y tenía un gran espejo de cuerpo entero al lado, pero apenas pude verme a mí misma porque estaba cubierto de pegatinas de videojuegos y películas varias.

Había una estantería entera solo para vinilos de música. Me pregunté si tendría una máquina de discos de esas viejas que solo había visto en fotos o en películas. Al lado, había una estantería todavía más grande de películas y series, y debajo de esta, cómics y libros varios.

Era tan... él.

Me hubiera gustado investigar más, pero me estaba haciendo pis. Me metí en el cuarto de baño, que también era muy grande. Mucho más que el de nuestra casa. Seguía sin entender qué hacía viviendo allí cuando podía estar en esta magnífica mansión.

Cuando abrí la puerta, distraída, casi me dio un infarto al ver que Ross estaba tumbado tranquilamente en su cama. Tenía los brazos cruzados por detrás de la cabeza. Se giró para mirarme con los ojos entornados.

—¿Has perdido el móvil?

—¿Eh?

—He intentado avisarte de que mi madre iba a ir a buscarte unas cuantas veces y no respondías.

—Ah, bueno... —Sonreí inocentemente—. Lo he tirado dentro del bolso y no he vuelto a mirarlo.

Él no le dio mucha más importancia, cosa que me sorprendió. Estaba tan poco acostumbrada a no discutir por cualquiera tontería...

—¿Estaba bien Mike? —pregunté, mirando distraídamente su estantería de películas.

—¿En la celda? —Esbozó media sonrisa—. Perfectamente.

—No, cuando te he mandado el mensaje. Parecía que estaba realmente mal.

—Ah, eso... —Ross suspiró mientras me giraba hacia él.

Esperé un momento a que dijera algo, pero no lo hacía.

Cuando abrí la boca, él lo soltó por fin.

—Mike tuvo problemas con drogas hace un tiempo —me explicó—. Hace un año que no toca nada... Nada muy fuerte, al menos. Lo máximo es la marihuana, que, bueno..., tampoco es que sea una bendición, pero es mejor que lo de antes. Hoy ha estado a punto de tener una recaída.

—¿Una... recaída?

—Sí, le pasa cuando se estresa mucho. Antes solía robar dinero o cualquier cosa que pudiera vender para seguir consumiendo. Por suerte, se ha desahogado golpeando a ese pobre hombre. Si no, probablemente hubiera hecho algo peor.

No supe qué decirle. Lo decía con tanta naturalidad...

Agaché la mirada un momento, incómoda.

—Me ha pedido dinero y no se lo he dado —admití.

—Has hecho bien, Jen.

Asentí un poco con la cabeza, mirándolo de reojo. Tenía cara de querer cambiar de tema.

—Así que esta era la antigua guarida del lobo —bromeé, sonriendo y repiqueteando los dedos en la estantería.

Él puso los ojos en blanco, pero parecía divertido. Y aliviado por el nuevo rumbo de la conversación.

—Sigue siéndolo en mi corazón. Por aquí tengo mis cosas de juventud.

—Tienes veinte años, no ochenta.

—Soy un viejo.

Se incorporó sonriéndome y luego empezó a rebuscar en su mesita. Abrió un cajón y me acerqué, curiosa. Lo primero que vi fue un paquete de condones. Lo levanté con una ceja enarcada y él me dedicó una sonrisa angelical.

—Es un paquete de diez —le dije, casi riendo—. Y solo te quedan dos.

—Da gracias a que has encontrado alguno.

Siguió rebuscando y, por fin, pareció encontrar lo que quería en el fondo.

—¡La legendaria Daisy! —anunció.

Era una especie de recipiente de cristal con algo que le sobresalía. Fruncí el ceño.

—¿Qué es eso?

—*Eso*, maleducada, se llama Daisy. Un respeto.

—Pero ¿qué es?

—¿No habías visto una nunca? —preguntó, a punto de empezar a reírse.

—¿Eh? —Me avergoncé enseguida—. Sí, claro que... sí.

—¿Y qué es?

Dudé un momento.

—Es... un... ejem... juguete.

—Bueno, la diversión estaba asegurada con ella —bromeó—. Es una cachimba, una pipa de agua... o como quieras llamarla. Pero, en mi corazón, es Daisy.

—Así que sirve para fumar.

No pude evitar enarcar una ceja.

—Oye, pasé muchas tardes tristes y solitarias con ella como única compañía.

—¿Sigues usándola? —pregunté, sentándome a su lado y sujetándola con cuidado para que no se me cayera. Pesaba más de lo que parecía.

—No. Ya no soy como antes.

—Antes eras un fuera de ley —bromeé, mirándolo.

—Bueno..., las cosas probablemente habrían sido distintas entre nosotros si te hubiera conocido cuando iba al instituto.

—Ni te habrías fijado en mí —le dije, dejando que escondiera a Daisy de nuevo en el cajón.

—¿Qué?

—Eras el malote del instituto, ¿no? Eso en las novelas está muy bien, pero... en la vida real... es otra cosa. Yo era la callada de la clase. En tu vida te habrías fijado en mí.

—Ya lo creo que lo habría hecho. —Sonrió de medio lado—. Ese culo es difícil de ignorar.

—¡Jack!

—Pero no estoy hablando de eso —añadió.

—¿Entonces...?

—Si estuviera aquí mi *yo* del instituto, la situación sería bastante diferente.

—¿En qué sentido?

—Para empezar, tú llevarías menos ropa.

No supe qué decirle. Él sonrió. Se lo estaba pasando bien.

—Lástima que haya cambiado y esto sea tan aburrido —dijo.

Entonces se quedó mirándome con aire pensativo. Achiné los ojos al instante.

—¿Qué? —pregunté, desconfiada.

—Will y Naya no están —dijo.

—Lo sé. Lo dijeron el otro día.

—Y Sue tampoco.

Enarcó una ceja, como si esperara a que yo reaccionara.

Pero no lo hacía.

—Es la primera vez que tenemos la casa vacía —dijo, sacudiendo la cabeza—. Un oasis de paz. Por fin.

Me agarró de la mano y ya me estaba arrastrando hacia la puerta antes de que pudiera reaccionar. Parecía feliz solo con la idea de que estuviéramos solos.

—Jack, no hemos cenado.

—Ya cenaremos en casa.

Cuando bajamos las escaleras, vi que Mike se había puesto la chaqueta. A Ross se le borró la sonrisa al instante.

—No —le dijo a su hermano antes de que dijera nada.

—Pero... —empezó Mike.

—Duerme aquí —le interrumpió, frunciendo el ceño.

—¡Papá viene mañana por la mañana y voy a tener que cruzármelo!

—Mira cómo lloro por ti.

Y, aunque lo discutieron un rato, Mike terminó viniendo con nosotros. En el coche, no dejaba de parlotear. Yo miraba con una sonrisa a Ross, que parecía bastante enfadado.

Ya en el piso, nos pusimos una película para los tres y cenamos algo rápido. Ross hizo un ademán de pasarme un brazo por encima del hombro cuando Mike empezó a hacer un montón de ruido al intentar abrir una bolsa de golosinas. Al ver que los dos lo mirábamos fijamente, sonrió. Ross suspiró de forma exagerada y yo me quedé mirando la pantalla con una sonrisa divertida. Pero... entonces me acordé de que era mi última noche en la casa antes de ir a ver a mis padres. Era mi última noche con Ross hasta el lunes.

De pronto, el fin de semana se me antojó eterno.

Lo miré de reojo. Él parecía de mal humor. Mike seguía masticando sonoramente las golosinas. Al ver que lo miraba, me ofreció la bolsa con una sonrisa y le dije que no educadamente.

Entonces, sin saber muy bien por qué, estiré la mano hacia Ross y entrelacé sus dedos con los míos. Nunca me había acercado a él con alguien más en la habitación. Ninguno de nuestros amigos nos había visto jamás besarnos. Bueno, Will una vez, pero no contaba. Ni siquiera había hablado con Naya de lo que pasaba entre nosotros.

Ross debió de pensar lo mismo, porque noté que se le tensaba la mano un momento antes de relajarse de nuevo. De pronto, no parecía que el ruido que hacía su hermano le molestara en absoluto. Por instinto, empecé a trazar círculos en el dorso de su mano con mi pulgar. Nunca había hecho eso con nadie.

Y me sentí... extrañamente bien con ello.

La película ya estaba a punto de terminar, pero yo apenas le había prestado atención. Estaba más centrada en la mano que acariciaba. Ross también parecía pensar lo mismo.

—Yo... creo que me iré a dormir —dije, aclarándome la garganta y poniéndome de pie.

Mike no me respondió, tenía la mirada clavada en la pantalla. Sin embargo, cuando estaba llegando a la puerta de la habitación, escuché que Ross le decía algo parecido y me quedé esperándolo.

En cuanto entró, cerró la puerta a su espalda y nos quedamos los dos mirándonos un momento. Siempre me había sentido atraída por él, pero ahora la cosa era diferente. Era otro tipo de atracción. Cuando lo miraba, no me entraban ganas de hacerlo por hacerlo, sino... simplemente de tenerlo cerca de mí.

Era una sensación extraña. Nunca me había sentido así con nadie. Aunque tampoco es que me hubiera atraído mucha gente.

Sinceramente, con Ross todo era diferente.

—¿No deberías preparar algo para mañana? —Me sacó de ese hilo de pensamientos.

—Sí... —murmuré—. Bueno, tengo una mochila preparada. Tampoco necesito muchas cosas. Son solo dos días y medio.

—Dos días y medio pueden ser muy largos —murmuró, acercándose a su cómoda.

—Además, todavía tengo algo de ropa en casa... —Suspiré, ilusionada—. Por fin podré ver a mi familia. Los he echado de menos.

—Y a tus amigos.

—Sí, voy a hacerle cuatro o cinco preguntas a Nel. Como, por ejemplo, ¿por qué demonios no ha respondido a ninguna de mis llamadas?

—Serán dos días y medio interesantes —bromeó.

—Sí, pero después todo volverá a la normalidad.

Él se quedó quieto un momento y, de alguna forma, en ese instante, supe que no iba a tocarme, ni tampoco a acercarse a mí. Me dio la espalda mientras se cambiaba de camiseta y yo me quedé mirando su tatuaje. Ese cambio de actitud tan repentino me había pillado por sorpresa.

A veces deseaba poder estar en su cabeza...

Decidí ponerme el pijama. Él estaba sentado en la cama, dándome la espalda, mientras yo me quitaba las lentillas. No me molesté en ponerme las gafas. Me metí bajo las sábanas y me quedé mirándolo un momento.

—¿Estás bien? —pregunté.

—Sí.

Pareció volver a la realidad, pero no me miró.

—Vamos, Ross...

—Me gustaba más cuando me llamabas Jack.

Dudé un momento. Me estaba retorciendo los dedos. Siempre me ponía nerviosa cuando estábamos los dos a solas.

—¿Qué te pasa? —pregunté en voz baja.

—No quiero preocuparte con esto ahora.

—Pues yo quiero que me preocupes con eso. Sea lo que sea.

No respondió. Vi que se miraba las manos con el ceño fruncido. No me estaba gustando. Tenía un mal presentimiento.

—Jack. —Mi voz sonó preocupada.

—Es que te voy a echar de menos —me dijo, girándose—. Aunque sea poco tiempo.

En el momento en que lo dijo, supe perfectamente que ese no era el motivo real de su actitud. Aun así, no dije nada cuando se acercó a mí y me pasó una mano por la mandíbula.

—Mi madre va a preguntarme cosas sobre ti todo el rato —dije, decidiendo fingir que me lo había creído.

—Espero que se lleve una buena impresión de mí —bromeó.

Iba a decir algo, pero me interrumpió inclinándose hacia delante. Nunca me había besado así. Me pareció raro. Me besó... demasiado despacio. Casi parecía triste. Fruncí un poco el ceño cuando se separó y suspiró.

—Vamos a dormir —murmuró, tirando de mi brazo para acercarme.

Se colocó justo como la primera noche que habíamos dormido abrazados y yo dejé que lo hiciera, algo confusa. Al final, me quedé dormida sintiendo que él seguía tenso, mirando al techo.

17

La terrorista de las albóndigas

No me podía creer que estuviéramos todos con caras tristes cuando llegamos al aeropuerto. Naya incluso se había preparado un paquete de pañuelos. Me di la vuelta junto a la entrada y los miré.

—Son solo dos días —dije, viendo que a ella empezaba a temblarle el labio inferior.

—¡Dos días y medio!

Dejé que me abrazara, entre divertida y sorprendida. No estaba muy acostumbrada a que alguien me dijera tan abiertamente que me echaría de menos. Alguien que no fuera mi madre, claro.

—Pásatelo bien. —Will me dedicó una sonrisa afable mientras me daba una palmadita en la espalda.

Sue parecía incómoda. Cuando la miré, puso cara rara y luego asintió una vez con la cabeza. Siendo ella, era muchísimo.

Dudé un momento al mirar a Ross. Él parecía estar esperando a que yo hiciera lo que quisiera. Una vocecilla en mi interior me dijo que él no iba a hacer nada —como besarme, por ejemplo— porque no sabía cómo me lo tomaría.

Nunca lo había besado en público. Quizá era el momento.

Estuve a punto de dar un paso más allá, pero entonces me acobardé y me limité a abrazarlo por la cintura.

Si eso le decepcionó, no lo demostró. Se limitó a sonreírme y a desearme un buen viaje.

«Ay, Ross..., eres demasiado bueno», pensé.

Estaba bajando del avión con un nudo en el estómago. Nada más llegar a la zona de salidas, se me paró el corazón al ver a mis padres y a Spencer, mi hermano mayor, que sujetaba un cartelito de «Bienvenida a casa». No pude evitar sonreír con los ojos llenos de lágrimas. No me podía creer que los hubiera echado tanto de menos en tan solo unos pocos meses.

Mi padre seguía siendo bajo, con perilla blanca y su polo de golf. Mamá, a su lado, se había recogido el pelo castaño en un pequeño moño y ya tenía un paquete de pañuelos preparados para el drama. Me recordó a Naya. Mi hermano mayor, mucho más alto que yo, tenía el pelo castaño corto y un tatuaje de una mujer pirata en el brazo. Fue el primero que me vio, pero mi madre fue la que soltó un grito al verme, haciendo que medio aeropuerto se girara hacia nosotros.

—¡Ay, cariño! —Empezó a besuquearme las mejillas—. ¡No sabes cuánto te he echado de menos! ¡Ya estás aquí, por fin! ¿Me has echado de menos tú a mí?

—Sabes que sí, mamá.

Me reí y dejé que me besuqueara y apretujara. Mi padre se acercó y me dedicó una sonrisa. No le gustaban los abrazos.

—¿Estás más delgada? —preguntó, frunciendo el ceño.

—¡¿No estás comiendo bien?! —chilló mamá.

—Como perfectamente. Es que he vuelto a correr por las mañanas.

—Seguro que sigues sin ser más rápida que yo —dijo Spencer sonriendo, y se acercó y me dio un abrazo de oso, levantándome del suelo y apretujándome. Se lo devolví con ganas antes de que volviera a dejarme en tierra—. Mírate, toda una mujercita —bromeó, revolviéndome el pelo.

—¡Deja de despeinarme!

—Cada vez que te veo, me pareces más baja.

—Y tú cada vez me pareces más viejo.

Comenzamos a empujarnos el uno al otro mientras él sonreía malévolamente.

—Niños, no empecéis.

Mi madre ya estaba usando un pañuelo dramáticamente.

—Bueno, ¿vamos a casa? —preguntó papá, incómodo, al ver que todo el mundo nos miraba.

Hacía mucho más frío ahí. Me abracé a mí misma, siguiéndolos. Dejé la maleta en el coche de Spencer y subí a la parte de atrás con mi padre. Mi madre no dejó de darse la vuelta durante todo el camino, preguntándome cosas sobre la universidad, sobre mis nuevos amigos... y, naturalmente, sobre Ross.

—No la agobies —protestó mi padre.

—No pasa nada —aseguré.

Cuando vi que entrábamos en mi calle sonreí y miré por la ventanilla. Nuestra casa era la del final, con vistas al mar, que en esos momentos apetecía poco por el frío que hacía. Además, la playa siempre estaba sucia por la gente que iba a emborracharse ahí por la noche y dejaba las botellas en la arena. Era mejor ir a la zona de los hoteles, un poco más al este.

Spencer dejó el coche junto a la puerta del garaje y me ayudó con la maleta. Al entrar, el familiar olor a casa me invadió las fosas nasales. Ni siquiera recordaba que tuviera un olor particular, pero acababa de descubrir que me encantaba. Pasé por la cocina y me agaché cuando una enorme bola de pelo se acercó corriendo a mí.

—¡Biscuit! —exclamé, dejando que mi perro me lamiera la cara.

Estuve un buen rato acariciándole la espalda y la cabeza mientras él, feliz, me lamía las manos. Después me detuve en la sala de estar, donde mis otros dos hermanos mayores, Steve y Sonny, estaban discutiendo algo sobre un partido que estaban mirando.

—¡Hola! —los saludé alegremente.

Ellos me miraron y pusieron mala cara a la vez.

—Oh, no, ya está aquí otra vez —murmuró Steve.

—Mucho ha tardado en volver —dijo Sonny, asintiendo con la cabeza.

—¿En cuánto estaba la apuesta?

—Yo dije que duraría dos semanas, tú un mes, Spencer tres meses y Shanon dijo que no volvería nunca.

—Pues no ha ganado nadie. —Me crucé de brazos—. ¡Podríais fingir que me habéis echado un poco de menos!

—Teníamos un cuarto de baño solo para nosotros.

Steve me miró como si fuera la culpable de todos sus problemas.

—Sí, se acabó la paz en esta casa.

—¡Yo también os quiero, idiotas!

Me lancé sobre ellos y les di un abrazo mientras ellos no dejaban de protestar. ¿Por qué era tan divertido molestarlos? Por si fuera poco, Biscuit se animó y se apuntó a la fiesta, lanzándose sobre mí, así que estábamos los dos como pesos muertos sobre ellos.

Eran mis famosos hermanos del taller de coches. Por su culpa me quedé sin dinero para seguir en la residencia. No estaba segura de si estar enfadada o agradecida por eso. Después de todo, habían hecho que fuera a vivir con Will, Sue y... Ross.

La mayor de todos los hermanos era Shanon, que vivía con su hijo a unas manzanas de la casa de mis padres. Después estaba Spencer, que en esos momentos era profesor de gimnasia en el instituto local, y luego iban Steve y Sonny, los mellizos. Yo era la última, la más baja y el objetivo de casi todas sus bromas pesadas, que eran frecuentes.

—Abrazad a vuestra hermana —les ordenó mi padre cuando pasó por nuestro lado y vio que intentaban apartarme de ellos.

—Quita —protestó Sonny—. Estábamos haciendo cosas importantes.

Sonreí y le puse la gorra al revés, algo que sabía que le sacaba de quicio.

Mi madre volvía a lloriquear en la cocina.

—¿No podrías quedarte? —me preguntó.

—Mamá, no empieces —le dijo Spencer, poniendo los ojos en blanco y dejando mi maleta en el suelo.

—¿Mi habitación...? —pregunté.

—No he tocado nada —me aseguró mi madre.

—Yo intenté mudarme a ella, pero no me dejó —protestó Steve.

—Sí, ¿no te habías ido a vivir con tu nuevo novio? —me preguntó Sonny de mala gana.

—No es mi novio.

Me puse roja sin querer.

Oh, no.

Eso había sido un gran error.

Por su expresión, supe que la tortura había empezado.

—¡Se ha puesto roja! —Steve ensanchó su sonrisa.

—¡Mamá, Jenny tiene novio!

—¡Que no es mi novio, idiotas!

—Sí, ahora vive con él —continuó Sonny, tratando de seguir fastidián-dome.

—Con su nuevo novio —repitió Steve, burlándose de mí.

—Oh, callaos de una vez.

—¿Por qué no ha venido contigo? ¿Qué tiene de malo? —me preguntó Sonny.

—No tiene nada malo.

—Seguro que algo malo tendrá.

—Sí, no olvidemos que está saliendo contigo, Jenny.

—¿Por qué eso tiene que implicar que tenga algo malo?

—Entonces, ¡sales con él!

Les tiré dos cojines a la cara mientras se reían abiertamente de mí.

—Mi habitación sigue siendo mía —les advertí, volviendo al tema.

—Eso crees tú —murmuró Sonny.

—Sí, ¿cuándo vuelves a irte?

—Podríamos meter nuestras cosas sin que mamá se entere.

Tendría que esconder la llave. Eso seguro.

Subí las escaleras y me detuve en la tercera puerta a la izquierda. Tenía un manojo de emoción instalado en el cuerpo cuando la abrí con una sonrisa. Parecía que hacía una eternidad que no hacía eso.

Efectivamente, todo estaba tal y como lo había dejado la última vez que había abierto esa puerta; con la cama pequeña entre las dos ventanas de la pared de en frente, un escritorio que había obligado a Steve a pintar de rosa —y que ahora odiaba—, mi armario ahora casi vacío y la alfombra blanca en la que había estado tantas tardes estudiando con Nel.

Miré mi colección de música y sonreí. Me la había regalado mi tía cuando era más joven, aunque nunca la había escuchado. Ojalá Ross hubiera podido verlo. Seguro que conocía todos y cada uno de los álbumes.

Pasé la tarde con mi familia, ayudando a mi padre —el cocinero oficial de la casa— a hacer el pastel para celebrar el cumpleaños de mi madre al día siguiente. Era su favorito, el de chocolate y galletas. Ideal para mi dieta. Le lancé un trozo de galleta que me sobraba a Biscuit mientras me imaginaba, divertida, la cara que pondría Naya si me viera rodeada de tantas calorías.

Ese día no pude salir de casa por falta de tiempo, pero no me importó. Tampoco me apetecía ver a nadie que no fueran mis padres y mis hermanos. Estuve mirando el partido de fútbol con los chicos, jaleando al equipo que no les gustaba solo para molestar. Mi madre se unió a la causa. Parecía sinceramente contenta de volver a tenerme en casa.

Podía entenderlo, vivir con esos cuatro debía de ser agotador estando sola.

Después de cenar, aunque técnicamente fuera una invitada, mis hermanos insistieron en que ellos habían puesto mesa y que a mí me tocaba fregar los platos. Por lo tanto, estaba fregando un plato con pocas ganas cuando Spencer apareció, comiendo cereales de chocolate de un cuenco. Justo después de haber cenado. La viva imagen de una dieta equilibrada.

—¿No se supone que los profesores de gimnasia comen sano? —pregunté, soplando el mechón de pelo que siempre se me soltaba para que se apartara de mi cara.

—¿Alguna vez has visto a un profesor de gimnasia corriendo?

—No.

—Porque no lo hacemos. —Sonrió—. Eso de predicar con el ejemplo no es lo nuestro.

Se comió la última cucharada, dejó el cuenco en el montón de platos sucios y luego se sentó en la encimera para mirarme.

—Bueno —dijo—, ¿y es verdad que has dejado a ese chico? ¿Al del equipo de baloncesto?

—¿Te lo ha dicho mamá? —Puse los ojos en blanco.

—No. Shanon. Vino ayer a decirme que disimulara si me lo contabas.

—Enhorabuena, Spencer, has disimulado muy bien.

—Me daba mucha pereza tener que fingir. —Se encogió de hombros.

—Para ser los mayores, sois los peores —protesté.

—Entonces, ¿sí?

Lo consideré un momento.

—Sí. Hace poco.

—¿Por qué?

Lo pensé un momento. Si le decía a Spencer lo que había pasado, sabía perfectamente que su reacción sería ir a darle un puñetazo. O algo peor. No era precisamente lo que quería que hiciera. Solo quería alejarme todo lo posible de cualquier cosa relacionada con Monty.

—¿Jenny?

Su expresión pasó de la curiosidad a la cautela.

—No lo sé. Tonterías. Lo de siempre, supongo. Da igual lo que hiciera. —Me encogí de hombros—. Ya no estoy con él. Ni voy a volver a estarlo.

—Jenny, ya sabes cómo es ese chico.

—Sí, lo sé muy bien... —mascullé, centrándome en el plato que estaba lavando.

—¿Has pensado que podría presentarse en el piso en el que vives sin avisar?

—He estado practicando eso de correr, no hay problema —bromeé.

—Jenny...

No parecía tener ganas de bromas.

—No lo hará.

—No sé si me gusta que pueda ir a buscarte.

—Si lo hace, Ross, Will, Sue y Naya le enseñarán la salida en caso de que yo sola no pueda hacerlo. ¿Eso está mejor?

Lo pensó un momento.

—No es perfecto, pero está mejor, sí.

—Pues...

—¿Ross es tu novio?

La pregunta me pilló desprevenida y el plato se escurrió de mis manos resbaladizas por el jabón. Cayó al agua y me salpicó la camiseta. Le puse mala cara a Spencer, que se estaba riendo a carcajadas.

—Me lo tomaré como un sí.

—¡No te he dicho que sí!

—No necesitas hacerlo.

Sonrió, divertido. Pareció que iba a decir algo más, pero cuando escuchó que alguien marcaba en el partido y mis hermanos soltaban alaridos de protesta, se marchó corriendo, dejándome sola.

Cuando me metí en mi cama —*mi* cama, no la que compartía con Ross (qué raro todo...)—, cerré los ojos y suspiré. Era extraño estar sola. Estaba... demasiado amplia. La cama era demasiado grande. Y eso que era individual.

Vale, tenía que dejar de pensar en ellos. Especialmente en Ross.

Como si hubiera leído mi mente y quisiera hacer lo contrario a lo que yo quería, Naya me envió un mensaje preguntándome cómo estaba de parte de todos. Le envié una foto de mi pijama de ovejitas y ella me envió emoticonos riendo.

Llevaba fuera unas horas y ya la echaba de menos. ¿Qué me pasaba? Dejé el móvil encima de mi abdomen y me pasé las manos por la cara. De pronto, las ganas de llamar a Jack se intensificaron y...

Espera.

¿Acababa de pensar en él como Jack? Mentalmente, siempre me refería a él como Ross. Y, por algún motivo estúpido, me ruboricé. Menos mal que estaba sola.

La tentación hizo que estuviera dos veces a punto de llamarlo, pero no lo hice. No sé por qué.

A la tercera, lo hice, pero tampoco supe muy bien por qué.

O... quizá lo sabía demasiado bien.

Me respondió al primer tono, y yo empecé a juguetear con el borde de mi pijama, nerviosa. ¿Por qué estaba nerviosa por hablar con Ja..., con Ross? Si lo hacía cada día. Literalmente.

—¿No deberías estar durmiendo? —preguntó nada más descolgar.

—Hola a ti también —bromeé, y mi voz sonó un poco aguda—. Estoy bien, gracias por preguntar.

—Son más de las doce —recalcó.

—No tengo sueño.

—Te has levantado a las seis, Jen.

—Mi energía me mantiene.

—Y vas a irte a dormir a las cuatro de la mañana, ¿no?

—Cuando estoy contigo, no pareces tener ningún problema con que me duerma tarde.

Me había salido del alma. Me puse roja al instante. Otra vez. Él no dijo nada. Al menos, durante unos segundos. Después escuché una risa suave al otro lado de la línea.

—Es una lástima que no estés conmigo, entonces.

Ya volvía a tener la sonrisa estúpida. Estuve a punto de darme una bofetada de advertencia a mí misma para borrarla. Tenía que centrarme un poco.

¿Es cosa mía o su voz suena más sexi por teléfono?

Y mi conciencia no ayudaba mucho con su nula imparcialidad, claro.

—¿Cómo está tu familia? —me preguntó, cambiando de tema.

—Mi madre lloriquea, mi padre se queja y mis hermanos siguen sin querer que los abrace. Ah, y todos se burlan de mí, claro. Todo sigue bien.

Empezó a reírse y me entraron ganas de estar con él al instante.

Vale, mente fría, por favor. Concentración.

—Me alegro de que estén todos bien —me dijo con sinceridad.

—¿Qué estás haciendo? —le pregunté, mirando sin querer el lado vacío de mi cama.

—Estaba mirando una película en mi habitación.

—¿Sin mí? —Mi tono fue de desilusión absoluta.

—No es lo mismo —casi pude ver su sonrisa—, pero tengo que pasar el tiempo de alguna forma durante tu corta ausencia.

Sonreí y me miré las manos.

—Me siento traicionada igualmente.

—Ya te lo compensaré cuando vuelvas.

Oh, no, ahí estaba otra vez. ¿Por qué podía hacer que se me encendieran las mejillas sin siquiera estar presente?

—¿Cómo estáis vosotros?

—Llevas literalmente diez horas fuera, Jen. Estamos igual que cuando te has ido.

Suspiré.

—Mira que eres frío cuando quieres...

Esta vez fue su turno para suspirar.

—Sue está como siempre, pero Naya no deja de quejarse de que nadie la entiende mientras va de un lado a otro del piso. Es una pesadilla. Ha puesto nervioso incluso a Will.

—¿A Will? —Me reí—. Creo que no lo he visto nervioso nunca.

—Yo lo conozco de toda la vida y solo lo he visto así unas pocas veces —dijo, divertido—. Aunque puedo entender a Naya.

Hizo una pausa. Supe perfectamente lo que iba a preguntarme.

—¿Has visto a tus amigos?

—No. —Intenté cambiar de tema enseguida—. Deberías ver lo que estoy viendo yo.

Tuvo el detalle de fingir que no se daba cuenta del cambio de rumbo que le había dado a la conversación.

—¿Y qué es?

—Mi colección completa de música.

Ahogó un grito dramáticamente y empecé a reírme.

—¡Es mejor de lo que crees! —protesté.

—Si es tuya, señora *no-escucho-mucha-música*, no me hago muchas ilusiones.

—No es mía, listo. Es un regalo de mi tía. Y hay un montón de grupos diferentes.

—No puedes decirme eso y luego no mandarme una foto.

—Te prometo que después te la mandaré. —Sonreí—. Seguro que los conoces a todos.

—Si no lo hiciera, te habría fallado como candidato a novio.

Bum. Roja otra vez. Maldita sea.

—Cállate —mascullé.

—Y luego yo soy el frío...

Y así hablamos un rato más de música. Bueno, a mí me pareció un rato, pero cuando miré el reloj, vi que eran casi las dos de la mañana. Había estado dos horas hablando con él.

Era ridículo. No quería despedirme, pero sabía que tenía que hacerlo. Y de verdad que no quería. Me sentía como si fuera a ir a la guerra solo por colgar. ¡Y eso que nos íbamos a ver en dos días!

Solo dos días y ya montaba ese drama. ¿Qué me pasaba?

—Tengo que irme a dormir —dije a regañadientes—. Mañana he de ayudar a mi padre en la cocina. Y aguantar la manada de familiares con una sonrisa educada.

—Descansa bien —me deseó, divertido—. Y buena suerte.

—Buenas noches.

—Buenas noches, Jen.

Colgué el teléfono después de un momento y lo pegué a mi pecho. Por un momento, me sentí como si me hubiera quedado con las ganas de decirle algo, pero no sabía el qué. Giré la pantalla y me mordí el labio inferior, pensando en mandarle un mensaje.

No, vamos. Tenía que calmarme un poco. Solo eran dos días.

Dejé el móvil en la mesita y me di la vuelta, cerrando los ojos para intentar dormirme.

Después de estar toda la mañana con mi padre en la cocina, por fin empezaron a llegar los invitados. Eran mis abuelos; mis tías y mis tíos; mi hermana mayor con Owen, que se abrazó y empezó a gritar «¡Tita!» apretujándome; la novia de Spencer, que era una estirada que ninguno de mis hermanos soportaba; y mi prima pequeña, que estuvo todo el rato mirando el móvil y pasando de nosotros.

La verdad es que me lo pasé bien. Y mi madre también, que era lo que más me interesaba al ser su cumpleaños.

Además, aproveché y comí todo lo que no había podido comer esos días por culpa de la dieta de Naya. Casi podía sentir su mirada de traicionada desde la distancia.

Mi padre me hizo señas para que entrara en la cocina, encendimos las velitas de la tarta de chocolate y luego empezamos a cantar la canción de cumpleaños feliz a mi madre mientras se la dejábamos delante y mi abuela le hacía fotos como una loca para rememorar el momento. Al final, solo sirvió una foto, porque, en todas las demás, salía su dedo delante del objetivo.

Realmente no era mi abuela, era la hermana de mi abuela. La verdadera había muerto antes de que yo naciera, igual que su marido, pero ella nos había tratado siempre como si fuéramos sus nietos. Especialmente a mí. Era una de esas mujeres que no lo habían tenido fácil en la vida, que desde muy pequeñas se habían tenido que sacar las castañas del fuego trabajando de sol a sol y que, a pesar de parecer algo duras, en el fondo eran las más tiernas. Solo tenías que saber ver más allá de lo que querían mostrar a los demás.

En esos momentos, estaba cortando la tarta y poniendo los trozos en platos para empezar a repartirlos.

—¡No le acerquéis el cuchillo a Jenny! —exclamó Steve, riendo.

Sonny también empezó a reírse.

—Sí, seguro que termina apuñalando a alguien.

La única que no se rio fue mi abuela, que los señaló con el cuchillo.

—Otra broma de esas y el cuchillo os volará a la cabeza, ¿me habéis entendido bien?

Sí, también era la única que me defendía cuando mis hermanos se burlaban de mí.

Me dio un apretón en el hombro, sonriendo, y me dejó el trozo de tarta más grande que había cortado justo delante.

Por la tarde, Shanon tuvo la magnífica idea de que fuéramos las dos de compras con Spencer. Era consciente de que estaba mal pensarlo, pero era mucho más fácil estar con ellos que con los demás. Steve y Sonny siempre habían sido como un dúo indisoluble. Compañeros del mal. Era difícil relacionarse con ellos sin que terminaran riéndose de mí.

Spencer me compró un batido que me bebí felizmente mientras ellos hablaban de no sé qué de sus clases de gimnasia. A veces, cuando iba con ellos dos, me daba la sensación de que volvía a tener diez años. Siempre hablaban de temas... demasiado adultos. Y yo me limitaba a beber batidos y a seguirlos.

Spencer se alejó de nosotras para saludar a unos amigos y Shanon aprovechó su oportunidad para agarrar mi batido y tirarlo a la basura.

—¡Oye! —protesté.

—Ven aquí.

Se metió en la primera tienda que encontró, que resultó ser de ropa interior. Fingió que miraba algo, pero en realidad solo había querido apartarme para hablar conmigo.

—¿Hacía falta tirar mi batido a la basura?

—Sí. Nos habrían echado si hubiéramos entrado comida o bebida, lista.

—Bueno... —Suspiré—. ¿Qué pasa?

—Me he estado conteniendo durante un día entero. —Enarcó una ceja.

Miré distraídamente un sujetador, haciéndome la inocente.

—Vale.

—¿Vale? Sabes perfectamente lo que quiero preguntar.

—No tengo ni idea.

Le sonreí como un angelito.

—Venga ya. Estás saliendo con un chico guapo, de tu edad, bueno contigo, con dinero...

—El dinero es lo menos importante, Shanon...

—... y, encima, ¡le gustas! Que es lo que más importa al final del día.

—La próxima vez, podrías intentar sonar menos sorprendida.

—Es que, después de Monty, pensé que cualquier cosa me parecería buena. —Sonrió—. Pero me has sorprendido gratamente. ¿Cuándo me lo presentarás?

—No estoy saliendo con él.

No sé por qué, pero en ese momento me acordé de que no había llegado a preguntar a Ross qué le pasaba la noche antes de que me fuera. Y estaba claro que algo le pasaba.

—Por ahora —recalcó Shanon, devolviéndome a la realidad.

—Eso no lo sabes.

—Oh, lo sé. —Suspiró—. Bueno, veo que Spencer ya empieza a sospechar. ¿Compramos algo?

—¿Eh?

Cogió el conjunto que había estado mirando yo sin mucho interés y lo sostuvo.

—Es de tu talla.

Sonrió, levantando y bajando las cejas.

—¡Si yo no me he puesto algo así nunca!

—¡Venga, no seas tan santurrona! —Me lo tiró, de manera que tuve que cogerlo—. Ve a probártelo.

—Pero ¿qué vale?

—¡Que te lo pruebes! Te lo pago yo.

Media hora más tarde, salía de la tienda con la bolsa en la mano. En el interior, había un conjunto de color rosa palo. A Shanon le había gustado más que el primero. Y lo cierto era que a mí también, aunque nunca se lo diría.

Spencer nos esperaba junto a la fuente, mirando su móvil. Me pasó un brazo por encima del hombro mientras nos encaminábamos hacia el coche de nuevo. Mamá ya había llamado exigiendo que volviéramos a casa para poder pasar tiempo conmigo.

Y todo iba perfecto hasta que la voz sorprendida de Spencer hizo que me tensara.

—¿Ese no es tu ex, Jenny?

Oh, no.

Mi mirada se dirigió enseguida hacia una de las cafeterías en la que solía quedar con mis amigos cuando vivía por aquí. Más concretamente, mi mirada se detuvo en la figura de Monty, que estaba sentado con... Nel.

Una parte de mí no se sorprendió en absoluto, pero la otra sintió que mi corazón se detenía por un momento. Los dos hablaban tranquilamente, sin que pareciera que ocurría nada, pero conocía a Nel. La conocía muy bien.

Sabía cómo se vestía cuando quería conquistar a alguien. Sabía qué expresiones ponía y cómo hablaba. Era obvio que estaban juntos.

Tan obvio que fue como si me dieran un guantazo de realidad.

—No me lo puedo creer. —Shanon negó con la cabeza.

Sabía que ya no estaba saliendo con él, pero me sentó como un jarro de agua fría de todas formas. No porque me hubiera roto el corazón, pero... ¿Nel? ¿En serio?

¿Por eso no me había respondido durante esos meses? ¿Por Monty? ¿Cuánto tiempo llevaban saliendo juntos? ¿Me había vuelto a ser infiel? La chica de la que me había hablado, con la que se había acostado, ¿era Nel?

Y yo creyendo que podía confiar en ella y en Monty de nuevo...

Noté que se me formaba un nudo en la garganta. Idiotas. Ellos y yo. Los tres.

—Déjame ir a matarlos —masculló Shanon.

—Quieta, fiera. —Spencer la detuvo y me miró, preocupado—. Jenny, ¿estás bien?

Negué con la cabeza. No. No estaba bien. Durante más de medio año había creído que podía confiar en esas dos personas. Y ahora ahí estaban. Me sentía tan... estúpida. Tan traicionada. Tan ilusa.

—Vámonos —le dijo Spencer a Shanon.

—¿Es una broma? ¡Vamos a darles con una silla en la cabeza!

—No creo que sea el momento para eso, la verdad.

Al final, mi hermana nos siguió hacia el coche mientras Spencer me rodeaba los hombros con un brazo, intentando darme un poco de apoyo. Pero yo solo podía pensar en lo ridícula que había sido durante, probablemente, meses.

Ya en el coche, el ambiente era horrible. Spencer tardó un momento en arrancar. Shanon le decía de todo, a su lado, por no haberla dejado ir a matar a Nel. O a Monty. O a los dos. Yo estaba a punto de llorar.

El pobre Spencer no sabía qué hacer.

—¡Shanon! —le gritó, perdiendo la paciencia—. ¡Cállate ya!

—¡Si me hubieras dejado hacer mi trabajo, ahora tendrían las cabezas metidas en la fuente!

—¿Quieres calmarte de una vez, histérica?

Arrancó el coche y siguieron discutiendo mientras yo, en la parte de atrás, empezaba a notar que se me llenaban los ojos de lágrimas. Entonces no pude más y empecé a lloriquear. Los dos se detuvieron en seco al escucharme, y Shanon se giró hacia mí.

—Oh, vamos, no llores por esos idiotas —me dijo de mala gana.

La sensibilidad personificada.

Pero no podía parar. Shanon suspiró y se giró hacia delante. Spencer no sabía qué decirme. Pero yo sabía con quién quería hablar. Agarré mi móvil y busqué el nombre de Naya. Me respondió casi a la primera.

—¡Hola, desconocida! —me saludó alegremente, y luego escuché que se alejaba del móvil—. Es Jenna. No, ahora quiere hablar conmigo, Ross. ¡Cuando te llame a ti, querrá hablar contigo! No seas pesado.

—¿Naya? —pregunté, intentando no sonar como si estuviera llorando. Pero, claro, era complicado que no lo notara.

—Que no, espera. —Volvió conmigo—. ¿Qué tal todo?

—Mal —le dije directamente.

—¿Mal? —repitió, sorprendida.

—Necesito hablar contigo. Solo contigo, ¿me entiendes?

Lo último que necesitaba era preocupar a Ross. Era capaz de venir conduciendo solo para asegurarse de que estuviera bien, el loco. Naya, disimulando tan poco como de costumbre, soltó un chillido de alerta y escuché la voz de Will preguntándole qué pasaba.

—Ahora vuelvo, no me molestéis —le dijo a alguien alejándose del móvil—. No, Ross. Es privado. ¡Que es privado!

Finalmente, retomó la conversación.

—Vale, estoy en la habitación de Will. Cuéntamelo todo antes de que Ross venga a secuestrar mi móvil.

—¿Hay cobertura en la habitación de Will?

—Sí, en el rincón hay una poca. Lo descubrí hace unas... —Se detuvo—. Bueno, ¿por qué demonios hablamos de cobertura? ¡Cuéntame ya lo que ha pasado!

—¿Te acuerdas de Nel?

—Sí, tu amiga. La que no respondía a tus mensajes.

—¿Y de Monty?

—Ese ex idiota al que dejaste.

—Pues acabo de ver a *mi amiga* y a mi ex idiota juntos en una cafetería.

Hubo un momento de silencio. Entendió perfectamente lo que quería decir.

—¿En serio?

—Ni siquiera sé qué pensar.

—Menudos gilipollas. —Casi me quedé pasmada al escuchar esa palabra de sus labios—. ¡No me lo puedo creer!

—No sé qué hacer.

—¡Tú no hagas nada! Pienso ir ahí y... ¡Venga ya, sal de aquí!

Hizo una pausa. Fruncí el ceño.

—¿Naya?

—¡Ross, sal de aquí! No, no quiere hablar contigo, quiere hablar conmigo porque soy su amiga del alma. Déjame en... ¡OYE!

—¿Qué pasa? —me preguntó Ross mientras escuchaba a Naya quejándose.

—Nada —dije. Era la última persona con la que quería hablar del tema—. Pásame a Naya.

—No —dijo firmemente—. ¿Qué pasa?

—No es nada grave, Jack.

Incluso con la situación tan tensa, mis dos hermanos se miraron al instante al escuchar el nombre. Shanon esbozó una sonrisa perversa.

Él lo pensó un momento.

—No pienso colgar hasta que me lo digas.

Suspiré, pensando en las palabras adecuadas.

—He visto a Monty —mascullé.

Hubo un momento de silencio.

—¿Qué te ha hecho? —me preguntó en voz baja.

—Nada —le aseguré enseguida—. Él no me ha visto a mí. Estaba con Nel... Estaban juntos.

Hubo un momento de silencio. Fue entonces cuando me di cuenta de que lo había llamado Jack, en lugar de Ross. Otra cosa que solía hacer solo en privado.

—Al menos, ahora sabes la verdad —me dijo.

—Es que... —ya no podía evitarlo, empecé a lloriquear de nuevo—, pensé que... no lo sé... que era mi amiga. Intenté convencerme de que lo era..., de que todo podía volver a ser como antes de que ella... de que ella y Monty...

—No llores, por favor, Jen.

—No puedo evitarlo —lloriqueé—. Me siento como una idiota.

—Si sigues llorando, voy a ir a buscarte —me advirtió.

—Sí, en avión privado —mascullé, pasándome el dorso de la mano bajo los ojos.

—No necesito un avión privado, solo un coche.

Me quedé en silencio un momento.

—¿Lo dices en serio? —pregunté, sorprendida.

—Pues claro que lo digo en serio. —Casi pareció ofendido.

—¿Vendrías a buscarme? ¿Solo... porque estoy llorando?

—No puedo seguir aquí de brazos cruzados sabiendo que tú estás así de mal.

Me quedé en silencio un momento. Me había quedado en blanco. Shanon me miró de reojo, pero la ignoré. Ya no estaba llorando, pero tenía un nudo en la garganta.

—¿Jen? —preguntó él. Sonaba preocupado—. ¿Sigues ahí?

—Sí —mascullé.

—¿Y bien?

—No estoy tan mal —le aseguré en voz baja.

Pero no quería decirle eso. Quería decirle algo muy distinto. Pero no sabía muy bien qué era.

—¿Estás segura?

—No, pero tengo a dos guardaespaldas delante —dije, un poco más animada—. No creo que dejen que nadie se acerque a mí.

—Me tranquiliza bastante —me aseguró.

—Eso somos —bromeó Shanon, golpeando a Spencer en el hombro con el puño—. Los guardaespaldas.

—¿Estás segura de que estás bien? —insistió Jack al otro lado de la línea.

—Que sí, estoy bien, pesado.

—Vale, pesada.

Sonreí, negando con la cabeza. Era el único capaz de sacarme una sonrisa en un momento así.

—¿Puedo hablar con Naya ahora? Debe de querer matarte.

—Tiene cara de querer hacerlo, la verdad.

—Pues déjame hablar con ella. No quiero volver y no encontrarte.

Hubo un momento de silencio. Después le devolvió el móvil a Naya, que lo había escuchado todo.

—Qué tierno es cuando se preocupa por ti —canturreó alegremente.

Y, a partir de ahí, se limitó a insultar a Monty y a Nel un rato y a contarme su vida, antes de que ambas decidiéramos colgar.

Ninguno de los tres dijo nada sobre el tema en casa y lo agradecí. Cenamos todos juntos, cosa que hizo que mi madre se entusiasmara. Después estuvimos viendo uno de esos programas de pesca de mi padre que solo le gustaban a él, y en cuanto empezó a roncar en su sillón, pusimos algo más interesante.

Mi hermana y Owen ya se habían ido, así que me tumbé con la cabeza en el regazo de Spencer mientras Steve cambiaba de canal con expresión de aburrimiento. Fue entonces cuando noté que me vibraba el móvil. Mi corazón palpitó con fuerza al pensar que podía ser Jack, pero era Monty.

Un momento..., era Monty.

Oh, no quería hablar con él.

Pero la curiosidad era fuerte. Miré su mensaje con mala cara.

Estoy fuera. Sal y habla conmigo.

Dudé un momento. ¿Cómo sabía que estaba en casa? Quizá sí que me había visto, después de todo.

Y yo no quería verlo a él. Pero... en algún momento tendría que pasar. Les dije a mis hermanos que volvería enseguida, agarré mi abrigo y bajé los escalones de la entrada para encontrarme con Monty. Parecía haber adelgazado un poco. Durante un momento, nos miramos en silencio. Era extraño verlo. Como si ahora ya fuera un completo desconocido.

Aunque, en ese momento, no sentí que lo hubiera llegado a conocer del todo jamás.

—Hola —murmuró.

—¿Cómo sabías que estaba aquí? —Mi voz no sonó muy amable.

—Te vi... en el centro comercial.

Pausa. Apreté los labios con fuerza.

—Así que ahora estáis juntos.

—¿Qué? No. —Negó enseguida con la cabeza.

—No soy tonta, Monty.

—No estoy saliendo con Nel, Jenny. No he estado con ella desde... hace meses. Cuando te enteraste.

—¿Y qué hacías con ella entonces?

—Nel... —Suspiró—. Ha estado insistiendo mucho en verme.

—¿En verte?

—Ya sabes a lo que me refiero.

Cuando vio mi expresión, dio un paso hacia mí y yo retrocedí enseguida.

—Le he dicho que no todas las veces que me lo ha pedido —aseguró enseguida.

—¿Y por qué debería creerme eso?

—Es... es la verdad.

—¿Tan verdad como lo que hacíais cuando empezamos a salir?

Él suspiró. Sabía que ese tema hacía que se enfadara. Apretó los labios, pero no dio ninguna muestra de enfado.

—No he estado con nadie estos meses —me aseguró—. Solo con la chica que te dije. Pero no era Nel. No me gusta Nel.

—¿Y por qué sigue insistiendo en verte?

—¡No lo sé!

En realidad, no me habría sorprendido mucho que eso fuera verdad. Conociendo a Nel...

Pero dolía igual.

Él apartó la mirada cuando vio que mi expresión cambiaba.

—¿Te lo pidió ella? —pregunté en voz baja—. La primera vez que pasó.

Pareció dudar un momento antes de asentir con la cabeza.

Y, por algún motivo, supe que era verdad.

—¿Por qué no me lo dijiste? —No podía entenderlo—. Te eché a ti toda la culpa, Monty.

—Lo sé.

—Pudiste haberme dicho que había sido ella.

—Lo sé —repitió.

Sacudí la cabeza, confusa.

—¿Por qué no lo hiciste?

—No lo sé —masculló—. Porque... porque era tu amiga. No quería que lo pasaras mal.

No sabía qué decirle. Había pintado a Monty tan malvado en mi cabeza esos días que me costaba creer que hubiera hecho algo bueno por mí.

—Oh, Monty...

Como no sabía qué hacer, decidí darle un abrazo. Me pareció raro; había dejado de haber complicidad entre nosotros. Probablemente, nunca más la habría. Él también me abrazó y, durante unos segundos, no dijimos nada.

Entonces noté que me apartaba el mechón rebelde de siempre.

—Vuelve conmigo —me pidió en voz baja.

Suspiré e intenté apartarme, pero él me sujetaba con firmeza por la cintura. Al final, eché la cabeza hacia atrás para mantener la distancia entre nosotros.

—Monty, suéltame.

—Por favor. Te quiero.

Conseguí separarme de él y negué con la cabeza.

—No puedo.

—¿Por qué no? —insistió—. Nos iba bien.

—No nos iba bien. Y lo sabes.

—¡Nos iba perfectamente! Nunca he sentido por nadie lo que siento por ti, Jenny.

Volvió a acercarse, y esta vez no dejó que me separara porque me sujetó por la cintura con los brazos. Se inclinó hacia delante y, cuando noté que iba a besarme, ladeé la cabeza y sus labios chocaron contra mi mejilla. Lo escuché suspirar, frustrado.

—¿Por qué me haces esto? —preguntó en voz baja.

—Destrozaste mis cosas —le recordé.

—¡Porque tú te fuiste a vivir con otro!

—Yo nunca he tocado nada tuyo. Nunca he roto nada tuyo. La fastidié al no decirte que vivía con Ross, pero eso no significa que tuvieras derecho a hacer lo que hiciste.

Se tomó un momento para respirar hondo y calmarse.

—Vuelve conmigo —repitió, agarrando mi mano entre las suyas cuando conseguí apartarme—. Por favor, Jenny.

—No puedo.

—Sí que puedes. Solo di que sí.

—Monty...

—Te prometo que no te volveré a hacer daño. Nunca.

—No puedo volver contigo —intenté sonar lo más calmada que pude, pero estaba empezando a sentirme bastante incómoda.

Él soltó mi mano con los labios apretados.

—¿Por qué? ¿Es que te gusta ese chico? ¿Jack Ross?

—Pues... sí.

Y, mientras lo decía, me di cuenta de lo cierto que era. Me gustaba Jack. Me gustaba muchísimo. Y no era algo reciente. Hacía mucho tiempo que sentía algo por él. Pero no había querido decirlo en voz alta hasta ese momento, como si eso fuera a hacerlo menos real.

Pero era muy real. Tan real que daba miedo.

—Me gusta Jack —repetí, más para mí misma que para él.

Monty se quedó mirándome un momento, confuso. Después su expresión se oscureció. Soltó mi mano y yo me aparté.

—Hemos estado juntos mucho tiempo —me dijo bruscamente.

—Lo sé.

—¿Y ahora se presenta un idiota cualquiera en tu vida y te quedas con él? ¿En serio?

—No es un idiota. Y te aseguro que no es cualquiera.

—¿Qué tiene él que no tenga yo?

—Monty...

—¡Dímelo!

—¡Que me gusta! —Perdí la paciencia—. ¡Mucho más de lo que me has llegado a gustar tú!

Por un momento, fui tan tonta como para pensar que lo aceptaría. Su expresión se volvió sorprendida, como si le hubiera dado un empujón.

Pero, un segundo después, volvió a ser el de siempre. Volvió a ser el idiota impulsivo que había roto mis cosas. Se acercó a mí tan rápido que me apresuré a retroceder, chocando con la barandilla de las escaleras con la espalda. Me agarró del cuello del jersey y me acercó a él. Intentó besarme con tanta violencia que mi respuesta fue... más violencia. Antes de poder pensar lo que estaba haciendo, estiré el brazo y le di una bofetada.

Se apartó, sorprendido, y yo me quedé plantada en mi lugar, congelada. Nunca le había dado una bofetada a nadie. Bueno, es verdad que le había dado un puñetazo a aquel chico que se había metido con Naya en esa fiesta, pero eso no contaba ahora... A Monty..., lo máximo que le había hecho nunca había sido empujarlo para apartarlo de mí.

Se llevó una mano a la mejilla. Dudaba mucho que le hubiera hecho daño, pero su expresión podía darme una idea de lo enfadado que estaba. Me quedé mirándolo, con el corazón latiéndome a toda velocidad.

Iba a devolvérmela. Lo sabía. Podía notar la adrenalina y el terror fluyendo por mis venas. Había visto esa mirada antes.

Entonces, cuando se adelantó hacia mí, me eché para atrás torpemente y me caí de culo en las escaleras. Él me agarró del cuello del jersey otra vez y sonó un crujido de tela rompiéndose que no me gustó nada mientras me ponía de pie bruscamente. Intenté librarme de su agarre tirando de sus antebrazos, pero era obvio que tenía mucha más fuerza que yo. Tenía la tensión del cuello del jersey en la nuca, inmovilizándome, y estaba empezando a dolerme de verdad.

—¡Suéltame! —le grité, enfadada, pero no me hizo caso. Estaba fuera de sí.

Y, entonces, conseguí que me soltara, dando unos pasos hacia atrás. Me relajé un momento, hiperventilando. Aprovechó ese instante para intentar agarrarme de nuevo. Choqué con los talones en la escalera y estuve a punto de salir corriendo hacia la puerta para llamar a Spencer. No podía enfrentarme sola a Monty. No, por muchas clases de puñetazos que me hubieran enseñado mis hermanos.

Pero no me dio tiempo a pensar, porque en ese momento me dio un puñetazo en las costillas.

Nunca me habían dado un puñetazo. Nunca. Me sorprendió tanto que me quedé sentada en las escaleras, intentando recuperar la respiración. Me sentía como si me hubiera dado directamente en el pulmón. Cuando levanté la vista, había desaparecido.

Yo me sujetaba la costilla. Dolía. Dolía mucho. Como si fuera a explotar. Hice una mueca mientras me ponía de pie.

Me levanté el jersey cuando, unos segundos más tarde, el dolor disminuyó. Tenía una zona roja bajo las costillas, justo al lado del ombligo. Solo esperaba que no fuera a dejarme una marca.

Pero, al menos, podía olvidarme de Monty de una vez por todas. Dudaba que se atreviera a acercarse a mí otra vez después de eso.

Pensé en decírselo a Spencer. Sabía que él, Sonny, Steve, Shanon, e incluso mis padres, irían a por él en cuanto lo hiciera. Shanon la primera. Con una escopeta si era necesario. Se podía volver muy violenta para defender a quien quería.

Pero yo solo quería olvidarme de Monty... ¿Por qué no podía limitarse a dejarme en paz? Además, tenía que aprender a luchar mis propias batallas. Y..., más o menos, me había defendido, ¿no? Dudaba que fuera a volver a molestarme pronto.

Dudé un momento más antes de tomar una decisión. Esperaba que fuera lo correcto.

Me puse de pie y entré en casa con expresión tranquila, como si no hubiera pasado nada. Cuando mis hermanos me preguntaron qué había estado haciendo, les dije que había salido a hablar por teléfono y se lo creyeron. Me dejé caer en el sofá y agradecí a Biscuit que se acercara y se acurrucara contra mí, mirándome como si quisiera consolarme.

Al levantarme, lo primero que hice fue mirarme las costillas. Tenía una pequeña zona morada rodeada de un rojo intenso que me mareó un poco. Ya no dolía si no lo tocaba, pero...

No había dicho nada a nadie. Ni siquiera a Shanon. Pero, cuando me puse una sudadera, noté que el dolor se extendía hacia el brazo, aunque el moretón en sí no fuera tan grande. Cada vez que me estiraba, lo sentía latiendo en mis costillas. No quería ni imaginarme el dolor que debían de sentir los boxeadores después de un combate.

Y mi jersey estaba roto, claro. Me había dado un tirón tan fuerte que había roto el cuello. Y no parecía tener arreglo. Me estaba empezando a hartar de quedarme sin ropa por su culpa.

Pero solo me quedaba un día con mi familia. No podía pensar en eso. Esa noche tenía que coger un avión a las ocho, así que todavía tenía unas horas para estar con ellos. Me pasé el resto de la mañana con mis padres. Los acompañé al centro comercial —donde, por suerte, no encontré a nadie— y ayudé a mis hermanos un rato en el taller, aunque mi máxima función fue cambiar la emisora de la radio mientras me quitaba la grasa de las manos y ellos protestaban porque les molestaba mi presencia, como siempre.

Spencer se había ido con su novia a comer, y Steve y Sonny habían desaparecido, así que me quedé sola con mis padres, ayudándoles a recoger los platos de la comida. Por un momento, fue como si todo hubiera vuelto a como estaba antes.

Entonces mi mirada se clavó en la casa del árbol que había en el patio trasero. Desde la cocina, solo se podía ver la parte de atrás, la única parte que tenía sin ventanas.

—Nadie ha subido desde que te fuiste.

Mamá me sonrió.

—¿Nadie?

—Nos habrías matado si lo hubiéramos permitido —dijo mi padre, poniendo los ojos en blanco.

Era cierto. Mis abuelos la habían hecho para mis hermanos y para mí cuando yo era pequeña, pero había terminado usándola solo yo. Ellos decían que era para críos.

Pero yo nunca dejaba que nadie entrara. La única excepción fue una vez en la que dejé que Nel subiera conmigo, pero no se repitió jamás porque se le cayó un refresco sobre mi manta favorita.

Oh, Nel... Me seguía doliendo cuando pensaba en lo que había pasado. No había contactado con ella de ninguna forma posible. No quería verla. No quería saber nada de ella. Aunque sabía perfectamente que, en algún momento, tendríamos que enfrentarnos la una a la otra. Pero no sería en esa ocasión. Había tenido más que suficiente con Monty.

Salí al patio trasero, y Biscuit me siguió dando vueltas a mi alrededor. Cuando empecé a subir las escaleras de madera, él se me quedó mirando desde el suelo con curiosidad. Empujé la trampilla y asomé la cabeza a la pequeña cabaña. Estaba llena de polvo.

Me di cuenta entonces de que había dejado de subir desde el momento en que había empezado a estar con Monty. Era extraño. Era como si, durante nuestra relación, me hubiera separado de lo que era yo realmente. Y ni siquiera me había dado cuenta.

En ese instante, sin embargo, necesitaba volver a encontrar mi verdadera esencia.

Como no tenía mucho más que hacer y me apetecía estar sola, abrí las pequeñas ventanas que daban al mar —aunque seguía estando un poco lejos— y me pasé una hora limpiando el polvo.

Ahí estaban mis primeros juegos de mesa, mis muñecas favoritas, un juego de coches de colores, mi mochila roja, una alfombra mullida que siempre me había gustado, una pequeña colcha que no era muy cómoda —pero que a mí me encantaba— y una mesita llena de revistas que solía leer cuando era niña. Por no hablar de los recortes de revistas de chicos guapos sin camiseta que, aunque en ese momento me habían hecho babear, ahora solo me parecían niños comparados con...

Con papi Jackie.

Mi conciencia, a veces, necesitaba una ducha de agua fría.

Cuando volví con mis padres, Shanon y Owen habían venido de visita. Mi sobrino me abrazó con fuerza y me pasé un buen rato jugando con él a la consola de mis hermanos solo para destrozarles las estadísticas.

—¿Cuándo volverás a casa, tita? —me preguntó cuando apagamos la consola.

—No lo sé —confesé.

—Mamá dijo que en diciembre quizá volvías.

Suspiré. Me daba pena no poder decirle que estaría con él todo el tiempo que quisiera.

—Volveré más a menudo de lo que crees. Llegarás a aburrirte de mí.

No pareció muy convencido, pero tampoco protestó.

Y, finalmente, llegó la hora de ir al aeropuerto.

Como ya había imaginado, mi madre se puso a llorar, mi hermana puso los ojos en blanco y mi padre me dijo que me llevaría él mismo. Como Spencer ya había ido a buscarme y mis otros dos hermanos no parecían muy por la labor, acepté su propuesta.

—Vamos, entonces —dijo, agarrando las llaves.

Mamá se acercó a mí y me dio un abrazo tan fuerte que casi me mareó.

—El abrazo de mamá oso —bromeó Spencer.

—Mamá, necesito respirar —protesté.

Ella se separó y se sorbió la nariz, sujetándome la cara con las manos.

—Come bien —me dijo dramáticamente—, ¿me oyes? Y abrígate. Como me entere de que vas por la vida sin abrigo...

—Jack Ross se lo recordará —dijo Sonny, sonriendo malévolamente.

—Yo creo que preferirá quitárselo —añadió Steve, y él y Sonny empezaron a reír.

Spencer suspiró y les dio en la nuca a la vez. Dejaron de reírse para mirarlo con mala cara.

—Te he metido comida en la mochila —me dijo mamá, ignorándolos—, y ayer cobré. Te he ingresado el dinero del viaje para que se lo devuelvas a tu novio.

—Vale, mamá...

Ya era inútil repetir que no era mi novio. Seguían insistiendo en ello. Dudé un momento.

—¿Me van a dejar pasar comida en el aeropuerto?

—Se van a pensar que es una terrorista —dijo Steve.

—La terrorista de las albóndigas —añadió Sonny, y los dos empezaron a reírse a carcajadas otra vez.

Spencer suspiró, aceptando la evidencia de que eran idiotas.

—No quisiera ver cómo intentan impedirlo. —Papá sonrió, divertido—. No les gustaría que tu madre fuera a hacerles cambiar de opinión.

Mamá se separó de mí, y Shanon me dio un rápido abrazo, como siempre. Ella siempre era la persona a la que más echaba de menos. En el fondo, era como mi mejor amiga.

—Llámame a menudo y mantenme actualizada.

Sonrió un poco.

Owen se quedó agarrado a mis piernas un rato, como si no quisiera que me fuera tan pronto.

Spencer también se despidió de mí con un abrazo de oso y Biscuit me lamió las manos, como siempre. Mamá tuvo que obligar a Steve y a Sonny a decirme adiós, pero ellos estaban ocupados gritándome al abrir su consola y ver sus estadísticas hechas un desastre. Me marché de casa sacándoles la lengua, divertida.

Ya en el coche, me puse el cinturón y suspiré. Estaba nerviosa. Y ansiosa. Quería volver a casa.

Es decir..., a casa de Jack... ejem. No era mi casa.

Mi padre no hablaba mucho. Era una de las cosas que siempre me habían gustado más de él. Sin embargo, en esos momentos me daba la sensación de que teníamos que hablar de algo y no lo hacíamos, así que el silencio no era muy agradable.

El camino al aeropuerto no era muy largo, pero me lo pareció mientras veía mi barrio desapareciendo poco a poco por la ventanilla. La playa era uno de mis lugares favoritos. El primer día de cada invierno, era tradición que los del último año del instituto lo inauguraran tirándose al agua vestidos. Yo no me había atrevido a hacerlo, al contrario que todos mis hermanos, claro, así que seguían restregándomelo hasta el día de hoy.

«Rajada» solía ser la palabra que usaban.

Finalmente, papá habló, devolviéndome al mundo real.

—¿Con quién hablaste ayer por la noche?

Oh, oh.

Odiaba que hiciera eso. ¿Por qué me conocía tan bien?

No necesitaba decírselo. Si me lo estaba preguntando, es que ya se imaginaba lo que había pasado.

—No me duele —mentí.

—¿Dónde te golpeó?

—En las costillas.

Apretó los labios en una dura línea. A veces me sorprendía su entereza.

—¿Lo sabe tu madre?

—No, claro que no. Habría salido a matarlo. Igual que Shanon y los demás.

—Lo sé.

Él no. Papá era distinto en ese sentido. Nunca había tratado de solucionar mis problemas. Siempre había optado por enseñarme a que lo hiciera yo misma. Y lo había hecho bien, pero... esa vez yo había dejado que Monty se saliera con la suya.

Al ver su cara, supe que estaba pensando lo mismo que yo.

—¿Qué pasa? —pregunté al final, impaciente.

—Nada. Solo quería asegurarme de que estabas bien.

—Estoy bien.

—Vale.

Suspiré cuando volvió a quedarse en silencio.

—¿Qué? —pregunté.

—Ya lo sabes.

—Sí, lo sé. Debería haber cortado con él mucho antes —dije a la defensiva—. ¿Ahora estás contento?

—No lo sé. ¿Lo estás tú?

—Odio cuando haces eso.

—No hago nada.

Suspiré.

—Fue culpa mía que me diera un puñetazo, ¿no? —pregunté, cruzándome de brazos.

—No he dicho eso —me aseguró enseguida, muy serio.

—¿Y entonces?

—Jennifer, los dos sabemos que el hecho de que te hiciera daño no te sorprendió demasiado.

—¿Crees que ya sabía que lo haría?

—Creo que hace tiempo que sabías que esto terminaría mal —me corrigió—. Y aun así no nos dijiste nada.

—¿Y qué querías que dijera? «Hola, papá, mamá, mi novio me ha dado un puñetazo en las costillas, ¿os apetece ir mañana al centro comercial?»

—No le quites importancia a lo que ha pasado —me advirtió.

Mi padre no se enfadaba muy a menudo, pero cuando lo hacía..., temblaba el infierno.

—Por el amor de Dios, Jennifer... —Sacudió la cabeza, cambiando la marcha de malas maneras—. ¿Crees que estoy ciego? Quizá tu madre no lo notó, pero yo sí vi que traías un agarrón en el brazo hace unos meses.

—Eso no es...

—Y, unas semanas antes, te vi otro en el hombro.

—Papá...

—Por no pensar en lo que no he visto. Prefiero no saberlo.

—No hay más.

—No mientas a tu padre —me cortó secamente.

Apreté los labios. Siempre me hacía sentir como una niña pequeña.

Me avergonzaba hablar de eso con él porque sabía que tenía razón. Cuando Monty se enfadaba, solía agarrarme con fuerza y, en alguna ocasión, me había dejado los dedos marcados, pero nada más; nunca antes me había dado un puñetazo. Sin embargo, siempre me hacía sentir como una mierda.

—¿Eso es lo que te hemos enseñado? —preguntó—. ¿Crees que ese chico era lo mejor que podías conseguir?

No sabía por qué lo quería defender, pero quería hacerlo.

—Monty no era..., no es tan mala persona.

—No, claro. Solo se acostaba con tu mejor amiga y te golpeaba.

—Solo me había pegado una vez.

—Ya te lo he dicho dos veces, Jennifer, pero no habrá tercera. No me mientas.

—Solo me pegó en otra ocasión... Pero ni siquiera fue un puñetazo, fue solo una bofetada —admití al final—. Y yo lo provoqué.

—¿No te das cuenta de que hay un problema serio cuando te echas a ti misma la culpa de que otra persona te golpee? —Suspiró—. Jennifer, en serio, deja de intentar defenderlo. Ya no es parte de tu vida. Piensa un poco en ti misma.

Lo miré, sorprendida.

—Lo hago —murmuré.

—No, no lo haces.

—Sí lo hago.

—Si lo hicieras, anoche le habrías devuelto el golpe y le hubieras dejado tumbado en el suelo.

—Papá, mide más de...

—Tus hermanos y yo te enseñamos a defenderte de cosas peores que un imbécil con la mano floja —me cortó.

Apreté los dientes.

—La violencia no es siempre la mejor solución.

—Quizá no lo es, pero en el momento en que alguien te pone una mano encima, tienes derecho a olvidarte de esas tonterías y romperle la nariz.

Estuve a punto de reír, pero la situación era tensa. Siempre que me hacía sentir avergonzada, me sentía tan mal conmigo misma que me irritaba con él.

—¿Eso es lo que quieres que sea? ¿Alguien que solo sabe responder con violencia?

—No. Lo que quiero es que seas tú misma. Mi hija. Porque yo no he criado a una chica que sale con alguien que no la quiere, deja que le golpee, no se defiende y, encima, se echa la culpa a sí misma cuando el problema no es suyo.

Me quedé callada, mirando por la ventanilla. Mi padre tenía el don de hacerme sentir mal sin siquiera levantar la voz. Intenté pensar algo ingenioso que decirle, pero no se me ocurría nada.

—Al menos, veo que estos meses fuera de casa te han abierto un poco los ojos. Cuando vivías aquí, tratabas a ese chico como si hubiera caído del cielo.

En eso tenía razón, tenía que admitirlo. Monty nunca había sido, precisamente, un novio ejemplar, pero yo siempre lo había tratado como si lo fuera.

—Pues todavía me queda un mes en la facultad —murmuré.

—¿Ya sabes qué harás después?

—¿Eh?

—Le dijiste a tu madre que estarías hasta diciembre y que luego decidirías si seguías —me aclaró—. ¿Ya has pensado en ello?

Negué con la cabeza.

—No, la verdad es que no.

—Bueno, es tu decisión, hija. Ya sabes que, si quieres volver a casa, yo encantado, pero...

—Pero... prefieres que siga estudiando en la facultad —terminé por él.

—Te veo mucho más feliz que cuando te fuiste. Yo no soy ningún experto, pero si lo que te hace feliz es pasar unos meses más fuera de casa..., entonces que así sea.

Hizo una pausa.

—Aunque no creo que tu felicidad se deba a estar fuera de casa —añadió con un tono más relajado.

Miré a mi padre de reojo y me puse roja al ver su sonrisita significativa.

—Ese... Jack Ross... parece un chico interesante —dijo.

Y, solo con eso, ya supe dónde quería llegar. A veces era increíble lo mucho que nos entendíamos solo con una mirada.

—¿Quieres conocerlo? —pregunté, sorprendida—. Nunca has mostrado mucho interés por las vidas amorosas de tus hijos.

—Ese chico ha hecho muchas cosas por ti, Jennifer. Quiero darle las gracias.

—Papá...

—No hay discusión que valga. Quiero conocerlo.

Pareció que lo decía enfadado, pero cuando nos miramos esbozamos una sonrisa cómplice.

Ay..., lo había echado tanto de menos.

—Espera. —Di un respingo y miré a mi alrededor—. ¿Qué haces?

—Conducir.

—No. Me refiero a dónde estás yendo.

—A la comisaría. —Ni siquiera titubeó—. Vas a enseñarle el golpe a la policía y vas a denunciar a ese chico, Jennifer. No quiero que vuelva a acercarse a ti.

Creo que esperaba que me quejara, pero no lo hice. De hecho, solo asentí una vez con la cabeza y me acomodé en el asiento.

Cuando dos horas más tarde me subí al avión, cerré los ojos un momento. No podía esperar a ver a mis amigos... y a Jack.

Miré por la ventanilla. Estaba muy nerviosa. Muy ansiosa.

Pero volvía a casa.

18

Original

Cuando llegué a la puerta de salidas, tenía el corazón en un puño. No sabía muy bien por qué estaba tan nerviosa, pero lo estaba. Me temblaban las piernas. Me mordisqueé el labio inferior y seguí a los demás pasajeros hacia la salida, donde busqué entre la gente que esperaba. Casi todo eran familias con niños que se reunían con padres y madres. Mi caso era bastante distinto.

Entonces mi mirada se clavó en Naya, que se abría paso de malas maneras buscándome. Will la miraba, avergonzado, sobre todo cuando le dijo a un hombre de forma algo brusca que se apartara de su camino.

Sue estaba a su lado comiendo una golosina con cara de aburrimiento. El simple hecho de que hubiera venido hizo que se me derritiera un poco el corazón. Quizá se había encariñado conmigo, después de todo.

Jack estaba mirando la puerta con el ceño fruncido. Parecía estar muy tranquilo, pero yo casi podía sentir su nerviosismo. No dejaba de estirar el cuello para ver quién salía.

Entonces Naya se giró, me vio y soltó un chillido de emoción. Los otros tres dieron un salto del susto y la mitad de la gente que estaba allí se quedó mirándola.

Estaba empezando a acostumbrarme a que la gente de los aeropuertos se girara para mirarme con mala cara.

Se lanzó sobre mí y me abrazó con fuerza, casi aplastándome. No tuve mucho tiempo para preocuparme por los demás.

—¡Por fin! —me chilló, mirándome—. ¡No sabes lo largo que se hace esto sin ti! ¡Éramos tres contra uno! Era agotador. Si contigo ya es difícil aguantarlos, imagínate estando sola. ¡Sola ante el peligro!

—Lo siento —mascullé, divertida.

—¡Espero que, al menos, hayas venido de buen humor! Vamos a tener que devolverles muchas bromas para ponernos al día.

Sonreí, negando con la cabeza.

—Bueno, ¿has terminado? —La voz de Jack me devolvió a la realidad cuando se acercó—. No eres la única que quiere saludarla.

—No he terminado —protestó Naya.

—Sí has terminado. —Will la arrastró del brazo a su lado.

Jack se quedó mirándome y fue en ese preciso momento cuando me di cuenta de que lo había echado de menos. Pero hasta un nivel que no entendía. Como si hubiera pasado una eternidad.

No es como si lo necesitara para respirar, pero definitivamente sí que había notado su ausencia en muchísimos aspectos. Durmiendo sola, paseándome por la cocina sin notar su mirada sobre mí, sentándome en el sofá sin que estuviera tumbado a mi lado, viendo una película sin sus comentarios... En muchísimos aspectos, sí.

Y que me ocurriera eso me daba miedo y me gustaba a partes iguales.

Me daba miedo porque nunca me había sentido así, tan abierta emocionalmente a alguien, como si me estuviera exponiendo un poco más de lo acostumbrado a ser un blanco fácil.

Pareció que iba a decir algo, pero no hacía falta. No necesitaba oírlo. Lo agarré de los cordones de la sudadera y tiré hacia mí. Todo su cuerpo se tensó por la sorpresa cuando pegué mis labios a los suyos, y al separarme de él, no me atreví a mirarlo, así que lo abracé con fuerza y escondí la cara en su cuello. Incluso había echado de menos su olor. Madre mía, ¿qué me pasaba?

Sonreí a Will por encima de su hombro, y él me revolvió el pelo justo cuando Jack me devolvía el abrazo.

Naya, por cierto, tenía la boca abierta de par en par.

Will me sonrió y asentimos a la vez con la cabeza. A veces, me recordaba tanto a Spencer... Bueno, a una versión mejorada de Spencer que no me tiraba cereales de chocolate al pelo cuando se enfadaba conmigo.

—¿Qué tal estaban tus padres? —me preguntó mientras Jack se separaba de mí para dejarme hablar con ellos.

Seguía sin atreverme a mirar su reacción, por cierto.

—Muy bien. —Sonreí—. Me han tratado mejor estos dos días y medio que durante toda mi vida.

—Es lo que tiene que te echen de menos —dijo Sue.

—Gracias por venir —dije, sonriéndole.

Ella me miró, incómoda, y frunció el ceño. No estaba muy acostumbrada a que la gente le agradeciera cosas.

—Bueno... —Jack se frotó las manos—, ¿vamos a casa?

—Por favor —murmuré—. Las lentillas me están matando.

Habían venido en el coche de Jack. Miré sus pegatinas con una sonrisa y me senté en el asiento del copiloto mientras me quitaba el abrigo. Él parecía genuinamente feliz mientras encendía el motor. Me miró, sonrió y aceleró.

—¿Y qué habéis hecho estos días? —pregunté, mirando a los demás.

—Mi padre vino de visita —me dijo Naya, sonriente—. Quería ver dónde estudio y todo eso. Will y yo cenamos con él, y Chris.

—También fuimos a una exposición de la madre de Ross —me dijo Will.

—Sí, y lo primero que hizo al ver a Ross fue preguntarle dónde estabas —dijo Naya, divertida.

—Antes solo preguntaba por mí —protestó él—. Me siento sustituido.

—Si te consuela —lo miré—, mi familia me preguntó más por ti que por mí.

Una sonrisa petulante le iluminó la cara.

—¿En serio?

—Me hubiera gustado ir a la exposición —dije, desviando el tema de nuevo. Me daba vergüenza admitir que había estado hablando de él con mi familia.

—Ya podrás ir a las otras cincuenta que organiza siempre —me aseguró Jack—. Cada una más aburrida que la anterior.

—¿Y qué has hecho tú por tu dulce hogar? —Naya me sonrió—. ¿Algo interesante?

—Pasé la mayor parte del tiempo con mis padres y mis hermanos.

Seguía sin hablar de Monty. No quería hacerlo. Ellos no parecieron darse cuenta de la omisión. Exceptuando a Jack, que me miró de reojo.

No sé si me gusta o no que nos conozca tanto, Jenny.

Ya en el edificio, nos cruzamos con Agnes, que me saludó y me preguntó cómo me había ido, si mis padres estaban bien...; en fin, lo típico. Como siempre, fue muy simpática conmigo. Se despidió de nosotros y nos dijo que Mike acababa de llegar a casa.

Efectivamente, estaba sentado en el sofá bostezando. Cuando nos oyó llegar, se puso de pie y, para mi asombro, vino a darme un abrazo levantándome del suelo. Estaba tan sorprendida que no supe corresponderle. Jack lo miraba con los labios apretados.

—Por fin —suspiró, separándose de mí y dejándome en el suelo—. La apaciguadora.

—¿La... qué?

—Me he dado cuenta de que el humor de tu novio varía en función de si estás con él o no. —Sonrió ampliamente—. Al menos, ahora no querrá matar a todo el mundo.

Me puse roja sin saber muy bien por qué. Jack suspiró y lo empujó ligeramente hacia el sofá, diciéndole que se dejara de tonterías.

Me metí en la habitación y me cambié de ropa. Ponerme mi pijama —es decir, la ropa de Jack— y mis gafas me hizo sentir en el cielo. Qué descanso... Estaba tan contenta... Pero mi felicidad se truncó al salir de la habitación y ver que Lana había aparecido por casa.

Me miró de reojo, pero yo no dije nada. No quería llevarme mal con ella. No esa noche, al menos. Solo quería estar bien con todo el mundo. Y eso la incluía a ella. Especialmente si era amiga de Jack, porque eso significaba que tendría que verla a menudo y no quería que él se sintiera incómodo.

—Ahora que lo pienso... —Me detuve cuando iba a sentarme—. Tengo una sorpresita para vosotros.

—¿Es comida casera? —preguntó Sue, relamiéndose los labios.

—Efectivamente.

Sonreí, levantando dos fiambreras que mi madre me había metido en la mochila.

—Galletas de mi padre. Su receta especial. Y..., madre mía, ¿cuántas cosas más me ha metido...?

No había terminado de decirlo cuando Jack ya me había quitado la fiambrera de las galletas de las manos. Todos se lanzaron sobre él como gaviotas para robarle. Will fue el único que, al cabo de cinco minutos de discusión, se la quitó de las manos y me la devolvió.

—Las galletas son de Jenna —les dijo, como si fueran niños pequeños.

—¡Son de todos! —protestó Mike.

—¡Eso! —le dijo Sue.

Will los ignoró y me dio la fiambrera.

—El único caballero que hay aquí —dije, mirando fijamente a los dos hermanos que se peleaban por un sitio en el sofá. Se detuvieron para ponerme mala cara, ofendidos.

—Oye, yo también soy muy caballeroso —protestó Mike.

—Y yo —dijo Jack con cara de indignación absoluta.

—No me lo puedo creer. —Naya se llevó una mano al corazón—. Es la primera vez en años que están de acuerdo en algo.

Los dos dudaron un momento, se miraron y se pusieron cada uno en un extremo del sofá, incómodos. Sonreí y me senté en medio. Dejé la fiambrera en la mesa y todo el mundo cogió galletas. Ya iban por la mitad cuando me fijé en que Lana no había comido ninguna. Solo miraba a los demás con el ceño fruncido.

—¿No tienes hambre? —le pregunté.

Me miró con cierta desconfianza.

—Si me como eso, engordaré cien kilos.

—Son integrales —le aseguré—. Mi madre está a dieta. O lo intenta, al menos. Obliga a mi padre a no cocinar cosas con muchas calorías.

Le ofrecí la fiambrera.

No estaba segura de por qué estaba siendo amable con ella. Después de todo, ella no lo había sido demasiado conmigo. Sin embargo, sentí que era inútil llevarnos mal. No pensaba comportarme como una niña de diez años.

Ella dudó visiblemente. Después, como si hubiéramos firmado un pacto de paz temporal, me dedicó una pequeña sonrisa —la primera sonrisa real que había visto en su cara— y cogió una galleta.

—Ahora que lo pienso —dijo Naya, mirando su galleta—, ¿no estábamos a dieta, Jenna?

—Estabais, en pasado —dijo Jack.

—Oh, no..., ¡dime que no te la has saltado durante estos dos días y medio!

Dudé un momento cuando todo el mundo me miró.

—Eh...

—¡No me lo puedo creer!

—¡Si tú estás comiendo galletas! —le dijo Jack, frunciendo el ceño.

—¡Integrales!

—¿Y crees que por eso no engordan?

—¡No la defiendas, Ross, no se merece defensores!

—¡Era el cumpleaños de mi madre! —intenté justificarme torpemente.

—Qué traición —repitió, poniéndome cara amarga.

—Lo siento, Naya, soy débil. —Suspiré—. Me declaro oficialmente fuera de la dieta.

—Bienvenida al mundo de la felicidad otra vez. —Jack me sonrió.

—¿Eso quiere decir que no tendré que ver bolsas de ensalada cada vez que abra la nevera? —preguntó Sue—. Me estaban deprimiendo bastante.

—¡Solo llevábamos unas semanas, traidora!

—Me sorprende que haya durado más de una hora, la verdad —confesé.

—Pero... —Will la miró—, ¿ayer no cenamos hamburguesas, Naya?

Ella lo pensó un momento. Tras unos segundos, su expresión pasó de la indignación total a una sonrisa inocente.

—Oh, bueno, sobre eso..., sí, creo que es hora de terminar con la dieta.

Le tiré una galleta a la cara, que rebotó en el regazo de Mike mientras ella protestaba. Mike se la comió tranquilamente, ignorándonos.

Nos pasamos casi una hora probando la comida que mis padres me habían metido en la maleta. Con razón me pesaba tanto. Yo dejé de comer la primera. Después de todo, había estado con ellos tres días y había tenido más que suficiente. Ellos también tenían derecho a disfrutar. Lana fue de las que más comieron. Incluso se relamía los labios. Jack y Mike parecían pisarle los talones.

Eran como dos pozos sin fondo. Y ninguno de los dos engordaba por mucho que comiera. Otra cosa que tenían en común. Otra entre otras muchas, aunque no quisieran admitirlo.

A la hora de irse a dormir Naya decidió volver a la residencia. Mike siguió en el sofá mientras los demás se despedían de Lana. Ella, como siempre, abrazó a todos, menos a Sue y a Mike. Sin embargo, cuando se acercó a mí, también me abrazó. Nunca lo había hecho. Estaba tan sorprendida que no respondí de inmediato y terminé dándole una palmadita en la espalda, confusa.

¿Era un plan maligno o se había levantado de buen humor? Qué misterio.

Las galletas de tu padre hacen milagros.

—Pues... —Will se estiró cuando Lana y Naya se marcharon—. Creo yo que me voy a la cama.

—Sí, marchaos —murmuró Mike—. Que quiero llamar a una amiga y me molestáis.

—No te traigas a nadie a mi casa —le advirtió Jack—. Y menos a mi sofá.

—He dicho *llamar* —le dijo, indignado—. ¿Quién te crees que soy?

—Sé quién eres. Por eso te lo digo.

Hubo un momento de silencio. Mike miró su móvil con expresión inocente.

—Vaaaaale, no la traeré.

—Así me gusta.

—Esto es injusto, ¿por qué tú puedes hacer lo que quieras con Jenna en tu habitación y yo no puedo traer a una chica al sofá?

Intenté retroceder hacia el pasillo, avergonzada. Jack se limitó a ignorar a su hermano mientras me seguía a la habitación. Allí, se me pasó la vergüenza que me había provocado Mike cuando me dejé caer en la cama. Era tan cómoda...

—¿Te reirías de mí si te digo que me he acostumbrado tanto a dormir aquí que me he sentido rara en mi propia cama? —mascullé, mirándolo.

Él sonrió de medio lado, pero no dijo nada.

—Oh, se me olvidaba.

Me incorporé rápidamente.

—Tengo tu dinero del vuelo.

—No me lo des.

—Pero...

—Es un regalo de Navidad adelantado.

—¿Otro? —Enarqué una ceja.

—Es de mala educación rechazar un regalo, Michelle.

Le tiré una almohada a la cabeza al instante, haciendo que él se riera abiertamente de mí.

—No vuelvas a llamarme así.

—Vale, Mich... ¡Vale! —Levantó las manos en señal de rendición cuando le amenacé con tirarle mi propio móvil—. Sí que debes odiarlo. Estabas dispuesta a sacrificar tu móvil. ¿Por qué no te gusta?

—Oh, ¿a ti te gusta?

—Es original. —Se encogió de hombros.

Dudé un momento. A él le brillaron los ojos por la curiosidad, como siempre que me quedaba en silencio.

—¿Acaso tiene una historia humillante, profunda y divertida detrás, Michelle?

—Como vuelvas a llamarme así...

—Vale, vale, pero quiero oír esa historia.

Esperó pacientemente, como un niño por una golosina. Repiqueteé los dedos en mi estómago, un poco abochornada.

—Cuando era pequeña, me avergonzaba cualquier cosa. Y cuando digo que me avergonzaba cualquier cosa, quiero decir que mi cara se ponía totalmente roja. Sobre todo cuando los profesores me llamaban en clase. Siempre usaban mi nombre completo. Siempre. La cuestión es que un día estábamos hablando de la película *Mulán*, la chica que se metió en el ejército para...

—Sé quién es Mulán.

Puso los ojos en blanco.

—Bueno, el profesor se equivocó y me llamó Mushu en lugar de Michelle. Desde entonces, todo el mundo empezó a llamarme así al ponerme roja.

Me miró unos segundos y pude ver en sus ojos la risotada que estaba reprimiendo.

—¡No es gracioso! —protesté.

—Mushu es un personaje entrañable, Michelle, no hay de qué avergonz...

—Vuelve a llamarme Michelle y...

—¿Y qué harás, Michelle?

—Me iré a dormir con tu hermano.

Se detuvo al instante, levantando las manos en señal de rendición.

—Vale, vale. —Apretó los labios, intentando no reírse con todas sus fuerzas—. No te pongas así. No me estaba riendo.

Suspiré y me incorporé, yendo hacia la maleta.

—¡No me he reído! —protestó, ofendido.

—No es eso, tonto.

—Tonto —repitió, y esta vez sí que se rio—. Mira que me han llamado cosas, pero nunca tonto.

—Pues eres un tonto.

—Qué madura, Mich...

Se detuvo en seco cuando lo miré.

—No sé si sentirme ofendido por lo de tonto o no —dijo, volviendo al tema.

—Pues cada vez que me llames Michelle, te llamaré tonto.

Cogí la bolsa que buscaba en mi maleta.

—Tengo una cosa para ti —le dije con una pequeña sonrisa.

Entornó los ojos cuando me vio escondiendo algo detrás de mi espalda.

—Espero que no sea una bomba por haberte llamado Michelle.

—No es una bomba.

Puse los ojos en blanco.

—Vale. No es una bomba. —Se incorporó, quedándose sentado en el borde de la cama—. ¿Qué es? ¿Un conjunto sexi?

—¿Eh?

¿En serio me estaba volviendo a poner roja?

—¡No!

—Ya no me apetece tanto verlo, entonces.

Suspiré y le enseñé la bolsa. Él pareció confuso mientras la cogía y la inspeccionaba con detenimiento.

—¿Un regalo? —preguntó, confuso, viendo el papel plateado de la envoltura.

—No te di nada por tu cumpleaños —le recordé.

—Oh, sí me lo diste.

Sonrió perversamente.

—¡Jack!

—El mejor regalo de mi vida.

—¡Solo... ábrelo!

Él pareció bastante entusiasmado mientras destrozaba el papel que tanto me había costado que quedara bien. Cuando terminó de hacerlo, sostuvo en alto su regalo. Durante un segundo, no entendió nada. Después entreabrió los labios.

—¿Es...?

Estaba tan sorprendido que no terminó la pregunta.

—Una primera edición de un cómic de Thor. —Sonreí, nerviosa—. Me dijiste que te gustaba Thor, ¿no?

Me miraba entre la confusión y el asombro. Mi sonrisa empezó a esfumarse.

—¿No te gusta? —pregunté, algo desilusionada.

—¿D-de dónde lo has sacado?

¡Por fin era él quien tartamudeaba!

—A mis hermanos mayores les gustan los cómics, ya te lo dije. Spencer lo tenía en su habitación. Tuve que limpiarle el coche, pero valió la pena. Me dijo que prefería que lo tuviera alguien que supiera apreciarlo.

Estaba pasando las páginas. Todavía tenía la boca entreabierta.

—Puedo cambiar de regalo si no te ha gustado —añadí, confusa.

Con lo que me había costado limpiar ese maldito coche...

—Claro que me gusta. —Por fin reaccionó y me miró—. Me siento halagado. Limpiaste un coche para hacerme feliz. Es lo más romántico que han hecho por mí.

—Pues sí que han hecho pocas cosas románticas por ti.

Sonreí, divertida.

—No suelo recibir muchos regalos —dijo, cerrando el cómic de nuevo.

—¿Ni en Navidad?

—Oh, sí, de mis padres, pero no es que me conozcan mucho como para hacerme un regalo que me guste.

—¿Y qué te regalan? —pregunté, confusa.

—Un año me regalaron un coche —murmuró, dejando el cómic en la mesita de noche. Cuando se giró y me vio con la boca abierta, pareció divertido—. ¿Qué?

—¿Un coche es poca cosa? —pregunté con voz aguda.

—No es que no me gustara, pero...

—¿Hay «peros»? ¡Te regalaron un coche! ¡Un maldito coche! ¡A mí me regalan calcetines! ¡Y feos!

—No es cuestión del precio del regalo, sino de su implicación emocional.

Eso me dejó descolocada un momento. Nunca me había detenido a pensar en la posible implicación emocional que pudiera tener un regalo de mis padres.

Él me devolvió a la realidad cuando extendió su mano hacia mí. La acepté y dejé que me arrastrara hacia él.

—Así que un beso en público. —Sonrió perversamente—. No sé si estaba preparado para que me sacaras del armario.

—Oh, vamos, no estabas en ningún armario.

—Claro, señora Ross-en-público-Jack-en-privado.

Apreté los labios, pero él parecía estar de buen humor.

—Te he llamado Jack y te he besado delante de los demás. Supéralo.

—Oh, me va a costar superarlo, te lo aseguro.

Hizo una pausa para rodearme con sus brazos y sentarme en su regazo con expresión juguetona. Me quedé sentada sobre él.

—¿Eso significa que ya no tengo que contenerme en público?

No le respondí. No me apetecía seguir hablando. Me apetecían... ejem... otras cosas.

Me incliné hacia él y le agarré la cara con ambas manos. Me correspondió al beso enseguida. Me gustaban sus besos. Siempre eran diferentes. Ese en concreto fue más profundo que de costumbre. A pesar de que hubiera estado gastando bromas todo el rato, quizá sí que me había echado de menos.

Noté sus labios en la comisura de mi boca, bajando por mi garganta y sus manos subiendo por mi espalda. Cuando se detuvo en el sujetador, el mismo dolor que había sentido esa mañana me recorrió todo el torso. Y eso que ni siquiera había tocado el golpe. Era como si mi propio cuerpo me recordara lo que había pasado.

Por supuesto, notó que me tensaba. Se separó un poco, confuso.

—¿Qué ocurre? —preguntó.

El golpe. Se me había olvidado. No era muy grande, pero si lo veía..., no sabía muy bien cómo iba a explicárselo.

—Nada —mentí—. Tengo la regla.

Él me observó un momento. Obviamente, sabía que mentía. Siempre lo sabía. Era peor que mi hermana.

—¿Qué pasa, Jen? —repitió, y su tono de voz cambió a uno menos relajado.

Suspiré. Debía practicar más para aprender a mentir sin que se me notara.

—Es una tontería... —empecé a decir, intentando besarlo otra vez, pero me detuvo echándose un poco hacia atrás.

Nuestra primera cobra asesina.

—¿Qué tontería?

—Ninguna. Olvídalo.

—¿Por qué no quieres quitarte el jersey? —preguntó, entornando los ojos.

—Me he tatuado tu cara —bromeé.

—Jen...

No pareció hacerle mucha gracia.

Pero ¿cómo podía saber que era algo malo? ¡Si estaba disimulando bien!

No, no estás disimulando bien, querida.

—¿Y bien? —preguntó.

—Para —le advertí, a la defensiva.

Él frunció el ceño cuando me puse de pie. No quería enseñarle el golpe. No quería volver a pensar en Monty, ni en Nel, ni en nada que tuviera que ver con ellos. Y no quería pagarlo con Jack.

—Así que es algo malo —concluyó por mí, sin moverse.

—No —le solté de malas maneras.

—Jen...

—No es problema tuyo, ¿vale?

—Tú eres problema mío.

Suspiré. ¿Cómo se las arreglaba para parecerme tierno incluso en un momento así? ¿Y cómo me las arreglaba yo para ser una imbécil cuando él se portaba tan bien conmigo? Me enfadé conmigo misma.

—Enséñamelo —me pidió en voz baja.

Lo miré, dudando, y luego asumí que lo vería en algún momento, así que me subí el jersey hasta la altura del sujetador. Ahí, justo debajo de mis costillas, se veía la zona roja y azulada. Me pareció más grande que la última vez que la había mirado, aunque quizá era por la expresión de Jack, que se había oscurecido.

—¿Contento?

Me bajé el jersey de nuevo, entre avergonzada y enfadada.

—¿Tengo cara de estar contento?

—Tampoco es para tanto —dije, poniendo los ojos en blanco.

Me dedicó una mirada que, probablemente, me hubiera asesinado de haber sido posible. Nunca me había mirado así. No me gustó lo que sentí. Quería que me mirara como siempre. Aunque no me lo mereciera.

—¿Que te den un puñetazo no es para tanto? —preguntó en voz baja.

—¿Cómo sabes...?

—He visto suficientes lesiones por puñetazos como para ser capaz de saber que te han dado uno —me cortó.

—Yo también le golpeé. Le di una bofetada.

—¿Por qué? —Enarcó una ceja.

Dudé un momento, tragando saliva.

—Intentó besarme —mascullé.

¿Por qué me sentía como si estuviera en un interrogatorio? Tragué saliva de nuevo. Se me estaba formando un nudo en la garganta.

—Yo también le golpeé —repetí, viendo que su expresión no cambiaba.

Quizá eso fue como pulsar un botón para que perdiera la paciencia, porque agachó la cabeza apretando los labios y, cuando volvió a levantarla, vi el enfado creciendo lentamente.

—¿Por qué demonios sigues defendiéndolo? —me preguntó, poniéndose de pie—. Destrozó tus cosas, te ha dado un puñetazo y... no quiero saber qué más ha hecho. ¿Qué más necesitas para ver que es un puto imbécil?

Parpadeé, sorprendida.

Nunca había usado palabrotas así. Di un paso atrás, intimidada, como solía hacer con Monty. Pero él no era Monty. No se acercó a mí en ningún momento. Solo me miraba, enfadado.

—Todos la hemos cagado alguna vez —murmuré.

—Venga ya, Jen. Eso no es cagarla, eso es ser un... —se interrumpió a sí mismo—. No me puedo creer que sigas defendiéndolo.

—¡No estoy defendiéndolo! —dije, indignada, recordando que mi padre me había dicho exactamente lo mismo.

—¡Estás justificando que te golpeara! —me dijo, furioso—. ¿No te das cuenta de lo enfermo que es eso?

—Pero...

—¡No tiene justificación! ¡No la hay! ¡Te ha golpeado! ¡Y tú sigues sin entender lo grave que es!

—¡No es...!

—¡No me digas que no es tan grave! —Cerró los ojos un momento—. ¿Y no se te ocurrió pedir ayuda a nadie? ¿Estabas sola con él?

—Sí...

—¿Por qué demonios estabas sola con él sabiendo cómo es?

—¡Porque puedo defenderme sola! ¡Sé... sé dar puñetazos!

—¡Puedes saber hacer movimientos perfectos de kárate sin que sirva para nada porque, a la hora de la verdad, no los usas!

—¡Puedo defenderme sola! —repetí, furiosa.

—¡No, no puedes! ¡Al menos, no con él! ¡Te escondes detrás de esa fachada de chica dura, pero, en realidad, cuando él te trata mal te conviertes en su sumisa!

—No me llames sumisa, Jack.

—¡No te comportes como si lo fueras! ¡Estabas en una relación tóxica, por Dios! ¡Date cuenta de una vez!

—¡No era una relación tóxica!

—¿Has buscado alguna vez la definición de relación tóxica, Jen? Creo que podría ilustrarte bastante.

El hecho de que lo dijera como si fuera idiota hizo que me avergonzara y enfadara todavía más.

—Te recuerdo que era mi relación, Ross, no la tuya.

—Oh, ¿ahora soy Ross otra vez?

—¡Sí!

—¿Por qué? ¿Por intentar abrirte los ojos?

—¡No necesito que me abras los ojos, no soy una idiota!

—¡No, no lo eres, pero cuando hablas de Monty, te comportas como si lo fueras!

—¿Por qué? ¿Porque te pones celoso?

Las palabras salieron antes de que pudiera retenerlas. Me arrepentí al instante.

Me miró un momento en silencio y sentí que se me secaba la boca. Odiaba que me mirara así. Esa mirada de decepción y enfado hacía que me sintiera peor que recibir mil puñetazos de Monty en las costillas.

—Lo siento, no quería decir...

—Pues sí —me interrumpió—. Es precisamente por eso.

Me quedé muda por un momento. Me miraba fijamente, sin titubear. Y noté que mi corazón empezaba a palpitar con fuerza.

—Me gustas, ya lo sabes. —Suspiró—. Por eso no soporto verte así. Antes pensaba que era por el simple hecho de verte con él, pero no es eso. Es mucho más. Podría vivir sabiendo que estás con alguien que te hace feliz, pero esto... no puedo, Jen. No puedes obligarme a ver cómo te haces esto a ti misma..., cómo dejas que te hagan eso..., y fingir que no me importa.

Durante un momento me había quedado sin habla, pero la última frase me hizo reaccionar.

—¿Dejar que me hagan eso? —repetí en voz baja.

—Dejar que te trate así. —Sacudió la cabeza—. ¿Por qué dejas que lo haga?

Dudé un momento. Se me estaba formando un nudo en la garganta. Oh, no.

—No lo sé —admití en voz baja, y me di cuenta de que era verdad.

¿Por qué seguía defendiendo a Monty? ¿Por qué no me había defendido a mí misma? Hubiera podido hacerlo. Pero no lo había hecho.

—¿Crees que eso es lo mejor que puedes tener? —preguntó, acercándose un paso hacia mí—. No es así. No te mereces que te traten mal. Nadie se lo merece.

—Ya no estoy con Monty —murmuré, un poco confusa.

—Y si viniera, llamara a la puerta y se pusiera a llorar y a suplicarte que le perdonaras..., ¿qué harías? ¿No volverías con él?

—No. —Ni siquiera lo pensé.

—Venga ya, Jen.

—¡Es verdad!

—Imagínate que hubiera venido hace un mes y lo hubiera hecho, ¿no habrías vuelto con él enseguida?

—No sé qué habría hecho hace un mes, pero sé lo que haría ahora. Y ahora le diría que no.

—¿Y eso cómo lo sabes?

—¡Porque ya me lo ha pedido! Ya ha intentado que vuelva con él. Y le dije que no.

Jack se quedó mirándome un momento.

—Porque... me gustas tú, no él —añadí en voz baja.

No me atreví a levantar la cabeza.

Me había gustado algún que otro chico en mi vida, pero jamás me había atrevido a decírselo. Jamás. Era mi primera declaración.

Como salga mal, el trauma va a ser bonito.

Lo miré cuando pasaron unos segundos sin que ninguno de los dos dijera nada. Él me observaba y, a la vez, no me veía. Seguro que estaba pensando a toda velocidad, como siempre. Y, también como siempre, no terminaba de entender su expresión facial. Era extraño que fuera tan abierto para algunas cosas, y, para otras..., fuera tan difícil de leer.

—¿Le dijiste eso? —Su tono de voz culpable me sorprendió.

—¿Cómo?

—¿Te golpeó porque le dijiste que te gustaba yo?

Oh, no. Mi corazón se fundió. Se sentía culpable. No, no era culpa suya. No tenía nada que ver.

—Jack...

—¿Te duele? —me interrumpió.

Negué con la cabeza. Me había dejado de doler esa mañana.

—¿Quieres que haga algo? —preguntó—. Si me dices que no, intentaré no hacerlo, pero si me dices que sí...

—Solo quiero olvidarme de Monty. Ya lo he denunciado en comisaría con mi padre antes de subir al avión. En cuanto han visto el golpe, se lo han creído todo. Y me han dicho que tenía antecedentes de peleas. Al final..., bueno, básicamente me han dicho que tenía que esperar un poco, pero que podía contar con que un juez emitiría una orden de alejamiento contra él. Es... un alivio.

Jack asintió una vez con la cabeza. Se me hacía extraño que alguien que no fuera de mi familia intentara protegerme. Era una sensación... agradable.

—Y sí, era una relación tóxica —admití a regañadientes—. ¿Contento? Ya lo he dicho.

—Sí, contento.

Sonrió un poco.

—Siento haberlo defendido —masculló.

—No pasa nada.

—Y siento haberte llamado Ross.

Nunca creí que me disculparía con él por eso.

—Siento haberte gritado —refunfuñó.

—Me lo merecía un poco, has hecho que reaccionara.

Él no lo negó, aunque ya no parecía enfadado.

—Vamos, deberías ponerte hielo —me dijo tras suspirar.

—Ya no me duele.

—¿Cuántas veces tengo que decirte lo mal que mientes para que dejes de hacerlo?

—¿Cuántas veces me dirás eso, pesado?

—Todas las que hagan falta.

Desapareció un momento y, cuando volvió, traía un poco de hielo en un trapo. Me miró, esperando pacientemente, y yo me quité el jersey, y me quedé en sujetador. A esas alturas, probablemente conocía mi cuerpo mejor que yo. Ya ni siquiera me daba vergüenza. Me colocó con cuidado la bolsa donde tenía el golpe y me estremecí.

—Ay, está muy frío —me quejé, sujetándolo.

—Vaya, yo que creía que el hielo estaba caliente, Mushu...

Lo miré con mala cara.

—¿Qué me has llamado, Jack Ross?

—Te merecías que te llamara así al menos una vez.

—¡La última! —exigí.

—Como desees —me aseguró enseguida, divertido, pero los dos sabíamos que no era cierto.

Y, así, todo volvió a la normalidad. Era tan fácil hacer las paces con él...

Me quedé tumbada en la cama y él se acostó a mi lado. Por un momento, nos quedamos los dos mirando al techo. Después noté que me pasaba un brazo por encima del hombro y me acurruqué contra él, sujetando el hielo. Él me besó en el pelo. Me recordó la primera vez que habíamos dormido abrazados.

—Mushu —reflexionó en voz alta—. La gente de tu clase no era muy original.

—Bueno..., él es rojo y yo me ponía roja...

—Solo un genio podría llegar a esa conclusión.

Me incorporé un poco para mirarlo con los ojos entornados.

—¿Y tú eres más original poniendo apodos que ellos?

—Quizá no sea más original, pero soy mejor.

—Muy bien, ¿cómo me llamarías tú?

—Mi novia.

Mi corazón se detuvo un momento.

¿Acababa...?

Lo ha hecho.

No, no..., no lo ha hecho, no es posible...

Que te digo que sí lo ha hecho.

Pero...

¡Responde de una vez!

—Bueno —sonrió—, no esperaba un sí instantáneo..., pero tampoco un silencio absoluto acompañado de una cara de horror.

—Yo...

Me había quedado muda. Cerré los ojos un momento, volviendo a la realidad.

—¿Un sí instantáneo? —Necesitaba que lo confirmara—. ¿A qué, exactamente?

—Tú sabes a qué.

Parpadeé mientras él suspiraba.

—Mira, no tienes por qué decírmelo ahora. Puede que me haya precipitado.

—Jack...

—Quiero decir... que tenemos tiempo de sobra. Nos vemos, literalmente, cada día.

—Jack, escúchame...

—Y acabas de salir de una relación, si no estás preparada lo entiendo; es decir... eh... Sí, me he precipitado demasi...

—Jack. —Le sujeté del mentón con una mano, atrayendo su atención—. Cállate. Sí.

Su expresión fue de estupefacción total y absoluta durante unos segundos.

—¿Sí?

—Sí —repetí, y me salió una sonrisa sin querer—. Claro que sí, tonto.

Me incliné sobre él y uní nuestros labios. El hielo quedó abandonado a un lado. Él hundió una mano en mi pelo mientras yo me dejaba llevar lentamente. Cuando me separé, me dedicó una amplia sonrisa de felicidad absoluta.

—Esto es lo tercero mejor que me ha pasado hoy.

—¿Lo tercero? —Una de mis cejas se disparó hacia arriba.

—He bebido una cerveza y he aprobado un examen —me dijo, muy serio—. Hay cosas en la vida que son difíciles de superar, Mushu.

Cuando le puse mala cara, se empezó a reír.

—¡Has dicho que sería la última vez!

—Vale, esta vez sí era la última.

—¿Lo prometes?

—Claro que no.

19

El campeón de *jiu-jitsu*

—Entonces... ya es oficial, ¿no?

Mordí la tostada para ganar tiempo y no tener que responder de inmediato. Tenía las miradas de Mike, Sue, Naya y Will clavadas sobre mí.

—Ejem... —Me aclaré la garganta ruidosamente, avergonzada—. Bueno, supongo que... que sí.

Naya soltó un chillido de emoción que casi hizo que Sue se cayera de culo al suelo.

—¡No chilles, loca! —le espetó, irritada.

—¡Por fin! —Naya le dio un manotazo a Will, emocionada—. ¿Te acuerdas de cuando los presenté y te dije que terminarían juntos? ¡Tenía razón!

Él arrugó la nariz.

—*Yo* dije eso. A ti te daba miedo que Ross la espantara.

—Cállate. —Naya me sonrió—. Lo dije *yo*.

—Sí, claro. —Negué con la cabeza, divertida.

—Entonces... —Mike me señaló con una tostada—, ya es oficial, somos cuñados.

—Sí, yo diría que sí.

—Qué lástima. Nuestro romance nunca podrá ser.

—No había ningún romance —recalcó Jack, apareciendo con cara de sueño por el pasillo.

Mike lo miró con mala cara.

—Eso te dice a ti para que no llores. Pero había química.

Jack lo ignoró y me puse colorada cuando se acercó por detrás de mí y me rodeó con los brazos para besarme justo debajo de la oreja. Seguía llevando la ropa de deporte y notar sus manos en mi estómago hizo que casi se me atragantara la tostada.

Miré a los demás, avergonzada, y los descubrí a todos girados en nuestra dirección. Naya tenía una sonrisa de oreja a oreja; Sue, una mueca de asco.

—Por fin nuestro querido Ross ha sentado la cabeza —canturreó Naya, feliz—. Nunca pensé que viviría para ver este milagroso día.

—Cállate —le dijo Jack, poniendo los ojos en blanco, y luego robó algo de comer.

—¿No deberíamos celebrar esto? —sugirió Naya, mirando a Will—. Podríamos ir al cine, o a cenar, o...

—¿Al cine? —Sue puso cara de horror—. Dejaos de tonterías y vayamos a emborracharnos.

—Siempre pensando en pecado... —Mike negó con la cabeza.

—Como si tú no lo hicieras.

Él le sonrió ampliamente.

—Sí, la verdad es que lo hago.

—Bueno, cada semana hay fiesta en la fraternidad de Lana —replicó Will, dudando—. Pero no sé si es...

—Es el plan perfecto —lo cortó Mike—. Ahí siempre encuentro a alguien con quien liarme.

—Qué romántico. —Naya le puso mala cara.

Empezaron a hablar entre ellos y noté que Jack me miraba de reojo.

—¿Tú quieres ir? —preguntó.

—Sí, claro. ¿Por qué no?

Pero notó la duda en mi voz casi al instante. Dejó de comer para fruncir el ceño, revisándome la cara con los ojos.

—¿Qué?

—Nada, es que... ¿crees que a Lana le hará mucha gracia que... mmm...?

—¿Que estemos saliendo? —Enarcó una ceja, sonriendo.

—Sí, eso.

—¿Sinceramente? Me importa un bledo.

—Pero...

—Además, el otro día vi que no intentabais mataros con la mirada. ¿Eso no significa que ya os lleváis bien?

—Bueno, le ofrecí galletas de mi padre. No hay mejor ofrenda de paz.

—Pues arreglado. —Me dio un beso en el mismo punto que antes—. Ve a ducharte y te llevaré a clase.

Las clases se me hicieron un poco aburridas, pero al menos había conseguido hacer un grupo de compañeros con los que me llevaba bien. Especialmente con uno llamado Curtis —el que una vez había usado de excusa—, que se lo pasaba genial hablando del culo de nuestro profesor de Técnicas de Expresión. De hecho, todavía estaba hablando de ello cuando nos despedimos en la salida del edificio. Estaba lloviendo otra vez.

Dudé un momento, pensando en si llamar a alguien, cuando de pronto reconocí el coche de Jack al otro lado de la calle. Sonreí ampliamente, me acerqué corriendo y me deslicé a su lado. Él ya había puesto la calefacción.

Y... llegó el momento de la verdad. Ahora estábamos saliendo, y se suponía que las parejas que salían se daban un beso al verse... ¿no?

Envalentonándome un poco, me incliné hacia delante y le di un beso en la comisura de los labios. Él esbozó una sonrisita divertida.

—Yo también me alegro de verte, Jen. ¿Qué tal tu día?

—Aburridísimo —murmuré—. ¿Qué tal tu examen?

Si no recordaba mal, hoy tenían que darle una nota importante. Esbozó una sonrisita pedante.

—¿Hace falta que lo preguntes?

—Me caes tan mal cuando todo se te da bien...

—Sobreviviré.

Arrancó y miré mi móvil. Shanon me había mandado un mensaje pidiéndome actualizaciones. Esbocé una pequeña sonrisa y le conté lo que había pasado anoche. Bueno, los detalles que quería que supiera. Los de tener novio y todo eso. Lo demás era mejor no contárselo a mi hermana. Qué vergüenza.

—¿Estás segura de que quieres ir a la fiesta luego? —me preguntó Jack, sacándome de mis cavilaciones.

—¿Tú no quieres?

—La verdad es que a mí me da bastante igual.

—Qué sorpresa —ironicé.

Sonrió y decidió cambiar de tema.

—Will me ha pedido que fuera a buscar algo de cenar. ¿Qué te apetece?

—Mmm..., quiero...

—Cualquier cosa menos pizza barbacoa, te lo advierto.

Le puse mala cara.

—¿Qué tienes en contra de esa pizza? Es genial.

—Es asquerosa.

—¡Pues es mi favorita!

—Lo sé. Nadie es perfecto.

Sonrió al parar el coche delante de una pizzería. Me pidió que lo esperara ahí y no tardó en meterse en el restaurante. En cuanto desapareció, marqué el número de Shanon.

—Deduzco que ahora estás sola —me dijo nada más descolgar.

—Se nota que me conoces.

—Bueno, entonces, ¿qué? ¿Ya tienes novio otra vez?

—No salía con Monty desde hacía un tiempo.

—Ya me entiendes.

La dejé en suspense unos segundos, divertida.

—¡Jenny! —protestó.

—Sí, estoy saliendo con él —dije finalmente.

—¿Oficialmente?

—Oficialmente.

—¡MAMÁ!

Di un respingo cuando se alejó el móvil para gritar.

—¡Tu hija y su novio ya son oficiales!

Escuché el chillido emocionado de mi madre y puse mala cara.

—¡Shanon!

—Lo siento, me comprometí a mantenerla informada.

—¡Al menos podrías haber esperado a que colgara!

—¡La pobre mujer estaba ahogada en sus propios nervios, Jenny! Y Spencer y papá también querían saberlo.

—¿Y por qué nunca me lo preguntan a mí?

Ella suspiró y supe que iba a decirme algo que no iba a gustarme.

—¿Qué? —me impacienté.

—No te me ofendas, hermanita, pero eres más complicada que un ejercicio de matemáticas.

—Hay ejercicios de matemáticas muy fáciles —me enfurruñé.

—Pues tú eres uno de esos que el profesor manda de deberes porque no sabe resolverlo en clase.

—Vaya, muchas gracias.

—Bueno, ¿no vas a contarme más detalles?

—¿No soy tan complicada?

—Vamos, no seas rencorosa. —Casi pude ver su sonrisa divertida—. He esperado veinticuatro horas antes de llamarte para darte margen de tiempo, pero ya no puedo más. Necesito detalles jugosos.

—¿Como cuáles?

—¿Te dio una buena bienvenida? Ya me entiendes.

Enrojecí hasta la médula cuando Jack subió al coche de nuevo y dejó las pizzas en el asiento de atrás. Me miró con curiosidad cuando vio mi cara roja.

—¿Es tu hermana? —preguntó directamente.

Asentí con la cabeza.

—No pienso hablarte de eso —le dije a Shanon en voz baja.

—Vamos, no me seas aburrida. ¿Quieres que te cuente cómo era el padre de Owen?

—¡No! Y deja ya el tema, pesada.

—Oh, ¿está a tu lado?

Lo miré de reojo. Él conducía como si no se enterara de nada, pero estaba escuchando cada palabra de la conversación.

—Sí —mascullé.

—Entonces, si me pongo a gritar guarradas, las oirá.

—¡Shanon!

—Vale, vale —me dijo, riendo—. Me lo ahorro. Pero que sepas que papá y mamá quieren hacerle la revisión a tu novio. Deberías traerlo algún día.

—Llevamos literalmente un día juntos.

—Yo diría que de alguna forma llevamos varios meses, pequeño saltamontes —murmuró Jack distraídamente.

—¡Y tú no escuches! —protesté antes de centrarme en Shanon—. Me he cansado de la conversación. Voy a colgar.

—Vale, amargada. Pásatelo bien con tu nuevo novio.

Negué con la cabeza y colgué. Jack tenía una sonrisita divertida en los labios.

—¿Qué? —pregunté, entornando los ojos.

—Nada.

—¿Has comprado mi pizza barbacoa?

—Sí. Es la que apesta.

Sonreí ampliamente.

—Eres el mejor.

—Pero eso ya lo sabíamos.

No tardamos en llegar al piso. Tuve que cenar a toda velocidad para ayudar a Naya a elegir algo que ponerse. Como siempre, se probó mil cosas antes de decidirse por la primera que había escogido. Cuando terminé, fui a la habitación de Jack y escogí cualquier cosa que ponerme. Estaba terminando de atarme las botas, sentada en la cama, cuando él entró y se dejó caer a mi lado.

—Sue está empezando a hiperventilar porque dice que tardáis mucho. —Esbozó una sonrisa divertida—. Esa mujer no podrá tener hijos.

—¡Si yo solo estaba esperando a Naya! Normalmente, no tardo tanto en vestirme...

Cuando me agaché para atarme la otra bota, noté que me recorría la espina dorsal con un dedo. Lo miré de reojo y vi su sonrisita.

—¿Qué? —Enarqué una ceja.

—¿Y si hacemos que esperen un poco más? Hoy estás muy guapa, Michelle...

—Uno: como vuelvas a llamarme Michelle, me quito esta preciosa bota y de doy con ella en la cara.

—Prefiero que te quites esta preciosa falda, la verdad.

—Dos: Sue te matará si se entera de que me estás enredando para que tarde más.

—La recompensa vale la pena —dijo, subiendo y bajando las cejas.

Iba a protestar, pero noté que tiraba de mí. En menos de un segundo, estaba tumbada de lado con una mano suya en la curva de la cintura y sus labios sobre los míos. Intenté apartarme, divertida, pero me rodeó con el otro brazo para retenerme.

—Jack, para.

Conseguí librarme por fin.

—No quiero que te maten tan pronto. Al menos, espera a que hayamos estado juntos unos meses.

Suspiró.

—Maldita Sue. —Se puso de pie de un salto—. Bueno, vale. Vamos a esa fiesta.

Esa noche le tocó conducir a Will. Yo me quedé entre Sue y Jack en la parte de atrás. Durante todo el trayecto, los tres miramos en direcciones distintas mientras Naya no dejaba de parlotear en el asiento del copiloto y Will asentía como si la escuchara, aunque me daba la sensación de que había desconectado hacía ya un buen rato.

La fiesta no era muy distinta a las otras a las que había asistido. De hecho, la única diferencia que vi fue que había menos gente que de costumbre.

Fuimos todos a la cocina y Naya nos sirvió algo de alcohol a Sue y a mí. Will y Jack habían desaparecido con sus respectivas cervezas.

Estaba con ellas dos cuando noté que alguien se acercaba a nosotras. Lana. Tan radiante como siempre. Intenté no ponerme nerviosa.

—Qué raro veros por aquí. —Sonrió—. Me alegro de verte, Sue.

Ella le dedicó una mirada agria.

—Pues yo no.

Lana sacudió la cabeza, poco afectada, y me miró de reojo.

—He oído que..., bueno..., que lo vuestro ya es oficial.

—Lo es —confirmó Naya enseguida.

Di un sorbo a mi bebida que, al final, se convirtió en un trago. Necesitaba ganar tiempo para pensar y no decir una completa estupidez.

Sin embargo, ella se me adelantó.

—Me alegro por vosotros. —Me sonrió con tanta sinceridad que me dejó de piedra—. Es obvio que Ross es feliz contigo. Me... me alegra que estéis tan bien.

Y, tras decir eso, se ofreció a invitarnos a otra copa. Yo estaba tan patidifusa que Sue tuvo que darme un codazo para que reaccionara y las siguiera.

Me pasé gran parte de la noche con ellas. Solo vi a Jack y a Will de reojo unas cuantas veces con unos amigos. Y la verdad es que fue bastante más divertido de lo que esperaba.

Y, bueno, quizá yo bebí un poco más de la cuenta.

Cuando Naya y Lana se alejaron para hablar entre ellas, yo me quedé bailando con Sue un rato más antes de que ella me siguiera a la cocina.

—Qué asco me da el sudor humano —protestó mientras yo me servía otro vaso—. Parecen mandriles en celo.

—¿Quiénes?

—Todos, menos tú y yo.

Empecé a reírme cuando me fijé y me di cuenta de que no estaba tan equivocada. A unos metros, había al menos cinco parejas que bailaban restregándose.

—¿Tú nunca has bailado así con alguien? —le pregunté, curiosa.

—¿Tengo cara de haberlo hecho?

—No mucho, pero... ¿quién sabe?

—Pues no, no lo he hecho.

—Yo tampoco.

—Me lo imaginaba —replicó, poniendo los ojos en blanco.

Parpadeé, sorprendida.

—¿Por qué?

—Vamos, Jenna.

—¿Qué?

—Que las dos sabemos que eres un poco santurrona.

Y justo tuvo que usar la misma palabra que había usado mi hermana. Me crucé de brazos tan rápido que casi se me cayó el vaso de alcohol de la mano.

—¡Yo no soy una santurrona!

—Lo que tú digas...

—¡No lo...!

—Hola.

Di un respingo cuando un chico se detuvo justo a mi lado. No lo había visto llegar. Qué susto me había dado.

—Hola —le dije, un poco confusa, asegurándome de que no me estaba apoyando en un barril de cerveza que necesitara o algo así.

—¿Cómo te llamas?

Y fue ahí cuando me di cuenta de que no estaba ahí para echarme, sino para ligar conmigo. Genial, la primera vez en mi vida que ligaba con alguien y tenía que ser al día siguiente de empezar a salir con Jack. Miré a Sue en busca de ayuda, pero ella solo sonreía, divertidísima con la situación.

—Se llama Jenna —le aclaró al chico.

La crucifiqué con la mirada y su sonrisa se ensanchó.

—Jenna —repitió él—. Es un placer.

—Igualmente —murmuré, aceptando su mano por educación.

—¿Habéis venido solas?

—En realidad...

—Sí —me interrumpió Sue malévolamente—. Estamos solas y aburridas, ¿se te ocurre algo para remediarlo?

—¡Sue!

—Unas cuantas cosas. —El chico me miró—. Tengo un amigo que podría interesarse en tu amiga si te vienes conmigo.

—Es que yo no...

—A mí déjame en paz —le dijo Sue bruscamente.

—Bueno, pues solo tú y yo. —El chico dio un paso hacia mí—. ¿Qué te parece?

Me aclaré la garganta, incómoda y enfurruñada por la risita de Sue, y me alejé un paso de él, tambaleándome. Ni siquiera recordaba estar tan borracha como para no poder sostenerme en pie.

—Mira, estoy segura de que eres un chico encantador... —empecé.

—Gracias. —Sonrió ampliamente.

—Pero es que no he venido sola.

—Ya, pero tu amiga ha dicho...

—No, no me refiero a mi amiga. Me refiero a mi novio.

Su sonrisa se borró de golpe.

—¿Tienes novio? ¿Y dónde está?

—¿Yo qué sé? Bailando por ahí.

—Si no está contigo, es que no le interesas mucho.

Sue ya se reía abiertamente mientras yo intentaba salvar la situación sin destrozar la autoestima del pobre chico.

—No está conmigo porque está con su amigo —repliqué.

—¿Y le interesa más su amigo que tú?

—Oh, vamos. —Sue le hizo un gesto—. Esto estaba siendo divertido, pero ya me estás aburriendo. Vete a por otra.

Pero el chico la ignoró. Suspiré y busqué a Jack con la mirada cuando él dio un paso hacia mí.

—¿Cuál es tu problema? —me espetó.

Miré a Sue y vi que ella también parecía confusa.

—¿Problema? —repetí.

—Sí. Si tienes novio, ¿qué haces ligando con otros?

—¿En qué momento he ligado contigo? Si yo estaba aquí, tranquilita, bebiendo mi...

—Zorra.

Me giré, sorprendida. Quizá, si no hubiera estado tan borracha, eso no me habría hecho gracia. Pero en ese momento me la hizo. Solté una risita entre dientes que hizo que Sue intentara no sonreír con todas sus fuerzas y el chico enrojeciera de rabia.

—¿Te estás riendo? —preguntó con voz aguda.

—Un poquitín, ji, ji...

No podía evitarlo.

—Pero ¿qué...?

—¿Qué pasa?

La voz de Will me distrajo. Había aparecido de la nada. Me apoyé en su brazo, todavía riendo y señalando al pobre chico que había venido a hablar conmigo.

—Mira, Will, me ha llamado zorra, ji, ji...

Él abrió mucho los ojos, sorprendido. Yo miré al chico.

—Este es mi gran amigo Will. Es campeón de *jiu-jitsu*. No te recomiendo meterte con él.

Sue intentaba no reírse mientras Will arrugaba la nariz y el chico lo revisaba de pies a cabeza, intentando saber si yo le había dicho la verdad.

—Jenna, ¿qué...? —intentó preguntar Will.

—Oye, Willy —estaba llorando de la risa—, ¿por qué no le haces una llave de *jiu-jitsu*?

—Se ha ido —remarcó, levantando una ceja.

Me giré, sorprendida, y vi que el chico se alejaba de nosotros sacudiendo la cabeza. Sue seguía riéndose a mi lado cuando Will me sujetó la cara con una mano. Suspiró.

—¿Cuánto has bebido?

—No tanto como para que pongas esa cara —protesté.

—¿No habías comido nada?

—Es que Mike se comió mi parte de pizza.

Él miró a Sue y vio que ella estaba perfectamente. Yo era la única borracha.

—Venga. —Me hizo una seña—. Vamos a buscar a tu novio antes de que me mate por no avisarlo.

—Oye, no necesito niñera.

—Jenna, vamos...

—Estoy muy bien aquí con Sue, espantando pretendientes.

Él se pasó una mano por la cara.

—¿Quieres que sea Ross quien venga a buscarte de malas maneras o que sea yo quien te ayude a salir de la fiesta?

Lo pensé un momento.

—¿Ya nos vamos?

—Sí. Son las cinco.

—¿Ya? Cómo pasa el tiempo... ayer jugábamos con muñecas sin saber que la vida es dura y hoy nos emborra...

—Jenna, venga, déjame ayudarte.

Suspiré pesadamente y dejé que me pasara un brazo por encima de los hombros para que no me matara por el camino. Sue nos siguió tranquilamente cuando Will empezó a abrirse paso entre la gente que seguía dándolo todo en la pista de baile. Ya estaba empezando a marearme cuando, de pronto, escuché una voz familiar.

—¿Qué pasa?

Oh, era Jackie.

—¿Por qué va así? ¿Qué ha pasado?

—Que se ha emborrachado.

Sentí que el brazo desaparecía y era sustituido por otro más cálido. Más conocido. Levanté la cabeza cuando él me obligó a mirarlo con dos dedos en mi mentón. Parpadeé un par de veces para enfocar bien su cara. Tenía el ceño fruncido.

—Hola, Jackie —canturreé—. ¿Qué tal?

—¿Qué demonios has bebido? —preguntó, casi riendo.

—No lo sé. Me lo ha dado Naya. Toda la culpa es suya.

—¡Oye! —escuché su voz.

—¿En qué momento has creído que era una buena idea dejar que Naya te diera todo el alcohol que quisiera? —Jack puso los ojos en blanco.

—No sé. Estaba pasándomelo bi... Uy..., el mundo al revés.

Noté que la sangre me subía al cerebro cuando me cargó sin muchos problemas encima de un hombro. Vi que algunas personas nos miraban en el pasillo, y también mientras bajábamos las escaleras. Solté una risita divertida al ver mi pelo cayendo hacia delante antes de acordarme de un pequeño detalle.

—¡Jack, espera, bájame!

—¿Qué pasa? —preguntó, sorprendido, cuando empecé a retorcerme.

—¡Que llevo falda! ¡Bájame o se me verá el alma!

—No te preocupes, no se te ve nada.

—¿Seguro?

—¿Crees que dejaría que vieran tus bragas, Jen?

—¿Yo qué sé? Eres muy rarito.

Volví a dejar caer la cabeza hacia delante y me dejé transportar bostezando al coche de Will. Cuando finalmente llegamos a él, Jack me dejó caer en el asiento trasero y se sentó a mi lado. Tardé dos segundos más en estirarme en el asiento de atrás con las piernas encima de Sue y la cabeza encima de él, que puso los ojos en blanco cuando le pinché la mejilla con un dedo.

—Como no me quite las piernas de encima vamos a tener un problema —advirtió Sue.

—Oh, vamos, no seas tan amargada —le dije—. Estoy muy cómoda.

—¿Y por qué yo no puedo estarlo?

Decidí ignorarla para ver si me dejaba quedarme así y, al final, funcionó. Volví a mirar a Jack, que seguía negando con la cabeza como si fuera una decepción andante.

—Oye, Jackie...

—No sé si me gusta mucho que me llames así, la verdad.

—¿Sabes que un chico ha intentado ligar conmigo?

Enarcó una ceja.

—¿Cómo?

—Pero he conseguido espantarlo.

—Eso no está mal.

—Le he dicho que Will sabía *jiu-jitsu* y se ha asustado.

—¿Se lo ha creído? —preguntó Naya con tono sorprendido.

Escuché un manotazo, una risita y un sonido de beso antes de que el coche se pusiera en marcha. Jack me sujetó la cintura con una mano para que no saliera volando en cada curva.

Seguí metiéndome con él un buen rato durante el trayecto, pero no sirvió de nada y al final opté por intentarlo con Sue, lo que hizo que acabara sentada en mi sitio porque ella apartó de mala manera mis piernas de su regazo.

Una vez en el piso, Jack consiguió arrastrarme al cuarto de baño para quitarme el maquillaje como pudo. Menos mal que yo misma pude encargarme de las lentillas. No veía casi nada cuando me llevó en brazos a la habitación. Al soltarme en la cama, reboté y solté una risita divertida.

—¿Qué vas a hacer ahora? —le pregunté, estirándome.

—Ponerte el pijama.

Hice una mueca de disgusto cuando empezó a quitarme las botas. Las lanzó al suelo y me crucé de brazos.

—¿Y ya está? ¡Es nuestra primera noche como pareja oficial!

—¿Has visto cómo estás?

—No estoy tan borracha, exagerado.

—Lo que tú digas, pero hoy no va a haber acción, pequeño saltamontes.

Le puse mala cara cuando me quitó la falda y me dejó solo con las bragas puestas.

—Es decir, que ahora que estamos juntos oficialmente vas a empezar a descuidarme.

Suspiré dramáticamente.

—¿A descuidarte? —Se detuvo para mirarme con el ceño fruncido—. Ahora mismo te estoy cuidando.

—No de la forma que a mí me gustaría.

—Ya habrá tiempo para eso —replicó, sonriendo—. Levanta los brazos.

—No quiero.

—Jen, levanta los brazos.

Suspiré y lo hice. La blusa desapareció. Ni siquiera me había dado cuenta de que ya me había quitado la chaqueta. Volví a dejarme caer de espaldas en la cama cuando me quitó el sujetador y se acercó a mi armario a rebuscar para encontrar algo que ponerme.

—Eres el peor novio del mundo.

—Lo que tú digas —murmuró, poco ofendido.

—¿Qué clase de chico deja a su novia en la cama, sin sujetador, y le busca un pijama?

—La clase de chico que no quiere abusar de su novia borracha.

—Aburrido.

Sonrió y se acercó a mí. Me sujetó la espalda para mantenerme erguida mientras conseguía pasarme una camiseta de manga corta y una de sus sudaderas.

—Nunca me he puesto esta sudadera —adiviné, viendo cómo me ponía unos pantalones cortos de algodón.

—¿Cómo lo sabes? —Se detuvo, sorprendido—. Ni siquiera le has echado una ojeada.

—Es el olor. Huele demasiado a ti.

—¿Y eso es malo?

—No. Me gusta.

Cerré los ojos, tumbada, y sentí que terminaba de ponerme «el pijama». Después me despegué un momento del colchón y sentí que me volvía a colocar, esta vez con la cabeza en la almohada. Bostecé y me acurruqué, buscando con el brazo su compañía. Sin embargo, no la encontré. Abrí los ojos y vi que se estaba cambiando. Mi mirada se detuvo en su tatuaje por unos segundos.

—¿Qué esconde ese tatuaje? —pregunté, medio dormida.

Él se detuvo un momento y vi que se le tensaban los hombros.

—Duérmete, Jen.

—Quiero saberlo, vamos...

—Lo más probable es que mañana ni siquiera te acuerdes de esta conversación.

—Por eso, ¿qué más te da decírmelo?

Suspiró y terminó de ponerse la camiseta. Se acercó a mí y se metió en la cama a mi lado. Noté que tiraba de mí hasta que tuve la cabeza apoyada en su pecho. Cuando intenté moverme para mirarlo, volvió a colocarme.

—Que te duermas, pesada —protestó.

—¿No vas a decírmelo?

—No.

Suspiré sonoramente, pero dejé que me apartara el pelo de la cara. Estaba muy cómoda. Y muy agotada. Cerré los ojos.

—Es una cicatriz.

Volví a abrirlos lentamente.

—¿Una cicatriz?

—Es lo que hay bajo el tatuaje —aclaró.

Lo consideré unos momentos. Era como si mi cerebro fuera en cámara lenta.

—¿Cómo te la hiciste?

—Eso no te lo voy a contar ahora, Jen.

Asentí lentamente con la cabeza y bostecé de forma sonora. Él suspiró y se movió para que pudiera acomodarme mejor sobre su cuerpo.

—Buenas noches —murmuró, y me quedé dormida justo después de eso.

20

El tiburón interior

Al despertarme, me sentí como si alguien me hubiera estado martilleando la cabeza durante toda la noche.

Como de costumbre, Jack seguía durmiendo profundamente. Pensé en quedarme con él en lugar de ir a correr. Aunque fuera solo por una mañana. Pero, finalmente, opté por ser responsable, me puse de pie y me vestí con la ropa de deporte para salir.

Mike hablaba por teléfono con alguien cuando llegué al piso una hora y media más tarde. No quería ser chismosa, pero me quité los auriculares para escuchar mejor lo que decía. Estaba hablando en voz baja al otro lado del salón. Parecía enfadado. Qué raro. Creo que nunca lo había oído enfadado. Will, Sue y Jack lo miraban fijamente desde la barra.

Cuando me detuve junto a Jack, él me agarró de la cintura con una pequeña sonrisa perversa y me plantó un beso en los labios que casi me dejó sin respiración. Al separarme de él, tenía las mejillas encendidas. Tendría que acostumbrarme a eso. Estaba claro que no iba a ser la última vez que lo hiciera.

Will nos dedicó una pequeña sonrisa mientras Sue suspiraba y se pasaba una mano por la cara.

—¿Qué? —pregunté, sorprendida.

—Acabo de darme cuenta de que soy la única soltera que vive aquí. Es deprimente.

Mike volvió con una enorme sonrisa, como si no hubiera estado discutiendo por teléfono un segundo antes.

—Yo también estoy soltero —le dijo, tan feliz.

—Vale. Pues soy la única soltera. Sin contar al parásito.

—No te he visto entrar —me dijo él, ignorándola—. Es una lástima. Te ves muy bien hoy, cuñada. Muy sexi.

Suspiré mientras Jack dejaba a un lado lo que estaba haciendo para fulminarlo con la mirada.

—Mike... —supliqué, para que no empezara.

—Era una opinión objetiva.

Levantó las manos en señal de rendición.

—Nadie te ha pedido tu opinión objetiva —masculló Jack.

—Pues no la escuches.

Hubo un momento de silencio. Me sorprendió ver que nadie le preguntaba nada sobre la llamada, y estaba claro que le había afectado un poco.

Al final decidí hacerlo yo.

—¿Estás bien?

—Sí —aseguró, antes de mirar a su hermano de soslayo—, pero no creo que tu novio lo esté durante mucho tiempo.

Y, entonces, se produjo una conexión fraternal extrasensorial. A pesar de que se llevaran mal, seguían siendo hermanos y se habían criado juntos. Con una sola mirada se entendieron a la perfección.

—Oh, no —masculló Jack con cara de horror.

—Oh, sí. —Mike sonrió ampliamente.

Will parecía tan confuso como yo, cosa que me sorprendió. Él solía entender esas cosas. Sue los miraba con una ceja enarcada mientras se comía su helado tranquilamente.

—Me apetece tan poco como a ti, por si te consuela —murmuró Mike, agarrando una de sus tostadas.

—Pensé que este año asumiría que no hacía falta hacerlo —protestó él, recuperando su tostada bruscamente.

—Yo también. —Mike puso mala cara cuando intentó robar otra tostada y recibió un manotazo—. Pero se ve que le gustan las tradiciones. Y que nos ama con locura, claro.

—¿Puedo preguntar de qué estáis hablando? —dije, enarcando una ceja, confusa.

—Sí, aquí falta información —me apoyó Will.

Jack se giró hacia nosotros con expresión fastidiada.

—Cada año mi padre insiste en que vayamos a la casa del lago a celebrar su cumpleaños.

—¿Es su cumpleaños? —preguntó Will, levantando las cejas.

—¿Tenéis casa del lago? —pregunté yo, también levantando las cejas.

—Sí, la tenemos. Y sí, es su cumpleaños. —Jack no parecía muy entusiasmado con la idea—. Dentro de tres días.

—¿Y no os apetece ir? —pregunté.

—Eres un as leyendo las expresiones de la gente. —Mike me sonrió, divertido.

—Oye —Jack lo señaló con su tostada—, solo yo me burlo de ella.

—Vale, vale. —Mike seguía pareciendo divertido—. La cosa es que, en cualquier momento...

No hubo terminado de decirlo cuando alguien llamó a la puerta. Jack soltó una palabrota mientras su hermano se levantaba sonriente e iba a abrirla. Cuando volvió, estaba con Mary.

Era un poco divertido ver cómo la cara de mi novio iba siendo cada vez más lúgubre mientras que la de Mike se iluminaba de manera progresiva.

—Buenos días, niños —nos saludó ella amablemente.

Iba siempre tan bien vestida que me sentí como un ogro por llevar mi ropa de deporte. Sin embargo, su sonrisa se mantuvo impecable incluso cuando vio mi horrible atuendo.

—No me pongas esa cara, Jackie —le reprendió su madre al verlo.

—La cambiaré dependiendo de lo que vayas a decir.

Ella lo ignoró y me miró a mí, que me tensé al instante.

Oh, oh.

—¿Te ha comentado Mike lo de la casa del lago?

Asentí con la cabeza muy despacio, precavida.

—Bueno, mi marido quiere que vengas. —Sonrió—. Le haría mucha ilusión.

—Ni de coña —soltó Jack de malas maneras.

Le di un codazo, sorprendida. Él fingió no darse cuenta.

—Ese lenguaje —le dijo su madre, clavando la mirada en él.

—¿Después de lo que hizo la última vez que la llevé a casa espera que vaya a su cumpleaños? —Negó con la cabeza—. Que deje en paz a Jen.

—Bueno, por suerte, se lo estaba preguntando a Jennifer y no a ti, hijo.

—Pues yo te digo que no queremos ir.

—¿Ya habláis en conjunto? —se burló Mike.

—Tú no malmetas —le dije, mirándolo.

—Pero ¿no sería un gran detalle que Jackie te presentara en sociedad, cuñada?

—Cállate, Mike —le dijimos los dos a la vez.

Mary suspiró y retomó la conversación, mirando a Jack.

—Cariño, tu padre quiere conocer a tu novia. Es normal.

—Ya la conoce. Y se encargó muy bien de darle la peor impresión posible de nuestra familia.

—Un momento. —Levanté una ceja—. ¿Cómo sabe tu padre que estamos saliendo?

Los dos nos giramos lentamente hacia Mike, que dio un sorbo a su vaso de leche con expresión inocente.

—Soplón —masculló Jack, fulminándolo con la mirada.

—Era mi deber como buen hijo —protestó él.

—Te estaba preguntando si querías venir, cielo —me recordó Mary suavemente—. ¿Qué me dices?

—Yo... —balbuceé, dubitativa.

Miré a Jack de reojo, que negó con la cabeza.

—Él va a venir de todos modos —me aseguró su madre—. Es el cumpleaños de tu padre, cariño, no pongas esa cara. Vas a venir.

—Pero... ¿va toda vuestra familia? —pregunté, un poco nerviosa por la perspectiva.

—Solo nosotros cuatro —me dijo Mike—. Ah, y la abuela Agnes. A veces, golpea a papá con un bastón. Es fascinante. Diversión asegurada.

—Y una vez Mike vino con una chica —dijo Jack.

Por la cara de Mary, supuse que eso no había terminado muy bien.

—Y fue la última vez que invitamos a una chica a casa —añadió mi novio.

—Hasta hoy. —Mary me dedicó una sonrisa deslumbrante—. Si te interesa, nos vamos mañana por la mañana. La casa está a menos de una hora en coche.

—O media hora si conduces como un loco —dije, mirando de reojo a Jack con una sonrisa burlona.

Él me dedicó una mirada agria que me hizo sonreír más.

—Ah, y acuérdate de traer bañador —me dijo Mary.

—¿En invierno?

—Para la bañera de hidromasaje —aclaró Mike.

—¿Hidro... masaje?

Era como si me hablara en otro idioma.

—Seguro que a Agnes también le hace mucha ilusión que vengas —añadió Mary.

—No sé... —dudé.

—Y yo me sentiría muy mal si dijeras que no —me dijo ella, llevándose una mano al corazón.

—Eso es jugar sucio —replicó Jack, indignado.

—Deja que tu novia responda.

Y así todos clavaron sus ojos en mí, que me hice pequeñita en mi lugar. Lo miré. La miré. Lo miré. La miré.

Mmm...

Yo quiero usar una bañera de hidromasaje, Jenny.

No sé, conciencia...

¡Vamos, quiero probarlo por una vez en mi vida de pobre!

—Está bien —me escuché decir a mí misma.

—¿Qué? —Jack se giró en redondo hacia mí.

—Perfecto. —Mary me dedicó una sonrisa radiante—. ¿Venís con nosotros o en vuestro coche?

—Iremos con Ross —dijo Mike por él.

Él seguía mirándome fijamente con la boca abierta. Mis mejillas se calentaron cuando me apresuré a comer algo para no tener que decir nada.

—Entonces nos vemos antes de la hora de comer en la casa del lago. —Mary se ajustó la chaqueta, que ni siquiera se había molestado en quitarse—. Tengo trabajo. Pasadlo bien, queridos.

Y, tras haber sembrado ese pequeño caos, se marchó sonriendo.

Hubo un momento de silencio sepulcral mientras Jack seguía mirándome fijamente y los demás observaban la situación con cautela.

—Bueno... —Mike sonrió ampliamente—. Creo que ha llegado la hora de mi ducha matutina.

—Sí, yo también tengo cosas que hacer —masculló Sue, que casi salió corriendo.

—Y yo. —Will sonrió un poco y se marchó.

Genial. Nadie quería ver la bronca.

Miré a Jack, que no había cambiado su expresión.

—No me mires como si hubiera matado a tu perro —intenté bromear.

—¿Por qué has dicho que sí? —me preguntó con el ceño fruncido.

—Me ha parecido de mala educación decir que no.

—¿Y no te ha parecido de mala educación todo lo que te dijo el idiota en esa cena?

—¿El idiota? Es tu padre, Jack...

—Sí, está claro que la familia no se elige. Porque es un maldito idiota.

—Quizá quiera disculparse, ¿no?

—Sí, claro.

—Si no le damos una oportunidad, es imposible saberlo.

—No deberías darle una oportunidad —me dijo, dejando el plato en el fregadero con un poco más de fuerza de la necesaria—. No se la merece.

Lo detuve por la mano por impulso. Me sorprendió ver que su reacción fue inmediata, quedándose delante de mí como si eso fuera lo más natural del mundo. Suspiré y tiré un poco de su mano, acercándolo a mí.

—Vamos a pasarlo bien —murmuré—. Me apetece ver la casa. Y usar la bañera de hidromasaje.

—No es para tanto —me aseguró.

—Y tu habitación también.

Su expresión cambió enseguida. Ahora sonreía.

—¿Para qué, pequeña pervertida?

—Para ver cómo es, pequeño pervertido.

—Seguro que es para eso.

—Sí. —Sonreí cuando me enganchó con los brazos por la cintura—. ¿Lo ves? Ya no te parece tan malo. Eres un exagerado.

—Eres un exagerado —imitó mi voz.

—Yo no hablo así.

—Yo no hablo así —volvió a hacerlo.

Lo empujé por el pecho, riendo, mientras él se las apañaba para poder besarme.

—... entonces, el asesino conseguía agarrarla del pie y... ¡pum! Muerta. Y, claro, como era la última, cuando la policía llega no saben qué ha pasado. Y... ¡el asesino se sale con la suya! ¡Bum! ¡Increíble! ¿A que sí? ¿A que sí, cuñada? ¿Eh? ¿EH? ¿A QUE SÍ?

Mike nos había estado contando una película de sangre, vísceras y asesinatos durante todo el trayecto a la casa del lago, y había ido subiendo el volumen poco a poco. A esas alturas, ya estaba gritando. Jack tenía las gafas de sol puestas y miraba la carretera, pero sus ganas de hacerle a Mike lo mismo que el asesino de la película hacía a sus víctimas eran más que obvias.

—¿A que sí? —insistió Mike, entusiasmado.

Como vi que su hermano no tenía intención de decir nada, asentí con la cabeza.

—Increíble —le dije, sonriendo

—Menos mal que tú me escuchas, cuñada —dijo con una mueca y mirando a su hermano de reojo—. ¿Qué le pasa? ¿No habéis echado un polvo mañanero?

—Lo que me pasa es que tengo la cabeza hinchada de tanto escucharte —le dijo Jack sin inmutarse.

—No habrá dormido bien. —Me encogí de hombros.

—He dormido bien —protestó él.

Había mantenido el buen humor durante el día anterior, pero desde el momento en que habíamos subido al coche, había vuelto a ser el Jack irritado que no quería ir a casa de sus padres a pasar el fin de semana.

Decidí cortar el silencio, que se había alargado por más de cinco minutos.

—¿Le habéis comprado algo a vuestro padre? —pregunté con una gran sonrisa.

Jack se giró hacia mí y Mike se asomó entre los asientos para mirarme, ambos con la misma expresión de extrañeza.

—Es... lo que se hace en los cumpleaños..., ¿no?

Ambos volvieron a dedicarme la misma expresión de extrañeza. En serio, a veces daba miedo lo mucho que se parecían.

—¿No os haría ilusión a vosotros que os regalaran algo? —protesté.

Silencio incrédulo.

—¿Hola?

Más silencio incrédulo.

—Vale —refunfuñé, cruzándome de brazos—. Pues si queréis estar en silencio absoluto durante lo que quede de camino, allá vosotros.

Jack se había pasado todo el rato con un codo apoyado en la ventanilla y la mejilla en un puño, pero cuando terminé de hablar suspiró y se incorporó. Intenté con todas mis fuerzas no esbozar una sonrisilla de triunfo cuando vi que se aclaraba la garganta para hablar.

—Esa película de la que hablabas... —le dijo a Mike—, ¿tiene segunda parte? Creo que la he visto.

Y así empezaron a parlotear de nuevo. Por un momento, incluso, pareció que se llevaban bien. Pero Mike dijo algo malo de una película de Tarantino y Jack amenazó con sacarlo del coche de una patada. Entonces sí que dejé que el silencio reinara de nuevo. Bueno, al final puse música. La radio parecía mejor opción que una discusión entre hermanos.

Habíamos salido de la ciudad en dirección al oeste. Era la zona más cálida del estado. Las casas fueron disipándose a medida que avanzábamos, hasta que solo quedó una carretera vacía con algunas parcelas grandes con cultivos y animales. Miré distraídamente por la ventanilla cuando Jack giró en uno de los cruces y se metió en una carretera más pequeña que cruzaba el bosque.

Cinco minutos después de seguirla, el coche empezó a disminuir su velocidad y al final nos detuvimos delante de una valla de barrotes grises recién pintados. Jack no tuvo que llamar al timbre. La valla se abrió al instante.

El camino de entrada era de grava y estaba dividido en dos: uno llevaba al edificio principal y el otro a una casa igual de grande, pero que estaba un poco más alejada.

La casa principal no tenía garaje, pero vi que había un coche aparcado en la parte lateral, bajo un pequeño tejado, en un lugar destinado a dejar allí los vehículos. Jack aparcó a su lado y, cuando vi que él y Mike bajaban, me apresuré a imitarlos.

La casa era gigante. Incluso más que la que tenían en la ciudad. Estaba hecha a base de madera de roble, mármol y piedra pulida. El camino hacia la entrada desde el coche era de césped recién cortado con piedras alisadas.

Jack y Mike, claro, no cargaban con ninguna mochila. Ya tenían muchas cosas allí. Eran así de geniales. Jack agarró la mía y se la colgó del hombro sin siquiera preguntarme.

—¿No hace calor? —pregunté, confusa.

—Si quieres empezar a quitarte ropa, no voy a ser yo quien te pare.

Sonrió cuando lo miré. Pero era cierto. Hacía calor. La chaqueta me sobraba.

—Lo digo en serio.

—Pues espérate a la tarde. Por la noche hace mucho frío, pero de día... Por algo te dije que no metieras solo jerséis en la mochilita —sonó como si se burlara de mi mochila rosa chillón.

—No digas «mochilita» de esa forma —protesté.

—¿Ahora le tienes cariño a una mochila?

—¡Me ha acompañado en muchos momentos cruciales de mi vida!

Pareció divertido al ofrecerme una mano.

—Venga, ven.

Acepté su mano. Estaba cálida por el volante. Tiró de mí suavemente por el camino de entrada. El porche era de madera y los escalones eran finos, pero aguantaron más que de sobra mi peso. Había varias sillas con cojines y un balancín. La puerta era doble y grande, con la parte superior de vidrio. Mike acababa de llamar al timbre.

Y, en ese momento, una mujer de mediana edad abrió con una sonrisa. No recordaba haberla visto nunca. ¿No se suponía que éramos solo su familia y yo?

—Hola, chicos —los saludó amablemente.

—Lorna —dijo Jack sonriendo.

Me dio la sensación de que se le levantaban las cejas al ver nuestras manos unidas, pero volvió a su sonrisa tan rápido que no pude estar segura. Se apartó de la puerta y nos dejó pasar.

El interior olía a comida recién hecha, cosa que me despertó el apetito. El vestíbulo era gigante, con varios sillones y estanterías. Había un marco de puerta frente a nosotros que daba a un salón más grande aún. Todo en colores marrones y rojos. Y caro, por supuesto. Casi todas las paredes eran ventanas que, si no daban al lago que había al otro lado de la casa, daban al bosque que la rodeaba.

Era preciosa.

Jack debió de darse cuenta de que se me caía la baba, porque vi que esbozaba una pequeña sonrisa. Mike, por su parte, fue directamente al salón y se tiró en uno de los sofás con un sonoro plof.

—Mierda —masculló—. Se me había olvidado que aquí no hay televisión.

—Hay internet —le recordó Jack.

Me asomé a la cocina muerta de curiosidad, empujando la puerta corredera. Era más grande que la mitad de mi casa. Y olía tan bien...

—¿Jen? —escuché que me llamaba Jack—. Vamos a dejar tus cosas.

Asentí con la cabeza y lo seguí por el salón. Había un comedor con sillas regias al lado. Las escaleras también eran de madera, pero no crujieron mientras Jack me guiaba por ellas. Había otro tramo de escaleras, pero él se quedó en ese piso, cruzó el pequeño pasillo que daba a una sala redonda con sillones y un piano, y se detuvo delante de la penúltima puerta a la derecha.

—¿Prefieres elegir otra habitación? —me preguntó, dudando un momento—. Hay de sobra.

—La que sea —le aseguré.

Sonrió y abrió la puerta. Lo primero que vi fue que el techo estaba inclinado hacia abajo, formando una suave pendiente hacia el suelo. Había una ventana que llegaba a ambos extremos y que quedaba curvada. La pared del fondo era de ladrillo, pero todo lo demás, de madera. La pared de ladrillo estaba cubierta por una estantería llena de libros, películas y mil cosas más que no tuve tiempo de examinar. El ventanal tenía cortinas de color crema que en esos momentos estaban retiradas. Bajo la cama gigante gris, había una alfombra que tenía diferentes tonos de beige.

Parpadeé cuando Jack dejó la mochila en el suelo y se sentó en la cama, suspirando.

—Dios, qué pereza —masculló.

—¿La casa? —pregunté, estupefacta. ¿Estaba mal de la cabeza?

—Mi padre —aclaró, divertido—. La casa es genial, ¿eh?

—Demasiada madera —bromeé—. Imagínate que se prende fuego.

—Créeme, mi padre es un maniático del control. Antes arderíamos nosotros que la casa.

—Es un gran alivio.

Me acerqué a la ventana, que daba al lago, y vi que tenían un pequeño muelle. El porche trasero estaba compuesto de varios sillones, sofás, una barra americana, una barbacoa y una mesa para comer.

—¿Por qué no vivís aquí? —pregunté—. Creo que podría morir ahora mismo en esta casa y sería feliz.

—Exagerada.

—Dímelo, anda.

Se encogió de hombros, mirándome.

—A mi padre no le gusta mucho.

—¿No fue idea suya que viniéramos?

—Rectifico: le gusta, pero solo para ratos. Está muy alejada de todo.

—¿Eso es malo? —pregunté, acercándome.

—No lo sé.

Le quité las gafas de sol mientras hablaba.

—Tiene sus ventajas. Si gritas, nadie te oirá. Como en el espacio.

—¿Me acabas de amenazar? —Enarqué una ceja, poniéndome sus gafas.

—¿Me acabas de robar las gafas?

—Me quedan mejor a mí —bromeé.

—Eso es cierto.

Sonrió ampliamente, me agarró del brazo y tiró de mí hasta que me tuvo encima de él. Me abrazó y noté que me besaba justo en un punto debajo de la oreja que hacía que se me pusieran los pelos de punta. Me encantaba que hiciera esas cosas. Estaba tan poco acostumbrada...

—¿Quién era la mujer de abajo? —pregunté, incorporándome un poco para mirarlo.

Él tiró de las gafas y las dejó a un lado.

—Lorna —me dijo—. Ella y Ray, su marido, se ocupan de la casa cuando no estamos.

—Es decir, el resto del año.

—Bueno, no viven aquí. Viven cerca. También se encargan de la casa de los vecinos, esa que hay aquí al lado.

—¿Los vecinos?

—Unos amigos de mis padres. Tampoco viven aquí. Es su casa de vacaciones.

—Oh.

—Ray y Lorna se ocupan de que todo esté bien. El mantenimiento del jardín, de limpiar la casa...; todo eso. No creo que volvamos a verlos.

—Ser pobre da asco —mascullé.

Él sonrió, negando con la cabeza.

—No digas...

—¿Jackie? —La voz de Agnes resonó en el piso de abajo.

Cuando bajamos las escaleras, vimos que había llegado con el padre de Jack y con Mary.

Agnes siempre parecía contenta al verme, pero se ponía aún más contenta cuando pellizcaba las mejillas a Jack, que protestaba. Igualito que con su madre.

—¿Cómo estás? —Mary se acercó a mí y me dio un abrazo, como siempre—. Me alegro mucho de que hayas venido, querida.

—Sí, siempre es un placer ver caras nuevas por aquí. —Jack dejó de sonreír cuando su padre habló, acercándose a mí—. Espero que la casa sea de tu agrado, Jennifer.

No supe muy bien cómo tomármelo. Solo lo había visto una vez, pero no había sido amable conmigo en ningún momento. Me limité a sonreír.

—Es una casa preciosa. —Miré a mi novio—. Justo ahora se lo estaba diciendo a Jack.

Me pareció ver que la sonrisa de Agnes se acentuaba al oírme llamarlo por su nombre.

—¿No le has ofrecido una bebida a tu invitada? —preguntó su padre secamente a Jack, que apretó los labios en una dura línea.

—Sí lo ha hecho, pero estoy bien —mentí enseguida.

Aunque pareció que había cierta tensión, el señor Ross fue a dejar las cosas en el dormitorio principal mientras Jack iba a buscar a Mike para que viniera a saludar a sus padres y a su abuela. Yo me quedé con Agnes y Mary en el salón.

—Parece que va bien —comentó Mary, cruzándose de piernas—. Por lo menos, todavía no se han gritado.

—Dales tiempo. —Agnes suspiró.

—¿Por qué se llevan tan mal? —dije, sin poder evitar preguntarlo.

Ellas intercambiaron una mirada. Quizá me había pasado de la raya.

—Tienen personalidades muy distintas —se limitó a decirme Mary con una sonrisa.

Seguía creyendo que había más trasfondo en la historia, pero no insistí. No quería ser maleducada.

Jack regresó poco después con su hermano. El señor Ross no volvió a bajar, cosa que me extrañó.

Al final, estuvimos los cinco ahí juntos un buen rato charlando y riendo. Después Mary y Agnes se fueron a la cocina para ver qué había dejado Lorna para comer. Me daba la sensación de que era una excusa y querían hablar a solas, así que me quedé con los chicos.

Estábamos jugando a las cartas, y como Jack había perdido, ahora estaba yo sola contra Mike. Habíamos apostado dinero... Bueno, lo que yo había podido poner, que habían sido veinte dólares. Ganaba el primero que golpeara el uno de tréboles cuando saliera. Los dos sacábamos cartas lentamente, aumentando la tensión.

—Vamos, Jen —me animaba Jack, sentado a mi lado e inclinándose sobre mi hombro—. Yo lo distraigo, tienes que ganar.

—Eso, sin presión —dije sin despegar la mirada de las cartas.

—Cállate, Ross —le soltó Mike, mordiéndose el labio inferior por la concentración—. Esta partida la gano yo.

—¿Con veinte dólares en juego? —masculló—. Que te lo has creído.

Hubo silencio absoluto. Entonces, como caído del mismísimo cielo, surgió la carta. Jack estaba hablándole a Mike, así que aproveché la distracción y golpeé la carta con ganas, riendo.

—¡Síííí! —exclamé feliz.

—¿Eh? —Mike me miró—. ¡No, espera!

—¡Trabajo en equipo! —Jack me pasó un brazo por encima del hombro y me plantó un beso en los labios como si nada—. Me siento como si te hubiera ayudado a ganar las olimpiadas.

—Más que nada porque yo siempre gano en esto.

Mike parecía malhumorado.

—Parece que he ocupado tu sitio en el podio de ganadores, entonces —bromeé, haciendo que Jack se riera aún más a su costa.

Entonces noté que se tensaba y me giré inconscientemente. Su padre nos miraba con una expresión indescifrable desde las escaleras. Incluso Mike perdía su buen humor cuando lo veía.

—No os cortéis por mí. —Se sentó en el sillón para poder mirarnos fijamente con esa cara de «soy rico y lo sé»—. Es raro ver a mis dos hijos divirtiéndose así, para variar. Supongo que te lo debo a ti, Jennifer.

Sonreí, entre avergonzada y agradecida. Pero mi sonrisa vaciló cuando noté que Jack aumentaba la presión de sus dedos en mi hombro. Miraba fijamente a su padre. No lo entendía, ¿no estaba siendo amable conmigo? Era todo muy confuso.

Su padre pareció no darse cuenta de la tensión mientras Mike recogía las cartas en completo silencio. Quizá no había sido intencionalmente, pero había arruinado la diversión del momento.

—Jack... —Él le dedicó una sonrisa fría—. Cuando puedas, me gustaría hablar contigo en privado.

Igual tenía que decirle algo malo, porque noté que Jack se tensaba aún más.

—Ahora es un buen momento —añadió el señor Ross—. A no ser que quieras que lo hablemos aquí, todos juntos.

Jack me miró, crispado, antes de ponerse de pie. Los vi desaparecer hacia el patio de atrás. En cuanto se cerró la puerta de cristal, Mike resopló.

—¿Van a discutir? —pregunté, viendo su expresión.

—Quizá. —Se encogió de hombros—. Mientras no me salpique a mí...

—¿Puedo... preguntarte por qué os lleváis tan mal con él?

Me dedicó una sonrisa burlona.

—¿Seguro que quieres saberlo? No has sonado muy convencida.

—Mmm...

Observé a padre e hijo, fuera, a través del cristal. Jack no miraba a su padre mientras este le hablaba.

—Igual no quiero saberlo —dije finalmente.

—Sabia decisión. —Se puso de pie—. ¿Eso que huelo es puré de patatas?

Al menos, la cena se hizo más amena. El señor Ross no dijo casi nada, y Agnes y Mary fueron «las almas de la fiesta». Además, toda la comida estaba deliciosa.

—¿Cómo estaban tus padres, por cierto? —me preguntó Mary en un momento dado.

—Oh, muy bien. —Volví a la vida tras tragar todo lo que tenía en la boca—. Me echaban de menos. Me trataron mejor esos días que en toda mi vida.

—Yo también tuve la sensación de que quería más a estos dos desastres cuando se marcharon.

—Gracias por el amor incondicional, mamá. —Jack la miró.

—Sí, mamá, muchas gracias.

—¿Solo os ponéis de acuerdo para meteros con alguien? —bromeé, sonriendo, pero dejé de hacerlo cuando los dos clavaron en mí la misma mirada agria.

En serio, daba miedo lo mucho que se parecían.

La cena transcurrió tranquila y me confundió un poco ver que el señor Ross seguía sin decir absolutamente nada. Fue el primero en marcharse. Jack lo miró de reojo, pero tampoco hizo ningún comentario.

Y, entonces, Agnes apareció con una botella de alcohol negra y una sonrisa malévola.

—Oh, no... —Jack echó la cabeza hacia atrás.

—Ha llegado la hora de pasarlo bien. —Mary se frotó las manos.

—Acerca el vaso, Jennifer, querida.

Hice un ademán de acercarlo, pero Jack puso la mano encima, mirándolas.

—No he venido aquí para que emborrachéis a mi novia.

Mi novia. Seguía sonando raro. Pero correcto.

—Vamos, quiero probarlo —protesté.

—¿Alguna vez has bebido absenta negra?

Dudé un momento.

—No...

—Pues hazme caso, y sigue así.

—Vamos, no seas aburrido. —Le quité la mano con una amplia sonrisa.

—Eso, Jackie, no seas aburrido —le dijo Agnes, llenándome el pequeño vaso—. Bebe, anda.

Y luego llenó las demás copas. Jack fue el único al que no sirvió. Estaba negando con la cabeza.

—No me dejéis en ridículo, por favor —murmuró cuando todos nos terminamos la primera ronda de un trago.

El sabor hizo que pusiera cara de asco al instante. Madre mía, cómo ardía en la garganta. No pude evitarlo y empecé a toser. Todos se empezaron a reír de mí, menos Jack, que tenía el ceño fruncido.

—No le deis más —protestó.

—Estoy bien —aseguré, aunque seguía teniendo mala cara—. Qué mal sabe.

—Pero qué bien emborracha. —Mike sonrió ampliamente.

—Abuela... —Jack protestó cuando hizo un ademán de volverme a llenar el vaso.

—A callar.

Un rato más tarde, yo ya estaba un poco... bueno... *bastante* mareada. Pero la mejor era Agnes, que no dejaba de meterse con todo lo que veía. No podía parar de reír. Pero de reír a carcajadas. Me dolía el estómago. Mary también se reía. Mike, sentado a mi otro lado, se había apoderado de la botella. Entonces, capté a Jack mirándome de reojo. Me giré hacia él con una sonrisa avispada.

—¿Qué miras, acosador?

—Me gusta verte reír.

Me acerqué disimuladamente a él.

—Pues sueles ser la persona que más me hace reír —le dije en voz baja, aprovechando que los demás hablaban con Agnes.

—¿Y solo te hago reír? —Habló en voz suficientemente baja como para que nadie más lo oyera.

—En lo que llevamos de noche, sí.

—La noche es larga. Eso puede cambiar.

Me dedicó una sonrisa ladeada y, no pude evitarlo, me acerqué a él y le di un beso en la comisura de los labios. Su sonrisa se ensanchó. Fue entonces cuando noté que todo el mundo se había quedado en silencio. Agnes y Mary me miraron con expresiones divertidas mientras Mike seguía llenándose la copa tranquilamente.

—Oh, no te separes. —Agnes puso los ojos en blanco—. Qué raro es verte cariñoso con alguien, Jackie.

—Yo soy muy cariñoso —protestó él como un niño pequeño.

—Pues te conozco desde hace veinte años y no lo he notado nunca. —Mary le dedicó una sonrisa burlona que me recordó a las que me solía dedicar Jack cuando se reía de mí—. Yo que creía que nunca estarías con una chica decente...

—Sí, su historial es interesante. —Mike asintió con la cabeza.

—No eres el más indicado para hablar —le dijo Jack.

—Jackie no tiene muy buen gusto, no... —Agnes estuvo de acuerdo—. Menos mal que ha cambiado un poco.

—¿Podéis dejar de hablar de mí como si no estuviera delante?

—A tu novia le hace gracia. —Mike parecía divertido.

Intenté reprimir la sonrisa cuando Jack clavó unos ojos acusadores sobre mí, pero no pude evitarlo. Murmuró algo sobre lo pesados que éramos y se marchó de la habitación mientras Agnes, Mary y Mike lo abucheaban. Riendo, me puse de pie y me apresuré a seguirlo. Había salido al patio trasero. Lo alcancé cuando ya iba por el muelle. Desde ahí, no podía ver a los demás, pero oía sus risas.

—Oh, no te enfades.

Lo retuve por la muñeca.

—Genial, ya te han emborrachado.

Pero dejó que me apretujara contra él de todas formas.

—No estoy borracha, estoy contenta.

—Dijo ella, completamente borracha.

—¿Y tú no...?

Un momento, ahora que lo pensaba..., lo único con alcohol que le había visto beber desde que lo conocía había sido cerveza.

—¿Tú nunca bebes? —pregunté, abrazándolo por la cintura.

—No.

Sonrió al ver que me acercaba a él.

—¿Por qué no?

Frunció el ceño mirando mi vestido sin mangas.

—Te vas a congelar, Jen.

—Estoy bien.

—Vamos a por una chaqueta.

—Que estoy bieeeeen. —Lo detuve por la mano cuando intentó alejarse—. Vamos, anímate un poco.

Cuando estés menos borracha te darás cuenta de que ha evitado la pregunta.

—¿Sabes? Nosotros vivimos cerca del mar. Es decir..., mis padres.

No estaba segura de a qué venía eso, pero acababa de acordarme.

—¿Ah, sí?

—Sí. Y cada primer día de invierno, los de último año del instituto deben bañarse vestidos. Yo no lo hice. Mis hermanos siguen restregándomelo todavía. Me llaman rajada.

Él tenía una expresión confusa, pero fue todavía peor cuando le solté la mano y di un paso atrás hacia el final del muelle, divertida.

—¿Qué haces? —Frunció el ceño.

—Mushu va a dejar de ser una rajada —bromeé, dando otro paso atrás.

Él frunció más el ceño cuando me quité los zapatos torpemente y me quedé solo con el vestido.

—Jen...

—Uh-uh... —Lo esquivé retrocediendo cuando intentó alcanzarme.

—Vamos, no hagas tonterías, Jen.

Sonreí más y seguí retrocediendo. Él aceleró el paso y yo empecé a reírme cuando soltó una maldición. Me di la vuelta y empecé a correr por el muelle, escuchando que me seguía. Por supuesto, me alcanzó por detrás antes de que llegara al final. Pero, defendiendo mi honor..., me quedé a solo un metro de saltar. Era todo un logro.

—Vamos, déjate de bobadas —dijo, sujetándome con los brazos—. El agua está muy fría.

—Vale. —Suspiré—. Aburrido.

—No soy aburrido, soy...

—Aburrido.

—Que no soy...

—Aburrido.

No lo estaba mirando, pero sonreí al suponer muy acertadamente que estaba poniendo los ojos en blanco.

—Vamos a tu habitación. —Levanté la cabeza hacia él.

Su expresión se relajó enseguida.

Nuestra arma secreta.

—¿A hacer qué?

—Ven conmigo... y lo sabrás.

Me restregué contra él para confirmarle que estaba en lo cierto, y su mirada se oscureció acompañada de una sonrisa perversa.

—Me muero de ganas de verlo.

Me soltó e hizo un ademán de guiarme a su habitación, pero se detuvo al ver mi sonrisa deslumbrante.

—¡Es la primera mentira que consigo que te creas! —exclamé, orgullosa de mí misma.

Su expresión cambió al instante al horror más absoluto.

—¿Eh? ¿Qué...? ¡Jen, no...!

—¡Yuuuujuuuuuu!

Chof.

El agua helada hizo que mis sentidos se agudizaran enseguida. Me mantuve bajo el agua un segundo, notando la ropa y el pelo flotando alrededor de mi cuerpo. Después salí a la superficie. Jack me miraba desde el muelle con expresión de querer matarme.

—No es para tanto —dije, manteniéndome a flote con una sonrisa de oreja a oreja—. Eres un exagerado.

—Y tú no sabes beber.

—¡Vamos, ven conmigo!

—No, ven tú conmigo. O pillarás una hipotermia.

—O pillarás una hipotermia —imité su voz.

—¿Quieres que vuelva a llamarte Michelle?

Le saqué la lengua.

—Vamos, Jackie —me burlé de él.

—No pienso meterme ahí.

—¡Vamos, amor mío! —Me agarré al muelle y le puse pucheros.

—No.

—Estoy aquí, en medio de la oscuridad, solita...

—Estoy a, literalmente, un metro de ti.

—¿Y si viene un tiburón?

—¿En un lago? ¿Cuánto has bebido?

—Tú podrías ser el tiburón... —Le sonreí perversamente.

Me miró un momento mientras yo empezaba a nadar hacia atrás con una sonrisa inocente. Cambió su expresión a una que conocía muy bien. La que me dedicaba siempre en la cama.

Mmm..., estaba funcionando.

—Aquí nadie nos vería... —añadí—. En la oscuridad, ocultos...

—A la mierda —masculló, quitándose los zapatos.

—¡Síí! —grité, entusiasmada.

Me dedicó una sonrisa fugaz antes de coger carrerilla y tirarse al agua delante de mí. Me aparté enseguida por las salpicaduras, pero cuando me giré no lo vi por ninguna parte.

No pude pensarlo mucho, porque enseguida me agarró de las piernas y me zambulló en el agua. Estuve sumergida unos segundos, forcejeando con él. Entonces me soltó y volví a la superficie. Estaba delante de mí con expresión divertida. Las gotas le caían desde el pelo hasta el cuello. Era muy sexi.

Nunca creí que una gota fuera a parecerme sexi.

—Tenías razón, no se está tan mal —dijo, divertido.

—¡He tragado agua por tu culpa!

—No he sido yo. Ha sido el tiburón que llevo dentro.

—¡Podría haber muerto!

—Dramática.

Le salpiqué agua en la cara y él sonrió ampliamente.

Entonces me di cuenta de que él sí llegaba al suelo. Yo no. Tenía que estar nadando como una idiota. Me agarré a él como un koala, cosa que no pareció disgustarle demasiado.

—No necesitamos una cama para... ya sabes —susurré, acercándome.

Le besé en la comisura de sus labios curvados en una sonrisa, en la mejilla y en la mandíbula, que pinchaba un poco. Me detuve en su oreja. Tenía ganas de besarlo entero.

—No me disgusta tanto eso de que vayas borracha —bromeó, apretándome contra él.

—¿Eso es un sí...?

—Mi familia está a veinte metros de distancia.

—Es imposible que nos vean —murmuré, atrapando su lóbulo con los dientes.

Vale, eso jamás lo habría hecho sin estar un poco bebida.

Bendito alcohol.

—Jen... —sonaba como una advertencia.

—Me apetece hacer algo que me saque un poco de la rutina.

—¿Y tener sexo en un lago está en la lista?

Lo ignoré y me acerqué a su boca. Le besé el labio superior, y luego el inferior. Lentamente. Él esbozó una sonrisa perversa cuando intentó acercarse a mí y me eché hacia atrás, mirándolo.

—Quiero hacerme un tatuaje —susurré.

Jack mantuvo su sonrisa durante unos segundos, exactamente los que tardó en procesar lo que le había dicho.

—¿Eh...?

—¿Me acompañas?

—¿E-eh...?

—¡Vamos, Jackie, reacciona!

—P-pero... ¿no querías...? Ya sabes...

—Para eso ya habrá tiempo de sobra, no seas pervertido.

—¡Si has sido tú!

Se quedó mirándome, indignado, cuando alcancé las escaleras del muelle y las subí torpemente. El agua fría había hecho que el pequeño momento de borrachera se me pasara. Ya ni siquiera me tambaleaba.

Jack, por cierto, salió del agua detrás de mí. Seguía pareciendo confuso.

—No es por ofender —empezó cautelosamente—, pero estoy bastante seguro de que los tatuadores no trabajan por las noches. Y menos con jovencitas borrachas con la ropa empapada.

—Puedo cambiarme de ropa.

—Ya. Pero sigue habiendo los otros proble...

—Oh, vamos, ¿no conoces a alguno que nos pueda hacer el favor?

La verdad es que lo había dicho medio en broma, pero a él se le iluminó la mirada mientras me pasaba una toalla de una de las tumbonas y se quedaba con la otra.

—Bueno... —murmuró—, quizá... solo quizá... pueda llamar al que me hizo el de la espalda. Es un amigo de toda la vida.

—¿En serio? —Sonreí ampliamente.

—¡Pero igual me manda a la mierda!

—Inténtalo. —Junté las manos bajo la barbilla, suplicando—. Porfa, Jack, porfa, porfa...

Él volvió a dudar, pero finalmente terminó de secarse y se metió en la casa para ir a buscar su móvil. Su familia empezó a reír y a hacer preguntas cuando lo vieron con la ropa mojada, pero cuando volvió no lo habían seguido. De hecho, estaba hablando por teléfono y no dejaba de echarme ojeadas.

Cuando por fin colgó, parecía un poco resignado.

—La bromita te va a costar el doble de lo que vale normalmente un tatuaje —me advirtió.

—¡Me lo puedo permitir!

—Es decir, que puedes permitirte esto pero te pasas el día hablando de lo pobre que eres.

—Nunca he dicho que no fuera una hipócrita.

Él sonrió, sacudiendo la cabeza, y me echó una ojeada llena de curiosidad.

—¿Puedo preguntar a qué viene esto de querer un tatuaje?

—No sé, me apetece hacer algo estúpido.

—¿Y por qué un tatuaje?

—Porque tengo noventa dólares y estoy borracha.

Terminé de secarme el pelo con la toalla —o, al menos, todo lo que pude— antes de subir de puntillas a su habitación para cambiarnos de ropa. No sé por qué, pero decidí ponerme una camiseta suya. Olía a él. Me gustaba.

Jack abrió la puerta para mí y nos metimos los dos en su coche. Yo todavía tenía el pelo húmedo.

—¿Estás segura de que quieres hacerte un tatuaje?

—¿No se suponía que tú eras el atrevido de la relación?

—Solo... es que no quiero que mañana te arrepientas de habértelo hecho.

—No me arrepentiré de nada de lo que pase esta noche, te lo aseguro.

Puso los ojos en blanco, sonriente, y aceleró.

Una hora más tarde, estaba sentada en una especie de camilla con la camiseta subida hasta por encima de mi ombligo. El tatuador levantó las cejas cuando vio el golpe que ya se estaba borrando junto a mis costillas.

—Eso debió de doler.

—Más le dolerá al que lo hizo —le aseguró Jack.

Le agarré la mano con fuerza mientras notaba que la aguja se acercaba a mi piel.

—Mira que me han pedido cosas —murmuró él, sacudiendo la cabeza—, pero ¿un tatuaje a la una de la madrugada para alguien que va claramente borracho? Admito que es la primera vez.

—Yo no voy borracha —protesté.

Ambos me miraron con la misma expresión de *sí, claro*.

—Yo también podría hacerme un tatuaje —murmuró Jack, viendo cómo el tatuador empezaba a trabajar.

—Tú ya tienes uno. —Hice una mueca de dolor, viendo la aguja.

—Pero podría hacerme otro. Podría tatuarme tu nombre en el culo, por ejemplo. Cada vez que alguien me viera el culo, vería un enorme *Jen* en él.

—Qué romántico eres.

—¿Jenn? —preguntó el tatuador.

—Es Jen. —Jack le frunció el ceño—. Con una ene.

—Jenn me gusta más.

—Jenn con dos enes es raro y feo, Jen con una ene tiene estilo y elegancia.

Y, mientras ellos dos discutían por esa absurdidad, yo mantuve mi mueca de dolor mientras me seguían haciendo el tatuaje.

Un buen rato después, Jack volvía a aparcar en la casa del lago. Todo el mundo estaba ya durmiendo. Subimos las escaleras sin hacer ruido y entramos en su habitación. Lo primero que hice fue detenerme frente al espejo y levantarme la camiseta para verme la cadera.

—No sé si ha sido la mejor decisión del mundo —murmuró Jack, deteniéndose detrás de mí.

—A mí me gusta.

—Eres una copiona.

—Y tú un pesado.

—Cómprate una personalidad.

Me había hecho la misma águila que tenía él en la espalda justo encima del hueso de la cintura.

—¡Si ha sido idea tuya!

—Bueno, ahora tengo una excusa para que te quites la camiseta, ¿no?

Sonreí, divertida, y me di la vuelta para rodearle el cuello con los brazos.

21

La sagrada protección

Jack había desaparecido por la mañana. Me incorporé con un poco de dolor de cabeza y parpadeé al ver que me había dejado una nota sobre su almohada. «El idiota de Mike se ha dejado el cargador del móvil en mi casa y hemos ido a buscarlo. Volveré en un rato», decía.

Sonreí, negando con la cabeza, y me metí en el cuarto de baño. Mientras me lavaba los dientes, no pude evitar echar otra ojeada al tatuaje. Seguía cubierto de una envoltura protectora y dolía un poquito, pero me gustó mucho verme a mí misma con él.

Cuando bajé las escaleras —ya con ropa presentable—, me llegó enseguida el olor a pintura. Lo seguí distraídamente hasta llegar al patio trasero. Mary estaba en el porche, sentada en un taburete frente a un lienzo. Estaba dibujando algo, pero era difícil saber el qué. Acababa de empezar.

—Buenos días —la saludé, acercándome a ella mientras me frotaba los ojos.

—Buenos días, cielo. ¿Has desayunado?

—No tengo hambre —le aseguré.

Tenía la boca seca. Estúpido alcohol.

Ella me dedicó una sonrisa por encima del hombro mientras mezclaba dos colores en la paleta.

—Hoy me he levantado inspirada —comentó.

—Ya veo. ¿Qué es?

—En los años que llevo pintando he aprendido a no decir qué es nunca. Es mejor que cada persona te dé su opinión cuando terminas el cuadro.

Al acabar de decirlo, se detuvo en seco y se quedó mirándome. Yo parpadeé, pensando que quizá había hecho algo mal.

—¿Quieres ayudarme? —preguntó, sin embargo.

—¿Yo? —Mi voz sonó muy aguda.

—Bueno, no con este en concreto. Pero tengo más de diez lienzos en blanco.

—Yo... yo no...

Oh, no. Ya estaba entrando en pánico.

—¿No me dijiste que te gustaba pintar?

Parecía sinceramente ilusionada mientras yo seguía en mi pequeño corto-circuito.

—Sí, pero... hace ya tiempo que no...

—¿Con qué pintabas?

—Con... con carboncillo. Pero...

—¿Carboncillo? —Pareció sorprendida—. Nunca ha sido mi fuerte. Eso de mantener la muñeca quieta me resulta complicado. Soy más de óleo. Pero creo que tengo carboncillo por aquí. A ver...

No me dejó tiempo para protestar. Antes de poder reaccionar, estaba sentada delante de una hoja en blanco y con el carboncillo, la goma moldeable y el difuminador. Ella me miraba con una sonrisa de oreja a oreja.

—¿Qué pintarás?

—Eh..., es que no...

—¿No me dijiste que pintabas a tus amigos?

—Sí...

—Podrías hacer algún retrato. De alguien.

Al instante, la cara de Jack me vino a la cabeza. Pero pintarlo a él era un poco vergonzoso delante de su madre, así que me decidí por otra persona.

—Vale —respiré hondo—. Pero seguro que me sale horrible.

—No será tan horrible —dijo, centrándose en su cuadro—. Y si lo es, no se lo diremos a nadie, y ya está.

En cuanto tracé la primera línea, tuve la sensación de que no tenía la menor idea de qué estaba haciendo, pero seguí adelante distraídamente. Tampoco es que tuviera nada mejor que hacer.

—¿Ibas a clases de pintura? —me preguntó Mary.

—Solo di una clase. Lo único que recuerdo es al profesor gritando porque alguien se había puesto guantes. Él decía que teníamos que ensuciarnos las manos para entender el arte.

—Mi profesora era parecida. Se pasaba el día...

Y empezó a hablarme de ella y de todos los profesores extravagantes que había tenido durante su época de estudiante. Estuve más de una hora con ella. Como hacía tanto tiempo que no pintaba, avanzaba despacio. Pero no me estaba quedando tan mal como yo había esperado. Eso sí, había tenido que pintar un ojo más de tres veces para que quedara bien.

Al final, mis capacidades artísticas no me estaban pareciendo tan malas, o al menos hasta que me giraba y miraba su cuadro, perfectamente armonioso.

Yo ya hacía un rato que había terminado y me dedicaba a ver cómo ella dibujaba cuando escuché dos voces muy familiares discutiendo en el salón. Mike fue el primero en aparecer. Puso los ojos en blanco de tal manera que pareció que iba a quedarse ciego.

—Mamá —la miró—, ¿puedes decirle a tu hijo pequeño que me deje en paz?

—¿Qué pasa ahora? —preguntó ella, suspirando.

—¡Me dijiste que era un cargador! —Jack apareció, enfadado, mirándolo.

—¡Y he conseguido el cargador! —Lo agitó en el aire.

—¡Sí, después de allanar una maldita casa!

Estaba bebiendo un trago de agua, pero me atraganté.

—¿Qué? —pregunté, estupefacta.

—Me había dejado el cargador del móvil en casa de mi ex. —Mike suspiró dramáticamente, dejándose caer en el sillón que tenía al lado—. No es para tanto. Solo ha sido un momentito. Y nadie se ha enterado.

—Te lo voy a decir lentamente para que tu limitado y engreído cerebro pueda procesarlo —le dijo Jack—. Allanar... una... casa... que... no... es... tuya... es... delito.

Mike le dedicó una sonrisa inocente.

—De-li-to. —Jack marcó cada sílaba al ver que no reaccionaba.

—Pero no nos han pillado, ¿no?

—¿Y qué?

—¡Que si no te ven, no es ilegal!

—¿No podrías haberte esperado a que esa chica estuviera en casa y pedírselo?

—Lo necesitaba ahora, no cuando ella estuviera en casa. No te pongas así, hermanito. ¿Es que no te lo has pasado bien? Ha sido una pequeña aventura.

Al ver la expresión de asesino en serie de Jack, decidí intervenir.

—¿Por qué no me has pedido el mío? —pregunté—. Te lo habría prestado sin ningún problema.

Mike se giró lentamente hacia mí con expresión confusa. Después volvió a la sonrisa inocente.

—Ups, no lo había pensado.

—¡Pues menuda sorpresa! —Jack puso los ojos en blanco.

—Jackie —advirtió su madre, que se había vuelto a girar con cara de estar cansada de esas discusiones.

—No te alteres, hermanito. —Mike le sonrió—. Lo pasado, pasado está. Sigamos con nuestras vidas.

—No volveré a hacerte un favor. Nunca.

Eso decía siempre justo antes de volver a ayudarlo.

—¿Ahora pintas con carboncillo, mamá?

La pregunta de Jack me devolvió a la realidad.

Su madre se estaba poniendo de pie mientras se limpiaba las manos con un trapo y miraba mi cuadro.

—No lo he hecho yo —dijo.

Y, dicho esto, se metió en la casa, dejándonos solos. Los dos hermanos se giraron hacia mí a la vez con la misma expresión de confusión.

—¿Lo has hecho tú? —me preguntó Jack.

—El tono de sorpresa sobra un poco. —Enarqué una ceja.

—¿También pintas? —Mike me sonrió, ladeando la cabeza—. ¿Hay algo que no hagas bien?

—Conseguir que el hermano de mi novio deje de hablarme así. —Le dediqué una dulce sonrisa.

—¿Quién es? —me preguntó Jack.

—Mi sobrino Owen. —Lo miré de reojo—. No se me ocurría a nadie más a quien pintar.

—¿Y yo qué? —me preguntó, ofendido.

—¿Quieres ser una de mis chicas francesas? —bromeé.

Me sacó el dedo corazón mientras Mike se encendía un cigarrillo distraídamente. Ahora que lo pensaba, hacía mucho que no veía a Jack fumando. No dio señales de ver que su hermano lo estaba haciendo delante de él, pero noté que se tensaba un poco. ¿Lo estaba dejando?

—¿Y cuál es el plan para hoy? —pregunté, intentando distraerlo.

Me puse de pie y me senté en su regazo, rodeándole los hombros con un brazo.

—No hacer nada siempre es un buen plan —comentó Mike—. El mejor, diría yo.

Jack suspiró.

—Por la tarde, no lo sé. Por la noche, toca fingir que queremos con locura a nuestro padre mientras le deseamos un feliz cumpleaños.

—Es verdad, hoy es su cumpleaños. —Mike puso mala cara.

—A veces me sorprende lo mucho que lo queréis. —Sacudí la cabeza.

—Todavía no lo conoces bien —me dijo Mike sonriendo.

—Sí, eso es cierto —concedió Jack.

Justo en ese momento, vi que Agnes se paseaba por la cocina con cara de no haber dormido en diez años. La resaca, supuse. Esbocé una sonrisa divertida justo antes de que me sonara el móvil. Jack lo cogió de la mesa y me lo pasó. Era Spencer.

—¿Es su amante? —A Mike se le había iluminado la cara al ver la foto de mi hermano.

—Es su hermano, idiota.

—Hola, Spencer —lo saludé, sonriendo. Siempre era agradable hablar con él.

—Hola, hermanita. —Sonaba alegre—. ¿Qué tal todo por ahí?

—Bien —murmuré—. ¿Pasa algo?

—¿Por qué tiene que pasar algo?

—Porque siempre que me llamas es para pedir algo.

—En realidad... —Sonreí al darme cuenta de que tenía razón—. Mamá está un poco nerviosa aquí, a mi lado.

—¿Nerviosa?

—Sí. Aunque... el término correcto quizá no sea «nerviosa», sino emocionada.

—Emocionada —repetí, y empecé a tener un poco de miedo.

—Bueno, ahora sabe que no sales con el idiota ese...

—Vale... —esperé a que prosiguiera.

—... y Shanon nos dijo que ya sales con ese chico... y que estás pasando el fin de semana con su familia.

—Será traidora —mascullé.

—¿Es verdad? —preguntó, sorprendido—. ¿Estás saliendo con él?

—Sí —dije, algo avergonzada.

—¿Y se puede saber cuándo esperabas decírmelo?

Jack me miraba como si me estuviera haciendo la misma pregunta con los ojos.

—Los dos sabemos cómo te pones cuando quiero presentarte a un chico —remarqué—. Activas tu modo pesado.

—¿A cuántos le has presentado? —preguntó Jack, ofendido.

—¿No quiere conocer al encantador hermano de tu novio? —Mike me sonrió.

—Repito. —Spencer me devolvió a la llamada—. ¿Cuándo esperabas decírnoslo? Mamá está hiperventilando. Le parece indignante tener que enterarse por Shanon y no por ti. Especialmente, si vas a pasar tiempo con su familia.

Y, como si hubiera sido llamada por la gracia divina, mi madre le quitó el móvil a Spencer.

—¡¡¡Jennifer Michelle!!!

—Mamá... —mascullé, poniéndome roja cuando vi que los labios de Jack se curvaban y pronunciaban un Mushu silencioso.

Maldito segundo nombre. Maldito apodo. Maldito todo.

—¡Estás en casa de tus suegros y no me lo habías dicho! ¡Debería darte vergüenza!

—Iba a...

—¡Espero que, al menos, estés usando la sagrada protección!

Mi cara debía de ser del color de la sangre cuando lo gritó a través del móvil, haciendo que los dos hermanitos que me acompañaban lo oyeran perfectamente.

—¡Mamá!

—Nunca tuve esta charla contigo, Jennifer. Y sé que es un poco tarde para empezar, pero...

—¡Es muy tarde! ¡Demasiado!

—... creo que deberías saber que un buen preservativo puede ahorrarte muchos dolores de cabeza. Te lo digo yo.

—Lo sé, mamá, yo... —Me detuve—. Un momento, ¿cómo que me lo dices tú? ¿Eso qué significa?

—¿Eh? —Se puso nerviosa—. Oh, vaya, qué tarde es.

—¡Mamá!

—Más te vale que esta semana sepa todos los detalles de tu relación, ¿me oyes?

—Que sí...

—Pues eso. Y pásatelo bien. Y come bien. Y...

—Mamá, estoy bien... —Puse los ojos en blanco.

—¿Te cuidan bien?

—La madre de Jack me cuida igual que tú —le aseguré.

—Hay cosas que solo entiende una madre —dijo dramáticamente—. Ahora tengo que colgar. ¡Llámame muy pronto o me enfadaré contigo!

—Vale, mamá.

—Un besito, cielito.

Cuando colgué, vi que los dos me estaban mirando detenidamente. Esperaba no seguir roja.

—«Un besito, cielito» —se burló Mike.

Le lancé uno de los cojines del sofá a la cara. Él tuvo que pararlo con la mano con la que no sujetaba el cigarrillo.

—Sí, Michelle, un besito —se burló Jack.

—Sois tan infantiles. —Me puse de pie, enfadada, y fui a la cocina mientras los escuchaba reír.

Agnes estaba sentada en la barra con expresión de querer morirse. No pude evitar sonreír cuando la vi.

—¿Qué tal has amanecido? —bromeé.

—Cada vez que escucho a uno de mis nietos riendo, me replanteo por qué tuve hijos —me dijo con voz ronca—. Así he amanecido.

Cogí un vaso y lo llené de zumo de naranja. Después me acerqué a ella y se lo ofrecí. Murmuró un pequeño gracias como si estuviera muriéndose por dentro y le dio un sorbito.

—Cuando tenía tu edad, podía beberme toda una licorería y al día siguiente estar como una rosa —dijo lastimosamente.

—La edad no perdona.

La voz del señor Ross hizo que levantara la cabeza. Acababa de entrar en la cocina ajustándose sus gafas caras. Me dedicó una sonrisa amable. No podía creerme que ese hombre fuera el mismo que prácticamente me había echado de su casa unas semanas antes.

—Buenos días, señor Ross —dije cordialmente—. Y felicidades.

—Gracias, Jennifer. —Me dio un apretón amistoso en el hombro—. Mamá, ¿bebiste anoche?

—No me controles —le advirtió Agnes sin mirarlo.

—A tu edad no deberías...

—Honestamente, querido, ahora mismo solo tengo ganas de ahogarme en mi zumito. No necesito lecciones matutinas.

Esbocé una sonrisa divertida que se esfumó cuando vi que el señor Ross me estaba mirando como si fuera a decirme algo.

—¿Te gustaría que tuviéramos una pequeña charla, Jennifer? —sugirió, aunque su tono autoritario me dejaba entrever que no admitiría un no por respuesta.

—Sí, claro. No hay problema.

Lo seguí hacia la salida de la cocina y vi, de reojo, que Jack estaba discutiendo algo con su hermano. No se dieron cuenta de nada. Tragué saliva cuando vi que subía las escaleras, pero lo seguí de todas formas. No se detuvo hasta llegar al final del pasillo del piano. Señaló uno de los dos sillones negros con expresión amable, pero seguía sin gustarme demasiado eso.

—Por favor —me dijo, haciendo que me sentara.

Él no se sentó, sino que se apoyó con la cadera en el piano, mirándome con la cabeza ladeada.

—¿Qué te parece la casa? —preguntó, y me dio la sensación de que era porque me veía un poco tensa.

—Es preciosa. —Era verdad—. Y muy... hogareña. Si eso tiene sentido.

—Lo tiene —me concedió amablemente—. Fue una de las primeras cosas que compré cuando cumplí treinta años. Siempre había querido una casa en el lago para hacer escapadas de vez en cuando. La ciudad está bien, pero puede llegar a resultar abrumadora, ¿no crees?

Asentí con la cabeza, aunque en realidad no sabía muy bien qué hacía ahí, hablando con él.

—Creo que no me comporté de la forma más adecuada cuando nos conocimos, Jennifer —añadió.

Oh..., así que era eso.

—No sabía si tenías buenas o malas intenciones con mi hijo. Cuando tienes dinero, siempre tienes que ir con cierto cuidado. Espero que lo entiendas.

Traducción: espero que lo entiendas, aunque tú no tengas dinero.

—Lo entiendo —mascullé.

—Pero veo que os lleváis bien. Y que también te llevas bien con Mike, que es..., bueno..., sé que no está bien que lo diga, pero es muy complicado. Todos somos conscientes de ello. Tiene tanta despreocupación por todo...

Pareció que eso último era una reflexión en voz alta. Volvió a centrarse.

—Solo quería disculparme. Espero que podamos empezar de cero.

—No hay problema —aseguré enseguida—. Lo entiendo. Es su hijo y quiere protegerlo.

Me dedicó una sonrisa amable y pareció que iba a decir algo, pero se interrumpió a sí mismo cuando Mary apareció por el pasillo. Fruncí el ceño al ver que tenía una expresión algo precavida. Pasó los ojos muy abiertos de mí hacia su marido varias veces.

—¿Qué ocurre? —preguntó suavemente, pero era obvio que algo no estaba bien.

—Estaba charlando con Jennifer —replicó el señor Ross.

Mary clavó una mirada en él que no entendí. Él la ignoró, sonriéndome.

—Jennifer, querida —me dijo Mary sin mirarme—, ¿te importaría bajar un momento? Quiero hablar con mi marido a solas.

Parpadeé, sorprendida, pero me puse de pie y me alejé de ellos. Empecé a escucharlos discutir en susurros al instante. Me hubiera gustado saber qué pasaba, pero opté por bajar las escaleras rápidamente. Jack estaba riendo con Agnes en el sofá del salón y Mike estaba cargando su móvil con el ceño fruncido.

—¿Dónde estabas? —Jack sonrió al verme llegar.

—Tu padre quería hablar un momento conmigo en privado —dije, sonriendo y sentándome a su lado.

Sin embargo, me detuve cuando vi que su sonrisa se congelaba.

—¿Qué?

—No pasa nada —le aseguré, aunque noté que Mike y Agnes también me miraban fijamente.

Jack frunció el ceño.

—¿Qué te ha dicho? —preguntó bruscamente.

—¿Eh? Nada import...

—¿Estás segura? ¿No te ha dicho nada?

—¿Qué te pasa? —pregunté, sorprendida—. Solo se ha disculpado por lo que pasó el otro día. Me ha pedido que empecemos de cero.

Hubo un momento de silencio en el que creí que se estaba calmando, pero duró poco. De repente, pareció mucho más furioso que antes y se puso de pie. Hice un ademán de seguirlo, pero me detuve cuando vi que Mike negaba con la cabeza.

—Maldito manipulador —masculló Jack, subiendo los escalones de dos en dos.

Miré a Agnes en busca de respuestas, pero ella seguía teniendo cara de querer morirse por el dolor de cabeza. Agudicé el oído intentando oír algo, pero solo podía escuchar pasos y voces apagadas. Entonces las voces se volvieron más fuertes. Mike se puso de pie cuando escuchó su nombre y también desapareció escaleras arriba. No entendía nada. Y Agnes se estaba durmiendo sobre su propio puño.

Cuando me aseguré de que estaba dormida, me levanté con cuidado y me acerqué a las escaleras. Las subí rápida y sigilosamente. Las voces se hicieron más intensas. En cuanto llegué al primer piso, di un traspié cuando Mike pasó por mi lado hecho una furia. Lo miré, sorprendida. Él bajaba las escaleras a toda velocidad. No me dio tiempo a procesarlo cuando Jack apareció a mi lado con mi mochila en la mano.

—Nos vamos —me dijo sin dar pie a que protestara.

Miré a Mary cuando pasó junto a mí. Vi que intentaba no llorar mientras su marido parecía indiferente respecto a la situación, sentado en uno de los sillones.

Jack se detuvo y se giró hacia mí.

—Jen... —me pidió en voz baja.

Me apresuré a seguirlo. Agnes continuaba dormida, sin enterarse de nada. Vi que Jack iba directamente a su coche. Metió la mochila en la parte de atrás y yo subí al asiento del copiloto. Miré a Mike. Estaba más serio que nunca, con la mirada clavada en la ventana. Jack se sentó detrás del volante, dio un portazo y arrancó el coche bruscamente.

No me atreví a preguntar nada en todo el camino. ¿Cómo se había torcido todo así de repente? Igual no debería haber dicho nada. Miré la mano tensa de Jack en la palanca de cambios y no pude evitarlo. Estiré mi mano y la agarré. Cuando vi que no protestaba, la llevé a mi regazo.

—¿Estás bien? —pregunté en voz baja.

—No —masculló, pero no quitó su mano.

Miré a Mike, que seguía con su expresión sombría, y supuse que intentar sacar conversación no sería una gran idea.

Al llegar a casa tuve la sensación de que volvía de unas extrañas y cortas vacaciones. Jack se colgó la mochila del hombro y los tres nos metimos en el ascensor. En cuanto abrimos la puerta, vimos que Will y Sue estaban en el salón con sus apuntes. Ambos levantaron la cabeza al vernos.

—Menudas caras —dijo Sue, confusa.

Nadie dijo nada. Will me miró en busca de respuestas, pero yo tampoco las tenía. Jack me dio mi mochila.

—Voy a ducharme —dijo escuetamente antes de desaparecer por el pasillo.

Mike suspiró y desapareció por la puerta principal. Supuse que iría a fumar a la terraza cuando escuché el ruido de la ventana del pasillo.

—¿Qué ha pasado? —preguntó Will, confuso.

—No lo sé. Iba todo bien, el padre de Jack me pidió disculpas y no sé... De repente, todos se enfadaron. Y discutieron.

—Eres una gran narradora —ironizó Sue.

—¡Es lo que he visto!

—Bueno... —Will suspiró—, es lo que ocurre siempre que Ross y su padre pasan más de una hora juntos.

—Sigo sin entender por qué se llevan tan mal —mascullé.

—Si te consuela, yo tampoco lo sé —me dijo él, sonriendo.

Bueno, si él no lo sabía, era que Jack realmente no se lo había dicho a nadie. Di un respingo cuando mi móvil vibró. Monty me llamaba. Genial. Lo que faltaba. Colgué.

—¿Debería decirle algo? —murmuré, volviendo al tema.

No me respondieron, claro.

Jack no tardó en salir de la ducha y me apresuré a seguirlo a la habitación. Cerré la puerta cuando vi que se estaba subiendo unos pantalones.

—Estoy bien —repitió antes de que pudiera formular la pregunta.

—No me ha dicho nada malo —le aseguré en voz baja.

—Oh, ya lo sé. —Sonrió irónicamente.

—¿Lo... lo sabes?

—Perfectamente.

—¿Y por qué...?

—No quiero hablar de mi padre, Jen —me cortó con suavidad.

Dudé un momento antes de asentir con la cabeza.

—Está bien —le concedí—. Aunque... si algún día necesitas hablar de ello con alguien...

Su expresión se ablandó al instante en que me vio jugando con mis manos, nerviosa.

—Sé que puedo hablarlo contigo. —Me sonrió acercándose y me sujetó la cara con ambas manos—. Especialmente porque eres una cotilla.

—¡No lo soy! —protesté.

—Sí que lo eres, ¡estabas subiendo las escaleras para escuchar a escondidas!

—Bueno..., ¡admite que tú también lo hubieras hecho!

Él sonrió y pasó por mi lado.

—Venga, vamos a ver una película y a olvidarnos de todo esto.

22

La prueba del consolador

Era raro ver a Mike sin gastar bromas. Había estado sumido en un extraño silencio toda la mañana. Incluso Jack empezaba a mirarlo con expresión extrañada.

Creo que todos habíamos asumido que se le pasaría al día siguiente, pero nos equivocamos. Se limitaba a mirar la televisión o su móvil. Supuse que sería por su padre y, cuando me dijo que no quería hablar del tema por tercera vez, decidí no insistir más.

Ese día, las clases se me habían hecho eternas —para variar— y había quedado con Naya para comer..., cuando apareció con Lana. Mi reacción inicial fue querer irme corriendo, pero lo pensé mejor y me acordé de que me había prometido a mí misma que me llevaría bien con ella. Aunque solo fuera por Naya y Jack. Así que me limité a esbozar una pequeña sonrisa y a mostrar cordialidad mientras las tres nos sentábamos en la cafetería de mi facultad.

Siendo sincera, nunca había oído a Lana hablando de algo que no fueran chicos con los que se había enrollado o sus decenas de viajes a Europa. Fue raro verla comentando algo de un trabajo de su clase. Parecía mucho más lista de esa forma. Igual eso no tendría que haberme sorprendido tanto. Después de todo, Chris me había comentado varias veces que sacaba buenas notas. De hecho, muy buenas.

—¿Qué tal está tu hermano? —le pregunté a Naya al pensar en Chris—. Hace mucho que no lo veo.

—Como siempre. —Suspiró—. Sigue siendo un pesado con las normas. Pero es un pesado entrañable.

—Todavía me acuerdo de cuando estaba en la residencia. —Lana sonrió—. Estuvo a punto de darle un ataque al corazón cuando se enteró de que Ross había escalado hasta mi ventana para entrar en mi habitación y había estado toda la noche...

Se detuvo al acordarse de que yo estaba ahí. Y, honestamente, creo que fue la primera vez que realmente parecía arrepentida de haberme dicho algo de Jack. Sus mejillas rojas me lo indicaron.

—Es decir... —empezó—. Hace mucho de eso.

—Sé que ha tenido otras novias antes que yo —le aseguré—. No me moriré por escucharlo.

Nos miramos un momento y, tras un instante de tensión, ella siguió con su historia. Casi pareció que no había ningún problema entre nosotras.

Mi móvil vibró de nuevo. Uf... Monty. Había llamado ya unas cuantas veces. Estaba empezando a odiar su nombre. Colgué sin responder. Ellas dos me estaban mirando.

—¿Monty? —preguntó Naya al ver mi expresión de fastidio.

Asentí con la cabeza.

—¿Ese no era tu novio? —preguntó Lana.

Y, por algún motivo, quise contárselo. Es decir, contarle lo que sabía Naya. Los peores detalles estaban reservados para Jack, que era el único que había visto mi moretón. Moretón que ya casi había desaparecido, afortunadamente.

Por cierto, durante esos tres días por fin me había llamado mi padre para decirme que ya les había llegado la cita para ir al juzgado. Tuve que ir a un pequeño juzgado un poco cutre con Jack —que, por suerte, no hizo un solo comentario en todo el proceso—, firmar unos cuantos papeles... y ya estuvo todo listo. El juez había decretado una orden de alejamiento contra Monty, mi expareja, para que no pudiera acercarse a mí. Me dejó un gusto muy amargo en la boca, pero era lo mejor.

Lana tenía la boca abierta cuando terminé de contarles los detalles menos feos de mi relación.

—¿Por qué no le bloqueas? —me sugirió.

Lo peor era que, con la orden de alejamiento, ni siquiera podía llamarme, pero seguía haciéndolo.

—Es capaz de presentarse aquí si ve que lo he bloqueado —murmuré—. Es... increíble que todavía siga insistiendo.

—Sí, ha de tener claro que ya no te interesa —me dijo Naya.

—Lo sé. Pero se cree que estoy con Jack para ponerle celoso o algo así.

—Hombres... —Lana puso los ojos en blanco.

Sonreí. Ella me sonrió.

Qué momento más raro.

Y, gracias a ese breve momento, una idea malvada me vino a la mente. Tenía que aprovechar esa oportunidad. No sabía si volvería a encontrarme en una situación así de ideal con ellas dos. Así que hice algo de lo que..., bueno..., no me siento muy orgullosa.

¡Pero era por el bien común!

Tu bien no es el bien común, querida.

—¿Puedo preguntar algo? —Las miré con inocencia, removiendo mi comida con el tenedor.

—Claro —dijo Naya, sonriendo.

—¿Sabéis por qué Jack y su padre se llevan tan mal?

A ver, estaba claro que Jack no iba a contármelo. Mike..., bueno, no quería ni hablar de su padre. Y Will jamás traicionaría a su amigo. En cambio, Naya y Lana parecían objetivos viables. La verdad es que me esperaba que se miraran entre ellas cuestionándose si debían contarme algo, pero las dos tuvieron la misma reacción de encogerse de hombros. ¿Tampoco lo sabían? Bueno, eso no me lo esperaba.

—Creo que ni siquiera Will lo sabe —murmuró Naya.

—Siempre se han llevado mal —dijo Lana—. Incluso cuando íbamos al instituto. A veces..., muchas veces..., Ross dormía en casa de Will porque no podía soportar estar con su padre.

—Me ha hablado alguna vez de su fase del instituto —murmuré—. Que estaba un poco más... alterado que ahora.

Ellas dos soltaron bufidos burlones y levanté las cejas.

—¿Qué? —pregunté, sorprendida.

—¿Alterado? —repitió Naya, divertida.

—Bueno, me contó que se metía en algunos problemas, que ligaba bastante...

—Creo que ya he oído el eufemismo del siglo —dijo Lana, divertida.

—Y que lo digas —dijo Naya, asintiendo con la cabeza.

—¿Qué? —pregunté, irritada al ver que se estaban riendo de algo que yo no sabía.

—Cuando estábamos en el instituto, Ross era... —Naya pensó en la palabra adecuada.

—... un desastre —completó Lana.

—Un verdadero desastre.

—Oh, sí.

—¿En qué sentido? —pregunté, confusa.

—No venía nunca a clase, hablaba mal a los profesores...

Él me había dicho que nunca había tenido problemas con profesores. ¿Me había mentido? Naya seguía enumerando.

—... se metía en peleas, trataba fatal a todo el mundo, incluso se hizo un tatuaje estando borracho, ¿no?

—El del águila —murmuré.

—Sí, ese. —Lana asintió con la cabeza—. Y, oh, sí, empezó a beber. A beber... mucho. Muchísimo.

—¿Qué es muchísimo?

—Muchísimo es muchísimo —me dijo Naya, y por el tono supe que no era nada bueno—. Pero... ojalá eso hubiera sido todo.

—¿Qué pasó? —empezaba a estar asustada.

—Lo que les pasa a muchos adolescentes de esa edad con más dinero que sentido común. —Naya esbozó una sonrisa triste—. Empezó a meterse... drogas.

¿Qué?

¿Jack? ¿Mi Jack?

No. Eso era imposible.

—Nada fuerte —me aseguró Lana al ver mi cara—. Bueno..., igual sí, pero...

—¿Mike no era el que tenía problemas con las drogas? —pregunté, confusa.

—Oh, Mike los tuvo más adelante. De hecho, por entonces cuidaba bastante de Ross.

Eso era, definitivamente, imaginarse un universo paralelo. ¿Mike cuidando de Jack?

No, era imposible.

—¿Q-qué le pasaba con las drogas? —pregunté, algo asustada.

—Montaba muchas fiestas. —Lana se encogió de hombros—. Empezó a ir con amigos que no eran muy recomendables.

—Le pasó algo en esa época —murmuró Naya, pensativa—. A Ross, digo. Porque fue todo muy repentino. Fue cuestión de semanas. Pasó de ser un chico encantador a ser el típico imbécil de instituto.

—Sí, yo también lo creo —dijo Lana.

—¿Y no se calmó cuando se fue a vivir con Will? —pregunté.

—Bueno, un poco... —Naya lo consideró—. Dejó las drogas y todo eso. Creo que fue principalmente porque quería ayudar a Mike. Pero, lo demás, no cambió tanto.

—Honestamente, creo que el problema era vivir con su padre —murmuró Lana.

Sí, seguían sin poder estar juntos más de media hora sin querer matarse. En eso tenía razón. Quizá vivir lejos de él le había ayudado.

—Pero... el mayor cambio no ha sido ese. —Lana miró a Naya significativamente, y luego las dos me miraron a la vez. Yo parpadeé, confusa.

—¿Qué?

—Cambió bastante cuando te conoció —confesó Naya.

—¿Cambió?

—Joder si cambió. —Lana empezó a reírse.

—Yo no noté nada —murmuré, confusa.

—Porque no lo conocías. —Lana puso los ojos en blanco—. Incluso yo lo noté cuando volví. Parecía el chico que había sido antes de que todo empeorara. Sinceramente, hizo que tuviera esperanzas en él.

—Sí... —Naya me miró—. ¿No te acuerdas del día que te lo presenté? ¿Que le pedí que no te asustara porque quería que siguieras siendo mi compañera de habitación?

Asentí lentamente con la cabeza. No podía creérmelo.

—Bueno, Ross..., digamos que él tenía un don para ligar con la chica que quería y deshacerse luego de ella. Lo dejó de hacer en el momento en que os presenté. Te lo juro. Incluso Will estaba sorprendido. De hecho, la primera noche, cuando los dos fuisteis a su habitación..., la verdad es que pensé que..., bueno...

Recordé cuando Naya entró en la habitación preguntando si podía mirar o estábamos haciendo algo inapropiado. Me lo había tomado como una broma, pero era cierto que ella había parecido tener un poco de prisa porque nos marcháramos a la residencia.

—No pasó nada —le dije enseguida.

—Lo sé. Eso es lo... sorprendente.

Tardé unos segundos en pensar algo que decir.

—¿Por eso Sue se enfadaba tanto cuando íbamos al piso? —pregunté, confusa.

—Oh, sí. Supongo que estaba cansada de ver a tantas chicas distintas paseándose por la casa. Por eso, también, hizo ese comentario el día que Ross cocinó y todos nos quedamos en completo silencio.

Lo recordaba. «Como quieres follártela, no hay ningún problema con que se quede.» También pensé que el silencio absoluto se hizo al ver mi incomodidad. Pero... quizá era algo más.

—¿Por qué no sabía todo esto? —pregunté en voz baja.

—Ross no quiere que lo sepas. —Naya puso los ojos en blanco—. Le aterra la idea de que no vuelvas a verlo de la misma forma.

—¿A estas alturas?

Casi me reí.

—Bueno, lo que está claro es que lo suyo fue amor instantáneo —dijo Naya, sonriéndome ampliamente.

Vi que Lana agachaba un poco la cabeza. Debía de sentar mal que le dijeran a la novia actual de tu ex que lo había hecho mejor que tú. No supe qué decirle, pero me sentí un poco mal por ella.

—Dejó de beber también —dijo Naya, devolviéndome a la realidad—. Creo que no lo he visto bebiendo nada que contuviera alcohol desde entonces. Bueno, las cervezas, pero... ya me entiendes. Nada fuerte de verdad.

—Y ha dejado de fumar —murmuré.

—Sí, Will me lo dijo. ¿Lo ves? Y tú preocupada por el otro idiota.

Señaló mi teléfono. Monty estaba volviendo a llamar. Colgué de nuevo. Debería avisar a la policía.

—Ross lo hará pedazos si se cruza con él —murmuró Lana, mirándome.

—La vedad es que prefiero que no se crucen nunca. Monty puede llegar a ser un poco... violento.

Las dos volvieron a soltar las risitas de burla.

—Se nota que solo has conocido a Ross en su fase de buen chico —me dijo Naya.

—¿Por qué?

Volvieron a mirarse. Me estaban empezando a poner de los nervios.

—Digamos que Ross... sabe arreglárselas bien en una pelea —dijo Lana.

—Muy bien, de hecho —añadió Naya.

Después de eso, no volvimos a sacar el tema.

El día se me hizo un poco largo porque me encontré a mí misma con más ganas de volver a casa que nunca. Las palabras de las chicas seguían en mi cabeza.

Jack había cambiado. Por mí. O quizá yo solo había sido un pequeño motivo de muchos otros, pero no importaba, lo importante era que había intentado mejorar. Y yo se lo había pagado durante meses sin estar segura de si prefería estar con él o con Monty. Me sentía tan estúpida..., solo quería estar con él. Quería compensárselo de algún modo.

Cuando abrí la puerta del piso, tenía una pequeña sonrisa tímida en los labios. Hacía mucho que no sonreía tímidamente. Se me hizo raro. Mike parecía un poco más animado en el sillón, charlando con Sue. Naya y Will miraban la televisión acurrucados y Jack estaba solo en el otro sofá. Se giró en cuanto oyó la puerta.

—Mira quién ha vuelto de su larga jornada de trabajo —bromeó.

Dejé el bolso en el suelo y me acerqué a ellos. Jack me hizo sitio en el sofá para que me sentara a su lado, pero me dejé llevar por el momento y me senté en su regazo. Levantó las cejas, sorprendido. Se sorprendió aún más cuando le puse una mano en la mejilla y le di un beso en los labios.

Casi nunca le mostraba afecto en público. Tenía que cambiar eso, también. Porque sabía que le gustaba. Y a mí no es que me desagradara, precisamente, solo que me daba algo de vergüenza. Era cuestión de acostumbrarse. Y podía acostumbrarme por él.

Me separé y le di un beso más corto que el anterior en el centro de los labios y en la comisura. Estaba sonriendo, sorprendido.

—¿Me has echado de menos? —preguntó, confuso.

—Algo así —murmuré en voz baja.

Los demás fingían estratégicamente que no nos prestaban atención.

Volví a inclinarme hacia delante y le di otro beso corto en los labios. Escuché a Sue fingiendo que vomitaba por ahí detrás, a Mike riéndose a carcajadas y a Will y Naya chistándoles para que nos dejaran en paz. Jack seguía sin entender qué pasaba, pero no fallaba en devolverme cada beso.

—Jen, ¿estás bien?

Asentí con la cabeza, mirándolo y pensando a toda velocidad. Enarcó una ceja, intrigado.

—Ayúdame a buscar el pijama —le dije, poniéndome de pie.

Él pareció confuso. Mike se giró con la misma expresión.

—¿Tiene que ayudarte él a buscar tu pijama? ¿No sabes dónde está?

—Puedo intentarlo —dijo Jack, encogiéndose de hombros—, pero no sé si seré de mucha ayuda.

Lo miré con los ojos muy abiertos de forma significativa, extendiendo el brazo para que me agarrara la mano. Entonces pareció entenderlo. Pasó de la confusión a la sonrisa perversa en menos de un segundo. Agarró mi mano y se puso de pie. En cuanto estuvimos en la parte del pasillo donde ya no nos podían ver, me agarró de la cintura y me colgó del hombro para ir a su habitación con una sonrisa de oreja a oreja.

Casi una hora más tarde, volvimos al salón con los demás, que acababan de pedir algo para cenar. Will nos miró con una sonrisa burlona.

—¿Has encontrado el pijama, Jenna?

Jack sonrió, divertido, mientras yo me ponía roja. Como si no supieran perfectamente lo que habíamos ido a hacer.

Me di cuenta de que estaba hambrienta cuando tuve la hamburguesa delante. Naya había vuelto a poner su programa de reformas al que, honestamente, ya me había enganchado. Mi hermana me había mandado una foto de mi sobrino Owen durmiendo para preguntarme cómo estaba. Le devolví unos cuantos mensajes diciéndole que estaba bien mientras Jack miraba el programa, atento, con su brazo encima de mis hombros. Me gustaba cuando me acariciaba el brazo distraídamente.

Y... la cara de Monty apareció en mi pantalla.

Le colgué enseguida. Lo que me faltaba. Ese idiota.

Pero volvió a aparecer. Esta vez no fui tan rápida. Noté que la mano de Jack dejaba de acariciarme y suspiré. Me giré hacia él. Tenía el ceño un poco fruncido.

—¿Sigue molestándote? —susurró.

Agradecí que no lo dijera en voz alta porque no quería que todo el mundo se enterara. Era increíble cómo respetaba mis deseos incluso en ocasiones así.

—Un poco. —Me encogí de hombros—. Nada que no pueda manejar.

—Jen...

—Puedo manejarlo.

—No creo que puedas, la verdad —me dijo suavemente—. Hay gente que, simplemente, no es manejable. Por mucha defensa personal que sepas.

—No sé defensa personal...

—Pues puñetazo en el cuello o patada en los huevos. —Sonrió—. Ya sabes los fundamentos básicos, enhorabuena.

Por un momento creí que se había olvidado de Monty y sonreí, pero cuando vi que volvía a su expresión inicial, supe que no era así.

—Deberías llamar a la policía, Jen.

—Es que... no quiero que lo detengan.

—¿Quieres que le diga que pare?

—Jack Ross, matón a domicilio. —Dejé de sonreír cuando vi que él no se lo tomaba con mucho humor—. Se le pasará. Encontrará a otra chica con la que pasar el tiempo y se olvidará de mí.

Me miró un momento, casi ofendido.

—¿Por qué te crees que eres tan fácil de olvidar?

Parpadeé, sorprendida. Menudo cumplido. No me lo esperaba. Y lo había dicho tan... francamente. No pude evitar ponerme roja, y eso fue suficiente para que volviera a acariciarme el brazo, divertido.

Cuando te pones roja le causas ternura y se distrae. Es un dato que hay que tener en cuenta para el futuro.

—Si te sientes insegura en algún momento —murmuró—, prométeme que me avisarás. Y llamarás a la policía.

—Está bien.

—Necesito que me lo prometas, Jen.

Lo miré.

—Te lo prometo. Te avisaré.

—Bien. —Pareció calmarse—. Bien. Vale.

Esa mañana tenía un examen y había estado ocupada estudiando como una loca, así que no había podido ir a correr. Era raro lo acostumbrada que estaba ahora a hacer ejercicio. Me estaba empezando a sentir debilucha. ¡Por un día! Seguro que Spencer estaría orgulloso de mí si se lo dijera.

Jack y Will habían bromeado con que me comprarían un pastelito de chocolate para celebrar que me había ido bien el examen..., pero no habían pensado en que podía irme mal. Y era altamente probable.

Esperaba no tener que prescindir de ese pastelito. Me senté en la zona del examen y respiré hondo.

Y... ¡me salió genial!

Ellos dos estaban fuera de mi edificio cuando salí con cara agria a propósito. Will dio un codazo a Jack, que enseguida adoptó su mejor cara de novio preocupado. Se acercó a mí y me dio un abrazo de oso amoroso.

—¿Quieres que vayamos a amenazar al profesor? —sugirió tan tranquilo como si acabara de insinuar que quería ir a por golosinas.

—No hace falta... —Sonreí—. Me ha ido genial.

—¿Eh?

—Era broma. Pero has pasado la prueba del consolador.

Y, por culpa de la estúpida palabra «consolador», estuvieron metiéndose conmigo todo el maldito camino. Especialmente Jack. Acabé tan harta de que se rieran de mí que amenacé con ir a dormir a la residencia. Dejaron de bromear, pero seguían riéndose disimuladamente.

Idiotas.

—Espera —le dije a Jack cuando iba a meterse en el garaje—. Voy a comprar cervezas para celebrarlo.

—¿Voy contigo? —preguntó Will.

—Estaré en el supermercado de aquí abajo. Id a aparcar primero.

Bajé del coche tan feliz y escuché que ellos se metían en el garaje. Estaba tan distraída centrándome en el supermercado que no me di cuenta de que, justo delante del edificio, había un coche aparcado que conocía muy bien.

Me percaté solo cuando Monty me agarró del brazo con fuerza, deteniéndome. Me di la vuelta, sorprendida, y me quedé paralizada cuando le vi la cara.

—Sigues viva —me dijo, soltándome de malas maneras—. Qué sorpresa.

Oh, no, por favor. Otra vez no.

Lo miré de arriba abajo, intentando procesar que eso no era una pesadilla. Había vuelto a presentarse sin avisar. No me lo podía creer.

—Voy a llamar a la policía —le advertí..., justo antes de darme cuenta de que me había dejado el móvil en el coche.

Y, aunque odiara admitirlo, estaba muy asustada. Mis costillas se quejaron como si recordaran su puñetazo.

Miré de reojo la puerta del edificio. Calculaba que a Jack le faltarían dos minutos para salir del garaje. Solo tenía que entretenerlo un poco y tendría su ayuda y la de Will para que se fuera.

Por favor, venid ya.

—He venido a ver qué hacía mi novia. —Me clavó un dedo en la clavícula, enfadado—. Como no responde a mis mensajes ni a mis llamadas...

—Monty, tienes una orden de alejamiento —le recordé con mi voz más suave—. Esto ya no es un juego; es más grave.

—¿Te crees que me importa la orden de alejamiento? He venido a arreglar lo nuestro.

—No hay nada que arreglar.

—¡No sabes lo que dices, Jenny! ¡Eres demasiado cabezota!

Me agarró del brazo con menos fuerza que antes, pero me asusté igualmente. La gente estaba empezando a mirarnos de reojo. Tiré de mi brazo con fuerza.

—Lo digo en serio, Monty, voy a llamar a la pol...

—Vas a venir a mi casa y vamos a acabar con esta tontería.

—¡Suéltame!

—Vamos a echar un polvo y a olvidarnos de todo esto. Como deberíamos haber hecho desde el maldito principio.

—¡Echar un polvo! —repetí sin poder creérmelo—. Pero ¿tú quién te crees que eres?

—Tu novio. Así que déjate de tonterías y sube al puto coche.

—¡No! —Me solté, furiosa—. ¡No es ninguna tontería! ¡Te denuncié, maldita sea, quiero que te alejes de mí!

—Jennifer...

—¡No quiero hablar contigo, no quiero subirme a tu coche y puedes estar seguro de que no quiero acercarme a ti nunca más! —Respiré hondo cuando me di cuenta de que había levantado la voz—. ¿Cómo tengo que decirte que me dejes en paz para que lo hagas? ¿Es que denunciarte no es suficiente? ¡¿Qué más quieres?!

Me miró unos segundos, furioso.

El miedo hizo que mi corazón se acelerara.

Jack, Will, ¿dónde estáis?

Puñetazo o patada. Cuello y huevos. En caso de emergencia, tenía las dos claves. No.

—Sube al coche —me ordenó en voz baja.

—No. —Di otro paso hacia el edificio.

Él se adelantó bruscamente y me agarró del brazo de nuevo, esta vez con más fuerza. Justo cuando vi que levantaba la mano y la gente que pasaba por la calle se alejaba de nosotros, algo en mí se activó y reaccioné antes que él. Le di un empujó con todas mis fuerzas, mandándolo unos cuantos pasos hacia atrás. Chocó con su coche bruscamente y me miró, sorprendido.

—¿Qué te crees que...?

—No vas a volver a golpearme en tu vida —le dije, furiosa, acercándome a él—. ¿Me has entendido? Nunca más.

Lo dije con una rabia que me sorprendió incluso a mí misma. Él tardó unos segundos en recomponerse.

—¿Yo soy el malo por golpearte? ¿Has pensado en el daño emocional que me haces tú a mí?

—Dios mío... —Casi me entraron ganas de llorar—. ¿Cómo he podido perder cuatro meses de mi vida contigo?

Me agarró del brazo de nuevo, esta vez sin delicadeza.

—Estoy harto de que me trates como una mierda —masculló, abriendo un poco mi puerta—. A partir de ahora, vas a...

Di un paso atrás, trastabillando, cuando me soltó el brazo de repente. Jack había aparecido de la nada. Lo agarró del cuello de la camiseta con un puño y lo estampó, literalmente, contra la puerta del coche, cerrándola de golpe. Abrí los ojos como platos.

—¿Qué...? —Monty no se lo esperaba. Intentó zafarse, pero los dos nos quedamos igual de sorprendidos cuando Jack volvió a clavarle la espalda en el coche con una fuerza y habilidad sorprendentes—. Suéltame ahora mismo o...

—Llévatela de aquí y llamad a la policía —dijo Jack en voz baja.

No entendí nada hasta que me di cuenta de que hablaba con Will. Él me puso una mano en el hombro suavemente.

—Vamos, Jenna.

—¿Qué? —Miré a Monty, que estaba rojo de rabia. Iba a matar a Jack en cuanto pudiera—. ¡No!

—Will... —Jack me ignoró completamente.

Y, para mi sorpresa, Will se agachó y me cargó sobre un hombro para llevarme al ascensor. Yo no paré de retorcerme para que me soltara. Desde ahí no podía ver nada. Y empecé a patalear como una niña pequeña.

—¡Suéltame, Will!

—Ahora mismo no quieres estar ahí abajo —me dijo él tranquilamente.

—¡Que me sueltes de una vez!

Me ignoró de nuevo.

—¡Ni siquiera tienes la decencia de parecer preocupado! —lo acusé, furiosa.

—Es que no lo estoy —me dijo, simplemente.

—¡Jack está solo con ese... con ese...!

—Ross sabe lo que hace, Jenna. Relájate.

Sue y Mike nos miraron, sorprendidos, cuando Will entró en el piso cargando conmigo. Me dejó en el suelo y yo di dos pasos atrás, temblando por los nervios y la rabia.

—Te has equivocado de chica —le dijo Sue, divertida.

—Sí, esa es la de mi hermano.

—¡Déjame pasar! —le grité a Will, furiosa, cuando me detuvo con el brazo—. ¡Will, lo digo en serio!

—Ross quiere que te quedes aquí y llames a la policía —me dijo suavemente.

Mierda, la policía.

Los demás ya no se reían cuando fui a toda velocidad a por mi móvil, que Will me había subido. Me temblaban los dedos cuando marqué el número y, para mi sorpresa, la mujer que me atendió me aseguró que enseguida llegarían. Ni siquiera titubearon. Admito que eso me hizo sentir un poco mejor, pero no lo suficiente.

—Ya vienen —le dije a Will, temblando de pies a cabeza.

—¿Lo ves? No pasa nada. Todo se solucionará.

—¡Me da igual! ¡Lo has dejado solo con ese maldito loco!

—Jenna, cálmate.

—¡Puede estar haciéndole daño! ¡Y tú y yo estamos aquí arriba en lugar de ahí abajo, ayudándolo!

—Créeme —Will esbozó una triste sonrisa—, Ross no necesita nuestra ayuda.

—¡Me da igual! ¡Quiero bajar!

—¡Ross no quiere que bajes!

Estaba perdiendo la paciencia conmigo.

—¡Me da igual lo que quiera!

—¡Jenna, no quiere que le veas así! ¡Deja de insistir!

Volví a intentar pasar y me frustré cuando volvió a detenerme. Me quedé sentada en el reposabrazos del sofá, pasándome una mano por el pelo. Pareció que pasaba una eternidad y no aparecía nadie. Me estaba volviendo loca solo de pensar en Monty. Lo había visto enfadado alguna vez con algún chico. Especialmente en el instituto. Recordé a uno en especial que intentó ligar conmigo, y Monty le dejó la nariz amoratada. Imaginarme a Jack con la nariz rota por mi culpa hizo que me entraran ganas de llorar.

Entonces la puerta se abrió y me puse de pie de un salto.

Todo el mundo se giró hacia Jack, que apareció tan tranquilo como si no hubiera pasado nada. Lo acompañaba un agente de policía.

Revisé a Jack de arriba abajo, pasmada. Ni un rasguño.

No entendía nada.

Will y él intercambiaron una mirada y se lo dijeron todo sin abrir la boca. Cómo odiaba que hicieran eso y me dejaran a mí sin información.

—¿Señorita Brown? —preguntó el policía, mirándome—. Debe venir con nosotros a comisaría.

Asentí con la cabeza como si estuviera en una galaxia paralela. De hecho, me sentí como si, en todo momento, lo que estaba haciendo lo hiciera otra persona. Will, Jack y yo fuimos a la comisaría, donde conté todo lo que había pasado. No volví a ver a Monty, aunque escuché su voz. Lo tenían en una de las celdas. Y, por lo que entendí, se estaba jugando una pequeña temporada en la cárcel. De seis meses a un año.

—No se sienta culpable —me recomendó el agente cuando vio mi cara de espanto—. Él sabía las consecuencias de lo que hacía. Las llamadas constantes, los mensajes... Uno de sus compañeros nos informó de que lo había visto vigilándola en el campus. Y también ha ido a su actual residencia. Un clásico. Lo vemos muy a menudo.

—¿En serio? —pregunté en voz baja.

—¿Exparejas que no saben aceptar una ruptura y se saltan una orden de alejamiento? Desgraciadamente, pasa mucho. Aunque le aseguro que, después de una temporadita en la cárcel, se les pasan las ganas de volver a hacerlo. Muchos ni siquiera llegan a pisarla, pero se llevan el susto y se calman bastante.

Eso me calmó. Le agradecí de todo corazón lo que había hecho y salí de comisaría todavía en shock. No dije nada en todo el camino de vuelta. De hecho, me di cuenta de que no había hablado con Jack o Will. No encontraba las palabras adecuadas.

Mike y Sue seguían en el piso, aunque me los encontré en una situación muy distinta. Él daba vueltas por el salón, ansioso, y Sue estaba de brazos cruzados en el sillón. Ambos dieron un respingo y nos miraron en cuanto entramos.

—¿Estáis bien? —preguntó Sue con tanta urgencia que los tres nos quedamos parados, mirándola.

—¿Estás... preocupada? —preguntó Jack, pasmado.

—Sí, idiota. Es obvio. ¿Qué ha pasado? Hemos visto los coches de policía y... ¿qué demonios ha pasado?

Dediqué una mirada a los chicos, dudando, y Will asintió.

—¿Por qué no vais a la habitación? Ya se lo explico yo.

Creo que nunca me he sentido tan agradecida con alguien. Me acerqué a él y le di un fuerte abrazo. Él me lo devolvió, sorprendido.

—Eres tan buen amigo —murmuré dramáticamente.

—Sí, yo también te aprecio —me dijo, divertido—. Venga, ve con Ross.

Jack estaba sentado en la cama cuando llegué a la habitación. Ni siquiera sabía cómo reaccionar ante él. Me dedicó una mirada de cautela.

—¿Estás bien? —nos preguntamos a la vez.

Hubo un momento de silencio incómodo. Entonces me acerqué a él.

—Jack Ross —empecé en voz baja—, que sea la última vez que te quedas a solas con un imbécil como Monty, ¿me has oído?

—Tampoco ha sido para tanto —me aseguró.

—¿Que no...? ¿Se puede saber qué te pasa?

Pareció sorprendido al instante. Levantó las cejas, observándome con cautela.

—Jen... —empezó, aunque parecía que no sabía qué decirme.

—¡No tienes ni idea de lo loco que se vuelve cuando se enfada, Jack!

—Estoy bien —dijo.

—¡No vuelvas a quedarte solo con él! ¡Me da igual lo bueno que seas peleándote o lo que sea!

—Jen, escúchame...

—¡No! ¡Escúchame tú! ¡No me vuelvas a hacer esto! ¡No vuelvas a dejarme al margen mientras tú te vas solo a hacer algo así! ¡Nunca! ¿Me oyes?

Se quedó callado. Creo que nunca lo había visto sin palabras. Al menos, no hasta ese punto. Me temblaban los puños. Alargó la mano hacia mí, dudando, y al final la devolvió a su regazo.

—Estoy perfectamente —me aseguró en voz baja.

Respiré hondo y lo revisé de arriba abajo concienzudamente. Parecía estar bien. Ni un rasguño..., no entendía nada.

—Puedes olvidarte de ese chico —me dijo—. Dudo que vuelva a acercarse a ti, además...

—Dios mío, te voy a matar.

—¿Eh?

Parpadeó, confuso.

—¿Te crees que estoy preocupada por mí, idiota? ¡Casi me ha dado un ataque de ansiedad por la maldita incertidumbre de no saber si estabas bien! ¡No vuelvas a hacerlo! ¡La próxima vez, subimos los dos o nos quedamos los dos! ¡Juntos!

Abrió la boca y volvió a cerrarla, completamente atónito.

—E-está bien... Yo... lo siento. Y... siento no haber llegado antes.

Su tono de voz hizo que mi enfado se disolviera al instante. Una parte de mí odiaba que hiciera que mis enfados no duraran ni cinco minutos, pero la otra lo adoraba por ello. Suspiré y me olvidé del mal rato que había pasado. O lo intenté. Le sostuve la cara con las manos, todavía con ganas de llorar.

—No te disculpes, me has defendido —le dije—. Debería darte las gracias. Aunque te hayas comportado como un idiota y aunque yo ya tuviera la situación bajo control.

Vi que sus labios se apretaban tratando de no sonreír.

—¿La situación bajo control? ¿Es una broma?

—Si hubieras tardado un segundo más, me habrías visto dándole un puñetazo en el cuello y una patada en los huevos.

Él pareció estar pasándoselo bien.

—Ufff..., menos mal que llegué antes de que lo noquearas con tus habilidades de ninja.

Sonreí, agotada, y me senté a su lado. Ambos nos miramos un momento antes de que yo apoyara la cabeza en su hombro.

—Siento marearte siempre con mis problemas, Jack.

—La verdad es que haces que mi vida sea bastante entretenida.

—¿Entretenida? —Sacudí la cabeza—. Qué concepto más curioso tienes sobre el entretenimiento.

23

Mañanas productivas

Jack estaba medio dormido con la cabeza en mi pecho. Ni siquiera me había dado cuenta de que estaba pasándole los dedos por el pelo. Él rumió algo como un animal perezoso.

—Me gusta cuando haces eso —murmuró sin molestarse en abrir los ojos.

De hecho se acomodó mejor sobre mí.

—¿El qué?

—Eso. —Señaló mi mano en su pelo—. Es relajante.

Me quedé mirándolo, pensativa. Parecía estar disfrutándolo, así que seguí haciéndolo. Ya habían pasado unos días desde lo de Monty, y no habíamos vuelto a hablar sobre ello.

Una cosa era segura: no sabía qué había hecho, pero sí que había funcionado. No me había vuelto a llamar.

—¿Jack?

—Mmm...

Dudaba que me estuviera escuchando.

—Creo que no te di las gracias como debía por lo de Monty —murmuré.

—No me las des. Disfruté cada segundo.

Me mordí el labio inferior, buscando las palabras adecuadas.

—¿Qué...?

No sabía ni por dónde empezar.

—¿Qué le... hiciste?

—Retenerlo un poco —murmuró, acomodándose más—. Hasta que llegó la policía.

Fruncí el ceño. ¿Por qué no quería decírmelo?

—¿Le golpeaste?

Suspiró sonoramente.

—Jen, te ha dejado en paz. Es lo que querías, ¿no?

—Sí, pero...

—Pues ya está.

—¿Por qué crees que saldré corriendo si me dices algo malo de ti?

Él sonrió sobre la piel desnuda de mi pecho.

—¿A qué viene esto?

—Es que..., no lo sé. Tengo la sensación de que no lo sé todo de ti.

—Muy bien —murmuró—, pues pregunta. Mi color favorito es el...

—¿En cuántas peleas has estado?

Él pareció tensarse un momento. Abrió los ojos, sorprendido, y me miró. De pronto, no parecía tener sueño. Su mirada estaba cargada de desconfianza.

—¿Por qué?

—No lo sé... —Me encogí de hombros, haciéndome la tonta—. Curiosidad.

Tardó unos segundos eternos en responder, mirándome fijamente. Yo intenté mantener la compostura y no retirar la pregunta.

—¿Con quién has hablado? —me preguntó.

—¿Yo? ¿Qué? Con nadie, ¿por qué?

Puso los ojos en blanco.

—Jen...

—Con nadie.

—Con Lana y Naya, ¿no?

Parpadeé, sorprendida.

—¿Cómo lo sabes? A veces das miedo.

Él suspiró y rodó para quedarse tumbado a mi lado. Al instante en que lo hizo, sentí que mi cuerpo se quedaba frío. Quizá no debí haber sacado el tema. Pero ahora ya era tarde para retirarlo. Lo miré de reojo. Parecía un poco enfurruñado.

—¿Qué te contaron?

—¿Por qué nunca me has hablado de... tu pasado?

—Porque no estoy orgulloso de él.

—¿Te crees que yo estoy orgullosa de que mi hermano me pillara intentando enviar fotos sin sujetador a un chico? —pregunté, tratando de aligerar el ambiente.

Conseguí hacerlo sonreír por un momento. Era una pequeña victoria.

—Jack, te conozco muy bien —murmuré—. Mental y físicamente. Yo... te he visto los nudillos. Lo he hecho muchas veces.

Él se miró la mano con el ceño fruncido. La sujeté con ternura y le pasé el pulgar por las marcas.

—Mi hermano Sonny era boxeador. Durante una temporada no quiso usar los guantes en los entrenamientos... y le quedaron las mismas marcas. Aunque dudo que las tuyas te las hayas hecho golpeando un saco de boxeo.

Apartó la mano, claramente incómodo.

—¿En cuántas peleas? —repetí.

No me miró. Tenía la mirada clavada en el techo.

—Perdí la cuenta —murmuró.

Me quedé de costado mirándolo.

—¿Cuántas... chicas?

Me dedicó una media sonrisa.

—¿De verdad quieres saberlo?

—Sí.

Suspiró y volvió a dejar de mirarme. Realmente parecía avergonzado.

—También perdí la cuenta de eso.

No pude evitar sentirme un poco mal. Quizá no quería saberlo.

—¿Cuántas... desde que vives aquí?

—Jen, no quiero hablar de esto.

—Quiero saberlo.

—¿Para qué?

—Quiero conocerte. —Tiré de su hombro para volver a tumbarlo cuando intentó incorporarse—. Jack, soy tu novia. Quiero saber todo de ti. Lo bueno y lo malo.

Suspiró.

—¿A cuántas?

—No lo sé... —Se pasó una mano por el pelo, irritado—. Más de las que me gustaría.

—¿De la facultad?

—No. —Negó rotundamente—. No quería volver a cruzarme con ellas una vez que se fueran de aquí. Siempre me aseguraba de que no estudiaran en mi universidad.

Tragué saliva. Él tenía los labios apretados.

—¿Eso querías saber?

—Yo... no lo sé. Es que nunca me has parecido... ese tipo de chico.

—Porque no lo soy. Ya no.

—Lana dijo que ahora te comportas como te comportabas antes de todo lo del instituto.

No dijo nada.

—¿Por qué eras así?

Me analizó unos segundos. Ya estaba empezando a entender bien sus expresiones aparentemente indiferentes. Y en esos momentos, aunque no le gustara admitirlo, estaba tenso.

—No lo sé —murmuró al final—. Es complicado. Yo... sentía que necesitaba hacerlo. Era lo único que me hacía sentir vivo, ¿sabes? Pero no me siento orgulloso de esa época de mi vida. No me sentía orgulloso ni cuando la estaba viviendo. No tiene sentido, lo sé.

—Sí lo tiene. Tiene mucho sentido, Jack.

Hice una pausa, dudando. Me acerqué a él y le di un beso en la comisura de los labios.

—Gracias por contármelo.

—Si no te he contado casi nada.

—Gracias por contarme casi nada, entonces.

Puso los ojos en blanco.

—No estás enfadado con Naya ni con Lana, ¿verdad?

—Espera. —Me miró, confuso—. ¿Estás preocupada por si me enfado con Lana?

—Bueno..., sí.

Tardó unos segundos en hablar.

—¿Quién eres tú? ¿Qué has hecho con mi novia?

—Oye, me contó todo esto. Quizá no sea tan mala, después de todo.

Eso le había sorprendido más que todo lo demás. No pude evitar sonreír cuando vi su cara de perplejidad.

—Imagínate que me convierto en la mejor amiga de tus ex —bromeé, pinchándole le mejilla con un dedo—. Podría sacarles información muy valiosa de ti.

—¿Qué información?

Se enfurruñó como un niño pequeño.

—Tus secretos oscuros —bromeé, pasándole un dedo por el pecho.

Detuvo mi mano agarrándome por la muñeca, pero parecía divertido.

—No tengo secretos oscuros —dijo, con una sonrisa ladeada.

—Todos los tenemos.

—¿Y cuál es el tuyo?

—Te lo diré cuando tú me digas el tuyo.

Negó con la cabeza y me empujó con suavidad para volver a colocarse como antes.

—Mañana tengo que madrugar y estás aquí interrumpiendo mi sueño —protestó.

—Perdona, Bella Durmiente.

—A dormir, Maléfica.

Sonreí y volví a pasarle los dedos por el pelo. Unos minutos más tarde, noté que su respiración volvía a ser regular. Se había quedado dormido.

Cuando volví de correr la mañana siguiente, estaba de buen humor. Por una vez, no estaba lloviznando. Solo hice una pausa para llamar a mi padre y a Shanon, y contarles lo que había pasado hacía unos días cuando apareció Monty. Papá soltó un «mmm...» de aprobación y Shanon se puso a despotricar contra mi ex. Tal como yo esperaba.

Al terminar de correr, subí las escaleras rápidamente y me encontré a Agnes abriendo la puerta de su casa. Se detuvo al verme.

—Buenos días, querida —dijo, sonriéndome.

—Buenos días. —Le guiñé un ojo—. Tienes mejor aspecto que la última vez que te vi.

—Algún día aprenderé a beber con responsabilidad. —Se encogió de hombros—. Pero, mientras tanto, pienso emborracharme hasta perder la razón.

No pude evitar reírme mientras sacaba las llaves del bolsillo. Vi de reojo que me miraba y señalé la puerta.

—¿Quieres pasar?

Sonrió angelicalmente y pasó por mi lado para entrar en el piso. Lo primero que vio fue a Mike durmiendo con la boca abierta en el sofá. Negó con la cabeza y se sentó conmigo en la barra.

—¿Un café? —le ofrecí.

—Por favor.

Mientras se lo ponía delante, bajó la voz para que su nieto no se despertara.

—¿Cómo está Jackie?

—Bien. —Todavía recordaba nuestra huida de la casa del lago—. Me preocupa más Mike.

—Es un chico muy sensible. Le resulta complicado encajar. —Torció el gesto—. Pero me dijo que tú cuidabas de él.

Me detuve justo antes de ponerle leche en el café, sorprendida.

—¿Mike... te dijo eso?

—Sí. —Pareció confusa por mi sorpresa—. ¿No es verdad?

—Oh, bueno..., yo no... —Me había quedado impactada—. Supongo que...

—Bueno, ya que estamos, quería hablar contigo —me interrumpió y cambió de tema abruptamente.

—¿De qué? —Levanté las cejas y me apoyé con ambas manos en la barra delante de ella.

—Dentro de unas semanas será Navidad.

—Sí, lo sé... Tengo los exámenes finales dentro de poco.

—Te irá bien. Eres una chica muy lista.

Hizo una pausa. Las dos sabíamos que no estaba aquí para hablar de las notas.

—Me gustaría mucho que Jack aceptara cenar con su padre en Navidad.

Me quedé quieta unos segundos, dejando que la frase flotara entre nosotras.

—Ya veo —murmuré—. ¿Se lo has preguntado?

—Querida, ya lo conoces casi mejor que yo. Sabes lo que me dirá.

—Es muy cabezota con ese tema.

—Pero si tú se lo pides...

Sonrió angelicalmente. Yo empecé a negar con la cabeza.

—Oh, lo siento, Agnes, pero yo no...

—Eres la única persona a la que escucha. —Ladeó la cabeza—. Sé que te haría caso si hablaras con él.

—Jack se pone de muy mal humor cuando saco el tema de su padre. Especialmente desde que nos fuimos de la casa del lago.

—Ya lo sé, querida...

—¿Cómo se supone que voy a convencerlo de ver a su padre? ¿Y por Navidad?

—Bueno...

Por su expresión, supe que estaba tramando algo. Entorné los ojos.

—¿Qué?

—Ya lleváis un tiempo juntos, ¿no es así?

—Juntos oficialmente... casi un mes.

—¿Y no oficialmente? —Enarcó una ceja.

—Tres meses —mascullé, un poco avergonzada.

—Había pensado que igual no sería una mala idea que..., bueno..., las dos familias se conocieran.

Estaba bebiendo un sorbo de agua y me atraganté al instante. Ella sonrió inocentemente mientras yo casi me sentí morir, llevándome una mano al pecho.

—¿Mi familia? ¿Y la vuestra?

—Tampoco es tan disparatado, ¿no?

—Es que... no... —No podía imaginarme la situación—. Mi familia no vive cerca de aquí.

—Nosotros iríamos a vuestra casa. No será por dinero...

—Pero... —Mi mente trabajaba a toda velocidad—. ¿Mary y el señor Ross están de acuerdo con esto?

—Oh, sí. —Sonrió—. Ha sido idea suya. Para hacer las paces con sus hijos.

Suspiré, algo fatigada.

—No lo sé, Agnes. Tendría que hablar con Jack, con Mike, con mi familia...

—Sé que los convencerás. —Se puso de pie. Se había terminado el café—. Avísame en cuanto puedas. Sea la respuesta que sea. Tengo que irme, querida. Un beso.

Justo antes de que saliera, me aclaré la garganta.

—Agnes...

Ella se giró y me sonrió.

—¿Sí?

—Yo... ¿Recuerdas esa conversación que tuvimos sobre... tu marido?

Su mirada cambió a una más curiosa cuando asintió con la cabeza.

—Por supuesto.

—Pues... solo quería decirte que... lo hice. Me alejé de mi ex. Esta vez para siempre.

Nos quedamos mirando durante un momento y ella me dedicó una sonrisa orgullosa, la más especial que alguien me había dedicado alguna vez en mi vida. Finalmente, apartó la mirada y carraspeó.

—No te haces una idea de lo mucho que me alegro —me aseguró en voz baja.

—Quería decírtelo porque... porque lo que me dijiste me ayudó mucho a dar el paso de dejarle. De hecho, fue crucial. Honestamente, no sé qué habría sido de mí si no hubiera hablado contigo. Solo quería darte las gracias. De todo corazón.

Ella sonrió y, por un breve momento, me pareció que iba a emocionarse. Empezó a parpadear repetidamente y sacudió la cabeza.

—Ah, perdóname. Soy una vieja sensiblera.

—No es verdad.

Le sonreí, igual de emocionada.

—Sí que lo soy. —Sacudió la cabeza, tratando de calmarse, antes de mirarme por última vez—. Estoy muy orgullosa de ti, Jennifer. Hagas lo que hagas a partir de ahora, será tu decisión, no la de otra persona. Estoy muy orgullosa.

Y desapareció antes de que pudiera responderle. Me quedé apoyada en la barra un momento, y al poco apareció Sue, despeinada y medio dormida por el pasillo.

—Qué asco dan las mañanas —murmuró agarrando su helado del congelador.

Yo me sorbí la nariz y traté de calmarme disimuladamente antes de mirarla.

—Buenos días a ti también, Sue.

—Mira la marmota —dijo, mirando a Mike—. Mi objetivo en la vida es alcanzar ese nivel de felicidad.

Sonreí mientras escuchaba más pasos por el pasillo. Will apareció bostezando sonoramente y Mike refunfuñó algo y abrió los ojos.

—Uf... —Se frotó los ojos—. Odio dormir en el salón. Es una tortura tener que oíros.

—Pues págate un piso —le dijo Sue, mirándolo con mala cara.

—Esa no es una opción viable para mi estado financiero. —Se sentó en el lugar que Agnes había dejado libre—. Buenos días, cuñada. Hoy te brilla la mirada.

—No empieces. —Will puso los ojos en blanco, pasando por detrás de mí.

—¿Ahora no puedo decir cosas buenas? La censura de esta casa es cada día peor.

—¿Y Ross? —me preguntó Will, ignorándolo.

—Oh, ahora no solo me censuráis. También me ignoráis. Muy bonito.

—Mike... —Suspiré.

—Menos mal que tú no me ignoras, cuñada.

—Está durmiendo —le dije a Will.

—Deberías ir a despertarlo. Tiene clase en una hora. ¿Anoche no se puso una alarma?

Enrojecí al recordar el despertador volando por la habitación cuando le quité la camiseta de un tirón y mi mano chocó con él. Cuando trató de ir a recogerlo, le dije que ya nos acordaríamos después. Quizá no lo hicimos porque estábamos *muy* ocupados.

—Eh... —intenté disimular—, creo que se nos olvidó...

—Ya. —Will me dedicó una sonrisa divertida—. Estabais ocupados, ¿no?

—*Muy* ocupados —añadió Sue con una sonrisita.

—Voy a despertarlo.

Me apresuré a salir de allí.

Efectivamente, Jack seguía durmiendo tal y como lo había dejado, boca abajo y con la cabeza hundida en mi almohada. Me acerqué de puntillas y le moví el hombro.

—¿Jack?

Murmuró algo frunciendo el ceño y giró la cabeza al otro lado.

—Vas a llegar tarde a clase.

—Mmm..., qué pena...

Y volvió a acomodarse para dormir.

—¿Me vas a obligar a sacar mis armas pesadas? —Enarqué una ceja.

—No me voy a mover —masculló, acomodándose.

Pasé por el lado de la cama hacia la ventana y abrí la cortina de par en par. Él frunció el ceño cuando el sol le dio en la cara.

—Joder, Jen —protestó—. Me recuerdas a mi madre.

—Despierta. Ya.

—Despierta. Ya —me imitó.

Me acerqué a él, y trepé por la cama hasta que estuve tumbada sobre su espalda. Ni siquiera se movió.

—Vamos, levántate o llegarás tarde.

—Si no voy, no puedo llegar tarde.

—Venga, deja de ser un niño. —Le di un beso en el hombro—. Tienes responsabilidades.

—¿No has dicho que soy un niño? Los niños no tienen responsabilidades.

Me apetecía hacerle mimitos por algún motivo. Vi que esbozaba media sonrisa cuando le pasé la nariz por detrás de la oreja y enganché su lóbulo entre los labios, tirando suavemente de él.

—Así no vas a conseguir que quiera ir a clase, Jen. —Abrió los ojos y me miró de reojo.

—Tienes que ir.

—Ahora mismo, quiero quedarme a hacer algo más productivo contigo durante toda la mañana.

—Jaaack —dije, separándome de él—. Levanta. Vamos.

—Hazme eso de la nariz y los labios cinco minutos más... y me lo pienso.

—¿Tengo que ir a buscar un jarro de agua fría?

Resopló y me quité de encima de él cuando noté que se movía. Alcancé sus pantalones y se los tiré cuando se quedó sentado en la cama. Se los puso perezosamente y luego se levantó como si la vida le pesara. No pude evitar reírme de él.

—Tienes veinte años, no noventa.

—Déjame en paz, pequeño saltamontes.

Cuando fuimos al salón, los demás estaban desayunando tranquilamente. Jack se sentó junto a su hermano bostezando y yo me quedé de pie entre los dos agarrando uno de los bollos de chocolate que Will había traído.

—Oye, ¿y por qué a mí me despertáis con ruido? —protestó Mike—. Yo también quiero que me despierten cariñosamente.

—Pues búscate novia —murmuró Jack, agarrando una tostada.

—Si tuviera novia, no estaría aquí. —Mike suspiró dramáticamente.

—Por favor... —Sue miró al cielo—, dale una novia, Dios. Es todo lo que pido.

Los tres empezaron a reírse de él y Mike puso mala cara. No pude evitarlo y le puse una mano en el hombro. Esa mañana, volvía a parecer él. Era un alivio. Había estado tan apagado...

—A mí no me molestas —le dije, sonriendo, divertida.

—Gracias, cuñada. —Me sonrió como un angelito—. Eres la mejor de esta casa con diferencia. No tienes nada que ver con estos amargados.

Will lo miró.

—Vaya, gracias.

—Es la única que se acuerda de mí —protestó Mike—. No haces ruido cuando pasas por el salón, me guardas comida y me preguntas cómo estoy. ¿A que te caigo bien?

Me hizo gracia y, a la vez, me pareció tierno. Pero, de repente, él me rodeó con los brazos y yo abrí los ojos como platos cuando me dio un abrazo de oso, apretando descaradamente la cabeza entre mis tetas. Escuché a Jack atragantándose con la tostada detrás de mí.

—Eres demasiado buena para mi hermano —dijo Mike sin separarse de mí—. Pero aquí estoy yo, esperando pacientemente a que te canses de él.

Noté la mano de Jack tirando de mí. Él estaba mirando a su hermano con el ceño fruncido, y no me soltó hasta que estuve apoyada entre sus piernas.

—Vuelve a hacer eso y duermes en la calle —le dijo, enfadado.

—¡Solo era un abrazo!

—¡Y una mierda!

Jack le puso mala cara y me rodeó con los brazos, enfurruñado.

—Si somos casi iguales, Jenna, ¿qué más te da un hermano que otro?

—Mike, aprecias muy poco tu vida, ¿no? —le dijo Jack—. Porque ahora mismo pende de un hilo.

—Chicos —intervino Will—, Jenna es una persona, no una consola. Calmaos.

Lo miré, agradecida.

—Ya, pero repito —dijo Mike—, solo era un abrazo inocente.

—Si tenías la cara en sus tetas —dijo Sue, y empezó a reírse.

—Bueno, es que tiene las tetas muy... ¡Oye!

Parpadeó, sorprendido, cuando Jack le tiró lo que le quedaba de tostada a la cara.

Y así empezaron a tirarse comida a la cabeza hasta que la cocina fue un desastre de mantequilla, mermelada y tostadas. Will, Sue y yo nos habíamos apartado a los sofás. Media hora más tarde, los dos tuvieron que limpiarlo todo a regañadientes mientras Sue les decía que encontraba manchas nuevas cada cinco minutos para molestarlos.

Miré a Jack, divertida, cuando se dejó caer a mi lado. El pobre estaba agotado de limpiar.

—Al final, ha sido verdad que no has ido a clase para hacer algo productivo —bromeé, sonriente.

Él me fulminó con la mirada.

Ya estaba saliendo de clase cuando vi que Shanon me estaba llamando. Respondí, contenta de poder hablar con ella.

—¿Te he pillado en clase?

—No. Acabo de salir. ¿Cómo estás?

—Bien —murmuró—. Oye, tengo que hablar contigo sobre algo.

—¿El qué? —Me sorprendió el tono serio.

—¿Ya has decidido lo que harás en diciembre?

La pregunta me cogió un poco desprevenida.

—Ya estamos en diciembre, Shanon.

—Ya me entiendes.

Lo consideré un momento.

—Estoy bastante segura —murmuré con una sonrisa.

—Me alegro por ti. —Me la imaginaba sonriendo—. De todas formas..., en la escuela de Owen están buscando a alguien que sustituya a la entrenadora del club de atletismo. Como tú eres bastante buena en eso y me dijiste que buscabas trabajo, pensé que sería una buena idea avisarte.

—No creo que me aleje de la universidad, Shanon.

—¿De la universidad o de Jack? —preguntó, divertida.

—De ambos. —Negué con la cabeza—. Pero gracias por avisarme.

—Si cambias de opinión, la oferta está en pie hasta el primer día de febrero. Como lo organiza Spencer...

—Es un alivio.

Me reí mientras bajaba por las escaleras de la parada del metro.

—¿Cómo te va con tu Romeo, por cierto?

Puse los ojos en blanco al oírla llamarlo así.

—Bien. Es un encanto.

—Sí, claro. Eso es lo que más te gusta de él, ¿verdad? —dijo, perversa.

—¡Shanon!

—Seguro que es tan romántico que os pasáis las noches mirando las estrellas.

Estaba a punto de decirle que se callara, pero decidí seguir sus pasos malvados.

—¿Solo por la noche?

—¡Pero bueno! —empezó a reírse—. ¿Jenny? ¿Sigues siendo tú? ¿O estoy hablando con tu gemela maligna?

—Sigo siendo yo. —Sonreí.

—La última vez que te hablé de algo sexual te pusiste tan roja que pensé que ibas a explotar.

—He madurado.

—O has empeorado.

—¿Y tú qué tal con tu novio intermitente?

—Ahora es un novio inexistente. He llegado a la conclusión de que Owen es el pequeño gran amor de mi vida.

—Siento que no haya funcionado.

—Yo no. Tampoco era gran cosa. Solo un pesado.

Subí al vagón de metro sonriendo, pero la sonrisa se evaporó un poco cuando recordé lo que me había dicho Agnes esa mañana.

—En realidad, yo también quería hablarte de algo.

—Uh, cotilleo. Suelta.

—No es un cotilleo. Es más bien... que necesito consejo.

—Ya tienes toda mi atención.

—Los padres de Jack quieren que cenemos las dos familias juntas por Navidad.

Hubo un momento de silencio.

—¿Y tú no quieres?

—No lo sé. ¿No es un poco... precipitado?

—¿Precipitado?

—No llevamos juntos ni un mes.

—Oficialmente, pero ya te lo montaste con él mucho antes, querida.

—Ya me entiendes.

—Sí... —Lo pensó un momento—. La verdad es que yo no creo que una relación de pareja se mida por el tiempo que las dos personas llevan juntas. Mira a Monty. Estuviste con él más de cuatro meses y habéis terminado..., bueno, ya sabes cómo.

Hizo una pausa.

—A ti te gusta mucho este chico, Jenny.

Ni siquiera lo estaba preguntando.

—Sí —murmuré.

—Mucho —recalcó.

—Ya lo sé, Shanon.

—Pues... yo no veo esa cena como algo tan disparatado. ¿Cuántas veces has visto a sus padres?

—A su padre solo dos, pero a su madre unas cuantas.

—¿Y no te gustaría que Jack conociera a papá, a mamá y a...? —se cortó al pensar en nuestros hermanos—. Siempre podemos encerrar a Sonny y Steve en el sótano.

—Sí que me gustaría que os conociera a todos...

—Y a mamá le daría un ataque de felicidad. No es algo que quiera perderme.

—Sí, y papá también me dijo que quería conocerlo.

—El chico se ha ganado a los suegros sin conocerlos. Hay que darle créditos por eso.

—¿Y a su cuñada?

—Primero, tengo que conocerlo y hacerle mi escáner de sabia hermana mayor.

—Hablando de hermanos mayores..., me da un poco de miedo Spencer.

—Tampoco le va a dar un puñetazo, Jenny.

—Ya lo conoces.

—Sí... Bueno, prepararé un poco el terreno —murmuró—. Pero no te aseguro nada. ¡Y me deberás una! Spencer es un poco intenso cuando quiere.

—Lo sé. Mira cómo trataba a Monty.

—Bah, pero ese idiota se lo merecía.

Me quedé callada al pensar en él. Ella lo notó.

—¿Qué tal está tu novio? ¿El idiota le hizo mucho daño?

—No. Ni un rasguño.

—Vaya. Sabe defenderse. Más puntos positivos.

No supe muy bien cómo sentirme al respecto.

—¿Ya has avisado a papá y a mamá de lo de la cena?

—No. Ni siquiera lo he hablado con Jack.

—¿Y a qué esperas? Es dentro de dos semanas.

—Es que... no se lleva muy bien con su padre.

—¿Por qué?

—Ya lo convenceré —dije, evadiendo su pregunta—. Tengo que colgarte, estoy llegando a la parada.

—Muy bien, Jenny. Dale lo suyo a tu novio para que esté de buen humor y quiera venir.

Negué con la cabeza y colgué.

Jack no estaba en casa cuando llegué, pero sí estaban Sue, Mike, Will y Naya. Los dos últimos, dándose besos en el sofá, mientras Mike los miraba con cierta envidia. Sue leía un libro. Me senté al lado de Mike en el sofá.

—¿Dónde está tu hermano? —le pregunté.

—Hola, Mike —ironizó—. ¿Cómo estás? Oh, me alegro de verte, porque soy lo suficientemente buena como para preocuparme por...

—¿Cómo estás? —dije, y sonreí dulcemente.

—Mejor ahora que te has sentado conmigo. —Me guiñó un ojo.

Naya puso los ojos en blanco.

—Ya empieza.

—En realidad —miré a Mike—, quería hablar contigo.

Sue levantó la mirada de su libro. Naya y Will nos miraron fijamente. Mike parpadeó.

Silencio.

—¿Conmigo? —preguntó, confuso, rompiendo el silencio.

—Sí. —Sonreí—. ¿Te importa?

—¡No! —Se mostró exageradamente entusiasmado—. ¿De qué quieres hablar?

—Oh, Mike, no te hagas ilusiones. —Negué con la cabeza—. Acompáñame arriba.

Él me siguió encantado, pero los demás no parecían muy convencidos por la situación. Pasó por delante de mí cuando noté que Will me miraba.

—¿Estás segura de lo que haces? —me preguntó.

—Solo quiero hablar con él.

Will seguía sin parecer muy seguro, pero seguí a Mike arriba. Él me esperaba. Tenía las manos metidas en los bolsillos. Me detuve a su lado.

—¿Y de qué quieres hablar exactamente, Jenna? —Dio un paso hacia mí con una sonrisa perversa.

—Primero, quédate en tu lugar.

Lo hizo dócilmente.

—¿Estás mejor? —le pregunté.

—¿Yo?

—Sí, has estado un poco decaído estos días.

Por un momento, pareció confuso.

—¿Te has dado cuenta?

—Sí, claro —dije, extrañada—. ¿Estás mejor?

Y, entonces, lo imposible.

Mike se ruborizó y apartó la mirada.

¡Mike! ¡El descarado! ¡Ruborizado!

No me lo podía creer.

—Estoy mejor —masculló, avergonzado.

—Me alegro. Es que..., bueno..., quería hablarte de tu padre.

Perdió el rubor enseguida y me miró cauteloso.

—¿De mi padre?

—Sí.

—¿Por qué?

—Porque necesito tu ayuda con algo.

—¿Con qué?

Ya no parecía estar tan predispuesto a hablar.

—¿Por qué se lleva tan mal con Jack?

Abrió la boca y, por un precioso momento, pensé que iba a decir algo. Pero la cerró enseguida y sacudió la cabeza.

—No quiero hablar de esto.

—Por favor, Mike...

—Es un tema muy... complicado.

—Solo quiero entenderlo.

—¿Por qué? —preguntó, frunciendo el ceño.

—Porque vuestro padre quiere venir a cenar a mi casa en Navidad y quiero convenceros a ti y a Jack de que aceptéis, pero no puedo hacerlo si no sé por qué estáis enfadados.

Torció el gesto, pensativo. Pero no decía nada. Me estaba empezando a poner nerviosa. ¿Por qué las pocas personas que sabían lo que había pasado no hablaban de ello?

—No es... —buscó las palabras adecuadas— cuestión de que se lleven bien o mal.

—¿Entonces?

—Es... por algo que pasó —dijo cautelosamente.

Estaba tan muerta de curiosidad que me acerqué a él.

—¿El qué?

—No creo que deba decírtelo, Jenna.

—Por favor, Mike. —Le agarré la mano—. Sabes que Jack jamás me lo dirá.

—Y... yo tampoco —dijo, dubitativo.

—Por favor, por favor. Solo quiero entenderlo.

Hizo una mueca y se quedó mirando mi mano y la suya. Realmente, parecía estar planteándoselo. Al final, me volvió a mirar a la cara.

—Nunca se han llevado bien del todo —empezó a decir, y sentí que mi corazón se aceleraba.

Nunca había querido saber algo con tantas fuerzas. Apreté su mano entre las mías.

—¿Y...?

—Y, por eso, cuando él pilló... —dudó—. Cuando estábamos en el instituto, Ross y mi padre se...

—¿Qué hacéis?

La voz de Jack hizo que diera un salto hacia atrás, soltando de golpe la mano de Mike, que se giró enseguida, cauteloso. Pero Jack no había oído nada. Estaba más preocupado por que estuviera cogiéndole la mano a su hermano. Tenía los labios apretados en una dura línea.

—Solo charlábamos —dije enseguida.

Pero me conocía demasiado bien. Vio que estaba nerviosa y clavó una mirada aterradora que nunca le había visto en Mike. El pobre retrocedió dos pasos.

—¿Charlar? —me preguntó, mirándolo fijamente—. ¿De qué?

Mike y yo intercambiamos una mirada. Eso pareció enfadarlo aún más.

—Hermanito, no es...

—No me llames hermanito. Y no estaba hablando contigo.

—Jack —atraje su atención hacia mí—, no es lo que parece.

—¿Y qué es?

Estaba acercándome a él, pero me detuve al escuchar su tono.

—Estábamos hablando, ya te lo he dicho.

Frunció el ceño cuando me aproximé a él muy despacio y le agarré de la mano. Pareció relajarse visiblemente, pero Mike optó por no acercarse todavía.

Sabia decisión.

—Solo quería preguntarle algo a tu hermano sobre vosotros —empecé a decir.

—¿Y por qué no podías preguntármelo a mí?

Miré a Mike de reojo. Él pilló la indirecta y se marchó rápidamente. Jack clavó en él una mirada poco amistosa mientras desaparecía. Después cuando escuchamos sus pasos en las escaleras de incendios, me miró.

—No me gusta que estés a solas con él —murmuró.

—Mike no es tan mal chico.

—No quiero que estés a solas con él, Jen —repitió en voz baja—. Por favor. Con cualquiera menos con él.

Suspiré. Sabía que su desconfianza era por las veces en que Mike había terminado acostándose con sus novias. Asentí con la cabeza y le di un beso en los labios. Él se relajó al instante.

—¿De qué hablabais? —Al menos, ya no sonaba enfadado.

Lo pensé un momento.

—Mis padres quieren que vayas a cenar a mi casa en Navidad.

Pareció sorprendido un momento. Después esbozó una sonrisa de oreja a oreja.

—¿En serio?

—¿Te apetece?

—¡Claro que me apetece!

—Solo... hay un pequeño detalle.

—¿Qué detalle?

—Bueno... —Busqué las palabras adecuadas—. También quieren conocer a tu familia.

Perdió la sonrisa en cuestión de segundos. No solté su mano de todas formas. Sonreí un poco, intentando animarlo a decir que sí.

—¿A mis padres? —murmuró.

—Sí. ¿No te apetece?

—Sabes que eso no me apetece, Jen.

—Jack...

—Solo mi madre.

—Es tu padre...

—Tú no sabes nada de él. —Apreté su mano cuando intentó soltarse—. No quiero que lo conozcan.

—¿Por qué no?

—Porque no quiero que se piensen que soy igual de imbécil que él.

—Tu padre puede caerte mal, Jack, pero sigue siendo una persona formal que se disculpó conmigo y trató de hacerme sentir cómoda en tu casa.

—Sí, sobre todo cuando insinuó que...

—Eso ya está olvidado —dije, levantando una ceja.

Apretó los labios, enfurruñado.

—No pienso disculparme con él.

—¿Por la discusión?

Tenía una pequeña esperanza de que me dijera algo sobre lo que pasó, pero sabía que no lo haría.

—Por nada. No pienso disculparme. No con él.

—¿Y si él se disculpa contigo?

Su expresión volvió a ser tensa.

—¿Qué?

—Yo podría hablar con él.

—No —me cortó bruscamente.

Parpadeé, sorprendida.

—¿No?

—No quiero que hables con él a solas. Nunca. —Sonó mucho más tajante que antes, cuando me había pedido que no hablara a solas con Mike, cosa que me dejó muda—. Si lo haces, te juro que no volveré a dirigirle la palabra.

—Jack... —murmuré, sorprendida.

—Lo digo muy en serio. —Me agarró la cara con ambas manos—. No quiero que estés a solas con él nunca.

Estaba sobrecogida por el ataque repentino.

—¿Por qué no?

—Porque no.

—Si no quieres que haga algo, creo que es justo...

—No empieces con eso. —Me soltó, cansado—. Estoy harto de hablar de ese gilipollas.

—Vale —accedí, reteniéndolo—. Solo quiero entender por qué...

—¿Por qué necesitas saberlo? —Perdió la paciencia—. Sabes que puedes preguntarme lo que sea y te lo diré. Lo que sea, menos eso. Y sigues insistiendo en ello... —Hizo una pausa y su mirada se clavó en mí—. Un momento, ¿de eso hablabas con Mike?

Me soltó la mano y yo me quedé sin habla.

—¿Es eso lo que le estabas preguntando? —Frunció el ceño—. ¿Qué te ha dicho?

—Nada —le aseguré, un poco de mala gana.

—Bien.

Me crucé de brazos.

—¿Qué te pasa últimamente?

Él me miró, confuso.

—¿Qué?

—Hay algo, ¿no?

—No hay nada.

—Sí, hay algo. Estás tan... irritado. Te enfadas por cualquier cosa.

—Igual es porque los demás os habéis aliado para sacar los pocos temas que me molestan y...

—No. —Negué con la cabeza, muy seria—. Hay algo más.

Se quedó mirándome un momento. Esta vez pareció que se pasaba al bando de no querer hablar. Apartó la mirada.

—No hay nada —murmuró.

—No me mientas, Jack.

—No quiero seguir con esta conversación.

—¿Por qué me dejas siempre con la conversación a medias? —protesté.

—¿Por qué no puedes respetar que no quiera decirte algo?

—¿Por qué demonios no puedes decírmelo?

—¡Porque no estoy preparado para hacerlo! —saltó, enfadado—. ¿Tanto te cuesta entenderlo? Intento contártelo todo, pero necesito mi tiempo.

—¿Tiempo para qué?

Me miró un momento y luego suspiró.

—Déjalo.

—¿He hecho algo? —pregunté cuando se dio la vuelta.

Me di cuenta de que mi voz había sonado un poco lastimera. Él se giró hacia mí enseguida

—¿Qué? No, Jen.

—Sí. Es algo conmigo —mascullé—. Solo te enfadas hablando conmigo.

—No es verdad.

—Sí lo es. —Él sabía que tenía razón—. Cada vez que te enfadas, te marchas o empiezas a intentar cambiar de tema. Pero solo te enfadas cuando estás hablando conmigo. Con los demás, no actúas así.

Ahora parecía más arrepentido que enfadado.

—Lo siento.

—No lo sientas. Solo... dime qué estoy haciendo mal.

—No es por ti, es...

Se interrumpió. No encontraba las palabras adecuadas.

—Vamos a cenar, por favor.

Me ofreció una mano, pero la retiró al ver que no iba a aceptarla.

—No vas a decírmelo, ¿verdad? Tú puedes presionarme todo lo que quieras para que te hable de cualquier tema, pero si lo hago yo, no respeto tu espacio.

No dijo nada. Apartó la mirada. Yo asentí lentamente con la cabeza.

—Bien. Como quieras.

—Jen...

—Déjalo —mascullé, pasando por su lado.

Escuché sus pasos siguiéndome por las escaleras. Estaba muy enfadada. Estaba harta de tener que suplicarle que me contara qué le pasaba. Cuando estuvimos en el piso, fui directamente a la habitación para ponerme el pijama. Él me miraba desde una distancia prudente.

—No quiero que te enfades —murmuró.

—Si no quieres que me enfade, hablemos.

—Jen...

Apreté los labios y lo miré. No diría nada. Lo sabía. ¿Cuántas veces me había presionado para que le dijera algo que yo no quería decir? ¿Y cuántas veces me había quejado? ¡Ninguna! No era justo que él no actuara igual conmigo.

Él volvió a parecer exasperado cuando dio un paso hacia mí.

—Si no te importa —le dije lentamente, deteniéndolo—, quiero cambiarme.

—Vamos, no seas así.

—Y no tengo hambre —murmuré—. Puedes regalarle mi parte a quien quieras. O tirarla a la basura.

Puso cara de fastidio.

—¿No puedes olvidarte del tema?

Por mi cara, supo que era un no. Apretó los labios y miró a su alrededor, como si eso pudiera darle una respuesta. Yo me crucé de brazos.

—¿Puedes dejarme sola?

Él pareció realmente afectado por nuestra discusión cuando me dejó sola. Me puse el pijama, me quité las lentillas y me metí en la cama.

Me había cansado de tanto secreto. Yo me había abierto completamente y él no quería decirme nada. Nunca. Me sentía como si no confiara en mí. Y odiaba esa sensación. Y estaba enfadada con él por sentirme así. Ya podía ver a Shanon diciéndome lo niña que estaba siendo con el tema, pero ahora mismo no me importaba.

Ya estaba con la luz apagada, dando la espalda a su lado del colchón y a la puerta, cuando escuché que entraba y se quedaba de pie al lado de la cama.

—¿Estás enfadada conmigo?

No respondí.

—¿Quieres que vaya a dormir al sofá?

—Haz lo que quieras —mascullé.

—Lo que quiero es dormir contigo.

No dije nada, pero escuché que se cambiaba de ropa. Unos segundos más tarde, la cama se hundió un poco con su peso. Noté que intentaba acariciarme el brazo, pero me aparté. Suspiró sonoramente.

—Vamos, por favor. Quiero abrazarte.

No respondí. Casi podía visualizarlo pasándose una mano por el pelo, frustrado, y tuve la tentación de decirle que sí, pero me contuve. Noté que me agarraba con suavidad del brazo para que me quedara boca arriba. Estaba apoyado sobre su codo, mirándome. Le fruncí el ceño.

—No quiero que estés enfadada conmigo —murmuró, pasando la mano por mi mandíbula.

Oh, no. Sus caricias no iban a distraerme esta vez. Siempre hacía lo mismo: distraerme del tema con caricias.

Aparté su mano.

—Para —le advertí.

Él estaba pensando a toda velocidad cualquier excusa para poder abrazarme sin tener que decirme nada sobre los problemas que tenía con su padre. Lo sabía perfectamente. Y no iba a salirse con la suya. No esta vez.

Se inclinó sobre mí.

—¿Puedo besarte?

No respondí. Se inclinó hacia delante y me giré justo en el momento en que iba a besarme. Noté que apoyaba la frente en mi mejilla, frustrado.

—Joder, Jen, no me hagas esto...

—Si te sientes incómodo durmiendo así, puedo ir yo al sofá —dije, apartándolo de encima de mí para volver a darle la espalda.

—No me siento incómodo. Yo sí quiero dormir contigo. Pero no así.

Estiré el brazo y apagué la luz otra vez.

Supe que me estaba mirando fijamente, pero no volvió a intentar acercarse a mí. Se lo agradecí. Me dormí dándole la espalda.

24

El castigo de la frialdad

Esa mañana, corriendo, me machaqué un poco más que de costumbre. Me sentía bastante mal por haberme enfadado con Jack. De hecho, una parte de mí quería pedirle perdón por haber sido tan inmadura y no dejarle su espacio. Pero la otra, la que estaba harta de tanto secreto, se posicionó por delante e hizo que siguiera enfurruñada.

Subí por las escaleras y saludé a Agnes amablemente cuando se cruzó conmigo. En cuanto abrí la puerta, mi olfato detectó enseguida que alguien estaba cocinando algo. ¡Tortitas! Mi estómago rugió al instante.

Sue, Will y Mike estaban sentados en la barra, mirando con la misma expresión de ansia la cocina. Me quedé parada de golpe al darme cuenta de que miraban a Jack, que estaba cocinando con el ceño fruncido, completamente concentrado.

El pobre movía la sartén como si no lo hubiera hecho ni una sola vez en su vida. Tuve que reprimir una sonrisa divertida.

—¿Falta mucho? —protestó Mike—. Tengo hambre.

—Cállate —masculló su hermano sin mirarlo.

—Yo también tengo hambre —dijo Sue.

—Tú también cállate.

Me quité los auriculares ya apagados, confusa.

—¿Qué hacéis?

Vi que a Jack casi se le cayó la sartén al suelo cuando se giró a toda velocidad hacia mí.

—Buenos días... —Sonrió como un angelito—. ¿Tienes hambre?

Puso las tortitas torpemente en un plato. La verdad era que estaba hambrienta. Y, aunque era evidente que era la primera vez en su vida que Jack hacía tortitas, tenían un aspecto increíble.

Abrí la boca para responder, pero Sue me interrumpió. Tanto ella como Mike estaban indignados.

—¿Qué...? ¿Ella sí y nosotros no?

—Cállate. —Jack no borró su sonrisa cuando se acercó a mí—. Ni caso. Son para ti.

Aunque estuviera aparentemente tranquilo, era obvio que estaba intentando ir con cautela. Tardé unos segundos en moverme y él se mordió el labio inferior. Después acepté el plato y vi que su sonrisa se relajaba.

Me senté entre Sue y Mike porque Will había ido a por otra alternativa a la nevera. Los dos miraban mi plato como si quisieran matarme por él.

—¿Nos das un poco? —preguntó él con una sonrisa inocente.

—O compártelas solo conmigo —sugirió Sue.

—Yo soy más amigo tuyo que ella.

—No es cierto.

—Sí lo es.

—Vive conmigo.

—¡Y conmigo!

—Tú no vives aquí, solo eres un parásito.

—¡Soy el hermano del dueño! ¿Qué eres tú? ¿Eh?

—Son todas suyas —sentenció Jack—. Dejad de molestar, hienas.

Los dos se cruzaron de brazos a la vez mientras yo me llevaba un trozo de tortita a la boca. Todos me miraban fijamente. Especialmente Jack. Me sentía como si fuera a tomar la decisión más importante de sus vidas.

—¿Qué? —pregunté con la boca llena.

Cuando el silencio se prolongó unos segundos más, me ruboricé.

—¿Podéis dejar de mirarme así?

Jack se adelantó entonces, repiqueteando un dedo en la barra.

—¿Están... ricas?

Tragué lo que tenía en la boca y asentí con la cabeza.

—Es difícil creer que es la primera vez que las haces —admití.

—Menos mal —murmuró él, dejando la sartén en el fregadero con un suspiro.

Todo el mundo volvió a lo suyo. Mike y Sue seguían pareciendo molestos cuando uno se dejó caer en el sillón y el otro en el sofá, alejados el uno del otro.

Jack se quedó de pie delante de mí. Tenía la mano apoyada en la barra a unos centímetros de la mía. Continuaba repiqueteando un dedo nerviosamente.

—¿Has dormido bien? —preguntó.

Lo miré un momento y luego asentí con la cabeza.

—Más o menos. ¿Y tú?

—No tanto como me hubiera gustado.

Parecía nervioso. No recordaba haberlo visto nervioso nunca.

—¿Estás...? ¿Estamos bien?

Por un momento, uno muy breve, estuve a punto de pedirle perdón por ser una cabezota.

Pero, en su lugar, me metí un trozo de tortita en la boca y enarqué una ceja.

—No lo sé. ¿Vas a decirme algo?

—Jen...

—Entonces no.

Apartó la mirada, claramente molesto. Después me volvió a mirar.

—¿Puedo llevarte a clase? Solo tienes una, ¿no?

—Me gusta el metro.

—Podemos hacer algo luego, si quieres —sugirió, acercando un poco su mano a la mía.

—Tengo planes.

Suspiró, se pasó una mano por el pelo, frustrado.

—Muy bien —dijo finalmente, y desapareció por el pasillo.

Will me miraba con una ceja enarcada desde el otro lado de la cocina. Sus labios estaban curvados en una pequeña sonrisa divertida.

—Eso de escuchar conversaciones ajenas no es tu estilo, Will —le dije con los ojos entornados.

—Estabais a un metro de mí. No he podido evitarlo.

Removió su café lentamente.

—Así que el castigo de la frialdad, ¿eh? Eso es un poco cruel, Jenna.

Agaché la cabeza, algo avergonzada.

—¿Te ha dicho algo? —pregunté en voz baja.

—No hace falta. Me ha despertado de repente para preguntarme si conocía la receta para hacer tortitas. Nunca creí que viviría para ver el día en que a Ross le saliera su vena cocinera. Lo único que sabe hacer es chili.

No pude evitar sonreír un poco. Will se adelantó y se apoyó en la barra.

—¿Puedo preguntar qué ha hecho?

—¿No puedes imaginártelo? —masculló de mala gana.

Sonrió, divertido.

—Sí, la verdad es que puedo hacerme una idea.

—Pues inténtalo.

—¿No ha querido contarte algo?

Suspiré.

—A veces, odio lo mucho que os conocéis. Parecéis siameses o algo así.

—¿Qué tiene que ver ser siameses con...?

—¿Crees que estoy siendo muy dura con él?

Necesitaba la opinión de alguien objetivo. Naya iba a decirme que lo perdonara, Sue que lo hiciera sufrir y a Mike le daría igual. O aprovecharía para meterse más con él. Will era mi mejor opción. Como siempre.

—Honestamente, no tengo ni idea —admitió—. Nunca había visto a Ross tan comprometido con nadie. Creo que nunca se ha visto en la situación de querer que alguien le perdone algo que ha hecho mal.

Intenté con todas mis fuerzas que eso no hiciera que mi corazón se derritiera un poco. No lo conseguí.

Maldito y encantador Jack Ross.

—Entonces, ¿soy la primera? —bromeé.

—No deberías estar disfrutando con esto —me regañó, pero estaba sonriendo.

—Es que... nunca nadie había tratado de ganarse mi perdón —admití.

—Le gustas, Jenna —me dijo, repentinamente serio—. Mucho más de lo que crees, probablemente.

—Bueno...

—Lo digo en serio. —Me dio un apretón en el hombro—. Nunca lo había visto así con nadie.

Me sentí un poco conmovida mientras miraba mis tortitas a medio comer.

—¿Crees que debería disculparme...? —pregunté—. Ahora me siento mal por él.

—No, no. —Will se encogió de hombros—. Le sienta bien tener que perseguir a alguien por una vez en su vida. Déjalo así hasta esta noche.

Tras decir esto, se alejó de mí con una sonrisa divertida.

Mis planes de esa mañana no eran precisamente los mejores de mi vida: tenía que conseguir que el padre de Jack se disculpara con él.

Menuda tarea.

Esto va a ser divertido.

Había mandado un mensaje a Mary para preguntarle si su marido estaría en casa. Ahora estaba esperando delante de su puerta. Me abrió con una sonrisa. Creo que nunca había entrado por la puerta principal. Como siempre había ido con Jack, entrábamos por el garaje. Y la enorme entrada me despistó por unos segundos.

—Hola, querida —me saludó Mary tiernamente nada más abrir la puerta.

—Hola.

Entré y agradecí la calefacción enseguida. Me estaba congelando. Ella me invitó a entrar, acompañándome con una mano en la espalda. Dejé el abrigo en la entrada.

—Entonces, ¿el señor Ross está aquí? —pregunté, yendo directa al grano. No tenía mucho tiempo si quería llegar a clase.

—Sé que te he dicho que podías estar a solas con él, pero... —parecía un poco nerviosa—, creo que lo mejor es que suba con vosotros.

—No hace falta —suspiré.

¿Qué le pasaba a todo el mundo? ¿Por qué insistían en que no hablara con el señor Ross a solas? Tampoco sería para tanto.

—Cariño, si Jackie se entera de que te he dejado subir sola, me...

—No se enterará —le aseguré.

Seguro que se enterará.

Ella lo pensó un momento.

—Bueno..., yo... estaré aquí, en el sofá, ¿vale? Si necesitas algo, avísame.

¿A qué venía tanta precaución con ese hombre? Suspiré y subí las escaleras rápidamente. Enseguida escuché las notas de un piano, que estaba siendo tocado con maestría. Era bueno. Me detuve delante de la habitación que Jack había bautizado como «la cueva del ogro» la primera vez que había estado ahí.

La puerta estaba abierta, pero él estaba tocando, dándome la espalda, y no me oyó ni me vio. Me detuve unos segundos para disfrutar de las notas antes de llamar con los nudillos.

La música se detuvo. El padre de Jack se dio la vuelta y me miró, ajustándose las gafas.

—Ah, hola, Jennifer. Pasa.

Sonreí amablemente y empecé a caminar, pero me detuve cuando me hizo un gesto y dijo:

—Puedes cerrar la puerta.

Lo miré un momento, confusa. Quizá no debía ponerme nerviosa por cerrar una puerta.

Obedecí y él me sonrió. Señaló un sofá pequeño que había a su lado, y yo me senté en él, algo incómoda.

—Supongo que estás aquí para hablar de la cena de Navidad, ¿no?

—Pues... sí.

—Jack no está de acuerdo con que yo vaya, supongo.

Por algún motivo, me sentí mal por el hecho de que fuera tan consciente de ello e intenté quitarle esa idea de la cabeza.

—No es eso, es que...

—Jennifer, conozco a mi hijo desde que nació. Sé cómo es. No necesitas intentar mentirme para que me sienta mejor.

¿Era genético lo de pillar mis mentiras? ¿O el problema era que yo era una pésima mentirosa? Suspiré.

—En realidad —empecé, aclarándome la garganta—, anoche estuve hablando con él del tema. Y me dijo que sí quería ir a cenar a casa de mis padres.

El señor Ross enarcó una ceja.

—¿Pero...?

—Pero... —pausa incómoda— no quiere que usted vaya.

Para mi sorpresa, no pareció ofendido. Ni triste. Solo algo confuso.

—No creo que hayas venido para decirme eso.

—No —admití, sonriendo un poco.

—¿Y en qué puedo ayudarte, Jennifer?

—Bueno... —Busqué las palabras adecuadas—. No sé qué pasó entre usted y Jack, pero...

—¿No te lo ha contado? —me interrumpió, repentinamente interesado.

Negué con la cabeza. No entendí su expresión de sorpresa. Sin embargo, después pareció intrigado mientras se inclinaba hacia delante.

—Eso es... interesante —replicó en voz baja.

—¿Interesante? —repetí.

—Si hubiera tenido que pensar en alguien del mundo al que él pudiera habérselo contado, Jennifer, ese alguien serías tú —me dijo—. Pero... veo que no. Es interesante, ¿no crees?

No, no lo creía. No era interesante, era una mierda que me hacía sentir como si no terminara de confiar en mí. Pero, claro, tampoco iba a decírselo a él.

—La cosa es que creo que hay una pequeña posibilidad de que Jack haga las paces con usted. Aunque sea solo por esa noche.

—Muy bien, ¿y qué tengo que hacer?

Tragué saliva.

—Disculparse con él.

Creía que se reiría de mí y me diría un no rotundo, pero se limitó a observarme en un silencio muy incómodo —al menos, para mí— durante lo que me pareció una eternidad.

Sus ojos brillaron tras las gafas.

—¿Sabe mi hijo que estás aquí?

Tardé un segundo de más en responder.

—No.

Sonrió un poco, ladeando la cabeza.

—Se va a enfadar mucho cuando se entere, ¿lo sabes?

Fruncí el ceño al instante.

—No se enterará a no ser que pueda irme con buenas noticias.

Él se rio entre dientes. Era la primera vez que lo veía riéndose y me dejó un poco perpleja.

—Me caes bien, Jennifer —admitió.

—Gracias —mascullé, algo avergonzada.

Entonces apoyó las manos en sus rodillas y suspiró.

—Muy bien —me dijo—. Me disculparé con él en cuanto lo vea.

Me quedé mirándolo un momento, sorprendida por la rapidez con la que esa conversación había terminado como yo había querido desde el principio. No estaba acostumbrada a que las cosas me salieran tan bien.

—¿En serio?

—Sí, claro —dijo amablemente.

Bueno, al menos eso de ser un testarudo no era cosa de familia.

—Gracias, señor Ross.

Me puse de pie.

—¿Ya te vas?

—Tengo clase. —Me colgué el bolso del hombro—. Pero gracias por aceptar mi propuesta. Seguro que Jack estará contento..., aunque no lo demuestre mucho. No se lo tenga en cuenta, ¿eh?

Noté su mirada clavada en mi nuca mientras iba hacia la salida. De pronto, tenía prisa por irme y no sabía muy bien por qué. En el momento en que puse una mano en la puerta, escuché que carraspeaba.

—Jennifer.

No se había movido de su banqueta, pero ahora me miraba con más interés que antes.

—¿Sí?

—¿Puedo preguntarte algo?

Solté la puerta y me giré hacia él.

—Sí, claro.

Sonrió un poco. Me sentía como si él supiera algo que yo no sabía.

—¿Jack se ha estado comportando de forma extraña estos días?

Sopesé la pregunta durante unos segundos. Sí, se había comportado de forma rara. Pero... ¿debía decírselo a su padre?

No tuve que hablar. Por lo visto, mi cara fue suficiente respuesta.

—¿Y sabes por qué es?

—No —murmuré.

Sonrió casi dulcemente.

—Hace unas semanas que lo aceptaron en una escuela muy importante. En Francia.

La frase quedó suspendida en el aire unos segundos. Lo miré fijamente. Él parecía estar analizando mi reacción.

Recordé vagamente que Mary me había mencionado algo sobre una escuela de cine francesa a la que Jack había querido ir desde muy pequeño, pero no había vuelto a escuchar nada de ese asunto.

Estaba todavía un poco aturdida cuando siguió hablando.

—El curso empieza en febrero y, como podrás imaginarte..., va a tener que ir a Francia.

—¿Cuánto... cuánto tiempo? —pregunté en voz baja.

—Un año y medio.

Parecía estar disfrutando malévolamente de mi cara de perplejidad, pero en ese momento eso era el menor de mis problemas. ¿Por eso había estado comportándose así Jack conmigo? ¿No sabía cómo decírmelo?

La verdad es que me sentó mal que no lo hubiera hecho. No me gustaba enterarme de cosas así de importantes por terceras personas. ¿Por qué demonios no podía confiar en mí?

El señor Ross interrumpió mi monólogo interior.

—Pero... supongo que no tienes que preocuparte de eso —dijo, y ladeó la cabeza—, porque no quiere ir.

—¿Cómo?

Vale, ahora sí que no entendía nada.

—Aún no hemos rechazado formalmente la plaza, pero él dice que no quiere ir —replicó el señor Ross lentamente—. Creo que puedes imaginarte por qué.

Oh, podía. Claro que podía.

—Por mí —susurré.

Su sonrisa se desvaneció un poco.

—Por ti. —Asintió con la cabeza.

Hubo un momento de silencio absoluto. Él me miró un instante más con esa sonrisa extraña mientras yo me recuperaba del shock inicial, y luego señaló la puerta con la mano.

—Ahora, si me disculpas, tengo que ensayar un poco más.

Mary estaba sentada en el sofá, nerviosa, pero se puso de pie abruptamente cuando me vio llegar con cara de haber visto un fantasma.

—¿Qué pasa? —preguntó enseguida—. Estás pálida, querida. ¿Estás bien?

—Sí, sí..., estoy bien —le aseguré, volviendo a la realidad—. Es que..., bueno, creo que llegaré tarde.

Ni siquiera sabía si podía decirlo. ¿Quién lo sabía? Tenía que hablar con Jack.

Ella asintió con la cabeza.

—Tranquila. Te llevaré a la facultad.

Sí, había estado todo el día pensando en ello. No os voy a mentir.

Y la cosa no mejoró cuando bajé los escalones de la entrada de mi facultad y lo primero que vi fue el coche de Jack. Estaba ahí con las manos en los bolsillos. Había ido a buscarme. Realmente quería hacer las paces. Estuve a punto de sonreír mientras me acercaba a él.

—Hola —me dijo con cautela.

—No... no hacía falta que vinieras, Jack.

Frunció el ceño al notar mi tono de voz. ¡Sabía que algo no iba bien solo escuchándome hablar! Esto tenía que ser una broma.

—Quería venir —dijo.

Por suerte, no preguntó nada.

Subimos al coche y él puso la calefacción al instante, y me sorprendió que no pusiera la radio, como de costumbre. Hubo un silencio algo tenso a nuestro alrededor mientras conducía hacia casa. Cuando aparcó en el garaje, nos quedamos los dos mirando hacia delante un momento. No sabía qué decir.

—Hay algo... —empezó—, algo que quiero contarte desde hace unas semanas.

Lo miré de reojo. Por algún motivo noté un nudo en el estómago.

—Hace poco me... eh... aceptaron en...

—Jack, ya lo sé.

No sabía por qué se lo había dicho, pero ahí estaba.

Se giró hacia mí enseguida, perplejo.

—¿Cómo?

—Lo de Francia, ¿no?

—¿Cómo...? —repitió.

—Me lo ha dicho tu padre esta mañana —dije.

Al instante, él pasó de la perplejidad a una expresión siniestramente seria.

—¿Mi padre? —susurró.

—He ido a hablar con él.

—¿A solas?

—Ha accedido a disculparse contigo —le expliqué, ignorando su pregunta.

Eso pareció desconcertarlo un momento. Se olvidó de que estaba enfadado. Menos mal.

—¿En serio?

—Sí. —Sonreí.

Él se giró hacia delante con el ceño fruncido. Casi podía oír los engranajes de su cerebro funcionando a toda velocidad. Tardó unos segundos en girarse hacia mí de nuevo.

—¿Sin pedir nada a cambio?

—Dijo que quería llevarse bien contigo, Jack.

No era del todo mentira, ¿no? Seguro que lo pensaba..., aunque no lo hubiera dicho. Jack estaba demasiado sorprendido como para darse cuenta de la pequeña mentira.

—¿Cuándo pensabas decirme lo de Francia? —pregunté.

Él parpadeó y volvió a la realidad.

—Hace medio minuto.

—¿Y... por qué no me lo habías dicho antes?

—Porque no sé si quiero ir.

Silencio.

—Jack, no creo...

—No sé si quiero ir —repitió— porque no es tan importante como todos os creéis que es.

—Tu madre me dijo que era tu ilusión desde pequeño.

—Cuando era pequeño, sí. Ya no estoy tan seguro de que siga siéndolo.

—Jack...

—Ya no —repitió, enfurruñado—. No quiero renunciar a todo lo que tengo aquí por una escuela al otro lado del mundo que no sé ni si me gustará.

—Es tu oportunidad para poder ser lo que quier...

—¿Ves por qué no quería decírtelo? —Suspiró—. Sabía que harías esto.

—¿El qué? —pregunté, confusa.

—Intentar que vaya. ¿Por qué todo el mundo insiste en que vaya? ¿No se supone que es mi decisión?

Lo miré un momento. Parecía frustrado.

Después suspiré y asentí con la cabeza.

—Está bien.

Me miró de reojo.

—¿Qué parte?

—No volveré a sacar el tema de la escuela... —hice una pausa— si tú aceptas las disculpas de tu padre.

Silencio. Clavó los ojos entornados en mí.

—¿Eso es chantaje?

—Depende. Si lo fuera, ¿lo aceptarías?

Esbozó una pequeña sonrisa divertida, sacudiendo la cabeza.

—Más le vale disculparse bien.

Sentí que todos mis músculos se relajaban. Un problema menos. Sin embargo, él seguía mirándome fijamente. Le devolví la mirada, confusa.

—¿Sigues enfadada conmigo? —preguntó.

Me encogí de hombros.

—Un poco.

—¿Y si te digo que he comprado pizza barbacoa, aunque la odio, porque sé que tienes un gusto horrible y es tu favorita?

Esperó una reacción durante unos segundos. Al final no pude evitarlo y sonreí.

—Un poco menos.

—Me vale. Por ahora... —Sonrió ampliamente—. Vamos, me estoy muriendo de hambre.

Salí del coche y vi que me esperaba con una sonrisa de oreja a oreja. Me supo muy mal haber estado enfadada con él todo el día, pero era divertido ver lo entusiasmado que estaba ahora. Subimos al ascensor y noté que me miraba fijamente, dudando si acercarse o no.

Yo no dudé tanto. Di un paso hacia delante y le puse una mano en la nuca para atraerlo a mis labios. Correspondió al instante abrazándome por la cintura y pegándome a él.

25

Yo nunca

Admito que estaba muy nerviosa mientras Mike, Jack y yo bajábamos al garaje para ir a casa de su padre. Se suponía que Jack y él iban a disculparse el uno con el otro, pero con ellos nunca era nada tan sencillo.

—Así que conoceremos a tu familia. —Mike sonrió ampliamente, subiendo al coche y asomándose entre ambos asientos delanteros—. Espero que les hayas mentido un poco para que crean que somos normales, cuñada.

Esa mañana había llamado a mi madre para preguntarle qué le parecía el plan. Había pasado de la felicidad extrema al estrés por querer causar una buena impresión en pocos segundos. Lo que estaba claro era que quería conocer a Jack.

—Les he hablado bien —le aseguré, sonriendo.

—De mí —aclaró Jack—. No saben que tú existes.

—Pues se llevarán una gran y bonita sorpresa. Puede que incluso me prefieran a mí de yerno —replicó Mike.

Reprimí una sonrisa cuando Jack puso los ojos en blanco descaradamente.

Llegamos a la casa y me sorprendió ver que Jack esperaba junto a la puerta del garaje con una mano extendida hacia mí.

—¡Cariño, ya estoy en casa! —exclamó Mike alegremente, entrando.

Mary y el señor Ross estaban hablando en la cocina, pero ambos se callaron en el instante en que nos vieron llegar. Mike ya estaba husmeando en el horno bajo la reprobadora mirada de su padre.

—¿Qué hay para cenar?

—Ensalada de pollo —dijo Mary, sonriéndole.

Mike arrugó la nariz, no muy convencido. Jack y yo intercambiamos una mirada divertida al recordar mi intento de dieta con Naya.

Traté de soltarme de la mano de Jack para ir a saludar a Mary, pero él me la apretó un poco más y me di cuenta de que estaba mirando fijamente a su padre, que echó una ojeada a nuestras manos unidas con cara inexpresiva. Me sentía como si estuviera interrumpiendo un duelo de titanes.

—Oh, querida... —Mary se acercó (para salvarme) con una sonrisa de oreja a oreja—. Me alegro de verte, como siempre.

Jack por fin me soltó para que pudiera devolverle el abrazo a su madre.

—Señor Ross —lo saludé, separándome de ella.

Él pareció volver en sí y me dedicó una educada sonrisa.

—Jennifer. —Miró a su hijo—. Jack.

Este no respondió.

Bueno..., no empezábamos bien.

Pusimos la mesa entre todos y nos sentamos. Mike tuvo la brillante idea de sentarse solo en un lado de la mesa, dejándome entre Jack y su padre.

La cosa continuaba igual de mal.

Empezamos a comer en un silencio interrumpido solo por los intentos de charla de Mary. Bueno, y los míos, que eran todavía peores. Al final, lo que más cortó el silencio fue Mike parloteando de su banda, hasta que su padre le pidió que no contara los detalles de lo que hacía con su club de fans.

El señor Ross se puso serio cuando todos terminamos nuestros respectivos platos.

—Bueno, ayer Jennifer vino a hablar conmigo —dijo.

Miré a Jack enseguida. Tenía la mirada clavada en su padre con la misma inexpresión que había visto en él muchas veces. Mary parecía un poco nerviosa, como yo.

—Creo que tenía razón en todo lo que me dijo —añadió él.

Jack frunció el ceño, confuso.

—¿En serio?

—Sí, hijo —replicó él—. Es ridículo que sigamos peleados por algo que pasó hace más de cinco años.

Mi vena curiosa estaba a punto de explotar. Algún día me enteraría de lo que había pasado.

—Sé que lo que hice no estuvo bien —añadió el señor Ross—. De hecho, entiendo que hayas estado enfadado conmigo tanto tiempo. Lo entiendo. Y lo siento.

Jack había entreabierto la boca, estupefacto. Mary también parecía sorprendida. Incluso Mike había dejado de devorar pan para mirarlo.

—¿Lo... sientes? —preguntó Jack, perplejo.

—Sí. No creo que esta relación sea sana para ninguno de los dos. Ni tampoco para tu madre, tu hermano o, incluso, tu novia. ¿No quieres que podamos presentarnos en su casa como una familia normal? A mí me gustaría. Y seguro que a tus suegros también. Lo mejor para todos es que nos olvidemos de lo que pasó. O hagamos lo posible por hacerlo más llevadero... y pasemos página.

Hizo una pausa, mirándolo.

—¿Qué me dices? ¿Puedes perdonarme?

Jack estaba tan estupefacto que estuvo unos segundos en pleno silencio. Estiré una mano por debajo de la mesa disimuladamente y toqué su rodilla.

Él parpadeó, volviendo a la realidad. Me miró a mí, a su padre, a mí... y a su padre.

Cortocircuito.

Finalmente, fue capaz de decirle algo.

—¿Te encuentras mal o algo así?

El señor Ross esbozó una pequeña sonrisa.

—Un poco liberado, la verdad. —Ladeó la cabeza—. Venga, hijo, pasemos página. Los dos juntos.

Jack volvió a quedarse en silencio, pero esta vez no era por estupefacción. Era porque estaba pensando. Se aclaró la garganta y, para sorpresa de Mary, empezó a asentir.

—Puedo intentarlo —murmuró.

—Bien. —Su padre pareció respirar de nuevo—. Me alegra oír eso, Jack.

Mary tenía lágrimas en los ojos. Cuando se ponía dramática, me recordaba a mi madre. Y a Naya. Las espantó enseguida y se esforzó en fingir que no pasaba nada.

—¿Alguien quiere postre, queridos?

No estuvimos allí mucho más tiempo, pero estaba claro que la tensión de la habitación había disminuido. Incluso Jack participó en alguna conversación. Intercambié una mirada con su padre, que me dedicó una sonrisa. Me alegraba por ellos. Aunque no supiera lo que había ocurrido en el pasado, seguro que podían superarlo. No podía ser para tanto.

Llegó la hora de irnos y Mary nos acompañó al garaje. Abrazó a sus dos hijos primero, pero me dio la sensación de que a mí me abrazaba con más intensidad.

—Gracias, cielo —susurró.

Se separó de mí un poco emocionada. No supe qué decir. Jack tiró de mi brazo hacia el coche de nuevo. En cuanto estuvimos dentro, vi que soltaba todo el aire de sus pulmones, como si no hubiera podido respirar en toda la noche. Estiré la mano hacia su mejilla.

—¿Estás bien?

—No lo sé —admitió con media sonrisa.

Lo atraje hacia mí y pegó sus labios a los míos unos segundos. Sin embargo, se separó cuando Mike empezó a carraspear ruidosamente en el asiento de atrás.

—Aquí, o nos besamos todos o no se besa nadie, ¿vale?

Jack puso los ojos en blanco y arrancó el coche.

Al abrir la puerta de casa, cuál fue mi sorpresa cuando no solo me encontré a Naya, Will y Sue, sino también a Lana y Chris sentados en los sofás con cervezas en las manos. Y algo me decía que no eran las primeras, porque tenían cara de estar pasándoselo demasiado bien como para estar sobrios.

Bueno, Sue no. Ella parecía un poco amargada por el hecho de que estuvieran perturbando su perfecta tranquilidad.

—¡Jenna! —Naya se puso en pie de un salto y pasó, literalmente, por encima del sofá para abrazarme—. ¡Por fin refuerzo femenino!

—¿Y yo qué soy? —protestó Lana.

—Yo no soy refuerzo de nada —aseguró Sue.

—Estamos celebrando que he aprobado todos los exámenes —explicó Naya, feliz—. ¡Venid a beber con nosotros!

Mike fue directamente a uno de los sillones con Sue. Naya, Will y Lana estaban en un sofá. Chris, Jack y yo en el otro. Me quedé entre los dos y sonreí a Chris mientras Jack iba a por las cervezas.

—Hacía mucho que no te veía.

—Tampoco ha cambiado gran cosa desde la última vez —me aseguró, sonriendo—. Bueno, aparte de que... ejem... tú y Ross...

—Sí, yo y Ross... —Sonreí—. ¿Y tú qué tal? ¿La chica esa del sacacorchos al final mató a su compañera?

—Espero que no, porque nadie me ha avisado de nada. —Hizo una mueca—. La verdad es que me gustaba que te pasearas por allí. Era agradable poder hablar con alguien, para variar. Aunque significara tener que ver también al pesado de tu novio.

Jack acababa de sentarse. Me pasó mi cerveza mientras miraba a Chris con cierta diversión en los ojos.

—¿No me echas de menos, Chrissy?

—¡No me llames Chrissy! —Se puso rojo.

—Bueno —Naya atrajo nuestra atención—, habéis llegado justo a tiempo para jugar a... ¡yo nunca!

—¿Qué es eso? —preguntó Chris, haciendo una mueca.

—¿No sabes lo que es? —Levanté las cejas.

—Alguien no ha ido a muchas fiestas, Chrissy. —Sue sonrió maliciosamente.

—Déjame en paz —dijo él, y volvió a ruborizarse.

—Alguien dice que nunca ha hecho algo —le explicó Will—. Si tú tampoco lo has hecho, te quedas igual. Si lo has hecho, bebes.

—Para que todos te juzguemos, Chrissy —añadió Ross.

Chris lo fulminó con la mirada.

—Vale. Si no lo he hecho no bebo nada. Lo pillo.

—Bien, ¡empiezo yo! —Naya aplaudió—. Yo nunca... mmm... he echado la culpa a otra persona por tirarme un pedo en público.

Hubo un silencio absoluto. Naya hizo una mueca.

—¿En serio? ¿Nadie?

—Ahora yo. —Mike ya estaba bebiendo, aunque no le tocara hacerlo—. ¿Podemos decir cosas que sí hayamos hecho?

—Sorpréndenos. —Jack me pasó un brazo por encima de los hombros distraídamente.

—Yo nunca me he acostado con alguien menor de edad siendo yo mayor de edad.

Y, para mi sorpresa, Will, Lana, Jack y Mike bebieron. Miré a Jack con los ojos abiertos de par en par.

—Ella tenía diecisiete y yo dieciocho —dijo, repentinamente avergonzado.

—Y Naya es menor que yo —dijo Will.

Lana y Mike se quedaron en silencio, así que asumí que no iban a explicar nada. Lo cierto era que prefería no saberlo.

Sue se inclinó hacia delante

—Bueno —dijo—, ¿podemos hacer ya que este juego sea un poco divertido?

Tenía una sonrisa perversa en los labios.

—Me das miedo —le dije.

—Me lo tomaré como un sí. —Ladeó la cabeza—. Yo nunca le he sido infiel a mi pareja.

Silencio. Mike y Lana empezaron a beber. Miré a Jack de reojo para ver si le había afectado, pero creo que ni siquiera se había dado cuenta de la pregunta. A veces me gustaría tanto saber qué pensaba...

—Si estamos con esas... —Will lo pensó un momento—, yo nunca he tenido un sueño erótico.

Oh, mierda.

Maldito Will.

Lana, Naya, Mike y Chris bebieron. Y yo, muy a mi pesar, también. Noté que todos se giraban hacia mí al instante. Especialmente Jack.

—¿Qué? —pregunté a la defensiva.

—¿Con quién? —preguntó Naya, entusiasmada.

—¡No soy la única que ha bebido! —protesté, muerta de vergüenza.

Especialmente porque el protagonista estaba sentado a mi lado y me miraba, divertido y pasmado a partes iguales.

—Muy bien. —Naya me guiñó un ojo—. Yo nunca he tenido un sueño erótico con alguien que conocía.

Suspiré y bebí. Los de antes también, pero solo me miraban a mí, los muy asquerosos.

—¿Yo nunca he tenido un sueño erótico con alguien que he conocido en los... últimos tres meses?

—¡Seguro que te estás saltando las reglas de...!

—Bebe —me calló Sue.

Dios mío. Mi cara era escarlata. Bebí, y Mike empezó a reírse a carcajadas.

—Esto se está poniendo interesante. —Will sonrió.

—¡Serás asquerosa, no me lo contaste! —protestó Naya—. ¡Yo tampoco te contaré mis sueños eróticos!

—¿Qué sueños eróticos? —Will la miró al instante.

—¿Eh? Los tengo contigo, claro...

Sue me miró y dijo:

—Yo nunca he tenido un sueño erótico en los últimos tres meses con alguien que está sentado a mi izquierda.

Todo el mundo miró a Jack, que parecía estar entre la diversión y la expectación de ver si bebía. Su mirada se clavó en mí mientras yo observaba fijamente mi vaso. Silencio. Me lo llevé a los labios.

Él fue quien pareció más sorprendido.

—No me lo puedo creer. —Will se reía abiertamente de mí.

—¿Es en serio? —Jack levantó las cejas.

—¿Podemos preguntar qué pasaba en el sueño? —preguntó Mike.

—¡No! —Tenía que calmarme. Me ardía la cara—. Ya... ya ni me acuerdo.

—Ya lo creo que te acuerdas. —Jack empezó a reírse también.

—Dejadme en paz, ¿vale?

—Y una mierda. Yo quiero saber lo que hice en tus sueños perversos.

—¿Podemos... dejar el tema?

Juro que mis mejillas iban a explotar. Jack suspiró, pero los demás terminaron aceptando que era mejor que me dejaran en paz.

—Te toca, Ross —le dijo Lana.

Él lo pensó un momento, mirándome de reojo.

—Yo nunca he tenido un sueño erótico con Jack Ross mientras estaba saliendo con otra persona... y me ha encantado.

—¡Hemos dicho que íbamos a dejar el tema! —Me volví a poner roja.

—Es una pregunta, Jenna, te toca responder —dijo Will, y él y Jack intercambiaron una mirada divertida antes de volver a mirarme.

Idiotas.

—Pues vale, ahora mismo os odio a todos.

Puse los ojos en blanco y me llevé la cerveza a los labios. Al instante, Jack me atrajo hacia él riendo y besándome en las mejillas. Casi me atraganté.

—¡Ten cuidado! —protesté.

—Así que me tenías tantas ganas como las que yo te tenía a ti, ¿eh?

—¡Jack! —protesté de nuevo, pero esta vez porque todo el mundo nos estaba mirando.

Conseguí librarme de él, avergonzada y enfadada, pero él siguió riéndose de mí cuando miré a Chris con gesto suplicante.

—Eh..., sí, sí. —Se apresuró a seguir—. Yo nunca he mandado una foto semidesnudo o desnudo a alguien.

Venga ya.

Jack, por supuesto, empezó a reírse todavía más.

Ya llevábamos unas cuantas rondas y cada vez estábamos más borrachos. Incluso yo estaba un poco contenta. Me había tomado dos cervezas seguidas —en mi caso era más que suficiente— y ya tenía la cabeza apoyada perezosamente en el respaldo del sofá. Y eso que era de las que menos había bebido.

Jack era el único sobrio. Estaba bebiendo tranquilamente de su vaso de agua.

—Eres como una abuela —protestó Mike, mirándolo—. ¿Quién bebe agua en una fiesta?

Jack se limitó a sonreír. Intenté no pensar en lo que me habían contado Naya y Lana, aunque vi que ellas intercambiaron una mirada.

—¿Última ronda? —sugirió Jack al ver que me estaba empezando a quedar dormida.

—Vale —dijo Naya, sonriendo—. Ahora podemos ir a por cosas sexuales, ¿no?

—Mmm... —Jack no parecía muy de acuerdo, así que mis instintos investigadores se dispararon al instante.

—Por mí vale —dije.

—Empiezo yo —dijo Naya—. Yo nunca he tenido sexo en un sitio público.

No me fijé en los demás, pero vi que Jack bebía y lo miré con una ceja enarcada. Sonrió como un angelito, pero no dijo nada.

—Yo nunca me he acostado con alguien sin saber su nombre —dijo Lana.

Jack bebió.

—Yo nunca he hecho un trío —dijo Sue.

Jack bebió. Todos lo miraron.

—¿Cuarteto? —Sue levantó una ceja.

Jack bebió. Me incorporé un poco con cara de estupefacción.

—¿Cinco? —Mike parecía intrigado.

Esta vez no bebió. En su lugar, se limitó a volver a llenarse el vaso evitando mi mirada.

—Yo nunca me he grabado follando —dijo Mike, mirando a su hermano.

Todo el mundo lo hacía. Incluso yo. Me daba la sensación de que el juego solo seguía para ver hasta qué punto él no dejaría de beber. Y no estaba muy segura de si quería saber qué más cosas había hecho.

Él esbozó una pequeña sonrisa avergonzada y bebió.

Sue parecía intrigada.

—Yo nunca he tenido sexo con dos personas el mismo día —dijo.

Ya todo el mundo miraba a Jack. Bebió.

—¿Tres? ¿Cuatro?

Ahí ya no bebió.

Fruncí un poco el ceño e instintivamente miré a Will, que evitó mi mirada. Así que era verdad.

—Yo nunca me he acostado con alguien y luego lo he echado de mi casa —dijo Chris.

Jack bebió.

¿En serio?

—Te toca —me recordó Sue.

—No sé si quiero seguir jugando —murmuré.

—Oye —Jack hizo un ademán de levantarse—, creo que ya se está haciendo tar...

—Siéntate, vaquero —le advirtió Naya.

Él me miró de reojo. Yo intenté parecer indiferente, pero no debí conseguirlo, porque apretó los labios.

—Yo nunca me he acostado con más de cinco personas —dijo Mike.

Jack bebió de mala gana.

—¿Diez? ¿Quince?

—¿En serio tenemos que seguir jugando a esto?

—Bebe —le advirtió Naya.

Él bebió de mala gana dos veces.

¿Estaba hablando en serio? ¿Más de quince?

¿No se suponía que era mi novio? ¿No se suponía que tenía que saber esas cosas? Recordé la discusión que habíamos tenido. Todo porque no quería contarme nada. Me pregunté si hubiera llegado a saber en algún momento lo del instituto, lo de su pasado, si Lana y Naya no me lo hubieran contado. ¿Me lo habría dicho él?

Una parte de mí sabía la respuesta. Y no me gustó en absoluto. ¿Por qué no confiaba en mí?

Y, en medio de ese debate interno, me escuché a mí misma hablando.

—Yo nunca me he acostado con alguien sabiendo que tenía pareja.

Enarcó una ceja en mi dirección, intrigado.

—Sabes que lo he hecho.

—Pues bebe —dije un poco más bruscamente de lo que pretendía.

Suspiró y bebió antes de volver a llenarse el vaso.

—Yo nunca me he metido en una pelea —dijo Chris.

—¿El tema no era sex...? —intentó interrumpir Jack.

—Bebe. —Mike lo señaló con un dedo acusador.

Bebió.

—Yo nunca me he metido en más de cinco peleas —dijo Sue.

Volvió a beber.

¿Quién era Jack? ¿Cómo podía estar saliendo con él sin conocerlo en absoluto?

Me encontré a mí misma hablando de nuevo.

—Yo nunca le he roto un hueso a nadie —dije en voz baja.

«Por favor, que no beba», pensé.

Jack me miró un momento. El silencio era tenso. Muy tenso.

Pareció dudar, pero bebió sin despegar sus ojos de los míos.

Algo se retorció dentro de mí. No lo conocía. ¿Cómo podía haber creído que sí? ¿Dónde había quedado el chico simpático y tierno de los cómics y las películas? Ese chico no era capaz de romperle un hueso a nadie.

Apreté los labios, mirándolo.

—Yo nunca he provocado a alguien solo porque quería tener una excusa para pelearme con él.

—Jen...

—Estamos jugando —le recordó Sue.

Él pareció algo molesto, pero bebió.

—No creo que esto sea... —empezó a decir.

—Yo nunca he mandado a alguien al hospital por haberle dado una paliza —lo interrumpí.

Cerró los ojos un momento. Miró a Will, que también parecía incómodo, y bebió.

—¿A dos personas? —pregunté.

Ahí ya no bebió.

Lo estaba mirando fijamente. Era como si la realidad me estuviera dando una bofetada en la cara. Él me devolvió la mirada. No parecía estar pasando un buen rato.

Eso hizo que una parte de mí deseara decirle que todo estaba bien, que era parte del pasado y que no me importaba. Y no era mentira. Pero... no podía hablar. Tenía un nudo en la garganta.

—Jen... —empezó, implorándome con la mirada que me olvidara de todo eso.

La voz de Will hizo que me girara.

—Yo nunca me he enamorado.

Él y Naya habrían bebido, pero eso ya no era por el juego. Era por nosotros dos. Me giré hacia Jack. El corazón me latía en las sienes. Mi mano apretó un poco la cerveza mientras él me devolvía la mirada. Estaba aturdida. Ni siquiera podía pensar. Y él, sin dejar de mirarme, se llevó el vaso a los labios y dio un trago mucho más grande que los anteriores.

Todo el mundo se giró hacia mí enseguida. Yo estaba paralizada.

Y, entonces, entendí por qué Jack nunca había querido contarme lo de su pasado. No quería que me asustara. Y sí, me había asustado, pero no por todo lo que había hecho, sino... porque creía que lo conocía mejor. Él lo sabía todo de mí.

Me seguía mirando fijamente y sentí que se me secaba la garganta. Cada segundo que pasaba, su mirada iba siendo más triste. Quería que bebiera. Todo el mundo esperaba que lo hiciera, pero solo podía mirarlo a él. Era como si todo pasara a cámara lenta.

¿Decir que me había enamorado era lo mismo que decir «te quiero»? No, no era lo mismo, ¿verdad? Porque yo no estaba lista para decirle a alguien que le quería. Solo de pensarlo me entraba un escalofrío. Sonaba tan... asfixiante. No podía decirlo. No. No creía que pudiera decirlo jamás.

Pero... noté mi propio brazo moviéndose hacia arriba, como si mi cuerpo contradijera a mi mente. Jack abrió los ojos como platos cuando me llevé la cerveza a los labios y le di un pequeño sorbo.

Silencio.

Horrible silencio.

Él siguió mirándome fijamente sin poder creérselo. Yo tragué la cerveza. Ya estaba hecho. Y..., honestamente, me sentía como si hubiera dicho la verdad, aunque no quisiera admitirlo. O como si ese no fuera el mejor momento para ello.

Parecía que había pasado una eternidad cuando, de pronto, Jack se giró hacia delante y parpadeó. Me quedé sorprendida. ¿Eso era todo? Ni siquiera volvió a mirarme. Tenía los ojos clavados en su vaso.

Ni siquiera me di cuenta cuando, más tarde, Chris preguntó si podía dormir en casa porque iba un poco borracho. Lana me abrazó para despedirse, pero yo solo podía pensar en Jack, desaparecido en su habitación desde que habíamos terminado de jugar. Will también miraba el pasillo. Intercambiamos una mirada, y él me dedicó una sonrisa cariñosa.

Cuando entré en la habitación, tenía el corazón en un puño. Jack estaba sentado en la cama con la cabeza entre las manos. Cerré la puerta, pero hizo como si no me oyera. Me acerqué con cautela.

Si me decía que me fuera, iba a llorar. Iba a llorar mucho. Pero..., no entendía su reacción. ¿No había bebido él también? Quizá se había arrepentido. Se me hizo un nudo en el estómago. No, por favor. Que no se arrepintiera. Solo de pensarlo se me venía el mundo encima.

—No iré —dijo de pronto, mirándome.

Yo ya estaba preparada para fingir que no me importaba que me mandara a la mierda, pero me quedé muy quieta.

—¿Qué? —pregunté, confusa.

—No iré a Francia —dijo, sin apartar la mirada de mí.

Le devolví la mirada sin saber muy bien qué decirle.

—¿Por qué?

—No quiero alejarme de ti.

Mi voz bajó.

—¿Por q...?

—Porque te quiero.

Durante un momento, no reaccioné. Después noté que mi pulso se aceleraba. Mi cerebro estaba intentando procesarlo.

No lo había conseguido cuando se puso de pie y me sujetó la cara con ambas manos para besarme con intensidad.

Con tanta intensidad que se me olvidó que yo no había dicho nada.

26

La cena navideña

—No me creo que estemos yendo a casa de mis padres —masculló cuando el avión empezó a descender.

Jack me dedicó una sonrisa radiante.

—Esto va a ser muy divertido.

Solo estábamos nosotros dos. Los padres de Jack, Agnes y Mike solo vendrían el día de Navidad —que era el día siguiente— y luego ya volveríamos todos juntos.

El manojo de nervios que era mi estómago fue aumentando a medida que nos acercábamos a la puerta de salidas. Y el idiota de Jack parecía estar pasándoselo en grande.

—¿No se supone que yo debería ser el nervioso? —preguntó.

Me detuve abruptamente justo antes de cruzar la puerta.

—Necesito decirte algo —dije.

Él también se detuvo y me miró sorprendido.

—¿Qué pasa? ¿Estás bien?

—Sí, no es eso. Es...

Lo pensé un momento. Cuando lo miré, estaba casi segura de que mi expresión era la misma que hubiera puesto de haberle dicho que mi familia formaba parte de un culto satánico.

—Tengo que advertirte de algo.

Levantó las cejas, oscilando entre la sorpresa y la diversión.

—Muy bien, ¿de qué?

Respiré hondo.

—Mi hermano mayor se cree que tiene la necesidad de espantar a cualquier chico que se me acerca porque se cree que eso le hace mejor hermano —dije atropelladamente—. No digo que vaya a golpearte, pero va a ser pesado. Muy pesado. Y es probable que te pise la mano en cuanto hagas un ademán de ponérmela encima, así que tendremos que mantener las distancias.

Asintió con la cabeza, reprimiendo una sonrisa.

—Vale.

—Mis otros dos hermanos son horribles, ¿vale? Son como dos monos peleándose por una banana. Se pasan el rato metiéndose conmigo de forma compulsiva, jugando a videojuegos o en su taller. Si se meten contigo, no dudes en defenderte. No tienen sentimientos, así que no puedes hacerles daño. De hecho, creo que no tienen ni cerebro. Al menos, nunca han dado señales de tenerlo.

—Jen, ¿qué...?

—Y mi hermana mayor va a interrogarte. Mucho. Muchísimo. Va a empezar a bombardearte con preguntas hasta que respondas sin darte tiempo a pensar. Es una experta en sacar la verdad a la gente, incluso cuando no quieren contarla. Así que ten cuidado con ella.

—Vale, pero...

—Por favor, no te creas que soy como ellos —añadí, sujetándole una mano—. Es decir, ellos están bien, no es que estén locos...

—Jen...

—... pero en serio que no soy como ellos, ¿vale?

—Lo tendré en cuenta —me aseguró, divertido.

—Y mi madre te va a empezar a acosar y a achuchar. Es muy pesada. Demasiado, diría yo. Pero... ¡no lo hace para molestar! Es su forma de ser, ¿sabes? Así que, si empieza a abrazarte y a llamarte cielo, no te lo tomes a mal.

—Podré vivir con ello.

—Y quizá también te haga muchas preguntas. Se pone muy intensa cuando quiere. No es tan experta como Shanon, pero tampoco se le da mal.

—Jen...

—Y mi padre es muy...

—Jen —me sujetó la cara con la mano libre—, relájate, ¿vale?

—Créeme, ojalá pudiera relajarme.

Sonrió y se inclinó para besarme en los labios.

—Me da igual cómo sean. Son tu familia. Ya me caen bien.

Intenté sonreír cuando hizo un gesto para que pasara por delante de él.

—Venga, a la guerra.

—¿Seguro que no...?

—Jen —advirtió.

—¡Vale! —Suspiré y me encaminé a la puerta.

Mi alivio fue inmenso cuando vi que solo habían venido Spencer, mamá y Shanon. Dejaríamos a papá y a los dos idiotas para el final. Bien. Menos mal.

Nos acercamos a ellos, y vi que Jack los examinaba con curiosidad. Estaba tan nerviosa...

Nos detuvimos a su lado, entre la gente, y ni siquiera nos vieron. Yo vi mi oportunidad de cambiar de opinión y salir corriendo, pero Jack me devolvió a mi lugar con una sonrisa divertida y no me quedó otra que aclararme la garganta.

—Eh..., hola, mamá.

Mi madre se dio la vuelta y abrió los ojos como platos.

—¡Jennifer, cariño!

Me había saludado primero por una mera formalidad, porque lo que quería en realidad era inspeccionar a mi novio. Clavó los ojos en él enseguida, entusiasmada.

—¡Y tú debes de ser Jack! ¡Por fin te conozco! —Sonrió ampliamente—. Venid aquí, cielitos.

Y, sin previo aviso, nos agarró a los dos por los hombros y nos abrazó de forma que nuestras caras quedaron enfrentadas a su espalda. Jack parecía divertido. Yo me moría de vergüenza.

—Mamá, por favor... —masculló.

—Siempre avergonzándose de mí. —Suspiró dramáticamente y miró a Jack—. ¿No te parece que eso está muy feo?

—Eso está muy feo, Jen —me dijo, divertido.

Vale, me lo merecía. Yo había hecho lo mismo con su madre.

Clavé la mirada en Shanon y Spencer. Ella, para mi sorpresa, había seguido mi petición silenciosa de no avergonzarme y se limitó a acercarse a Jack con una sonrisa cordial.

—He oído hablar mucho de ti —dijo, poniendo los ojos en blanco—. Muchísimo. En serio... Todo el día. Jenny es muy pesada.

—Gracias por la bienvenida. —Le puse mala cara.

Ella me ignoró y sonrió a Jack.

—Soy Shanon. Bueno, ya nos habíamos conocido por teléfono.

—Yo también he oído hablar de ti —dijo Jack, sonriendo y aceptando su abrazo.

Bueno, por ahora iba bien. Pero todavía faltaba la peor parte.

Miré a Spencer. Se había acercado con los ojos entornados.

Oh, no.

Por favor, no era el momento de sacar sus instintos de hermano mayor, que solo despertaban de su hibernación cuando le presentaba a un chico.

—Spencer —dijo secamente, extendiendo su mano hacia Jack.

Pues... sí había sacado esos instintos.

Menos mal que Jack pareció tomárselo con humor.

—Jack. O Ross. Lo que prefieras —dijo, aceptando su mano.

—Espero que estés cuidando bien de Jenny —replicó Spencer frívolamente, sin soltarle la mano.

Me dio la sensación de que mi hermano estaba apretando un poquito demasiado el agarre y me deslicé a su lado, clavándole el talón en el pie.

—Suéltalo —susurré, roja como un tomate.

—¿La cuidas o no?

—Hago lo que puedo. —Jack me dedicó una breve sonrisa antes de volver a centrarse en él.

—Espero que eso sea suficiente, ¿eh?

Le di un codazo ya no tan disimulado a Spencer, que me ignoró, pasándome un brazo por los hombros de manera protectora. Me entraron ganas de pedir ayuda a Shanon o a mamá, pero ellas estaban ocupadas riéndose de la situación.

—Lo es —aseguré enseguida.

—Eso está por ver. —Spencer me dio un pequeño apretón en el hombro, sin dejar de mirar fijamente a Jack.

Oh, venga ya...

Y, entonces, Shanon vino a mi rescate soltando las palabritas mágicas que esa situación requería.

—Oye, Spencer, ¿te he contado que fue él quien se encargó del idiota de Monty?

Hubo un momento de silencio. Mi hermano parpadeó, sorprendido. Después me soltó abruptamente. Casi me caí de culo al suelo cuando se adelantó hacia mi novio.

—¿Eso es cierto? —le preguntó.

Jack se encogió de hombros.

—No me gustaba cómo trataba a tu hermana.

Y, así de fácilmente, Spencer cambió su expresión furibunda por una de lo más amistosa.

—¡Podrías haber empezado por ahí! —Le dio una palmadita en la espalda—. Ven, te ayudaré con la mochila.

—¿Y yo qué? —refunfuñé cuando empezó a guiarlo al coche.

Shanon se acercó, encantada con la situación, y me ayudó.

Mamá me obligó a sentarme delante con Spencer mientras ella y Shanon se quedaban atrás, flanqueando a Jack y acribillándolo a preguntas. No dejaba de echarles ojeadas mientras él respondía educadamente a todas y cada una de ellas. Spencer también soltó alguna. Pobre Jackie.

—Dejadlo en paz —protesté.

—¡Tenemos curiosidad! —protestó Shanon.

—Sí, cállate. —Spencer me dio con un dedo en la frente para volver a girarme hacia delante.

Jack se rio de mí mientras los demás seguían preguntándole cosas.

Mis nervios aumentaron cuando entramos en mi calle. Mamá empezó a contarle anécdotas mías por esos rincones a Jack, que escuchaba con atención mientras yo le pedía —por favor— que se callara. No me hicieron ni caso, claro. Había dejado de existir y ni me había dado cuenta.

Spencer dejó el coche en el garaje. Bajé con el estómago hecho un ovillo y, nada más hacerlo, vi una bola de pelo corriendo hacia mí.

—¡Biscuit! —exclamé, entusiasmada.

Él se lanzó sobre mí y empezó a lamerme las manos. Jack se quedó de pie a mi lado. Le había hablado cientos de veces de mi perro. Biscuit lo olisqueó un momento antes de empezar a lamerle las manos también.

—Por ahora, no está mal —bromeó en voz baja—. Le caigo bien a tu perro. Es un logro.

Puse los ojos en blanco mientras él se reía. Pero yo seguía estando muy nerviosa. Temía que Sonny y Steve me dejaran en ridículo.

Y mi padre... Uf...

Era difícil saber por dónde iba a salir mi padre.

Entramos en casa. Ni me fijé en lo que tenía alrededor. Estaba demasiado centrada en mi objetivo. Jack me miró de reojo, pero no dijo nada. Entonces escuché risas en el salón y supe que eran los dos idiotas. Papá no estaba a la vista. Bien. Un problema tras otro, no todos a la vez.

—Ven a conocer a esos dos idiotas —le dijo Spencer a Jack, arrastrándolo con él.

Me apresuré a seguirlos al salón, aterrorizada. Sonny y Steve estaban tan centrados en la partida de la consola que no se dieron cuenta de que habíamos entrado.

—¿Hola? —pregunté.

Ni caso.

—¡Estás invadiendo mi carril, eso es trampa! —le gritó Sonny a Steve.

—¿Chicos?

—¡Aprende a jugar y no me pongas de excusa, inútil! —le gritó Steve, a su vez.

Enfurruñada porque me ignoraran, me incliné hacia delante y cogí aire.

—¡He dicho que hola!

Sonny dio un respingo y vi que su pantalla se volvía roja.

—¡¡¡No!!! —Dejó el mando en el sofá de un golpe—. ¡No es justo! ¡Me ha distraído!

—¡Uy, qué pena! —Steve empezó a reírse en su cara.

—¿No queréis conocer al novio de Jenny? —preguntó Spencer.

Silencio.

Steve pausó la partida.

Oh, no.

Los dos se giraron al instante y clavaron sus ojos en Jack.

Oh, no, multiplicado por dos.

—Es nuestro hombre —anunció Sonny, fingiendo que estaba asombrado.

—El hombre de la paciencia infinita —añadió Steve.

—El que aguanta a Jenny.

—Y sin pedir nada a cambio.

—Algunas cosas sí pido a cambio —dijo Jack, sonriendo, aprovechando que mi madre y mi hermana estaban ausentes.

Me puse roja como un tomate cuando mis tres hermanos empezaron a reírse a carcajadas. Spencer incluido, sí. Menudo traidor.

—¿Sabes jugar? —preguntó Sonny, señalando la pantalla.

—¿Sabes perder? —Jack le levantó una ceja.

—¡Esa es la actitud! —Spencer sonrió ampliamente.

—¡Dos contra dos! —gritó Steve.

—¡No tienen nada que hacer! —Sonny se sentó en el otro sofá con él.

—Vamos a darles una paliza —murmuró Spencer, sentándose con Jack.

Y, de pronto, los cuatro estaban sentados con la mirada clavada en la pantalla. Parpadeé, sorprendida, al darme cuenta de que era la única idiota de pie.

—¿Qué está pasando? —pregunté.

—Cállate, que no oigo nada —protestó Steve.

—Ya me has hecho perder una partida, ¿no estás contenta? —protestó Sonny.

—No es culpa mía que seas un inútil jugando —le dije.

—¡Que alguien la eche de aquí, me está distrayendo!

Me incliné hacia Jack, que me sonrió.

—Si te cansas de estos idiotas —le dije en voz baja—, estoy en la cocina.

—Tengo que ganarme a mis cuñados. —Me guiñó un ojo.

Estaba un poco insegura cuando lo abandoné con las hienas, aunque seguramente a él no le supuso ningún problema. Mi madre y Shanon estaban en la cocina charlando. Se callaron cuando me vieron llegar.

—¿Tampoco soy bienvenida aquí? —protesté.

—¿Ya lo han absorbido? —preguntó mi hermana.

—Están los cuatro jugando con la maldita consola.

—Uf, son como críos. —Shanon puso los ojos en blanco.

—Bueno... —Robé una galleta del plato de la encimera y me acerqué a ellas—. ¿De qué hablabais?

—Estábamos hablando de nuestra primera impresión —me explicó mamá.

—Ajá... —Shanon también había robado una galleta.

—¿Y cuál es la conclusión? —pregunté, un poco ansiosa.

Mi hermana se encogió de hombros.

—Parece un buen chico.

Estaba claro que eso no era todo.

—¿Pero...?

—Pero... está contigo. —Me sonrió, burlona—. Por lo tanto, algo está mal en su cerebro.

—Vete a la mierda —dije.

Mi madre me señaló con una cuchara de madera.

—¡Ese lenguaje!

Cuando se dio la vuelta, le enseñé el dedo corazón a Shanon y ella me sacó la lengua.

—¿Y papá? —pregunté.

—Llegará en cualquier momento. —Shanon sonrió—. Te veo un poco nerviosa, hermanita.

—¿Te recuerdo cómo estabas tú el día que te presentaste con tu novio, *hermanita*?

—¿Tú estás embarazada?

—Hasta donde yo sé, no.

—Pues no es lo mismo —contestó, enarcando una ceja—. Aunque... la verdad es que papá siempre te ha tenido como su preferida. Por ser la pequeña y todo ese rollo. No le gustará ver que alguien quiere montárselo con su niñita.

—¿«Quiere montárselo»? —Mi madre pareció confusa—. ¿Qué es eso?

—Que quiere regalarle flores —dijo Shanon, sonriéndole inocentemente.

—Sí, claro... —Mamá suspiró—. Déjalo, prefiero no saberlo.

—En todo caso —Shanon me señaló con la galleta—, me lo pasaré bien viendo cómo se lo presentas. Esperemos que no monte una escenita, ¿eh?

—Oh, cállate.

Volví al salón y vi que Spencer y Jack estaban machacando a los dos idiotas en la estúpida partida. Carraspeé ruidosamente.

—¿Qué? —Sonny me miró con el ceño fruncido.

—¿Puedo llevarme a *mi* novio?

—¡Prefiere estar con nosotros! —protestó Steve.

—Madurad un poco. —Shanon entró—. No agobiéis al pobre chico.

—Dice la pesada que seguro que le ha hecho un interrogatorio en el coche —masculló Steve con mala cara.

—Steve, hermanito, cállate o te corto los cables de la consola.

Él levantó las manos en señal de rendición.

—Podemos seguir con la partida luego —dijo Spencer, encogiéndose de hombros.

Jack se puso de pie mientras ellos continuaban discutiendo y me siguió hacia las escaleras. En cuanto vio que estábamos solos, sonrió perversamente.

—¿Vas a enseñarme la habitación tan pronto?

—A lo mejor te enseño la puerta principal.

Él se rio, negando con la cabeza. Abrí la puerta de mi habitación, un poco nerviosa, y dejé que pasara delante de mí. Por un momento, se dedicó a mirar a su alrededor con una expresión que no logré leer. Se detuvo un instante de más en mi cama antes de seguir su inspección minuciosa.

—Mmm..., interesante. —Me miró, burlón.

—Es muy rosa, lo sé.

—Es muy tú, en realidad —murmuró, pensativo, volviendo a echarle una ojeada—. ¿Esa es la famosa colección de música?

Se pasó casi cinco minutos mirando mis discos, mis fotos..., ¡todo! Yo me quedé sentada en la cama, un poco nerviosa. Era la primera vez que un chico entraba en mi habitación. Ni siquiera Monty lo había hecho. Con él, prefería que «las cosas» ocurrieran en el sofá. Nunca quise enseñarle mi habitación, mi cama...; era como mostrarle una parte muy íntima de mí. Pero con Jack era diferente.

Me crucé de piernas cuando se volvió a acercar a mí.

—¿Te está gustando esto? —pregunté, un poco nerviosa.

—¿Tu habitación o tu familia? —Sonrió.

—Mi familia, tonto.

—Tonto... —Hizo una mueca divertida al sentarse a mi lado—. Me caen bien. Y creo que les gusto.

—Bueno, mi madre te adora.

—Entonces ya estamos empatados.

Sí, la verdad era que Mary y yo nos llevábamos muy bien.

—He dejado que tus hermanos ganaran alguna ronda para que me adoraran también —añadió.

—La verdad... es que no me imagino a tus padres sentados ahí abajo con mi familia.

Pareció un poco sorprendido.

—¿Por qué no?

—No lo sé. Aquí es todo tan... normal.

—¿Estás llamando anormal a mi familia?

Empezó a reírse.

—¿Eh? ¡No!, no... Ay, estoy tan nerviosa...

—Está bien. —Me pasó un brazo alrededor de los hombros—. Todo ha ido bien, ¿no?

Asentí con la cabeza.

—Es que no quiero que te lleves una mala impresión.

—Deja de preocuparte por eso. Me lo estoy pasando genial.

Me acerqué para darle un beso en los labios, divertida, pero me detuve abruptamente cuando escuché el familiar ruido de la puerta principal.

Él levantó las cejas cuando vio mi cara de espanto.

—¿Ha venido un asesino en serie?

—Peor.

—¿Peor?

—Mi padre.

Respiré hondo. Él me observaba sonriéndome.

—¿Debería preocuparme?

—Mmm... uh... mmm... Bueno..., mejor ven conmigo.

Lo agarré de la mano y lo conduje escaleras abajo de nuevo. Efectivamente, mi padre acababa de entrar. Se giró en el instante en que oyó nuestros pasos y su mirada fue directamente hacia Jack, que se quedó de pie a mi lado tranquilamente.

Ahora que lo pensaba..., ¿alguna vez había visto a Jack intimidado por algo? Yo diría que no.

Mi objetivo en la vida es que me la sude todo hasta ese punto.

—Señor Brown —dijo educadamente, acercándose a él.

—Jack —contestó mi padre en tono neutro, mirándolo de arriba abajo—. He oído hablar mucho de ti.

Ya empezaba como Shanon.

—Solo cosas buenas —añadí yo, plantándome a su lado.

—Muy buenas —me corrigió papá.

Mi cara fue de estupefacción absoluta cuando se adelantó y le puso una mano en el hombro amistosamente.

—¿Te ha enseñado Jenny el taller?

Y fue así de fácil. Sonny y Steve fueron con ellos para enseñarle el taller de coches, entusiasmados. Jack se giró en el último momento y sonrió con diversión al ver mi boca abierta.

—Interesante —comentó Jack cuando bajamos del coche de Spencer.

Él, Spencer, Steve, Sonny y yo habíamos ido a la feria que ponían cada año en las vacaciones de Navidad. Pude ver la noria, la pequeña montaña rusa, los coches de choque, los puestos de tiro, los de comida... Era como un festival pequeñito. Y era de noche, así que todos los niños habían desaparecido. Ahora solo había adolescentes besuqueándose por los rincones.

—¡Conduzco yo! —chilló Steve antes de echar a correr hacia los coches de choque.

—¿Eh? —Sonny parpadeó antes de seguirlo—. ¡Oye, de eso nada!

Los dos empezaron a pelearse para comprar la entrada. El vendedor los miró con una ceja enarcada. Spencer suspiró.

—Voy a ir con ellos para que no se maten, ¿vale?

En cuanto nos dejó solos, miré a Jack, que observaba a su alrededor con curiosidad.

—¿Dónde quieres ir? —pregunté.

—La minimontaña rusa tiene buena pinta.

—Vale. Dime cualquier sitio que no sea ese.

Sonrió ampliamente mientras empezábamos a recorrer la feria.

—¿A alguien le da miedo la montaña rusa? —bromeó.

—No me da miedo, ¿vale? —dije algo molesta—. O sí. Da igual. No quiero subir.

—¿Y qué sugieres?

Miré a mi alrededor, pensativa.

—¿Tienes puntería? —interrumpió mi escaneo.

Nos acercamos al puesto de tiro de dardos y Jack enarcó una ceja, divertido, cuando me dieron los míos. Miré la pared con distintos colores y me mordí el labio inferior antes de lanzar. Solo tenía que alcanzar uno de los puntos de colores. Cualquiera menos los blancos. Era fácil, ¿no?

Lancé el primer dardo y, claro, dio de lleno en un punto blanco.

Hice una mueca.

—Mala suerte —dijo el del puesto, sonriéndome.

—¿Quieres que lo intente yo? —me preguntó Jack.

—No —dije, con mi orgullo herido—. Me quedan cuatro, ¿vale?

—Muy bien.

—No me mires así, puedo hacerlo.

—No lo he negado —aseguró, divertido.

Volví a centrarme en lo que tenía delante con el ceño fruncido. Pero... tres tiros después, seguía sin darle al blanco. No me podía creer que estuviera teniendo tan mala puntería. Me puse roja mientras el del puesto y Jack contenían sus risitas maliciosas.

—Toma —mascullé, dejándole un dardo en la palma de la mano—. Si no aciertas, te lo recordaré el resto de tu vida.

—¿A qué tengo que darle para llevarme algo? —le preguntó al encargado.

El hombre lo pensó un momento.

—Si le das al verde, te llevas un peluche de unicornio. Si le das al azul, puedes llevarte esto para hacer pompas de jabón.

Jack me miró de reojo.

—Supongo que no quieres el unicornio —dijo.

—Las pompas suenan bien. —Sonreí inocentemente—. Si le das, cla...

Ya había dado de lleno en el azul.

El del puesto le dio el trasto para hacer pompas y él me lo tendió con una sonrisa petulante.

—Creí en ti en todo momento —le aseguré.

—Si no aciertas, te lo recordaré el resto de tu vida —dijo, imitando mi voz.

—Pero has acertado, ¿no?

—Lo que tú digas. ¿Qué quieres hacer ahor...? Joder, vale.

Lo estaba arrastrando del brazo como una niña pequeña hacia el fotomatón que vi al lado de una de las atracciones. Él levantó las cejas, intrigado.

—¿Estamos en una feria y quieres hacerte fotos?

—No tenemos ninguna foto juntos —protesté.

Lo consideró un momento, sorprendido.

—Es verdad.

—Pues venga, vamos a solucionarlo ya.

Hice ademán de buscar dinero, pero él ya había metido las monedas en el fotomatón mientras yo guardaba torpemente el cacharro de las pompas en el bolso. Me apresuré a ponerme junto a él, intentando colocarme de alguna forma que hiciera que mi cara se viera bien mientras terminaba la cuenta atrás.

—¿Qué haces? —me preguntó muerto de risa.

—¡Cállate! Va a empezar.

—Todavía quedan tres segundos.

—Como salgas hablando en alguna foto, Jack...

—No saldré...

—¡Mira la cámara!

Se giró hacia la cámara al instante y sonrió dócilmente mientras yo intentaba variar las poses: le besé en la mejilla en una foto; otro fogonazo nos pilló mirándonos; antes del siguiente, él apoyó la cabeza en mi hombro, y para la última foto, lo atraje hacia mí para besarlo en los labios.

Siempre había querido hacer esa cursilada. No iba a perder la oportunidad.

Luego él se quedó mirando las fotos y yo fui a sacar las entradas para la noria. Era mi atracción favorita. Nos subimos en una de las cabinas, que se tambaleó un poco, y la atracción empezó mientras él se guardaba las fotos en el bolsillo.

—¿Por qué estamos en la peor atracción habida y por haber de las ferias? —preguntó.

Seguíamos ascendiendo poco a poco.

—¡Es la mejor! —protesté, ofendida.

—Es la más aburrida.

—Si lo que quieres es adrenalina, intenta estar más de media hora con mis hermanos sin morir.

Sonrió, divertido.

—¿Te ha gustado mi familia? —pregunté, un poco insegura.

Me miró un momento, confuso.

—¿No hemos tenido ya esta conversación?

—Sí, pero quiero asegurarme.

—¿Te da miedo que no me guste tu familia? —preguntó—. ¿No se supone que soy yo quien tiene que caerles bien?

—Tú eres el típico pesado que cae bien a todo el mundo.

—Gracias por demostrarme siempre tu amor, ¿eh?

—Es verdad —recalqué—. Venga, ¿te han caído bien o no? No te culparé si me dices que...

—Me han caído muy bien —me aseguró—. No tenías por qué estar nerviosa.

Noté que mi pecho se relajaba al instante.

—Bien —murmuré.

Ya habíamos llegado arriba. Volvimos a bajar lentamente mientras yo me quedaba mirando la ciudad como si no hiciera lo mismo cada estúpido año.

—Cuando era pequeña —murmuré—, una vez subí aquí con unos amigos de clase y uno empezó a moverse para que la cabina se tambaleara.

—Teniendo en cuenta que estás aquí, creo que la historia terminó bien.

—No tanto. —Le puse mala cara—. ¡No te imaginas cómo se mueven estas cosas! Da verdadero miedo cuando... ¡Eh! ¡Para! ¡¡¡Para!!!

Por supuesto, decirlo había sido suficiente para que él empezara a hacer lo mismo que aquel idiota de clase. Cuando vio que entraba en pánico, se detuvo riéndose de mi cara de horror. Los ocupantes de las demás cabinas nos miraron con curiosidad, pero la curiosidad se desvió hacia otra cabina en la que estaba pasando lo mismo. Un chico intentaba aterrorizar a sus amigos, que le gritaban que parara.

Era como un virus maligno.

—Te odio —le dije.

—Claro, claro.

Me apoyé en el respaldo del asiento y me acurruqué un poco cuando el aire frío hizo que me estremeciera.

—Parece que hace una eternidad que no vengo aquí —murmuré, mirando la ciudad de nuevo con el ceño fruncido.

—¿Echas de menos todo esto? —me preguntó, pasándome un brazo por detrás de los hombros.

—Es... diferente. —Ya sabía que mentirle no servía de nada.

—¿Diferente?

—Aquí todo pasa tan... despacio.

Me observó en silencio.

—Es como si el tiempo se ralentizara. O se detuviera completamente en una quietud constante. Los mismos lugares, la misma gente, los mismos chismes. —Sonreí, mirándolo—. De pequeña me encantaba, pero, ahora... no lo sé. No me gustaría pasar aquí el resto de mi vida, Jack. Creo que nunca ha sido para mí y nunca lo será. Me da lástima por mi familia, porque si me voy lejos los echaré de menos y sé que a ellos les da miedo que me pase algo malo, pero... al final es mi vida, ¿no? Y tengo que ser yo quien decida.

Él seguía sin decir nada. Entorné los ojos.

—¿Algo que decir? —pregunté.

Esbozó media sonrisa.

—Me gustaría que vinieras a vivir conmigo, Jen.

Parpadeé, confusa.

—Ya vivo contigo. Y desde hace tres meses, por si no te habías dado cuenta. Incluso duermo en tu ca...

—Le dijiste a Chris que tardarías dos meses en volver a la residencia —me recordó—. Ya han pasado tres.

Era cierto. Me sentía como si hubieran pasado años.

—Sí, le dije eso —murmuré—. Le dije que volvería.

—Pero... no tienes por qué hacerlo. —Me miró atentamente—. Si quieres quedarte en el apartamento, ya sabes que puedes hacerlo. También es tu casa. De hecho..., nada me gustaría más. Me encantas, Jen. Y me encanta pasar tiempo contigo. De hecho, empieza a preocuparme lo mucho que me encanta, pero aun así mantengo la oferta. ¿Quieres venir a vivir conmigo? ¿Oficialmente?

Vale.

Ya había soltado la bomba.

Y él seguía tan tranquilo.

Tardé unos segundos en responder. De pronto, estaba muy tensa. Él respetó mi silencio, pero era obvio que quería una respuesta.

—¿Y no tendré habitación propia? —bromeé con una risita nerviosa.

Enarcó una ceja, divertido.

—¿Alguna queja en lo relacionado a dormir conmigo?

—Dormir con mi casero me hace sentir incómoda.

—Pues a tu casero le encanta, te lo aseguro.

—Mi casero es un pervertido.

—Tu casero es *tu* pervertido.

Esbocé una sonrisa, pero mis nervios no me permitieron mantenerla mucho tiempo. Abrí la boca, pero él me interrumpió.

—No hace falta que me lo digas ahora. Tienes todas las vacaciones para pensártelo. No hay prisa.

Aunque sabía qué respuesta quería darle, acepté que ya se lo diría. Sonrió y me atrajo hacia él.

Nada se volvió incómodo hasta que volvimos a casa. Spencer se había tomado unas cuantas cervezas con unos amigos que había encontrado en la feria y tenía la lengua un poco suelta. Mientras entrábamos en casa, mis otros hermanos desaparecieron escaleras arriba. Yo guiaba a Jack de la mano, pero me detuve cuando Spencer se metió entre nosotros, pasando un brazo por encima de los hombros de cada uno.

—Bueno, chicos —dijo, suspirando—, espero que os portéis bien esta noche.

—Spencer... —Me puse roja.

—No pasa nada, Jenny. Es algo natural. Solo... hacedlo en silencio, ¿eh? Algunos tenemos que madrugar.

—Tú no tienes que madrugar —protesté, frunciendo el ceño.

—No, pero no sabes si los demás tienen que hacerlo, egoísta. Muerde una almohada. Eso ayuda.

Nos dio una palmadita en la espalda a ambos con una gran sonrisa. Yo sentía que me quería morir cuando Jack contuvo una risotada divertida.

—Y usad protección —añadió Spencer subiendo las escaleras—. Un sobrino es más que suficiente por ahora.

Nos quedamos los dos en silencio un momento cuando nos dejó solos.

—¿Podemos fingir que esto no ha pasado? —sugerí.

Ya en la habitación, me puse mi pijama de ovejitas, el cual fue objeto de muchas burlas por parte de mi querido novio. Él repasó la música de mi estantería mientras yo me quitaba las lentillas. Mi cama me pareció ridículamente pequeña cuando se tumbó a mi lado. Íbamos a dormir pegados, cosa que tampoco suponía un problema. Me atrajo hacia él hasta que nuestras piernas estuvieron entrelazadas.

—Mañana vienen mis padres —murmuró con una mueca.

—Y tu hermano —le recordé.

—Y mi abuela —añadió—. Será una reunión interesante.

Hubo un momento de silencio. Le coloqué bien el cuello de la camiseta distraídamente.

—Nunca había traído a un chico a mi habitación —murmuré.

—Me siento halagado.

—Ni tampoco había presentado a ningún chico a mi familia.

—¿Nunca? —Pareció sorprendido.

—Nunca.

—¿Y Malcolm?

—¿Quieres decir Monty?

—Eso. Marty.

Sonreí y negué con la cabeza.

—Nunca se lo presenté formalmente. Lo conocían porque aquí se conoce todo el mundo. Solo venía a casa cuando estaba sola. Y nos quedábamos en el sofá sin hacer gran cosa.

—Así que soy el primero... —Sonrió ampliamente—. Espero ser también el último.

—Qué gracioso.

Sin dejar de sonreír, se inclinó para besarme.

Estaba un poco nerviosa con las presentaciones entre familias, así que me pasé un rato en mi habitación intentando mentalizarme para quitarme la tensión de encima. Pero Jack y yo nos quedamos helados cuando bajamos las escaleras y vimos que su familia ya había llegado. De hecho, ya estaban charlando tan tranquilos. Los padres y la abuela de Jack estaban con mis padres y Shanon en la cocina mientras mis hermanos, Mike y Owen estaban en el salón con la consola.

A mi sobrino se le iluminó la mirada cuando me vio.

—¡Tita! —chilló, corriendo hacia mí.

—Hola, cariño. —Lo abracé—. ¿Cómo estás?

—Bien —dijo, pero al ver a Jack hizo una mueca, y su tono se volvió cortante—. Hola, tú.

Jack contuvo una sonrisa.

—Hola, Owen.

Mi sobrino entornó los ojos.

—Yo soy el hombre de su vida —le dijo, señalándome.

—¡Owen! —me alarmé.

—Solo para que lo sepas, ¿eh?

Jack sonrió, divertido, pero Owen seguía fulminándolo con la mirada.

—No seas así —le reñí.

—No pasa nada —me aseguró Jack.

—Solo he dicho la verdad para que vayas haciéndote a la idea —continuó Owen, cruzándose de brazos.

—Lo sé. —Jack le puso una mano en el hombro—. Me han hablado mucho de ti. No quiero competir contigo, pero puedo cuidar de tu tita cuando tú no estés.

Owen parpadeó, sopesando la oferta, y después asintió con la cabeza.

—Bueno..., me parece bien.

—¡Genial! —Jack le ofreció su puño—. ¿Colegas?

—Colegas —dijo un sonriente Owen, chocando los puños.

Mary y Agnes se alegraron mucho de vernos. El señor Ross mantuvo las distancias y se limitó a saludarnos sin abrazos. Al menos, ya no había tanta tensión entre él y su hijo. Era un alivio.

De hecho, mi madre ni se dio cuenta de que había algo extraño entre ellos. Y era muy raro, porque solía darse cuenta de todo. Por lo tanto, la cosa iba bien.

Comimos todos juntos. El entretenimiento se basó en reírse de mí colectivamente entre mis hermanos y mis padres, así que fue divertido para todo el mundo menos para mí, que terminé saliendo al patio trasero enfurruñada. Jack tuvo que ir a buscarme, como si yo fuera una niña pequeña, para que volviera con los demás.

Por la tarde, los adultos desaparecieron e hicimos una batalla de bolas de nieve en el jardín. Terminé empapada. Y Spencer y Jack ganaron, claro. Me había quedado con el equipo de Mike, que me dio una palmadita de consolación en la espalda. Mientras, Sonny y Steve volvieron a atacarnos a traición.

Tuve que volver a ducharme y a cambiarme de ropa antes de cenar. Parecía que todo iba bien. Jack se quedó con los chicos en el salón mientras yo pasaba un rato más en la mesa con los adultos. Hablaban de no sé qué serie, así que no me interesaba mucho. Me puse de pie y salí al patio trasero, donde Owen y Mike estaban haciendo un muñeco de nieve. Se estaban llevando sorprendentemente bien. Estaban al otro lado del patio, así que no me vieron cuando me senté en las escaleras del porche y los miré, distraída.

Llevaba solo un rato cuando noté que alguien se acercaba y se sentaba a mi lado. El señor Ross.

Se me hizo muy raro verlo sentado en el porche trasero de mi casa con esos pantalones tan caros.

—Son tal para cual —comentó, mirándolos.

Mike estaba empujando una bola de nieve gigante mientras Owen lo perseguía gritando órdenes.

—Parece que todo el mundo se lleva bien —le dije, sonriendo.

—Sí. Ha ido todo de maravilla. —Me puso una mano en el hombro—. No habríamos podido hacerlo si tú no hubieras echado una mano a mi hijo, Jennifer.

Sonreí, un poco cohibida. Parecía sincero.

—Solo hablé con usted.

—No hablo de eso —me dijo, devolviendo su mano a su regazo—. Hablo de todo lo demás. De cómo era él hace unos meses. Y cómo ha cambiado. Supongo que te habrán hablado de ello. Aunque no haya sido él.

Asentí con la cabeza, mirando a los chicos de nuevo.

—Hubo un momento de su vida en que creí que estaba perdido —murmuró él, a mi lado, pensativo—. Jack es demasiado testarudo. No ve que está haciendo las cosas mal hasta que le explotan en la cara.

—Sí que es testarudo cuando quiere —admití.

—Y esas novias que tuvo... En fin, no me gustaban demasiado. No llegué a conocerlas personalmente y sé que no debería juzgarlas así, pero... tú sabes cuándo quieres que alguien esté con tu hijo y cuándo no. Lo sabrás algún día si eres madre.

Lo miré de reojo. Él suspiró.

—Sé que lo vuestro no es un romance juvenil —añadió.

Había tanta seriedad en sus palabras que me dejó un momento en silencio.

—No, no lo es —dije en voz baja.

—Es mucho más. Solo... quería que supieras que estoy muy feliz por los dos. Eres todo lo que mi hijo ni siquiera sabía que buscaba.

Sonreí un poco, incapaz de decir nada. No me esperaba esa conversación con él. Pegué las rodillas a mi pecho, mirando a Mike y Owen, que seguían haciendo bolas de nieve gigantes.

—Ya ha hecho la carta para decir que no a la escuela de Francia —añadió, distraídamente.

—Lo sé —murmuré.

—Es curioso cómo las prioridades de las personas cambian, ¿no crees? —Parecía que estaba pensando en voz alta—. Hace unos años... habría hecho cualquier cosa para ir a esa escuela. Y, ahora..., bueno, ya sabes.

—Es una lástima. Él quiere ser director de cine. Si fuera a esa escuela, tendría el éxito asegurado.

—Podría tener éxito en otras escuelas, sí. No sería lo mismo, pero podría tenerlo.

Lo pensé un momento antes de mirarlo.

—¿Cree que tendrá otra oportunidad de solicitar una plaza en el futuro?

—¿Si ahora dice que no? No. Solo te dan la oportunidad una vez.

Cuando vio mi expresión, añadió:

—Pero también hay escuelas buenas por aquí.

No dije nada. Él me puso una mano en el hombro.

—Sé que sientes algo muy fuerte por él, Jennifer —dijo suavemente—. Y él lo siente por ti. Por eso no se irá. Eres lo más real que ha tenido nunca. No quiere renunciar a ti. Es normal. No puedes culparlo.

Eso no hizo que me sintiera mucho mejor. Me apretó un poco el hombro, reconfortándome.

—Jack es mayor. Debería poder elegir.

No dije nada. Miré a los chicos, que estaban empezando a amontonar las bolas de nieve.

—¿Puedo preguntarle algo? —dije sin mirarlo.

—Sí, claro.

—¿Si usted fuera...? —Lo pensé mejor y formulé la pregunta de otra forma—. ¿Cree que Jack hace bien rechazando esta oportunidad?

Dudó un momento.

—Por favor, sea sincero —añadí, mirándolo.

Dudó unos segundos más, pensativo.

—No lo sé —suspiró—. El amor es complicado, Jennifer. A veces, tenemos que hacer sacrificios por amor. Porque queremos a la otra persona más que a nosotros mismos. Porque queremos lo mejor para ella. Una vez tomada esa decisión..., es difícil cambiarla.

Asentí lentamente con la cabeza. No sé por qué, pero se me formó un nudo en la garganta.

—Debería haber aceptado ir —murmuré—. Aunque tuviéramos una relación a distancia durante un año y medio. Sé que no pasaría nada. Que lo superaríamos.

—Yo también lo creo. Pero Jack no.

—Debería creerlo. Y debería ir.

—No irá, Jennifer. —Me apretó el hombro otra vez antes de ponerse de pie—. Nunca iría estando contigo.

Lo observé marcharse y, tras unos segundos, clavé una mirada pensativa en los chicos, que seguían jugando.

27

Lo correcto

Al final, mamá había insistido en que Jack y yo nos quedáramos más tiempo con ellos, así que pasamos el fin de año en casa de mis padres. Fue bastante gracioso ver cómo mis hermanos, medio borrachos, intentaban ganar a Jack en una pelea de bolas de nieve. Y me hubiera gustado poder disfrutarlo como la situación lo merecía, pero una parte de mí era incapaz de hacerlo. No dejaba de mirar a Jack y preguntarme si estaba renunciando a lo que realmente le gustaba por mi culpa. Y también me preguntaba si yo sería capaz de hacer lo mismo por él. Estaba segura de que sí, pero... no podía evitar sentirme como si estuviera siendo la mayor egoísta del planeta.

Incluso una parte de mí, una pequeñita, pensó en la posibilidad de dejarlo para que fuera a esa escuela. Porque no iba a escucharme. Eso lo sabía muy bien sin necesidad de acercarme a preguntárselo. No iba a hacerlo. Intenté alejar ese pensamiento de mi cabeza durante días, pero era difícil. Y terminé planteándomelo tantas veces que Jack se dio cuenta de que algo iba mal. Al principio, insistió en que hablara con él, pero cuando se percató de que no quería hacerlo, se limitó a darme un beso en los labios para reconfortarme por lo que fuera que me pasara.

¿Cómo podía ser tan estúpidamente perfecto?

Creo que fue al día siguiente, cuando amaneció, cuando fui capaz de admitir lo que quería hacer.

Quedarme con él.

Había estado todos esos días de vacaciones pensándolo y había llegado a la conclusión de que no quería separarme de él.

Cuando fuimos a por nuestras maletas a mi habitación el último día, noté que él me miraba de reojo.

—¿Estás bien? —preguntó.

Asentí con la cabeza. No me había preguntado eso desde hacía unos días.

—Estaba pensando... si quiero llevarme algo más de aquí.

Su cara se iluminó con una sonrisa burlona.

—¿Puedo revisar tus cajones a ver qué cosas interesantes encuentro?

—Puedes revisar lo que quieras, pero no creo que encuentres nada interesante.

—Reto aceptado.

Fui a mi armario, cogí algunas sudaderas que había echado en falta y las lance al interior de mi pequeña mochila rosa chillón. Escuché que él abría y cerraba cajones, pero no parecía muy entusiasmado con los resultados.

Ya estaba metiendo lo que había elegido en la mochila, cuando vi que miraba dentro de un cajón con más atención.

—Una pulsera que nunca te he visto puesta —murmuró.

—Casi nunca llevo pulseras ni complementos.

—¿No tienes collares? —Hizo una mueca al ver que solo había pendientes y pulseras.

—Creo que no —dije, encogiéndome de hombros.

—Mmm... ¿Qué más? Un cuaderno...

—No es un cuaderno —protesté.

—¿Es un diario?

Se le iluminó la cara y lo abrió con curiosidad. Sonreí al ver su cara de decepción al segundo siguiente.

—¿Por qué hay una lista de nombres, de lugares... y de personas?

—Cuando era pequeña, tenía una lista de cosas de las que me sentía orgullosa: de haber ido a Disney, de aprobar cálculo... Tonterías.

—¿Y yo no estoy aquí? —Enarcó una ceja.

—Tú estás detrás —bromeé—. En la lista de errores de mi vida.

Fue a la última página y vi que la revisaba concienzudamente.

—Que Spencer te pillara haciéndote fotos —asintió con la cabeza, como si estuviera de acuerdo—, haberte caído a una piscina estando vestida, haber elegido una asignatura que no te gustaba solo para estar con tu amiga en clase...

Se detuvo y frunció el ceño.

—¿Por qué no está escrito Malcolm?

—¡Hace años que no escribo nada en ese cuaderno! Y se llama Monty, pesado.

—Nunca es tarde para añadirlo.

Sonrió ampliamente y volvió a dejar el cuaderno en el cajón para seguir curioseando hasta que fue hora de marcharnos.

Nos despedimos de mi familia y mi madre nos estrujó a ambos en un gran abrazo. Cuando estuvimos en el taxi, no pude evitar mirar mi casa y luego a Jack, que me sonrió.

¿Estaba haciendo lo correcto?

Todavía no era tarde para rectificar.

Pero... no. No había nada que rectificar.

Clavé la mirada en mis manos. Era lo correcto. Lo era. Quería quedarme con él. Quería estar con él.

Estuve en silencio en el avión y casi todo el camino restante. Fingí estar dormida para que no me hablara. Había dormido poco y me dolía la cabeza. Incluso me había puesto sus gafas de sol, cosa que no hacía nunca.

Él aparcó el coche en el garaje y bajamos en silencio. Jack recogió nuestras dos mochilas y cargó con ellas hasta el ascensor. Nada más abrir, el olor a quemado me inundó las fosas nasales e hice una mueca. Naya estaba chillando. Entramos corriendo al salón, alarmados, y la encontramos abriendo el horno en la cocina.

—¡Mierda! —soltó.

Una nube negra salió del horno y de una bandeja que sujetaba con un pollo del mismo color. Naya estaba histérica. Will, Mike y Sue se reían de ella disimuladamente desde la barra.

—¿Veis por qué no quería ponerme a coci...? —Se detuvo al vernos—. ¡Hola, chicos!

—¿Estás intentando que el apartamento arda? —preguntó Jack.

—Oh, cállate, Ross. Diez dólares a la basura...

—¿Qué intentabas hacer? —pregunté, divertida, olvidándome por completo de lo que había tenido en la cabeza durante todo el camino.

—¡Pollo al horno! Quería que tuviéramos una cena decente.

Suspiré y la miré.

—Si no te has aburrido de cocinar, podemos ir a por otro pollo y te ayudo.

—¡Por cosas así eres mi mejor amiga! —chilló, entusiasmada.

Así que ella, Will y yo nos pasamos la tarde cocinando como idiotas e intentando no hacer un desastre. Al final, nos salió un plato sorprendentemente bueno. Sue olisqueó el aire cuando lo dejamos en la mesa de café. Todos nos sentamos alrededor y Naya miró a Mike con el ceño fruncido cuando preguntó por qué no habíamos puesto la televisión.

—¡Es Navidad! —protestó—. En Navidad, se habla. No se mira la estúpida televisión.

—Navidad ya ha pasado —le recordé—. Estamos en enero.

—Ya, pero no pudimos pasar las fiestas juntos —dijo ella con un mohín—, ¿no podemos fingir un poco para celebrar unas Navidades atrasadas juntitos y felices?

Clavó los ojos en Will, que suspiró.

—Me parece una idea genial —dijo él automáticamente.

—¿Jenna? —preguntó, mirándome.

—Eh..., sí, claro.

—¿Y tenéis regalos? —preguntó Mike, ilusionado.

—Eh..., no —murmuró Naya.

—Qué mierda de segunda Navidad.

—¡Cállate!

—¿Ahora no puedo dar mi opinión?

—No, parásito —le dijo Sue.

—¿Por qué sigues llamándome parásito? —protestó—. Sin mí, os aburriríais.

—O disfrutaríamos de la vida —le dijo Jack.

—Cuñada, necesito refuerzos.

—Pobrecito... No os metáis con él.

Y, para mi sorpresa, me hicieron caso. Pero no fue porque los hubiera intimidado, claro. Fue porque todo el mundo tenía hambre.

Después de comer, pusimos una película navideña aburrida mientras Mike y Sue la criticaban, Will y Naya se besuqueaban y Jack y yo estábamos en el otro sofá, mirándola en silencio.

Él era la única persona que conocía que, cuando decía que quería ver una película con su novia..., lo decía de verdad. Si intentaba distraerlo besándolo, llegaba incluso a enfadarse, y era bastante gracioso. Estaba muy atento mirando la película. Contuve una sonrisa mientras veía que fruncía el ceño en una escena.

—¿Qué? —preguntó, pillándome.

—No quería distraerte —bromeé.

—Ya estoy distraído.

—Es que... —bajé la voz—. Tengo un regalo de Navidad para ti.

Él lo consideró un momento antes de entornar los ojos, curioso.

—¿Un regalo? —preguntó, intrigado—. ¿Por qué no me lo diste en casa de tus padres?

Noté que se me encendían las mejillas.

—Bueno..., no es un regalo muy... mmm... convencional.

Se le iluminó la mirada al instante en que esbozó una sonrisa perversa.

—Quiero verlo.

—¿No quieres esperar a que la pel...?

—A la mierda la película —dijo, poniéndose de pie y arrastrándome hasta la habitación.

Se sentó en la cama con la ilusión de un niño pequeño.

—Yo también tengo algo para ti —me dijo.

—¿En serio?

—Era un regalo de cumpleaños, pero puedo adelantarlo.

—¡Mi cumpleaños es dentro de un mes!

—Me gusta ser previsor. ¿Quieres abrir tu regalo primero?

—¡Sí!

Estaba un poco más entusiasmada de lo que debería.

Se puso de pie y rebuscó en su cómoda hasta encontrar lo que buscaba. Lo lanzó al aire y conseguí cogerlo de milagro. Le puse mala cara.

—¡Podría haberse roto!

—Confiaba en tus habilidades, pequeño saltamontes.

Empecé a romper el papel de regalo con cuidado. Era una caja pequeña. Él me observaba con atención.

—No sé si te gustará mucho —añadió.

Me detuve a punto de abrirla.

—¿Por qué no?

—No lo sé. Ya sabes que soy un poco nuevo en esto de hacer regalos.

Eso hizo que mis ganas de abrirlo se incrementaran. Terminé de romper el papel y lo lancé al suelo. La caja era azul y de terciopelo. Levanté una ceja, intrigada.

—¿Qué...? —empecé.

—Ábrela de una vez —protestó, impaciente.

Sonreí, divertida, y abrí la cajita.

Mi cara sonriente pasó a ser de absoluta perplejidad cuando vi que, dentro, había una llave plateada y pequeña. Él se mordió el labio inferior, nervioso.

—¿Una llave? —pregunté, confusa.

—Es la llave del apartamento —aclaró.

Seguía sin entenderlo. Yo ya tenía llave del apartamento.

—Es... simbólico —murmuró.

—¿Simbólico?

—Hoy hace oficialmente tres meses que nos besamos por primera vez —me dijo—. Y en la noria te dije que no tenías que responderme enseguida, pero..., bueno, ya sabes. La verdad es que iba a esperar a pedírtelo en tu cumpleaños, pero ya no puedo aguantarme más.

Me quedé mirándolo un momento. Pareció ponerse más nervioso al ver que no decía nada. Me pareció tierno verlo así de nervioso por primera vez desde que lo conocía.

—¿Y bien? —preguntó.

—Yo... —No sabía ni qué decir—. Creo que te odio un poco.

Parpadeó, sorprendido.

—¿A mí?

—Sí, a ti.

—¿Por... por qué?

—Porque mi regalo es una mierda en comparación con el tuyo.

Sonrió, aliviado, y se puso de pie para acercarse.

—Sinceramente, ahora mismo solo quiero ver mi regalo. —Me quitó la caja de las manos y la dejó en la cómoda—. ¿Dónde está?

—Pero ¿no tengo que respond...?

—¡Mi regalo! —exigió.

—¡Que sí! Ve a sentarte ahí, pesado. —Señalé la cama.

—¿A sentarme? —preguntó, confuso.

—Sí, y de espaldas a mí.

—¿Qué...?

Protestó cuando lo senté en la cama para que no pudiera verme. Cuando intentó darse la vuelta, volví a colocarle la cabeza.

—Quieto.

Me apresuré a ir hacia mi armario mientras él tarareaba una cancioncita cualquiera, fingiendo que se estaba distrayendo. Me aseguré de que no estaba mirando mientras yo buscaba en el armario. No se giró. Menos mal.

Encontré lo que buscaba.

—¿Puedo girarme ya?

—No.

—¿Y ahora?

—Tampoco.

—¿Y aho...?

—¡Jack!

—Perdón.

Casi pude vislumbrar su sonrisa divertida mientras yo me movía a toda prisa.

—¿Y ahora?

—Si vuelves a preguntármelo, lo haré más despacio.

Repiqueteó los dedos en las rodillas, impaciente. Yo terminé mi parte y me miré en el espejo de cuerpo entero. Ya estaba roja como un tomate y todavía no se había dado la vuelta.

Me había puesto el conjunto que Shanon me había comprado. Era lencería. Muy sexi. Y muy rara. Nunca me había puesto algo así. No parecía yo.

—Me estoy durmiendo —protestó, resoplando para irritarme.

—Un momento.

Me apresuré a soltarme el pelo. Pero luego volví a recogérmelo y a soltarlo dos veces, insegura. Al final, me lo dejé suelto sobre los hombros y me coloqué el mechón que siempre se salía tras la oreja. Me temblaban las manos.

¿Por qué estaba tan nerviosa? Solo era un maldito conjunto de lencería. Me había visto cientos de veces con menos cosas.

Escondí toda la ropa que me había quitado en el armario y lo cerré. Él se había tumbado, pero tenía los ojos cerrados dócilmente.

Me coloqué, pero no me gustó la postura y la cambié, incómoda. Repetí el proceso tres veces. Él seguía repiqueteando los dedos en su estómago con una sonrisa divertida.

—Te escucho moverte por la habitación —murmuró—. Y mi curiosidad va en aumento.

—Cállate y no mires.

—Cuando abra los ojos no vas a apuñalarme o algo así, ¿verdad?

—A lo mejor lo hago si no te callas.

Empezó a reírse. Se lo estaba pasando en grande.

Al final, me quedé simplemente de pie, roja como un tomate. Me pasé las manos por los brazos y luego los dejé caer a ambos lados del cuerpo, más tensa que nunca.

Respiré hondo.

—Vale..., ya puedes mirar.

Él abrió los ojos al instante y se giró hacia mí, intrigado.

Durante unos segundos —horriblemente eternos— se quedó mirándome sin decir nada. Vi que sus cejas se disparaban hacia arriba mientras me hacía un escáner completo. Mi cara seguro que estaba escarlata. Intenté no taparme con las manos, pero a cada segundo que pasaba la cosa se hacía más difícil. Nunca me había sentido tan expuesta.

Y él seguía en silencio. Se quedó mirando el sujetador con las cejas levantadas.

—¿Y bien? —pregunté con voz aguda.

Volvió a mirarme de arriba abajo.

—Joder.

—¿Joder de «qué bien» o joder de «qué mal»? —pregunté en voz baja, completamente roja.

—Joder de... —dudó, volviendo a escanearme—. De joder.

Cuando clavó la mirada en mi cara, sentí que podía volver a respirar.

—¿Desde cuándo tienes ese conjunto y por qué no te lo habías puesto hasta ahora?

—¡No he encontrado una ocasión especial!

—Por mí puedes usarlo cada día —me aseguró enseguida.

—Bueno —ya no pude evitarlo y me tapé un poco con los brazos—, yo...

—Ven aquí —dijo, divertido.

Me acerqué a él sin atreverme a mirarlo. Noté que tiraba con suavidad de mí para sentarme en su regazo y me estremecí cuando me rozó la rodilla y el borde del sujetador con los dedos.

—Voy a instaurar la tradición de celebrar la segunda Navidad todos los años, te lo aseguro.

Ya hacía una semana que estábamos en casa y las cosas habían vuelto a la normalidad. Ya se me había olvidado todo lo relacionado con Francia. Además, había vuelto a correr por las mañanas y Jack había vuelto a quejarse de la presencia de Mike en nuestra casa. Todo normal.

Esa noche, estaba sentada en el sofá mirando la televisión. Jack había ido con unos compañeros de clase a tomar algo, así que estaba con la parejita y Sue, comiendo pizza y mirando una película mala. Mike también había desaparecido —sospechaba que con alguna chica—, así que por una vez tenía el sofá entero para mí sola.

Sue fue la primera en desaparecer por el pasillo. Naya y Will fueron los siguientes; se marcharon a su habitación entre risitas y besos. Yo me quedé mirando la tele un rato antes de estirarme y decidir ir a la cama. Ya me despertaría cuando Jack llegara. No iba a esperarlo.

Me puse de pie y me volví a estirar, perezosa. Sin embargo, mi mirada se clavó en una carta que había sobre la encimera. Estaba tapada estratégicamente con unos cuadernos. Los aparté y la miré con curiosidad. Mi expresión indiferente se borró cuando vi que era la carta de renuncia de Jack a la plaza en la escuela francesa.

No pude evitarlo y la leí. Explicaba que, por motivos personales, agradecía la oferta..., pero la rechazaba. Fruncí el ceño y volví a dejarla en su lugar con cuidado para que no notara que la había tocado.

Casi me dio un infarto cuando me di la vuelta y vi a Will de pie, mirándome de brazos cruzados.

—Eso de mirar las cosas de los demás no está bien, Jenna.

Vale, ¿por qué había sonado exactamente igual que mi padre? Era escalofriante.

—Yo... —Lo miré, incómoda—. No le digas nada a Jack, por favor.

—No le diré nada —me aseguró—. ¿Es la carta de la escuela?

Asentí con la cabeza. Él suspiró.

—Menuda oferta va a rechazar, ¿eh? —bromeó.

Dejó de sonreír cuando vio mi expresión.

—¿Qué pasa? —preguntó, confuso.

Negué con la cabeza, abrazándome a mí misma. Fue como si todo lo que había estado intentando bloquear esos días volviera a mí en forma de bofetada de realidad. Sabía que Will solo había hecho ese comentario para bromear, pero no pude evitar sentirme horrible conmigo misma.

Se acercó enseguida al ver que no respondía.

—¿Qué pasa, Jenna? —preguntó, esta vez más preocupado.

Nos sentamos los dos en el sofá. Me pasó una mano por la espalda, mirándome.

—¿Crees que está rechazando algo que no debería rechazar? —pregunté en voz baja.

Dudó un momento. Durante un segundo, su mano se congeló en mi espalda y, con ese simple gesto, supe que pensaba exactamente eso.

—¿Qué quieres decir?

—No lo sé.

Me tapé la cara con las manos.

—Vale, corregiré la pregunta. ¿Qué quieres oír exactamente, Jenna?

—No lo sé —repetí—. No sé ni lo que quiero hacer.

Me observó en completo silencio.

—Es una gran oportunidad —murmuró—. Si el sueño de su vida es ser director de cine, claro.

—Lo es —dije.

—Lo sé.

—Y ha dicho que no.

—También lo sé.

—Por mi culpa.

Él suspiró.

—Jack es... testarudo. No harás que cambie de opinión.

Me quedé mirándolo un momento. Will frunció el ceño.

—¿Qué?

—No lo sé —murmuré, pensando un momento—. Es solo... No lo sé. No debería decir que no.

—Ya...

—Si no estuviera conmigo, iría sin dudarlo...

La frase quedó suspendida en el aire unos segundos. Will entornó los ojos.

—No sé lo que estás pensando —me dijo lentamente—, pero te aseguro que no es la solución a lo que...

—Will —lo interrumpí—. Mírame a los ojos y júrame que estás seguro de que podrá llegar a cumplir su sueño sin ir a esa escuela.

Me miró a los ojos y pareció que iba a decir algo, pero se detuvo. Asentí con la cabeza.

—Es su sueño —concluí.

—Jenna...

—Es su sueño —repetí.

—Hay mil formas de cumplir ese sueño. Ir a esa escuela francesa no tiene por qué ser la única manera de hacerlo.

—¿Cuántas cosas ha hecho él por mí? —pregunté sin mirarlo—. ¿Cuántas cosas de su vida ha cambiado por mí? ¿A cuántas cosas ha renunciado por mí?

—Jenna, no creo...

—Ha renunciado al sueño de su vida, a lo que lleva esperando hacer desde que era pequeño... por mí.

No dijo nada. Se limitó a observarme.

—¿Qué he hecho yo por él? —pregunté en voz baja.

—Has hecho muchas cosas por él.

—No. —Negué con la cabeza—. Nada parecido. Nada comparado a renunciar al sueño de mi maldita vida. Ni siquiera fui capaz de renunciar al imbécil de mi exnovio por él... durante meses.

—Jenna...

—Me ha dado todo lo que ha podido y yo no he sabido devolvérselo.

—Hay mil formas de devolvérselo. No tiene por qué ser esta.

—Quizá sí, Will. —Sonreí, un poco triste—. Quizá sí tiene que ser esta. Suspiró y se pasó una mano por la cara.

—No puedes hacerle esto.

—Yo creo que sí.

—Él no... Tendrías que hablarlo con Ross, él...

—Si le pido que vaya a Francia, ¿crees de verdad que me hará caso? Will suspiró pesadamente.

—Él te quiere, Jenna.

—Soy su novia, no su mujer. Y llevamos juntos tan poco tiempo... ¿Y si las cosas van mal dentro de un año o dos? ¿Y si cortamos? ¿Qué hará entonces? Habrá renunciado a su sueño por nada. Por una relación cualquiera.

—No habrá sido por nada.

—Sí habrá sido por nada, Will.

Cerró los ojos un momento.

—¿Y si te fueras con él? —sugirió.

—¿Tengo cara de poder pagarme un viaje a Francia? —casi me reí.

—Encontraríamos la forma de...

—No quiero deberle más dinero —murmuré—. Además, yo tengo trabajo en casa. Quiero ganar algo de dinero y pagarme clases de pintura. Si fuera con él..., solo molestaría.

Pareció que iba a decir algo más, pero los dos escuchamos las llaves en la cerradura de la entrada. Clavé los ojos en Will.

—No digas nada —supliqué.

—Jenna, no puedes...

—Hola de nuevo. —Jack entró con una sonrisa de oreja a oreja—. ¿Qué hacéis? ¿Conspiráis contra Sue y su helado?

Se acercó y me dio un beso corto en los labios mientras se quitaba la chaqueta. Miré a Will de reojo cuando Jack se giró para lanzar las llaves a la barra. Tenía una expresión sombría.

—Voy a cambiarme —murmuró mi novio, y desapareció por el pasillo.

En cuanto estuvimos solos, hice ademán de ponerme de pie y Will me detuvo por la muñeca.

—Vas a destrozarlo —me dijo en voz baja.

—Si lo destrozo ahora, quizá... quizá algún día lo entienda.

—Jenna, no puedes...

—Will —advertí.

—No. —Tiró de mí hasta que me dejó sentada de nuevo—. No lo entiendes. No lo conoces como yo. Esto lo destrozará.

Lo miré un momento y él suspiró tristemente.

—¿No hay nada que pueda decirte para que cambies de opinión?

No dije nada, pero no lo necesitó para saber la respuesta.

—Espera a mañana por la mañana —me suplicó—. Pasa esta noche con él. Haz..., no lo sé..., reconsidéralo. Si mañana sigues queriendo hacer lo que estás pensando ahora, entonces... hazlo. Pero antes piénsalo bien. Piensa en las consecuencias.

Vio que dudaba.

—Por favor —añadió.

—Está bien —accedí en voz baja.

Me puse de pie y avancé hacia el pasillo. Aún no había llegado cuando escuché que me llamaba suavemente. Lo miré. Me observaba con una sonrisa triste.

—Eres lo mejor que le ha pasado, ¿sabes? —murmuró.

No supe qué decir. Noté un nudo en la garganta.

—Solo quería que lo supieras.

Nos miramos un momento y después avancé por el pasillo y me metí en la habitación. Jack no se había molestado en ponerse la camiseta. Estaba en la cama con el móvil, pero lo dejó en la mesita cuando me vio aparecer.

De inmediato se dio cuenta de que algo no iba bien y se le borró la sonrisa de la cara.

—¿Qué pasa? —preguntó.

—Naya me ha puesto la película del perrito que se queda esperando a su dueño muerto —mentí sin mirarlo—. Estoy triste.

Había estado preparándome mentalmente para ese momento mucho rato. Podía hacerlo. Podía mentirle. Esperé, nerviosa, y me calmé cuando vi que abría los brazos, divertido.

—Ven aquí. Haremos desaparecer esa tristeza.

Esbocé una pequeña sonrisa triste y me acurruqué contra él. Jack se estiró para apagar la luz cuando me apoyé con la cabeza en su pecho. Me acarició la espalda con los dedos de forma distraída.

—¿Mejor? —preguntó.

Asentí con la cabeza. Tenía ganas de llorar.

—Podemos adoptar un perro algún día —murmuró—. Siempre he querido uno.

—¿Un perro? —repetí, sin mirarlo.

—Sí. Biscuit Segundo. En honor a tu Biscuit.

—Lo dices como si estuviera muerto.

—No es que esté muerto, pero necesita su representación en esta casa.

Sonreí un poco, pero tenía ganas de llorar. Él siguió acariciándome la espalda.

—O un gato —murmuró, pensativo—. Los gatos son más independientes.

No dije nada. Cerré los ojos e intenté no llorar mientras él seguía hablando.

—¿Qué me dices? ¿Gato? ¿Perro? ¿Dragón de cinco cabezas?

Me incorporé para mirarlo. En medio de la débil oscuridad, enarcó una ceja, esperando una respuesta.

—El dragón suena bien —murmuré.

—Pues un dragón. Aunque yo no pienso hacerme cargo de limpiar lo que destroce.

Esbocé una pequeña sonrisa y me incliné hacia delante para unir nuestros labios. Él correspondió al instante, hundiendo una mano en mi pelo.

Dejé que me tumbara sobre mi espalda. Notó que estaba triste, pero asumió que era cosa de la película. Se lo estaba tomando todo con más calma y ternura que nunca. Me besó en la punta de la nariz y sonrió antes de tirar hacia arriba de mi camiseta para quitármela. Cerré los ojos cuando volvió a besarme en la boca, pegando su cuerpo al mío y acariciándome sin ninguna prisa.

Esa noche fue distinto. Los besos, las caricias, las expresiones, los susurros... de alguna forma, sabían a despedida. Podía entenderlo por mi parte, porque yo no dejaba de mirarlo como si intentara memorizar todo lo que estaba pasando, pero Jack... él no lo entendía del todo. Solo me seguía la corriente y me sonreía en medio de los besos como si intentara borrarme esa expresión triste de la cara.

Fue tan consciente de que esa noche era yo la que necesitaba un abrazo que, en lugar de tumbarse como siempre, se colocó boca arriba y me atrajo para que durmiéramos en la misma postura exacta que la primera vez que lo había abrazado en la cama.

Con la cabeza apoyada en su pecho mientras él dormía desde hacia casi una hora, supe que no me podría dormir. No lo haría. Lo sabía. Cerré los ojos con fuerza cuando noté que se me llenaban de lágrimas. Él frunció un poco el ceño cuando me incorporé para mirarlo bien. Parecía tan tranquilo cuando dormía...

Pasé una mano por su estómago y la subí hacia su pecho. El corazón le latía acompasado, como siempre. Me detuve ahí un momento. Tenía la piel cálida. Subí por su cuello y toqué sus labios con la punta de los dedos. Él murmuró algo en sueños.

Y fue en ese momento cuando me di cuenta.

Fue como si lo hubiera sabido todo el tiempo y no me hubiera atrevido ni a pensarlo por miedo. Por terror. Pero ese terror ya no tenía sentido.

Noté que se me llenaban los ojos de lágrimas cuando me incliné hacia delante y le di un suave beso en los labios, intentando grabarme ese momento a fuego en la memoria. Cuando me separé, vi que seguía durmiendo y le aparté los mechones de pelo de la frente.

—Te quiero —susurré.

Nunca lo había dicho en voz alta, pero es que nunca había sentido algo así por nadie. Fue como si me hubiera quitado un peso de encima. Me limpié una lágrima de la mejilla y respiré hondo. Lo quería. Lo había querido durante mucho tiempo y ahora era más real que nunca.

Y, por eso, tenía que hacerlo.

Volví a poner una mano sobre su corazón.

—Te quiero mucho, Jack —susurré—. Algún día pensaremos en esto y nos reiremos, estoy segura. Espero... espero que puedas entenderlo.

Quité la mano de su pecho y la apreté en un puño, conservando su calidez por un momento.

Después me giré hacia mi mesita y me puse de pie sin hacer ruido. Cogí mi móvil y salí de la habitación marcando el número de Shanon.

La decisión final

Había dormido en la residencia.

Mi cama parecía vacía e incompleta sin el cálido brazo de Jack sobre mis hombros. Todo parecía vacío e incompleto sin él. Incluida yo. Y me lo había buscado solita.

Ya había amanecido. Miré mi maleta lista para marcharme. Había llorado toda la noche. Tragué saliva y miré mi móvil. Shanon llegaría en quince minutos. Entonces me iría a casa y... se acabó.

Todavía puedes volver.

Me pasé las manos por la cara, negando con la cabeza.

Ya es tarde para volver.

No es tarde. Puede que no se haya despertado. Vuelve, todavía puedes hacerlo.

Me puse de pie, alejando ese pensamiento, y me acerqué al cuarto de baño. Tenía los ojos hinchados y los labios pálidos. Parecía un maldito cadáver andante. Me pasé un poco de agua fría por la cara, intentando reaccionar. ¿Ya se habría despertado? Seguro que sí. ¿Ya habría leído la nota que le había dejado? Se me hizo un nudo en el corazón al pensarlo.

La maldita nota. Ni siquiera quería pensar en lo que había escrito. No había sido capaz ni de decirle a la cara que quería irme. Una parte de mí, una muy cobarde, suplicaba que se despertara cuando yo ya estuviera de camino a casa. No sería capaz de mentirle a la cara. Me pillaría enseguida.

Me froté las mejillas con ganas, intentando darles un poco de color, y me miré en el espejo de nuevo.

Eres una idiota impulsiva, ¿lo sabes?

—Sí, lo sé —murmuré.

Y, entonces, llamaron a la puerta.

Me quedé paralizada.

No era él, ¿no?

Con el corazón en un puño, me acerqué lentamente a la puerta. Estaba a punto de alcanzarla cuando se abrió de golpe. Todo mi cuerpo se tensó al pensar que podía ser él, pero... era Naya. Noté que podía volver a respirar.

Ella tenía los ojos muy abiertos cuando me miró.

cuanto salí, los cuatro me miraron fijamente. Mi hermana suspiró. Ella lo sabía todo.

En realidad, solo ella y Will lo sabían. Sue y Naya parecían completamente descolocadas.

—Oh, Jenny... —murmuró mi hermana, acercándose—. ¿Quieres...?

—Solo quiero irme —supliqué.

Cogió mi maleta y la dejó en la parte de atrás del coche. Miré hacia la residencia. No había rastro de él. ¿Por qué seguía mirando como si fuera a aparecer? Le acababa de romper el maldito corazón. Claro que no iba a salir.

—No me puedo creer que te vayas —murmuró Naya, acercándose a mí.

No pude devolverle la sonrisa cuando me abrazó. Sue se acercó con expresión confusa, como si no entendiera lo que estaba pasando.

—¿Estás segura de esto? —me preguntó.

Asentí con la cabeza. Suspiró.

—Joder —murmuró, y me dio un abrazo corto.

Bueno... quizá no tan corto.

Cuando escuché dos pequeños snif snif y noté que se le movían los hombros la miré, pasmada.

—Sue, ¿estás... llorando?

—Claro que no, pedazo de idiota engreída. ¿Te crees que me importa que te vayas? Me da igual. Me caes mal. Todos me caéis mal. Adiós. No vuelvas.

Se apartó de mí, pasándose el dorso de la mano por debajo de la nariz, y ni siquiera me dirigió otra mirada. Le di un pequeño apretón en el hombro, sonriendo un poco.

—Yo también te echaré de menos, Sue.

Ella no dijo nada, pero de nuevo se contuvo para no dejar escapar sus emociones.

Will se acercó a mí en ese momento y me dio un fuerte abrazo.

—Espero que estés haciendo lo correcto, Jenna —murmuró.

—Asegúrate de que vaya a esa escuela —le dije en voz baja.

Asintió con la cabeza y se separó para mirarme. Era la primera vez que lo veía tan triste.

—Cuídate —murmuró.

—Cuídale —murmuré yo.

No dijimos nada más. Volví a mirar el pasillo de la residencia. Desierto. Shanon ya estaba en coche, esperándome. Sentí que se me volvían a caer lágrimas calientes por las mejillas cuando me senté a su lado y me puse el cinturón. Ella me miraba de reojo. Me pasé las manos por los ojos, frustrada.

—Jenny...

—Ahora no —le pedí en voz baja.

—Ahora sí —me cortó con su tono autoritario—. ¿Sabes lo que estás haciendo?

Parpadeé varias veces cuando los ojos empezaron a escocerme otra vez.

—Lo que creo correcto —murmuré.

—Mira, siempre te digo la verdad. Aunque no te guste oírla. Esta vez no es una excepción.

La miré, secándome las lágrimas con los dedos. Ella respiró hondo.

—Esto es un error.

—No es verdad —murmuré.

—Jenny, si no te bajas de este maldito coche ahora mismo..., te arrepentirás. Las dos lo sabemos.

—¿Y cómo sabes que no pasará lo mismo si me bajo? —le pregunté en voz baja.

Ella suspiró.

—No lo sé —admitió.

No respondí. Intenté dejar de llorar, pero no podía.

Y, entonces, vi algo moviéndose en la residencia.

Me giré en el instante en que Jack salió del edificio. Tenía la expresión más triste que había visto en mi vida. Nos sostuvimos la mirada el uno al otro cuando se quedó de pie, mirándome.

—Jenny... —La voz de mi hermana no hizo que me girara—. Todavía no es tarde. Todavía puedes bajarte y decirle la verdad. Estoy segura de que lo entenderá. Y podréis..., no lo sé..., hacer como si esto no hubiera sucedido.

Contuve la respiración cuando mi mano se posó en la manilla de la puerta del coche. Él me miraba fijamente, implorándome con los ojos que me quedara con él. Y mi corazón bombeaba con fuerza, diciéndome que eso era lo que tenía que hacer.

Me imaginé bajando del coche, corriendo hacia él y diciéndole la verdad. Que lo quería. Que nunca querría irme de su lado. Que esos meses con él me habían enseñado más cosas de las que jamás creí que podía aprender.

Pero entonces me recordé que estaba haciendo eso precisamente porque lo quería. Porque necesitaba que él hiciera lo que sabía que le haría feliz..., aunque eso supusiera que yo dejara de formar parte de su vida, y que se rompería algo en mí que nunca podría reparar.

Mi hermana me miraba.

—Jenny, sabes que te apoyaré decidas lo que decidas, pero... no hagas algo de lo que vayas a arrepentirte, por favor.

Me miré las manos y respiré hondo. Me temblaba todo el cuerpo.

No podía hacerlo.

No podía quedarme.

Porque, a veces, tenemos que hacer sacrificios por amor. Porque queremos a la otra persona más que a nosotros mismos. Porque queremos lo mejor para ella. Una vez tomada esa decisión, es difícil cambiarla.

El señor Ross tenía razón. Era muy difícil cambiarla.

Cerré los ojos con fuerza al soltar la manilla de la puerta.

Cuando los abrí, no me atreví a volver a mirarlo. No podía. Tragué saliva y clavé los ojos al frente.

Shanon me observaba en silencio. Asintió con la cabeza, como si pudiera entender lo que estaba sucediendo.

—¿Estás lista para volver a casa? —preguntó en voz baja.

Luché contra el impulso de girarme de nuevo. Me seguían cayendo lágrimas por las mejillas. Respiré hondo y miré a mi hermana.

Asentí con la cabeza, decidida.

—Estoy lista.

Antes de diciembre de Joana Marcús
se terminó de imprimir en octubre de 2022
en los talleres de
Impresora Tauro, S.A. de C.V.
Av. Año de Juárez 343, col. Granjas San Antonio,
Ciudad de México